Александр БУШКОВ

ВОЛЧЬЯ СТАЯ

Москва «ОЛМА-ПРЕСС»
Санкт-Петербург «НЕВА»
2003

ББК 84.(2Рос-Рус)6
Б 90

Оформление Д. Капельникова

Бушков А. А.
Б 90   Волчья стая: Роман. — М.: ОЛМА-ПРЕСС; СПб.: Издательский Дом «НЕВА», 2003. — 592 с.— (Русский проект).
ISBN 5-87322-892-2

Новый роман А. Бушкова «Волчья стая» повествует о незадачливых представителях племени «новых русских», которым пришлось однажды с ужасом обнаружить, что изречение: «Кто платит, тот и заказывает музыку» — далеко не всегда справедливо.

ББК 84.(2Рос-Рус)6

ISBN 5-87322-892-2

«Зверь никогда не может
быть так жесток, как человек,
так артистически,
так художественно жесток».

Ф.М. ДОСТОЕВСКИЙ
«Братья Карамазовы»

«Дело не в дороге, которую мы
выбираем; то, что внутри нас,
заставляет нас выбирать дорогу».

О. ГЕНРИ
«Дороги, которые мы выбираем»

Большинство действующих лиц
романа вымышлены, а те, чьи прототипы
существуют в реальности,
никогда не совершали ничего
из приписанного им автором.

Александр Бушков

Часть первая

ВЕСЬ МИР — ТЕАТР

ГЛАВА ПЕРВАЯ

Веселуха, господа, веселуха!

Часов, конечно, не было ни у кого, но человек и не к таким неудобствам приспосабливался, причем в хорошем темпе,— и за неделю они уже начали кое-что соображать. Когда солнце (по определению Синего, «балдоха») оказывалось аккурат над вершиной возвышавшейся за озером сопки, над кучкой высоченных кедров, этаким рыцарским плюмажем украшавших лысоватую макушку,— тут-то и наступало время законного обеда, поскольку орднунг есть орднунг, это общеизвестно.

Конечно, они уже заранее поглядывали за озеро, на кедры и солнце,— но прошло довольно много времени, прежде чем рыжий Ганс появился на кромке огромного, но неглубокого котлована. Расставил пошире ноги в начищенных сапогах, картинно держась за висевший на груди шмайсер, долго взирал на копошившихся в котловане землекопов — тянул время, сука рыжая, использовал на всю катушку свой крохотный ломоток властишки. Притворялся, будто не замечает, как на него зыркают украдкой. Лагерная кличка у него была Чубайс — за рыжину и вредность. Ганс на нее крепко обижался, но что ты тут поделаешь?

Эсэсовец постоял еще немного, старательно изображая, что в приступе тяги к высокой эстетике любуется пейзажем, потом заорал во всю глотку:

— Обед, кацетники! Жрать!

И предусмотрительно отступил подальше от того места, где по пологому откосу обычно и выходили из котлована, чутко напружинился. Рядом появился Вилли с овчаркой на поводке. Это Рудольф откровенно сачковал, не хуже кацетников, а Ганс с Вилли к службе относились со всем рвением, подловить их нечего было и пытаться...

«Полосатики» живенько потянулись к откосу, напутствуемые бравыми воплями Ганса:

— Лопаты не бросать, мать вашу! Сколько долблю? В землю втыкайте, аккуратненько, друг возле дружки! Кому говорю, жопа лысая? Швайн! Дома лопату тоже кидаешь где попало? Да не ты жопа лысая, а вон та, которая еще и пузатая! Швайн!

— Ферфлюхтер хунде, цум тойфель! — поддержал его Вилли, демонстрируя тем самым не в пример большую интеллигентность.— Абер шнель!

Овчарка тоже вносила свою лепту, гавкая и дергаясь на прочном плетеном поводке. Намордник у нее был основательный, но лаять не мешал.

— По бригадам разбивайсь, по бригадам! — орал Ганс.— Что вы мне стадом претесь? На митинг вышли, что ли? Вы в лагере или где? Первая бригада, пошла! Порядок соблюдать, а то без обеда вмиг оставлю! Первая пошла, вторая готовится!

Насчет обеда, конечно, было сказано чересчур цветисто — не заслуживала полуденная жратва столь высокого названия. Вся она, вся до единой пайки, умещалась в пластиковом пакете с яркой картинкой, такие в любом магазине стоили штуку и рвались, стоило туда запихать что-то посолиднее полудюжины бутылок пивка. Паскуда Фриц, удобно рассевшийся на прибитой к двум пенькам толстой доске, конечно же, опять выбрал картинку отнюдь не случайно — на пакете красовалась грудастая блондинка, имевшая на себе из одежды лишь белую маечку, да и то мокрую до полной прозрачности.

Пока «полосатики» подравнивались, добиваясь согласно правилам идеальной шеренги, Фриц поигрывал здоровенным охотничьим ножом с наборной рукояткой из березы и жизнерадостно ржал:

— Хороша кукла, доходяги? А ведь стебет кто-то, это уж как закон. Да вы не чинитесь, взяли и спустили в штаны заместо десерта, дело житейское... Ну, стали? Номер один, шаг вперед! Держи пайку. Дома, поди, такой роскоши и не видывал?

Оружия при нем не было — черные научены горьким опытом, кто-то однажды завладел пистолетом раздатчика, хотя того и страховали охранники. Ну, а нож отбирать бессмысленно, что ты с ним в данной ситуации будешь делать?

Фриц сноровисто пластал буханки на четвертушки, а колбасу резал на глазок, сохраняя лишь минимум справедливости. Впрочем, у него и четвертушки получались безнадежно далекими от симметрии. Кто-то, как всегда, уныло ворчал, зная, что ничего этим не изменит, а Фриц, опять-таки, как всегда, столь же рутинно отругивался:

— Я вам, бля, не ювелир, нехер изощряться тут...

— Ну ты уж вовсе обнаглел! — возмутился Синий, получивший особенно куцый колбасный обрубок.

— Я что, себе экономлю? — лениво фыркнул Фриц.— Меньше сожрешь, товарищам больше достанется. Солидарность у тебя где?

Синий сквозь зубы и в рифму коротко объяснил, где в данном случае находится эта самая пресловутая солидарность, но больше спорить не стал — все равно бесполезно. Отошел развинченной походочкой, сел под кедром и брезгливо принялся обдирать кожицу со своего обрубка. В этом весь обед и заключался — четвертушка буханки и кусок скользкой, синюшно-бледной ливерной колбасы. Не просто обед, а еще и ежедневная лотерея — благодаря Фрицеву раздолбайству. Поневоле это превращалось в событие, каковыми здешняя жизнь была чертовски бедна: кусок побольше — нешуточный повод порадоваться, кусок поменьше — соответственно, повод для грусти. Классический лагерный набор впечатлений. Согласно апологетам жанра.

Когда все три бригады получили небогатую жратву, Фриц потряс опустевшим пакетом:

— Уркаганы, никому не надо? Глядишь, вечерком и подрочите, на ляльку глядя.

Никто на него не обратил внимания — и эта хамская шуточка давно приелась, Фриц был субъектом ограниченным, не способным на полет творческой фантазии.

Каким бы убогим обед ни был, а схарчили его быстро — не тот случай, чтобы привередничать. Зато с послеобеденным отдыхом обстояло совершенно иначе — полагался целый час, и они вольготно развалились на прогретой солнцем земле, вытащили «Приму», к которой тоже успели поневоле привыкнуть. Разумеется, местный эстет и сноб Володя Василюк, как обычно, потреблял манскую «Приму» не в ее первозданном виде, а старательно умял в трубку табачок из двух сигарет.

— Ну прям как товарищ Сталин,— громко сообщил Синий в пространство, ни на кого не глядя.

Василюк фыркнул, дернул щекой со здоровенным и багровым родимым пятном, не уступавшим тому, что украшало лысину последнего генсека. Со стороны Синего это была чистейшей воды издевательская подначка, поскольку Сталина Вова как раз и не любил, будучи патологическим демократом, а потому разобиделся не на шутку, хоть и старался этого не показывать. Чтобы свое хамство еще более усугубить, Синий, перед тем как растянуться в непринужденной позе, словно бы невзначай расстегнул донизу полосатый бушлат. На груди у него красовалась церковь с немалым числом куполов — а вот пониже левого соска как раз и синел выполненный с большим сходством профиль Иосифа Виссарионовича. «Под легендарного канает наш блатарь,— лениво подумал Вадим.— Никак он не мог сидеть при Сталине, даже пацаном не мог, года не те, не стыкуется...»

На огромной поляне воцарилась умиротворенная тишина — все три бригады «полосатиков», старательно разведенные подальше друг от друга, блаженно попыхивали дешевенькими сигаретками, эсэсовцы, по два на бригаду, посиживали себе на надлежащем расстоянии, исключавшем всякие неожиданности, овчарка тоже задремала, но чутко, то и дело трепеща ушами. На спокойной воде озера там и сям поблескивали солнечные искорки, зеленела тайга, голубело небо, желтел неглубокий, но обширный котлован, который был абсолютно никому не нужен, ни тем, кто его копал, ни тем, кто приказал копать, вообще никому на нашей грешной земле.

— Есть новая идея,— сообщил Столоначальник, заранее шумно сглатывая слюну.— Берется крутое яйцо, режется пополам, желток старательно вынимается...

— Слышали уже,— отмахнулся Синий.— С сыром, что ли?

— Да нет, я же говорю, идея новая. Ветчина крошится меленько-меленько, чтобы кусочки были не больше спичечной головки, жареные грибы секутся столь же мелко, все это смешивается с укропчиком, лучком, чуть солится...

— Поперчи,— серьезно сказал Синий.

— Непременно. Потом все это кладется на место желтка и заливается майонезом...

— Майонезом лучше полить сразу, перемешать, а потом уже класть...

— Тоже верно. Потом все это заворачивается в ломтик сыра — и в рот...

— Ты смотри, как фантазия работает. А я-то думал, наши чиновнички умеют только взятки брать...

— Я бы вас попросил!

— Господи, да я ж абстрактно,— ухмыльнулся Синий.— Умозрительно, знаете ли...

— Терпежу не хватит,— подумав, сказал Браток.— Это ж сколько времени уйдет, если крошить не крупнее спичечной головки...

— А ты потерпи,— посоветовал Эмиль.— Зато потом поймаешь кайф.

— Тоже верно...

И разговор уверенно двинулся по этой колее — вспоминали, кто какие вкусности едал и при каких обстоятельствах, на каких географических широтах все это происходило, а также делились пришедшими в голову кулинарными рецептами, сходу выдумывая новые, отличавшиеся двумя непременными условиями: обилием яств и их недоступностью «совкам». Один Василюк безмолвствовал, хотя мог бы вклиниться со знанием дела: пусть и значился на своих роскошных визитках «музыкальным критиком ведущих демократических газет», главные доходы получал как раз от кулинарии — красочно расписывал достоинства тех шантарских ресторанов и кафе, где его кормили бесплатно да еще совали сверточек с собой (заведения, эту дань не платившие, естественно, представали на газетных страницах низкопробными обжорками, за что Василюка пару раз уже били ресторáторы). Поскольку в городе появилось несказанное количество жаждавших рекламы трактиров, сытая жизнь Володе была обеспечена на пару лет вперед, можно было и отвлекаться на «обзоры музыкальной жизни Шантарска» (как утверждали знатоки, причастность Вовы к музыке ограничилась тем, что лет двадцать назад он единожды побывал конферансье на концерте заезжего саксофониста).

Увы, Василюк участия в кулинарной дискуссии не принимал по простейшей причине: с первого дня появления в концлагере старательно задирал нос и сторонился соседей по бараку, полагая себя чем-то вроде белого сагиба среди туземцев. Браток, человек простодушный и, в общем, бесхитростный, даже предлагал устроить задаваке хорошую «темную», но его уговорили не связываться.

Вот и сейчас скандальный репортер возлежал на толстом ковре пожелтевших палых иголок, словно Стенька Разин на историческом челне посреди не менее исторической картины, пускал вонючий манский дымок так, словно это был голландский «Кэпстен» из разноцветных жестяных баночек. Для полноты картины не хватало разве что персидской княжны под боком, но тут уж вступали в игру правила натуры — в интимной жизни Василюк как раз и играл роль персидской княжны. Что опять-таки нашло яркое отражение в его творчестве: если верить Вове, музыкальной звездой номер один всея Сибири представал в его обзорах некий шантарский бард, последние годы усиленно игравший при «персидской княжне» роль удалого казака. И наоборот, когда тишайший пианист Миша Файзенберг однажды не выдержал и отвесил хорошего пинка пытавшемуся ему отдаться Василюку, моментально превратился под борзым Вовиным пером в агента жидомасонов, пытавшегося сионизировать шантарский джаз...

Потом Столоначальник рассказал, как, будучи с делегацией шантарской мэрии в Африке ради изучения тамошнего передового опыта градостроительства, вкушал жареных саранчуков. В другое время эта эпическая сага, возможно, и повлекла бы рвотные позывы, но после скудного лагерного харчеванья и жареные саранчуки вызывали павловский рефлекс. Эстафету подхватил Браток, поведав, как однажды в Таиланде навернул пару мисок супа из ласточкиных гнезд — вот только был к тому времени столь бухим, что не помнит толком ни вкуса, ни вида.

— И все равно, лучше всех готовят в Кахетии,— сделал свое обычное заключение пожилой кавказский человек Элизбар Шалвович.— Клянусь славной фамилией Мдиванбеги...

И ностальгически прищурился, посверкивая множеством золотых зубов, причмокивая чему-то, видимому только ему.

— Мдиванбег — это, кажется, какой-то старый титул? — спросил Доцент.

Аллах его ведает, чем он занимался на воле,— не каждый здесь любил откровенничать с соседями по бараку, сообщая порой о себе лишь необходимый минимум. Однако Вадим давно и всерьез подозревал, что Браток, уже на второй день окрестивший седовласого Доцентом, невольно угодил не в бровь, а в глаз. Иногда реплики Доцента выдавали в нем явного интеллигента — правда, отнюдь не нищего, иначе не оказался бы в концлагере. Чем-чем, а нищими тут и не пахло...

— Точно так, дорогой,— сказал кавказский человек Элизбар.— Если совсем точно — мдиванбег-ухуцеси. Нечто вроде визиря при старых грузинских царях.— Он грустно улыбнулся.— Вот только это вовсе не значит, что мой прапрадедушка был визирем. Скорее уж крепостным у визиря. У визиря наверняка была бы фамилия — а так получается, как с вашими крестьянами. Если у него фамилия Генералов — наверняка прадед был не генералом, а крепостным у генерала...

— Во! — сказал Браток.— Значит, будешь Визирем. А то не по-людски получается — у всех уже давно кликухи, один ты ходишь с именем-отчеством, как прости господи. Да еще этот вот...— он кивнул на брезгливо полуотвернувшегося Василюка.

— Вах, дарагой, канэчно,— сказал беззлобно новоявленный Визирь.— Какой разговор, слюшай, да? Если перэд люди нэудобно, давай я буду хоть Вызырь, хоть два вызырь... Ноблесс оближ, мон анж...

— Опять пошел по-грузински чесать...— фыркнул Браток.— Ты меня, часом, не материшь? А то знаю я вас...

— Не материт,— серьезно заверил Доцент.

— Ну тогда ладно. Хай будет Визирь. С «погонялом», как на приличной зоне и положено.

— Видел бы ты зону, котенок...— поморщился Синий с явным неудовольствием.— Хоть приличную, хоть не очень. Это, по-твоему, зона? Это, по-твоему, вертухаи? Это смех один из журнала «Мурзилка»...

Он потянулся, безмятежно улыбаясь, но в глазах так и остался пугающий ледок, прикрывавший некие жуткие глубины. Вадиму на миг стало неприятно, он отвернулся.

— Не мешало бы, конечно, тут немножко понятий ввести,— лениво продолжал Синий.— Расставить всех по полочкам, петушка к параше определить...— он покосился на Василюка.— А то непривычно как-то, честно вам скажу, господа хорошие...

— Ты ж сто лет как откинулся,— пожал Браток могучими плечищами.

— А это, котенок, на всю жизнь впечатано, будь ты хоть сто лет честный бизнесмен. Не в жилу мне смотреть, как эта Машка меж порядочными на нарах отдыхает, дупло не предоставляя для общественного пользования... Ну, и все остальное.

— Сбеги,— посоветовал Браток.

— Из такой «Мурзилки» и бежать-то западло...

— Во, опять едет! — оживился Браток.

И все они, за исключением «персидской княжны», принялись жадно таращиться в ту сторону, откуда приближалось сладкое и пленительное видение, вполне материальное, впрочем.

Это фрейлейн Маргарита, лагерный врач в чине гауптштурмфюрера СС, изволила совершать обеденную прогулку — как давно и крепко подозревали обитатели второго барака (а может, и остальных бараков тоже), исключительно в садистских целях, ради нанесения дополнительных моральных травм. Рыжий конь — не ахалтекинский аргамак, но и не деревенская кляча — почти бесшумно ступал по толстому ковру пожелтевших игл, без усилий неся на спине очаровательное создание в черной эсэсовской форме, обтянувшей фигурку, как кожура сосиску, золотые волосы струились из-под высокой фуражки, рассыпались по спине, взлетали в такт конской поступи... Наступила такая тишина, что, казалось, слышно было, как кровь заполняет пещеристые тела. Кое-кто поспешил перевернуться на пузо, чтобы на давать лишнего повода для подначек.

— Кто скажет «Ох, я б ей впер», будет весьма неоригинален, господа,— резюмировал Столоначальник.

— А мне плевать,— сказал Браток.— Ох, я б ей впер...

— А ты баксы предложи,— усмехнулся Синий.

— Раньше надо было думать... Предлагал уже. Думаешь, чего у меня след на плече? Нагайкой, стерва, влепила от всей души. Я вам не рассказывал, как в Англии фаловал такую же куклу? Нет? Да вы чо, это ж песня... Короче, поехал я оторваться на озеро Лох-Несс. Вдруг, думаю, эта озерная чуча при мне вынырнет, а я ее на пленку щелкну — братва потом попадает... Ну, возьму с утра пару вискарей и гуляю по бережку. Как глаза ни таращил — нету никакого чудища. Говорю местным аборигенам — давайте в озеро полпуда динамита фуйнем, оно и всплывет. А они такая Азия — шары стали по чайнику, головами трясут, полицией пугают... Плюнул и пошел по кабакам. И попадается мне конкретная лялька, аппетитная — спасу нет.— Он добросовестно изобразил жестами смачные параметры.— Слюна бежит. А она вдобавок еще и из ихней ментовки, шляпка на ней такая клевая, форменная... Ну, мне ребята минимум на бумажке написали, вынул я бумажку и давай ей вкручивать: мол, ай вонт мейк лав, ай хэв вери мани... Вери, говорю, мани, баксы ей демонстрирую, а она, блядина, ржет и головенкой мотает... Ну, меня заусило, довел до штуки баксов, пошел бы дальше, только она, стервочка, оглянулась по сторонам — а мы в таком переулочке стояли глухом — да как двинет мне в солнечное, конкретно так, профессионально. Я как стоял, так и сел, а она слиняла. Еще язык показала, стерва. Я так прикидываю — лесбиянка попалась, иначе чего ж штуку баксов не взяла?

Когда утих соответствующий гогот, новоявленный Визирь грустно сказал:

— Бывает, друг мой, и печальнее. Летел я однажды из Шантарска в Питер, рейс ночной, людей не особенно много, а со мной была хорошая девочка, и были мы с ней только двое на всем ряду. Долго лететь, скучно... Прилегла она головенкой мне на колени, прикрыл я ее плащиком, вроде спит — и зачмокала голубушка не спеша, обстоятельно. Сижу я на высоте десять тысяч метров, и до того мне хорошо, друзья, словно в раю. И вот тут-то, в самом разгаре процесса, приносит черт пьяного дурака из первых рядов. Шел он из туалета, покачнулся и налетел на стюардессу, стюардесса падает на меня, я ее не успел поддержать, плащ слетает, я шарахаюсь, вся картина на обозрение, слава богу, не всеобщее, девочка моя пищит, стюардесса, пардон, охренела, такой пассаж...

— В туалет надо было идти,— со знанием дела заключил Браток.— Я на питерском аэроплане как-то стюардессочку в туалете дрючил. Тесновато, конечно, но свой кайф тут есть. Десять тысяч метров, за бортом ветер свистит, в дверь ломятся, а я ее — опа! опа! Такая манамба!

— В туалете серьезному человеку как-то и неприлично...

— Зато приятно.

— Интересно, Марго сегодня выдрючиваться будет?

— А для чего же она, по-твоему, сюда каждый день ездит?

— Ну, точно! Господа!

Господа в полосатом, как говорится, обратились в зрение, благо до широкой песчаной полосы по-над самым берегом озера было всего-то полсотни метров, меж ними и блестящей водой росло всего несколько деревьев, так что обзор открывался идеальнейший — мечта вуайериста. Маргарита быстро и умело расседлала коня, принялась уже медленнее избавляться от высоких сапог и черного мундира, под которым, как и в прошлые разы, не обнаружилось ничегошеньки, кроме загорелой точеной фигурки. Кровь клокотала и пенилась в пещеристых телах. Обнаженная златовласая красотка взмыла на спину коня, ловко его вздыбила, крупной рысью пронеслась вдоль берега.

— Говорят, бабы от верховой езды на оргазме тащатся,— выдал вдруг браток.

— Научный факт,— поддержал Синий.— Только мне сдается, орлы, что эта кукла еще и временами от ширева потаскивается. Зрачки у нее иногда бывают спесыфические...

— Думаешь?

— Похоже.

— «Винта» бы ей впрыснуть,— мечтательно предложил Браток.— Тогда б сама к нам трахаться кинулась. Мы одной шлюхе полный баян всадили, так потом впятером не знали, куда деваться. Фома аж уздечку порвал...

Конь остановился боком к ним над самой водой, прекрасная всадница неспешно потянулась, закинув руки на затылок, с таким видом, словно о существовании десятка зрителей и не подозревала.

— Леди Годива,— с некоторой дрожью в голосе сказал Доцент.— Как на картине...

— Вы про картину Кольера? — уточнил внезапно Визирь, тоже не самым безразличным голосом.

— Тоже видели репродукцию?

— Зачэм рэпродукция, вах? Оригинал.

— В Лондоне?

— В Ковентри,— сказал Визирь.— Где дело, по легенде, и происходило. Там она и висит, в Герберт Арт Гэллери. Красота, правда?

— Нет, это вы про что? — непонимающе уставился Браток.

— Объясняю популярно,— усмехнулся Визирь.— Жил в Англии восемьсот лет назад один герцог, и ввел в своем городе налоги по полному беспределу, хоть волком вой. Ну, его молодая жена ему и сделала предъяву: мол, не гони беспредел, с людей уж и стричь нечего. А он ей погнал встречную предъяву: если ты такая добрая, проедь через весь город верхом на коняшке в голом виде, я тогда налоговый кодекс и отзову...

— Проехала?

— А как же. Добрый городской люд в это время закрылся на все ставни и сидел по домам, чтобы девчонку не парафинить.

— Я бы в щелку поглядел,— сказал Браток.

— Один и подглядел,— усмехнулся Визирь.— И ослеп тут же.

— В натуре?

— Ходит такая версия...

— А человек вы у нас непростой...— задумчиво сказал Доцент.

— Вах, дарагой, есть временами...— усмехнулся Визирь.— Человеку простому, да еще в застойные времена, нечего в бизнесе было и делать, особенно когда касалось производства... А картина красивая, верно? Старинные дома, конь в потрясной попоне, эта дымка, а уж девчонка...

— Чего ж ты ее не купил? — серьезно поинтересовался Браток.

— Не продают чертовы англичане. Азия-с...

— Про Годиву эта стерва, может, и не слыхивала,— вклинился Эмиль.— Но мозги мужикам компостировать умеет.

— Дурацкое дело нехитрое,— резонно заключил Доцент.— В нашем положении, господа, особых усилий и не требуется — только продемонстрируй этакую попку...

Маргарита все еще торчала на берегу, и это зрелище весьма напоминало левитановский пейзаж, к которому вульгарно приклеили вырезанную из «Плейбоя» фигурку. Потом направила коня в воду, и он охотно пошел.

— А не составить ли план, ребята? — предложил Эмиль.— Как ее подловить и оттрахать? Все равно свободного времени — хоть черпаком жри...

— А это идея,— оживился Браток.— Это надо обкашлять. Только такую мульку надо устраивать всей бригадой, и непременно за лагерем — как же иначе-то? Если, скажем, половина вырубает этих козлов,— он кивнул на двух эсэсовцев,— а другая берет Марго за жопу...

— Другие бригады близко,— серьезно сказал Синий.— Не смогут не заметить, подымется шухер...

— Ну я ж говорю — надо обсудить... Давайте дружно отравимся, а? Прикиньте: у всего барака вдруг офуенно схватило животы, да так, что не встать. Что тогда? Зуб даю, примчится Марго, конечно, с парой вертухаев, это уж непременно, но мы их по сигналу моментально повяжем...

— А вот это уже умнее,— кивнул Синий без малейшей насмешки.— Это, пацан, очень даже смахивает на толковый план. Конечно, нужно все проработать, но если расписать по ролям и чуток порепетировать... Роток, ясное дело, заткнем, привалим на нары...

— В карцере потом насидимся,— осторожно заметил Столоначальник.

Браток беззаботно отмахнулся:

— Лично я всегда готов ради такого дела. Тебе что, самому не в кайф ей черта вогнать? По самые-то погремушки?

— Ну, я бы не стал столь вульгарно формулировать, однако идея, не скрою, заманчивая...

— То-то. Карцера он испугался, барсук. Секретаршу не боишься на столе дрючить в служебное время? Слышал я про тебя краем уха... Да ты не жмись, дело житейское... Ну что, все дружно хвораем животами?

— Черт знает что,— поморщился компаньон по бараку, получивший кличку Борман.

Вадим, как ни старался, не мог его угадать. Борман был уже определенно в хороших годах, перевалил за полсотни, однозначно, но седины было мало, крепкий, подтянутый — то ли ходил по бизнесам, то ли из губернской управы, где-то эта упитанная будка уже маячила, то ли по ящику, то ли в газетах...

— Не нравится? — ехидно ухмыльнулся Синий.

— Это уже беспредел...

— Мы в концлагере или уже где? — Синий помолчал, улыбочка стала не такая широкая, зато ехидства в ней явственно прибавилось.— А ты ведь, ангел мой, мент будешь...

— Доволен, что расколол? — после короткой паузы хмыкнул Борман.— Я, между прочим, тебя срисовал пораньше...

— Что делать,— беззаботно отозвался Синий.— Я ведь, товарищ сапог, уже сто лет как завязал с криминалом, давно уж самый что ни на есть благонамеренный член общества... А вот теперь оба за колючкой — умора! Борман, вякни честно: ты бы ее в охотку отдрючил?

— Ну, вообще-то...

— Тогда чего ж ты стебало косостебишь?

— Как-то оно...

Но особого возмущения в голосе Бормана что-то не было, и Синий осклабился, чувствуя, что последнее слово остается за ним:

— Короче, решено. После аппеля...

— Тра-та-та-та-дах!

Длиннющая автоматная очередь распорола воздух совсем рядом, и тут же затрещала вторая, уже, казалось, над самым ухом — это Чубайс с невероятной быстротой среагировал на неожиданность, прижал к земле «полосатиков», так и не дав им вскочить. Все валялись на песке, инстинктивно сжавшись в комочек. Чуточку опомнившись, стали приподнимать головы, но тут же затарахтел автомат, и рыжий Ганс заорал, надсаживаясь:

— Лежать, мать вашу!

Слева вновь раздалась стрельба, явственно удаляясь, слышно было прекрасно, как трещат ветки, как перекликаются охранники и азартно заливается овчарка.

— Точно, на рывок кто-то ломанулся,— констатировал Синий, выплюнув крупный рассыпчатый песок.— Не получится, нюхом чую...

Еще парочка очередей протрещала, уже на значительном отдалении, вразнобой хлопали пистолетные выстрелы, по лесу с шумом и гиканьем неслась погоня. И очень скоро все стихло, затем раздались торжествующие вопли.

— Точно, взяли придурка за жопу...— плюнул Синий.

Чуть погодя Ганс-Чубайс рявкнул:

— Встать, козлы! Оставаться на месте!

Они вскочили и выстроились гуськом, в затылок друг другу, согласно ставшему уже привычным распорядку номеров. Со стороны чащобы приближались трое эсэсовцев, волоча незадачливого беглеца, коллеги приветствовали их радостным улюлюканьем.

— Не хочешь срать, не мучай жопу,— философски заключил Синий.— Веселуха, господа, веселуха....

ГЛАВА ВТОРАЯ

Спокойный вам вечерок...

К лагерю подтягивались в хорошем темпе, незаметно ускоряя шаг, и в конце концов припустили рысью, стараясь опередить остальные бригады. На сей раз им удалось, они первыми, тяжело дыша и бухая тяжелыми башмачищами, весившими, казалось, полпуда, выскочили на неширокую тропинку. Эсэсовцы этим гонкам ничуть не препятствовали, находя в них для себя лишнее развлечение, но кацетники старались, конечно, не из спортивного интереса, а по насквозь житейским мотивам: именно им сегодня и удастся первыми попасть на ужин, а следовательно, и первыми отовариться в ларьке.

Вскоре показался концлагерь — забор из двухметровых деревянных плах, вбитых метрах в пяти друг от друга; меж плахами натянута в десять рядов начавшая слегка ржаветь колючая проволока; за проволокой — большие бараки, выглядевшие крайне обшарпанно и уныло, с решетками на окнах, с обширными застекленными верандами (половина стекол давно выбита неизвестно кем и когда). Несколько бараков за пределами колючки, из них три давно заброшены, в четвертом расположилась охрана, а в пятом, белыми занавесочками на окнах и спутниковой антенной на крыше, изволит обитать герр комендант. В шестом кухня, в седьмом карцер, поблизости гараж, невеликий сарайчик. Вот и все немудреное хозяйство. Домик с дизель-генератором располагался где-то вдалеке, в чащобе, тарахтенье движка сюда даже не доносилось.

Красавчик сбился с шага, обо что-то споткнулся — кажется, налетел на толстый корень,— и Ганс пару раз вытянул его длинной черной дубинкой. От души, надо сказать, вытянул,— но на физиономии ушибленного, Вадим мельком подметил, никакого особенного страдания не изобразилось. Скорее уж наоборот. Они давно просекли, что сей доставшийся в соседи по бараку смазливый субъект — самый настоящий мазохист. Вполне, может быть, и не педик, но мазохист — однозначно. Из карцера, куда откровенно набивался, возвращался прямо-таки просветленным, судя по тому, что непременно после этого спал на пузе, получал чувствительно нагайкой по мягкому, однако держался так, словно посетил сауну со сговорчивыми телками. Ну, в конце концов, каждому свое...

Что там было написано крупными черными буквами над воротами концлагеря, никто из них до сих пор не знал — так уж вышло, что не оказалось знающих немецкий. Что-нибудь классическое, надо полагать: «Каждому свое» или «Труд сделает тебя свободным».

Комендант, герр штандартенфюрер фон Мейзенбург, конечно же, торчал у ворот — хоть часы проверяй. Часов, как известно, ни у кого не имелось. Пытаясь придать осанистости и важности своей невысоконькой толстопузой фигуре, герр штандартенфюрер застыл в скованной позе памятника, сработанного каким-то откровенным халтурщиком, подбоченившись правой и зажав в левой длинный стек, из-под нахлобученного на нос сверкающего черного козырька поблескивали очки в никелированной оправе, а на груди красовался целый иконостас — черные кресты, загадочные здоровенные значки, какие-то медали. Доцент над этим набором побрякушек вдоволь насмехался еще в самые первые дни — по его словам, герр комендант в истории был не силен, а потому на груди у него оказалось нечто, вряд ли имевшее аналогии в давней исторической реальности. Самый сюрреалистический, по заверениям Доцента, подбор: кресты — еще куда ни шло, медаль за спартакиаду для штурмовых отрядов тоже с грехом пополам годилась, но рядом оказались знак штурмана люфтваффе, знак «За танковую атаку», эмблема полевой жандармерии, которую носили не на груди, а исключительно на головном уборе, и, наконец, вовсе уж не лезший ни в какие ворота значок гитлерюгенда...

Как бы там ни было, но сам себе герр комендант чертовски нравился, что откровенно сквозило и в наполеоновской позе, и в каждом жесте. Физиономия у него оставалась непроницаемой, когда подтянувшиеся эсэсовцы выбрасывали руку, приветствуя начальство, а кацетники, сдернув полосатые шапочки, старательно выполняли «равнение налево», но душа герра коменданта наверняка попискивала в своеобразном оргазме... Нет сомнений, судьбу совершившего попытку к бегству он будет решать сам, вынося немудреный вердикт с важностью Наполеона, ожидающего на Воробьевых горах депутацию с ключами от Москвы... Вердикт, конечно, будет немудреным, а каким же еще?

Издали Вадим разглядел, что за женским столом, отделенным от мужского дополнительной проволочной оградой, уже разместилось все немногочисленное население женской зоны — дам было восемь, как раз на один барак (собственно, и три десятка заключенных мужского пола разместились бы в одном бараке, но их согласно неисповедимым замыслам создателей игры развели по трем). Ника оказалась среди тех, кто сидел спиной, и Вадим сумел разглядеть лишь светленький затылок молодой любимой женушки, но особой тоски что-то не ощутил, кроме легкого утилитарного томления, проистекавшего от недельного воздержания, усугубленного ежедневными представлениями Маргариты.

Зато от лицезрения тетки Эльзы всякие мужские желания вмиг отшибало напрочь. Не зря тут давно сложилась собственная шутливая примета: как только начнешь вожделеть тетку Эльзу, верный признак, что дошел до точки... Весила тетка Эльза пудиков этак десять и щеголяла в черной форменной рубашке пятьдесят второго размера, обтянувшей устрашающие телеса. Вадим уже успел определить: в отличие от формы охранников, старательно скопированной, как заверял Доцент, с настоящей эсэсовской, на повариху, должно быть, не стали тратить лишних денег — на ней красовалась незатейливая черная рубашка фирмы «Мустанг» с отпоротым лейблом да фирменные пуговицы-кнопки прикрыли жестянками-имитациями — и одна, кстати, отвалилась, обнажив серенькую мустанговскую пуговичку. Заметит комендант — огребет тетка Эльза...

Зато гонору и хамства — неподдельного, признавали все — у нее хватало на взвод эсэсовцев. Просто-напросто тетка Эльза, по общему мнению, вдруг угодила в страну своих грез, где могла хамить и унижать, сколько вздумается, причем ее за это начальство лишь похваливало. Конечно, и кое-то из эсэсовцев не просто играл — им в с е р ь е з нравилось быть эсэсовцами. Но до гениальной актрисы одной роли тетки Эльзы им было далеко. Она ни капельки не притворялась и не играла, когда, поддернув на рукаве засаленную алую повязку со свастикой в белом круге, орала на нетерпеливо переминавшихся кацетников:

— Руки мойте, ублюдки! Сколько раз говорить?

Железный умывальник на десяток сосков тут был и воды хватало, а вот ничего, хотя бы отдаленно годившегося на роль полотенца, не имелось. Приходилось управляться кто как мог — один использовал жесткую полосатую шапочку, другой, не мудрствуя, вытирал ладони о собственные бока. И все это — под непрестанные вопли тетки Эльзы:

— Чего копаетесь, морды лагерные? Я вас ждать должна? Без ужина оставлю, дождетесь!

Вилли с Гансом похохатывали на приличном отдалении — войдя в раж, тетка Эльза не делала отличий и для «сослуживцев», любой мог получить порцию отборных матов. Доцент с Визирем как-то долго спорили, шизанутая тетка Эльза или нет,— и пришли к выводу, что попросту сука, каких свет не видел.

— Руки вытирай, говорю! — орала она на Доцента так, словно хотела докричаться до Марса и сообщить марсианам, что все они козлы последние.— Руки вытирай, а не на баб коси блудливым глазом! Пупами потереться захотелось? Очки одел, седой весь, а туда же, вша лагерная!

Ганс осторожно приблизился к ней и что-то пошептал на ухо. Тетка Эльза прямо-таки расцвела, даже забыла про Доцента и распорядилась потише:

— Марш за стол и жрите в темпе, другие ждут!

Все девятеро расселись за сооружением из неоструганных досок, скорее уж пародией на стол. Разносолов, конечно, ждать не приходилась — в жестяных мисках мутно посверкивала сиротливыми блестками жира серая баланда, в баланде просматривалась крупа, разваренная картошка, а если очень уж зорко таращиться, можно было усмотреть тонюсенькие волоконца тушенки. Но это уж — кому как повезет. Не всем и везло.

Хлеб был самого скверного пошиба, ложки — алюминиевые и липкие, но наворачивали все старательно. К вечеру, помахав лопатой, и не такое можно было навернуть за милую душу.

В хорошем темпе выхлебали суп, расправились с сероватой перловкой, не отягощенной чем-то вроде мяса или жира, старательно распихали по карманам остатки хлебной пайки. Немудреная трапеза проходила под аккомпанемент живых и образных высказываний тетки Эльзы, но аппетит это уже не отбивало, привыкли. Благо предстояла еще одна приятная процедура.

— Похавали? И пошли вон! — рявкнула тетка Эльза, хотя Браток с Красавчиком еще погромыхивали ложками, выскребая последние крохи.

— Послушайте, а как же...— заторопился Столоначальник.

— Обращайся, как положено, дерьмо зеленое!

— Фрау шарфюрер, как насчет отоварки...

Тетка Эльза прямо-таки расцвела, расплылась в самой что ни на есть наиприятнейшей улыбке:

— Отоварочка понадобилась... Кушать захотел, пузатенький ты мой... Ганс, объясни этой морде по-человечески...

Ганс охотно придвинулся поближе и, цинично ухмыляясь, отчеканил:

— По распоряжению герра коменданта, в связи с имевшим место злостным нарушением дисциплины в виде попытки к бегству, отоварка на сегодня для всего лагеря отменяется...— подумал и добавил явно от себя: — Прокурору жалуйтесь, если что не так. Прокурор у вас в каком бараке?

— Нету у них прокурора,— злорадно уточнила тетка Эльза.— Всякой сволочи хватает, а вот прокурора нетути... Чего пригорюнились, соколики? Марш в барак!

— Эх, тетушка...— громко вздохнул Эмиль.— Вот смотрю я на тебя и все пытаюсь сообразить: есть же дурак на свете, который тебя стебет. Коли ты фрау. Посмотреть бы на этого придурка, потом и помирать не жалко...

Тетка Эльза, замахиваясь половником, с которого полетели мутные брызги, надвинулась на него, как ожившая стенобитная машина, разинула рот и пошла сыпать так, что оба эсэсовца, даже не пытаясь вмешаться, лишь завистливо похохатывали. Эмиль, с наполеоновским видом скрестив руки на груди, слушал ее совершенно спокойно, отчего фрау шарфюрер разъярилась еще больше.

Зрелище было прямо-таки эпическое, но Вадим туда не смотрел — отвернулся, привлеченный шумом мотора. Возле барака охраны остановился «уазик», самый обыкновенный на вид, поскольку служил для связи с Большой землей. Правда, водитель уже был в соответствующей форме — переоделся где-то по дороге ради сохранения гармонии. В черной форме красовалась и легко спрыгнувшая на землю фрейлейн Ирма (в миру — Катя), носившая чин штурмфюрера. Поправила аккуратную пилотку с «мертвой головой», огляделась и почти сразу же встретилась глазами с Вадимом — такое у него нынче было везение. Он, не теряя драгоценного времени,взял себя за мочку левого уха — абсолютно невинный жест для любого постороннего наблюдателя.

Фрейлейн штурмфюрер с отсутствующим видом достала из кармана кителька белый платок и встряхнула, разворачивая. Дальнейшие манипуляции с платком уже не имели никакого смысла, поскольку не содержали в себе условных знаков, и Вадим быстренько отвел глаза, охваченный приятным предвкушением. Все было на мази.

— Кому говорю? — подтолкнул его дубинкой в поясницу Вилли.— Встать в строй!

Опомнившись, он торопливо занял свое место. Тем временем на пронзительный свисток Ганса уже спешил хмырь из внешней охраны, которого никто не знал по имени. Вилли кивнул ему на Эмиля:

— В карцер обормота. До завтра. Занесите в книгу — за злостные пререкания с охраной.

— Цу бефель, герр блоковой! — рявкнул безымянный хмырь (тоже, должно быть, подчитал нужную литературку перед поступлением на службу), вытащил из кобуры пистолет и подтолкнул Эмиля в спину. Тот, заложив руки за спину и браво насвистывая, направился к карцеру насквозь знакомой дорогой — за неделю он там побывал уже трижды, а теперь вот угодил в четвертый. Прямо-таки нарывался, такое впечатление. Порой Вадим готов был всерьез заподозрить старого приятеля в мазохизме — не будет нормальный человек нарываться буквально через день. Правда, здешний карцер, по разговорам, ничего жуткого из себя и не представлял — всего-навсего был лишен каких бы то ни было лавок, нар или постели, так что располагаться приходилось на полу. «Может, тут какой-нибудь особый заказ? — лениво подумал Вадим, шагая со сцепленными за спиной руками следом за Борманом.— Интересно, что это за скелет в шкафу, сто лет его знаю, и ничем он таким особенным не грешил. Ну, мало ли...»

Оборотной стороной медали — в данном случае приятной возможности первыми схавать скудный ужин — было то, что теперь их бригаде пришлось долго торчать на плацу, ожидая, пока поедят и придут последние. Площадка с пышным, полностью соответствующим исторической реалии названием «аппель-плац» когда-то служила местом для вечерних пионерских линеек — Вадим еще застал пионерские времена, а потому уверенно угадал в первый же день: на этой трибунке некогда красовалось лагерное начальство, а торчащая из земли ржавая железная трубка в те же напрочь и безвозвратно ушедшие годы служила опорой для флагштока. Ну да, линейки, каждое утро флаг поднимали, каждый вечер спускали, красные галстуки, пионерский салют, и еще не было плейеров, но в старших отрядах девочек уже потискивали вовсю, а касательно одной и вовсе ходили волнующие юную плоть слухи, что она д а л а. Правда, счастливчика так никто и не знал, хотя многие клялись, что сами от него слышали. Господи, были же беззаботные времена, детство человечества...

В общем, он так и не увидел особой разницы меж старым временем и нынешним. Некогда старшие пионервожатые поучали и руководили идейно — а теперь взобравшийся на старательно отремонтированную трибунку герр комендант, потрясая стеком, поминал сегодняшние инциденты и грозил, что наведет железный порядок. Слушать его было столь же тягомотно и уныло, как вожатых в прежние времена — ничего он не мог сделать, лысый хрен, как ни стращал, не за то получал хорошие бабки...

Все паскудное когда-нибудь кончается, кончился и аппель — шаблонной перекличкой с неизменным рявканьем: «Их бин, герр комендант!»

после зычно выкрикнутого Вилли очередного номера. Распустили по баракам. Теперь до утра ни одна сволочь не побеспокоит.

Синий, не собиравшийся отказываться от гениального замысла насчет Марго, все же провел короткую репетицию и погнал Красавчика к воротам заявить часовому, что барак поголовно мается животами и просит прислать врача. Красавчик вернулся очень быстро и поведал, что его послали на все буквы, заявив, что кацетники, во-первых, наказаны скопом за попытку побега, а во-вторых, пусть выдумают что-нибудь поумнее, поскольку их кормили все-таки не отравой, так что нечего выпендриваться. Судя по неподдельному унынию на смазливой роже Красавчика, он все же не был голубым и всерьез рассчитывал, что Маргарита попадет в плен и будет употреблена.

Выматерившись от души, Синий пошел в чулан готовить чаек на своей «атомной» самоделке, заставлявшей вскипать воду чуть ли не в пять секунд. Остальные живенько установили очередь на тот же кипятильник — Синий не жмотничал, поставив условием лишь, чтобы вовремя очищали железки от накипи. Пожалуй, каждый сюда что-то протащил контрабандой — от электронной игрушки (Браток) до пачки баксов (Вадим) и сотового телефона (Столоначальник).

Вадиму сегодня определенно везло — его очередь выпала сразу за Синим, и он в темпе сварганил чаек в ободранной эмалированной кружке, казенном имуществе с соответствующим штемпелем на боку, выполненным какой-то стойкой краской.

И вытянулся на нарах, попыхивая дравшей горло «Примой», дожидаясь, когда чай немного остынет. За зарешеченными окнами темнело. Борман включил единственную лампочку, сиротливо болтавшуюся на коротком шнуре, лег прямо под нее и принялся штудировать затрепанный детектив, протащенный сюда опять-таки контрабандой. Должно быть, про Южную Америку — на обложке значилось что-то насчет пираний, да вдобавок красовалась какая-то импортная рожа с импортным автоматом наперевес. Остальные занимались кто чем — Столоначальник ушел в чулан поболтать по телефону с супругой, свято полагавшей, что он находится в командировке далеко отсюда. Зона уверенного приема здесь почти что и кончалась, так что в трубку приходилось орать, да и самому напрягать слух — правда, в случае Столоначальника это как раз и работало на его версию о медвежьем угле, откуда чертовски трудно дозвониться. Браток возился со своей попискивающей игрушкой, Визирь давно похрапывал, Василюк в той же позе Степана Разина пускал дым, Доцент с Синим дулись в карманные шахматы (контрабанда Доцента).

Первые дни Вадиму тут было откровенно дико. Потом привык и даже оценил полной мерой гениальность изобретателя этого дома отдыха для богатеньких Буратин. Гениальность, которой в первые дни, можно со стыдом признаться, так и не просек.

Если подумать, это не более чем анекдот — про хитроумного русского, с помощью бочки пива заставившего негритянского вождя испытать лучший на свете кайф. Анекдот, претворенный в жизнь. Первые два-три дня чувствуешь лишь тупое раздражение, злишься на себя за впустую выброшенные деньги, но потом, как-то рыком, осознаешь весь смак затеи. Потому что начинаешь всерьез, нешуточно, яростно мечтать о том дне, когда перед тобой распахнутся ворота, ты направишься прямиком на склад, облачишься в «вольный» недешевый прикид, защелкнешь на запястье браслет недоступных бюджетникам часов, распихаешь по карманам прочие дорогие мелочи — и покинешь «концлагерь», возвращаясь к прежней жизни удачливого шантарского бизнесмена. В том и небывалый кайф — в мечтах о свободе, в сладостном ощущении, что через неделю все это неминуемо кончится. Вернется все п р е ж н е е. Ставшее после пережитого словно бы и чуточку незнакомым, новым, неизведанным.

Задумка была проста, как все гениальное. Чем можно поразить и удивить богатого по меркам Шантарска человека — не крутого долларового мультимиллионера, но и не последнюю спицу в новорусской колеснице? Исколесившего полмира и свыкшегося с зарубежными фешенебельными местечками настолько, что всякие там Багамы, Антальи и Таиланды теперь кажутся подходящими лишь для подкопивших штуку-другую баксов совков?

Концлагерем, вот чем. Более-менее точной копией нацистского концлагеря, разумеется, с приличествующими случаю поправками — кормежка паршива, но не отвратна, работа имеется, но не столь уж выматывающая, охрана поддает по загривку только тем, кто этого жаждет, вроде Красавчика, на мелкую контрабанду смотрят сквозь пальцы, дешевые карамельки и «Приму» в ларьке взять можно всегда. А если подсуетиться и включить потаенные рыночные механизмы (в конце концов, действовавшие и в настоящих концлагерях), можно устроиться и вовсе недурно...

Говорят, устроители, сиречь владельцы процветающего предприятия, сами ничего не придумали. Якобы подобные услуги для скучающих пресыщенных богачей уже давно процветают то ли в Штатах, то ли в Германии. Ну и что? Какая, в принципе, разница? Заведение существует уже третий год и в кругах посвященных пользуется некоторым успехом. Рыжий Ганс позавчера проболтался, что здесь не всегда столь пустовато — сейчас, оказалось, попросту не сезон, август почему-то особой любовью клиентов не пользуется, а вот в июне-июле тут не протолкнуться, народу на нарах, как селедок в бочке. Рыжий даже назвал иные известные имена — и, быть может, не во всем врал...

Сам Вадим сюда не особенно рвался — уговорили молодая женушка и старый друг, он же давний коммерческий директор. Прослышали от знакомых и загорелись — пикантно, ново, где-то романтично. Уговаривали, пока не уговорили. Сейчас, по прошествии недели, Вадим был вынужден признать, что деньги выкинул не зря — с одной стороны, вышеупомянутый кайф, ожидание свободы, не шел ни в какое сравнение с уже испытанным, с другой — здесь, на свежайшем таежном воздухе, и впрямь потеряешь пару килограммов наметившегося брюшка, причем без всяких стараний с твоей стороны. Что, надо полагать, и влечет сюда шантарских дам — от бизнесвумен до супружниц. Если совсем честно, он испытывал определенное злорадство, представляя, как валяется на тощем матрасике дражайшая женушка, дорогущая игрушка, на воле купавшаяся в роскоши, какую только мог предоставить Шантарск. На «женской половине» кормят точно так же (в обширнейшем контракте каждая мелочь оговорена), вместо землеройных работ дщери Евы обязаны шить брезентовые рукавицы, всю косметику и все побрякушки отобрали при входе, разве что вату выдают с учетом женской специфики. А главное, не нужно (как, если честно, случается порой) терзаться смутными подозрениями: не ищет ли твоя дорогая игрушечка маленьких развлечений где-то на стороне, пока ты двигаешь вперед капитализм, не лезут ли в ее прелестную головушку от сытого безделья грешные мысли... Вот она, в ста метрах, если посмотреть в крайнее слева зарешеченное окошко, можно усмотреть угол женского барака, и ручаться можно, образ жизни соблазнительная Ника ведет прямо-таки ангельский — разумеется, поневоле. Свиданий здесь не дают (можно договориться за бабки, но какой смысл?), так что неизвестно, какие чувства она испытывает. Даже если и не нравится, вынуждена терпеть — устроители тоже не дураки и честно старались осложнить жизнь клиентам. Выйти отсюда можно в любой момент — вот только в контракте есть особый пунктик про неустойку, и растет она в геометрической прогрессии, здесь все наоборот: чем раньше станешь рваться наружу, тем больше денег угробишь. Проще уж отсидеть две оплаченных сполна недели, чтобы потом не давила жаба. Ну и хорошо, ну и ладненько. Пусть посидит, лапонька. Это ей не по Шантарску рассекать в сверкающей «Хонде»-автомате с кредитными карточками в кармане. Молодую жену он на свой манер любил, стараясь холить и лелеять, но все равно в глубине души таилось легкое раздражение, как у многих из его круга: ты пашешь, как папа Карло, деньденьской, а твоя дорогостоящая игрушечка на стену лезет от безделья и не стесняется капризничать чаще, чем следовало бы. А поскольку за полтора года как-то к ней уже привык, приходится терпеть, урывая свое в обстановке строгой конспирации... Что, впрочем, опять-таки придает жизни должную пикантность.

Может, и в самом деле подумать над побегом? Того, кто решит по своей воле уйти отсюда, ждет немаленькая неустойка — но за успешный побег или захват заложников, соответственно, полагается возврат немаленькой части уплаченного за путевку. Беда только, охрана успела набраться опыта, службу несут столь же бдительно, как их исторические предшественники, н а с т о я щ и е черномундирники — болтают, добрая половина из них как раз и служила срочную в лагерной охране, а заместитель коменданта, это уже не болтовня, а доподлинная правда, как раз и переманен недавно из одной из шантарских колоний. Получает наверняка раз в несколько больше, чем на старом месте, а значит, будет выкладываться искренне. Даже Синий, человек, несомненно, постранствовавший по настоящим зонам, до сих пор не придумал плана успешного побега. А может, и не хочет ломать голову. Уж ему-то здесь чертовски нравится, для него т а к а я зона — санаторий, откровенно кайфует. Легко сообразить, почему здесь оказался мазохист Красавчик. Легко, в общем, понять, что тут делает Мдиванбеги-Визирь, бывший подпольный цеховик, а ныне почтенный коммерсант-производитель — годами в свое время ходил под перспективой реальной зоны, вот и сублимируется чуточку извращенным образом, иные его случайно вырвавшиеся реплики только так и можно истолковать. Пораскинув мозгами, поймешь, каким ветром сюда занесло оказавшегося ментом Бормана — вновь чуточку извращенное желание самому побывать там, куда годами загонял криминальный элемент, но при этом не потерять и волоска с головы. Столоначальник — то же самое, что с Визирем. Нетрудно понять и Эмиля: всю жизнь пыжился, изображая крутого мачо, из кожи вылез, чтобы в военкомате записали в десант, даже имя официально переменил семь лет назад (в честь любимого героя райновских романов), и теперь откровенно пытается придумать идеальный побег. Гораздо труднее с Доцентом — с одной стороны, интеллектуал, с другой — замешан в каких-то бизнесах, иначе не попал бы в сей недешевый санаторий. Но вот мотивы — темный лес, поди докопайся...

Он отхлебнул теплого чайку, лениво покосился в окно — те три балбеса все еще трудились, как проклятые, заделывая один из двух уличных туалетов в сплошной чехол из металлической сетки. Поблизости бдительно торчал Вилли с овчаркой на поводке — старается, зараза, следит, чтобы работяги не угодили в заложники,— черномундирных, надо полагать, еще круче учат и бьют рублем, что логично. Интересно, что новенькое придумал герр комендант? Не сортир, а сущий сейф получается, на совесть работают, сразу видно, отнюдь не по-совдеповски...

Попытался представить, что сейчас делает обожаемая женушка, но это показалось скучным — выбор у нее небогат, точно так же валяется на нарах и хвастается перед товарками удачно сложившейся жизнью. Нечто вроде прошлогодней болтовни: когда в приступе ревности нанял частного сыскаря, тот установил «жучки», и пришлось добросовестно (деньги плачены, куда денешься) слушать, как Ника по три часа треплется с подружками, такими же игрушками. А вот любовничка не отыскалось, что искупало все труды вкупе с прослушиванием пленок...

Гораздо интереснее было — попытаться угадать, есть ли сейчас в бараке-карцере любители «особых заказов». Вроде бы Браток видел, как туда кого-то привозили. В карцере, в противоположность рутине общего режима, работали с клиентами индивидуально. И мало что выходило наружу, но вряд ли кто-то из владельцев мог предугадать любившую поболтать Катеньку в качестве канала утечки... Кое-что интересное Катенька все же поведала — главным образом о мелких шантарских политиканах, которых поневоле знала в лицо. Почему-то последний месяц в карцер косяком шли как раз мелкие политиканы — со своими специфическими требованиями. Широко известная в узких кругах патологическая демократка Марина Лушкина, валькирия былых перестроечных митингов, уже в третий раз заказывала себе недельку в «сталинском застенке» — что фирма, получив предоплату, старательно выполняла. По рассказам Катеньки, все обстояло в лучшем виде — и тупые надзиратели в синих фуражках с малиновыми околышами, и зверь-бериевец, светивший валькирии в глаза настольной лампой, и заседание «тройки», каждый раз исправно влеплявшей «десять лет без права переписки», и даже инсценировка расстрела в сыром подвале с жутким клацаньем затворов и долгими воплями Марины: «Да здравствует демократия! Долой Сталина!» Из карцера Марина выходила просветленной и сияющей — еще и оттого, что всю эту неделю ее исправно подвергали группенсексу палачи с малиновыми околышами, а зверь-бериевец примащивал прямо на своем столе — что опять-таки, как легко догадаться, было с соблюдением надлежащих норм эзопова языка заказано заранее и оплачено сполна.

Сиживал здесь и Андрюша Зубровский — толстощекий юнец, создавший в Шантарске страшную патриотическую партию аж из пяти человек (включая его супругу и престарелую бабушку). Стойкий патриот деньги на содержание своей партии зарабатывал, возя из Турции серебришко и кожаные куртки, пару раз в неделю читая студентам лекции по истории и пописывая в местных, особо непритязательных газетках. Накопив достаточную сумму, юноша явился в фирму «Экзотик-тур». Легко догадаться, что его желания опять-таки были довольно специфическими. Г-н Зубровский желал томиться в жидомасонских застенках, под конвоем носатых и пейсатых сионистов, грозящих предать лютой смерти борца за светлые идеалы родины слонов. Фирма, оприходовав денежки, разумеется, предоставила и жидомасонов, и пейсы, и даже зеленые береты израильских солдат с настоящими эмблемами дивизий «Джерихо» и «Маккаби». К сожалению, юный национал-патриот смог наслаждаться жидомасонским застенком лишь двое суток — на большее не хватило денег, цены здесь были, откровенно говоря, рассчитаны не на политических придурков, а на серьезную публику, привыкшую, что замысловатые прихоти обходятся дорого... Осталось, правда, в точности неизвестным, заказывал ли молодой политик, чтобы тюремщики его еще и трахали. Злые языки уверяли, что все же заказывал, но полной ясности не имелось.

Зато достоверно было известно, что театральное действо обрело размах и эпичность, почти не уступавшие голливудской версии «Клеопатры», когда перед мирскими забавами не устоял и шантарский архиепископ Аполлоний, личность знаменитая и весьма своеобразная. Благо доходы позволяли. Неведомые хозяева местного филиала «Экзотик-тура» (посвященный народ давно уже знал, что здесь не более чем филиал, фирма раскинула щупальца в широкие просторы) привыкли ничему не удивляться, если имели дело со стопроцентной предоплатой. Облаченный в рубище и самые настоящие кандалы, Аполлоний сутки томился в яме с натуральнейшими пауками и белевшими в углу костями предшественника, а на другой день предстал перед инквизиторским трибуналом. Злокозненные иезуиты, вольготно рассевшись за уставленным скоромными яствами и питиями столом в компании полуголых гетер (Аполлоний в истории был слаб и искренне полагал, что гетеры — это попросту другое название латинских развратных монашек) битых три часа уговаривали пленника отказаться от святой православной веры ради латинского поганства, стращали орудиями пыток, представленными здесь во множестве, однако ничего не добились. Пленник красноречиво обличал католическую ересь (при этом безбожно путая таковую с учением Блаватской), грозил наперсникам разврата божьим судом, в неподдельном рвении гремя оковами и даже плюясь. В конце концов потерявшие терпение иезуиты приговорили неуступчивого узника к сожжению на костре. Куда и повели во главе многолюдной процессии, состоявшей из иезуитов в капюшонах с прорезями для глаз, гетер в дезабелье, стражников в кирасах и франкмасонов с циркулями (попавших на представление опять-таки из-за слабого знания Аполлонием истории предмета). Имелась весьма внушительная поленница вокруг основательного столба, к которому мученика приковали. Но до огня дело, разумеется, не дошло — нагрянула православная рать в кольчугах и шишаках и пастыря незамедлительно спасла.

Все это влетело в крутую копеечку, но не в том проблема: про эти забавы прослышал отец Михаил, давний недруг Аполлония,— еще с семинарских времен, когда, если верить Михаилу, будущий архиепископ, в ту пору попросту Ваня Черемухин, больше бегал по девочкам и кушал водочку, нежели штудировал отцов церкви. Отец Михаил, воодушевившись перспективой обстоятельной кляузы в патриархию, попытался докопаться до подробностей — но ничего толком не знал, располагая лишь смутными слухами, а потому не нашел ровным счетом никаких доказательств. Торжествующий Аполлоний, публично сокрушаясь насчет людской злобы, без всякого труда дезавуировал недруга и отбыл освящать новый офис компании «Панасоник»...

Всю эту историю Вадим знал в подробностях от Катеньки-Ирмы, исполнявшей тогда роль одной из латинских гетер. Ее мастерская игра произвела такое впечатление на Аполлония, что архиепископ, как тонкий ценитель изящных искусств, задержался на ночь и до утра, надо полагать, пытался обратить еретичку в истинную веру (что до этой части рассказа, Катенька лишь досадливо фыркнула и оборонила: «А еще епископ, козел с фантазией...»)

Одним словом, если проанализировать скудноватые обрывки информации (Катя, конечно, знала лишь свой крохотный участок работы), все же можно было догадаться, что предприятие солидное и приносит своим хозяевам немаленькие барыши. Визирь даже как-то заикнулся, что имело бы смысл выйти на владельцев и войти в долю. Идея пришлась по вкусу, от безделья ее обсуждали долго и увлеченно, но потом Доцент мимоходом подкинул мысль, враз изменившую точку зрения и как-то незаметно прекратившую дискуссию вообще: если рассудить, владельцы данного заведения поневоле становятся и владельцами груды серьезного компромата — главным образом связанного с «особыми заказами». А в наше интересное время обладание компроматом порой чревато — если ты не генерал Коржик. Мало ли что взбредет в голову потаенно резвящимся серьезным клиентам... Словом, лучше не связываться. Большинством голосов вынесли именно такую резолюцию. Как человек подозрительный, Столоначальник даже попытался обыскать барак на предмет крохотных видеокамер и микрофонов, но его дружно подняли на смех, убедив в конце концов: сама по себе игра в узников никакого компромата скрывать не может, это не книжки про приватизацию...

ГЛАВА ТРЕТЬЯ

Личная жизнь за колючкой

Скучно было в бараке — Борман уже подремывал, Браток все возился с писклявым тамагочи, еще трое куда-то смылись, видимо, пошли прошвырнуться перед сном (это не возбранялось, чихать было администрации, что происходит внутри лагеря). Очередную «Приму» Вадим вышел выкурить на веранду — довольно обширную, в старые времена для пионеров метража не жалели. Половина стекол, правда, была выбита — похоже, заброшенные строения обладают некой мистической способностью разрушаться сами по себе,— а пара досок в полу подгнила и провалилась, если не знать, можно и провалиться туда в полумраке. Все они, конечно, давно с этой ловушкой освоились, так что Вадим уверенно обогнул коварное местечко и пускал дым в окаймленный острыми осколками проемчик, пока рядом не нарисовался Столоначальник. Помялся и сообщил:

— Табачок кончился, черт. Из-за отмененной отоварки...

— Любите вы халяву, слуги народные...— проворчал Вадим.— Тут лагерь или уже где?

— Ну, лагерь...

— Значит, должен господствовать натуральный обмен. Две сигаретки против звонка.

— Батарейки садятся, а новых нету...— заныл Столоначальник.

— Вольному воля.

— Если недолго... Тогда три.

— Черт с тобой,— кивнул Вадим.

— Ты мне только полупустые не вытрясай...

— Так батарейки ж садятся.

— Ну, одну полупустую еще куда ни шло...

— Доволен?

— Ну.

— Тогда пошли,— сказал Вадим, кивая в сторону чулана, где все они устроили свои захоронки.

Подойдя по скрипящим половицам к полуоткрытой двери чулана, оба констатировали, что кто-то успел их опередить для своих дел. В чулане горела лампочка, еще тусклее, чем в бараке, явственно послышался веселый голос Синего:

— Ну что ты ломаешься, Машенька, как прости господи? Добродетель взыграла?

Отозвался чуть сварливый тенорок Василюка:

— А вы не слыхивали, любезный, про такую вещь — взаимную симпатию? Надо бы ее иметь, да только у меня ее к вам не просматривается... Не воодушевляете вы меня, уж извините.

— Да чего там...— беззаботно протянул Синий.— А вот такая штука тебя не одушевит?

Звук неслабой плюхи, сдавленное оханье, еще какая-то возня.

Судя по долетавшим отголоскам, последовала еще парочка ударов, кто-то из двоих — Василюк, несомненно — жалобно пискнул, что-то упало, Синий рявкнул не в пример жестче:

— Ломаться будешь, пидарасня корявая! Ну? Да смотри у меня, укусишь — шнифты выткну...

Воцарилось молчание, нарушавшееся лишь многозначительными звуками. Оба украдкой заглянули в приоткрытую дверь. Внутри уже наблюдалась определенная гармония — Синий стоял с приспущенными штанами, а помещавшийся перед ним на коленях Василюк исполнял номер, который в древней китайской традиции именовался игрой на яшмовой флейте любви. Нельзя сказать, что чернявый был охвачен неподдельным трудовым энтузиазмом, но вынужден был стараться: тертый человек Синий держал в непосредственной близости от физиономии партнера самодельный выкидной ножик с напоминавшим скорее шило лезвием. Судя по косым испуганным взглядам Василюка, действовало неплохо.

Под ногами скрипнула доска. Заметивший нежданных зрителей Синий, ничуть не смущаясь, поинтересовался:

— Что, орлы, в очередь встаете? А то давайте, пока Марья в настроении...

— Да мы так...— определенно смущенно промямлил Столоначальник, отступая.

— Это вы зря,— пожал плечами Синий и тут же переключился на чернявого: — Не части, Марья, не части, обстоятельно работай...

Они ждали в отдалении от двери еще минут пять, потом из чулана бомбой вылетел Василюк, притворяясь, будто никаких свидетелей тут и нет, старательно отплевался с веранды и, прямо-таки внутренне кипя, но не осмеливаясь выражать возмущение вслух, убрался в барак. Следом вальяжно прошествовал Синий, подмигнул:

— Спермотоксикоз нужно снимать. А коли ты Машка, так уж Машка. Зря брезгуете, орлы. Ладно, секретничайте, что там у вас...

И тоже исчез в бараке. Вадим честно подождал снаружи, пока Столоначальник возился в чулане, что-то шумно передвигая там и чертыхаясь под нос. Наконец появился с черной трубкой изящных обтекаемых очертаний, озабоченно предупредил:

— Только недолго, батарейки сдыхают...

Вообще-то, он не врал: на подслеповатом экранчике светилась черная тройка, батарейки и в самом деле ощутимо подсели. Вадим привычно набрал номер, после четвертого гудочка трубка откликнулась тонюсеньким голоском:

— Акционерное общество «Альтаир».

Жанна, разумеется. Работа спорится, не без приятности констатировал Вадим. Генеральный директор отсутствует вкупе с директором коммерческим, но механизм сбоев не дает, всегда кто-то дежурит даже в столь позднее время, обоснованно ожидая звонка от босса... Это вам не романтические времена первых лет ударной капиталистической стройки, когда их первый офис размещался в арендованной у Дома пионеров комнатушке, где допрежь того уборщицы хранили швабры...

Омерзительная была слышимость, словно он имел дело с убогими телефонами советских времен (в не столь уж далекие времена порой приходилось звонить с левого берега Шантарска на правый через межгород, иначе и не дозвонишься). В конце концов Жанна разобрала, что это объявился господин Сурганов собственной персоной, хозяин и благодетель, он же царь, бог и воинский начальник, как говаривали в былые времена шантарские приказчики о своих хозяевах, а хозяева — сами о себе.

Судя по ее докладу, все шло, словно по накатанной колее. Не зря говорится, что самый толковый босс — тот, кто сумеет наладить дело так, что оно будет бесперебойно крутиться и в его отсутствие. Заключенные договора выполнялись, партнеры пока не подводили, в ближнем, равно как и в дальнем зарубежье все обстояло нормально, грузы двигались, не особенно и запаздывая, все случившиеся кое-где задержки были, в общем, в пределах допустимого. И главное, не прозвучало ни одной из условных фраз, давших бы понять, что случилось где-то нечто, требующее личного вмешательства. А это безусловный плюс. Только люди сторонние и непосвященные могут думать, будто крупные фирмы избавлены от неприятностей. В реальности обстоит как раз наоборот: чем солиднее и круче фирма, тем больше скользких дорожек. Иногда переходишь кому-то дорогу и наступаешь на мозоль, сам того не ведая...

Рядом шумно переминался Столоначальник, кидая умоляющие взгляды, так что разговор пришлось заканчивать в темпе. Потом Вадим еще пару минут деликатно ждал снаружи, пока собрат по бараку упрячет телефон обратно в тайник. И сам, оставшись в одиночестве, занялся своим тайником, устроенным без особых фантазий под металлической флягой, запачканной вовсе уж древней, закаменевшей известкой. В чулан, такое впечатление, своими хлам со всего бывшего пионерлагеря. Тайники, честно говоря, устраивали абы как — благо никто не собирался лазить по чужим — скорее уж ради соблюдения правил игры.

Под вогнутым днищем фляги как раз прекрасно уместилась нетолстая пачечка тех самых ихних долларов, которые, собственно, и есть наши баксы, да крохотный китайский фонарик величиной с толстую авторучку. Все снаряжение, необходимое для его нехитрых целей, ничего другого и не требовалось.

Сунув в единственный карман полосатого бушлата фонарик и два мастерски исполненных портрета президента Гранта, Вадим внутренне собрался перед не столь уж сложной акцией. Ушки следовало держать на макушке, провалишься, ощутимых неприятностей не будет, разумеется, но вот подземный ход охрана с превеликой радостью изничтожит, а его следует поберечь и для себя, и для преемников...

Уже совсем стемнело. Вадим постоял на краю веранды, присматриваясь, прислушиваясь и прикидывая. Слева давешние придурки продолжали непонятный труд, превращая один из туалетов в подобие то ли сейфа, то ли зоопарковской клетки — там почти беспрерывно шипел сварочный агрегат, нелюдски потрескивало, вспыхивали холодные синие проблески. На фоне посеревшего неба четко виднелся силуэт часового, помещавшегося на единственной вышке, но он стоял к Вадиму спиной, знал, питекантроп, что вредно долго таращиться на пламя электросварки. Точно так же и бдительный Вилли стоял лицом к тайге, развернув туда же мордой верную псину. Прожектор на вышке давно уже озарял один и тот же участок колючей проволоки, луч не сдвинулся ни на миллиметр. Не было нужды особо нервничать — охрана не без оснований полагалась на «объемные» датчики, присобаченные к каждому столбу с той стороны проволоки. Штучки крохотные и стопроцентно надежные, подойдешь к столбу ближе чем на метр — мгновенно поднимут хай вселенский. А посему по территории лагеря можно было перемещаться, как тебе угодно, никто за тем, что происходит внутри, и не следил особо, сосредоточившись лишь на том, чтобы не допустить побега. Вадим, оценив шансы (каковые все были на его стороне), подумал не без превосходства: все же комендант герр фон Мерзенбург, если откровенно — совок совком. Многое творится у него под носом, о чем он знать не знает. Не зря молва гласит, что герр комендант — не более чем зачуханный советский интеллигент, совсем было собравшийся вымереть ввиду полной неспособности устроить судьбу в новой реальности, но кто-то из шантарского отделения «Экзотик-тура», вроде бы бывший однокашник, пожалел придурка и подыскал непыльную работенку. Во всяком случае, умный человек Доцент именно к этой версии склоняется, да и Вадим склонен ее придерживаться из-за собственных наблюдений и рассказов Катеньки.

Все, кажется, было в порядке, никак не должно оказаться поблизости зоркого наблюдателя за этим именно бараком. Вадим, прикинув в последний раз не особенно мудреную тактику, тихо спустился с крыльца и двинулся вперед, к соседнему бараку, держась так, чтобы его собственный барак остался меж ним и копошившимися у сортира придурками. В соседнем стояла мертвая тишина, словно там и не было ни единой живой души, свет не горел.

Пронзительно, как-то нелюдски шипела электросварка, вокруг то проявлялись, то исчезали черные тени. Овчарка вдруг дернула ушами, повернулась было в его сторону — Вадим замер,— но почти сразу же успокоилась, уселась в прежней понурой позе. Видно было, что ей чертовски скучно, никак не возьмет в толк, к чему эти полуночные бдения.

Вадим двинулся дальше. Выглянул из-за угла последнего барака. Ну, надо же...

Метрах в пятнадцати от него, по ту сторону проволоки, старательно возились еще три темных силуэта. Вспыхнул сильный фонарь, высветил толстый столб, кто-то сварливо стал поучать, как именно следует поставить, как повернуть, чтобы луч падал именно туда, куда надлежит. Остальные двое лениво отругивались без особой нужды, троица держалась с извечным равнодушием мастеровых, которых заставили возиться с занудной работой, в результатах коей лично не заинтересован подневольный исполнитель.

— Тяни, говорю!

Один потянул с деланным кряхтением — ага, толстый провод, уходивший в неизвестную темноту. Ему принялись помогать, и дело, в общем, помаленьку спорилось, хотя Вадим так и не понял, что они там затевают. Ну и хрен с ними. Быстрой пробежкой преодолел последние метров тридцать и оказался у высокой двустворчатой двери бывшего клуба — самого большого строения в лагере. Замер на несколько секунд, чутко прислушиваясь к окружающему,— дверь была темная, а вот стены беленые, кто-нибудь мог и заметить мелькнувший на их фоне человеческий силуэт.

Обошлось. И те, что возле сортира, и те, что возились с непонятным проводом, на окружающее не отвлекались, а часовой на вышке признаков жизни не подавал — если он там вообще пребывал. Мог и уйти дрыхнуть. Осторожненько, тихо, по сантиметру, Вадим приоткрыл высокую створку — почти не скрипела, зараза,— проскользнул внутрь. Постоял, пока глаза худобедно не привыкли к темноте.

У противоположной стены свалены в кучу длинные скамейки, справа смутно виднелась сцена, голая, как лунная поверхность, даже занавеса не было. Во времена, казавшиеся ныне чуть ли не сном (когда генсек представлялся вечным, как Кощей Бессмертный, а цены не менялись долгими годами), он угодил однажды в такой вот лагерь. Папенька, изволите ли видеть, возжелал вдруг, чтобы отпрыск не отрывался от коллектива. И пришлось битый месяц тянуть пионерскую лямку. Почти на такой же сцене он однажды и блистал в идиотском балахоне куклуксклановца («без речей», как писали некогда в театральных программах) — тогда в Штатах случилась очередная заварушка, негры хлестались с национальной гвардией, и пионеров, как водилось, заставили отвечать наглядной агитацией на очередные происки империализма. Стоило возиться, если сейчас эти негры из третьего поколения безработных живут получше отечественного профессора? Одним словом:

Раз-два-три, пионеры мы!
Папу с мамой не боимся, писаем в штаны!

Направился в дальний угол, посветил фонариком, бдительно следя, чтобы луч не поднимался выше подоконника, сильно пнул нижний конец доски, которая только со стороны казалась накрепко приколоченной. Доска легко вылетела — поймал ее на лету, тихонько приставил к стене, открыв неглубокий проем, где обнаружилась металлическая рукоятка.

Когда Вадим с некоторым усилием отжал ее вниз до упора, слева, под ногами, явственно щелкнуло. Просунув ладонь в щель, он отвалил крышку люка, старательно установил доску на место, посветил вниз. Осторожненько спустился по нешироким деревянным ступенькам. С обратной стороны к люку была привинчена удобная ручка, стоило дернуть — и крышка встала на место, даже при дневном свете не сразу и найдешь, если не искать специально.

И он двинулся по обшитому широкими досками подземному ходу, узкому, но достаточно высокому, нагибаться приходилось лишь самую чуточку. Воздух был застоявшийся, затхлый, в ноздри лез влажный запашок сырости — доски, похоже, начали чуточку трухляветь.

«Деловой человек нигде не пропадет»,— подумал он с некоторой гордостью. Правда, лично ему гордиться было и нечем — старый друг Паша Мечников, занимавший немаленький пост в местном отделении «Экзотиктура», как раз в свое время и надзирал за превращением бывшего пионерского лагеря в нечто по духу противоположное. А поскольку Паша с самого начала собирался (в традициях истого коммерсанта) делать бизнес в первую очередь на добрых приятелях, превратив их в клиентов, приготовил для посвященных лишнюю приманку-льготу: подземный ход плюс сговорчивые девочки из лагерной канцелярии. Строителям, понятно, начихать. Что им велели, то они и сработали и тут же забыли. Герр комендант с присными, ясное дело, не в курсе. А людям приятно, всегда есть возможность скрасить суровые концлагерные будни. Паша и сам пару раз сюда сбегал от бдительной женушки, вовсю используя собственное изобретение...

Ход был недлинный, метров сорок. Поднявшись по ступенькам, Вадим нажал точно такую же рукоятку, чуть приподнял люк — вокруг тишина и темнота.

Вылез, опустил за собой крышку. И очутился в лагерной кухне. Все было продумано на совесть — здешний люк гораздо уже того, что в клубе, всего полметра, со стороны предстает промежутком меж стеной и огромным шкафом для посуды, предусмотрительно приколоченным к стене. Никому и в голову не придет заподозрить неладное — ни охрана, ни комендант, до сих пор не раскусили, а сволочная тетка Эльза то и дело швыряет за шкаф тряпки и прочий мусор, чем лишь способствует маскировке...

И — никого. А он-то побаивался, что опоздает. Опаздывала как раз Катенька по извечному женскому обыкновению. Выглянув в окно, Вадим констатировал, что в обиталище коменданта горит только одно окно и доносится какая-то классическая музыка — большой эстет наш герр комендант. А вот в бараке охраны наблюдается некое непонятное оживление, абсолютно не свойственное позднему часу. Горели все окна, то и дело в них промелькивали рослые фигуры, некоторые что-то носили, возле барака стоял небольшой автобус с заведенным мотором — не было тут допрежь такого автобуса. Оживление царило несуетливое, насквозь деловое, Вадим толком не разобрал доносившихся до него фраз, но тон у говоривших был определенно радостный. Кто-то даже громко и немелодично затянул песню. Послышался собачий лай — вроде бы незнакомый, за это время стал уже различать по голосам обеих овчарок... Какие-то новшества заводит герр комендант, не сидится ему спокойно.

Потом совсем рядом с кухней проехала автоцистерна — и этой машины раньше что-то не наблюдалось, питьевую воду привозили в другой, гораздо меньше, на базе «ГАЗ-53», а это, как нетрудно определить, сто тридцатый «зилок». Цистерна исчезла из поля зрения, но уехала недалеко, слышно было, как поблизости проскрипели тормоза, и мотор тут же умолк.

Потом в замке скрежетнул ключ, Вадим предосторожности ради бесшумно отпрянул за шкаф, но узнал Катеньку, проскользнувшую внутрь со сноровкой опытной подпольщицы. Она заперла за собой дверь, как и он давеча, постояла, привыкая к темноте, затем осторожно двинулась вперед, тихонько позвала:

— Ты тут уже?

Он медленно выдвинулся из-за шкафа, подняв перед собой руки в классическом стиле привидения. Катенька шарахнулась от неожиданности, но тут же фыркнула, подошла к шкафу и положила на стоявший с ним рядом стол явственно булькнувший сверток. Сверток был довольно объемистым, так что ночное свидание сулило массу приятного во всех смыслах.

— Что нового в Шантарске? — тихонько спросил он, помогая девушке разворачивать сверток.

— А что там может быть нового? — дернула она плечиком.— Работяги опять проспект перекрыли, пришлось объезжать огородами, пока им там лапшу на уши вешали. Говорят, Зайкин Филя снова едет подвигать попой. На центральном рынке по новой азеров лупят. Совершенно ничего нового.

— Тебя никто не засек?

— Если бы засек, сюда б давно уже ломились наши долбаные орангутаны,— резонно заметила она, ловко разделываясь с упаковками нехитрых закусок.— Слава богу, собирают вещички, а то никакого уже терпежу — этот козел по кличке Иоганн мне всю задницу исщипал. Жаловалась Мерзенбургу, только никакого толку, сам попытался мне в плавки залезть, а кому он нужен, совок зачуханный...

— Вещички собирают? Это зачем?

— А у них там, оказывается, что-то вроде пересменки,— сказала Катенька, с большой сноровкой извлекая пробку из бутылки.— Новые какие-то нагрянули, на смену. Ни одного знакомого фейса.

— То-то я и смотрю — суета...

— Ага. Мерзенбург бегает, как ошпаренный, морда отчего-то радостная, так и цветет. Бегал-бегал, уморился, пошел свои симфонии Шаляпина крутить. А те устраиваются. В общем, вроде ничего мальчики, хоть я и не присматривалась особенно...

Она что-то еще безмятежно щебетала, накрывая импровизированный достархан. Фройляйн особенным интеллектом никогда не блистала (разве что научилась безошибочно определять, какой штатовский президент какому номиналу на купюре соответствует), но в хозяйственной сметке ей никак нельзя было отказать — в три минуты сварганила на подстеленной газетке неплохой для этих мест натюрморт, симметрично поставила справа-слева от бутылки стаканчики, каковые тут же и наполнила. Потом, прекрасно ориентируясь в своих функциях, присела с ним рядом, закинула руки за голову и подначивающе потянулась. Впрочем, его и не требовалось особенно подначивать, господа гусары оголодали-с на жестких нарах...

Он хлопнул стаканчик, по-гусарски проигнорировав закуску, придвинулся поближе и расстегнул на девушке эсэсовскую рубашку сверху донизу. Грудки открылись на обозрение отнюдь не германские, весьма даже аппетитные. Было дело в Германии, давно тому, когда они с Пашей спьяну заказали немецких шлюх, вопреки предупреждениям бывалых людей. Оказалось, бывалые люди были правы — товарец прибыл такой, что до сих пор икается.

Катенька пыталась что-то там ворковать, но он положил ей руку на затылок и решительно пригнул светловолосую головку к нетерпеливо напрягшемуся инструменту. Девчонка сноровисто принялась за дело — понятно, конспирации ради без обычных блядских охов-стонов, якобы изображавших неподдельную страсть. Снаружи все еще бродили новоприбывшие, иногда шумно перекликались, что-то непонятное звякнуло так, словно с высоты сбросили связку металлических цепей.

Обстановка, конечно, была самая что ни на есть сюрреалистическая. Удачливый и процветающий господин бизнесмен, объездивший полсвета и испробовавший массу дорогостоящих забав, от таиландских эротических игрищ до плавания в полном одиночестве на айсберге у аргентинских берегов, куковал в сибирской глухомани, вставив за щеку рядовой шлюшке посреди кухонного хлама. Но, если копнуть глубже, эта-то здешняя зачуханность и возбуждала после всего испытанного. Как на кондитерской фабрике — тамошние работяги со стажем на сладкое и смотреть не могут, селедочку им подавай...

Кончив дело, она взялась было ласться и ворковать что-то насчет того, что здесь ей чертовски надоело, и нельзя ли пристроить ее в его фирму секретаршей (хорошо хоть, замуж не просилась, ума хватало), но Вадим положил ее на пол и выдал по полной программе, без особого изыска в позах, однакож обстоятельно — и в классической «миссионерской» позе, и перевернувши. Одним словом, за свою сотню зеленых постарался получить по максимуму, после непривычно долгого воздержания буйная плоть никак не желала успокаиваться, так что напоследок произошел еще один сеанс игры на яшмовой флейте.

В общем, стороны расстались, довольные итогом встречи в низах, одна стала богаче на сотню баксов, второй изгнал призрак спермотоксикоза. Пробираясь назад по пахнущему древесной гнильцой ходу, он не без злорадства вспомнил обожаемую женушку, имевшую обыкновение приставать с требованием мужской ласки в самые неподходящие моменты. Идеальная ситуация — и натрахался до одурения, и супруга в жизни не заподозрит, что муж сходил налево...

Когда он добрался до своего барака, ни у проволоки, ни у сортира уже не было работяг — кончили дело и убрались. Только у ворот имело место непонятное оживление, там кто-то, судя по крикам, качал права, орали в три голоса. На веранде, прислонившись к столбу в расслабленной позе торчал Синий и, похоже, с живым интересом к этим воплям прислушивался.

— Что это там? — спросил Вадим, вытаскивая сигарету — картонная коробка с «Примой» стояла в кухне, и он прихватил пару пачек, благо никому не придет в голову считать.

— А это наша Маша разоряется,— охотно сообщил Синий.— Не выдержал-таки горячий восточный человек Диван-Беги, вдохновился моим примером и решил установить Машку раком. А та в шум и вопли, всю харю Дивану расцарапала, сейчас вертухаям жалится на притеснения... Где же это вы гуляете, мой друг? — он подошел вплотную и шумно втянул ноздрями воздух.— Сукой буду, несет от вас алкоголем и бабой...

— Да так, тут это...— промямлил Вадим.

— Понятно. Объяснил толково... Слушай, а посторонним туда не просочиться? Откуда ты грядешь?

— Да нет, в общем. Такая игра...— отчего-то не хотелось выдавать подземный ход, словно это его обесценивало.

— Понятно,— повторил Синий не без сожаления.— Ладно, каждый устраивается, как может, что тут скажешь... Ага, примолкли что-то. Не вернется Машка на нары, чует мое сердце, вот Визирь огорчится...

Василюк, действительно, в барак больше не вернулся.

ГЛАВА ЧЕТВЕРТАЯ

Сюрприз на всю катушку

Он не то что открыл глаза — прямо-таки вскинулся на нарах, отчаянно моргая, разбуженный невероятной какофонией. Рядом ошалело ворочали головами Браток и Доцент.

Грохот происходил от опрокинутого бачка с питьевой водой, по которому что есть мочи лупил верзила в черной форме, надрываясь так, будто хотел сообщить о начале всеобщей ядерной войны. Он колотил по бачку какой-то длинной железякой, потом заорал, надсаживаясь:

— Подъем, козлы! Все на аппель!

Продравши, наконец, глаза, Вадим обнаружил, что эсэсовец абсолютно незнакомый — определенно из новых. От удивления и неожиданности даже не было желания и времени возмутиться как следует. Таких сюрпризов охрана здесь еще не выкидывала.

— Тебе делать нехрен, мудило? — громко возмутился Браток.— Охренел?

— Все на улицу! — орал эсэсовец как ни в чем не бывало.— До трех считаю! Раз, два...

— Два на ниточке, два на спирохете...— заворчал Браток.

Эсэсовец одним движением выдернул из кобуры огромный револьвер, оскалившись, махнул им в воздухе:

— Три! Ну, предупреждал...

Выскочил на веранду, исчез из виду, так что в поле зрения остававшихся в бараке была лишь рука с оружием,— и один за другим оглушительно захлопали выстрелы. Кто-то завопил истошным голосом — глаза моментально стало щипать, потом резать, словно в лицо кинули пригоршню песку, дыхание перехватило, градом покатились слезы. Бахнули еще два выстрела, охранник заорал:

— На улицу, мать вашу!

Но они уже без команды хлынули наружу — полуослепшие, сгибаясь, кашляя и отчаянно отфыркиваясь, сталкиваясь в дверях, отпихивая друг друга, босые, кое-кто в одних полосатых штанах.

Вадим вдруг получил по спине так, что на миг оборвалось дыхание, шарахнулся в сторону, сквозь заливавшие глаза потоки слез разглядел два силуэта, махавших дубинками с невероятной скоростью. Сзади кто-то заорал благим матом — по воплю и не определить, кто. В следующую секунду мощный пинок придал ему нешуточное ускорение, и он, ничего не соображая, кинулся в противоположную сторону, чтобы только спастись от хлещущих ударов. Несся босиком, плача, кашляя и отплевываясь, борясь со спазмами рвоты.

Тут же и вывернуло — качественно, наизнанку. Теплая жидкость хлынула на босые ноги, но вскоре, как ни странно, полегчало. Он удержался, не стал тереть глаза руками, и оттого оклемался быстрее остальных. Обнаружил, что стоит на полпути от барака к аппельплацу, метрах в пяти позади перхают, плачут, шатаясь и слепо тыкаясь в стороны, соседи по бараку, одним махом заброшенные, как и он, в какой-то невозможный кошмар. На секунду мелькнула шизофреническая мысль, вызванная, надо полагать, тем, что он до сих пор не очнулся окончательно. Показалось вдруг, что грянула неведомая, фантастическая катастрофа, время лопнуло, как в импортном ужастике, как-то не так его замкнуло, и они все провалились в прошлое, в самый что ни на есть настоящий концлагерь, вокруг орут и хлещут дубинками взаправдашние эсэсовцы... Мысль эта пронзила его столь леденящим ужасом, что тело на миг показалось деревянным, чужим. Но сзади уже набегал верзила с занесенной дубинкой, и Вадим, не пытаясь больше думать и анализировать, метнулся вперед, к аппельплацу. Следом с матами гнали остальных.

Мотая головой, стряхивая последние обильные слезы, он все же не на шутку обрадовался, обнаружив, что вокруг все так и осталось п р е ж н е е — знакомый аппельплац, подновленная трибунка, бараки, сосны, проволока...

На плацу висела та же жуткая матерщина — и обитатели двух других мужских бараков, и все женщины уже были тут, точно так же, как давеча Вадим, бестолково шарахались туда-сюда с отупевшими от ужаса лицами, а рослые эсэсовцы равняли строй пинками и взмахами дубинок, слышались противные, глухие удары резиновых палок по живому, и погода, что ужаснее всего, стояла солнечная, прекраснейшая...

Происходящее просто-напросто не умещалось во взбудораженном сознании — а вот думать нормально как раз было и некогда. Казалось, весь окружающий мир состоит из матерящихся черных фигур, вокруг порхал тяжелый вихрь дубинок, ударявших всякий раз в самый неподходящий момент.

Басистый собачий лай, суета, ругань...

И вдруг, неким волшебством, все успокоилось, угомонилось, обрело жутковатый порядок. Оказалось, двойные шеренги уже выстроились на плацу, каждый стоял на своем месте, как вбитый в стенку гвоздь, приутих гам, улегся вихрь дубинок — только там и сям, справа, слева, сзади еще перхали, фыркали, отплевывались.

— Ауфштейн! Ауфштейн, швайне!

Наконец, шеренги застыли в предписанной неподвижности. Вадим, не поворачивая головы, стрелял глазами туда-сюда, пытаясь разглядеть все сразу. Картина была новая, небывалая, во всех смыслах неприятная. Мельком он зацепил взглядом смертельно испуганную мордашку супруги, но такие мелочи сейчас не интересовали. Лицом к заключенным, спиной к трибунке вытянулась цепочка эсэсовцев — не меньше десятка, рукава засучены по локоть, почти сплошь новые морды, не считая Вилли и Ганса-Чубайса, скалившегося шире всех. Исчезли прежние «шмайсеры» — раздобытые на какой-то киностудии, пригодные исключительно для пальбы холостыми — черномундирники, приняв позы из ковбойских фильмов, держали напоказ ружья-помповушки, а один красовался с коротким автоматом, новеньким на вид. Исчезли «вальтеры» и «парабеллумы», купленные опять-таки на киностудии,— из расстегнутых кобур торчали светлые и темные рукоятки газовых «Айсбергов», на запястье у каждого охранника висела длинная черная дубинка. Крайний слева держал на толстом плетеном поводке огромную кавказскую овчарку, ярко-рыжую, прямо-таки чудовищных габаритов, пес хрипел и таращился на шеренгу так, что оказавшемуся в первом ряду Вадиму стало не по себе — еще более муторно, если это только возможно.

Там же, слева, чуть отступив от собаки, служившей своего рода шлагбаумом меж эсэсовцами и этой троицей, стояли Василюк и еще двое — в прежних полосатых балахонах, но с такими же газовиками на поясе, с дубинками в руках. У каждого из троих на рукаве красовалась широкая белая повязка, где крупными черными буквами изображено непонятное слово «САРО».

«Тьфу ты, черт!» — вдруг сообразил Вадим, ощутив совершенно неуместную в данный момент гордость за свою сообразительность. Это совсем не по-русски, это латинский шрифт. Никакое это не «саро», это «капо». Что ж, логично...

Вот только физиономии новоявленных капо категорически не нравились — выглядели еще недружелюбнее и гнуснее, чем морды незнакомых охранников, отнюдь не лучившиеся любовью к человечеству и гуманизмом...

— Смирна, твари! Равнение на герра коменданта! — раздался чей-то вопль.

Слава богу, хоть комендант остался прежним — утешение, по правде говоря, дохленькое... Герр штандартенфюрер фон Мейзенбург, показавшийся со стороны ворот, вышагивал вовсе уж величественно, словно за ночь произошли события, вознесшие его на некую недосягаемую высоту. Знакомым стеком он в такт шагам помахивал так, словно вследствие этого нехитрого жеста где-то далеко отсюда решались судьбы государств и зигзаги мировой политики.

Слева, отступив на шаг, коменданта неотступно сопровождала фрейлейн Маргарита — какие бы изменения ни произошли, они не смели со своих мест лагерное начальство. Маргарита не казалась столь сияющей, как ее шеф, но и печальной ее никак нельзя было назвать...

Повисло тягостное, удивленное ожидание. Шумно дышала собака, на которую жутко было смотреть.

Взобравшись на трибунку, встав на свое привычное место, герр комендант долго молчал, неторопливо водя взглядом по затаившей дыхание шеренге, равномерно постукивая стеком по беленым перильцам. Напряжение нарастало, чуялось явственно.

— Альзо, камераден...— протянул комендант. Видно было, что он титаническими усилиями сдерживает себя, чтобы не ухмыляться во весь рот.— Сердце мне подсказывает, что кое-кто из вас пребывает в недоумении, не зная, как объяснить некоторые наши новшества? Верно я угадал, золотые мои, сладкие, хорошие?

— Вот именно,— громко и мрачно проворчал Браток, стоявший рядом с Вадимом.

Комендант, не меняясь в лице, звонко щелкнул пальцами. Мгновенно один из эсэсовцев, стоявших неподвижными куклами, ожил, наклонил дуло ружья. Оглушительный выстрел. В полуметре от босых ступней Братка и Вадима взлетела земля, песок хлестнул по ногам, как плеткой.

— Разговорчики в строю! — рявкнул комендант.— На первый раз прощается, но в следующий раз лицо, нарушающее молчание в строю, получит дробью по ногам, а то и по яйцам. Господа, убедительно вас прошу не доводить до греха... Так вот, друзья мои, я с величайшим прискорбием вынужден констатировать... есть среди вас, подонки блядские, такие тупые индивидуумы, которым напрочь непонятно слово «констатировать»? Разрешаю сделать шаг вперед и громко сознаться в своем невежестве...

Он замолк и ждал с ухмылочкой. Реакции не последовало. Даже если и нашелся один-другой, не особенно разбиравшийся в длинных ученых словах, выйти вперед они не рискнули. Трудно было сказать, чем это обернется.

— Я с величайшим удовлетворением, друзья мои отвратные, вынужден к-о-н-с-т-а-т-и-р-о-в-а-т-ь, что моя манера выражаться не содержит непонятных вам слов,— продолжал герр комендант.— Что ж, не все потеряно... Итак. Возвращаясь к началу, я с величайшим прискорбием вынужден констатировать, что жизнь нашего лагеря, я не побоюсь этого слова, концлагеря, в последнее время нельзя назвать иначе, кроме как бардаком и неподдельным разложением. Посмотрите на себя, пидарасы! Окиньте внутренним взором ваши зажиревшие организмы! Да вы же тут благоденствуете, как у тещи на блинах, мать вашу раком! Жрете за столом, как белые люди, загораете, валяете дурака, творите, что хотите, по последним данным разведки, даже суете друг другу в рот половые органы, электронными игрушками балуетесь... Никакой дисциплины и порядка. А это в корне недопустимо. Поскольку вы, обращаю ваше внимание, все же находитесь в концлагере, а не в какой-нибудь Анталье. Одним словом, вынужден кратко резюмировать: господа, вам звиздец! Есть кто-то, кому придется объяснять значение слова «резюмировать»?

Стояло молчание.

— Доступно выражаясь, я решил провести некоторые изменения внутреннего распорядка,— возвестил комендант.— Концлагерь должен быть концлагерем, а не домом отдыха. Эта нехитрая мысль, питаю надежды, сможет проникнуть в ваши новорусские мозги. А если кто-то и не проникнется, эти славные ребята моментально объяснят, только скажите... Желающие есть?

Не было желающих. И не было желания обращаться к «славным ребятам» за какими то ни было разъяснениями, даже самыми безобидными.

— Начнем, благословясь,— выждав, сказал комендант.— Во-первых, пора кончать с этими глупостями, которые именуются «работами».

Если кого-то посадили, он должен сидеть. Поэтому с нынешнего дня выход за пределы лагеря отменяется. А поскольку я не верю в вашу дисциплинированность и всерьез подозреваю, что кто-то попробует покинуть лагерь самостоятельно и без спроса, спешу предупредить: к проволоке вчера ночью в ударные сроки был подведен ток. И тот, кто начнет к данной проволоке прикасаться своими грязными лапами... Шарфюрер, продемонстрируйте!

Эсэсовец, повинуясь кивку коменданта, вытащил из-за голенища сапога тонкий железный прут, ухмыляясь, помахал им перед лицами стоявших в первой шеренге и направился к проволоке — аппельплац располагался метрах в тридцати от нее, так что шагать пришлось недолго. Метров с пяти охранник швырнул прут.

Короткий неприятный электрический треск, синяя змеистая вспышка. Кто-то охнул. Вернувшись на свое место, эсэсовец с простецкой ухмылкой — что, съели? — развел руками: мол, мое дело, ребята, подневольное...

— Упаси боже, я вам вовсе не запрещаю лезть к проволоке,— с широкой улыбкой уточнил комендант.— Наоборот, всякий, кому в голову придет такое желание, может его немедленно претворить в жизнь, не опасаясь репрессий. Могу только приветствовать подобное намерение. Урок остальным будет наглядный и убедительный. Есть желающие? Что ж вы так, рванье... Во-вторых. С нынешнего дня отменяются трапезы за столами — тут вам не кабак «Золото Шантары», дорогие мои, хар-рошие! Что вам кинет от ворот ваша добрейшая кормилица-поилица фрау Эльза, то и будете жрать, только делить, спешу предупредить, придется самим —

не будет же вам изощряться повариха... Уяснили? В-третьих. Поскольку, как только что неоднократно говорилось, в концлагере более, чем где бы то ни было, необходим строжайший внутренний порядок, я принял решение назначить этих славных малых вашими капо.— Он широким жестом указал на троицу с белыми повязками.— Все распоряжения капо выполняются беспрекословно, с неизбежным громким выкриком: «Точно так, герр капо!» Какое бы то ни было хамство в адрес капо, не говоря уж о злостном невыполнении приказов или сопротивлении законным требованиям, будет незамедлительно караться по выбору самого герра капо — заключением в карцер,— он махнул стеком в сторону сортира, накрытого огромным кубом из металлической сетки и оттого напоминавшего чудовищную мышеловку,— либо незамедлительным и качественным мордобоем со стороны охраны, либо общением с нашим обаятельным Тузиком,— взмах стека в сторону кавказца.— Особо подчеркиваю: медицинская помощь нарушителям данных правил оказываться не будет. Опять-таки спешу напомнить: я жажду, чтобы кто-то из вас постарался побыстрее нарушить правила обращения с господами капо, что даст повод всем остальным убедиться в серьезности моих намерений. Понятно, на печальном примере нарушителя. В-четвертых. Поскольку у нас тут не парк культуры и отдыха, бесцельные шлянья по территории лагеря запрещаю. В бараки друг к другу не заходить, вообще не шляться без дела, тот, кому приспичит в сортир, обязан двигаться к нему по прямой, которая есть, если вы не знали, кратчайшее расстояние меж двумя точками, при этом громко и непрерывно возглашая:

«Номер такой-то следует на оправку!». Каковые правила соблюдать и на обратном пути. По нарушителям, кроме обычных наказаний, кои я вам подробно обрисовал, будет открываться огонь с вышки — смотря по вашему поведению...— он широко улыбнулся.— А в остальном — полнейшая свобода. Что вы там будете делать в бараках, меня не касается. Лишь бы только не нарушали вышеперечисленные правила. Хоть на голове ходите, хоть трахайте друг друга, хоть жрите друг друга. Ясно? Ну, кто посмеет сказать, что я вам не отец родной? Найдется столь неблагодарная скотина? Нет? Я душевно тронут. Возможно, вы не столь уж и пропащие скоты, какими мне, признаться, упорно представляетесь. Вижу на некоторых мордах мучительные раздумья, а на иных — нечто, напоминающее недоверие. Вот последнее мне категорически не нравится. Повторяю, мне хочется, чтобы все присутствующие вдолбили в свои тупые мозги: э т о в с е в с е р ь е з. Хватит, повыстебывались! — впервые он сорвался на визг.— Попыжились, повыделывались, покрасовались, хозяева жизни, мать вашу хреном по голове! — Он даже стиснул перила, но быстро успокоился и продолжал почти нормальным тоном: — Все всерьез. Были — новые русские, а стали в одночасье — новое дерьмо. И я с вами сделаю, что мне только взбредет в голову, если будете выделываться поперек м о и х правил! — Он повысил голос так, что на очаровательном личике Маргариты мелькнула недовольная гримаска.— Отошла малина! Отошла лафа! Вы теперь никто и звать вас никак! Сомневается которая-то гнида? Шарфюрер, продемонстрируйте наглядный пример номер два, будьте так любезны!

Давешний эсэсовец, тот, что подходил к проволоке, круто развернулся на каблуках и принял от коменданта пестрый пакет — по виду один из тех, откуда обычно доставали хлеб с ливерной колбасой. Что-то там лежало, но на сей раз определенно не пайки — пакет выглядел довольно легким.

В следующую минуту стало ясно, для чего у подножия трибунки лежит железный лист, которого еще вчера не было. Черномундирник старательно принялся высыпать на него содержимое пакета — мелькнули несколько паспортов в разномастных обложках, кучка запаянных в пластик водительских удостоверений, еще какие-то корочки разной величины и разных цветов — темно-красные, бордовые, синие. Туда же сыпались какие-то печатные бланки, вовсе уж непонятные бумаги, яркие импортные кошельки для ключей и связки ключей на колечках с брелоками, бумажники, квитанции, еще какая-то мелочь. Не спеша, с расстановкой полил кучу бензином из некрашеной канистры, наклонился, поднес высокий огонек хорошей зипповской зажигалки и отпрыгнул.

Взметнулось бледноватое пламя. Лично Вадима это ничуть не касалось, он никаких документов в конторе не оставлял, но все равно неприятно передернуло — все это и впрямь перестало смахивать на шутку, даже трижды идиотскую...

— Каз-злы! — взревел Браток, видимо, углядев в полыхающей, коробящейся куче нечто ему принадлежавшее, кинулся туда, задев локтем Вадима...

Ему дали пробежать ровно половину расстояния до набиравшего силу пламени. Охран-

ник с длинной неприятной рожей шагнул вперед без малейшего замешательства, как-то
очень уж ловко крутнул в руках «Моссберг» с
покрытым камуфляжными разводами прикладом — и приклад впечатался в физиономию
бегущего, послышался столь мерзкий чмокаю-
щий стук, что по телу пошла волна отврати-
тельной дрожи. Вадим ощутил, как под ложечкой у него самого что-то противно екнуло, да
так, что слышно, наверное, было всем остальным.

Потом загремели выстрелы — это второй па-
лил по людям, кинувшимся к костру вслед за
Братком, стрелял только он один, остальные остались в прежних позах. Крики, оханье, люди
падают, катаются по земле, крови не видно, но
крики не утихают...

Что-то больно ожгло ногу ниже колена. Вадим, не смея шелохнуться, скосил глаза — рядом
с грязной босой ступней лежал черный, слегка
деформированный шарик размером чуть поменьше теннисного. Резинка от кого-то срикошетила,
резиновыми пулями лупит, гад...

Потом перед сломавшимся строем вновь
взлетели невысокие фонтаны земли — это другие палили дробью. Как ни удивительно, порядок восстановился чуть ли не мгновенно, вы-
ровнялась двойная шеренга, только те, кого за-
дели резинки, корчились и охали в голос перед
застывшими — руки по швам — кацетниками да
Браток стоял на коленях, зажав руками физиономию, охая и покачиваясь.

— Ахтунг, хефтлинги! — заорал, надсаживаясь, комендант.— Буду считать до трех. Кто немедленно не заткнется, брошу к херам на проволоку! Айн... цвай... драй...

Упала мертвая тишина, даже Браток унялся, только огромная рыжая псина жутко рычала и рвалась с поводка, недовольная, что ей ни в кого не дали вцепиться. Бензин на железном листе почти выгорел, там поднимались многочисленные дымки, удушливо вонявшие горелой синтетикой, шипели и пузырились кусочки пластика, налетевший ветерок разбрасывал черные хлопья пепла вперемешку с кусками недогоревшей бумаги. «Это же уже не игра,— беззвучно взвыл Вадим,— разве может быть т а к а я игра? Разве можно играть в такие игры с господами, хозяевами жизни, теми, кто платил деньги за у с л у г у?»

От страха и непонятности происходящего пересохло во рту. Все творившееся вокруг было столь же диким и невозможным, как если бы взбесился собственный «Мерседес» или хлебопечка «Панас», если бы начал тебя шантажировать и грозить побоями ксерокс на фирме...

И тем не менее это был не сон. Это была реальность, все творилось наяву.

Послышался надрывный женский всхлип.

— Ну-ну? — оживился комендант.— Кто там просится на проволочку?

Воцарилось гробовое молчание.

— Послышалось,— сговорчиво протянул комендант.— Акустический обман слуха... А вы что тут валяетесь, господа хорошие? Ну-ка в строй, живенько, ножками-ножками, тут нянек нету... Ох вы, мои хорошие, какие вы нынче дисциплинированные, я из вас еще, смотришь, людей и сделаю... Ахтунг! Господа капо! В темпе гоните свою скотину получать пайку, а потом — по пещерам, милые, по пещерам! Первый барак, арш!

Оживившийся Василюк браво выкрикнул:

— Цу бефель, герр комендант! — чуть ли не бегом преодолел отделявшее его от соседей по бараку расстояние, остановился в трех шагах и прямо-таки пропел, поигрывая дубинкой: — На-правоо! На месте шагом арш!

Они сделали поворот направо — без всякой слаженности, как бог на душу положил. Вадим одной рукой поддерживал под могучий локоть Братка — тот все еще пошатывался, чуть ли не вся левая половина лица набухла опухолью, кровянившей несколькими глубокими царапинами.

— Хальт! — рявкнул комендант.— Герр капо, прошу обратить особое внимание на занятия строевой подготовкой. Это, по-вашему, есть «направо»? Верблюды беременные, а не образцово-показательные заключенные! Сегодня еще сойдет, но после обеда начинайте-ка их гонять по-настоящему...

— Цу бефель, герр комендант!

— Гоните за пайкой!

— Яволь, герр комендант! Ша-агом арш! — и после минутного замешательства Василюка осенило: — Ногу держать!

Должно быть, в армии он не служил отроду и потому понятия не имел, как следует командовать, чтобы шеренга шагала в ногу, но его правильно поняли, от отчаяния, должно быть, и кое-как пытались исполнять требуемое. Под ржанье двинувшегося следом охранника дошагали до ворот. Остановились по команде.

— Вольно! — скомандовал новоявленный капо.

Вадим прекрасно разглядел, что лицо чернявого интеллигента пылает неподдельным энтузиазмом и, можно даже сказать, восторгом. Не похоже было, чтобы э т о т испытывал страх или отчаяние.

«Может, там, в большом мире, какой-нибудь переворот? — от безнадежности пришла Вадиму в голову устрашающая догадка.— Взяли власть какие-нибудь красные, встали-таки проклятьем заклейменные, объявили вновь классовую борьбу, и началось? Грабят награбленное и восстанавливают, изволите ли видеть, справедливость? Должно же быть хоть какое-то объяснение? Другого вроде бы и нет... Но ведь вчера вечером все еще было нормально? Правда, со вчерашнего вечера столько воды утекло».

— Попались, засранцы? — вывел его из тягостного раздумья бодрый вопль тетки Эльзы.

Она стояла по ту сторону проволоки, благоразумно отступив от нее не менее чем на метр, передвинулась, встала напротив отверстия в воротах, куда только и просунуть буханку хлеба — или кошке протиснуться. Уперев руки в жирные бока, разглядывала «полосатиков» с жадным наслаждением. На поясе у нее обнаружилась расстегнутая кобура с наганом — полное впечатление, настоящим.

— Приплыли, соколы сраные? — тянула она, прямо-таки слюни пуская от удовольствия.— Шо-то вы такие понурые, как будто с утра толком и не просрались... Что приуныли? Не нравится?

Ворота были хлипкие, одно название,— два квадрата из тонких плах, крест-накрест пересеченных досками еще поуже и потоньше, а все пустое место меж ними хоть и оплетено колючкой, но она, конечно же, не соединена с оградой. И еще не особенно внушительный железный засов снаружи. Если дружно напереть всем скопом...

Судя по сузившимся глазам Синего, его посетила та же мысль. Судя по тому, как он слегка ссутулился, пришел к тому же выводу, что и Вадим,— бессмысленно. Охрана успеет подбежать и расстрелять из десятка стволов... стоп, это что же выходит? Я совершенно серьезно допускаю, что охрана будет стрелять на поражение? Любопытно, а что другое в этой ситуации прикажете допускать, если в окружающем мире вдруг все шизофренически, жутко перевернулось с ног на голову?

По ту сторону валялась немаленькая куча досок и тут же сколоченные квадратом толстые брусья — ага, на скорую руку мастерят нечто вроде караулки, вон и ящик с гвоздями, пила, молотки... Что же — в с е р ь е з? И н а д о л г о? Господи, да что же тут творится?

— Лови, быдла! — тетка Эльза ловко пропихнула внутрь буханку хлеба, глухо шлепнувшуюся наземь.— А больше, извиняйте покорно, вам на завтрак ничего и не полагается, не графья, перебьетесь. Ладно, знайте мою доброту...

Рядом с буханкой плюхнулись две консервные банки с яркими импортными этикетками — ананасный компот и сосиски. Обе банки наглухо запечатаны.

— А ключ? — машинально подал кто-то голос.

— Клю-уч? — осклабилась тетка Эльза.— Может, тебе еще и шампанское прикажешь? С какавой? Не хотите, не берите. Другие подхватят... Ну, что стали? Шагайте!

Синий первым вышел из строя, подобрал буханку, аккуратно сдув землю, рассовал по карманам банки. Поодаль кто-то громко заорал, привлекая внимание капо и охранника,— это появился еще один незнакомый эсэсовец, подталкивавший прикладом в спину взлохмаченного и злющего Эмиля. «Ну да, он же в карцере куковал,— подумал Вадим.— Я и забыл...» Под глазом у старого приятеля наливался немаленький синяк, руки у него были связаны, а лицо еще более ошарашенное, чем у остальных, уже получивших кое-какую ясность.

Его втолкнули в ворота, так и не развязав рук, заставили встать в строй, и Василюк заорал:

— Налево! Кр-ругом! Шагом марш!

Они двинулись к бараку, старательно пытаясь шагать в ногу. Навстречу столь же неуклюже маршировала другая бригада — две шеренги разминулись, отчего-то старательно избегая встречаться взглядами.

— Слушай, что тут творится? — шепотом спросил Эмиль, морщась,— видимо, запястья стянули веревкой на совесть.

— Понятия не имею,— не поворачивая головы, таким же шепотом отозвался Вадим.— Кто-то умом подвинулся... Ты радио, часом, не слушал? Может, революция? Переворот?

— Какое радио? Утром вломились двое, абсолютно незнакомые, начали излагать новые правила. Я поинтересовался, не рехнулись ли ребятишки, тут и началось... Одного я успел обидеть качественно, но и меня со знанием дела вырубили...

— Разговорчики! — взвизгнул Василюк, взмахнул дубинкой, но промахнулся.— Шагом марш!

— Стоять! — послышался сзади совершенно противоположный по смыслу приказ.

Их вприпрыжку догнал эсэсовец, придерживая правой болтавшееся на плече дулом вниз ружье. Мгновенно выдернул за шиворот из строя Столоначальника, бросил Василюку, как своему:

— Приказано — на допрос. Гони козлов в стойло.

И погнал Столоначальника к воротам, подталкивая кулаком в поясницу. Третья бригада и женская половина заключенных в полном составе еще стояли навытяжку перед трибункой, но герр комендант уже не обращал на них ни малейшего внимания, о чем-то, полуотвернувшись, беседовал с Маргаритой. Вадим так и не понял — то ли в самом деле перехватил полный ужаса взгляд Ники, то ли примерещилось и она смотрела в другую сторону.

ГЛАВА ПЯТАЯ

Вопросов больше, чем ответов

Вернувшись в барак, обессиленно плюхнулись на нары и полезли за сигаретами. Новоявленный капо прохаживался от двери до окна и обратно, украдкой зыркая на столь неожиданно вверенных его попечению узников. Особенно часто его взгляд задерживался на Синем и Визире — взгляд, надо сказать, ничего приятного не обещавший. Не нужно быть титаном мысли, чтобы сообразить: неожиданно взлетевшего на вершины власти чернявого педика прямо-таки распирало от желания пустить эту власть в ход немедленно, но он еще не освоился со своим новым положением, и фантазия работала скверно...

Лежать Вадим не смог — только теперь стала ощущаться тупая боль в спине. Остальные, обнаружилось, тоже украшены кое-где синяками, морщатся при резких движениях, на Братка вообще жутко смотреть, опухоль достигла предела.

— Не лезь лапами, не лезь,— сказал ему Синий.— Растревожишь только.

— Еще и зубы ломит, бля...

— Перетерпи.

— Бля буду, скулу сломал...

— Ничего подобного. У меня глаз наметанный, знаешь ли. Дней несколько походишь в уродском виде, а через недельку опухоль сойдет...

— Если только в чьем-то распоряжении имеется пресловутая неделька...— бросил в пространство Василюк, постукивая себя дубинкой по ладони.

— Нет, ну это черт знает что,— громко заявил Борман.— В конце концов, здесь собрались люди, занимающие определенное положение и посты...

Василюк одним движением оказался рядом и, уперев конец дубинки повыше бровей Бормана, процедил:

— Как насчет карцера, человек с положением? Говнецо ручками пособирать?

Борман молчал, зло посапывая. Физиономия чернявого вдруг прямо-таки осветилась в приливе озарения, он покосился на Синего: коротко, зло, многозначительно. Тот напрягся.

На веранде загрохотали уверенные шаги, в дверь просунулся охранник:

— Вова, давай в темпе на инструктаж, комендант всех собирает...

Посторонился, пропуская Василюка, с широкой улыбкой записного весельчака воззрился на примолкших узников:

— Ну что, толстые? Звиздец нечаянно нагрянет, когда его совсем не ждешь? Х-ха!

И удалился, нарочито погромыхивая сапогами, насвистывая нечто бравурное.

— Реформы...— протянул Синий.— В стиле эпохи...— Достал ножик и принялся кроить буханку.— Как бы там ни было, а поесть треба. Силы нам понадобятся, чует мое исстрадавшееся сердце...

— Банки вскрой,— попросил Красавчик.

— Не годится. Увидят вскрытые, догадаются, что их чем-то острым как раз и взрезали...

— Да это уже несущественно,— пришло вдруг в голову Вадиму.— Этот пидер знает, что у тебя нож.

— И точно. Ситуация осложняется... Ладно, подай-ка сначала сосиски. В самом деле, моментально вспомнит, гнида... Орлы, у кого-нибудь есть идеи? Не знаю, как насчет вас, но лично я этакое дерьмо на хохломском подносе в жизни не заказывал. Разве что в нашу теплую компанию мазохист затесался...

— Господи, да кто ж заказывал? — в сердцах сказал Визирь.— Подобные выкрутасы происходят исключительно в карцере и сугубо по желанию клиента. (Красавчик смущенно опустил глаза, хотя никто на него особо и не таращился.) А нынешняя фантасмагория задевает абсолютно всех. Или я преувеличиваю, господа?

— Да что уж там...

— Послушайте,— сказал Вадим.— Что, если это какой-то переворот? Я вполне серьезно. Грянула, наконец-то, предсказанная антикапиталистическая революция? И обрадованный плебс ринулся мстить? Они же спят и видят, как бы нас раскулачить на старый манер... Что анпиловцы, что гайдаровцы, гайдаровцы даже сильнее — красным попросту хочется, чтобы вернулись прежние времена, а гайдаровцам еще вдобавок невероятно обидно, что никто их советов не слушает и сладким пирогом не делится. Насмотрелся, учен. Последнюю сессию областной думы помните? Этот поганый доктор Айболит, что предлагал вздуть арендную плату за офисы втрое, как раз не красный, а местный главный гайдаровец...

— Рычков?

— Он, пидарасня очкастая...

— Ну это же несерьезно,— протянул Визирь.— Слышал я о нем краем уха. Из медицины его как раз и турнули за то, что забыл салфетку в чьем-то животе. Куда такому податься? Только в думу.

— Господи, дело совершенно не в том! — огрызнулся Вадим.— Про салфетку я и сам знаю. И про триппер, которым он санитарку наградил. Не в том дело, Элизбар... Вдруг и правда переворот?

— Вечека, Вечека приласкала Колчака?

— Что тут необычного? Выплеснулось наконец...

— Не знаю, как насчет переворота, но документики они всерьез спалили,— вмешался Браток.— Без балды. Я свои корочки сразу опознал. У меня и водительское, и свидетельство на «мерсюк» были зашпандорены в золотые рамки. На водительское пошло двадцать грамм, а на регистрационное аж сорок два...

— И зачем тебе это понадобилось, дитё уродливой экономики? — грустно улыбнулся Доцент.

— Чтоб гаишники охреневали,— простодушно пояснил Браток.— Золотыми цепями и гайками нынче никого не удивишь.

— Сам придумал?

— А что я, полный чурбан? Ничего придумать не в состоянии? У меня и талон в золото заделан, только я его дома забыл... Мои корочки горели, зуб даю, а золотишко так и не содрали, видел же...

— Переворот? Ну, не знаю...— сказал Доцент.— Лично мне эта версия кажется фантастикой дурного пошиба.

— В ваших ученых заведениях проблемы не ощущается,— огрызнулся Вадим.

— Ох... Признаюсь вам, Вадик, я уже давно не в научном учреждении, а самом что ни на есть коммерческом. Отсюда и денежки на предосудительные развлечения. И понимание тех самых проблем. Они стоят, вы правы. И довольно серьезные. Но в вашу внезапную революцию я отчего-то не верю. Не потому, что так легче и не столь страшно, а в силу объективных причин. Не могу поверить в революцию, развернувшуюся т а к и м вот образом. Все-таки не восемнадцатый век, когда в едином порыве кидались с вилами на барский двор и били по голове всех встречных-поперечных. И даже не семнадцатый год. Кстати, в семнадцатом тотальный грабеж начался отнюдь не сразу после взятия Зимнего. Несколько месяцев царили полная неопределенность и анархия.

— А банки?

— Согласен, банки они заняли сразу. Но период некоторой неопределенности все-таки имел место. Масса народа успевала убраться подальше, набив саквояжи золотишком.

— Тогда не было ни компьютеров, ни спутниковых телефонов,— уперся Вадим.

— По-моему, наличие компьютеров и сотовиков как раз вашу версию и опровергает. Потому что большая часть этих игрушек как раз и принадлежит возможным объектам раскулачивания. Ну, давайте посмотрим реальности в глаза. И анпиловцев, и гайдаровцев — горсточка. Маргиналы, шизофреники без всякого влияния и возможностей. «Цивилизованные» левые — народ, что ни говори, респектабельный. Как ни бьюсь, не могу представить товарища Зюганова, раскулачивающего под красным флагом товарища Семаго. Или нашего шантарского Мурчика, который раскулачивает сам себя... Вы, по-моему, с его фирмой вполне нормальные отношения поддерживаете?

Вадим молча кивнул.

— Вот видите. Единственный, кто в нынешних условиях может устроить мало-мальски масштабный, тотальный переворот — наша непредсказуемая власть. Вот от нее можно ждать чего угодно. Однако, голову даю на отсечение, в этом случае все обстояло бы совершенно иначе. Как — не знаю. Но что иначе — ничуть не сомневаюсь. Если подвергнуть все происшедшее логическому анализу, очень похоже, что мы имеем дело с самой что ни на есть кулуарной самодеятельностью. Дешевый триллер категории «Б». Полное впечатление, будто нечто похожее мы уже сто раз видели по телевизору. Похоже?

— Очень...

— Вот видите. Давайте спросим профессионала,— он повернулся к мрачно сопевшему Борману.— Как бы вы действовали в случае приказа из центра на всеобщее и стремительное раскулачивание? Ну, не стесняйтесь, мы же не дети...

Помолчав, Борман сообщил:

— Вообще-то... Арестовал бы счета, занял коммерческие банки, офисы, выгреб бы документацию. Разумеется, доставив хозяев в офисы, чтобы быстренько показывали, где что лежит и как открываются сейфы...

— Вот то-то! — воскликнул Синий.— То-то! Я, правда, не местный, но эти волки везде одинаковы... Нет никакой революции, а есть очередные ментовские штучки. Была деноминация, а теперь — декапитализация.

— Глупости! — взвился Борман.— С профессиональной точки зрения, держать вас всех здесь абсолютно бессмысленно.

— Может, ты хочешь, чтобы мы дозрели, как груша на веточке,— усмехнулся Синий.— Знаю я ваши прессовочки...

— А это? — Борман сгоряча схватился рукой за свой синяк во весь лоб, начавший уже желтеть.

— А это — ради пущего правдоподобия. В целях пущего служебного рвения. Скорее медальку повесят — личное участие, проявленное при этом, членовредительство ради идеалов...

— Шиз,— бросил Борман.

— Знаю я ментовский почерк...

Борман плюнул и пересел от него подальше.

— Извините, что-то тут не вытанцовывается,— сказал Доцент.— Опять-таки дешевым детективом отдает. Можно было заслать наседок и помельче калибром. Наш друг,— он кивнул на Бормана,— не менее чем полковник, я отчего-то полагаю...

— Да ну,— вклинился Браток.— Тоже мне, кроссворд. Никакой он не полкаш, а генерал-майор. Знаю я его вприглядку. Раньше не говорил, не мое дело, мало ли как ему развлекаться охота...

— Не врет? — поинтересовался Доцент.

— Не врет,— сумрачно согласился Борман.— Вообще, если хотите знать, моя сфера — криминальная милиция. Вы все, о чем сами прекрасно знаете, по другим департаментам проходите.

— Точно,— сказал Браток.— Криминалка. Леху Пузыря чуть не посадил, мудак, за полную ерунду — подумаешь, в кабаке по люстрам стрелял. Едва выкупили...— он поспешно умолк.

— Ну-ка, ну ка! — оживился Борман.— А через кого выкупали?

— Так я тебе и доложился,— огрызнулся Браток.

— Выберемся отсюда — я с тобой пообщаюсь...

— Иди,— буркнул Браток.— У меня справка. Параноидальный бред с кратковременным выпадением сознания.

— Ишь, заучил...

— А то!

— Хватит,— поморщился Доцент.— Тут есть еще один, и весьма даже прелюбопытнейший аспект... Почему мы все так легко и в считанные минуты подчинились? Моментально...

— А ты сам-то сопротивлялся? — въедливо бросил Браток.— Что-то я не заметил. Скакал на плац, что антилопа...

— Не спорю,— согласился Доцент.— Вот я и спрашиваю — почему? Люди здесь собрались в большинстве своем респектабельные, из тех, у кого, вульгарно выражаясь, все схвачено и за все заплачено. В родном Шантарске никто из нас не потерпел бы и сотой доли подобного хамства... Отчего же вдруг?

Долго стояло напряженное молчание. Наконец Визирь пожал плечами:

— Потому что, мне так представляется, подсознательно все ждут от нынешней жизни каких-то поганых сюрпризов. Все мы ходим словно бы по тонкому льду и каждую минуту боимся рухнуть под лед — а подо льдом еще и акулы плавают...

— Я бы примерно так и сформулировал,— поддержал Вадим.— Живем, как на вулкане. Не ощущается уверенности в окружающем. На чем бы ни ездили и сколько бы баксов ни имели в кошельке на мелкие расходы. Давайте честно: эскулапы сейчас делают лихие деньги как раз на нашем брате. Психиатры, психоаналитики, сексопатологи. Даже в прессу прорвалось кое-что...

— Резонно,— сказал Доцент.— Значит, у всех без исключения как-то сразу возникло ощущение, что все всерьез... Верно? Вот видите... Боюсь, так и обстоит. Что-то пошло вразнос. Знать бы еще, что? Давайте пока отбросим версию насчет революции и прочих раскулачиваний. Люди собрались серьезные, кто-то что-то обязательно бы прослышал... Задолго до. Достаточно, чтобы встревожиться. Шила в мешке не утаишь. Кто-нибудь из здесь присутствующих пострадал от прежних денежных реформ и прочих якобы внезапных новшеств? Нет пострадавших? Как бы ни держали в секрете власти свои сюрпризы, через столицу всегда утекает информация — к тем, кто толк понимает... Милицейская версия меня тоже не устраивает. Считайте, что это интуиция... Не устраивает, и все.

— Они сожгли мое удостоверение,— мрачнейшим тоном сообщил Борман.— Я его издали узнал.— Покосился на Синего.— И плевать мне, веришь ты там или нет...

— Ну, а у вас самого подходящая версия есть? — спросил Визирь.— Легко сокрушать чужие...

— Есть, знаете ли. Постараюсь изложить. Все происходящее — не более чем примитивный з а к а з. Мы не знаем всех, кто сейчас в лагере. Большая часть здесь шантарцы, но и мы друг друга далеко не все знали... Словом, иногородних хватает. Вроде бы есть парочка столичных штучек.

— Есть,— поддержал Вадим.— Мне... говорили.

— Пойдем дальше... До сих пор, насколько нам известно, все «особые заказы» исполнялись для конкретной персоны и при этом касались только лично ее. Все остальные участники спектакля были нанятыми актерами, персоналом. Об исключениях мы до сих пор не слышали. Это еще не означает, что исключения невозможны вовсе.

— Ага...— протянул Синий с видом полного понимания.— Чудит кто-то из своих? Это вам в голову пришло?

— Вот именно. Вполне возможно, что сейчас в котором-то бараке некая конкретная персона похихикивает в кулак. Персона, которая как раз и заказала утренний поганый спектакль. Ради, вульгарно выражаясь, великого кайфа. Собственно, ничего особо жуткого не произошло. Всем испортили настроение, заставили не на шутку переволноваться, уничтожили документы кое у кого — все это весьма неприятно, однако особенного членовредительства так и не произошло.

Браток издал самое натуральное рычание.

— Конечно, с вашей точки зрения выглядит это непригляднейше,— кивнул Доцент.— Но если рассматривать явление в целом — ничего особо страшного, повторяю, не произошло. Синяки, ушибы и тому подобные мелочи. По большому счету — мелочи. Давайте смотреть правде в глаза. Неужели не найдется субъекта, который сумел бы выдумать именно такой сценарий? Наплевавши с высокой колокольни на эмоции остальных? Знает кто-нибудь, что в свое время вытворяли Сергей Суховцев с Мишей Ярополовым? «Синильга», «заимка Прохора Громова»?

— Ну как же,— сказал Визирь.— Вот только... Во-первых, Сергей не трогал с в о и х. Во-вторых, и его, и Ярополова в конце концов прикончили, и до сих пор неизвестно, кто. Подобные печальные прецеденты многому могут научить, заставят поумерить фантазию...

— А как быть с тем, кто о печальных прецедентах не слыхивал вовсе? Вернемся к моей версии... Повторяю, неужели не найдется индивидуума, способного придумать и заказать именно такое ублюдочное развлечение? И скажите-ка вы мне, господа вольные предприниматели,— неужели исполнителей моральные соображения остановят? Моральные соображения находятся в прямой и непосредственной связи с толщиной пачки зелененьких...

— А это, знаете ли, убедительно...— промолвил Борман.

— Как для кого,— сказал Визирь.— Если этот ваш гипотетический заказчик не полнейший шизофреник, должен кое-что соображать. И принимать во внимание. Здесь собрались не шестерки. Многие из нас в Шантарске располагают оч-чень хорошими возможностями. Не могу решать за всех, но сам говорю спокойно, как горячий кавказский человек: дайте мне только отсюда выбраться, и все местное отделение «Экзотик-тура» будет неделю стоять на коленках под моими окнами, пока я придумаю, что с ними делать.

— Р-раком ставить козлов и стебать под музыку,— поддержал Браток.

— Примерно так,— кивнул Визирь.— В любом бизнесе есть некие границы. Что, они не понимают? Не понимают, что после таких штучек — конченые люди? Не могу себе представить вознаграждения, которое компенсирует все будущие неприятности. Шизофреником надо быть...

Доцент мягко перебил:

— Между прочим, Сережа Суховцев, положа руку на сердце, был полным и законченным шизофреником. И прежде чем его убрали неизвестные, успел наворотить дел...

— Многовато что-то шизофреников для Шантарска.

— Отчего же? Наоборот, удивительно мало...

— Много шизов или мало, а нужно что-то придумывать,— сказал Синий.— Честно говорю, я этой Машке скоро в глотку вцеплюсь, если так будет продолжаться...

— Тут многим следовало бы в глотку вцепиться,— зло бросил Вадим.— Поди вцепись...

— Может, попробуем вычислить? — оживился Браток.— Посмотрим, у кого синяков нету?

Он завертел головой, недвусмысленно постукивая могучим кулаком по ладони.

— Сбавьте обороты, мой юный друг...— печально усмехнулся Доцент.— Во-первых, среди присутствующих, как я вижу, все в той или иной степени получили по хребту. Во-вторых, в другие бараки так просто не попадешь и не проверишь, а без этой возможности стопроцентной уверенности у нас не будет, только перегрыземся без всякой пользы.

— Ну так предложи что-нибудь, умник,— фыркнул Браток, осторожно массируя кончиками пальцев жуткую припухлость.— А то я сам тут все разломаю вдребезги и пополам...

— Если получится. Пока что-то не получается. Это не в ваш адрес насмешка, а констатация факта...

— А не взять ли нам, господа, заложничков? — раскрыл рот Эмиль, до сих пор молчавший.— Нож к горлу и далее по избитому сценарию. Научены средствами массовой информации. Если против нас не государство, есть смысл побрыкаться. Спецназа по нашу душу коменданту взять вроде бы и неоткуда...

— И кого брать? — задумчиво произнес Синий.— Пидараса Вову или кого-то из мордоворотов? Вот если Мерзенбурга или Марго... Как вам, господа буржуи? Шанс это или пустышку тянем?

— Надо еще, чтобы комендант или Марго оказались в пределах досягаемости,— сказал Эмиль.— Они и до этого осторожничали, а уж теперь... Но все равно, другого шанса я что-то не вижу.

— Как сказать,— загадочно произнес Синий.— Успел я мельком присмотреться к проводу, который прихерачили к колючке. И шепчет мое сердце, что не было у них ни выдумки, ни особой возможности соорудить нечто по-настоящему безотказное. Это, судари, определенно фаза. Фаза у них подведена на колючку, и стоит подумать...

— Насчет чего? — жадно спросил Вадим.

— Да так, первые наметки,— отмахнулся Синий.— Мысли по поводу, каракули на полях... Фаза на колючку... Идти провод может только от местного дизелька, где бы они взяли другой источник... Тьфу ты, черт, там же еще и датчики, но это не так уж и принципиально, ежели пораскинуть мозгами...

— Я бы не спешил с действиями,— сказал Борман.— До сих пор они нас опережали. Нужно если не обыграть на пару ходов вперед, то хотя бы уравновесить ситуацию. Вы не забыли, что нашего чиновного друга поволокли на допрос? Нужно подождать, когда вернется. Что-то мы из его рассказов непременно узнаем, что-то сможем проанализировать, рассчитать... А вашего вероятного заказчика мы и в самом деле своими силами ни за что не вычислим, нечего и пытаться. Подождем? Не горит вроде бы. Зато вариант с заложниками я бы всерьез отработал. И незамедлительно. Стоп! Это что?

— А это кто-то на оправку спешит...— плюнул Эмиль.

В самом деле, мимо их барака проследовал незнакомый «полосатик», вопя истошно и безостановочно:

— Номер пятьдесят пять дробь семь следует на оправку! Номер пятьдесят пять дробь семь следует на оправку! ...

— Господа, а ведь и нам так придется. У меня, признаться, уже подкатывает...

— Ну и покричим,— сумрачно сказал Синий.— Куда деваться. Одно плохо: эти слабиночки-уступочки обычно идут чередой, начнешь уступать и не заметишь, как вляпаешься по уши в дерьмо...

— Так ведь нет пока другой тактики.

— Сам знаю. Но на душе погано...

— Попала собака в колесо — пищи, да бежи...

— Я вот только что хочу сказать,— бросил Синий.— Если эта гнида пребывает среди нас, лучше ей побыстрее заканчивать. Редко пугаю в с е р ь е з, но если так дальше пойдет, данную гадюку я приговорю, независимо от прочих, что бы они там ни решили. И если что-то из здесь сказанного наружу выпорхнет, лично я сделаю выводы и искать буду сам, народными методами... Не для того выползал из дерьма, цепляясь всеми когтями, чтобы со мной теперь такие шутки играли... Порву... И ты так не пялься, господин генерал, ваше степенство,— если твои фокусы, если ты эту чучу дрючишь, найду способ...

— Испугал,— с видом гордым и несгибаемым сказал Борман.— Стану я унижаться, тебе что-то доказывать... Если не совсем дурак, перестанешь на меня клыком цыкать. Это не я. Понятно тебе? Со своей стороны, веселую жизнь гниде гарантирую... За одно удостоверение кровью срать будет.

— А если ты до него дотянуться не сможешь, превосходительство? — Синий уже успокоился, попросту не желал сейчас оставлять за извечным антагонистом последнее слово.

— Найду способ.

— Ты вот до Фрола сначала дотянись.

— Слушайте! — Вадим едва ли не взвыл.—
Ну мы с вами и лопухи! Телефон!

— Какой еще телефон?

— Да вашу мать! Столоначальников сотовик!

Не менее полминуты царило молчание, в котором удивительным образом смешались самые разнообразнейшие чувства. Потом Браток в приливе чувств замахнулся на Вадима всерьез, охнул от резкого движения, схватился за распухшую скулу, зашипел.

— Действительно,— выдохнул Визирь.— Забыли, идиоты! Шэни дада, как же могли забыть?

— Не сочетается с утрешним сотовая связь...— печально покривил губы Доцент.— Совсем из памяти вылетело, что кроме примитивных ужасов есть на свете сложная техника...

— Где трубка?

— Где-то в чулане,— сказал Вадим.— Где же еще?

— Слушайте, там же немеряно хлама. Начнем все ворочать — можем привлечь внимание. Лучше подождать, пока вернется. Скажет, где...

— А если Машка первым вернется?

— Нет, начнем все ворочать — наделаем шуму...

— Ладно, подождем,— с напряженным, решительным лицом распорядился Синий.— Ради такого случая можно Машку и взять за кадык. Плевать, что побежит жаловаться. Когда вернется чиновничек, даванем Машку и позвоним. И ни черта они с нами не сделают — в Шантарске-то будут знать, боком выйдет. И придется им закрывать лавочку.— Он хищно усмехнулся: — Но все равно кое с кем я разберусь...

— Подождите, а кому звонить? Батарейки садятся, я точно знаю,— заторопился Вадим.—

Слышимость паршивейшая, времени у нас будет мало... Давайте в «Экзотик-тур»? У меня там хороший приятель, наведет порядок.

— Не пойдет,— отрезал Синий.— Что-то я этому «Экзотику» после сегодняшнего больше не доверяю. Кто его знает, сколько себе в карман твой дружок положил капустки. Мог ведь тебя и предупредить заранее по старой дружбе, не ходил бы ты весь в фингалах...

— Тогда в мою службу безопасности,— предложил Вадим.— Вмиг нагрянет бригада...

— Можно и в нашу,— сказал Доцент.— Имеется, знаете ли... Тоже весьма эффективна.

— На телевидение? — несмело предложил Красавчик, впервые за все время вклинившись в разговор.— На наш канал?

— Ах, вот где я тебя видел...— обронил Визирь.— У Каратаева... Нет, телевидение сейчас не авторитет...

— Поручите мне,— попросил Борман с нехорошей, кривой улыбкой.— Подкатит рота внутренних войск на броне, положит всех этих рожами в дерьмо, смотришь, кое-кто и перестанет меня подозревать во всяких идиотствах... Я с ними сам поговорю со всем галантерейным обхождением...

— Да ладно,— сказал Синий.— Что-то я тебя, превосходительство, перестаю подозревать. Злишься ты по-настоящему, чем дальше, тем больше. И начинаю припоминать, что и в самом деле полыхала там твоя ксивочка...

За окном вновь раздался протяжный, испуганный вопль:

— Номер пятьдесят пять дробь семь следует с оправки! Номер пятьдесят пять дробь семь следует с оправки!

С другой стороны послышалось:

— Номер сорок девять дробь семь следует на оправку! Номер сорок девять дробь семь следует на оправку!

Синий сплюнул:

— Приспособился народец... Ладно. Так вот, господа буржуи, в нашей новой идее есть поганенькая прореха. Как мне ни грустно, а прореха зияет... Хорошо. Хай будет рота на броне. Ради такого случая готов поаплодировать ментам, в чем сознаюсь, наступая себе на горло... Генерал, а куда ты роту-то пошлешь?

— Как — куда? Сюда. Ускоренным маршем. Вообще-то, не обязательно возиться с бэтээрами, это долго, проще поднять пару вертушек...

— Да не о том я, не о том,— досадливо отмахнулся Синий.— Не о деталях. Куда — сюда? Где это самое «сюда» располагается? Я сюда ехал в автобусике с наглухо закрашенными окошками, на этот автобусик «экзотический» сел в Манске, как и договаривались с фирмой. Но после этого ехали мы куда-то еще часа два. Часы у меня забрали сразу, когда в автобусе выдали полосатку, но примерно определить можно было. Или кто-то сюда прибыл в нормальных условиях, смотрел в окно, наслаждался пейзажами и помнит дорогу? Нет? Что молчите? — впервые прорвалась в голосе у него надрывная нотка.— Молчите? Значит, все на этом сучьем автобусе прибывали? И ехали долго? Блядь, судьба играет человеком, а человек играет на трубе...

Вадим впервые слышал от него матерное слово, и от этого стало еще тоскливее — уж если этот битый и жеванный жизнью элемент на миг запаниковал и перестал владеть собой...

— Похоже, так и получается, если никто до сих пор ни словом не возразил,— подвел печальный итог Доцент.— Автобусик со старательно закрашенными окнами, дверь заперта снаружи, помню, я немного побаивался какой-нибудь аварии — в запертом-то снаружи салоне... Значит... Этакий круг, где радиус — два часа езды на автомобиле от Манска. Большая часть пути — то ли по асфальту, то ли по хорошей, убитой проселочной дороге, вроде бы была и парочка подъемов, очень уж мотор надсаживался, и спуски были...

— Иногда по стеклам снаружи словно бы еловыми лапами стегало,— добавил Вадим.— Узкая лесная дорога. Ничего себе получается кружочек...

— Одно можно с уверенностью сказать,— перебил Борман.— Мы все еще в Шантарской губернии. Чтобы добраться до восточной губернской границы, двух часов не хватит — я имею в виду, двух часов езды на таком вот автобусике. Телефон, хоть и с грехом пополам, но работал в зоне приема... Мы еще в родной губернии.

— Много нам эта теорема поможет...— протянул Синий.— Вадик прав — круг получается приличный.

— Подожди,— оборвал Борман.— С этими двумя часами еще толком и неизвестно. Не знаю, как у тебя насчет культурного багажа... Есть один рассказик о Шерлоке Холмсе...

— Ну-ка, ну-ка...— подхватил Синий.— Что-то вертится... Благо этот финт был полезен не только в шерлоковские времена, но и в нашей веселой жизни... Ты про тот, где фальшивомонетчики?

— Ага. Особнячок у них располагался совсем неподалеку от вокзала, но непосвященного человека они возили в зашторенной карете часа два, чтобы решил, будто уехал от вокзала к черту на рога... С нами могли преспокойно выкинуть тот же номер.

— Ну, и что это нам дает? В любом случае наш санаторий — не в самом Манске, а километрах в нескольких от него, причем точное направление неизвестно. С какой стороны Манск ни бери, ближе километров пяти от него тайги не имеется. Нет, возле самого города никто не стал бы устраивать такое хозяйство. Ни к чему случайные зеваки, при всей законности бизнеса. Знаете ли, пионерлагеря могут располагаться весьма даже далеко от ближайших населенных пунктов. Был кто-нибудь на Баранкуле? Тамошний лагерь верстах в двадцати от ближайшей деревни...

— Это, в принципе, детали,— махнул рукой Борман.— Попрошу ребят взять за задницу весь «Экзотик» — в три минуты установят, где мы есть...

— Давайте попробуем другой вариант? — мягко предложил Визирь.— Даете трубочку мне. Я звоню господину Гордееву, он сейчас в Шантарске, точно знаю — и наши дела уладят быстро, эффективно, без малейшей огласки... Гарантирую.

— Фрол? — задумчиво сказал Доцент.— А ведь неплохо, господа, ежели Фрол... Им будет грустно.

— Я все же предлагаю...— набычился Борман.

— А огласка? — не без ласковой вкрадчивости спросил Доцент.— Неизбежная? Насчет утраченного удостоверения еще можно что-то придумать — на охоте оставили в кармане, разложили костер до небес, ватник и вспыхнул вместе с красной корочкой... Дело житейское, бывает. А вот в случае с вертолетами, десантом на броне и налетом на «Экзотик-тур» выйдет неприятная огласка. Мне она тоже, откровенно говоря, не нужна. Вы, я думаю, никому не будете обязаны...

— Чтобы Гордеев знал? — огрызнулся генерал.

— Все равно при вашем варианте слишком многие будут знать. Тут уж утечки неизбежны.

— Ладно. Посмотрим, что у вас выйдет, но я за собой оставляю право на звонок.

— Бога ради,— великодушно сказал Визирь.— Давайте без всяких междоусобиц, нам нужно играть командой. В случае...

Он замолчал, повернулся к двери, сделал недвусмысленный жест. Все моментально притихли, застыли в напряженных позах, уставившись на видимый в дверном проеме кусочек веранды.

Шаги приближались — неуверенные, шаркающие, словно двигался пьяный или слепой. Потом, когда они раздались совсем близко, послышались тоненькие звуки — то ли поскуливание, то ли плач.

В лишенном створок проеме появился Столоначальник, прижимая к животу правую руку, толсто замотанную чем-то белым. Тихо постанывая, охая, он стоял, привалившись плечом к косяку, ни на кого не глядя. Сытая физиономия была белее известки. Нелепо дернувшись, нырнув всем телом в сторону, он шагнул вперед, завалился, прежде чем к нему успели броситься и подхватить, растянулся во весь рост на грязном полу.

Только теперь стало видно, что белая повязка в нескольких местах покрыта бурыми пятнами.

ГЛАВА ШЕСТАЯ

Ответы хуже вопросов

Всеобщее оцепенение длилось недолго — к упавшему сразу же бросились, толкаясь и мешая друг другу, подняли, перетащили на нары. Столоначальник страдальчески охал, не открывая глаз.

— Кто-то там говорил про допрос, который все прояснит? — оскалившись, бросил Синий.

И принялся разматывать белую материю, смахивавшую на небрежно отхваченный кусок дешевой хлопчатобумажной простыни. Столоначальник дергался, отчаянно вскрикивал и охал, но Синий безжалостно отстранял его здоровую руку, ворча сквозь зубы:

— Не вой, не вой, и совсем еще не присохло...

Остальные толпились вокруг, в нетерпении сталкиваясь головами. Столоначальник взвыл — все же кое-где успело присохнуть,— закатил глаза, откинулся на смятые лагерные одеяла. Кажется, окончательно вырубился. Лицо у него было прямо-таки мокрым от пота, на толстой щеке парочка ссадин.

— Твою мать...— выдохнул Синий, бросив повязку на одеяло и брезгливо вытирая ладони о собственные бока.

Вадим задохнулся. Торопливо пощупал ладонью промежность — вдруг показалось, что обмочился. Сухо, слава богу...

Только большой палец остался прежним. Остальные, посиневшие и чудовищно распухшие, вызывали тошноту и тоскливый ужас. Вдобавок на мизинце и безымянном ногти оказались вырваны, пальцы оканчивались вовсе уж жуткими окровавленными вздутиями. Осторожно опустив покалеченную руку на живот постанывавшего с закрытыми глазами Столоначальника — тот никак не отреагировал, грудь вздымалась, как кузнечные мехи, тело то и дело сотрясалось крупной дрожью,— Синий протянул:

— Ну, братва, я такого и на допросах с пристрастием не видал, менты до такого не докатывались...

— Попрошу не клеветать...— по инерции взвился Борман и тут же голос оборвался откровенно жалким писком.

— Слушайте...— сказал Вадим, стыдясь дрожащего голоса.— Это уже ни в какие ворота... Все-таки губернский чиновник, не с самых верхов, но и не пешка... Есть же границы...

— М-да,— сказал Синий.— Удивительно точно подмечено... Я, вообще-то, самого поганого мнения о человечестве, надо вам признаться. И все же... Даже если примем версию о кутящем миллионере, напрочь свихнувшемся,— получаются нескладушки. Такие забавы самый законченный шизофреник на публику не выносит. Есть же у него подручные, шестерки с нормальными мозгами... У вашего шизанутого миллионщика... А здесь — три десятка свидетелей, если считать по всем баракам. И свидетели сплошь богатенькие и респектабельные. Должен же кто-то такие вещи понимать и учитывать.

— Ты куда гнешь? — одними губами прошелестел Борман.

— А ты не понял, генерал? — усмехнулся Синий.— Нет, серьезно? Гну я туда, что на свидетелей, их количество и респектабельность кому-то абсолютно наплевать. Насрать. Начихать. Последнее умозаключение, вытекающее из этой гениальной теоремы, тебе по буквам разжевать или сам поймешь?

— Но не может же быть в т а к о м масштабе...

— А кто сказал, что не может? Это вы в Жмеринке были фигура, Моисей Маркович, а в Одессе вы дерьмо...

— Да какая Одесса? — заорал Борман, видимо, уже совершенно не владея собой.— Какая Одесса?

— Одесская Одесса,— отмахнулся Синий.— Не скули, генерал, тоску наводишь. Что бы приспособить...

Он огляделся, поднял с одеяла протащенный сюда Братком тамагочи, кинул на пол и старательно раздавил подошвой грубого ботинка. Выбрал подходящий кусочек пластмассы, со второй спички (пальцы у него тоже заметно подрагивали) зажег и аккуратненько принялся пускать вонючий дым в ноздрю Столоначальнику. Никто его не попрекнул ни словом — все остальные стояли, как завороженные, Вадим заметил, что физиономия стоявшего рядом Визиря кривится так, словно он пытается мимикой помочь бедолаге скорее очнуться.

Столоначальник отчаянно зачихал, поднял голову.

— Посадите его,— распорядился Синий.— Живо!

Запрыгнув с ногами на нары, Борман с Доцентом принялись усаживать покалеченного, подсунув ему под спину одеяло. Тем временем Синий разорвал окровавленную тряпку, превратив в некое подобие бинтов, стал перевязывать руку. Столоначальник охал и закатывал глаза, но обмирать вроде бы больше не собирался. Синий, торопливо раскуривши сигарету, сунул ему в рот, присел рядом:

— Ну, оклемался малость? Покури, покури, способствует...

По щекам Столоначальника текли слезы, он курил отчаянными затяжками, пачкая сигарету слюной.

— Ну что ж ты мусолишь,— почти ласково сказал Синий.— Погоди, дай сюда, я тебе конец оторву... Или нет, держи лучше новую, аккуратненько, вот так... Кто допрашивал, комендант?

Столоначальник кивнул, морщась и тихонько похныкивая.

— Ну тихо, тихо, что ты за мужик такой... Все уже, все... Кругом свои... Что, сам комендант старался?

— Нет, те двое... Новые...

— А что хотели? Ну? Давай, рассказывай, скоро мы все отсюда сбежим, жизнь восстановится...

— Правда?

— Сукой буду,— сказал Синий.— Так что они хотели?

— Допытывались, где деньги.

— Домашняя заначка или как?

Столоначальник слабо помотал головой:

— Пятьдесят тысяч долларов... Наличкой... В «дипломате»...

— А они у тебя были? — ласково спросил Синий.

— Ага. У Леры дома, на нее никто не мог подумать...— Он дернулся, обвел всех безумным взглядом: — Должен был заложить кто-то осведомленный...

— А денежки откуда?

— Торги по «Шантарскому кладезю»...

— Это еще что? — оглянулся на остальных Синий.

— Ах, вот оно что,— сказал Вадим.— Вот, значит, кто хапнул портфельчик с зелеными... А многие думали на Горкина...

— Горкину хватило два процента, невелика птица...— тихонько прохныкал Столоначальник.

— Тендер по золотодобыче,— пояснил Синему Вадим с большим знанием дела.— Каралинский прииск, богатая яма... Когда в мае было решено...

— Да ладно, я понял,— отмахнулся Синий.— Ничего сложного. Они ему «дипломатик», а он им содействие, что тут непонятного? И что, голуба, сказал, где зеленые?

Столоначальник кивнул, слезы потекли пуще. Он выпустил из губ сигарету, стал растирать грудь здоровой рукой, словно бы извиняясь, прокряхтел:

— Сердце... Совсем проваливается... Пришлось сказать... Бог ты мой, они же и Леру... Только откуда он узнал?

— «Дипломаты» с зелеными — вещь чреватая и приметная...— сказал Синий.— Что они тебе обещали, если отдашь?

— Что больше мучить не будут... Валидолу... дайте... у меня аритмия...

— Есть у кого-нибудь валидол? Нету, брат, извиняй... Ты полежи вот так, только больше не кури, раз сердце...— Синий одним прыжком соскочил с нар: — Орлы, давайте звонить в темпе, мне такие дела категорически не нравятся... Где телефон прячешь? Где, говорю, телефон?

— Слева, под коробками... Скорую...

— Будет и скорая, все будет... Пошли!

Синий первым выскочил на веранду, быстро распорядился:

— Генерал, стой на стреме. Приемы знаешь?

— Да так, немного...

— Появится капо, вырубай и зови меня, я с ним поговорю... Где коробки-то, он про которые?

— Эти, наверно...

— Разбрасывай...

В несколько рук расшвыряли штабель картонных коробок из-под болгарских консервированных огурцов. С радостным воплем Синий схватил телефон, зачем-то смахнув несуществующую пыль ладонью, передал Визирю:

— Ну давай, Элизбарчик, родной, поспеши...

Визирь нажал кнопку и горестно, громко цокнул языком.

— Что?

— Двойка. Батарейки сдыхают...

— Жми кнопки, не стой!

Визирь отчаянно заколотил по кнопкам указательным пальцем. Поднес трубку к уху:

— Алло! Алло! Кто-нибудь слышит? Алло, алло! Алло! Это Семен Степанович? Алло! Слышит меня кто-нибудь?

Он тряс трубку, вновь прикладывал к уху, кричал, умолкал, прислушивался. Перевернул телефон, поддел ногтем крышечку, лихорадочно вытащил батарейки, поставил их в другом порядке, закричал:

— Алло! Алло! Слышит меня кто-нибудь? Алло!

Вадим вдруг вспомнил, кинулся в другой угол, пинком повалил испачканную известкой флягу. Схватил с пола свой фонарик, принялся откручивать колпачок. Гладкий колпачок скользил в потной ладони. Синий, сообразивший все на лету, вырвал у него фонарик, захватил колпачок полой полосатого бушлата, вмиг открутил. Вытряс батарейки — и безнадежно опустил руку, длинно выругался.

Вадим понял. Это были не те батарейки. Гораздо длиннее требуемых. Нечего и пытаться...

— Алло, алло! — все еще надрывался Визирь.— Алло, слышит кто? Ответьте, алло!

— Хана,— сказал Синий с мертвым лицом.— И телефону хана, и вообще... Не дрочись, бесполезно...

Однако Визирь не хотел сдаваться — тряс трубку, снова и снова менял батарейки, кричал... Прошло довольно много времени, прежде чем он угомонился, но, напряженно уставившись на телефон, пытался, такое впечатление, придумать какой-то магический фокус, вмиг наладивший бы связь. Бросил он это занятие, лишь услышав крик Бормана:

— Мужики!

Они кинулись в барак — Визирь так и бежал с зажатой в ладони трубкой, Вадим — с фонариком.

— Вот...— показал Борман.— По-моему, кранты...

Столоначальник замер, нелепо уронив голову на плечо, таращась неподвижным взглядом в стену. Слева на подбородке прилипла раздавленная сигарета.

Синий подошел первым, пощупал пульс:

— Точно. И сердце не бьется...

Доцент, охнув, бросился к выходу.

— Куда? — заорал Синий.— Держите идиота, шлепнут!

Но они уже неслись следом. Спрыгнув с крыльца и едва не растянувшись, Доцент побежал прямо к воротам, крича:

— Позовите врача! Человек умирает!

Примерно в метре перед ним взлетели фонтанчики земли — одновременно с коротким перестуком автомата. Он шарахнулся, остановился, закричал, махая рукой:

— Врача позовите!

Вторая очередь, подлиннее, взрыхлила землю гораздо ближе к нему. Он вновь открыл рот, но Синий налетел, ухватил его за ворот и бегом поволок к бараку, крича:

— Что, не понимаешь? Какие врачи?

— По пещерам, скоты! — рявкнул с вышки мегафон.— Врач только для рожениц, рожать будете, тогда и зовите! А по пустякам не беспокоить!

И третья очередь, совсем короткая, окончательно устранила все недомолвки — Доцент вдруг нелепо, высоко подпрыгнул на месте, припал на ногу. Синий безжалостно волок его бегом, не обращая внимания на крик.

Они влетели на веранду так, словно за ними гнались.

— Дай-ка гляну,— сказал Синий.— Ерунда, академик, только кожу сорвало, покровянит чу-

ток и засохнет. Но лупил он, пидер, на поражение, повезло тебе... Стой спокойно, я тебе на
царапину поссу. Стой, говорю, помогает, зелен-
ки-то нету...

Ногу замотали оторванной от казенной простыни полоской. Царапина и в самом деле оказалась пустяковой — Доцент особо не дергался,
едва Синий затянул узел, жадно выхватил из
протянутой Вадимом пачки сигарету, затянулся
и спросил:

— Иллюзии у кого-нибудь остались?

Вместо ответа — общее молчание.

— Что-то не вижу я... иллюзионистов,— констатировал Синий.— Или как их там еще обо-
звать...

— Но это же фантасмагория чистейшая...—
прямо-таки заорал Борман.— Быть такого не может!

— Н е   д о л ж н о,— поправил Синий.—
Сечешь разницу, генерал? Если не должно, это
еще не означает, что не может. У нас, по-моему,
все может быть... Вот уж не ведал, что в вашей
ментовке прекрасные душой идеалисты водятся.
Не может ему быть, видите ли...

— Думаете, это только первая ласточка? —
дрогнувшим голосом спросил Доцент.

— А вы не думаете? — осклабился Синий.—
Ну-ка, ребятишки, в темпе брейка напрягите мозги и припомните, у кого найдется, что взять.

— Ох, найдется...— вздохнул Визирь.

— Послушайте! — взвился Красавчик.—
У меня же и нет ничего! Сплошные пустяки! —
глаза у него лихорадочно горели.— Как вы думаете, если я им объясню...

— Дурак,— беззлобно сказал Синий.—
И они тебя моментом отпустят с цветами и

оркестром, чтобы ты в Шантарске пошел и рассказал про ихние забавы? — Он показал большим пальцем за спину, где в прежней позе сидел мертвый Столоначальник, к которому старались не поворачиваться: — Может, еще и приз зрительских симпатий напоследок выдадут? Нет, ребятки, давайте для ясности сразу предполагать, что живым отсюда никто не выйдет...

— Ну, а если отдадим? — не унялся Красавчик.

— Сам же говоришь, отдавать нечего.

— Я вообще, теоретически, если все отдадут все, что от них потребуют... Можно же им пообещать, что будем молчать...

Синий громко сплюнул на пол:

— Это ты за соломинку хватаешься от сильного перепугу... иллюзионист. Что же у нас получается?

— Что Вадик попал пальцем в небо,— сказал Эмиль.— Никакого переворота нет. Нам, правда, от этого не лучше. Взяли на банальный беспредел.

— Но такие фокусы проходят только раз,— сказал Визирь.— Их рано или поздно найдут, и мало им не покажется...

— Во-первых, нам от этого пользы не будет никакой,— криво усмехнулся Доцент.— А во-вторых, могут и не найти.

— Точно,— кивнул Синий.— Самого главного, допускаю, тут вообще нет. Приедет напоследок, от щедрот напоит персонал коньячком с ударной дозой клофелина — и слиняет к теплому морю. А жмуриков ни о чем не расспросишь. Е д и н о ж д ы такой фокус как раз проскакивает, будто хрен навазелиненный...

— Может, комендант? — предположил генерал.

— Сомневаюсь,— сказал Доцент.— Во что бы я поверил в самую последнюю очередь, так это в тайное общество обнищавших интеллигентов. Интеллигент наш, временем проверено, полнейший трепач и бездельник...

— А вы, простите, себя к ним не относите? — подпустил шпильку Борман.

— Не отношу,— отрезал Доцент.— И ученая степень тут ни при чем. Я не интеллигент, у меня профессия есть...

— Бездельники? — с сомнением покачал головой Борман.— Ну, не знаю... Дело Раскатникова, часом, не помните?

— Раскатников действовал один... ну, не один, с какой-то шлюхой, но все равно... Я имею в виду, интеллигенты никак не способны объединиться в серьезную банду и устроить вот т а - к о е. Кто-то за комендантом стоит — хотя комендант, охотно допускаю, может искренне верить, что он тут и есть пружина всего дела. Именно так с ними и случается последнюю сотню лет, используют в качестве презерватива, особенно в том, что касалось перестройки... Честно вам говорю, мне от того, что комендантом оказался Мерзенбург, еще тяжелее на душе. С любым другим всегда остается зыбконький шанс как-то договориться, а вот интеллигент — тупой фанатик, нацеленный в глубине души на уничтожение оппонента, он идти на компромисс попросту не способен...

— А эти жлобы — тоже интеллигенты? — хмыкнул Вадим.

— Жлобы — дело десятое... Типа той овчарки, что они с собой приволокли. А психика Мерзенбурга немного посложнее и, скажу не хвастаясь, мне, в общем, понятна. Но от этого не легче. Повторяю, наоборот... Хотя бы потому, что он, в отличие от присутствующих здесь, не осознает в полной мере, в какую игру ввязался и как за такие игры отвечают... Да и вряд ли понимает, что его, ручаться можно, отправят вслед за...

— Вы не пугайте, не пугайте! — дрожащим голосом вмешался Красавчик.— Ничего еще не ясно, может, одним и ограничится...

— Ага,— сказал Синий.— А там тебе покажется, будто тебя одного помилуют, потому что ты тоже каким-то боком к интеллигенции относишься... Настраивайся на поганое. Тогда голова лучше заработает, будешь думать, как шкуру спасать. Тот, кто н а д е е т с я, как раз и подыхает — повидал-с... Не верь, не бойся, не проси. Слышал такое правило?

— Но не хотите же вы сказать, будто они намерены поголовно всех...— протянул Борман.

— Кончай,— поморщился Синий.— Тоже за соломинку цепляешься, но тебе-то вовсе непростительно, превосходительство. Забыл, как твои авторитетные корочки горели?

Борман сварливо поджал губы, подумал и чуточку окрепшим голосом предложил:

— Ладно, давайте попытаемся проанализировать... Наши шансы, их шансы...

— Самое печальное, что все шансы у них,— сказал Доцент.— Боюсь, никто в большом мире ничего и не заподозрит. Нет никаких оснований. Уверен, никому не пришло в голову оставить дома распоряжение в классическом стиле: «Если не вернусь к семи вечера, бегите в салун Кривого Джо...» Верно? Ну кому бы пришло в голову предохраняться, господа новые русские? Все ехали в фешенебельный санаторий на просторах родной губернии, где все схвачено, за все заплачено...

— А старая смена? Охранники? Те, что уехали?

— Им-то отчего тревожиться? Наверняка придумали какое-то безобидное объяснение, премию дали непредвиденную...

Вадим сидел, как на иголках. В первый момент так и подмывало с гордым видом самого умного и толкового выступить в роли спасителя, рассказать про подземный ход. Можно себе представить эффект... Но, поразмыслив, он решил не спешить. Сам толком не знал, почему, однако какие-то смутные, еще не оформившиеся идеи брезжили... Лучше пока помолчать.

В самом деле, оттого, что рассыпалась прахом скороспелая версия о перевороте, легче не стало. Отнюдь. Можно говорить с большим знанием предмета: самое страшное, что подстерегает в наши безумные времена нового русского,— это как раз те самые беспредельщики и отморозки. Устоявшихся правил игры они и не думают соблюдать, авторитетов не признают, п о н я т и й не уважают, хотят получить все и сразу. Всегда найдется масса народу, опоздавшего к дележке — и по младости лет, и по неспособности раздобыть ложку. И начинается черный передел, которого никто, в общем, не предвидел. Да что там далеко ходить, можно вспомнить, что в прошлом году приключилось со всемогущим Лобаном, которого побаивались многие серьезные люди, сами отнюдь не ангелы. Вошел Лобан к себе в подъезд — а там тинейджеры распивают пивко, стены пачкают, шумят вовсе уж непотребно. Сделал им грозный Лобан предупреждение и ушел домой. А наутро оказалось, что у его «Лексуса» порезаны все четыре покрышки — «Лексус» всю жизнь стоял прямо у подъезда, даже без сигнализации, всякий понимающий человек знал, чья это тачка, что будет с угонщиком или вандалом. Разумеется, по микрорайону рассыпалось с полсотни Лобановых мальчиков, только никаких концов они не нашли: Лобан никого из молокососов не помнил в лицо, не озаботился запомнить. Так дело и заглохло — оказалось, и сам Лобан, и его система перед беспределом бессильны, т а к о г о не предвидели и реагировать на подобное вовсе не готовились. Пришлось Лобану покупать новые покрышки, машину без присмотра больше не оставляет...

— Сдается мне, работать они собираются в хорошем темпе,— сказал Доцент.— Так мне представляется. Самый для них выгодный вариант... У вас, помнится, был какой-то план?

— Наметки,— настороженно поправил Синий.— Есть идея, но ее еще нужно проработать. И первым делом нужно точно выяснить, намерены ли они дать нам водички,— он кивнул на бак, перевернутый во время утренней побудки.— Это — в первую очередь...

— А зачем вода?

— Кораблики пускать, Элизбарчик... Генерал, сознайся честно: тоже, поди, есть заначка? Да ты не надувайся с видом гордым и несгибаемым, вполне может оказаться, что заначки у тебя и нет, но положения твоего это не облегчает — могут и постараться ради какой-нибудь полезной информации. Иных заначек стоит...

— Это-то и скверно,— отчего-то не рассердившись, ответил генерал.

— Понимаю,— кивнул Синий.— Чем круче и серьезней креслице, тем хуже человек переносит запихиванье яиц в мясорубку. Все эти Тухачевские и Блюхеры ломались, как крекер, с радостным визгом на корешей наговаривали...

— Вот только ты несгибаемого из себя не строй,— набычился Борман.— Рассказать, на чем тебя можно подламывать?

— Сам знаю. Бог ты мой, я ведь несгибаемого и не строю, просто радуюсь пикантной ситуации: впервые в жизни с ментом в генеральских погонах будем проходить по одному делу, по одной прессовке... Ах, как пикантно...

— Я вам одно скажу,— мрачно заявил кавказский человек Элизбар.— Если все равно конец, выдашь заначку или не выдашь, проще уж с порога кому-то вцепиться зубами в горло и грызть, пока тебя не шлепнут.

— Это тоже с умом надо делать,— серьезно сказал Синий.— Так, чтобы шлепнули н е п р е м е н н о. А если...

Он замолчал. На веранде послышались энергичные шаги, и через пару секунд появился Василюк. Вставши в дверях в раскованной позе, похлопал себя дубинкой по ладони и громко осведомился:

— Господа новые русские изволят нервничать?

— Мертвого уберите,— сказал Доцент, не глядя на него.

— Кого? — театрально изумился Василюк.— Ах, утоплый труп мертвого человека... Он вам что, мешает? Такой тихий, такой безобидный... неужели боитесь? Неужели вы суеверны? — Он подошел вплотную и упер Доценту конец дубинки в лоб: — Вы меня, признаться, удручаете. Единственный здесь интеллигентный человек, вам бы в свое время держаться подальше от этого новорусского быдла...

— Разрешите уточнить, герр капо? — спросил Доцент, не поднимая головы и сидя в прежней позе.— Для меня, простите, «интеллигент» столь же бранное слово, как «педераст». Если это недостаток, он у меня общий с некими Львом Гумилевым и Афанасием Фетом. В такой компании не стыдно находиться, поскольку...

Дубинка с чмокающим звуком влепилась ему в лоб. Доцент инстинктивно зажмурился, и, видно было, преогромным усилием воли заставил себя гордо выпрямиться, уставился в обшарпанную стену так, будто никакого капо тут и не было.

— Идейно подписываюсь под предыдущим заявлением,— сообщил Синий в пространство.

Василюк сдержался столь же немаленьким усилием воли, улыбнулся насколько мог беззаботнее:

— А поднимайтесь-ка, господа хорошие. Прогуляемся до карцера, там как раз говнецо надлежит ручками в дыры сбросить. Потрудитесь до вечера, а там и на допрос прогуляетесь.

— Цем бефель, герр капо,— рявкнул Синий оглушительно, вытянувшись со сноровкой старого прусского гвардейца.

Заложил руки за спину и первым шагнул к двери. Вадим краем глаза подметил, как побелели костяшки пальцев, стиснувшие дубинку,— Василюк не мог не сообразить, что остался в полном проигрыше...

...Они маршировали, поневоле сбиваясь с шага — в животе громко бурчало, голод прямо-таки скручивал кишки, соленые струйки пота затекали в глаза, и нельзя было их смахнуть, иначе тут же получишь дубинкой поперек хребта. Четверо уже отправились в карцер прямо с аппель-плаца, в том числе две женщины — в этом отношении царило то самое равенство полов, которого с идиотским упорством добивались американские феминистки.

Вадим шагал, как автомат, уже потеряв счет жгучим ударам дубинкой. Никаких чувств и эмоций, собственно, и не осталось — успели выбить. Нику он не видел, она оказалась где-то в задних рядах — для маршировки всех построили в колонну по три, не разбивая по баракам. Чтобы было легче, он ритмично повторял про себя в такт шагам: надо бежать, надо бежать, надо бежать...

Погода была прекрасная, светило солнце, но окружавшая лагерь тайга словно бы выпадала из поля зрения — казалось, весь мир съежился до аппельплаца и ударов дубинок, вылетавших будто из ниоткуда. Над всем этим мощно надрывались динамики, извергавшие нежный девичий голосок:

> О, как мне кажется, могли вы
> рукою, полною перстней
> и кудри дев ласкать, и гривы
> своих коней, своих коней...

Так и продолжалось — песни на классические стихи сменялись симфонической музыкой, потом снова песни и снова музыка. Герр комендант, восседавший на трибунке в плетеном кресле,— время от времени Вадим видел и его, и Маргариту, расположившуюся в таком же кресле,— то и дело пригубливал кока-колу из высокого бокала, лицо у него было умиротворенное, покойное...

Ближе к вечеру, когда все это, наконец, кончилось, вновь разбили на бригады и погнали к воротам, где каждый получил миску жидкой баланды, а вот ложек не получил никто, и поневоле пришлось хлебать через край, обливаясь с непривычки. Тетка Эльза, злорадно наслаждавшаяся зрелищем, объявила, что на сегодня все, никаких разносолов более не полагается, а посему быдло может расползаться по стойлам.

Поскольку плетью обуха не перешибешь, пришлось последовать совету — тем более, что с двух сторон старательно подгоняли дубинками Василюк и давешний охранник. Навстречу им двое других эсэсовцев протащили за ноги безжизненное тело бедолаги Столоначальника, первым открывшего счет. Вадим, откровенно признаться, не ощутил ровным счетом никаких эмоций, был вымотан до предела. Более того, у него осталось впечатление, что и собратья по несчастью отнеслись к печальному зрелищу со столь же тупым равнодушием. Мыслей у него хватило ровно настолько, чтобы подумать: «П р и в ы к н у т ь — штука, должно быть, довольно страшненькая».

— Цистерну видели? — спросил Визирь, когда они обессиленно повалились прямо на веранде и вытащили сигареты (хоть табачок, слава богу, никто пока не отобрал).

— Какую?

— На сто тридцатом? Подъехала к самым воротам, когда е г о туда волокли. Я видел...— Он тяжело встал и высунулся с веранды.— Точно. Его туда пихают, в цистерну. Если там какая-то кислота или каустик, следа не останется. Как от сахара в чае.

— Заткнись, не рви душу...— прошипел Браток.

— Нет, я с порога в горло вцеплюсь...

— Ну и вцепишься, а пока захлопнись! Без тебя тошно!

Отбой, как и в «мирные» времена, обозначался всем знакомой музыкальной заставкой из телепередачи «Спокойной ночи, малыши!» — и это усугубляло смертную тоску. Ни Синий, ни Доцент после отбоя в бараке так и не появились.

Чтобы не подвергаться лишнему унижению, они посовещались и решили отныне справлять нужду в чулане.

ГЛАВА СЕДЬМАЯ

Много нового и ничего веселого

Они уже расположились спать, когда по рассохшемуся полу веранды затопотали невероятно тяжелые шаги, словно там брел кто-то, напоминавший габаритами бегемота. Правда, очень скоро обнаружилось, что это прибыли насквозь знакомые личности, не имевшие никакого отношения к тюремщикам и гонителям: Синий, пыхтя от нешуточной натуги, волок на закорках Доцента. Остановился в дверном проеме, жадно и быстро заглатывая ртом воздух, профыркал:

— Помогите, мочи больше нет...

К ним бросились, мешая друг другу, подхватили Доцента — тот громко ахал при резких движениях,— кое-как дотащили до нар и осторожно положили. Правая штанина у него была обрезана ниже колена, голень перевязана — старательно и качественно, толсто намотан чистейший бинт, из-под которого почти не просочилась кровь. Однако пятно размером с серебряный доллар все же наличествовало.

Отдуваясь, Синий присел на нары, вытащил сигаретку:

— Небитый битого везет... Тяжелый до чего, а еще доцент...

Доцент лежал, закрыв глаза, постанывая, лицо лоснилось от крупных капель пота.

— Что там? — спросил кто-то, Вадим даже не узнал голоса.

— Бурная жизнь,— бросил Синий, ни на кого не глядя, глубоко затягиваясь.— Наш интеллектуал решил сорваться в побег. Как и следовало ожидать, получилось бездарно, только пулю в ногу схлопотал. Ломанулся, как чумной...

— Нервы не выдержали,— сказал Доцент с закрытыми глазами, совершенно бесцветным голосом.— Глупо получилось, да вот... Не рассуждал. Двинул в ухо ближайшему и пошел напролом...

— Что они хотели? — напористо спросил Борман.— Вас допрашивали?

— Что хотели... Коллекцию.— Он открыл глаза.— Всю. Все, что есть. У меня неплохая коллекция, и не только фарфор — картины, есть даже Врубель и Башкирцева, два этюда Сурикова...— Он криво усмехнулся: — Вот на этом и сломался, генерал,— на возможности приобретать то, что нынешнему интеллигенту недоступно. А очень хотелось. Потому и пошел... в консультанты. Вы на меня так не зыркайте, я наркотиками не торговал и первоклассниц в проститутки не заманивал...

_____ 118 _____

— Все равно,— недовольно заключил Борман.— Знаю я все эти консультации, по струнке ходите...

— Да помолчи ты, моралист,— огрызнулся Синий.— Без тебя тошно. Ты как, все сдал?

— Нет,— прошептал Доцент.— То ли не обо всем они знают, то ли решили поиграть, как кошка с мышкой,— потому, наверно, и перевязали как следует...

— Вот только тащить не захотели,— хмыкнул Синий.— У меня от тебя чуть пупок не развязался...

— Вас тоже допрашивали? — поинтересовался Эмиль.

— Ага,— сказал Синий, ухмыляясь одним ртом.— Любопытствуешь знать, отчего я в таком случае целый-невредимый? Отвечаю, как на духу: потому, что не ломался. Сдал захоронку. Конечно, не сказал, что сдал все. Допрашивать они, козлы, толком не умеют, до этих,— он кивнул на Бормана,— ох как далеко. Очень непрофессионально работают ребятки, поверьте знатоку. Не умеют вгрызаться. Вот я и создал нужное впечатление: что у меня, если хорошенько поискать и попытать, еще немало можно выгрести. Они довольны, а мне нужна передышка. И еще мне нужно, чтобы не повредили ни один суставчик, здоровье — прежде всего. Много понадобится здоровья, когда начну им кишки на плетень наматывать, со всем старанием и фантазией...

— Что-то вы, хороший мой, как раз и забрели в дебри фантазии,— громко фыркнул Борман.— Только и слышу про беспроигрышный план побега да про отмщение... Интересно, на чем такая уверенность основана? Мастера вы сказки складывать...

— Не подначивай, мент, не подначивай,— с кривой ухмылочкой отозвался Синий.— Подначка больно уж детская получается. Когда надо будет, изложу и план.

— Вы мне вот что растолкуйте! — вдруг взвился Браток, даже спрыгнул с низких нар.— Почему это всех с допроса волокут поуродованными, что толстяка, что этого, а этот вот,— он резко выкинул руку, тыча пальцем в Синего,— даже не поцарапанный?

— Ты на что намекаешь, придурок? — тихо, недобро осведомился Синий.— Смотри, за базар и ответить можно...

— Отвечу! Точно вам говорю, подозрительно! Лепит нам тут сказочки насчет побега, а сам раскололся, да еще целую философию под это дело подвел — у него, мол, задумки самые наполеоновские... Может, это и есть казачок засланный? Стучит себе помаленьку, уговаривает захоронки сдавать...

Э-эп! Подошва грубого ботинка впечаталась ему в физиономию, он устоял на ногах, но отлетел шага на три, поскольку не ожидал удара.

Синий мигом слетел с нар, отпрыгнул назад и, оскалясь, неуловимым движением выхватил нож. Рукав грубого лагерного бушлата задрался, открылась мастерская татуировка меж локтем и запястьем: скелет в длинном балахоне, стоящий в позе статуи Свободы, в одной руке у него коса, другой воздел над голым черепом окруженную сиянием денежку с крупной цифрой «1». Его полукругом окаймляла каллиграфическая надпись, являвшая собою пресловутую смесь французского с нижегородским: VITA EST KOPEJKA.

Браток шипел и фыркал, как разъяренный котище, но особо не рвался в бой, должно быть, справедливо предполагая для себя крупные неприятности. Синий, поводя вправо-влево ножом, скорее уж напоминавшим шило, презрительно бросил:

— Порву, как целку, щенок... Смотри за базаром...

— Хватит вам! — вклинился Визирь.— Если начнем собачиться меж собой, станет совсем хорошо, приятно и весело... Ты, молодой, извинись и сядь. И привыкай сначала думать, а потом нести ерунду. Ведь чушь полнейшая,— он обернулся к Синему.— Я так считаю не оттого, что вы мне лично симпатичны, а согласно строгой логике. Будь вы подсадной уткой, непременно стали бы вбивать нам идею, будто с о в с е м плохо станет только тем, кто станет запираться и скрытничать. А тому, кто сдаст все добровольно, последуют ошеломительные привилегии вплоть до полного освобождения. Что-то в этом роде стала бы нам внушать наседка. Меж тем наш битый жизнью друг пытается доказать как раз обратное: всем присутствующим все равно конец, выдадут они свои сокровища или же нет. Это-то меня и убеждает.

— Меня тоже, признаться,— хмуро поддержал Борман.— Хватит вам. Остыл, чадушко?

— А я что? Я-то и ничего...— Браток попытался примирительно улыбнуться, но получилось плохо.— Просто нервишки до предела натянуты... Гадом буду, не хотел...

— Ладно, замяли,— сказал Синий, тем же неуловимым движением спрятав нож куда-то в недра бушлата.— Исключительно оттого, что колючка здесь не та, не совсем настоящая. За настоящей ты б у меня ответил по полной программе, духарик... Только смотри, это был последний раз...

— Нет, а в самом деле,— протянул Браток.— Что ты, в натуре, талдычишь про побег, а подробно не расскажешь? Сил моих больше нет на этих нарах чалиться...

— В свое время,— без улыбки пообещал Синий.— Распишу диспозицию, будь уверен.

— Думаешь, все же есть наседка? — негромко спросил Борман.

— Не похоже,— решительно сказал Синий.— Никак не похоже, я давно присматриваюсь, принюхиваюсь, прикидываю хрен к носу. И каждый раз получается, что наседки среди нас быть вроде бы не должно. Однакож береженого бог бережет, детка. Есть тузы, которые надо выкидывать в самый последний момент, и чтобы непременно из рукава... А вообще, давайте спать? К чему нам эти посиделки?

— Фаза! — вдруг вскрикнул Борман с таким видом, словно его прямо здесь, в грязном неподметенном бараке посетило что-то вроде божественного откровения.— Ну конечно, фаза...

— Догадался-таки, женераль? — хмыкнул Синий.

— Но ведь это — бабушка надвое сказала...

— А что делать?

— Делать и в самом деле нечего...

— То-то,— сказал Синий.— Выбора никакого...— Повернулся к Доценту.— Знобит?

— Знобит,— сказал тот. Его явственно трясло.— Даже странно — не болит почти, только холодно неимоверно...

— Бывает. Эй! Мерсюк в золотой оправе! Кинь-ка одеяльце. Ты и так лось здоровый, а человеку знобко...

Браток, к некоторому удивлению Вадима, уступил свое одеяло без малейшего ворчания — видимо, решил завязать с игрой в оппозицию. Не удовольствовавшись этим, Синий бесцеремонно сдернул одеяло с уже устроившегося на ночлег Красавчика, укутал Доцента, прошел к двери и погасил свет.

Вскоре настала тишина, нарушавшаяся лишь негромким похрапываньем Визиря. Вадим добросовестно пытался уснуть, но никак не получалось, балансировал меж явью и забытьем, на той неуловимой черте, где размываются ощущения, размывается действительность, перестаешь понимать, в каком ты мире и на котором свете. Как он ни сопротивлялся внутренне, сознание уже работало словно бы само по себе, отматывая ленту назад. Говорят, так случается с тонущими, с теми, кто сорвался о скалы. Фраза, ставшая банальной: «Перед ним в считанные секунды промелькнула вся его жизнь».

Насчет всей жизни — явное преувеличение. Перед глазами — или, говоря тем же высоким стилем, перед внутренним взором — прокручивалась не столь уж оригинальная история под нехитрым заголовком: «Как становятся преуспевающими бизнесменами». Обыкновенная биография в необыкновенное время, как говаривал красный параноик Аркадий Гайдар, лютовавший некогда в Шантарской губернии — правда, говаривал он это по другому поводу, но все равно, для заголовка ненаписанных мемуаров достигшего возраста Иисуса Христа удачливого бизнесмена весьма даже неплохо. Или для подзаголовка, скорее.

...Те, кто сейчас с оттенком презрительности (проистекающей, главным образом, из зависти) именовали его «генеральским отпрыском» — благодаря чему, мол, и вскарабкался на сияющие вершины — были не вполне правы. В первую очередь оттого, что «генеральским сынком» он стал далеко не сразу. На свет появился капитанским сынком, в первый класс пошел сынком майорским — а это, согласитесь, отнюдь не элита, тем более во глубине сибирских руд. Классе в четвертом он наконец понял и осознал, что родитель не просто служивый, а особист — но сибирский особист-майор середины семидесятых на элиту опять-таки не тянул. Жили получше, чем иные прочие, и только, и всего-то. Район был не пролетарский, у каждого имелась своя комната, в гараже наличествовала «копейка», еда с одеждой на пару порядков получше среднего уровня — вот, пожалуй, и все.

А в остальном — типичнейший совок. Настолько совковый, что папенька категорически отказался уступить уговорам маменьки и отмазать единственное чадушко от службы в рядах непобедимой и легендарной Советской Армии. Правда, не стал и доводить до абсурда — то есть отправлять сыночка в плаванье по армейскому морю без руля и без ветрил, отдавать на волю военкомата. Действительную службу Вадим отпахал, как и положено — строевым солдатом. Вот только воинская часть была не вполне обычная.

По всей необъятной Шантарской губернии вокруг ГЭС и пахавших главным образом на оборонку заводов-гигантов издавна располагались батареи зенитных ракет. А небольшая воинская часть, командовавшая всей этой грозной силой, располагалась как раз в Шантарске, не на самой окраинной улице. И, кроме офицеров, там полагалось иметь энное количество нижних чинов. Легко догадаться, что все без исключения нижние чины как раз и были с ы н о ч к а м и.

А посему особенных страстей-мордастей там не наблюдалось — ни оголтелой дедовщины, ни «урюков», что по-русски ни в зуб ногой, ни заезжавших в зубы полупьяных прапорщиков. Все чинно, пристойно, образцово. Маленький эдемчик, если честно. «Суровая армейская школа», на которой настоял родитель, обернулась не столь уж тягостным предприятием. Через два года Вадим вышел за ворота бравым сержантом с полным набором значков, дополненным медалькой — и поступил в Шантарский университет без всяких усилий. Маман, правда, слегка подсуетилась, но опять-таки горы сворачивать не пришлось.

А год, между прочим, был примечательный — восемьдесят пятый. Генсек с багровой нашлепкой на лысине уже начинал понемногу выдавать в эфир такое, отчего у классиков марксизма-ленинизма на парадных портретах волосы явственно вставали дыбом...

Правда, Вадим ухитрился как-то не заметить исторического поворота — некогда было. Открыл для себя увлекательнейшее занятие — книжный бизнес. Ах, какой это был увлекательный и доходный, прямо-таки инопланетный, теневой мир: неизвестный непосвященным спрут, охвативший всю страну, галактика «пятачков» и «толкучек», где имелось все, чего пожелает душа...

В магазинах не было ничего — разве что на тех полках, что были отведены под «макулатуру» и придуманный каким-то гениальным шизофреником «книгообмен». Зато у «спецов» было все. Вполне возможно, что хваленые агентурные сети КГБ и ЦРУ даже уступали в размахе этой опутавшей весь Союз нерушимый паутине, где в причудливом симбиозе трудились удачливые спекулянты, сами в жизни не открывшие ни единой книжки, оборотистые директрисы книжных магазинов, перешедшие на отхожий промысел интеллигенты, начинающие литераторы, начитанные студенты и прочий народец самых неожиданных профессий. Тиражи покидали типографии, но до прилавков так и не доходили, попадая к покупателю по ценам, ничего общего не имевшим с государственными.

Впрочем, неверно было бы считать тружеников книжного рынка примитивными перекупщиками, Был еще и самиздат. Не имевший ничего общего с диссидентским, но превосходивший его по масштабам раз во сто...

Мало кто знает до сих пор, что некогда в СССР оперативнейше переводилось и самоляпно издавалось все мало-мальски заметное, что только было сотворено мэтрами зарубежной фантастики и детектива. Переводы, правда, были топорнейшие, «книги» отпечатаны на пишущих машинках под копирку — но снабжены твердыми переплетами, иногда даже с тиснением. Знающий человек мог обзавестись многотомными собраниями сочинений любимых авторов, если только был осведомлен, куда нужно идти в Москве, куда — в Минске или Свердловске.

Конечно, милиция бдила. Конечно, кто-то регулярно попадал в неприятности, вплоть до отсидки. Однако индустрию в целом это поколебать не могло. Чересчур мощная и всеохватывающая была, зараза.

А потом перестройка набрала обороты. И оказалось вдруг, что — дела немыслимые! — легальным издателем может стать любой, у кого в голове достаточно мозгов, а в кармане отыщется сумма, эквивалентная всего-то годовому заработку среднего инженера. Всемогущая КПСС отчего-то практически без боя отдала книжный рынок шустрому частнику, пресловутая цензура словно бы растаяла. Тогда, в восемьдесят восьмом, это казалось диким, необъяснимым, но теперь все стало понятно: номенклатура увлеченно готовилась поменять вывеску, перекраситься в авангард демократов — и все ее интересы вертелись главным образом вокруг заводов-газет-пароходов. Номенклатурщики попросту забыли за семьдесят лет, что книгоиздание может стать выгодным делом, а потому махнули на него рукой.

Поскольку природа не терпит пустот, в образовавшуюся брешь тут же ринулись оборотистые мальчики — в том числе и Вадим с Эмилем, который тогда еще был не Эмилем, а Григорием. Идея была проста: нужно понять, что необходимо народу, за что он в первую очередь готов выложить кровные.

Оказалось, народ в массе своей жаждет не столько трудов академика Сахарова и корявых мемуаров бывших узников ГУЛАГа, а вульгарного секса, каковой, оказалось, в Советском Союзе все же есть. Голод доходил до того, что в Шантарске платили пятерку за к с е р о к о п и ю «Космической проститутки».

Золотые бы... ...ремена. Во всех смыслах. В России, правда, еще правило бал пуританство, но на окраинах дышалось немного свободнее. А потому Вадим с Эмилем через общих знакомых довольно быстро отыскали в древнем городе Минске подтощалого кандидата химических наук со смешной фамилией Подыпа, который давно уже на досуге клепал для души эротические фантазии.

Подыпе, конечно, далеко было до Генри Миллера и Набокова, кандидат-химик работал в простом и суровом стиле, чем-то напоминавшем первые советские «Москвичи»: «Он повалил девушку на пол, разорвал блузку, обнажив высокие груди, раздвинул стройные ножки и решительно ввел член. Девушка стонала и охала». Не шедевр, конечно,— однако неизбалованный качественной эротикой советский читатель расхватывал и творения Подыпы, напечатанные на скверной газетной бумаге, прошитые скрепками, в мягких обложках с убогими рисунками, а то и вовсе без оных.

Дело пошло. Малость отъевшийся на хороших гонорарах Подыпа работал, как пулемет, выбрасывая устрашающее количество двадцатистраничных шедевров. Главное, груди непременно были высокими, ножки — стройными, обнаженное тело всегда белело, девушки всегда стонали и охали, а член, легко догадаться, не знал устатку. Параллельно приятель Подыпы, малость овладевший английским, переводил для Вадима с Эмилем детективы — по три в неделю. Переводы были столь же ужасными: «Он сунул свою руку в свой карман, достал пистолет, вывинтил цилиндр и высыпал пули». Классики вроде Чандлера и Макдональда, должно быть, ворочались в гробах: по страницам русских переводов их романов разгуливало такое количество «полицейских офицеров», какого, должно быть, не сыщется во всех Соединенных Штатах (в английском оригинале «police officer», о чем халтурщики и не подозревают, означает не офицера, а как раз рядового полисмена), а простые американские парни, храбрые копы, под борзым пером русского толмача изъяснялись примерно так: «Боб, продолжай сидеть в машине, а я обогну строение с задней стороны, чтобы сделать мерзавцу невозможным факт бегства в неизвестном направлении».

Но читатель-то хватал! Как ни бились в истерике эстеты из «Литературной газеты», как ни кривили губы интеллигенты, отчего-то свято полагавшие, что новая власть даст им бешеные деньги и позволит порулить...

Со временем Подыпа стал выдыхаться, а читатель, немного развратившись обилием книг, начал требовать и эротики классом повыше, и переводов качественнее. Одного «белевшего тела» и «грубо введенного члена» стало как-то маловато, вновь вернулись в небытие и обнищали переводчики, именовавшие «звезду Полынь» «звездой Вормвуд», а барабан револьвера — «цилиндром».

Но к тому времени два друга уже накопили необходимый стартовый капитал. И открыли для себя не в пример более доходные операции. Оказалось, например, что в том же Минске ежели законнейшим образом сдать в ювелирный магазин золотые побрякушки, столь же законно купленные в Свердловске, прибыль составит ровно сто процентов. А если купить у юрких вездесущих поляков оптом пару тюков джинсов или картонную коробку из-под телевизора, битком набитую баллончиками со слезоточивым газом, и привезти это добро в Шантарск, процент прибыли получается вовсе уж нереальным.

Бог ты мой, какие были времена, какие комбинации! Старик Хоттабыч сдох бы от зависти, а средневековые алхимики дружно повесились. Вагон с рулонами бумаги, вышедший из Хабаровска, где-нибудь возле озера Байкал оборачивался тремя вагонами копченой рыбы, та, достигнув Уральских гор, превращалась в целлюлозу, целлюлоза в Карелии вновь становилась бумагой, но ее уже было раз в десять больше, нежели вышло из Хабаровска. Пока интеллигенты с пеной у рта выясняли, кто отравил Крупскую, по стране путешествовали партии всевозможного товара, озаренные столь же высокопробной магией: уральские самоцветы в одночасье оборачивались партий компьютеров, компьютеры — турецкими свитерами, щенки кавказской овчарки — серебряными цепочками из Эмиратов, цепочки — китайской лапшой. Что угодно могло превратиться во что угодно. Конечно, кто-то разорялся, кого-то вдруг обнаруживали с пулей в голове, но законы и налоги неким волшебным образом все время отставали на два-три шага от реального состояния дел, и как-то незаметно сгинула очередь на автомобили, и квартиры уже не получали, а покупали, и никто почти не садился.

Одним словом, университет как-то незаметно исчез из его жизни (правда, дипломы они с Эмилем все равно получили, что обошлось не очень уж и дорого). И, что гораздо важнее, папа, орел-командир, ставший к тому времени генерал-майором, вдруг обнаружил, что сынок-то, оказывается, бизнесмен. Он и раньше что-то такое замечал, но размаха и масштаба не представлял — вот тут хваткий особист оплошал.

Впрочем, то, что казалось тогда Вадиму «размахом и масштабом», на самом деле, как обнаружилось, было не более чем щенячьими играми на лужайке. После мужского разговора с папенькой это стало совершенно ясно. Убедившись, что отпрыск подает надежды, моложавый генерал за полчаса объяснил, как делаются н а с т о я щ и е дела — причем законы оказываются нисколечко не нарушенными, мало того, никто не стоит над душой с одноразовым китайским «ТТ».

Все дело в связях и знакомствах, без которых порой в шальном российском бизнесе можно уродоваться на ниве капитализма годами, но заработать лишь на подержанную «Тойоту» да на эскортниц...

Вот тут-то пошли д е л а. И очень быстро стало ясно, отчего генерал-майор, как и его компаньоны, удивительно спокойно воспринимал горбачевские шокирующие новшества, ни единого раза не пообещав по пьянке перестрелять реформаторов.

Тогда как раз вошли в моду металл и биржи. Знаменитые титановые лопаты на корявых черенках из неструганых кольев — не миф, а суровая проза. И за рубеж их ушло столько, что ими, надо полагать, до скончания века обеспечены все дворники в странах «большой семерки». Никто, если разобраться, не знал, что же такое «красная ртуть» — тем не менее масса народа ею успешно торговала и многие неплохо заработали, а многие, к тому же, ухитрились остаться живыми до сих пор. В том числе и Вадим с Эмилем — ртутью они, правда, не занимались, но невзначай отправили в одну пока что братскую и пока что социалистическую страну три вагона, битком набитых алюминиевыми панелями и статуями, каковыми предполагалось украсить десяток Домов культуры в означенной стране. Культурный обмен меж партнерами по соцлагерю, знаете ли. К вагонам прилагался даже взаправдашний член Союза художников, снабженный необходимыми бумагами, который все это изваял бескорыстно для зарубежных братьев.

Попив неделю коньяк в пункте назначения, член Союза вернулся домой, счастливо прижимая к груди новехонький видак в нетронутой упаковке. А содержимое вагонов в полном соответствии с законами российской магии улетучилось неведомо куда — по секрету признаться, алюминия там не было ни грамма, а то, что было, на мировом рынке стоило не дешевле золота. Своими силами два приятеля такое дело не провернули бы ни за что, но папа и его записная книжечка делали чудеса...

Ну, и биржа, конечно, В России их тогда было раз в двадцать побольше, чем в остальном мире, но своего историка сей веселый период вряд ли дождется — как не дождалась такового добрая старая Англия, где не очень-то и любят вспоминать, сколько банкирских домов и дворянских родов народились на свет благодаря тому, что их основатели в молодости любили плавать по теплым морям под флагом радикально черного цвета...

Многое бывало. Всякое бывало. За всеми этими заботами едва замеченным прошел распад СССР, поскольку открывшиеся в незалежной России перспективы были не менее ослепительными. В конце концов англичане правы — мало ли под каким флагом любил бороздить моря двести лет назад колченогий дедушка Сильвер. Главное, его сегодняшние потомки умеют безукоризненно завязывать галстук, не едят с ножа, а нынешний их бизнес, право же, насквозь респектабелен. Почти. Без «почти» в России, с чем согласится любой здравомыслящий человек, никак невозможно. Специфика, знаете ли. Чистоплюев никто не отстреливает специально — им просто-напросто никогда не подняться выше продавца в коммерческом ларьке или сторожа на платной автостоянке. Не нами заведено, не с нас и спрос. Есть целый набор столь же фундаментальных и убаюкивающих истин. Самое главное — все до сих пор живы, и никто не предъявляет претензий, а это о чем-то да говорит. Как-никак, один из папашиных сослуживцев в свое время вынужден был утонуть в собственной ванне, и это не единственный печальный пример, когда считавшие себя самыми хитрыми индивидуумы, не понимавшие, что в грязных делах как раз и необходима стопроцентная честность, сметались с шахматной доски. Когда...

— Ауфштейн! Ауфштейн, суки!

Обжигающий удар по ногам вырвал его из липкой полудремы, он оторопело вскинулся, зажмурился — в дополнение к тусклой лампочке, гнилушкой светившейся под потолком, вспыхнула пара мощных фонарей, белые лучи сначала метались по комнате, словно лучи спятивших гиперболоидов, потом, после резкой команды, замерли. Похоже, фонари просто поставили по обе стороны двери, и они теперь стали чем-то вроде сценических прожекторов.

— Ауфштейн!

Они попрыгали с нар, увертываясь от яростно махавшего дубинкой Василюка и какого-то незнакомого эсэсовца — парочка работала со сноровкой опытных косарей,— выстроились, вытянув руки по швам.

Теперь только суета превратилась в нечто упорядоченное. Ненадолго настала тишина. Обнаружилось, что у стены стоят в раскованно-удалых позах два черномундирника с помповушками наперевес, а меж ними, почти на равном расстоянии от обеих, сидит на стуле Маргарита и, закинув ногу на ногу, пускает дым в потолок. За спиной Вадима застонал, заворочался Доцент.

Маргарита, покачивая носком начищенного сапога, небрежно бросила:

— Тишина на лежачих местах. Еще один писк — и прикажу яйца отрезать...

И спокойно выпустила густую струю, закинув златовласую головку. Личико у нее было совершенно безмятежное, будто присутствовала на репетиции драмкружка, взявшегося за пьесу о Бухенвальде, а зрачки, Вадим заметил, вновь ненормально расширены. «Ширяется девочка, никаких сомнений»,— пронеслось у него в голове.

Когда тишина стала вовсе уж гробовой — Доцент замолчал сразу, едва получив предупреждение,— на веранде послышались неторопливые шаги, сопровождаемые явственным скрипом хорошо пошитых сапог из натуральной кожи, и в бараке появился герр штандартенфюрер. Он прямо-таки проплыл на середину, остановился, заложив руки за спину, расставив ноги, медленно обозрел присутствующих — справа налево, слева направо — вынул из-за спины руки, взмахнул стеком, будто дирижерской палочкой:

— Доброй ночи, господа хорошие, доброй ночи... Я дико извиняюсь за причиненные неудобства, но события прямо-таки требовали безотлагательного вмешательства. До меня дошли слухи, что в вашем бараке постояльцы ведут себя, словно распоследние свиньи. Вы же относительно цивилизованные люди конца двадцатого века, господа, скоро весь мир торжественно вступит в третье тысячелетие... И что же мы наблюдаем? Вы, как поросята, серете прямо в бараке, хотя администрация для вас оборудовала прекрасный туалет типа «сортир»... Стыдно, судари мои. Мы тут посовещались и решили, что подобные тенденции следует гасить в зародыше. А посему вынужден объявить незапланированный субботник по уборке помещения. И заодно собрать все, запрещенное правилами внутреннего распорядка — говорят, вы натаскали в чулан всякой пакости, совершенно вам ненужной... Живо! — вдруг заорал он, надсаживаясь.— Живо двинулись убирать за собой! Направо!

С двух сторон придвинулись с занесенными дубинками охранник и капо. Но шеренга уже повернулась направо, довольно слаженно — сказалась вчерашняя муштровка.

— Весь хлам вытащить и аккуратненько сложить у крылечка,— вновь совершенно нормальным голосом распорядился комендант.— А дерьмо, хорошие мои, тщательно собрать ручками и отнести в сортир, где ему и надлежит быть. Предупреждаю сразу: к саботажникам буду жутко немилостив... Шагом марш!

Еще один фонарь поставили так, чтобы освещал чуланчик. Комендант весело покрикивал:

— Шевелись, сволочи, шевелись! Каждый по очереди заходит в чулан, со всем старанием нагребает говнецо ладошками — а потом культурной шеренгой все его несем в сортир! Ух вы, стахановцы мои, век бы с вами тут сидел!

Сначала Вадим решил, что его вот-вот вывернет наизнанку — когда загребал ладонями с пола неизвестно чье дерьмо. Как ни удивительно, обошлось. Весь организм прямо-таки сотрясало от беспрестанных рвотных позывов, он кашлял и перхал, но так и не вывернуло, ни его, ни остальных. Жутковато подумать, но, полное впечатление, стали привыкать... Вереница потянулась к сортиру, стараясь держать руки подальше от себя, а комендант браво маршировал рядом и понукал:

— В ногу, в ногу, соколики! Цените мою доброту, я ведь мог и заставить все это слопать. И слопали бы, с полным удовольствием, как вашу новорусскую жратву в «Золоте Шантары»!

«А ведь слопали бы»,— вдруг подумал Вадим с ужасом и стыдом.

— Ничего, не унывайте,— обрадовал комендант.— Может, еще и устроим завтрак на траве. Слышали про уринотерапию, подонки? Своими глазами читал в центральной прессе, что есть и лечение говном, по-научному — копротерапия. Берется чайной ложечкой или там столовой и кушается. Шевелись!

Пришлось сделать еще два рейса, а потом еще старательно оттирать полами собственных бушлатов пол, пока бдительно надзиравший комендант не смилостивился и не объявил, что, на его взгляд, должная чистота достигнута. И началась уборка — разнообразный хлам сваливали в кучу у крыльца. Зачем все это делалось, совершенно непонятно. Правда, Вадим смутно помнил, что в немецких концлагерях вроде бы как раз и устраивали подобную бессмысленную работу — выкапывать яму, вновь закапывать, переливать из пустого в порожнее. Видимо, те же книги читал и комендант...

Попутно обнаруживалось все спрятанное — и телефонная трубка, и доллары Вадима, и солидное бордовое удостоверение с фотокарточкой покойного Столоначальника, и мешочек анаши, который после угрозы продержать всех до утра на плацу Браток признал своей собственностью, и солидный кожаный бумажник Визиря, и детектив Бормана, и шахматы Доцента. Заодно всех тщательно обыскали, а Василюк тем временем шуровал на нарах. Однако нож Синего так и не всплыл на свет божий, к некоторому удивлению Вадима. Ну конечно, опыт богатый, запрятал так, что дилетантам нечего и стараться...

Наконец, заниматься стало вроде бы и нечем — чулан был пуст, как лунная поверхность, что вынужден был констатировать сам комендант. Однако шеренга, не получая приказов, оставалась стоять на веранде. Комендант прохаживался взад-вперед, словно бы в раздумье. Хорошо бы ошибиться, но ничего хорошего это вроде бы и не сулило...

— Ну? — нетерпеливо повернулся комендант к вышедшему из барака капо.

— Ничего постороннего и недозволенного, герр штандартенфюрер! — браво отрапортовал Василюк.

— Вот видите, хорошие мои,— сказал комендант чуть ли не умиленно.— Стоило нам в добром согласии поработать пару часов, и вы у меня превратились в образцово-показательный барак, хоть экскурсии к вам устраивай... Считайте, что я мимолетно умилился. Просьбы есть? Да не бойтесь вы, чудаки, я, по секрету скажу, белый и пушистый, хоть вы обо мне самого скверного мнения, ручаться можно... Есть просьбы?

— Как насчет воды? — хмуро поинтересовался Синий.— Попить бы...

— Это пожалуйста,— с готовностью ответил комендант.— Это сколько угодно. Там в умывальниках, сдается мне, еще осталось немного водички, вот и попьете. Водичка, правда, паршивая, да уж чем богаты. А если вам непременно нужно чистенькой, есть деловое предложение. Каждый берет по кружечке и носит чистую водичку от ворот. Пока не наполните бачок в бараке. И никак иначе. Есть желание?

Шеренга молчала — каждый мгновенно сопоставил объемы кружки и бачка. Курсировать меж воротами и бараком пришлось бы до рассвета.

— А насчет завтрашнего утра такой уговор действителен? — спросил Синий.

— Да с полным нашим удовольствием! — заверил комендант.— Все равно от безделья маетесь, тунеядцы, вот и потаскаете водичку. Итак, господа... С уборкой мы закончили. Ничего недозволенного больше не имеется. Но мы с вами так хорошо работали в полном душевном единении, что у меня не хватает духу с вами расстаться. Золотые вы ребята, хоть и распоследние поганцы... Что бы нам еще придумать, благо до утра далеко? У кого-нибудь есть светлые идеи?

Шеренга благоразумно помалкивала.

— Стервецы,— грустно протянул комендант.— Только-только наметилось единение постояльцев и администрации, едва-едва меж нами протянулись неощутимые ниточки духовного братства — и вы тут же все опошлили, нувориши проклятые. Ну как мне к вам после этого относиться? Как к дерьму последнему...

Стоявший слева эсэсовец нехорошо загоготал.

— Есть светлая идея! — оживился комендант, остановился и взмахнул стеком.— А не пригласить ли мне кого-нибудь из вас, подонки, на беседу? Поговорим всласть, пообщаемся... Или кто-то против?

Царило тягостное молчание.

— Великолепная идея, честное слово! — с наигранным восторгом воскликнул комендант.— Кого бы мне пригласить в гости? Все вы великолепные собеседники, с каждым найдется о чем поговорить, заранее предвкушаю... Однако в основе порядка лежит, знаете ли, справедливость. Черного петушка зарежешь — белый скучать будет, белого зарежешь — черный заскучает... А вот что. А устроим-ка мы честную лотерею, без всякого надувательства и подтасовок. Ну разве я вам не отец родной? — И вновь без всякого перехода заорал так, что заложило уши: — Раздевайся, суки!

Несколько секунд ничего не происходило, все стояли неподвижно.

— Я что, к столбам обращаюсь? — недобро протянул комендант.— Всем раздеваться, живо! Засекаю пятнадцать секунд, последний, кто останется при одежде, будет сосать хрен у всех остальных, верно вам говорю... Живо!

Шеренга зашевелилась: выпрыгивали из штанов, сбрасывали бушлаты. Секунд через десять все стояли голышом, ежась в ночной прохладе.

— Шагом марш в барак! — распорядился комендант.

Пошли в барак. Маргарита сидела на прежнем месте, кое-кто инстинктивно попытался прикрыться сложенными ковшиком ладонями, и комендант тут же заорал:

— Руки по швам! Становись!

После секундного колебания команда была выполнена.

— Боже ты мой, до чего мелкая и ничтожная скотина,— вдруг в полный голос заговорил Доцент, тяжело выдыхая воздух.— Полный ноль, ничтожество, пустышка...

Комендант вздрогнул, словно его огрели плеткой, но тут же горделиво выпрямился, фыркнул:

— Эти финты, милейший, мы уже проходили. Не будет вам пули в лоб, не надейтесь. Уж если ты, подонок, переметнулся к этой новорусской сволочи, получишь по полной программе. Всему свое время. Если пискнешь еще хоть словечко, прикажу сбросить в сортир... Ну? Одно словечко, умоляю!

Доцент молчал.

— Вот то-то,— удовлетворенно сказал комендант.— Порядок в аудитории установлен... Итак, господа. Поскольку, как я уже говорил, в основе порядка лежит справедливость, мы тут посовещались и решили дать каждому шанс. Точнее, сделать так, чтобы равные шансы были у каждого. Будем демократически голосовать. Тот, кто первым проголосует определенной частью тела, как раз и будет приглашен на увлекательную и вдумчивую беседу... Руки по швам! Кто во время процедуры всеобщего и демократического голосования будет шевелить ручками-ножками, испытает на себе все многообразие моей фантазии и лютой к вам ненависти, твари... Готовы? Фрейлейн Маргарита, прошу!

Он по-наполеоновски скрестил ручки на груди, отодвинулся к стене. Маргарита не спеша притоптала окурок узким носком сапога, встала, закинула руки за голову, сладко потянулась, с таким видом, словно пребывала здесь одна-одинешенька, тряхнула головой — волна великолепных золотых волос взметнулась и упала на плечи.

И принялась медленно расстегивать черную рубашку с алой нацистской повязкой на рукаве. В лучших традициях импортного стриптиза выгибалась и потягивалась, медленно поворачиваясь вокруг собственной оси. Аккуратно повесив рубашку на спинку стула, обнаженная по пояс, на два шага приблизилась к шеренге, медленно прошла из конца в конец, оказавшись так близко, что Вадим вдохнул, вместе с остальными, аромат хороших духов и слабый запах свежего пота, рассмотрел крохотную родинку на левой груди.

И, к своему ужасу, почувствовал, что где-то в недрах организма начинает разворачиваться стандартная мужская реакция. В панике скосил глаза вниз — слава богу, пока что все вроде бы обстояло благополучно. Не ворохнулось. Но если это будет продолжаться...

Продолжалось, конечно. Маргарита в два счета сбросила сапоги и медленно стягивала черные бриджи, под которыми ничего больше не имелось — чуть приспустила, просунув туда узкую ладонь, выгнулась, оглядывая с блядской улыбкой голую шеренгу, посылая недвусмысленные улыбки и проводя по губам кончиком языка. Дела были плохи. Несмотря на сюрреализм происходящего, природа брала свое.

Стояла мертвая тишина, только один из эсэсовцев громко сопел в своем углу. Вислощекая физиономия коменданта так и светилась азартным предвкушением. Сохраняя полнейшую неподвижность, как и было велено, Вадим скосил глаза вправо-влево, с яростной надеждой ожидая: вдруг кто-то не удержится раньше. П р о г о л о с у е т.

И перехватил взгляды соседей, исполненные той же гнусненькой, эгоистичной надежды.

— Смотреть, суки, смотреть! — прикрикнул комендант.— Ишь, какие вы деликатные... Кто отведет глаза, пойдет на беседу первым, и уж я ему обещаю особое внимание...

У кого-то из голых невольно вырвался шумный, тяжкий вздох, но шеренга не шелохнулась. Явственно хохотнул черномундирник справа. Василюк таращился на происходящее равнодушно, как и следовало ожидать. Зато комендант покрылся испариной — вряд ли от одного охотничьего азарта.

Обнаженная, она была очаровательна. Желание набухало ниже поясницы, как будто тело решило жить само по себе, и наплевать ему было, что принадлежит оно гомо сапиенсу, который в ужасе ожидает последствий. Вадим все сильнее ощущал: дела совсем плохи. Маргарита, закинув руки за голову, призывно улыбаясь, медленно вертелась перед ними, грациозным движением переставила стул поближе, поставила на него правую ногу и, выгнувшись назад, двумя пальцами приоткрыла для обозрения самое сокровенное местечко, и все это — с обольстительной улыбкой, неподдельно призывной. Вадим ощутил прошивший все тело приступ ужаса, уже осознавая отчетливо: еще секунда — и кранты...

— Ага!

Победный вопль коменданта адресовался — вот счастье! — вовсе не ему. Шеренга разом колыхнулась, пронесся громкий вздох облегчения. Комендант, словно плохая пародия на Вия, выбросил руку, тыча пальцем в Визиря, с которым не было уже никаких недомолвок и неясностей, предательская плоть вздымалась прямо-таки вызывающе...

— Обаньки,— радостно возвестил комендант.— Демократическое голосование себя оправдывает. Благодарю вас, фрейлейн, от всей души. Пойдемте, любезный, побеседуем...

Маргарита принялась одеваться — деловито, быстро, с равнодушным лицом. Испытанное Вадимом облегчение вряд ли можно было сравнить с чем-то знакомым, столь буйной радости раньше и ощущать-то не доводилось, честное слово. Ручаться можно, все остальные испытывали то же самое.

— Ишь, лыбитесь, эгоисты...— грустно сказал комендант.— Нет в вас подлинной солидарности, скоты... Ну, шевелитесь, мой сахарный. Вот с вами-то, гарантирую, о многом поговорить придется...

Он круто развернулся на каблуках и вышел. Следом прошел Визирь, с застывшим, словно бы даже мертвым лицом, вызывавшим тоскливый ужас. Один за другим черномундирники покидали барак, выходивший последним бросил через плечо:

— Подобрать шмотки — и спать, быдло...

Не глядя друг на друга, они потянулись на веранду, стали одеваться...

Неподалеку, у ворот, вдруг оглушительно ударил выстрел, заорали несколько голосов, возникла суета. Еще выстрел. И еще. Короткий истошный вопль. Четвертый выстрел. И — тишина. Потом послышалась яростная ругань. Вспыхнувшие лучи фонарей опустились к земле, скрестились, видно было, что кого-то поднимают, а он оправдывается громко, возбужденно. Почти сразу же лучи фонарей развернулись к бараку, стали быстро приближаться.

Не сговариваясь, все кинулись внутрь, торопливо попрыгали на нары, как будто это могло от чего-то спасти и как-то защитить.

Комендант вошел быстро, не тратя времени на свои обычные подковырки, поморщился:

— Неувязочка, господа. Остался я без душевного собеседника. Жаль. Вставай-ка, милый...

Он ткнул пальцем в Красавчика. Тот, с исказившимся лицом, попятился к стене, полное впечатление, пытаясь продавить ее спиной, уже в совершеннейшем ужасе завопил:

— Это не я! Не я!

— Помилуйте, а кто говорит, что это вы? — комендант, похоже, опомнился и напялил прежнюю личину.— Конечно, не вы... Все равно, побеседуем...

Два эсэсовца торопливо обежали коменданта справа и слева, с маху запрыгнули на нары, сотрясши их так, что Доцент испустил вопль, подхватили Красавчика под локти, сдернули на пол и поволокли к выходу.

— У меня нет ничего! Нету! — орал он что есть мочи, тщетно пытаясь как-то зацепиться за гладкие доски пола носками грубых ботинок.— У меня нету ничего! Я же не богатый!

Его вопли еще долго слышались в ночи — невыносимо долго, никто почему-то и не пытался заставить беднягу замолчать. Комендант оглядел замерших на нарах лагерников, погрозил пальцем:

— Смотрите у меня!

И неторопливо вышел. Сапоги хозяйски простучали по веранде, наступила тишина. Аромат хороших духов Маргариты еще витал в бараке, как ни дико. Кто-то тягуче застонал, словно от невыносимой зубной боли. Вадиму показалось, что сердце, отроду не болевшее, проваливается куда-то пониже поясницы.

Кажется, кавказский человек Элизбар сумел-таки умереть красиво — вернее, с максимальной для себя выгодой. Ухитрился сыграть так, что у охраны попросту не было времени рассуждать, его п р и ш л о с ь застрелить. Видимо, бросился, вырвал ружье, может, даже успел выстрелить...

Словно прочитав его мысли, Синий негромко сказал:

— Сумел соскочить изящно, уважаю...

— А может, только подранили,— отозвался Борман, сидевший с тупо устремленным в пространство, потухшим взглядом.

— Сомневаюсь. Подраненного непременно притащили бы в барак. Как вот его,— он кивнул на Доцента.— В воспитательных целях. Логика у Мерзенбурга не столь уж сложная, ее в конце концов начинаешь неплохо просекать. Хотя и не все понимаю до конца. В толк не возьму, зачем уволокли этого телевизионного дурака — у него, похоже, и впрямь никаких захоронок... Нет, не пойму пока...

— «Не пойму», «не сопротивляюсь»...— протянул Борман.— И вдобавок уговариваю других не трястись над захоронками...

— Опять за старое? — нехорошо усмехнулся Синий.

— Просто представляется мне, друг ситцевый, что никакого толкового плана у тебя нет.

Какое-то время казалось, что они вновь сцепятся. Обошлось. Синий ухмыльнулся:

— Зря. Зря тебе так представляется. Мужик вроде бы и толковый, сам догадался насчет фазы... Между прочим, не так давно, с полчасика назад, мы одержали первую победу. Выяснилось, что воды нам позволят набрать сколько угодно. Так что не бухти и не подначивай, придет время, все провернем.— Он перевернулся на живот, уткнулся щекой в плоскую комковатую подушку и пробурчал: — Свет погасите кто-нибудь, коли охота, лично мне и так сойдет...

Борман, ворча что-то неразборчивое, отправился погасить свет. На ощупь вытащив сигареты, Вадим прикурил. Пожалуй, сейчас приходилось решать самую сложную в жизни задачу. Всякое бывало на тернистом пути, но собственная жизнь на карте ни разу не стояла...

Пора как-то определяться. То есть, пока не пришла его очередь угодить на допрос, обдумать бегство во всех деталях. План предстоит просчитать нехитрый, вовсе примитивный, если подумать, но из-за т е п е р е ш н е й ставки, сиречь собственной шкуры, следует рассчитать каждый шаг.

Территория лагеря прожекторами по ночам не освещается. Дополнительных датчиков никто не устанавливал. Есть все шансы в несколько перебежек добраться до клуба — в точности так, как в последний раз. Вряд ли Катенька, уезжая (а она, несомненно, уехала вместе с большей частью прежней охраны, иначе согласно внутреннему распорядку присутствовала бы на аппеле), кому-то поведала о подземном ходе.

Итак, попадаем в кухню... Там висит несколько ватников, можно один прихватить с собой. В холодильнике и незапертых ящиках куча хороших продуктов, предназначенных для охраны. Можно унести, сколько поднимешь. Целая куча кухонных ножей. Курево, спички. Даже коньяк имеется. С такой экипировкой можно блуждать по тайге и пару недель — если все же правы те, кто считает, что до ближайших населенных пунктов километров полсотни, а то и поболе.

Дверь кухни запирается снаружи. Может, изнутри есть головка, которую достаточно повернуть, чтобы оказаться на свободе. Черт, не обратил внимания, какой там замок... Даже если и не открывается изнутри — не беда. Можно тихонечко вынуть стекло и вылезти. Кухня в отдалении, отнюдь не впритык к бараку охраны, вряд ли кто-то за ней наблюдает специально — с чего бы? Да еще ночью?

Словом, перспективы открываются самые радужные.

Вот только имеется некое досадное препятствие. Подробнее говоря, именуется оно законной супругой. Очаровательное создание десятью годами моложе мужа, дочурка полезного и небедного папы — породнились равные, конечно. За полтора года не надоела в постели, вроде бы не изменяет, хотя с женщинами никогда не известно. Жили, в общем, неплохо, притерлись характерами, хорошая пара...

Вот только к н ы н е ш н е й ситуации нужно подходить с новыми мерками. Старые не годятся. Ни единая.

Освободить ее с женской половины ни за что не удастся. И думать нечего. Такое проходит только в голливудских лентах. Проникнуть в барак охраны, захватить оружие, одного за другим повязать «черных»...

Вздор. Утопия. Мультфильм про черепашек-ниндзя. Ни за что не выйдет — он же не спецназовец, не супермен. Пристукнут самого, как пить дать. Следовательно...

Ничего не поделаешь. Бежать придется одному. Ничего другого сделать невозможно...

Решено. Поскольку спасти супругу невозможно, не стоит и терзаться. Наоборот — спасшись, он может отыскать милицию, еще каких-нибудь силовиков, привести подмогу... Спасет всех, кто еще жив. В ситуации, когда ничего нельзя сделать, ярлык труса безусловно не годится...

Остается еще одно препятствие. Старина Эмиль. Давний друг, сподвижник, верный коммерческий директор.

С одной стороны, вдвоем в тайге будет легче, поскольку сам Вадим с тайгой сталкивался исключительно на пикниках, а вот Эмиль как раз родом из лесной деревушки, где до армии и жил почти безвылазно. Этакий Тарзан, пролетарий от сохи. С ним было бы как-то спокойнее.

С другой стороны... Одному гораздо легче проскользнуть незамеченным. Для двоих риск запороться увеличивается даже не в двое — неизвестно, во сколько раз. Какая-то нелепая случайность, часовой, не вовремя решивший посмотреть на бараки, один успел благополучно проскользнуть в спасительную темноту клуба, а второй как раз и попался эсэсовцу на глаза — и все, поднимется тревога, пойманный под пытками обязательно проговорится, где прячется второй... (Он настолько живо и многокрасочно представил себе это, что железно уверился: оплошавшим будет как раз Эмиль, как же иначе, если Вадим должен бежать первым, как хозяин подземного хода?)

Если вдумчиво разобраться, Эмиль ему и не друг. Друг — это что-то большое, взятое из старинных романов. Ла Моль и Коконнас, Смок и Малыш, д'Артаньян и Атос. Двое в окопе, на фронте. «Сегодня мой друг защищает мне спину...» И так далее.

Их отношения никак нельзя оценивать в т а к и х категориях. Давние компаньоны — и не более того. Партнеры. К тому же доля Эмиля в фирме — несчастных десять процентов против Вадимовых семидесяти. Толковый коммерческий директор... отнюдь не единственный в Шантарске. Можно найти не хуже. Конечно, многое связывает... торговля турецкими свитерами? Свердловским золотишком? Польскими пшикалками? Маловато для н ы н е ш н е г о расклада. К тому же придется долго объяснять ему, почему следует отбросить всякие идеи насчет спасения Ники. Наш Эмиль, чокнутый на суперменстве, обязательно взбрыкнет, станет строить идиотские планы, в конце концов погубит обоих...

Решено. Для стопроцентного успеха предприятия группа беглецов должна состоять из одного-единственного человека. Не столь уж жуткая робинзонада предстоит — места, в общем, обитаемые, это вам не север Шантарской губернии, где у городского человека, сугубо асфальтового хомо вроде Вадима, изначально не было бы никаких шансов выжить в одиночку...

В душе оставался все же какой-то пакостный, грязный осадок, нечто вроде кислой отрыжки, но вскоре это прошло начисто. А там и подступил сон.

ГЛАВА ВОСЬМАЯ

Без недомолвок

Барабан беспрестанно трещал сухой, рассыпчатой дробью, пока шеренги подтягивались к аппельплацу. Правда, подневольное население бараков изрядно поредело — в двух других уже не хватало гораздо больше народу, чем в Вадимовом. Видимо, там было не в пример поболее икряной рыбки, ею и занимались в первую очередь. А у женщин пропала только одна. Вероника, с облегчением отметил Вадим, оказалась жива-здорова — впрочем, он тут же вспомнил о принятом ночью решении и торопливо отвел глаза, словно она умела читать мысли.

В барабан самозабвенно колотил здоровенный эсэсовец, закатавший рукава чуть ли не до плеч. Его широкая туповатая физиономия светилась истинным вдохновением, хотя мелодия, понятно, была чуть ли не самой незатейливой на свете — «тра-та-та-та-та», и все тут, ни импровизаций, ни вариаций. Но старался он изо всех сил. Вадим давно уже подметил, что новая охрана, в противоположность старой, искусно игравшей свои роли, но отнюдь не горевшей на работе, относилась к обязанностям с неподдельным, за версту заметным увлечением. Страшно им нравилось быть охранниками в концлагере...

Комендант, разумеется, уже восседал в своем кресле, положив ноги на облезлые перила. И Маргарита разместилась на обычном месте. Эсэсовцы и капо стояли в прежнем порядке, однако прибавились некоторые новшества. На мачте лениво колыхался черный флаг с черепом и костями, размером с добрую простыню, а перед самой трибункой возвышался какой-то громоздкий предмет непонятных очертаний, накрытый огромным куском брезента. Высотой он был человеку примерно по пояс.

Шеренги замерли. Комендант не спеша поднялся, подошел к перилам, но «юный барабанщик» продолжал увлеченно колошматить палочками, не замечая ничего вокруг. Поморщившись, Мейзенбург похлопал его стеком по плечу, перегнувшись через перила — тот оглянулся, испуганно бросил по швам руки с зажатыми в них желтыми палочками.

— Прошу внимания! — возгласил комендант.— Рад видеть вас всех в добром здравии и самом хорошем расположении духа, дамы и господа! Как здорово, что все мы здесь сегодня собрались! Моя жизнь с тех пор, как я познакомился с вами, стала поистине великолепной, увлекательной и радостной! Тешу себя надеждой, что и ваша тоже. Итак... У нас тут произошли небольшие перемены. Во-первых, посовещавшись с народом, я решил вывесить над нашим приютом для утомленных деловой жизнью коммерсантов и прочей подобной публики как нельзя более соответствующий штандарт.— Он указал стеком на скалившегося «Веселого Роджера».— Как нельзя более подходящий. Все вы, маяки и буревестники нашего уродливого капитализма, долго под этим флагом жили, и не стоит отрицать этот суровый факт. Ну, а теперь под этим славным, овеянным веками штандартом протекает моя многотрудная деятельность. Есть в этом своя печальная справедливость, вам не кажется?

Шеренги угрюмо молчали.

— А впрочем, чихать мне, кажется вам что-то или нет,— признался комендант.— Ну согласитесь, самым глупейшим образом я буду выглядеть, разводя здесь плюрализм и дискуссии. То-то. Вернемся к новшествам. Плюрализма я среди здесь разводить не собираюсь, но вот общественное мнение, по моему глубокому убеждению, существовать должно. Отсюда проистекает «во-вторых»: с нынешнего дня мы будем на каждом аппеле в условиях самой неприкрытой гласности знакомить общественность как с теми, кто является гордостью нашего крохотного мирка, так и с теми, кто тянет нас назад, саботирует и ставит палки в колеса. Я думаю, вы сами согласитесь, что первые заслуживают всего и всяческого уважения, а вот вторые — самого недвусмысленного осуждения... Номер пятьдесят пять дробь семь, три шага вперед и кр-ругом!

Из шеренги по правую руку от Вадима моментально выдвинулся лысоватый субъект, маршируя чуть ли не гусиным шагом, с выпученными от страха глазами, задирая ноги выше пояса. Сделал три шага, неуклюже повернулся через правое плечо и застыл, вытянув руки по швам.

— Вот это — наша гордость,— возвестил комендант.— Означенный номер вел себя на допросе прямо-таки великолепно, подробно и откровенно отвечая на вопросы, активно сотрудничая со следствием, искупая тем самым все прегрешения, сотворенные им против экономики нашей многострадальной страны. Я вами восхищен, номер пятьдесят пять дробь семь! Светоч вы наш! Становитесь, голубчик, в строй!

Несчастный «номер» промаршировал на прежнее место, не похоже было, чтобы нежданная похвала его обрадовала или утешила.

— Теперь познакомимся с сугубо противоположным случаем,— заявил комендант.— Номер сорок три дробь шесть, три шага вперед и кр-ругом!

Какое-то время царила полная неподвижность.

— Вам что, особое приглашение требуется? — рявкнул комендант.

До Вадима вдруг дошло, что номер сорок три дробь шесть — это он. Справа уже надвигался с занесенной дубинкой капо, и он быстренько шагнул вперед, повернулся лицом к строю.

И услышал в небе монотонный механический гул.

Видел, как все задрали головы к небу, и сам набрался смелости глянуть вверх.

Слева показался синий вертолет, летевший совсем невысоко. Ярко освещенный утренним солнцем, он неторопливо полз, наискось пересекая воздушное пространство над лагерем, стекла кабины отбрасывали яркие зайчики — призрак, мираж из огромного мира свободы...

Шеренга колыхнулась. Лысоватый, только что публично объявленный славой и гордостью, сорвался с места и опрометью кинулся прямо к колючке, вслед за вертолетом, размахивая руками, истошно вопя что-то неразборчивое. Вряд ли он видел, куда бежит, потому что несся прямо на крайнего эсэсовца.

Тот, не дожидаясь команды, заехал бегущему под вздох, едва «маяк» с ним поравнялся. Лысоватый упал прямо у его ног, корчась, пытаясь проглотить хоть немного воздуха.

Стрекочущий гул, ничуть не изменившись в тоне, проплыл над лагерем, явственно затихая,— вертолет ушел по своему маршруту, растворившись, словно пленительное видение.

— Господа! — воззвал комендант.— Вы меня удручаете, честное слово. Как дети... Вертолета не видели? Судя по раскраске и эмблеме, данный геликоптер прилежно везет валютных туристов на Каралинские озера. И вряд ли пилоты, чей труд неплохо оплачивается фирмой, будут отвлекаться на мельтешащих внизу придурков. Ну кому придет в голову, что вы с вами, вот такие, существуем на белом свете? Мы с вам уникумы, а потому из поля зрения большого мира выпадаем... Впрочем, признаюсь вам по секрету: если сюда и забредет какой-нибудь болван, ему в два счета объяснят, показав соответствующие документы и даже соответствующую аппаратуру, что здесь снимают кино из жизни взаправдашних эсэсовцев и взаправдашних лагерников, вежливо посоветуют убираться на все четыре стороны и не мешать творческому процессу, в который вложены немалые денежки. Я же не похож на идиота, милые мои. Сразу следовало подумать об элементарных мерах предосторожности. Бумажек у меня масса, все, что характерно, с печатями, и киноаппарат есть, стрекочет, как кузнечик, если нажать кнопочку или там дернуть рычаг, не помню точно...— Он перегнулся через перила и посмотрел вниз.— Встаньте в строй, гордость вы наша, я вас только что торжественно провозгласил маяком трудовой славы, а вы этакие номера откалываете... Итак, продолжим. Вот этот субъект, что стоит мордою к строю — наш Мальчиш-Плохиш. Посмотрите на него внимательно. Полюбуйтесь на эту рожу, хорошие мои! Из-за того, что этот упрямый и несговорчивый субъект ни за что не хочет сотрудничать со следствием, не хочет честно отвечать, когда его спрашивают, не хочет поделиться неправедно нажитым добром, мы с вами вынуждены здесь торчать. Даю вам честное слово штандартенфюрера СС: если бы означенный прохвост открыто и честно отвечал на вопросы, если бы не чах над златом — я давно бы открыл ворота нараспашку и выпустил вас, милые мои, на волю. И пошли бы вы, куда хотите. Но из-за этого крайне омерзительного типа будете и дальше киснуть за проволокой... Очень жаль, но ничего не могу поделать. Такие уж у нас с вами игры...

«Вот сука,— подумал Вадим.— Что он такое плетет?»

Он видел глаза обитателей других бараков — в них, словно по некоему сигналу, зажглась нешуточная враждебность, самая настоящая ненависть. Бесполезно было их разубеждать, все равно не поверили бы.

— Посмотрите как следует на этого Плохиша,— как ни в чем не бывало продолжал комендант.— Из-за него вы здесь и торчите. Поскольку собственная мошна этому скряге дороже интересов других членов общества... Отвратительное создание, не правда ли? Встаньте в строй, номер сорок три дробь шесть, глаза б мои на вас не смотрели...— Он подождал, пока Вадим займет свое место, приосанился и объявил: — Продолжим и разовьем эту тему. Тему запирательства и нежелания развязывать мошну с неправедно нажитыми денежками. У меня есть определенные и стойкие подозрения, что среди вас находятся безответственные субъекты, до сих пор полагающие, что с вами тут разыгрывают веселую шутку. Иначе почему я вновь и вновь сталкиваюсь с наивным по-детски запирательством? Не осознаете вы, хорошие мои, серьезности момента. Долбаные вы потрохи! — заорал он без всякого перехода, как ему было свойственно.— Если кто-то еще не понял, объясняю популярно и в последний раз: вы, подонки, угодили прямиком в преисподнюю для новых русских! И я тут самый главный дьявол! В этой преисподней!

Он махнул стеком — и верзила с барабаном вновь испустил оглушительную дробь. Второй подошел, ухватил обеими руками край брезента и проворно стащил его, словно открывал памятник.

Никакого памятника там, естественно, не обнаружилось: стояли грубые, основательные деревянные козлы, а к ним был привязан Красавчик — так, что голова торчала над краем толстого бревна, послужившего основой козел.

Барабан умолк. Второй эсэсовец, еще повыше и пошире в плечах, нежели барабанщик, извлек из-за края трибунки бензопилу, без усилий одной рукой вздернул ее в воздух и помахал так, словно ожидал бурных аплодисментов. Оглянувшись на коменданта и увидев его кивок, осклабился, дернул шнур. Бензопила нудно и громко затарахтела, покрытая зубьями цепь взвизгнула, превратилась в сверкающий эллипс.

И тогда Красавчик заорал — так, что у всех остальных кожа мгновенно покрылась ледяными мурашами. Он нечеловечески вопил, мотая головой, пытался дергаться, но был привязан так, что тело не сдвинулось ни на миллиметр. Сверкающий, жужжащий эллипс опускался удивительно медленно, словно время поползло как-то по-иному...

Крик оборвался жуткой булькающей нотой. Голова с некой удивительной легкостью прямо-таки п о р х н у л а в сторону, перекувыркнулась, падая на утоптанную землю, вслед хлынул густой багровый фонтан...

Дальнейшего Вадим не видел. Шарахнувшись и больно ударившись боком о кого-то гораздо менее проворного, он понесся к бараку, как загнанный заяц,— все человеческое враз отлетело, остались лишь примитивные инстинкты, повелевавшие сломя голову бежать прочь от этого ужаса. Как ни странно, он сохранил полную ясность восприятия, видел, что впереди, справа и слева несутся, охваченные столь же животной паникой собратья по несчастью,— налетая друг на друга, сталкиваясь, падая, визжа и крича...

В них никто не стрелял и не командовал оставаться на месте— сзади свистели по-разбойничьи в два пальца, ржали и ухали:

— А держи! Лови! У-ху-ху! Уау!

Топоча, они влетели на веранду, мешая друг другу, ввалились в барак. Когда немного схлынули ужас и растерянность, оказалось, что они сидят в углу на нарах, тесно сбившись в кучу, а на них с нескрываемым ужасом таращится Доцент.

Оцепенение длилось долго, но ужас был столь сильным, что перерос границы человеческого сознания, а потому словно бы и притупился. Стараясь не смотреть друг на друга, они один за другим сползли с нар, игнорируя Доцента, твердившего:

— Что там случилось? Что случилось?

В конце концов Синий промолвил прыгающими губами:

— А что здесь, блядь, может случиться, кроме херового?

Борман сидел на краешке нар, растирая ладонью грудь над сердцем. Вадиму и самому казалось, что сердце вот-вот выпрыгнет через рот.

— Рва-ать надо отсюда...— протянул Браток.

— Все из-за этого мудака! Вы что, не слышали?

Вадим поднял голову. В него прокурорски тыкал толстым указательным пальцем совершенно незнакомый тип, по причине полной очумелости и не заметивший, что кинулся спасаться в чужой барак. Судя по физиономии, еще сохранившей следы прежней упитанности, в т о й жизни это был вполне респектабельный господинчик, но сейчас в нем мало что осталось от разумного начала — глаза были такие, что Вадим на всякий случай отодвинулся подальше.

— Из-за него все! Что стоите? Вам же говорили...

Досадливо поморщившись, Синий без замаха ткнул его под ложечку, схватил за ворот, за штаны, дотащил до двери и сильным толчком запустил так, что тот кубарем полетел со ступенек веранды. Вернувшись, сунул в рот полувысыпавшуюся сигарету — пальцы чуть заметно подрагивали — попал ее концом в пламя спички со второй попытки, повернулся к Вадиму:

— Ну, подельничек, включай соображаловку на полную катушку. Чует мое сердце, вскорости за тебя возьмутся. Отсюда и все увертюры.

— Но зачем же...— голос у него оборвался.

— Житейское дело,— сказал Синий.— Сунут тебя в камеру с доброй полудюжиной таких вот,— он небрежно кивнул в сторону веранды,— а они, дурики, будут тебя ненавидеть всеми фибрами души, поскольку считают олицетворением всех бед. Плавали — знаем. Человек — скрипочка примитивная, на нем играть совсем даже легко. Тут самое главное — не вступать в дискуссии, а с ходу бить по чему попало, и лучше всего с маху одного покалечить так, чтобы у остальных тут же отпала охота вешать на тебя собак. Очень пользительно щеку порвать,— он согнул крючком указательный палец и наглядно дернул им в воздухе.— Ухо рвануть, чтоб на ниточке повисло, глаз выдавить.

— Что случилось? — вновь завел шарманку Доцент.

— Да ничего особенного,— сказал Синий чуть ли не рассеянно.— Бошку тут одному бензопилой смахнули, только и делов. А я-то голову ломал, на кой черт он им понадобился. Поскольку взять с него, надо полагать, было нечего, решили использовать для наглядной агитации. И выходит...

Он замолчал, услышав уверенные шаги. Эсэсовец остановился в дверном проеме — тот, что держал бензопилу,— скрестил руки на груди и стал разглядывать сидящих с самым что ни на есть безмятежным, даже веселым выражением лица. На него поглядывали искоса, опасаясь встречаться глазами. Томительно тянулось время, а верзила в черном все еще держал длиннющую, конечно же умышленную паузу, нагнетая напряжение до предела. Ухмылка становилась все шире.

Наконец, он с простецким видом поинтересовался:

— Мужики, а что это вы так скукожились? Случилось чего?

Ухмылялся широко и весело — белозубый, прямо-таки плакатный, и впрямь напоминавший нордическую бестию с немецких плакатов. Только волосы были темноваты для истинного арийца.

— Водички бы,— сказал Синий так осторожно, словно любое его слово могло вызвать то ли взрыв, то ли что-то еще похуже.

— Питеньки охота? — осклабился верзила.

Выдержав очередную паузу и не дождавшись ни от кого ответа, поинтересовался:

— Может, и жратеньки охота? Не стесняйтесь, мужики, у нас попросту...

— Не мешало бы,— набычась, буркнул Браток.

— Помилуйте, ваше степенство, с полным нашим удовольствием! — совершенно нормальным голосом отозвался эсэсовец, нырнул рукой за притолоку и вытащил скрытую доселе от глаз матерчатую сумочку, с какими ходят за продуктами.— Нешто ж мы звери, господа кацетники? Ваша мама пришла, и попить, и пожрать принесла, будете себя хорошо вести, глядишь, и бабу вам пригоню, а то, поди, друг друга в жопу дрючите? Налетай, подешевело! — Он размахнулся и швырнул сумку на середину барака.— Тут вам все тридцать три удовольствия. Тетка Эльза лично расстаралась насчет жарехи, сердце у нее кровью обливается из-за вас, болезных. И попить вам собрали... Что стоите? Кушать подано, идите жрать, пожалуйста! Не отыму!

Браток неуверенно шагнул к сумке.

— Валяй-валяй,— поощрил эсэсовец.— Наворачивайте, ребята, за обе щеки, ешьте-пейте, банкет оплочен. Только вынужден вас душевно предупредить: ежели которая скотина не оценит нашу трепетную заботу о контингенте и начнет наши яства наружу выблевывать, придется такого сунуть мордой в сортир и заставить говно похлебать от души. Усекли, болезные? Как только — так сразу. Зуб даю.

Из-за его спины показался еще один черномундирник, следом объявился Василюк, державшийся с ними уверенно, как свой, и вся троица заняла позицию в широком дверном проеме. Ох, не нравились что-то их физиономии, прямо-таки пылавшие от гнусненького предвкушения... Что-то тут было нечисто. Определенно нечисто — как только здешние вертухаи становятся заботливыми и добренькими, жди любой пакости...

— Ну давай, давай, юный друг рынка! Хаванинку-то доставай! Истомились твои товарищи, жрать-пить хотят...

Решившись, Браток первым делом вытащил две пластиковых бутылки — если верить знакомым этикеткам, там имела место быть «Шантарская минеральная», но пробки, сразу видно, уже однажды вскрывали, узенькие пояски болтались под ними свободно.

— Да не отравлена водичка, не бзди! — фыркнул эсэсовец.— Вы ж нам живыми нужны, соколики, кто вас травить будет?

Осторожно отвинтив пробку, понюхав, Браток пожал плечами:

— Вода...

— А тебе что, шампанского туда надо было набулькать? Перебьешься, детинушка... Пей давай.

Браток страдальчески оглянулся. Остальные смотрели на него с живым и, признаться, нехорошим интересом. Он постоял с бутылкой в руке, решился. Закинул голову, надолго присосался к горлышку.

— Ладно, дорвался...— хмуро вмешался Синий, уже стоя со своей жестяной кружкой.— Не отравят, это точно, жаба поперек горла встанет. Может, у меня в запечье еще полведра брюликов заховано...

— Ты не умничай, расписной,— вяло огрызнулся охранник.— А то водичку-то отыму...

Разлили по кружкам, выпили, дали не способному самостоятельно передвигаться Доценту. Прислушались к ощущениям в организме и, судя по одинаковому выражению на лицах, не обнаружили признаков чего-то необычного. Осушили по второй.

— Мясом пахнет, бля буду...— втянув воздух расширенными ноздрями, заявил Браток.

Он вытащил из сумки, окончательно после этого опустевшей, газетный сверток, от которого и в самом деле шибануло по всему бараку приятнейшим ароматом вареного мяса, так что согласно павловскому рефлексу слюна пошла потоком.

Зашуршала газета, покрытая жирными пятнами. Кто-то тихо, непроизвольно выругался.

В общем, завтрак как две капли воды походил на ободранного, выпотрошенного и обезглавленного кролика, которого сварили целиком до полной готовности — вот только у этого кролика имелся нетронутый хвост. Судя по длине и слипшейся серо-белой шерсти, принадлежать он мог исключительно кошке и никому другому.

Браток стоял с вареной тушкой в руке. С нее бесшумно отваливались и падали на пол кольца разваренного лука.

— С лучком, с перчиком, с морковочкой! — прокомментировал эсэсовец.— Сам бы ел, да должностью не вышел. Чего стоите, гости дорогие? Наворачивайте! А то... Забыли насчет сортира?

— А! — с наигранной бесшабашностью воскликнул Синий посреди томительной тишины.— И не такое жрать приходилось. Не хуже кролика, в конце-то концов...

Он поднялся, отобрал у Братка белую тушку, решительно отломал мясистую заднюю лапу, сел на нары и принялся жевать за обе щеки — похоже, и в самом деле без особых внутренних препятствий. Пробурчал с набитым ртом, косясь на стоявшую в дверях троицу:

— Нифево, что я кофти на пол плюю?

— Ничего, соколик. Лишь бы не сблевал, а то — извини...

— Ну уж хрен,— заверил Синий.— Буду я добрую хаванинку наружу пускать... Давайте, орлы, наворачивайте. Кролик, он и есть кролик.

Удивительно, но первым за своей долей потянулся Борман. Как уж он там управлялся, Вадим не видел, собравшись внутренне, передал кусок Доценту, поднес свой ко рту. Пахло совершеннейшим кроликом, ничего противного. Запустил зубы в мясо, оторвал кусок и, полупрожевав, проглотил.

Могло быть и хуже. В желудок прошло нормально и улеглось там, не выказывая желания попроситься наружу. Главное было — не смотреть в ту сторону, где на газетке красовался хвост. Все остальные, судя по звукам, тоже втянулись, жевали, глотали, не слышно было пока что ни единого звука, свидетельствовавшего бы, что кто-то оплошал.

— Я в деревне сусликов ел,— сообщил Эмиль в пространство.— Ничего, если прожарить и с черемшой.

— А я что говорю? — поддержал Синий.— Тут крыс жрать доводилось. Вообще, если прикинуть, самое поганое животное — это свинья. Мечет всякую дрянь. Однкож мы свининку за обе щеки хаваем...

— А чего я в Таиланде лопал, вы б знали...— Браток, уловив общее настроение, старался не ударить в грязь лицом.— И в Индонезии... Ох, я там оттянулся. Есть у них остров Бали, слышали? Вот мы с пацанами, где ни увидим это «Бали» ихними буквами, тут же к нему спереди «Е» приписываем. Местные ни хера просечь не могут, а мы от хохота клонимся...

Даже сумрачный Борман подал голос, сообщив, что лично он в Испании отпробовал бычьи яйца под каким-то соусом — и ничего, не помер.

— Пищевой консерватизм, в общем, совершенно неуместен,— слабым голосом завершил Доцент.— Вот человечину, конечно, я бы есть отказался...

Короче говоря, все шло совершенно вопреки расчетам охранников — что недвусмысленно отражалось на их поскучневших рожах. И все же они не спешили покинуть место действия, торчали в проеме, покуривали, один то и дело смотрел на часы. Вполне возможно, сюрпризы на этом и не кончились — им давно бы следовало убраться восвояси, не словив ожидаемого кайфа...

— Герр эсэсман, разрешите обратиться? — почти весело спросил Синий.— У вас, часом, еще кролика не найдется? Оголодали малость на казенных харчах...

— Будет тебе и кролик, и какава...— рассеянно отозвался эсэсовец, уже не отводя взгляда от часов.

Э т о подступило без всяких предварительных симптомов и неприятных ощущений.

Только что Вадим сидел на нарах, старательно выбирая из последней, полупустой пачки сигаретку получше,— и вдруг в мгновение ока под ним стало мокро. Он вскочил — по ногам уже текло вовсю,— стал растерянно озираться, как будто причина была не в нем, а в окружающем. И наконец осознал происходящее во всей неприглядности.

Эсэсовцы ржали так, что с потолка, казалось, вот-вот обрушится штукатурка, Василюк от них не отставал. Сзади, на нарах, прямо-таки взвыл Доцент, сгоряча попытавшийся вскочить, забыв о ране.

Тут как раз начал ощущаться запашок — воняло, признаться, немилосердно. Все еще не справившись с растерянностью, они нелепо, неуклюже топтались возле нар, а понос никак не унимался, штаны, казалось, промокли насквозь, на пол уже вовсю текло и капало.

— Вода? — прорычал Синий, переступая с ноги на ногу, будто дрессированный медведь.

— Она, родимая,— охотно просветил верзила, похрюкивая от избытка чувств и смахивая слезы.— Аш-два-о плюс современная химия из аптечки фрейлейн Маргариты... Ребятки, о вас же заботимся, что вы, как дикари... Никогда не слышали про такую методику — удаление шлаков из организма? Все шлаки с дерьмом выходят, точно вам говорю, у фрейлейн медицинское образование, уж она-то знает лучше... Ну забыл я, забыл вас предупредить, чтобы заблаговременно скинули штаны. И без вас забот полон рот, серьезными делами заворачиваем...

У Вадима осталось впечатление, что этот тип гораздо умнее, чем кажется, лишь прячется за личину тупого хама. То, что он собственноручно смахнул бензопилой голову бедняге Красавчику, такой версии ничуть не противоречило.

Правда, некогда было думать и строить версии. Нужно было что-то делать, вот только что? Извержение вулкана явно шло на убыль, но до финала пока что далеко...

Как ни удивительно, первым сориентировался Браток. Пока остальные топтались в такт Синему, словно целое стадо цыганских медведей прошлых времен, он быстренько скинул ботинки, штаны, сграбастал с нар принадлежавшую покойному Красавчику простыню и принялся вытираться, матерясь сквозь зубы, то и дело заглядывая себе за спину. Троица в дверях помирала от хохота.

Вадим оглянулся, но не смог определить в растерянности, где постели живых, а где — покойников. Схватил свою собственную простыню с тощего матрасика — в конце концов, не до роскоши,— стал обтирать ноги. Остальные, шипя и ругаясь, последовали его примеру.

— Еще кто-нибудь водички хочет? — отсмеявшись, спросил верзила.— Вроде бы осталось полбутылки... Точно.

Его любезное предложение дружно проигнорировали, возясь с простынями. Испачканные штаны там и сям валялись на полу. Один Доцент беспомощно лежал в дерьме, ругаясь от бессильной злобы,— пытаясь скинуть штаны, непременно бы растревожил рану.

Кое-каких словечек, им использованных, Вадим не слыхивал вовсе. Он поносил стоявших в дверях ублюдков столь смачно и качественно, что даже Синий уважительно покрутил головой. Когда раненый дошел до сексуальных привычек Василюка, получивших должный комментарий, капо, мрачный, как туча, стал было тащить из чехла на поясе дубинку, но верзила придержал его за шкирку:

— Охолонись, юный друг пограничников... Кому сказал? А вам должно быть стыдно — интеллигентный человек, ай-яй-яй... Такие словечки употребляете...

Доцент изрек еще пару сложносочиненных фраз.

— Это ты зря,— безмятежно сказал верзила.— Пули в лоб ты от меня все равно не дождешься, хитрован. И нечего скулить, мон шер. Уж если садился играть в такие игры, следовало бы знать, что однажды может выпрыгнуть хреновая карта...

— Я и не хнычу,— прохрипел Доцент.— Просто-напросто обидно сознавать, что тебя переиграла тупая сволочь...

Эсэсовец блеснул великолепными зубами:

— Раз переиграла, значит, сволочь не столь уж и тупая? А? Логично? Ладно, в другой раз доспорим, нам еще предстоят душевные беседы... Собирайся,— он поманил пальцем Вадима.— Влезай в свои говнодавы, пойдем побеседуем с герром комендантом. Он уже заждался...

Вот оно. Настал черед. Смешно, но вместо страха Вадим в первую очередь ощутил раздражение — момент казался самым неподходящим. Неудачнее и выбрать нельзя.

Он растерянно оглянулся на свои штаны, вонючей кучкой лежавшие на полу. И думать нечего в них влезать.

— Вот видишь, как все удачно сложилось,— сказал верзила.— После душевной беседы с герром комендантом ты, скотина, мог и в штаны наделать, пришлось бы их сбрасывать. А так — ты уже без порток. Значительная экономия времени и усилий. Хочешь — обувайся, не хочешь — шлепай босиком, мне без разницы.

— Но...

Глаза верзилы сузились, он грозно прошипел:

— Тебе, козел, два раза повторять?! Марш!

Вздохнув, Вадим влез в корявые ботинки, завязал шнурки — желудок, слава богу, успокоился — и направился к двери, одергивая пониже бушлат, чувствуя, как от него воняет.

ГЛАВА ДЕВЯТАЯ

Лицом к лицу

Лагерь казался вымершим — ни единой живой души. Козлы с трупом тоже исчезли. На мачте лениво болтался «Веселый Роджер», временами улыбка разворачивалась во всю свою жутковатую ширь.

— Шагай, шагай! — покрикивал второй конвоир.— Пинка б тебе дать, да пачкаться неохота...

Верзила, напротив, и не думал подгонять Вадима, шагал в отдалении, насвистывая и громко мурлыча под нос:

Захожу я в первый русский дом,
там сидит старуха с стариком.
В ноги кинулась старуха,
я ее прикладом в ухо,
старика прикончил сапогом...

Вадиму на миг стало жутковато — именно эту псевдоэсэсовскую песенку они сами в щенячьем возрасте горланили под гитару во дворе, за что однажды получили по шеям от ветерана с большущей орденской колодкой — в те времена ветераны, ясное дело, были покрепче, иные вполне могли надавать по шее наглым акселератам...

Завидев их, по ту сторону ворот запрыгал на короткой привязи кавказец, оглушительно залаял. Из будки тут же выскочил часовой с автоматом, откинул половинку ворот.

У Вадима вспыхнула сумасшедшая надежда неизвестно даже, на что — впервые оказался на в о л е. Во мгновение ока перед глазами пронеслась вереница пленительных сцен: сшибает одного, уворачивается от второго, несется в тайгу...

Бред. Ничего не получилось бы. Не спецназовец... К тому же на запястьях тут же защелкнули наручники с прикрепленной к ним длинной цепочкой, прикрикнули:

— Марш!

— Аллес! — уточнил верзила.— Аллес, швайн!

Он прошел мимо страшной цистерны — то ли примерещилось, то ли и в самом деле от нее тянуло остро-химическим запахом, вызывавшим животный страх.

— Искупнуться не желаешь? — заржал верзила, перехватив его взгляд.

— Только после вас...— проворчал он сквозь зубы.

За что тут же получил оглушительный подзатыльник. Верзила без особой злобы бросил:

— В молодогвардейца захотел поиграть, сволочь? Сраку порву...

Повернули налево, прошли вдоль колючей проволоки, держась от нее поодаль.

— А то, может, на проволоку прыгнешь? — поинтересовался верзила.— В рамках гордой несгибаемости?

Подошли к бараку, где обосновался комендант. Сразу же поднялись внутрь. Верзила обогнал его, постучал в дверь. Когда изнутри что-то неразборчиво ответили, распахнул ее, щелкнул каблуками и рявкнул:

— Герр штандартенфюрер, заключенный доставлен!

— Давайте,— послышался голос Мейзенбурга, в котором явственно слышалось нехорошее предвкушение.

Вадима пихнули внутрь. Ничего особенно пугающего там не обнаружилось — стол, за которым восседал герр комендант в расстегнутом френче (рядом, у торца, сидела пускавшая дым Маргарита), несколько старомодных стульев из металлических трубок, явно оставшихся со времен пионерлагеря, шкафчик и телевизор в углу.

На столе не было ни плеток, ни каких-либо страшненьких приспособлений для вырывания ногтей и прочего активного следствия. Наоборот, там стояла полная бутылка «Хеннесси» и разнообразная закуска на тарелках. Комендант как раз отложил на блюдце надкусанный бутерброд.

— Кто к нам зашел на огонек! — расплылся комендант в деланной улыбке.— Проходите, дорогой мой, садитесь вон на тот стульчик... Гейнц, вы куда?

— Прошу прощения, герр штандартенфюрер,— ответил шагавший к шкафчику верзила.— Сначала надо клееночку подстелить...

— Это зачем? — деланно изумился комендант.

— Его степенство, господин купец первой гильдии, изволили ненароком обкакаться...

— То-то я запашок обоняю... Правильно, голубчик. Если каждый будет грязной жопой на казенные стулья плюхаться, никакой мебели не напасешься. А что с ним такое?

— Это он съел что-нибудь,— сказал верзила, сноровисто застилая стул клеенкой.— Садитесь, ваше степенство.

— Железки с него снимите,— поморщился комендант.— Нужно же нам соблюдать Женевскую конвенцию... или Гаагскую? Все время их путаю, что-то с памятью моей стало...

— Хрен ему в жопу, а не конвенцию,— безмятежно улыбаясь, протянула Маргарита.

Троица перебрасывалась репликами, как хорошо сыгранный оркестр. Верзила Гейнц снял с Вадима наручники и положил их куда-то в угол, но из комнаты не ушел, остался торчать за спиной в опасной близости.

— Коньячку? — любезно предложил комендант.— Фрейлейн, не поухаживаете ли за гостем? Сам он стесняется... Хоть и воняет от него дерьмом на три версты, а все же гость...

Маргарита без тени неудовольствия гибко встала, налила довольно большую рюмку коньяку, поставила перед Вадимом, в два счета разложила на большой тарелке тонко нарезанную ветчину, сыр, красную рыбу.

— Чем богаты, по-походному,— пояснил комендант.— Угощайтесь, гостенек дорогой. Прозит!

Вадим медлил — и в ожидании подвоха, и опасаясь первым же проглоченным кусочком вновь вызвать бунт в желудке.

— Положительно, это хамство,— обиженно протянул комендант.— Нами откровенно брезгуют, господа, полное впечатление. Мы эту свинью усадили за стол, как порядочного, а он жрать не желает...

Удар сзади ладонями по ушам поневоле заставил Вадима взвыть и согнуться. Вроде бы и не сильно, но больно до ужаса, даже слезы из глаз брызнули.

— Когда предлагает герр комендант, надо жрать,— наставительно пробасил над головой Гейнц.— Тебя, паскуда, нешуточной чести удостаивают... Еще двинуть?

Выпрямившись, смаргивая слезы, Вадим осторожно взял с тарелки ломтик сыра — и в следующий миг шумно впечатался физиономией в эту самую тарелку, раздавив и разбросав все, что там было. Кувыркнулась рюмка, коньяк потек на щеку.

Гейнц, все еще держа его за шиворот, рывком вздернул голову:

— Тебя в каком хлеву воспитывали, сволочь? Воспитанный человек, прежде чем хватать еду руками, сначала вежливо интересуется, где можно помыть руки...

— Фрейлейн, уберите это,— поморщился комендант.— Поставьте новый прибор...

Во мгновение ока появилась новая наполненная рюмка и новая тарелка. Вадим сидел неподвижно.

— Что же вы не кушаете? — радушно предложил комендант.

— Руки немытые,— угрюмо отозвался Вадим.

— Бог ты мой, какие пустяки! — воскликнул комендант.— К чему эти китайские церемонии меж старыми приятелями? Ну? Я горячо настаиваю!

— Жри, падаль, пока предлагают,— ободрил Гейнц.— А то по почкам схлопочешь... Ну?

После долгих колебаний Вадим рискнул поднести ко рту самый маленький ломтик сыра, заранее сжавшись в ожидании удара. Удара, однако, не последовало — ему дали прожевать.

— Коньячку? — любезно предложил комендант.

Казалось, тут-то и подвох. Нет, опять-таки удалось выпить рюмку без постороннего вмешательства.

— До чего приятно посидеть вот так, запросто, без чинов...— умилился комендант.— Но, к моему превеликому сожалению, эту идиллию не удастся затянуть надолго. Вас много, а я один, знаете ли, и времени на каждого уходит несказанное количество. Вам хоть кол на голове теши, как ни объясняй, что преисподняя для новых русских — это всерьез и надолго, ломаетесь, запираетесь, беспочвенные надежды питаете...— Он закурил и откинулся в кресле.— Итак, что мы имеем? А имеем мы Вадима Аркадьевича Баскакова собственной персоной. И магазины у него по всему Шантарску, и акции-то у него, и посты-то у него в разных наблюдательных советах, и квартирками-то он вовсю поторговывает, и автомобильчиками, и бензинчиком. А все почему? Потому что папочка у него генерал, сынишку в обиду не дает... Легко делать бизнес, имя папу в лампасах...

— Нужно еще и голову иметь...— пробурчал Вадим, вновь заранее сгруппировавшись.

Удара и на сей раз не последовало. Комендант расплылся в улыбке:

— Дискутируйте, голубчик, дискутируйте. Истина, как ей и положено, рождается в спорах. Что там насчет головы?

— Папины лампасы — они, знаете ли, далеко не всегда помогают,— сказал Вадим, тщательно подбирая слова.— При полном отсутствии мозгов и способностей получится...

Он умолк, заерзал на клеенке — по ногам вновь потекло, в желудке урчало. Комендант демонстративно зажал нос, отшатнулся:

— Только-только наладилась светская беседа, как вам опять приспичило покакать...

Маргарита заливисто хохотала, закинув голову. Вадим на миг ослеп от бессильной ярости и стыда, ударивших в виски горячей волной. Что печальнее, он прекрасно понимал: в его нынешнем положении ни за что не удастся дискутировать на равных, можно говорить сколь угодно убедительно, разнести противника наголову — но все это выглядит невероятно смешно в устах человека, сидящего без штанов, испачканного жидким дерьмом...

— С чего бы это вдруг его понесло? — размышлял вслух герр комендант.— Гейнц, неужели коньячок?

— Мой грех, герр штандартенфюрер,— откликнулся Гейнц без малейшего раскаяния в голосе.

— Ах, Рэба, Рэба, опять ваши штучки, это вы испачкали благородного дона...

— Но вы же не заставите меня чистить ему седалище?

— Господь с вами, Гейнц, как вам такое в голову взбрело? Вы у нас отличный служака, к чему? Пусть уж сидит и воняет, коли ничего другого не в состоянии придумать, пребывая за столом с приличными людьми. Шутник вы, Гейнц, я уж было сам собрался отпробовать коньячку...— Он согнал с лица улыбку.— Мозги, говорите? По-моему, это еще хуже. В конце концов, дело не в мозгах и не в словесных играх, а в результатах. Вы, жирные коты, заполонили, испоганили и испаскудили все, до чего могли дотянуться, а дотянулись вы решительно до всего...— На сей раз он не гаерствовал и не притворялся, глаза горели дикой злобой.— Не хочу я в собственной стране чувствовать себя рабом, понятно тебе?! — Он едва не задохнулся, с превеликими трудами овладел собой.— Расползлись, гниды, как мандавошки... А вот не угодно ли преисподнюю, господа хорошие? Молчишь? Ну, хрюкни что-нибудь. Про твоих великолепных адвокатов, про пачки акций, про спутниковые телефоны...

— Про красивенькие машины,— вкрадчиво добавила Маргарита, встав со стула и мягким кошачьим шагом приближаясь.— В которые затаскиваете девочек и трахаете кучей на дачах...— Быстрым движением она рванула застежку кобуры, выхватила пистолет и крепко уперла дуло Вадиму в лоб.— Нравится?

Глаза у нее были злобные и совершенно безумные — с расширенными до предела зрачками. Оцепенев, боясь двинуть и пальцем, Вадим проговорил, боясь встретиться с ней взглядом:

— Я в машину силком никого не затаскивал...

— Не ты, так такие же, как ты,— злым полушепотом сказала она.— Какая разница?

Дуло прямо-таки вдавливалось в лоб над правой бровью. Она шумно дышала над головой, тонкие пальцы на рукоятке пистолета подрагивали.

— Гейнц...— обронил комендант.

Верзила подошел, осторожно отвел руку Маргариты и столь же мягко заставил опустить пистолет, приговаривая:

— Держите себя в руках, фрейлейн доктор, не стоит так расстраиваться из-за каждой сволочи... Получит свое, куда он денется? Садитесь, а я вам сейчас плесну натурального коньячку, без ваших порошочков...

Она залпом выпила, застегнула кобуру, поправила великолепные волосы и почти спокойным тоном поинтересовалась:

— Можно мне будет и этого кастрировать?

Не сама реплика пугала, а слово «и»...

— Там видно будет,— сказал комендант.— Смотря как себя поведет его степенство господин Баскаков... Давайте, друзья мои, кончать с дешевым театром. Не время. Так вот, любезный мой, пришло для вас времечко платить по счетам. Пожили в свое удовольствие — и хватит. Если вы человек верующий, считайте, что это черти вынырнули из преисподней и потащили вас на спрос и ответ. Если атеист, думайте, что хотите, мне, право, безразлично... Главное, вбейте в ваши заплывшие сальцем мозги: поезд дальше не пойдет. Ку-ку, приехали. Вместо пустых дискуссий и пикировок будем ставить ясные и конкретные вопросы, не допускающие двусмысленных ответов... Где доллары?

— Какие? — спросил Вадим.

— Триста тысяч долларов,— преспокойно сказал комендант.— Или, выражаясь вашим поганым жаргоном, черный нал. Та захороночка, которую вы собрали и намеревались по накатанному пути перегнать в иностранный банк. Насколько мне известно, все это великолепие уместилось в большом «дипломате», там у вас главным образом сотенные, полтинников меньше. Всего-то пачек сорок или около того. А еще мне достовернейше известно, что Шантарск эти денежки еще не покинули,— вы этим собирались заняться, когда вернетесь из отпуска, сиречь из нашего веселого заведения...

«Интересно, кто?» — подумал Вадим. Кто заложил? Не так уж и много народа знали о точной сумме и самом факте существования денежек, но и не так уж мало...

Смешно, но в первый момент он ощутил не злость или растерянность, а скорее уж брезгливое превосходство. Его тюремщики и в самом деле на поверку оказались не более чем мелкой шпаной. По рожам видно, что эта сумма, триста тысяч баксов, их прямо-таки гипнотизировала: наличными! в «дипломате»! под чьим-то диваном! Быдло. Человек с размахом, с масштабом в первую очередь стал бы интересоваться с ч е т а м и — какие ни принимай меры предосторожности, как ни страхуйся кодовыми словами и «особыми условиями», все равно человек понимающий в конце концов может устроить так, что его люди высосут твой счет досуха — сам рано или поздно растолкуешь, как это можно проделать.

Шпана. Быдло. Но его положение от этого не лучше...

— Ну? — спросил комендант.— Только, я вас умоляю, не нужно мне вкручивать, что деньги уже упорхнули из Шантарска. Они в Шантарске, хороший мой. Не в банке, не в обороте, лежат себе, полеживают...

— А что я получаю взамен? — спросил Вадим, стараясь, чтобы голос не дрогнул.

— Девять грамм в затылок без всяких выкрутасов,— преспокойно сказал комендант.— Вам до сих пор кажется, что этого мало? Это так много... Неужели до сих пор не прониклись здешней приятной атмосферой? Настолько глупы? Расскажете, где денежки — проживете еще денька три-четыре. Суну в отдельный барак, все это время жрать и пить будете хоть в три горла, супругу к вам подселю, натрахаетесь, как хомяк. Царские условия. А если предпочитаете юлить — рано или поздно наши мальчики из вас все равно выбьют подробнейшую информацию. Только при таком раскладе проживете эти три-четыре дня качественно иначе — с обрезанными яйцами, с выдернутыми ногтями, с содранной шкурой и прочими прелестями. А рядом будет ползать ваша женушка в том же состоянии.

Гейнц, надавив ему на затылок широкой ладонью, спокойно дополнил:

— Знаешь, сучонок, меня всегда интересовало — с какой физиономией человек жрет свое собственное ухо, поджаренное на маргарине. Я тебя просто умоляю: потрепыхайся, козел, а? В Зою Космодемьянскую поиграй, в Олега Кошевого, в подпольщиков и кого там еще...

— Присоединяюсь к предыдущему оратору,— широко улыбнулась Маргарита.— Позапирайся, сволочь, ладно? Так мне хочется с тобой поработать, спасу нет. Я тебя умоляю, сделай женщине одолжение...

Жуть накатывала от всего происходящего, от их спокойных лиц и чуть ли не равнодушных голосов, от неправильности всего происходящего. Не должно было такого случиться, не должно! Все равно, как если бы взбунтовались покорные прежде ксероксы, автомобили или двери домов. Это н а ш е время, это н а ш а страна, все неправильно!

Но в то же время, даже пересиливая ужас, в душе бунтовала та самая, подмеченная классиками, вековая ненависть богача к грабителю. Мразь, завистливая и бездарная погань покушалась на заработанные нелегким трудом деньги...

Но все эмоции приходилось держать при себе. Э т и шутить не собирались. Слишком многое здесь пришлось увидеть и пережить, чтобы сомневаться в реальности самых жутких угроз. А посему нужно было напрячь интеллект до предела — пока меж ним и спасительным подземным ходом сплошная череда неодолимых препятствий.

В конце-то концов, неужели современный молодой бизнесмен не в состоянии обыграть подобную шпану? Пример Синего с Доцентом убеждает: можно выиграть время. Если поведешь себя правильно. Этим сволочам понадобится какое-то время, чтобы проверить показания, дотянуться до добычи. И время это не такое уж и короткое, судя по всему...

— Послушайте,— сказал он, подняв голову.— А что, если нам сыграть по другому раскладу? Триста тысяч долларов — деньги, в общем, большие, но не грандиозные, честно говоря. Можно получить и поболе.

— Каким образом? — небрежно поинтересовался комендант.

— Примитивнейшим,— сказал Вадим.— В качестве выкупа за жизнь. Не тот случай, чтобы мелочиться, получить можно раз в несколько побольше. Миллион баксов вам нравится?

— Мы же не идиоты, любезный...— мягко сказал комендант.

— Бог ты мой! — в сердцах сказал Вадим, абсолютно не играя, он и впрямь с охотой кончил бы дело выкупом, поскольку деньги дело наживное, а жизнь всего одна.— Если как следует подумать, сесть всем вместе и пораскинуть мозгами, можно найти удачный вариант. При котором вас никто не будет преследовать, оказавшись на свободе...

Он мог бы поклясться, что у коменданта заблестели глазенки! (У Маргариты, правда, нет.) Комендант смотрел не на него, а через его плечо с явственным вопросом во взоре. Дорого бы Вадим дал, чтобы видеть сейчас рожу Гейнца, который, очень похоже, и был то ли теневым шефом, то ли представителем такового, один этот вопрошающий взор коменданта расставил все по своим местам, показал истинную иерархию...

И ответ, похоже, оказался отрицательным: комендант то ли погрустнел, то ли просто посерьезнел. Пожевал губами, изо всех сил притворяясь, что старательно обдумывает нежданный поворот дела самостоятельно. Развел руками:

— Не пойдет. Нет у меня привычки менять на ходу отлаженную диспозицию. К чему вносить в жизнь излишний риск и сложности? Давайте по-старому... Итак. Что выбираете?

— Миллион — приятная сумма...— сказал Вадим.

Комендант вскинулся:

— Слушай, подонок...

По коридору простучали шаги, дверь распахнулась, с грохотом ударившись о стену. Просунулась рожа черномундирника:

— Колется, козел, начинает колоться!

Комендант вскочил из-за стола:

— Ну наконец-то... Пойдемте, Гейнц, суньте пока назад этого засранца, не до него...

И помчался к двери, сразу утратив интерес к Вадиму.

— Так уж сразу и назад...— проворчал Гейнц, поманил кого-то из коридора и, когда вошел его напарник, что-то приказал на ухо. Тот, осклабясь, рявкнул:

— Яволь, герр шарфюрер! — и кинулся на улицу.

Вадим неуверенно приподнялся.

— Сидеть, тварь! Не было команды...

Он сидел еще минут десять, на протяжении которых Маргарита посылала ему самые ослепительные улыбки, играя при этом сверкавшим, как солнце, скальпелем, и повествовала со всеми деталями, со всем смаком, как в ее исполнении обычно проходит кастрация. Гейнц лишь похохатывал.

Наконец вернулся напарник, Вадиму вновь защелкнули на запястьях наручники с цепью и велели шевелить ногами. Он ждал какого-то очередного подвоха, но его повели прежней, обратной дорогой. Часовой у ворот разочарованно присвистнул:

— Что это он у вас в таком виде? Раскололся, гнида?

— Да нет пока.

— А почему на своих ногах?

— Всему свое время,— туманно ответил Гейнц.

Часовой заржал, словно бы прекрасно знал нечто неведомое узнику.

— Давай лапы,— распорядился Гейнц, едва за ними захлопнулись лагерные ворота.— У нас гуманизм прежде всего, не стоит ограничивать твою свободу... Эй, куда повернул? В карцер давай, засранец...

Ладно, в этом не было ничего страшного. Все равно время он выигрывает, всех, кто расколется, отправляют обратно в барак...

Гейнц запер за ним высокую дверь из металлической сетки и направился прочь, посвистывая. Воняло мерзостно, перебивая даже исходящее от самого Вадима амбре. Туалет типа «сортир» вряд ли чистили хоть разочек за последние десять лет...

Он остановился у решетки, пытаясь присмотреть местечко для сидения, но откуда ему здесь взяться? Полусгнивший деревянный желоб, игравший роль писсуара, вот и вся меблировка. Внутри и того нет, только доска на три очка...

Только тут он сообразил, что оказался в коридоре не один. Из покрытого полуоблупившейся известкой домика выглянула чья-то испуганная физиономия... и тут же преисполнилась злобной радости.

— Ага! — воскликнул незнакомый.— Вы смотрите, кого к нам сунули! Из-за него и маемся...

Он вышел на крохотный огороженный пятачок. Следом еще двое — один столь же незнакомый, а во втором Вадим мгновенно опознал лысоватого «маяка и светоча». Во-от что придумал затейник Гейнц...

Троица таращилась на него со странным выражением, способным в другое время насмешить — причудливая смесь забитости и злобной радости. Все трое постарше его, в районе пятидесяти, и каждый в прошлом был не последним человеком, но сейчас превратился в трудноописуемое существо.

Лысоватый кинулся первым, замахиваясь со всей решимостью. Вадим от неожиданности не успел ничего предпринять — и вмиг оказался прижатым к дощатой стенке. Лысый тряс его и орал в лицо:

— Из-за тебя здесь торчим, сука! Из-за тебя! Ты почему не колешься?!

Некогда было взывать к логике. Что-что, а незамысловато подраться умел, хоть и не мог, подобно Эмилю, похвастать знанием отточенной профессиональной рукопашки. Вадим провел один из простейших приемов уличной драки — обеими руками что есть сил оттолкнул противника, тот инстинктивно напер... и сам налетел мясистым носом на Вадимову макушку. Мгновенно разжал руки, заорал.

Вадим отправил его в распахнутую дверь домика одним хорошим ударом. Примирительно поднял ладони:

— Давайте рассуждать логично. Ну кто вас отсюда выпустит, расколюсь я или нет? Вас берут на примитивный понт...

Оба бросились на него, толкаясь и мешая друг другу. Ничего они не хотели слушать и логические аргументы воспринимать не собирались. У них была безумная надежда — и это перевешивало все остальное, превращая в роботов...

Завязалась бестолковая, нелепая драка на предельно ограниченном пространстве. Его пытались достать кулаками, ухватить за волосы, пинали, у обоих, несмотря на полуголодную жизнь трех последних дней, еще осталось немало сил и энергии от прежнего сытого бытия, так что приходилось нелегко. Тем более — он был без штанов, а это психологически сковывало, одетым в драке себя чувствуешь гораздо увереннее и яйца так не бережешь...

Кое-как отмахался, лупя без всяких правил и милосердия. Лысоватый оклемался, вылез наружу, но получил ботинком по колену и вновь выбыл из игры.

Кое-как Вадим с ними управился, загнал на пинках в домик. Тут же по ту сторону сетчатой дверцы появился Гейнц — ну конечно, торчал поблизости,— разочарованно хмыкнул:

— Что за жизнь, только что-нибудь успеешь придумать, как жизнь твою затею превращает в балаган...

— А может, не будешь мудрствовать лукаво и возьмешь миллион? — тихо спросил Вадим.

— Детка...— протянул верзила.— Комендант в чем-то болван, а в чем-то — чистой воды гений. Лучше меньше бабок без всякого риска, чем очень много — но с большим риском.

— Но если...

— Захлопни пасть. Выходи.

В бараке, как и следовало ожидать, на него воззрились с большим интересом, вызванным, понятно, тем, что он вернулся невредимым. Вадим залез на нары, кратко буркнул:

— Отложили на потом. Там у них кто-то начал колоться...

Все так и сидели без штанов, вывешенных для просушки на перилах веранды. Тюремная солидарность простерлась до таких пределов, что и его портки повесили туда же. Только бедняга Доцент по-прежнему благоухал, забывшись в тяжелой дреме.

Он не успел подробно рассказать о допросе — произошла вовсе уж ошеломляющая неожиданность. Послышались шаги, вошли две женщины в полосатом, за ними показался охранник. Осклабясь, сообщил:

— Чтобы не ныли, будто у нас плохо живется, получайте баб. Хорошие бабенки, сладенькие, по опыту говорю...

И, сцапав обеих за ягодицы растопыренными пальцами, сильным толчком отправил внутрь барака. Вадим кинулся подхватить — потому что одной оказалась собственная супруга, осунувшаяся, немного растрепанная, но выглядевшая все же лучше, чем можно было ожидать от юной дамы шантарского высшего света, до того самым большим жизненным несчастьем полагавшей что-нибудь вроде поездки в рейсовом автобусе.

Второй была крашеная полноватая блондинка лет сорока, довольно миловидная и чем-то неуловимо походившая на выбившуюся в люди директрису овощного ларька. Синий разлетелся было к ней:

— Вот приятная неожиданность! А мы тут плюшками балуемся, знаете ли...

Спохватился и одернул бушлат. Но, не особенно смутившись, продолжал:

— Проходите, будем знакомиться. Люди мы, конечно, страшные на вид и припахивающие, но ведь не по собственной воле... Если интересуетесь, у нас даже генерал имеется. Во-он сидит. Генерал, поклонись даме.

Борман хмуро дернул головой. Ника уставилась на Вадима со столь трагическим выражением в огромных серых глазищах, что он, вот странность, почувствовал в первую очередь досаду и раздражение: только ее тут не хватало... Спохватившись, спросил:

— Как дела? Все в порядке?

Ничего другого как-то на ум не приходило. Рядом хмуро стоял Эмиль. Ника переводила растерянный взгляд с него на мужа, по-детски кривя рот. Эмиль опомнился первым, властно приказал:

— Только без соплей!

Удивительно, но она послушно закивала. Вытерла тыльной стороной ладони сухие глаза:

— Что здесь творится? Куда вы меня затащили?

Вадим давно уже не лицезрел ее без дорогой ненашенской косметики. Вероника без косметики — это было нечто столь же сюрреалистическое, как шеститысячный «мерс» в роли снегоуборочной машины. Он пожал плечами, совершенно не представляя, что тут можно сказать. Спохватился:

— Присаживайся...

— Вот спасибо,— протянула она насквозь знакомым сварливым тоном, присела на нары.— Умереть можно от такой заботливости... Душевно тронута.

— Как ты?

— А никак! — взвилась она, глядя прямо-таки ненавидяще.— Жру баланду! А в промежутках трахают, кому не лень, даже эта сука Марго! По буквам объяснить? Трахают! Вот, заслужила хорошим поведением! — Она выхватила из кармана дешевенькую пластмассовую расческу, потрясла ею под носом у Вадима, секунду помедлила и принялась яростно расчесываться.—

Куда вы меня затащили? Про наше будущее говорят такие ужасы, что... Ну что вы сидите? Можете объяснить, что вокруг происходит?

Вадим неловко оглянулся — уши так и горели от стыда. Никто не таращился на них специально, отворачивались, Синий вообще сидел спиной, что-то вполголоса вкручивая блондинке. «Только ее тут не хватало,— вертелось в голове.— Только ее тут не хватало. Одному как-то легче переносить унижения... и одному проще бежать, вот ведь что! Черт ее принес».

— Куда мы попали? — спросила Ника, чуточку успокоившись.— Это что, какая-то банда?

— Слушай,— тоскливо сказал Вадим Эмилю.— Объясни ты ей, что к чему, у меня уже сил нет после допроса... Скажи, что сбежим отсюда непременно, и все такое...

Махнув рукой, поднялся и вышел на веранду. В мятой пачке отыскалась одна-единственная годная к употреблению сигарета, остальные три являли собою пустые полупрозрачные бумажки, весь табак из них высыпался. К счастью, высыпался он в пачку, так что еще на пару часов курева хватит. А потом? Нужно и в самом деле в качестве аванса за чистосердечное признание выпросить пару пачек чего-нибудь более приличного...

Мимо проходил Гейнц. Остановился, показал белоснежные зубы:

— Ты что такой грустный? К тебе женушка приехала... Можешь, кстати, меня называть братком. С полным основанием. Как же иначе, если мы с тобой через твою телушку побратались? Всю жизнь мечтал попробовать ваших новорусских баб — а оказалось, ничего особенного, даже обидно чуточку. Разве что поглаже малость...

Вадим молчал. Может показаться странным, но он не ощущал себя задетым — чересчур притупились чувства.

— Миллион предлагать будешь? — не унимался эсэсовец.— У тебя завлекательно получается...

— Не буду,— сказал Вадим, криво усмехнувшись.

ГЛАВА ДЕСЯТАЯ

Скромные развлечения

Вскоре в барак влетел капо и завопил:
— Выходи!

Последующие несколько часов были заняты «трудотерапией», как выразился Гейнц,— трудом не столь тяжелым, сколь гнусно-бессмысленным, кое в чем напоминавшим сизифов. Уже по ходу дела Гейнц, там и сям появлявшийся со своим барабаном (и получавший от этого неподдельное удовольствие) окрестил происходящее операцией «Водопой».

Проще говоря, под лившуюся из динамиков классическую музыку три реденьких шеренги поспешали от ворот к баракам и обратно, наполняя своими кружками бачки. Условия были не так уж и замысловаты: те, кто, с точки зрения шарфюрера, наполнят свой бак первыми, получают премию в виде пары пачек сигарет. Строй следует соблюдать, бегом не бегать, но рысца не возбраняется. Если кто-то свою кружку расплескает, шеренга возвращается назад.

Скверно, что эта процедура казалась бесконечной. Воды во вместительном оцинкованном баке словно бы и не прибавлялась после очередной ходки. Мало-помалу начались сбои — кто-то спотыкался, выплескивал воду, приходилось возвращаться всем, стали вспыхивать склоки, взаимная ругань, атмосфера понемногу накалялась. Только Синий, как заметил Вадим, выглядел гораздо спокойнее остальных — у него с водой были связаны некие наполеоновские планы, даже подстегивал злым шепотом остальных.

Комендант сначала торчал на трибунке, потом ему надоело, и он убрался. Гейнц же, казалось, не знал устали — в самые неожиданные моменты возникал у кого-нибудь за спиной и оглушительной барабанной дробью, грянувшей над ухом в самый неподходящий момент, заставлял иных расплескать воду. Капо и те, поначалу резво сопровождая шеренги, потеряли прыть, в конце концов заняли позицию у ворот, попыхивая хорошими сигаретами.

Пот лился градом, штаны, пропитанные засохшим дерьмом, безбожно натирали ляжки, довольно быстро вновь начав вонять. Представлялось уже, что вся жизнь, прежняя и нынешняя, состояла лишь из бега трусцой меж воротами и бараком, и все внимание замкнулось на колыхавшейся в кружке воде, на неровной земле под ногами...

Кончилось, наконец. Все скверное когда-нибудь кончается. Гейнц критически обозрел прозрачную воду, колыхавшуюся вровень с краями, старательно изображая раздумье, долго стоял, глядя на бак, будто и не замечая напряженных взглядов. Наконец сплюнул на пол:

— Отдыхать, вонючая команда...— Подошел к Доценту, лежавшему с осунувшимся, даже словно бы заострившимся лицом: — Ну, как самочувствие? Может, пойдем еще побеседуем?

Э-э, мой ученый друг, что-то вы совсем скисли, и никакой гордой несгибаемости. Хрюкните что-нибудь оскорбительное, не трону...

Доцент молчал. Он явно был плох — нога под повязкой опухла, похоже, рана загноилась. Посмотрел мутными глазами, что-то прошептал. Гейнц сходил к баку, набрал полную кружку воды и плеснул ему в лицо:

— Ну-ну?

Доцент проморгался, помотал головой, слабым голосом, чуть слышно, выговорил:

— Чтоб тебе эти денежки поперек горла встали...

— Есть противоядие против такого финала,— серьезно сказал эсэсовец.— Великое и все-объемлющее русское «авось». Так что еще побарахтаемся. Ну что, вонючки полосатые? — Он прошелся по бараку, поскрипывая безукоризненными сапогами, остановился у бака.— Пнуть по нему, что ли, как следует, чтобы вы еще раз сбегали? — и выдержал бесконечную, томительную паузу. Громко рассмеялся.— Ладно, черт с вами. Самому надоело. Вероника, золотко мое, что вы такая грустная? Может, изобразим по старой памяти замысловатую фигуру из «Камасутры»? — Он, не глядя, придвинул ногой стул, уселся, закурил и кинул едва початую пачку «Ротманса» на нары.— Закуривай, вонючая команда... Так как, прелесть моя? Ну, иди к дяденьке, встань на коленки и поработай нежным ротиком... Кому говорю, тварь?!

Вероника, тяжко вздохнув, приподнялась.

— Сиди уж...— презрительно бросил Гейнц.— Хорошо я тебя выдрессировал, сучка? Знаете, что мне в вас особенно нравится, подонки? Та быстрота, с которой вы все захрюкали посвинячьему, стоя на четвереньках... Это и есть самое приятное в нынешней ситуации: скинуть вас в дерьмо с вашего Олимпа... Ты, расписной, зря шевелишь губами беззвучно. Догадаться легко, что там за словеса у тебя на уме. А вон тот, который бывший генерал, и вовсе сожрать живьем хочет. Зря вы злобствуете, честное слово. По большому счету, ничего такого уж уникального с вами и не произошло. Повторяется старая, как мир, история: в один прекрасный момент худые взбунтовались против толстых. И оттого, что бунт этот локален, суть дела не меняется. По сути, у нас тут нечто вроде восстания Спартака или товарища Пугачева. Думаете, там все иначе протекало? Да черта с два. Вот и получается, что я — ваш материализовавшийся, оживший страх. Ужастик из подсознания. Вы же, толстые, всю жизнь боитесь, что на вас однажды пойдут с вилами и пустыми мешками... А вдруг и пойдут однажды в массовом масштабе? У вас, синьор муж оттраханной мною светской красавицы, такое выражение морды, словно в башке у вас мыслительная работа происходит. Не поделитесь вумными мыслями?

Вся осторожность куда-то враз улетучилась — под напором той самой классовой ненависти. Вадим заговорил, уже наплевав на все последствия:

— Подумаешь, открыл Америку... Вы же нас всю жизнь втихомолку ненавидели: наши машины, нашу свободу, наши возможности. И мечты были самыми примитивными — сесть в наши машины, оттрахать наших баб, выгрести денежки... Вот только есть один немаловажный нюанс: кишка у тебя тонка, чтобы стать новым Спартаком или Пугачевым. Разин с Пугачевым, по крайней мере, были люди с размахом, могли собрать огромадную банду и устроить переполох на полстраны. А ты можешь строить из себя Спартака исключительно з д е с ь. На воле у тебя кишка тонка, духу не хватит не то что на бунт — какого-нибудь серьезного человека с толстым бумажником в подворотне ограбить... Правда ведь?

Похоже, он угодил в точку — лицо верзилы перекосилось в неподдельной ярости, он едва не вскочил, но превеликим усилием сдержался. Протянул:

— Ну, дорогой, придется для тебя с ходу что-нибудь особо приятное придумать. Попозжа. Поскольку нынче...

Послышались шаги. Вошел Василюк и, браво вытянувшись по стойке «смирно», отрапортовал:

— Герр шарфюрер, герр комендант велел передать, что пора сгонять...

— Ага,— широко усмехнулся эсэсовец.— Наконец-то. Идите к коменданту, камрад Вольдемар, доложите, что мы немедленно явимся...

— Яволь, герр шарфюрер! — рявкнул капо, повернулся через левое плечо и бегом припустил прочь.

— Видали? — почти растроганно спросил Гейнц.— В два счета из интеллигентского дерьма получился полезный ставленник режима. А почему? Потому что движет им та же благородная ненависть к вам, жирным котам... Стройся! Сомкнутыми рядами пойдем на культурное мероприятие...

И благоразумно отодвинулся подальше, расстегнув кобуру. Пропустил всех вперед, покрикивая:

— Налево! К клубу шагом марш!

Вадима не секунду прошиб липкий пот: что, если... До самого клуба он шагал словно в каком-то полубреду — у коменданта или этого скота вполне хватит ума, прознав про подземный ход, устроить какое-нибудь поганое шоу... Нет, но откуда им знать? Не должны они знать, не должны...

Он повторял это про себя, как молитву,— потому что молитв не знал никаких. Когда вошли в клуб, от сердца отлегло: и зал, и сцена были ярко освещены, должно быть, восстановили проводку и все лампы, которые здесь висели при пионерах. С первого мимолетного взгляда стало ясно, что доска, прикрывавшая нехитрый потайной механизм, пребывает на своем месте в полной неприкосновенности. Впрочем, это ни о чем еще не говорило...

Куча скамеек так и громоздилась у стены, но с полдюжины их установлено перед сценой, и там уже расселись обитатели двух бараков. Очень мало их осталось, человек пятнадцать, едва ли не вдвое поредело население...

А на сцене, прямо-таки залитой электрическим светом, стояло странноватое сооружение: прямоугольный фанерный щит повыше человеческого роста, украшенный примерно на половине высоты огромными цифрами от единицы до семерки — и под каждой цифрой зияло правильное круглое отверстие с футбольный мяч диаметром. Толком рассмотреть эту штуку Вадим не успел — пыльный, темно-красный занавес стал закрываться, перемещаясь резкими толчками.

— Вы — в зал, вы трое — на сцену,— распорядился Гейнц, больно тыкая в поясницу дубинкой.

Вадим с Эмилем и Братком поднялись на сцену, растерянно остановились. Из-за щита бойко вынырнул комендант:

— Пришли, хорошие мои? Ну-ка в темпе к остальным! Вон туда, живенько, по одному!

Вадим двинулся первым. За краем щита стояла Маргарита, веселая и цветущая, в одной руке у нее была какая-то большая темная бутылка, в другой — плоская медицинская рюмочка из толстого стекла. Кажется, с помощью такой промывают глаза, что-то такое помнится...

Она до краев наполнила рюмку непонятной жидкостью цвета слабого чая, протянула Вадиму:

— Ну-ка, одним глоточком!

Он заколебался, вспомнив все прошлые печальные прецеденты. Появившийся откуда-то сзади охранник пребольно упер ему в висок ружейное дуло:

— Тебе помочь, тварь?!

Внутренне передернувшись, Вадим выпил до дна. Отдавало каким-то резким, определенно аптечным привкусом, но прошло в глотку без неприятных ощущений.

— Туда,— подтолкнул охранник.— Мордой к щиту, напротив дырки... Шнель!

Через несколько секунд рядом с ним оказался Браток, а там и Эмиль. Появились еще несколько человек, так что все номера, то бишь дырки, оказались занятыми. По обе стороны короткой шеренги поместились охранники, а третий, прохаживаясь за их спинами, распорядился:

— А ну-ка, живенько спустили портки! И высунули хрены в дыру! Представьте, что кобылу трахаете — живей пойдет...

Тут только Вадим сообразил, что за ощущение нахлынуло нежданно-негаданно: великолепная, могучая эрекция, для которой вроде бы самое неподходящее место и время — и уж тем более никаких поводов. Микстура, сообразил он с тоскливым омерзением. Возбудитель подсунула, сучка шаровая...

— Слушайте сюда,— продолжал охранник.— Во все время представления стоять, как часовые у мавзолея. Если кто пискнет все равно что — саморучно дубинкой хрен переломаю... Замерли, козлы позорные!

Вадим замер, почти утыкаясь лицом в желтоватый фанерный лист, приятно пахнущий деревом и каким-то клеем. Что происходит вокруг, он, естественно, не видел. Оставалось лишь молча ждать, теряясь в догадках.

— Ну, как там? — послышался поблизости голос коменданта.

— Порядок, герр штандартенфюрер!

— Замерли, хорошие мои! Если какая-нибудь сука испортит мне шоу — жилы повытягиваю...

Застучали сапоги — комендант удалялся. Послышалась его команда:

— Занавес!

Слышно было, как старый занавес со скрипом и потрескиванием раскрывается. Воцарилась совершеннейшая тишина, потом сухо застучала барабанная дробь — определенно Гейнц — и очень быстро смолкла.

— Внимание! — громогласно возвестил комендант.— Драгоценные мои господа кацетники! До меня дошли слухи и сплетни, гласящие, что иные из вас без всяких на то оснований считают меня чуть ли не чудовищем. Право же, я обижен и где-то даже оскорблен. Как выражался приснопамятный Фантомас, на самом деле я — веселое и жизнерадостное существо. Велики и неисчерпаемы кладези веселья и жизнерадостности в моей широкой душе. Вот и теперь я в один прекрасный миг задумался: а не слишком ли вы заскучали, пребывая в гостях в моем веселом заведении? После долгих и старательных раздумий я пришел к выводу, что так оно и есть. И решил, хорошие мои, немного вас повеселить. А посему сегодня на нашей сцене — ток-шоу «Угадай мелодию»! Уау! — завопил он вовсе уж дурным голосом.— Уау! Что такое? Не слышу надлежащих аплодисментов... Я огорчен! Я невероятно огорчен! Для кого же я стараюсь, как не для вас? Ну-ка, живенько!

Послышались неуверенные хлопки.

— Плохо, дамы и господа! — орал комендант.— Скверно! Устройте-ка мне настоящие аплодисменты, переходящие в бурную, продолжительную овацию! А то я вам сам устрою...

На сей раз, понемногу набирая могучий размах, грянула самая настоящая овация. Вадим даже мимолетно удивился — народу в зале не так уж и много, как они ухитряются производить столько шума? Полное впечатление, сейчас штукатурка с потолка осыплется.

— Великолепно! — перекрикивая шум, завопил комендант.— Наконец-то вы осознали мою доброту и прониклись культурными запросами! Уау, хорошие мои! Ладно, отставить овацию. Но в дальнейшем извольте отвечать короткими, однакож бурными аплодисментами — точнее, отмечать имя самые волнительные моменты нашего шоу, я бы сказал — контрапункты! А опознать контрапункт вы сможете без особых трудов — как только я, значитца, махну левой али правой рученькой таким вот макаром — тут вам, однако, и есть самый натуральный контрапункт! Как я изъясняюсь? Не правда ли, сразу видна близость к народу и овладение фольклорными пластами? Анадысь, значится?

Видимо, он взмахнул рукой — затрещали бурные аплодисменты. Комендант надрывался, его голос был почти обычным, но все же присутствовала там неуловимая нотка безумия, от которой холодело внутри:

— Я бы с большим удовольствием устроил вам анадысь какую-нибудь интеллектуальную игру на высокие эстетические темы, судари мои и дамы, но вынужден, уж простите, откровенно подлаживаться к вашим вкусам, которые, сдается мне, особой широтой не отличаются. Потому мы и запускаем незатейливое, надо признаться, шоу. Угадай мелодию!

Аплодисменты.

— Что это у нас там торчит, обозначенное арабскими цифрами? А это флейты, господа! Как метко выразился Маяковский — а вы ноктюрн сыграть могли бы на флейте водосточных труб? Итак, на сцену приглашается наша звезда и конкурсантка, очень кстати, как рояль в кустах, здесь присутствующая — госпожа Вероника Баскакова! Встречайте!

Аплодисменты. Судя по стуку сапог, комендант усиленно перемещался по сцене, подражая телеведущим:

— Все аплодируют, аплодируют, перестали аплодировать... Полная тишина в зале, начинаем суперигру! Одновременно спешу предупредить очаровательную конкурсантку: если вы, мадам, будете мямлить под нос или саботировать культурное мероприятие, я вас до утра в караулку отправлю! Тишина настала, тишина! Итак, очаровательная, трахаетесь ли вы с мужиками? Вопрос понятен?

Послышался громкий, с явственной истерической ноткой голос Вероники:

— Трахаюсь!

Аплодисменты.

— Веселее отвечайте, веселее, у нас ток-шоу, а не кабинет зубного врача! А на тех флейточках, что так задорно торчат из дырок, вам игрывать приходилось?

— Приходилось!

— Аплодируем! — завопил комендант.— Игра уверенно движется в правильном направлении! Приступаем к розыгрышу главного приза! Вот здесь у меня самый настоящий косметический набор... я вам не буду вслух произносить название фирмы, потому что не заключал с ней договора на рекламу, и она наше шоу отнюдь не спонсирует. А посему пошла она к чертовой матери, цум тойфель! Но набор настоящий, мечта женщины, особенно в наших спартанских условиях! И наша очаровательная конкурсантка его обязательно получит, ежели с первого раза безошибочно угадает мужнину флейту, на которой старательно исполнит незатейливую мелодию. Будем играть ноктюрн на флейте красных пиджаков! Вот тут у меня песочные часики, и ваша задача, мадам Вероника, отыскать нужную флейту до того, как пересыпется песок. И косметический набор — ваш! В случае, ежели не угадаете, придется вам со всем старанием играть на всем наборе, пока не угадаете нужную мелодию. А там мы придумаем что-нибудь еще более веселое. Вам условия ясны? Прекрасно!

Рассыпалась длинная барабанная дробь.

— Нарастает напряжение в зале, нараста-ет! — вопил комендант.— Если закрыть глаза, можно представить, что мы находимся в зале те-лестудии «Останкино». До чего же похабное на-звание, честно говоря! Покажите мне другую крупную телестудию в мире, чье название про-изошло от мертвых покойничков! Ладно, не бу-дем отвлекаться... Умолкла музыка, тишина в зале, сейчас приведу в действие наш песчаный хронометр... Пошло времечко, пошло! Прошу, очаровательная!

Наступила вязкая тишина. Потом послыша-лись негромкие шаги. Они удалились влево, на какое-то время притихли. Из зала долетел гром-кий смешок.

Вадим тупо таращился на оказавшуюся перед самыми его глазами фанеру. Что происходит по другую сторону, он, естественно, рассмотреть никак не мог. И не испытывал ничего похожего на беспокойство или сочувствие — вновь, как и при первом Никином появлении в бараке, на-хлынули досада и раздражение, словно и очаро-вательная супруга странным образом числилась среди тех, кто над ним издевался. Не будь ее здесь, был бы избавлен от доброй половины пе-реживаний... Острая ненависть на миг прямо-таки прошила горячей волной — ненависть к смазливой дурочке, что сейчас бродила по ту сторону фанеры.

Шаги послышались рядом с ним. Перемес-тились влево, вновь вернулись. Негромкий шум — словно человек опускался на колени — и в следующий миг он ощутил, как женские губы сомкнулись на его вздыбленном достоин-стве.

— Началось шоу! — обрадованно возопил комендант.— Первая попытка! Музыка, туш!

Длинно, нескончаемо затарахтел барабан. Вадим вовсе не испытывал удовольствия, словно все нормальные ощущения враз его оставили. Только раздражение крепло — и ничего больше. И все же кончил довольно быстро, из-за дикости ситуации, наверное.

— Закончилась первая попытка! — заорал комендант совсем рядом, по ту сторону фанерного листа.— Теперь попросим счастливчика показаться почтенной публике, чтобы мы могли определить, как обстоят дела! Музыка!

Дуло ружья чувствительно ткнуло его в поясницу, и он вышел на сцену в яркое сияние сильных ламп — со спущенными штанами, уже неспособный испытывать какие бы то ни было эмоции. Теперь он понимал Синего — хотелось рвать коменданта на части, распороть брюхо и вытягивать кишки...

Комендант же взирал на него с явным разочарованием, но тут же справился с собой, вскинул руки:

— Поаплодируем нашей конкурсантке, получающий великолепный косметический набор! Музыка!

...Должно быть, организм решил отключить сознание, чтобы избавить его от всего пережитого — Вадим заснул совершенно неожиданно для себя, едва растянулся на нарах, отвернувшись от молча улегшейся рядом Вероники. Проснулся толчком, прекрасно знал, что ему только что снился жуткий кошмар, но вот в чем кошмар заключался, не вспомнить, все воспоминания мгновенно улетучились...

Свет не горел, барак был залит бледным лунным сиянием — стояло полнолуние. Отовсюду несло дерьмом и прелью, справа тяжко всхлипывал и постанывал во сне Доцент, а совсем близко, под боком, вздрагивала и подергивалась в столь же тягостном забытье Ника, лежавшая ничком.

Зато справа, у окна, жизнь била ключом. Синий старался неутомимо и размеренно, лежа на распростертой блондинке — она не сопротивлялась, раскинувшись, в одном лишь расстегнутом бушлате, бедра белели в точности как в бездарных творениях полузабытого Подыпы, казалось, она и не дышит. Откуда-то с улицы доносились развеселые пьяные голоса.

Вадим прикрыл глаза, пытаясь сосредоточиться на чем-нибудь толковом, а что могло быть толковее планов побега, для которого настало время? Мысли путались — мешала и возня у окна, сопровождавшаяся довольными стонами, и скулеж Доцента. В конце концов он нашарил свою последнюю сигарету, доставшуюся при дележе брошенной эсэсовцем пачки, осторожненько слез с нар и направился на вольный воздух — впрочем, какой там, к черту, вольный...

Остановился, едва шагнув на веранду. На крыльце соседнего барака, совсем близко, восседали три фигуры, отхлебывая по очереди из большой бутылки, шумно болтали, перебивая друг друга с обычным пьяным пренебрежением к собеседнику. Господа капо изволили веселиться...

Он присел на пол — вместо перил у веранды было ограждение из сплошных досок, и его явно не успели заметить. Закурил, воровски пряча сигарету в ладони — мало ли что, заметят огонек, не отвяжешься от них потом...

Пора отсюда сматываться. И следует в темпе решить то же самое уравнение, подставив в качестве икса на сей раз вместо Эмиля Нику...

Аргументы прежние, те же. Если у одного есть все шансы незамеченным проскользнуть в клуб, то тащить с собой Нику — чертовски опасно. Бабы есть бабы, начнет бояться, метаться, побежит не в том направлении, нашумит, провалит все дело, а когда поймают, выдаст в два счета. Откуда взять должное проворство и хладнокровие избалованной холеной доченьке облисполкомовско-коммерческого папы, с младенчества привыкшей к птичьему молоку? Даже если побег и удастся, будет потом висеть на шее невыносимой тяжестью — ножки натерла, боится дикой тайги, истерики пойдут, обмороки...

Он вспомнил, что рассказывал лет десять назад один знакомый с северов — про парочку, которая назначала свидания где-то в окрестностях отдаленной метеостанции. И однажды нос к носу столкнулась с белым медведем, будучи, естественно, без всякого оружия. Кавалер драпал, не рассуждая, гонимый скорее могучим животным инстинктом выживания. От дамы мало что осталось, понятно, медведь был изголодавшийся. Большинством голосов сошлись на том, что осуждать парня не стоит — здесь обычные критерии попросту не годились. Невозможно быть героем там, где героем стать нельзя и з н а ч а л ь н о. Нельзя идти на танк с кирпичом, нельзя прыгать с десятого этажа.

Если рассудить здраво, ситуация та же. Спастись вдвоем попросту нереально. Прежняя мораль и этика тут решительно не годятся — на кону ж и з н ь. Все останется, как прежде, но его не будет. Мороз по коже...

Ника... Что — «Ника»? Высокой любви, нежной и чистой, не было никогда. Она была — у д о б н а я. Очаровательна, неглупа, в постели не заскучаешь, приятно выйти в люди, держа ее под ручку, соответствующим образом намазанную и упакованную. Конечно, наличие ребенка что-то и меняло бы — но ведь нет детей... И нет, никогда не было ощущения, что твоя жена — пресловутая Единственная.

А посему — решено. К тому же после признаний женушки о том, что с ней здесь происходило, после подначек этой сволочи Гейнца совершенно другими глазами на нее смотришь... Шлюха драная, велели стать раком — и мигом встала, надо полагать, не пища и не дрыгаясь...

Сигарета догорела до фильтра. Вадим осторожно раздавил ее об доску, привстал на корточках, осторожненько выглянул. Та троица и не думала прекращать веселье, наоборот, затянула песню в три пьяных глотки. Нечего и думать прокрасться мимо них незамеченным. Дождик бы, хороший, проливной, с грозой, вот тогда ни одна эсэсовская собака носа не высунула бы из-под крыши... Увы, чистейшее небо сияло россыпями нереально крупных звезд, каких в городах никогда не увидишь. Ни клочка облаков. Придется потерпеть...

Он на цыпочках вернулся в барак. Там ничего не изменилось — так же постанывал Доцент, у окна, где лежала блондинка, продолжалась несуетливая возня с тихими смешками — Синего кто-то сменил, то ли Борман, то ли Браток, блондинка прошептала что-то негодующее, но ей, судя по звуку, зажали рот, шепотом прикрикнули, вновь послышалось размеренное пыхтение.

То ли Маргаритины снадобья еще бродили в крови, то ли душа требовала разрядки — но он и сам ощутил непроходящее и не слабевшее возбуждение. Немного поборолся с собой без особого энтузиазма. В конце концов осторожно перевернул Нику на спину, внушая себе, что если он никого не видит, то и их никто не узрит, расстегнул на ней штаны, приспустил ниже колен, принялся расстегивать бушлат.

Она проснулась не сразу — когда он уже пристраивался. В первый миг отчаянно дернулась, но Вадим зажал ей рот и яростно зашептал на ухо:

— Тихо, дура! Это я...

Она тут же замерла с поразившим его послушанием — обычно дома сопротивление спросонья длилось раза в три дольше. Тихо всхлипнула, замерла, он осторожно убрал руку и, убедившись, что никаких криков не будет, стянул с нее штаны совсем. Ника лежала, как неживая, чтобы раздвинуть ей ноги, потребовалось определенное усилие. Но во всем остальном она ни капельки не препятствовала, все так же лежала, отвернув лицо. В прежней жизни она с ходу включилась бы в действо — но сейчас вовсе не шевелилась. Труп трупом. Как Вадим ни старался ее завести с использованием всего прежнего арсенала знакомых ухваток, не получалось. В конце концов он мысленно плюнул и решил, что сойдет и так, сосредоточился на собственном удовольствии, трахал ее размеренно — и ненавидел при этом...

Удовлетворенный, отвалился, перевернулся на спину. У окна продолжалось негромкое веселье, блондинка сдавленно постанывала, и кто-то из кобелиной троицы веселым шепотком подавал циничные советы. Ника заворочалась, неуклюже натянула полосатые штаны и вдруг придвинулась к Вадиму, прошептала:

— Есть у нас какие-нибудь шансы?

Ну конечно, подумал он с неудовольствием, услышав знакомый трагический надрыв в голосе (прежде главным образом возвещавший, что ей понадобилась новая шмотка или побрякушка). Для того ее сюда и сунули: чтобы надоедала нытьем, капала на нервы...

— Есть,— ответил он сухо.

— А что можно сделать? Неужели не выйдет как-нибудь с ними договориться? Вадим, стоит постараться...

— Отвяжись,— ответил он злым шепотом, словно бы уже и не воспринимая ее в качестве реально существовавшего создания из крови и плоти.— Спи давай. Есть шансы, что-нибудь придумаем...

— Что?

— Спи, стерва! — шепотом рявкнул он.

Снаружи, неподалеку, все еще раздавались развеселые пьяные песни. Нечего было и думать пробираться к клубу...

ГЛАВА ОДИННАДЦАТАЯ

Мера в руке своей

Утро никаких поганых неожиданностей не принесло — сначала выгнали на аппель и устроили рутинную перекличку, потом погнали к воротам, где облагодетельствовали черствым хлебом и жидкой баландой, которую пришлось потреблять без ложек под хохоток и оскорбления тетки Эльзы, искренне наслаждавшейся происходящим, советовавшей не умничать, а поставить миски наземь и без затей лакать по-собачьи.

Потом в их барак в сопровождении двух вооруженных эсэсовцев заявилась Маргарита. Сердце заранее тоскливо сжалось в ожидании очередных пакостей, но обошлось — их всего лишь согнали в угол, где они и стояли под прицелом «Моссберга», а Маргарита взялась обрабатывать рану стонущему Доценту. Чокнутая она там или нет, но к медицине явно имела некоторое отношение — очень уж ловко, сноровисто срезала ножницами штанину и поменяла повязку, сделала парочку уколов. Встав с нар и небрежно смахнув на пол гнойный бинт, стянула резиновые перчатки, оглядела узников и наставительно сказала:

— Видите, какое гуманное обращение с теми, кто твердо решил покаяться и сдать неправедные ценности? Чистейшей воды гуманизм. Делайте выводы, козлы вонючие... целее будете. А ты, сраный потрох, живенько собирайся и шагай со мной.— Она недвусмысленно ткнула пальцем в Вадима.— Пора потолковать по душам...

...На сей раз его подтолкнули прикладом к другому бараку, стоявшему на отшибе. В старые времена здесь, видимо, помещалось нечто вроде общежития для воспитателей и прочего персонала — по обеим сторонам насквозь пронизывавшего барак коридора имелось множество дверей. Из-за одной доносились тягучие, больше похожие на мычание стоны, оставлявшие впечатление, будто человек уже миновал некий порог страха и боли и сам не осознает, что беспрестанно воет.

Он невольно шарахнулся, конвоир загоготал за спиной:

— Не писай заранее, мочу побереги...

Когда его втолкнули в комнату, с первого взгляда стало ясно, что шутки кончились — посреди красовалось неуклюжее, но сколоченное на совесть кресло из необструганных досок, с него свисали ремни для рук и ног. Тут же, на столь же грубом столе, посверкивали никелем целые россыпи непонятных инструментов, от которых он побыстрее отвернулся. Увидел темные пятна на полу, и засохшие, и почти свежие, вдохнул невообразимый запах дерьма и какой-то кислятины. Поневоле замутило. Но его уже тыкали в спину прикладом:

— Раздеваться, тварь!

Совершенно голого толкнули в кресло, прихватили ремнями руки и ноги. Появился Гейнц, сел в углу, поставил рядом с жутким набором пыточных штучек бутылку коньяка и налил себе полстакана.

Маргарита с невозмутимым лицом уселась за небольшой столик, где лежал только чистый лист бумаги с авторучкой посередине, неторопливо выпустила дым густой струей, уставилась на Вадима с сумасшедшим весельем в смеющихся глазах:

— Ну, передумал, хилый росток капитализма? Где денежки?

— Где комендант? — спросил он, сам не понимая, зачем.

— Кишки на подоконник наматывает такому же, как ты,— сказала Маргарита.— Обойдешься без коменданта... Где триста тысяч баксов? Адресок и подробные комментарии...

— Послушайте,— сказал он сердито,— а собственно, с чего вы взяли, что эти триста тысяч вообще существуют в природе?

Маргарита дернула указательным пальцем, делая знак эсэсовцу, чье сопение слышалось за спиной. Правое ухо Вадима тут же пребольно стиснуло нечто вроде холодных, покрытых мелкими зубчиками, длинных тисков. Над головой раздалось:

— Сейчас нажму посильнее, ухо и отлетит...

Низ живота обдало непонятное тепло, он не сразу понял, в чем дело. Оказалось, позорно обмочился. Вокруг хохотали в три глотки.

— Описался пупсик,— констатировал Гейнц.— Ничего, он у нас еще и обкакается... Неаккуратный все же народ, никакого светского воспитания, все кресло загадили. Отхватить ему ухо, в самом-то деле? Ну зачем ему два уха?

— Получится несимметрично,— пожала печами Маргарита.

— Ну и что, фрейлейн? Совершенно в японском, несимметричном стиле.— Гейнц встал, подошел совсем близко и небрежно плеснул Вадиму в лицо остатки коньяка из стакана.— Что заскучал, падло? Не журись и не писяйся, это просто-напросто наступил наш маленький Апокалипсис.— И звучно, с чувством, помахивая в такт стаканом, возгласил: — Я взглянул, и вот конь вороной, и на нем всадник, имеющий меру в руке своей... И я взглянул, и вот конь бледный, которому имя смерть, и ад следовал за ним...— заглянул Вадиму в лицо и ухмыльнулся: — Черти выскочили из-под земли, понятно тебе, купчишка? А от чертей открещиваться ты не умеешь ничуточку, откуда тебе уметь?

На какой-то миг Вадим и впрямь готов был поверить в это полусумасшедшее откровение: черти полезли из-под земли, где оказалась тоньше всего земляная крыша преисподней, там и лопнуло, и никто не знает молитв и заклинаний...

— Давай сучонку,— распорядилась Маргарита.

Тут же втолкнули Нику, быстро, чуть ли не на ходу, сорвали нехитрую одежду, обнаженной поставили под огромный ржавый блок, привинченный к потолку. Крепко связали запястья, закрепили веревку где-то в углу, так что Ника стояла, вытянувшись в струнку, едва касаясь подошвами грязного пола.

Маргарита подошла к ней и небрежно пощекотала авторучкой живот:

— Ласточка моя, у мужа есть триста тысяч баксов?

Ника часто-часто закивала.

— Вот видишь, а ты мне врал...— обиженно протянула Маргарита.— Разве это прилично — нагло врать даме? Он ведь тебе хвастался этими денежками, а?

— Д-да...

— А где они, сладенькая моя?

— У кого-то в коттедже... Не знаю... Я правда не знаю! — истошно закричала Ника.— Не знаю!

— Ну-ну-ну-ну-ну! — Маргарита похлопала ее по щеке.— Я тебе верю, лапонька, успокойся, сладенькая,— с мечтательной улыбкой погладила Нику по животу и поиграла пальцами в самом низу.— Ты себе не представляешь, с каким удовольствием я бы наплевала на все эти докучливые обязанности и вновь с тобой уединилась в нашем гнездышке, да ничего не поделаешь, служба...— Отошла, уселась на край стола и, вытянув ногу, носком блестящего сапога ткнула Вадима в подбородок.— Слышал? Есть денежки, куда ж им деться... Неужели тебе эту куколку совсем не жалко? Ей сейчас больно делать будут...— Она поморщилась, услышав истерический всхлип Ники.— Помолчи, звездочка ясная, а то я тебе самолично язычок ножницами отрежу... Может, и не буду. Шарфюрер...— протянула она с прямо-таки детской обидой.— Как я ни стараюсь, он молчит, козел. Ну сделайте что-нибудь...

Гейнц залпом осушил наполненный на четверть стакан, браво рявкнул:

— Попытаемся что-нибудь придумать, герр штурмфюрер!

Не спеша, вразвалочку подошел к Нике, звонко похлопал по голому животу, кривляясь, будто двойник какой-то новой эстрадной звезды (Вадим забыл название рок-группы), пощекотал за грудь, с чувством продекламировал в мертвой тишине:

> И не увидите вы жен
> в порочных длинных платьях,
> что проводили дни, как сон,
> в пленительных занятьях:
> лепили воск, мотали шелк,
> учили попугаев
> и в спальни, видя в этом толк,
> пускали негодяев...

Ника смотрела на него с ужасом, беззвучно всхлипывая. Он заглянул ей в глаза, ухмыльнулся:

— И никакого хамства, что характерно. А бывалоча выходит такая вот стерва из импортной тачки, дыша духами и туманами, и не дай бог попробовать с ней познакомиться. Посмотрит, как рублем ударит, и нежным голоском проворкует: «От вас, любезный, портянками пахнет...»

— Я же вас никогда не видела...— пролепетала она.

— А какая разница, звезда моя? Тенденция, однако...

Гейнц зашел ей за спину, неторопливо спустил штаны, грубо накрыв ладонями груди, притянул к себе, через секунду она вскрикнула на всю комнату, задергалась, пытаясь вырваться, по исказившемуся лицу ручейком текли слезы.

— А потом еще одного позовем,— невозмутимо сообщила Вадиму Маргарита, раздувая ноздри в некотором возбуждении.— И еще одного, такая очередь потянется...

Он сидел, стиснув зубы. Ника колыхалась в такт грубым толчкам, охая от боли. Гейнц хрипловато хохотнул:

— Что ж ты женушку в очко не пользовал? Совершенно неразработанная жопка...

И продолжал стараться, шумно выдыхая воздух, нагнув Нику к полу, насколько позволяла веревка. Маргарита не сводила с них затуманившихся глаз, водя языком по губам, происходящее казалось Вадиму уже совершеннейшей нереальностью, в самом деле напоминавшей ад,— и он в каком-то оцепенении смотрел, не отрываясь. И вдруг ощутил совершенно неуместное ощущение...

Маргарита заливисто рассмеялась. Вадим ничего не мог с собой поделать, да и не пытался. Возникшая помимо воли эрекция была на удивление могучей, забивая все остальные чувства, даже страх.

— Шарфюрер! — весело позвала она.— Посмотрите, какие номера наш клиент тут откалывает!

Гейнц никак не реагировал — стоял с полузакрытыми глазами, шумно дыша, вцепившись растопыренными пальцами в Никины бедра. Сыто улыбаясь, глянул через ее плечо — Ника уронила голову, растрепанные волосы закрыли лицо до подбородка — не спеша подошел, неторопливо застегиваясь. Хмыкнул:

— Замысловатые у него рефлексы... Фрейлейн Маргарита, вы у нас отличный специалист, я перед вами неприкрыто преклоняюсь, но в данном случае ваши психологические этюды не годятся. Мне, конечно, приятно было оттрахать эту сучку, но нужно думать о деле... Времечко-то поджимает. Предпосылка у вас была неверная, согласитесь.

— Ну, согласна...— чуть сердито вскинула голову Маргарита.

— Это же, простите за выражение, самый натуральный хомо новус*. Мало общего имеющий с прошлым сапиенсом. Конечно, можно попробовать, выдернуть у крошки пару ноготков, но я в успехе сильно сомневаюсь. Мы его лупим по кошельку, а это, согласно Марксу с Энгельсом, и есть самое мучительное для буржуа. Говоря беспристрастно, не во всем заблуждались наши Карлсон с Энгельсоном. Есть мысли и цитаты, вовсе даже не потерявшие актуальности... Капитал-то у нас как раз тот — Марксов, первоначально-накопительный, это западный мир

* Человек новый (*латинск.*).— *Прим. авт.*

давно уже Карлушкины теории перерос, а наш в них укладывается без сучка без задоринки. Короче говоря, можно, я попробую простые народные средства?

— Валяйте,— раздраженно бросила Маргарита.— Могу полностью вам передоверить допрос.

— Бога ради, не обижайтесь...

— Да что вы,— фыркнула златовласая ведьма.— Ей-же ей, есть более приятные занятия...

Она отпустила свободный конец веревки, освободила Никины запястья и, полуобняв ее, повела из комнаты, воркуя на ухо:

— Пошли, золотко, вместе посудачим про грубых, брутальных мужиков, без которых очень просто можно обойтись...

Гейнц налил себе еще треть стакана, залпом осушил, присел на угол стола и, покачивая ногой, с усмешкой стал созерцать Вадима. Понемногу у того под холодным, немигающим взглядом улетучились всякие намеки на эрекцию.

— Кожа с человека сдирается, в общем, невероятно легко,— вкрадчиво сказал шарфюрер.— Подрезать бритвой, зацепить щипцами, как следует потянуть... Можно для начала ободрать обе ноги от колен до щиколоток. Плюс содрать шкуру с задницы. Сначала кровь будет сочиться вовсю, но вскоре перестанет, так что от потери крови ни за что не подохнешь. Дело даже не в боли — сам представь себя, ошкуренного таким вот образом. Ни сесть, ни лечь толком, зрелище незабываемое... А через часок начать драть ремни со спины...

«Пора колоться,— подумал Вадим почти спокойно.— Не стоит его злить, он все это способен проделать, никаких сомнений».

Шарфюрер тяжело спрыгнул со стола, повозился, гремя и лязгая инструментами, выбрал что-то и возник перед Вадимом. Клацнул у самого лица тяжелым садовым секатором, показал довольно толстую алюминиевую проволоку, держа ее двумя пальцами — и звонко перекусил, словно бумажную полоску. Осклабился:

— Впечатляет?

Неуловимым движением выбросил руку, сграбастал тремя сильными пальцами самый кончик Вадимова достоинства, медленно приблизил кривые лезвия секатора, так что от плоти их уже отделяли сущие миллиметры. Вадим заорал совершенно искренне, не притворяясь,— показалось даже, что широкие лезвия уже распороли кожу, необратимо отсекая кусок плоти.

— Не блажи, сучонок,— презрительно бросил Гейнц, убрал секатор и выпрямился.— Начал соображать, как это будет в натуре выглядеть? Я не садист, поэтому отстригу тебе ровно половинку окаянного отростка. Кровь Марго живенько остановит. Перекурим и повторим процедуру. Ее надолго можно растянуть... Ну, думай быстренько, я-то с тобой играть не буду... Зачем оно мне нужно? Ну что, снимаем Марго с твоей шлюхи и зовем сюда с полной аптечкой?

— Дай сигарету,— прохрипел Вадим, опять-таки ничуть не играя.— Поговорим...

— Дай ему,— распорядился Гейнц.— Одну руку можешь освободить. Все равно писать будем...

Эсэсовец, до сих пор игравший роль статиста без речей, в три секунды расстегнул грубые пряжки, сунул Вадиму сигарету и поднес огонек.

— Ну? — прикрикнул Гейнц.

— Гарантии...

— Не дури. Сам же видел: тот, кто не запирается, возвращается в барак в полном здравии.

— Вот только не получает всех прелестей, которые вы так красиво расписывали, всех этих яств и питий...

— Легко объяснить,— серьезно, без издевки сказал Гейнц.— Блага пойдут, когда проверим все, возьмем захоронку и убедимся, что клиент не назвиздел. Сам согласись, перевязали сегодня утром вашего подраненного интеллектуала? Со всем старанием, по мировым стандартам. И доброй жратвы с коньячком уже отнесли, вернешься в барак, увидишь. Так что вот: когда твои бывшие баксики будут у меня, станешь жить, по здешним меркам, что твой король. А пока, по крайней мере, будешь избавлен от грубого обращения... Ладно, я уж тебе авансом и сигарет подкину, и дам пожрать человеческой хаванинки. Но ты мое терпение больше не испытывай... Лады?

— Дайте еще,— сказал Вадим.— Курить хочется...

— А колоться будешь, сокол?

— Буду.

— Дай ему.

Из-за спины вновь появилась рука в засученном по локоть рукаве, державшая сигарету фильтром вперед. Потом мелькнула дешевенькая зажигалка.

— Ну?

— Только я вас честно предупреждаю, со всей откровенностью...— сказал Вадим.— Место я обрисую, но за последствия не отвечаю. Там, в доме, не бабуля — божий одуванчик и не драный совок... Если что-то пойдет не в цвет, не сваливайте на меня потом, сами должны понимать: куда попало такую сумму на сохранение не определят...

— Моя забота. Где?

— В коттедже на Красниковском плато. Хозяин там живет постоянно, по крайней мере — летом. Есть собака, в доме всегда охранник, парочка помповушек в прихожей, у хозяина легальный пистолет...

Гейнц проворно пересел за стол, придвинул бумагу и ручку:

— Фамилия хозяина?

— Цимбалюк. Сергей Антонович. В коттедже обычно — жена с дочкой, кухарка с горничной, охранник... а, про охранника я уже говорил...

— Кучеряво живете, твари... Подробно расскажи, как этот пряничный домик выглядит и как его найти без проблем, какой марки собака, что там за охранник...

Он тщательно писал, временами покрикивая:

— Не части, не части. Разговорился... Так. Хозяин знает, что в «дипломате»?

— Конечно,— усмехнулся Вадим.— Чтобы знал, за что ему придется отвечать, если, не дай бог...

— Если придет кто-то с запиской от тебя, отдаст угол?

— Не-ет...— Вадим покачал головой, улыбаясь вполне натурально.— Ни в коем случае. Я так понимаю, придет кто-то абсолютно ему незнакомый, а? Сомневаюсь, чтобы кто-то из наших общих знакомых был с вами в доле...

— Незнакомый, конечно.

— Говорю вам, и пытаться нечего,— сказал Вадим.— Он отдаст только мне.

— Предположим, ты сломал ногу? Крабами отравился?

— Да все равно, поймите вы! Насмотрелись дешевых боевичков о великосветской жизни... Так просто дела не делаются. Если я почему-либо не смогу приехать сам, любые посыльные и ссылки на меня бесполезны. Подаст незаметненько сигнал охраннику, тот и двинет сзади вашего человечка прикладом... А вымещать зло будете на мне!

— Перестраховщики...— в сердцах бросил Гейнц.

— Триста тысяч баксов,— значительно, с невольно прорвавшимся оттенком превосходства сказал Вадим.— Не хрен собачий. Забрать «дипломат» могу только я сам... или тесть. Но до тестя не пробуйте и добраться, сразу вас предупреждаю. Он человек умудренный жизнью, у него постоянная охрана, и приличная, профессиональная, чтобы до него добраться, нужно устроить налет со взводом автоматчиков, а вы на это вряд ли пойдете, а? И не пытайтесь придумать какую-нибудь комбинацию с Никой — тестюшка не пальцем делан, моментально просечет. В Шантарске у вас против него шансов нет...

— Не можешь ты жить просто, буржуй...— фыркнул Гейнц.— Ну, а если ты сам, собственной персоной, ему отсюда позвонишь? Он, конечно, и заподозрить не должен, что дело нечисто, иначе мигом останешься без яиц. Скажешь, что увяз в неотложных делах — убедительную версию придумаем — и за деньгами приедет твой человек...

— Спасибочки! — шутовски поклонился Вадим.— Вот тут все и полетит ко всем чертям. Через три минуты после подобного звоночка он

под охраной перевезет денежки в местечко по-
надежнее, и я сам понятия не имею, куда. Никаких звонков, они не помогут, наоборот...

— Послушай, голубок! — прищурился
Гейнц.— А не пытаешься ли ты меня тихонечко
подвести к убеждению, будто непременно нужно взять тебя с собой в коттедж? Рассчитываешь
по дороге что-нибудь придумать?

— Я к вам в попутчики не набиваюсь,— сказал Вадим.— Всего-навсего объясняю, как обстоят дела. Сами просили выложить все... Вот и
выкладываю.

— Ладно, проехали... Итак...— Гейнц что-то
напряженно прикидывал.— Значит, никакие до-
веренные лица и звонки не проскакивают... Ус-
ложняете вашу буржуйскую жизнь до предела,
толстые...

— Дело не в том, чтобы быть богатым,—
криво усмехнулся Вадим.— Главное — о с т а-
т ь с я богатым.

— Ага! — Гейнц просиял.— Рассматриваем
другой вариант... Ни о каких деньгах и речи не
заходит. К твоему приятелю является элегант-
ный и вежливый молодой человек с твоей реко-
мендацией. По предварительному звонку. Есть
некое коммерческое дело, которым ты сам не намерен заниматься — занят, ниже твоего уровня,
но паренек-то троюродный брат тети жены дяди
твоего камердинера. И ты его послал к Цимба-
люку, чтобы тот поспособствовал... И записочку
накропал. Вполне возможно, что в записочке
намекается: от этого чайника можно вежливо
отделаться, ты не обидишься... Это уже детали.
Как сам план?

— Вообще-то...— протянул Вадим, искренне
раздумывая.— Может и проскочить, если все

просчитать... Немножко странновато, не в нашей обычной практике... но подозрений, в общем, не вызовет. Только я ни за что не отвечаю...

— Слышал уже...— он вскочил.— Поскучай-ка минутку...

Но скучать пришлось, судя по настенным часам, восемь минут. Хорошо еще, торчавший за спиной питекантроп сговорчиво выдал очередную сигарету.

Гейнц вернулся с новеньким сотовым телефоном. Вынул из кобуры пистолет, передернул затвор, снял с предохранителя и упер Вадиму в лоб:

— Сейчас наберу номер и дам трубку тебе. Если нет в коттедже, брякнем в офис. Фамилия парнишки... хай будет Фролов. Только смотри у меня, если почую что-то неладное, мозги вышибу в секунду... Соберись, падло. Чтобы звучало как можно естественней...

Тихонько попискивали клавиши. Гейнц плавным движением поднес трубку к уху Вадима.

— Слушаю.

— Сергей Антонович? — как можно естественнее произнес Вадим.— День добрый, Баскаков...

— Вадим, день добрый...— отозвался Цимбалюк без неприязни, но и особой радости в его голосе не звучало.— Ты что, уже в Шантарске?

— Да нет пока, все еще в Манске, оттого и проблема... Дело не то что важное или сложное, но мне бы его хотелось решить...

Невозможно описать, что он испытывал, непринужденно беседуя под прижатым ко лбу пистолетным дулом — с человеком, пребывавшим на свободе и представления не имевшем, какое это счастье...

— Что там такое?

— Да пустяки,— сказал Вадим.— Есть один вьюноша, по фамилии Фролов, по имени-отчеству — Иван Аристархович. Честно говоря, то, что он предлагает, не совсем по моему профилю, но вполне может оказаться по вашему. Вообще, ситуация интересная и разговор не телефонный... Я вас не особенно обременю, если к вам его подошлю?

Разговор получился весьма уклончивый, обтекаемый — но, вот смех, частенько разговоры о серьезных делах по сотовику бывают именно такими, поскольку сотовик можно прослушать в два счета, располагая достаточно хорошей техникой. Так что Цимбалюк ничего не заподозрит, хотя, конечно, удивится про себя. Ну, мало ли что бывает...

— А это обязательно?

— Очень похоже,— сказал Вадим.— Он как раз едет в Шантарск, может заскочить прямо сегодня...

— Я сегодня в городе не буду.

— Я его могу и в коттедж направить. Право слово, интересный оборот может получиться...

— Ну, если необходимо,— чуть раздраженно откликнулся собеседник.— Если уж такая ситуация... Присылай.

— Спасибо! — радостно воскликнул Вадим.— Всего хорошего, отключаюсь,— у меня тут запарка...

По лицу ползли струйки пота, затекая в глаза. Гейнц отложил трубку и тыльной стороной ладони сильно хлестнул Вадима по лицу:

— За «Аристарховича». Не можешь не выделываться... Ладно. Сейчас у нас... полпервого. Обговорим всякие деталюшки, когда Марго надоест возиться с твоей блядью. Потом пойдете в барак.— Он порылся в столе, швырнул Вадиму на колени пачку сигарет.— И покормлю, хрен с тобой. Вроде бы старался. Но имей в виду: завтра, часикам к трем-четырем дня, будет совершенно точно известно, чем там в Шантарске кончилось. И если что-то ты наврал — мертвым позавидуешь...

— Я за ваших мальчиков не отвечаю... Если они там то-то напортачат...

— Не скули,— бросил Гейнц.— Я уж как-нибудь сумею отличить наш провал от последствий твоей брехни.— И всей пятерней взял Вадима за лицо.— Ну вот, а Марго плешь проела со своей психологией... И без психологии прекрасно работается, верно?

...Вадим, пожалуй, мог гордиться собой. Естественно, в коттедже у Цимбалюка никакого «дипломата» никогда не было, но эти скоты потратят уйму сил и времени, прежде чем сумеют неопровержимо установить сей печальный факт. Благо во всем остальном он им ни капельки не солгал, разве что умолчал о точном числе охранников: их у Цимбалюка три и все пребывают в коттедже. Откровенно говоря, Цимбалюк — человечишка поганый, никогда его Вадим не любил, хотя кое-какие общие дела и приходилось время от времени прокручивать.

В общем, Цимбалюка не жалко. Расклад простой и допускает лишь две возможности: либо цимбалюковские мальчики кончат нападающих, либо налетчики потеряют уйму времени, выпытывая у пленных, где же спрятаны эти триста тысяч, а поскольку Цимбалюк представления о них не имеет, любые его клятвы будут приняты за вульгарное запирательство. При любом варианте у Вадима есть в полном распоряжении сегодняшняя ночь — и лучше не думать, что вполне может возникнуть непредвиденное препятствие, в виде, скажем, пьяных капо. Лучше не думать...

— Ну, покури,— сказал Гейнц.— Заслужил. А вечерком герр комендант собирается вам бал устроить, вот уж где повеселитесь...

ГЛАВА ДВЕНАДЦАТАЯ

Бал сатаны

Когда их загнали в клуб, Вадим вновь непроизвольно покосился на заднюю стену — ничего не изменилось, заветная доска оставалась на прежнем месте. Со сцены пропал фанерный щит, вместо него красовалось прикрепленное к темному заднику, старательно расправленное красное знамя с густой и длинной золотой бахромой, украшенное огромным изображением былого пионерского значка и оптимистическим лозунгом: «Вперед, к торжеству ленинских идей!»

Под знаменем восседал на старомодном стуле герр комендант, помахивал сигаретой, словно дирижерской палочкой, а стоявший у краешка сцены черный бумбокс во всю ивановскую наяривал прочно забытую песню:

Я теперь вспоминаю, как песню,
пионерии первый отряд,
вижу снова рабочую Пресню
и знакомые лица ребят...
Пой песню, как бывало,
отрядный запевала,

а я ее тихонько подхвачу!
И молоды мы снова,
и к подвигу готовы,
и нам любое дело по плечу!

Герр штандартенфюрер, из второго ряда видно было, получал нешуточное эстетическое удовольствие, жмурился, словно котище возле горшка со сметаной, мечтательно подпевал, беззвучно шевеля губами, вообще ненадолго стал походить на нормального человека.

Потом это, правда, исчезло, как утренний туман, когда на сцене появилась Маргарита, присела на свободный стул. А поднявшийся следом с баяном на плече Гейнц браво раздвинул меха и сыграл нечто среднее меж маршем Мендельсона и музыкальной заставкой к программе «Время».

Комендант, такое впечатление, вернулся из иного, неведомого мира, бодро вскочил со стула и, выйдя к рампе, возгласил:

— Добрейший всем вечерок! Итак, продолжает функционировать наша крохотная уютная преисподняя, и я, ваш добрый старый дьявол, делаю все, чтобы вы не заскучали! Надеюсь, вы цените мою отеческую заботу? Овации не слышу, пробляди позорные!

Почти мгновенно, будто нажали кнопку, грянула овация — бурная и нескончаемая. Затянулась она настолько, что Вадим стал ощущать боль в ладонях — как, наверняка, и остальные. Прошло добрых три-четыре минуты, прежде чем комендант подал знак прекратить. Растроганно смахнул согнутым указательным пальцем невидимую слезинку:

— Если бы вы знали, как мне дорого это признание моих скромных заслуг... Век бы с вами не расставался, золотые мои, брильянтовые и яхонтовые. Вы, конечно, уже в большинстве своем не золотые, да и брильянтов поубавилось после моих трудов, но это метафора, как вы, быть может, догадываетесь... Главное, продолжается наше небывалое единение, вам хорошо и весело со мной, а мне приятно с вами. Настолько, что решил я устроить вам бал. Будет у нас и художественная самодеятельность, и торжественная часть, а на закуску обещаю вам самый настоящий триллер! Честью клянусь! — Он полез в карман черного френча, извлек шоколадный батончик и поднял над головой: — Вот здесь у меня шоколадка, господа «полосатики»! Вкусная шоколадка! Сам бы ел, да о вас забочусь! Найдется среди вас такой, который сможет, выйдя на эту сцену, спеть нам еще какую-нибудь хорошую ностальгическую песню — про юных пионеров, про былые советские идеалы и героические свершения? Кто хочет в два счета заработать вкусную шоколадку? Нет здесь никакого подвоха, судари мои. Думайте быстрее, а то осерчаю и внесу в культурную программу нехорошие изменения...

В первом ряду обреченно встал кто-то незнакомый.

— Прошу на сцену! — оживился комендант.— Живенько-живенько!

Вызвавшийся поднялся на сцену так медленно, словно ничуть не сомневался, что его там должны расстрелять. Повернулся лицом к залу — в недавнем прошлом он, как почти все здесь присутствующие, был импозантен и вальяжен, но теперь скорее смахивал на статского советника в константинопольской эмиграции: давно нечесаные седины сбились в колтун, отросла реденькая щетина, щеки обвисли, в глазах здешняя неизгладимая печать, смесь ужаса и сумасшествия. Вадим передернулся, подумав, что у него самого, не исключено, такие же испуганно-безумные глаза...

Бесшумно подкравшийся Гейнц над самым ухом у седого во всю ширь растянул меха, нажав всеми пальцами клавиши. Баян издал неописуемый вопль. Седой шарахнулся так, что едва не полетел со сцены.

— Да что вы, батенька! — завопил комендант.— Это шарфюрер, он у нас забавник, спать не сможет, если что-нибудь этакое не отчебучит над вами, вибрионами... Он больше не будет, так что упокойтесь и побыстрее входите в творческий экстаз... Вошли или как?

Седой торопливо закивал, подобрался и вдруг заорал что есть мочи, немелодично и жутко:

> Завывает метель
> за холодными стенами окон.
> Милый друг мой, теперь
> наша юность далёко-далёко.
> Поседели виски
> в непрерывных боях и походах,
> мы с тобой старики,
> мы с тобой старики,
> комсомольцы двадцатого года...

Гейнц принялся ему старательно подыгрывать — но седой орал, не обращая внимания на мелодию. По его щекам катились крупные слезы, он весь трясся.

Завороженно внимавший комендант, едва песня кончилась, ударил в ладоши:

— Биц-биц-биц! Я вами восхищен, юное дарование! Ведь было же в вашей жизни что-то большое и светлое — целину героически осваивали, приветствие комсомольскому съезду зачитывали, сам Никита Сергеич вам руку жал... Что там еще в вашем досье? Ага, с китайским ревизионизмом боролись, с чехословацкой контрреволюцией, линию проводили, за развитой социализм бились, аки лев... У вас же великолепная биография, старина! Вам бог велел торчать сейчас возле губернской управы, прижимая к тощим персям портретик Владимира Ильича, корявый плакатик воздевая! А вы вместо всего этого? А вы — цветными металлами торговать и технический спирт продавать любому, кто только попросит... Господи, какая скука! Но ведь все это в прошлом, голуба моя? В невозвратном прошлом? Ась?

Седой отчаянно закивал, заливаясь слезами.

— Вот видите,— похлопал его по плечу комендант.— Пришел я, ваш веселый старый дьявол, и очистил вашу душу от шелухи первоначального накопления. Вернул вас к незамутненным истокам, к незапятнанным идеалам. А давайте-ка вместе: едем мы, друзья, в дальние края, будем новоселами и ты, и я... Хорошо вам теперь, признайтесь честно?

— Х-хорошо...— выдавил седой.

— Громче, веселее!

— Хорошо! — истошно завопил седой.

— Я рад,— умиленно сказал комендант.— Вот, держите вкусную шоколадку и можете ее невозбранно съесть. Ну-ну, не надо, не благодарите, чем богаты...

Похлопывая по плечу, он выпроводил седого со сцены и, когда тот шагнул на низенькую лестничку, наподдал под зад сапогом. Седой, конечно же, споткнулся и шумно рухнул на пол. Тут же вскочил и, кривясь от боли, зажав в кулаке сломавшийся батончик, побежал на свое место.

— Торжественная часть! — объявил комендант.— На сцену приглашается наша краса и гордость — бывший господин Илья Петрович Косов! Поаплодируем!

Под аплодисменты на сцену поднялся лысоватый. По всему лицу у него красовались начавшие желтеть синяки — последствия той самой стычки в карцере-сортире.

— Как уже говорилось, перед вами — наш маяк и светоч! — возвестил комендант.— Дражайший Илья Петрович чуть ли не с первой минуты проникся высокими идеалами нестяжательства и полного искупления грехов. Как послушно, как умилительно он отвечал на вопросы! Как поразительно точно указывал места, где таились неправедно нажитые ценности! Честное слово, скупая слеза наворачивалась на глаза, когда Илья Петрович свою грешную душу выворачивал до самого донышка... После всего этого лишь предельно зачерствевший душой человек не проникся бы к нему самым искренним расположением. Нет у меня более слов, чтобы описать происшедшую метаморфозу, а посему передаю слово самому Илье Петровичу, который горит желанием наставить на путь истинный заблудшие души... Есть еще среди вас, скоты, заблудшие души... Прошу!

Лысоватый Илья Петрович шагнул к рампе. В глазах у него горело то же самое устоявшееся безумие.

— Братья и сестры! — возгласил он надрывно.— Я жил грешно и неправедно! Вместо того, чтобы служить духовному и культурному возрождению человечества, я вступил на скользкую...

— Стезю...— охотно подсказал комендант.

— Я вступил на скользкую стезю частного бизнеса. Я основал на своем предприятии несколько частных фирм и хитрыми махинациями перекачивал туда материальные ценности. Я скупал ваучеры и акции и даже строил финансовую пирамиду с красивым названием «Индигирка», которая...

— Ах ты сука! — взревел Браток, не сдержавшись.— Вот где мои три штуки баксов зависли!

— А ну-ка, ну-ка! — оживился комендант.— А поднимитесь-ка на сцену, молодой человек и дайте ему в ухо, только непременно вполсилы!

Браток, ничего уже не помня от злости, шустро взбежал на сцену и с ходу залепил кающемуся в ухо. Тот, держа руки по швам, пошатнулся, но устоял.

— Хватит! — рявкнул комендант.— Пошел на место! Перед нами, друзья, прелюбопытнейшая сцена на тему «вор у вора дубинку украл»... Продолжайте, милый...

— Ну... Я купил себе красивую иностранную машину, построил трехэтажную дачу, обедал исключительно в «Золоте Шантары»... Евроремонт в новой квартире сделал...

— А налоги платили? — вкрадчиво поинтересовался комендант.

— Не платил,— упавшим голосом сознался Илья Петрович.— Вернее, платил какой-то мизер, а от настоящих налогов годами уворачивался и увиливал. Потому что...

— Потому — что?

— Потому что исправно платил нужным людям,— после не столь уж короткой паузы признался кающийся.— И в мэрии, и в налоговой инспекции... Вот, ну...

— А состояли ли вы, голубчик, в демократических партиях? — прищурился комендант.— Материально поддерживали?

— В демократических партиях я не состоял,— отчеканил Илья Петрович.— Материально не поддерживал.

— А нет ли у вас сожалений по поводу вашего морального облика?

— Есть,— признался Илья Петрович.— Я постоянно возил в сауны девочек, где вступал с ними в интимные отношения самыми разными способами. А также регулярно вступал в интимные отношения с собственной секретаршей, которую иногда использовал прямо в кабинете, щедро отделанном на украденные у народа деньги. Из этих же народных денег я и оплачивал сексуальные услуги... вообще все оплачивал. Я долго обкрадывал народ, но в качестве смягчающего обстоятельства прошу суд учесть...— сбился и оторопело замолчал.

— Ага! — обрадовался комендант, тихонько похлопывая в ладоши.— Это у вас, дорогой мой, непроизвольно выскочило, сценарием не было предусмотрено... Подсознание вещует. И на какой же высокой ноте вы хотите закончить свое блестящее выступление?

Илья Петрович передернулся, подошел вплотную к рампе и возгласил:

— От всей души призываю последовать моему примеру, очистить совесть чистосердечным раскаянием и полной выдачей всех неправедно нажитых денег и прочих ценностей!

— Аплодисментов не слышу! — взревел комендант.

И вновь он затянул овацию на несколько мучительных минут, сладострастно жмурясь и помахивая в такт сигаретой. Гейнц сыграл на баяне что-то бравурное. Лысоватый Илья Петрович уже направился было к лесенке, но комендант удержал:

— Вы куда это, мил человек? Нехорошо, вы же у нас нынче звезда... форменная этуаль. Задержитесь.

Достал из кармана френча толстую пачку сложенных вдвое бумажек, в которых присутствующий здесь народ моментально опознал доллары — которые на самом деле никакие не зеленые, а скорее сероватые. Развернув веером, продемонстрировал со сцены, наклонившись к первому ряду:

— Всем знакомо? Не слышу? Да или нет?

— Да-а...— нестройно раздалось в зале.

— Ну, еще бы... Что в них такого ценного и приятного, в этих прямоугольных бумажках? Из-за чего вы, чудаки, уродовали себе жизнь, чтобы в конце концов угодить в преисподнюю? Ради этой пухлощекой физиономии и цифирки «сто»? Дети малые, честное слово... Послушайте авторитетное мнение маяка и светоча. Илья Петрович, что это у меня в руке?

— Бумага! — браво отчеканил Илья Петрович.

— Самая настоящая бумага, и не более того,— поддержал комендант, спрятал всю пачку в карман, оставив одну сотку.— Ни на что не пригодная... Разве что съесть? Илья Петрович, хороший мой, скушайте, душевно прошу! Не спешите, жуйте с расстановкой, не хватало еще, чтобы вы подавились, светоч наш и пример...

Почти без промедления лысоватый взял у него бумажку, стал отрывать зубами по кусочку, тщательно разжевывать и глотать судорожными рывками кадыка, временами непроизвольно выпучивая глаза. Гейнц тем временем наяривал на баяне нечто смутно напоминавшее «Мани, мани, мани» в вольной интерпретации.

Комендант следил за кающимся, как кот за мышкой. Едва тот прожевал последний уголок, подпрыгнул на месте, воздевая руки:

— Уау! Приятного аппетита! Убедились, поганцы, что это не более чем бумага? Правда, судя по воодушевленному лицу Ильи Петровича, приятная на вкус... Мотайте в зал, Илья Петрович!

Лысоватый пошел к лесенке, на первой ступеньке замер, опасливо оглянулся, видимо, вспомнив, что совсем недавно случилось с певцом. Но комендант, стоя на прежнем месте, замахал руками:

— Господь с вами, Илья Петрович, не буду ж я маяка нашего и светоча сапогом под жопу пинать. Как уже говорилось — я веселое и жизнерадостное существо, и ничто человеческое мне не чуждо. А посему — во весь голос об интимном! На сцену приглашается наша очаровательная флейтистка Вероника Баскакова, прошу любить и жаловать!

Вероника поднялась на сцену. Нерешительно потопталась.

— Подайте даме стульчик! — заорал комендант, и эсэсовец шустро выскочил из-за кулис, подцепив широкой пятерней спинку стула.— Садитесь, прелесть моя, ножку на ножку... Расслабьтесь, успокойтесь, попробуйте, как ни трудно, представить, что я вовсе и не я, а Юлечка Меньшова... Ток-шоу «Поблядушечки!» Уау! Аплодисменты! Все, отставить! Перед нами еще одна кающаяся душа, только гораздо более очаровательная, да простит меня Илья Петрович! Итак, драгоценная моя... Расскажите вашему старому, веселому дьяволу: на блядки от законного мужа бегали?

— Бегала,— сказала Ника довольно громко, глядя куда-то в потолок.

— И когда начали? Уж не сразу ли после свадьбы?

— Нет, началось с полгода назад...

— Как интересно! Как интересно! Сдохнет от зависти Юлька Меньшова, верно вам говорю! Какая ситуация, дамы и господа! Молодая светская красавица через годик после свадьбы со столь же светским львом начинает, пардон, блядовать! И сколько ж у вас было любовников, драгоценная?

— Один,— ответила Ника с застывшим лицом.

— А что так мало?

Она чуть беспомощно пожала плечами. Гейнц шумно сыграл первые такты мендельсоновского марша.

— Впрочем, сие несущественно,— утешил комендант.— У меня есть стойкие подозрения, что означенный любовник, сиречь амант, здесь присутствует... Правда?

Она кивнула.

— А покажите-ка мне его, сладкая!

Ника подняла руку, указывая в зал. Вадим повернул голову в ту сторону — и до него стало понемногу доходить, кое-какие прежние странности получали объяснение...

— Ага! — заорал комендант.— Бывший господин Эмиль Федорович Безруких, здесь же, как нельзя более кстати, присутствующий! Мои поздравления, генацвале! Это ж надо ухитриться — под носом у босса и старшего компаньона дрючить всласть его милую, очаровательную женушку! Пикантно, должно быть... Вот так вот смотришь на босса и думаешь: «А я ее тоже дрючу, а ты, козел, и не знаешь!»

Вадим пребывал в состоянии тихого, бессильного бешенства. С невероятной быстротой прокручивались воспоминания — вот он преспокойно отправляет Нику купаться на дальние озера с Эмилем, поскольку сам занят выше крыши (месяц назад), вот он просит Эмиля встретить Нику в аэропорту (месяца полтора назад), самолет задерживается на три часа (так они объяснили), и домой Ника доставлена только к утру. И это далеко не полный список, если вдумчиво проанализировать последние полгода, без труда отыщется масса такого, что, несомненно, имело подтекст, слишком поздно выплывший на свет божий... Скоты, твари...

И вдруг на смену слепой ярости пришло странное спокойствие. Получалось, что все недавние душевные терзания были насквозь напрасными. Зря мучился, подыскивал оправдания, окончательно решив, что сбежит в одиночку. И черт с ними. Ручаться можно, что трахаться им больше не придется, оттрахались...

На месте коменданта он сам при первом же побеге постарался бы как можно быстрее замести все следы — иными словами, в темпе ликвидировать оставшихся и смыться в неизвестном направлении, не оставив никаких улик,— лишь пожарище да цистерна с кислотой, любой Шерлок Холмс повесится от недостатка данных. Уж если это пришло в голову ему, вряд ли такой вариант не подвернулся на ум коменданту или, что вернее, сволочи Гейнцу, который гораздо умнее и опаснее, хоть и любит прикинуться валенком. Значит... Значит, все отлично.

— А позвольте спросить,— вкрадчиво начал комендант.— А этот, который, стало быть, законный муженек... Он что, с каким-нибудь изъянцем? Кончает слишком быстро или там по мальчикам бегает?

Ника нашла взглядом Вадима и, вызывающе вздернув подбородок, громко сказала:

— В общем, ничего подобного. Не жаловалась. Разве что вечно заставляет делать ему минет, а мне делать не хочет, раз в год удавалось уломать...

— Уау! А любовничек делает?

— Охотно.

— Так что, неужели в этом и вся проблема? Или есть какие-то другие поводы? Гораздо более весомые?

— Есть, пожалуй.

— И какие же, если не секрет? Не смущайтесь, милочка, ваш сатана столько повидал в этой жизни...

— Понимаете...— протянула Ника.— Эмиль — мужик. Настоящий мужик. Не только в постельном плане. Он себя сделал сам, с нуля. Приехал из какой-то богом забытой деревушки — и продвинулся в бизнесе, научился драться, как Шварценеггер... Да много всего. Настоящий мужик, с ним себя всегда чувствуешь, как за каменной стеной. А муж слишком многим обязан папочке с мамочкой. Стопроцентно асфальтовый мальчик.

Не сдержавшись, Вадим заорал с места:

— Ага! А ты — птичница из колхоза «Рассвет»! Горбом в люди выбилась, сучка! Да у самой такой же папа...

234

Опомнился и замолчал, но комендант ждал еще какое-то время, словно в его планы как раз и входила «реплика с места». Потом с ласковой укоризной погрозил Вадиму:

— Ангел мой, прекрасно понимаю бурную глубину ваших чувств, но вы уж больше не встревайте, иначе придется рот заткнуть. Не мешайте девушке раскрывать душу... С ней, быть может, такое впервые происходит, представьте, сколько эмоций ей пришлось таить в душе... Трепетной, как цветок. Значит, ваш избранник — настоящий мужик, и вы его, быть может, даже и любите?

— Люблю,— послышалось со сцены.

Ромео и Джульетта в полосатом, расхохотался про себя Вадим. Любовь... Им вскоре придет звиздец, а они все о любви, скоты... Ясно теперь, что в карцер Эмиль отправлялся исключительно для того, чтобы всласть потрахаться с Никой — тогда еще нынешний Освенцим был самим собой, респектабельным домом отдыха, и кто-то получал, надо полагать, неплохие бабки за организацию любовных встреч в карцере. То-то они его так рьяно уговаривали сюда поехать — стопроцентное алиби, условия для блуда идеальнейшие, в двух шагах от мужа, а тот и не подозревает, что зарогател...

— Время реплике с места,— комендант повернулся к залу.— А вы ее, интересно, любите, свет мой?

— Люблю,— раздалось справа от Вадима.

— Сериал, бля, мексиканский! — вслух восхитился Браток.

— Прошу на сцену, господин Ромео! — комендант, беззвучно аплодируя, прошелся вдоль рампы.— У меня не хватает духу и далее держать вас в разлуке с Джульеттой... Вот так, идите сюда, становитесь рядышком, можете ей положить на плечо мужественную руку... Держите, хорошая моя,— протянул он Нике сложенную вдвое сероватую кредитку и, когда она инстинктивно отшатнулась, расхохотался: — Да что вы, милая, неужто я буду заставлять даму жевать доллары? Это вам за удачное выступление, суньте в кармашек...— Он сам затолкал в карман оцепеневшей Нике кредитку, повернулся к залу и громко воззвал: — Синьор муж, можете встать и громко изложить ваши впечатления либо пожелания нашей влюбленной паре. Пр-рошу!

Вадим вскочил и, ненавидяще уставясь на Эмиля, закричал:

— Ну что ж ты стоишь, влюбленный пингвин? Не стой, спасай ненаглядную! Ты ж у нас, говорят, Негрошварцер! Начинай их метелить!

Эмиль молчал, ответив столь же неприязненным взглядом.

— Он умный,— сказал комендант.— Прекрасно понимает, что в нем наделают кучу дырок, прежде чем успеет кого-то достать... Вы, синьор муж, слегка перегнули палку. Я просил критиковать, а не злорадствовать... Можете сесть. Музыка!

Гейнц заиграл марш Мендельсона.

— Стоп! — махнул рукой комендант.— Итак... Будь у меня этакое грязненькое воображение, я бы устроил прямо на сцене венчание — новобрачному повязал бы на полосатку галстук, невесте, соответственно, надел бы на голову фату. А потом приказал бы прямо у рампы изобразить брачную ночь... Но я не любитель грязных сцен, все, что я до сих пор режиссировал, было продиктовано не грязным подсознанием, а интересами дела. Но обязан же я как-то реагировать на столь значительное событие нашей бедной эмоциями жизни, каковой является столь внезапно обнаружившаяся беззаконная любовь? Обязан, я вас спрашиваю? Перед нами — жестоко обманутый в лучших чувствах муж, что бы там насчет него ни говорилось, а он как-никак законный... Киндер, кирхен, кюхе, как выражались классики жанра... Ну, мальчики, пошли!

Он воздел над головой обе руки и звонко щелкнул пальцами. Из-за матерчатого задника прямо-таки хлынули люди — мелькали черные рубашки и белые повязки капо. Эмиль, не успев и пошевелиться, получил сзади ребром ладони по шее, на него с Никой мгновенно навалились, вывернули руки, сковали наручниками, связали ноги. Судя по нереальной, молниеносной слаженности, все было задумано и спланировано заранее. Прошло, казалось, всего несколько секунд, а Гейнц уже вскочил на сцену, с грохотом опустив перед собой скамью, на нее четкими рывками вскинули и поставили, удерживая, Эмиля с Никой, из-за левой кулисы упали две тонких веревки, заканчивавшиеся петлями. Еще миг — и петли у них на шее, под потолком, оказалось, были привинчены блоки, веревки заранее пропустили сквозь них и закрепили концы так, что их не было видно...

— Отпустите их, отпустите,— почти ласково произнес комендант.— Они уже оклемались. Прекрасно соображают, что если начнут брыкаться или спрыгнут, повиснут, как миленькие... Закрепили концы?

— Яволь, герр штандартенфюрер!

Эмиль с Никой и в самом деле застыли, как вкопанные — свободные концы веревок, уходившие за кулисы справа, были натянуты, как струнки, и петли должны ощутимо впиваться в глотки...

— Порок должен быть непременно наказуем,— протянул комендант.— Сердце у меня обливается кровью, когда я вижу горестное лицо обманутого в лучших чувствах мужа, не ожидавшего столь утонченной подлости от любимой жены и лучшего друга-компаньона. Тем не менее пользуюсь случаем заметить: эта печальная история, на мой взгляд, прекрасно иллюстрирует ваши новорусские нравы. Ну ладно, не будем морализировать... Господин Баскаков, мой бедный рогоносец, пожалуйте на сцену! Живенько, ножками, не стесняйтесь!

Вадим поплелся под яркий свет — на сцене, как ей и полагается, было гораздо светлее, чем в зале. Комендант взял его за локоть и трагическим шепотом — но так, что слышно было, несомненно, в самых дальних уголках — вопросил:

— Мой бедный друг, вам очень хочется отвесить этой поганой скамеечке хорошего пинка? Если хочется, вы только намекните вашему приятелю сатане... Дело-то напрочь житейское. Ну, не стесняйтесь, дружище.

Ника с Эмилем стояли к нему спинами, и Вадим не видел их лиц. Слышал только, как она охнула от ужаса, но жалости не было ни на грош...

— Ну что, хочется? Не стесняйтесь перед вашим другом...

Вадим что-то пробормотал.

— Не слышу? Хочется или нет?

— Хочется!!! — рявкнул но, вложив в этот вопль боль и стыд от всего здесь пережитого.

— Решительный вы мой... Ну так что же вы стоите? Дайте-ка скамеечке хорошего пинка. Боже упаси, я вас никоим образом не принуждаю и не собираюсь принуждать. Сами подумайте: ни одна живая душа не узнает.— Его голос был невероятно родным, милым, участливым, комендант искренне сокрушался вместе с ним, полное впечатление.— Или вы извращенец, и вам приятно вспоминать, как этот обманувший ваше доверие тип дрючил вашу женушку вдоль, поперек и всяко?

Что-то оборвалось в нем. С коротким рычанием он перенес всю тяжесть тела на левую ногу, а потом что было сил оттолкнул скамейку правой, вложив в этот порыв всю ненависть и отвращение не только к Эмилю с Никой, но и ко всему окружающему...

Короткий придушенный крик оборвался хрипом, связанные обрушились вниз... и с жутким стуком растянулись на полу у ног Вадима, содрогаясь в корчах, хрипя. На них упали свободные концы веревок.

— Разыграли, разыграли! — весело вопил комендант, прыгая вокруг оцепеневшего Вадима.— Обманули дурака на четыре кулака, а на пятый кулак сам и вышел дурак! Уау! — заорал он Вадиму прямо в ухо.— Ну неужели ты мог подумать, засранец, что я в моем лагере позволю кому-то постороннему, твари полосатой, вешать моих дорогих кацетников самолично? А вот те хрен!

Эмиля с Никой уже поднимали, освобождали от наручников и веревок. Вадим отвернулся, боясь увидеть их лица, заткнул уши, но истерические рыдания Ники все равно сверлили мозг. Не было ни чувств, ни эмоций — лишь страстно хотелось оказаться где-то далеко отсюда.

— Силен мужик! — похлопал его по плечу комендант.— Хвалю! Не каждый сможет этак вот — родную бабу... На вот, вкусная шоколадка,— сунул он Вадиму в ладонь скользковатый пакетик.— Ну-ка, мальчики, поприветствуем героя!

Со всех концов сцены, где располагались эсэсовцы, донеслось:

— Хох! Хох! Хох!

— А теперь шагай в зал, козел позорный, шагай,— подтолкнул его комендант.— Глаза б мои на тебя не глядели... И этих гоните в зал, по рожам видно, оклемались... Переживут, не баре, не размокнут, не сахарные...— Он повысил голос: — Гейнц! Гоните-ка это быдло по баракам, надоели они мне, нам еще сегодня работать и работать...

ГЛАВА ТРИНАДЦАТАЯ

Все гениальное...

Возвращаясь в барак, Вадим два раза получил прикладом по пояснице, потому что откровенно замедлял шаг, справедливо предвидя новые жизненные сложности. Нехитрое предчувствие не обмануло — едва вошли, едва затихли на улице шаги охранника, Эмиль развернулся в его сторону с самым недвусмысленным выражением лица — Вадим проворно попятился,— стал надвигаться, профессионально приняв какую-то хитрую стойку, цедя сквозь зубы:

— Вешатель, говоришь? Ну, иди сюда, гандон...

— Бей его! — истерически подначивала Ника, придвигаясь с другой стороны с растопыренными коготками.— Бей так, чтобы...

— Сами хороши...— огрызнулся Вадим, пятясь в угол, отчетливо сознавая, что шансов у него никаких.— За моей спиной...

— Цыц! — возник между ними Синий, чуть присел, выставив перед собой смахивающий на шило ножик.— А ну-ка, завязали с семейными разборками! Гришан, кому говорю?! Времечко настало!

Поразительно, но от этих слов Эмиль мгновенно остыл, замер в нелепой позе, а там и опустил руки. Вадим успел мимоходом удивиться: откуда эта каторжная морда знает прежнее Эмилево имечко?

И тут же ему стало не до пустяков. Как и всем прочим.

— Свет погаси в темпе, а то еще нагрянут,— бросил Синий Братку, и, прежде чем тот успел добежать до выключателя, произнес спокойно, жестко: — Ну вот что, кончайте выдрючиваться, начинается побег...

Свет погас, но стало не особенно и темнее — полная луна заливала барак молочно-бледным сиянием.

— Не нравится мне эта иллюминация...— в сердцах сказал Синий.— Но делать нечего. Сейчас часа три ночи, подождем минут десять, пока свободные от вахты вертухаи завалятся спать,— и вперед.

— Ты бы...— начал было Борман.

— Захлопнись и слушай,— оборвал Синий.— Все слушайте внимательно, головы на кону... Диспозиция такова: вода — отличный проводник липездричества. Нужно будет подбежать к проволоке с полным ведром и выплеснуть ее так, чтобы намочила все рядки — в темноте ведь не разберешь, который из них подключен, посему оросить нужно все — и аккуратненько стекла по столбу наземь. Если все проделать верно — моментально выбьет фазу. То есть свет повсюду погаснет и проволока, понятно, обесточится. Починить будет нетрудно, процедурка нехитрая, но пока они разбудят электрика и он добежит, пока исправит там все, мы успеем... Когда коротнет, особо назначенный человек колом шарахнет по проволоке. Даже если не порвет все рядки, проволоку сорвет с креплений, можно будет пролезть. Тот, кто хочет жить,— пролезет. Подумаешь, ручки поцарапает... Не смертельно. Главное — глаза беречь. Ведер там, в мусоре, штуки три, я специально присматривался. Воды навалом. Заместо тарана сойдет любое полено,— он показал на подпорки нар, повернулся к Братку: — Выломай-ка мне одну, щегол... Ту вон, у окна, чтобы подраненный с нар не ляпнулся... Что стоишь?

Браток кинулся к указанной подпорке, толщиной с мужскую ногу и длиной не менее полуметра. Ухватил ее у самого пола, напрягся, рванул, от натуги оглушительно испортив воздух. Раздался пронзительный треск и скрежет, все инстинктивно втянули головы в плечи.

— Во! — Браток выпрямился, взмахнул импровизированной дубиной, примеряясь.

— Здоровый лось,— одобрил Синий.— Ты и будешь лупить по колючке. Два-три верхних ряда не рви, нет смысла...

— Да понял, понял! — Браток нетерпеливо переминался с ноги на ногу.— Сделаем!

— А ведро, такое у меня мнение, будет держать наш лягавый,— распорядился Синий.— Мужик ты здоровый, говорят, до сих пор, чтобы пузо не росло и девки не кривились, спортами и самбами занимаешься, реакция есть, глазомер тоже... Усек?

Борман, ввиду важности момента даже не обидевшийся на «лягавого», протянул:

— Вообще-то, авантюра чистейшей воды... Хотя и неглупо...

— Предложи идею получше,— отмахнулся Синий.— Нету? Тогда не скули. Другого плана, как ни ломай мозги, не выродишь. Терять нам совершенно нечего.

— А потом? — спросил Борман.

— А потом — все дружненько и весело чешут в тайгу, и тут уж каждый сам за себя. Кому как повезет.

— Там же датчики...

— Да помню я,— сказал Синий.— И автомат у них есть, на вышке у ворот. Времени у нас, считайте, почти что и нету — палить они начнут сразу, хоть и вслепую. Ну, не сразу, секунд десять пройдет или там двадцать... А какая разница? Все равно всем крышка. Уговаривать никого не собираюсь. Времени жалко. Есть тут такие, что откажутся?

Стояла тишина.

— Цыпленки тоже хочут жить...— фыркнул Синий.— Лось, ты полено пока что положи, время есть...

Он подошел к двери, прислушался, бесшумно выскользнул наружу и вскоре вернулся со ржавым вместительным ведром. Старательно зачерпнул воды, протянул Борману:

— Порепетируй. Во-он в тот угол...

Борман, бережно держа ведро перед собой, примерился. Широко размахнулся. Послышался шлепок, по облупившейся известке потянулась темная, влажная полоса, очень быстро достигшая пола.

— Получается,— радостно констатировал Синий.— Ну-ка, еще разок попробуй. О-па! Будто всю жизнь с ведрами бегал... Порядок такой: лягавый с ведром и лось с поленом бегут впереди и действуют, как я им объяснял. Следом двигаюсь я с запасным ведром, если что — сразу тебе его подаю. За мной бабы, которые дамы. Гришан и этот,— он кивнул на Вадима,— замыкают процессию, зорко глядя по сторонам, не появится ли непрошеный свидетель.

— А если появится? — спросил Вадим.

— Так и доложишь,— хмыкнул Синий.— Поскольку больше все равно ничего сделать нельзя... Уяснили? Кто-то что-то не понял? Ну, коли все молчат, наливаем ведра, присядем перед дорожкой — и айда...

И тут, как в кошмарном сне, на веранде застучали шаги. Никто не произнес ни слова, не шелохнулся, все застыли, словно в финальной сцене «Ревизора».

Темная фигура, возникшая на пороге, уверенно потянулась левой рукой к выключателю. Загорелся тусклый свет. В проеме стоял Василюк, поигрывая дубинкой, слегка пошатываясь. С первого взгляда видно — вчерашнее веселье бурно продолжается...

Василюк недоуменно вертел головой. Пожал плечами:

— А ведро у вас зачем? Что творится?

— Лагерные игры после отбоя, герр капо! — наконец нашелся Синий.— Насколько я помню, уставами не запрещено...

— Не запрещено? — Василюк подумал, рыгнул.— Игры, игры, после отбоя... После отбоя! А что полагается делать после отбоя? Спать. Сном греховодников.— Он помахал рукой, словно отгонял курицу: — А ну-ка, отошли... Пр-ро-инспектируем...

Они медленно отступили к окну. Василюк прошел в барак, в классическом стиле Элвиса покачивая бедрами и хлопая себя ладонями по коленкам. Изображал какие-то джазовые примочки, надо полагать.

— О, чаттануга, пара-бамба-бамба-йе-йе... Смирно, твари!

Они стояли, замерев. Придвинув ногой стул, Василюк неуклюже на него плюхнулся, вытащил сигареты, с третьей попытки угодил кончиком в пламя зажигалки. Сделал пару затяжек, принял самую вальяжную позу, какую только позволял дрянненький старомодный стул. И затянул наставительно:

— Вы знаете, твари, за что вас ненавидит всякий интеллигентный человек? За то, что вы все опошлили... и украли победу. Пока мы свергали эту сраную Советскую власть, пока мы ломали хребет КПСС, вы все сидели по своим норкам, а потом вдруг выползли в одночасье — и начали грабить, хомяки, защеканцы... Мы, между прочим, боролись не за вас, а за свободу и демократию... И откуда вы только взялись, паскуды... Кто вам дал п-право красть у нас победу? Разве мы для вас старались?

Его слушали, потому что больше ничего другого не оставалось. Была зыбкая надежда, что уйдет к чертовой матери, как только потянет выпить еще. Но шли томительные минуты, а он сидел прочно, как гвоздь в доске, обвиняя и обличая, как меж такими водится, от имени «всей российской интеллигенции» и «всех порядочных людей». Не похоже, чтобы собирался уходить.

— Как об стенку горох,— грустно констатировал в конце концов капо.— Что и следовало ожидать. А выгоню-ка я вас сейчас, скоты, на аппель, помаршируете пару часиков...

Вадим расслышал рядом обращенный к Эмилю шепот Синего:

— Как только кинусь — бей по свету. Потом держи ноги...

Несмотря на дикое напряжение, Вадим едва не расхохотался — чернявый педераст покачивался на стуле, разглагольствовал, как тетерев на току, даже не допуская мысли, что сейчас его будут кончать...

Синий метнулся неожиданно, как стрела. У Василюка еще хватило времени измениться в лице, опустить руку к кобуре, а больше он ничего не успел — Синий обрушился на него, шумно свалил на пол вместе со стулом, навалился, прижал к полу, и тут же погас свет.

— Ноги! — хрипел Синий, бешено работая локтями.

Раздался жуткий хрип. Эмиль навалился на брыкающиеся ноги капо, всем телом придавливая их к полу. Василюк хрипел и булькал, пару раз прямо-таки подбросил Синего в воздух. Но очень быстро хрип стал глохнуть, дерганья прекратились, пошли кишечные газы, завоняло.

Синий еще какое-то время подпрыгивал на нем, дергая локтями, потом убрал руки, пригляделся и встал:

— Звиздец активисту...— нагнулся, снял с пояса у трупа револьвер и дубинку, обернулся: —

Все, орлы. Пора срываться. Еще искать начнут гада... Набирай воду, генерал, живенько! Все помнят расклад? Пошли аккуратно...

— Мужики...— послышалось с нар.

Доцент, доселе не подававший признаков жизни, так что все о нем начисто забыли, приподнялся на локтях.

В лунном свете видно было, что по лицу у него текут слезы, а лицо искажено сумасшедшей надеждой. Он, конечно же, понимал, что никто его на себе не потащит, но надеялся на чудо, потому что больше не на что было надеяться. Тихо повторил:

— Мужики...

— Ну что уж тут...— негромко сказал Синий.— Ну, коли уж так... Судьба.— Он выдвинул барабан здоровенного «Айсберга», оглядел кругленькую обойму, подцепив ее ногтем.— Пульки резиновые. Если прижать к виску и нажать — будет то же самое, что и свинцовые девять грамм. Ничего лучше не придумаешь...— Он перегнулся на нары и положил револьвер рядом с Доцентом.— Только прошу тебя, как человека — погоди немного, а? Пока мы там все провернем. И все кончится. Все... Как человека прошу, не спеши...

И отвернулся к двери, махнул рукой. Остальные гуськом, стараясь ступать бесшумно, вышли следом за ним на веранду. На небе не было ни облачка, сияла луна, густые черные тени ближайших бараков кое-где накрыли проволоку и протянулись за ограду, заканчиваясь уже на свободе.

— Хорошо-то как,— прошептал Синий.— Удачно. В тени как раз и подойдем, во-он туда... Ну, живо!

Вокруг стояла совершеннейшая тишина без малейших признаков жизни. Цепочкой они перебежали неширокое открытое пространство, укрылись в тени последнего барака. Теперь от проволоки их отделяло метров тридцать. Тишина по-прежнему окутывала лагерь, возле ворот ослепительно сиял прожектор, направленный на них с вышки,— а больше электричество нигде не горело, и слышно было, как в тайге пронзительно, скрипуче, ритмично вскрикивает какая-то ночная птица.

— Все всё помнят? — в десятый раз спросил Синий.— По счету «три» лягаш с лосем — на рывок, остальные следом... Раз... два... три!

Вадим прекрасно понимал, что настала пора действовать,— и знал, что другого шанса у него не будет. Мимо него пробежали все до единого, зачем-то пригибаясь,— и тогда он вспугнутым зайцем помчался направо, вдоль барака, выскочил в неширокую полосу белесого лунного сияния, вновь нырнул во мрак, уже не владея собой,— разум подсказывал, что лучше перебежками, а ноги сами несли к клубу, так, словно собирались выпрыгнуть из-под задницы и мчаться самостоятельно...

Сзади послышался громкий, нелюдской треск. Вадим краем глаза отметил высокую, пронзительно-синюю вспышку, не вытерпел, оглянулся на бегу. Еще вспышка, поменьше, чей-то отчаянный, тут же захлебнувшийся вопль — так орут в смертный час — и у ворот откликнулся громоподобным лаем кавказец, но прожектор погас, погас, погас!

Когда он подбегал к четко выделявшейся на фоне белой стены двери клуба, у ворот неуверенно трататахнул автомат. После секундной паузы раздалась уже длиннющая, на полмагазина, очередь. На ее фоне оглушительно бухнули ружейные выстрелы. Снова чей-то пронзительный вопль...

Но он уже приоткрыл дверь, сообразив все же, что сделать это надо осторожненько, тихонечко, ужом проскользнул внутрь, прикрыл глаза, чтобы они привыкли к здешнему мраку...

И полетел на пол от сильного толчка. За спиной скрипнула дверь, ворвалась полоса лунного света, тут же заслоненная шевелящимися тенями.

Он не успел испугаться — его тут же вздернули с пола, сжав глотку, в щеку уперлось что-то узкое, острое, над самым ухом яростно зашипел Синий:

— Где ход, паскуда? Глаза выткну! Где ход?

Сжимавшая горло пятерня разжалась.

— Ход где, пидер?

— Сейчас...— простонал Вадим, жадно глотая воздух.— Покажу...

Он уже видел, что вбежавших следом несколько.

— Живо!

Снаружи все еще грохотали выстрелы, временами длинно трещал автомат. Вадим бросился в угол, налетел боком на груду скамеек, не чувствуя боли, пнул по доске. В руке Синего вспыхнула зажигалка. Трясущимися руками Вадим отжал рукоятку вниз, до упора, чувствуя на затылке горячее дыхание, зашептал:

— Сейчас, сейчас...

Полностью присутствия духа он не потерял и собирался сделать все, чтобы его здесь «случайно» не забыли. Вставил доску на место, нагнулся, рывком запустил ладонь в щель, отвалил люк — и первым прыгнул вниз, в сырую темноту, спиной и задницей ударился о ступеньки и съехал по ним в подземный ход. Над головой вспыхнул колышущийся огонек зажигалки, застучали по ступенькам подошвы грубых ботинок.

Отскочив подальше, Вадим прижался к влажной стене. Вверху бухнула крышка люка, звонко защелкнулась пружина. Невысокий синий огонек, оказавшись в узком пространстве, осветил все вокруг примерно на метр. Теперь Вадим мог рассмотреть, что с Синим — Эмиль и Ника. Крышка люка словно бы напрочь отсекла все доносившиеся снаружи звуки. Синий кривился в жутковатой улыбке:

— Ах ты ж, сучонок... Великий комбинатор... Хитрожопый ты наш... Чего удумал, о чем молчал...

— Не подходи! — взвизгнул Вадим, вжимаясь в стену.

Огонек вдруг погас, Вадим ослеп. Тут же раздался шорох, к нему кто-то метнулся. Синий зашипел в ухо:

— Молчи, сука, не трону... Где кончается ход?

— В кухне,— прошептал Вадим.— В уголке, совершенно незаметно, если не знать...

Синий, вновь щелкнув зажигалкой, кинулся вперед, в конец хода. Послышался его приглушенный радостный вскрик:

— Все вроде в порядке...

Потом раздался тихий скрежет, пахнуло сквознячком. Тут же крышка упала, Синий вернулся бегом, возбужденным, горячечным шепотом сообщил:

— Тишина... И в самом деле кухня... Удалось, блядь, удалось, удалось, еще поживем... Посидим, подождем, пока кончится беготня, все равно решат, что мы уже по тайге драпаем, ни одна сука не почешется... Ах ты, сучонок, как же я чисто тебя вычислил... Я-то думал сначала, что ты такой спокойный оттого, что стукач, потом вспомнил: как-то странно ты исчезаешь и вовсе непонятно куда, и несет от тебя потом водкой и бабой, да вольной бабой, надушенной... И шел ты вовсе не от ворот — через ворота и в хорошие времена не выпускали... Шел ты совсем с другой стороны... Перезвиздели с Гришаном, Гришан тоже краем уха что-то такое слышал, насчет потайного хода... Вот мы с ним на пару и смекнули...— Он застонал от избытка чувств.— И не прошиблись, крестьяне, в точку...

Вадим немного успокоился, видя, что пока его не собираются уродовать. Спросил быстро:

— Что там?

— А полный успех,— тем же горячечным, отрешенным шепотом откликнулся Синий, словно в бреду.— Только вот мента нашего сразу током дернуло, скаканул ток по воде — и прямиком в ведро, оно ж железное, так что мусорок откинул ласты. Ладно, я ему шанс давал, плеснул бы малость порезвее, мог и выжить, такая у него была гнилая фортуна... Ну, лось махом снес пару рядков...— Он захлебывался, голос звучал весело, без малейшей враждебности, Синий приглашал абсолютно всех порадоваться своей хватке, мозгам и везучести.— Народишко, то бишь лось с той бабой, дружно ломанулся в дыру, тут пошла пальба, кого-то из них срезали, кто-то второй вроде бы и юркнул в лес, но дальше уж мы это кино не глядели, побежали за тобой. Решили, так оно надежнее. И правы оказались. Сейчас вертухаи начнут рыскать по лесу возле дырки, а сюда ни одна падла сунуться не догадается... Но ты гад...— протянул он со смешанным чувством восхищения и злобы.— Молчал и отсиживался, ловил момент...

— У каждого был шанс,— сказал Вадим, совсем успокоившись.

— Оно-то так... А если бы я не толкнул идею? Смылся бы один-одинешенек...

— А ты на моем месте что бы сделал? — спросил Вадим.— Ты мне брат? Или сват? Или отец родной?

— Ну, вообще-то, каждый и впрямь за себя...— протянул Синий без прежнего напора.— Так уж оно исстари... Умри ты сегодня, а я завтра... Но ты ж женушку бросил, кента бросил...

— После того, как они мне этакий сюрпризец преподнесли? — фыркнул Вадим.

Слава богу, теперь у него было надежнейшее оправдание...

— Тонкая ты у нас натура...— сказал Синий.— Ладно. Что будем делать? С одной стороны, надо бы посидеть часок, а с другой... Невтерпеж.

— Что, если кто-то все же ушел? — вслух предположил Вадим.— Даже если один-единственный... Собачка у них вряд ли ходит по следу, да и трудновато будет ловить кого-то ночью по чащобе... Я бы на их месте начал тут же, в хорошем темпе, сворачивать лагерь. Закрывать заведение. Понимаешь, про что я?

— Понимаю,— хмыкнул Синий.

— Действительно,— мрачно сказал Эмиль.— Даже если до ближайшего цивилизованного жилья путь неблизкий — все равно в этом их сучьем деле лучше перестраховаться.

— Знаете, что я думаю? — спросил Вадим, полностью овладев собой и совершенно успокоившись.— По-моему, первой скрипкой тут вовсе не комендант. И вполне может оказаться, что меньшая часть «черных» большую часть живенько отправит на тот свет, когда все будет кончено.

— А что, убедительно,— подумав, согласился Синий.— Игра с болваном, или побег с «коровой»... Та же механика. Умный ты у нас, мудило, убивать пора... Не ссы, шучу. Хотя, как Гришан решит. Гришан, что думаешь?

— Я с ним потом поговорю,— почти спокойно откликнулся Эмиль.

— Ну, тады живи,— заключил Синий. Наугад, впотьмах ткнул Вадима кулаком под ребра.— Это же мой земеля, понял? Мы с Гришаном из одной деревни, сто лет не виделись, он пошел по вольным далям, я — по «хозяевам», и тут вдруг пересеклись. Чего только в жизни не бывает... Узнали друг друга, вспомнили детство золотое, а потом начали на пару за тобой присматривать и ломать голову, отчего ты такой спокойный, поспокойнее многих прочих, откуда ты возвращался и где мог бабу трахать. Когда прокачали все варианты, сошлись на одном: есть какой-то ход. Жизнь меня кой-чему научила, сообразил: на что-то ты, гад, крепко надеешься, нет в тебе всеобщей безысходности...— Он хрипло рассмеялся.— Безысходности нет потому, что есть ход... Каламбур сочинился, надо же.

— Семеныч,— позвал Эмиль.— Может, двинемся в кухню? Осмотримся, наберем припасов — и в тайгу? Скоро начнет светать. И если они в самом деле будут сворачивать табор, могут запалить все бараки ради пущей надежности...

— Точно,— отозвался Синий, щелкнул зажигалкой.— Пошли.

ГЛАВА ЧЕТЫРНАДЦАТАЯ

В пещере Аладдина

Синий погасил зажигалку, приподнял крышку, высунул голову наружу и долго прислушивался. Потом бросил через плечо:

— Вылезайте. Если что, успеем назад нырнуть...

Выбрался наружу, прижался к стене возле высокого окна — из-за лунного света в обширном помещении было не так уж и темно, снаружи могли разглядеть шныряющего открыто человека.

Следом вылезли все остальные, встали в тесном проходике меж двумя громоздкими шкафами. Прислушались.

В бараках, где обитали комендант и охранники — бараки эти были совсем рядом, метрах в тридцати,— не горела ни одна лампочка. И было тихо. В противоположной стороне, у лагерных ворот, слышалась какая-то суета, собачий лай и непонятные стуки — но выстрелы стихли.

— А ну-ка, с богом...— прошептал Синий.

В два счета разувшись, на цыпочках пробежал к двери — короткими перебежками, замирая всякий раз в полосах мрака и чутко прислушиваясь. Вернулся, зашептал радостно:

— По-прежнему везет. Замок изнутри открывается. Только надо набрать хаванинки. А вот одежда тут вряд ли отыщется...

— Я там видел ватники,— показал Вадим.— За той дверью — каморка с несъедобным барахлом.

— Освоился ты тут, хитрован...— Синий решился.— Пошли, глянем. Благо дверца незаперта, словно у них уж коммунизм наступил согласно теоретикам жанра...

Благодаря имевшемуся в каморке окну без труда удалось разглядеть, что внутри и в самом деле — исключительно несъедобное барахло: груда каких-то запчастей в солидоле, упаковки с ружейными патронами (но не видно ни единого ружья), фонари и батарейки, две собачьих цепи, алюминиевые фляги, пара ящиков с плотницким инструментом и тому подобные сокровища, бесполезные для беглецов. Разве что фонарики могли пригодиться. В углу, на полках из необструганных досок, лежала груда новехоньких пятнистых бушлатов с воротниками из искусственного меха.

— Ага,— сказал Синий, напяливая первый подвернувшийся.— Это они, определенно, к зиме готовились загодя — у немцев-то на зиму ничего не было, кроме шинелишек, а здешние вертухаи, надо полагать, в шинелишках мерзнуть не хотели... Напяливайте быстренько, ночью в лесу зябковато.

Бушлат приятно пах свежестью — лишь теперь, натянув его, Вадим в полной мере осознал, как воняет загаженная полосатая одежонка.

— Сапоги бы где найти...— сказал Синий, тихонько закрывая кладовушку.— Вон сумка подходящая, а вон там, без подсказок вижу, найдется хорошая жратва...

Он распахнул дверцу высоченного общепитовского холодильника, удовлетворенно причмокнул и начал бросать в матерчатую сумку все без разбора — колбасы, ветчину в вакуумной упаковке, консервные банки, прозрачные мешочки с конфетами. Хватал с соседних полок блоки сигарет. Сунул в боковые карманы бушлата две пузатые бутылки коньяка, шепотком наставляя:

— Карманы, карманы набивайте, неизвестно еще, сколько будем по чащобе болтаться... Бля, где ж открывалка? Консервов до черта, а открывалки не видно...

— Вон там всякие причиндалы,— показал Вадим.— Кухонные ножи, открывашки...

— Ножи — это хорошо, надо прихватить...

После жизни на положении взаправдашних узников концлагеря, пусть и недолгой, обширная кухня с ее немудрящим добром казалась форменной пещерой Аладдина. Окончательно освоившись здесь, отбросив излишнюю осторожность, они на цыпочках перемещались из угла в угол, и сумка, и карманы раздувались от добычи: еда! табак! ножи! фонари! Даже робевшая поначалу угрюмая Ника понемногу втянулась в охоту за сокровищами.

Замок на входной двери громко щелкнул в самый разгар потаенного грабежа — они все еще шатались по кухне, не в силах остановиться.

Застыли, как вкопанные. Синий показал подбородком:

— Туда...

Кинулись на цыпочках в угол, где можно было надежно укрыться за огромным шкафом, набитым крупами, макаронами и пластиковыми бутылками с минералкой. Кто-то из них впотьмах оступился, подошва громко стукнула по полу.

Синий прижался спиной к боковине шкафа, стиснув широкий, длиннющий кухонный нож. Дверь распахнулась и тут же громко захлопнулась за вошедшим. Белый луч сильного фонаря прошелся по кухне крест-накрест, выхватывая из полутьмы самые неожиданные предметы. Задержался на распахнутой дверце холодильника. До двери от их укрытия было не так уж и далеко, метров пять... Вадим беззвучно толкнул Синего в плечо указательным пальцем, потом многозначительно провел им по горлу. Синий прижал палец к губам, поднял нож повыше, сгруппировался...

И тут от двери послышался насквозь знакомый, визгливый, сварливый, исполненный гнусненького охотничьего азарта голос тетки Эльзы:

— Ку-ку, соколики! Застукала!

Сердце превратилось в застывший комочек чего-то полужидкого. Вадим едва не заорал во весь голос. А тетка Эльза продолжала — медленно, с расстановкой, сладострастно:

— Вилли, бесстыжие твои глаза, я ж знаю, что ты там окопался! А кто с тобой? Ганс, поди? Я давненько поняла, что вы, умельцы, ключи подобрали! Коньячок-то убывает... Хоть и понемножку. Ох, пора доложить герру коменданту... Тревога в лагере, а они под шумок по ящикам лазят... Выходите оба, все равно мимо меня не прошмыгнете! Ку-ку! Я иду искать, кто не спрятался, я не виновата...

И зашаркали грузные шаги. Луч сильного фонарика метался вправо-влево, тетка Эльза приговаривала:

— Цып-цып-цып... Ни стыда у вас, ни совести, там побег, а они вместо...

Синий прянул из-за шкафа, занеся нож. До Вадима донеслось короткое оханье, секундная возня, потом нечто тяжелое грянулось об пол так, что от сотрясения приоткрылась хлипкая фанерная дверца ближайшего шкафа. Луч фонарика описал кривую, кувыркнулся. Погас. Потом послышался голос Синего:

— Амба...

Они решились высунуться. Удивительно, но она уже не шевелилась, распласталась, разбросав руки, в пронзительной тишине слышался тоненький плеск, хлюпанье, и в бледной полосе лунного света ширилось темное пятно. Лицо, слава Богу, было в темноте... Синий сквозь зубы процедил:

— Сидел со мной один урюк, у которого дедушка басмачил. Научил, как это делается по-басмачьи — кончиком в сонную артерию — и прощай...— он нагнулся, вытянул из кобуры на поясе поварихи наган, сноровисто высыпал на ладонь патроны.— Мать моя, вся семерочка! Ну, теперь будет чем разобраться с нашим Мерзенбургом... С ножиком и пытаться было нечего, а так...

— Семеныч, ты что? — встревоженно спросил Эмиль.— Умом поехал? Их там до черта...

— Гришан, я ж тебя с собой не зову,— оскалился он в лунном свете.— Подавайся до лесу, твое дело. Но лично я тут кое-кого в суматохе уррою... Держи сумарь. Пора на вольный воздух, а то еще возьмутся искать эту суку, да и свет могут наладить...

— Семеныч...

— Все, проехали,— бросил Синий.— Тебе во-он в ту сторону, там лесок погуще, согласись. Как говорят в штатовских фильмах, это моя проблема. Рвем!

Он первым пробежал на цыпочках к двери, мимоходом лихо перепрыгнув через бывшую тетку Эльзу, как через бревно, на волосок приоткрыл дверь — хорошо смазанные петли не издали ни звука,— посмотрел в щель, распахнул пошире, выскользнул на крыльцо. Следом выбежали остальные.

Вадима пронзило ни с чем не сравнимое ощущение с в о б о д ы — сумасшедшее, пьянящее, кружившее голову. Свобода! Некий бесконечный миг все четверо неуклюже топтались на крыльце — хлебнули столько горького, что от свободы форменным образом отвыкли. Вадим не мог знать, понятно, что чувствуют остальные, но у него самого промелькнула дурацкая мысль: «Мы ведь у капо разрешения не спросили...»

В лагере продолжалась шумная суета — лай собаки, резкие команды, истерические крики, но здесь царила лунная тишина, тени были нереально четкими, а небо уже начинало бледнеть, подергиваться утренней серостью. Кое-где меж деревьями невесомо проползали сырые полосы тумана, и это было, как во сне.

— Вам туда, мне туда,— показал рукой Синий.— Рвите когти, чижики...

Он, зачем-то пригибаясь, кинулся в избранном направлении...

И чуть ли не нос к носу столкнулся с вышедшим из-за угла барака верзилой.

Помповушку тот нес в руке за середину, как обычную палку. Вряд ли он успел испугаться, удивиться, что-то сообразить. Скорее всего, сработал рефлекс. Ружье взлетело вверх, на стволе промелькнул отблеск лунного сияния, и тут же Синий вскинул руку, выстрелы затрещали совсем не страшно, так, словно ломали сухие ветки — раз, два, три!

Верзила — кажется, Ганс-Чубайс — обрушился на землю как-то совсем не по-человечески, подсеченным манекеном, грянулся так, что, показалось, сотряслась земля. И больше не шевелился.

В следующий миг все смешалось, замелькало, спуталось. Со стороны дальнего барака бесконечной чередой затрещали пистолетные выстрелы — и Синий, нелепо взмахнув руками, подпрыгнув, упал, будто поскользнулся на гладком льду. Наган мелькнул в воздухе, отлетел. На веранде барака все еще мелькали промельки частых выстрелов, что-то вжикнуло над головой.

Оттолкнув Вадима, мимо пронесся Эмиль, подхватил ружье и открыл бешеную пальбу, лихорадочно передергивал цевье. На веранде со страшным звоном вылетели стекла, брызнула щепа. Выстрелы враз умолкли.

В эти секунды неразберихи Вадим вдруг совершил нечто непонятное ему самому: бросился, подхватил упавший совсем рядом наган, но стрелять не стал, запихал его в карман бушлата.

— В лес! — прокричал Эмиль, выстрелил еще дважды, встряхнул ружье, будто надеялся, что после этого там откуда-то самым волшебным образом появятся новые патроны. Опомнившись, швырнул разряженную помповушку, бросился прочь, подталкивая Нику, пригибаясь.

Вадим кинулся следом. На веранде вновь захлопали выстрелы, но каким-то чутьем удалось сообразить, что они звучат совсем по-другому — стрелок бабахал в небо, укрывшись где-то в углу, вжавшись в пол...

Они достигли первых деревьев, окунулись в туман, миновали его, вновь оказались в молочно-сизой полосе, насыщенной загадочным лопочущим шорохом. Стреляют? Нет, это они сослепу налетали на сухие ветки, ломая их, царапая лица.

По щеке резануло так, что Вадим невольно взвыл. Наткнулся на стоящего неподвижно Эмиля.

— Стоять, сука! — прошипел тот, удерживая Нику.— Будем ломиться, как лоси, по звуку найдут... Тихо... Уходим вправо, шагом, шагом, осторожненько, а то глаза повыхлестываем к такой-то матери...

— Бежим...— по инерции прошептал Вадим.

— Куда ты побежишь? Тихо, говорю! Шагом!

Протестовало сознание, все тело, налитое до кончиков пальцев жаждой бешеного бега — но он остался на месте, увидев у самого лица сквозь туман широкое лезвие кухонного ножа. Ника всхлипнула, что-то неразборчиво пробормотала — ей тоже хотелось нестись сломя голову...

Сзади вспыхнул свет, показавшийся ослепительным сиянием почище атомного взрыва. Ага, наладили предохранители или что у них там полетело...

Свет не достигал беглецов — но видневшиеся в разрывах тумана бараки казались сотканными из ослепительного сияния. Захотелось закопаться в землю, чтобы вокруг была только непроницаемая чернота.

Под яростный шепот Эмиля они круто повернули вправо, шли гуськом, двигаясь невероятно медленно и сторожко, как слепцы. Руками отводили от лиц ветки с жесткими иголками, иногда под пальцами с хрустом переламывался тонкий сучок, звуки эти казались пушечным громом. Эмиль тогда ругался шепотом — а потом неожиданно приказал:

— Стоять!

Раздалась длиннющая автоматная очередь, превосходно слышно было, как пули чмокающе шлепают по стволам, срезают ветки. Автоматчик бил неприцельно, широким веером,— и Вадим со звериной радостью определил, что этот гад лупит по пустому месту, метрах в сорока левее от того дерева, где затаились они. Поливает наугад, стервенея от безнадежности своих усилий...

Потом раздались гулкие хлопки ружей — опять-таки далеко в стороне, картечь впустую дырявила туман, широким веером разлетаясь по лесу.

— Пошел! — Эмиль подтолкнул его кулаком в поясницу.

Вадим осторожно двинулся дальше, частенько спотыкаясь на толстых корнях, вытянув руки.

— Сумка где? — рявкнул на ухо Эмиль.

— Выронил где-то...— покаянно отозвался он.

— К-козел... Шагай!

Следом брела Ника, Эмиль замыкал шествие — а за спиной все еще грохотала остервенелая канонада, слева, вовсе уж далеко, по лесу заметались лучи фонарей, сквозь туман видневшиеся широкими расплывчатыми полосами.

У Вадима внезапно ушла из-под ног земля, сдавленно охнув, он провалился куда-то, треснувшись затылком, сполз на спине. Остался лежать, пытаясь рассмотреть хоть что-нибудь вокруг. Струившийся над головой туман слегка поредел — ага, нечто вроде узкого, глубокого оврага, дно усыпано окатанной крупной галькой.

— Что разлегся? — Эмиль чувствительно пнул его под ребро.— Вставай, пошли...

Он повернулся, подхватил осторожно спускавшуюся в овраг Нику. Тихо пояснил:

— Ручей. Давно уже высох,— и пошел направо, туда, где русло бывшего ручья поднималось в гору.

— Зачем? — не понял Вадим.

— Заберемся повыше. Скоро рассветет, осмотримся,— кинул Эмиль через плечо.— Шевели костями!

— Разорался, командир...

— Поговори у меня, сука! — Эмиль обернулся, перед глазами Вадима вновь тускло блеснуло лезвие кухонного тесака.— И по камням не шурши, по кромочке ступай...

Вадим потащился вверх, про себя обозвав спутника самыми неприглядными словами. Очень быстро он стал задыхаться — подъем становился все круче, бушлат казался невероятно тяжелым, пригибали к земле набитые разнообразными припасами карманы, наган обернулся пудовой гирей. Однако перевести дух никак не удавалось. Эмиль, замыкавший шествие, при малейших признаках задержки шепотом матерился, а то и тыкал в спину рукоятью ножа, хорошо хоть — не лезвием. Сам же — ах, как трогательно! — тихонько ободрял Нику, поддерживал под локти, в конце концов понес ее бушлат, кабальеро сраный.

В какой-то миг у Вадима возникла неплохая идея: а не уйти ли в одиночное плаванье? Выпрыгнуть из оврага и самостоятельно искать счастья? И пошли они к чертовой матери, ничем не обязан, рассуждая здраво...

Почему нет? Продуктов навалом, есть даже револьвер... Они люди взрослые, сами о себе позаботятся. Вот пусть и покажет, на что способен, таежник хренов, пусть героически волочет свою Джульетту на широком плече.

Однако по размышлении Вадим отказался от столь заманчивого плана. И превосходно знал, почему: он боялся остаться в тайге один. Боялся панически. Остаться одному было почему-то страшнее всего...

Часть вторая

МАРСИАНИН
НА ПЛАНЕТЕ ЗЕМЛЯ

ГЛАВА ПЕРВАЯ

Зеленое море тайги

Они поднимались и поднимались, брели сначала в тумане, молочно-сизой пеленой залившем, казалось, весь мир, брели, и под ногами хрустела крупная окатанная галька, косматые еловые лапы, неожиданно выныривая из мглы, стегали по лицу словно бы осмысленно и зло. Туман понемногу редел, истаивал. И было очень тихо, первобытно тихо — никаких звуков погони, ничего, свидетельствовавшего бы, что в тайге вообще есть жизнь.

Только однажды слева, не столь уж далеко, что-то шумно выдохнуло и метнулось в сторону. Ника замерла, и Вадим по инерции наткнулся на нее. Она моментально отшатнулась, будто не хотела к нему прикасаться. Прямо-таки сквозь него, как сквозь воздух, спросила у Эмиля:

— Медведь?

— Может, и медведь. А может, олень. Не бойся, медведи нынче сытые...

— Интересно, а он знает, что он сытый? — осведомилась она с нотками прежней капризности, той самой, изначально свойственной светским красавицам. Судя по этому тону, начинала понемногу ощущать себя по-настоящему свободной.

— Да глупости,— сказал Эмиль насколько мог беззаботнее.— У него сейчас столько жратвы вокруг... Не до тебя.

— Да, а вдруг шатун? Я про них читала...

— Будь он шатун, давно бы кинулся,— успокоил ее Эмиль.— Ну, пошли дальше...

Они двинулись по извилистой тропке, поднимавшейся вверх, проложенной кем-то в зарослях неизвестного Вадиму кустарника с крепкими, высокими, беловатыми ветвями. Листьев на них не было совсем.

— Похоже, места населенные,— сказал Вадим чуточку громче, чем следовало.— Кто-то тропу протоптал...

Ему, в сущности, хотелось этой репликой как бы закрепить себя в качестве полноправного члена махонького отряда, поскольку давно уже подметил, что к нему с момента с в о б о д ы стали относиться так, словно его и вовсе нет на свете. Ника вообще в упор не видела, а Эмиль если к нему и обращался, то исключительно ради того, чтобы с матом и оскорблениями гнать вперед.

Ну вот, снова... Эмиль бросил, даже не обернувшись в его сторону:

— Тропа-то звериная...

Туман растаял окончательно. Теперь было видно, что они достигли высшей точки — теперь, куда ни направляйся, будешь только спускаться.

— Привал,— объявил Эмиль.

Медленно опустился за землю, достал сигарету. Ника тут же устроилась рядом, прильнула к нему, положила голову на плечо, Эмиль приобнял ее одной рукой столь непринужденно и естественно, по-хозяйски, будто и был законным супругом, зато Вадим — не поймешь и кем, приблудышем...

Внутри все кипело, но он сдержался, сел неподалеку, зажег сигарету. Впереди, вокруг, куда ни глянь, вздымались пологие, заросшие сосняком вершины сопок, ближние — темно-зеленые, те, что подальше — туманно-синие, казавшиеся великанскими, плоскими декорациями, вырезанными из исполинской фанеры и поставленными рядком до горизонта. Ни малейшего следа присутствия земной цивилизации — ни дымка, ни самолета в небе, все, как десятки тысяч лет назад. Вокруг понемногу начинался разноголосый птичий щебет, небо совсем посветлело, но восходящее солнце заслоняли сопки.

— Концлагерь где-то там...— показал Эмиль Нике.

Она невольно передернулась:

— Куда ж теперь?

— Будем прикидывать,— раздумчиво сказал Эмиль.— Восток у нас примерно там, запад, соответственно, там... На север идти не стоит, там сплошное безлюдье, н а с т о я щ а я тайга начинается. Эрго: нужно держаться юга, юго-востока... Куда-нибудь да выйдем. Вообще-то, за этой сопочкой вполне может оказаться и город, типа Кедрогорска, и приличных размеров деревня — поди определи с этого места. Возле Шантарска тоже такие сопки есть, пока не перевалишь хребет, ни за что не догадаешься, что за ней — миллионный город...

— А они за нами не погонятся?

— Вот это вряд ли.— Эмиль мимолетно погладил ее по голове.— Тайга, малыш. Чтобы найти человека, дивизию нужно поднимать. А у них — ни собак, чтобы шли по следу, ни людей, ни времени. Проще свернуть лагерь и смыться.

— Мы выберемся?

— Ох, малыш...— Он рассмеялся, кажется, вполне искренне.— Мы ж не в Антарктиде. Еда есть, воду найдем, тут ручьи часто попадаются. Денек-другой придется идти, вот и все. Выдюжишь? Конечно, выдюжишь, ничего архисложного...

— Я же в походы ходила,— похвасталась она.— И в школе, и в институте. Даже значок есть.

— Молодец ты у меня...— Эмиль надолго приник лицом к ее щеке.

В общем, законного мужа и основного держателя акций фирмы здесь будто бы и не было. Непринужденные телячьи нежности происходили так, словно Вадим бесповоротно стал пустым местом. И он вновь подумал: что, если встать и шагнуть в тайгу? Уйти одному? Ведь бежать-то в одиночку собирался, и никакая тайга не пугала... В нагане еще патрона три, как минимум, медведи сытые, ноги не сбиты...

И вновь не мог себя заставить. Все изменилось. Раньше он был бы беглецом-одиночкой п о н е в о л е. Поскольку лучше было бежать в одиночку, нежели оставаться на нарах. А теперь он боялся остаться один. Боялся, и ничего тут не попишешь.

Он ощущал себя марсианином, вдруг оказавшимся на чужой планете. Все вокруг было ч у - ж о е. До сих пор тайга, чащоба, дебри были лишь декорацией для приятных пикничков хозяев жизни. Связь с привычной цивилизацией оставалась всегда и везде — либо машины, либо арендованный кораблик, либо снегоходы. Рядом всегда имелась обслуга: егеря, шофера, прочие мотористы и рулевые. В любой момент можно было в е р н у т ь с я. По большому счету, словно бы и не покидал города. Шантарск всего лишь раздвигался до немеряных пределов, и не более того.

Теперь все иначе. Он остался бы один-одинешенек. Один на один с этим необозримым зеленым морем — Ален Бомбар, бля... У Бомбара хоть компас был. А тут и компаса нет. И есть ли за сопкой человеческое жилье, еще неизвестно. Вряд ли.

Так что эти двое, без стеснения обнимавшиеся в метре от него, казались единственным шансом на спасение. В глубине души он чуточку презирал себя за то, что остался сидеть, не ушел в тайгу, но ничего не мог с собой поделать... В вовсе уж бездонных глубинах подсознания истошно вопил крохотный городской человечек, жесткий и уверенный в себе лишь на шумных улицах сибирского мегаполиса.

— Ох, Эмиль...

— Слушайте,— сказал Вадим сквозь зубы, не удержавшись.— Вы бы уж так нагло не обжимались... Я и обидеться могу.

Черт дернул за язык... Увидев бешеные глаза Эмиля, он поневоле вскочил, потянулся к карману. По-своему истолковав его движение, Эмиль рявкнул:

— За ножом, сука?!

Секунду они стояли друг против друга — потом словно вихрь налетел, Вадим оказался на земле, ничего не успев сообразить. Зато в следующий миг не осталось неясностей — когда грубый ботинок пару раз влепил ему под ребра так, что Вадим взвыл, вертясь ужом.

— Еще хочешь? — рявкнул Эмиль, стоя над ним с отведенной для удара ногой.

Рядом вдруг оказалась Ника, казавшаяся распластанному на земле Вадиму невероятно высокой, с надрывом вскрикнула:

— Дай ему, как следует! Пинком по зубам! Палач выискался, вешатель! Дай ему, выблядку, чтобы зубы брызнули!

И сама неумело попыталась пнуть от всей души. Вадим зажал лицо ладонями, защищаясь от удара. Правда, новых ударов не последовало. Прошло какое-то время, он осмелился отнять руки от лица, а там и слегка приподняться.

Эмиль оттащил Нику, бросил вполголоса:

— Да не пачкайся, малыш, об это дерьмо...

— Я, стало быть, дерьмо? — покривил губы Вадим, осторожно пытаясь встать на ноги. В боку кольнуло.— А вы тогда кто? За моей спиной трахались, как хомяки...

Отшатнулся — Эмиль одним прыжком оказался рядом, рывком поднял на ноги, зажав воротник бушлата так, что едва не придушил. Прошипел в лицо:

— Отдай нож, гандон! Ну?! Вот так...— Небрежно сунул кухонный тесак в боковой карман лезвием вверх. Тряхнул Вадима, взяв за грудки: — И запомни накрепко, козел: здесь ты не босс, а дерьмо дизентерийное. Усек? Каюсь, спали вместе, и неоднократно. Вот только вешать тебя не собирались.

— А будь вы на моем месте? — пискнул Вадим придушенно.

— Если бы у бабушки был хрен, она была бы дедушкой! — вдруг выкрикнула утонченная, рафинированная супруга, от которой Вадим в прежней жизни не слышал ничего непечатнее «черта».— Не мы тебя вешали, а ты нас. Что тут виртуальничать... Эмиль, а давай его бросим к фуевой матери? Пусть один тащится...— и мстительно улыбнулась: — Как повезет...

— Да зачем? — Эмиль осклабился по-волчьи.— Мы же современные люди, самую малость затронутые цивилизацией... Пусть плетется с нами.— Он встряхнул Вадима: — Только изволь запомнить, мразь: тут тебе не Шантарск. Начинают работать простые, незатейливые первобытные законы. Есть ма-аленькое странствующее племя. У племени есть вождь, есть любимая женщина вождя... И есть гнойный пидер, которому место у параши. Тебе объяснять, кому отведена сия почетная должность, или сам допрешь? Короче, все мои приказы выполнять беспрекословно. В дискуссии не вступать, поскольку права голоса не имеешь. Скажу «иди» — идешь. Скажу «соси хрен» — сосешь.

— Вот последнее — совершенно ни к чему,— серьезно сказала Ника.— А то я ревновать буду... Тебя, понятно, не его...

— Малыш, я ж чисто фигурально,— усмехнулся Эмиль, на миг подобрев лицом, но тут же обернулся к Вадиму с прежним волчьим оскалом: — Для пущей доходчивости и образности. В общем, поселяешься к параше. И попробуй у меня хвост поднять... Если не нравится — уматывай один. На все четыре стороны. Вон какой простор... Ну? — Долго смотрел Вадиму в лицо, ухмыльнулся: — Не пойдешь ты один, гад, обсерешься...

Встряхнув в последний раз, оттолкнул без особой злобы, отошел к Нике. Достал запечатанную в целлофан колбасу и стал ловко распарывать ножом обертку, пояснив:

— Надо поесть, малыш. Идти будем долго...

Вадим, вновь превратившийся в этакого человека-невидимку, сквозь которого беспрепятственно проходят взгляды, присел у дерева и закурил очередную сигарету. Как ни странно, он не ощущал никакой обиды, злости.

Потому что все другие чувства перевешивала тревога и страх за жизнь...

Он никогда не считал себя суперинтеллектуалом, относился к собственным мозгам довольно самокритично: неглуп, что уж там, но не гений. И ни в коем случае не провидец. Однако сейчас, в какие-то доли секунды, он словно бы превратился в доподлинного прорицателя, увидел собственное будущее в жуткой неприглядности.

ЖИВЫМ ЕМУ ИЗ ТАЙГИ НЕ ВЫЙТИ.

Эмиль его рано или поздно прикончит. И это не пустые, надуманные страхи, это доподлинная реальность. Эмиля он, как ни крути, знал давненько, изучил неплохо. Ничуть не похоже, чтобы тот после пережитого озверел настолько, что утратил трезвый расчет. Эмиль всегда, при любых обстоятельствах был расчетлив, и его любимая поговорочка, строчка из забытой совдеповской песенки: «Ничто нас в жизни не может вышибить из седла» — отнюдь не бравада. Словно некое озарение посетило — в глазах Эмиля Вадим читал свою судьбу так же легко, как читает грамотный человек бульварную газетку.

Удобнейший случай. Нарочно не придумаешь. Второго такого случая в жизни не будет. Если Вадим не вернется из тайги, Эмиль одним махом получает в с е. И Нику — а с Никой все

и нарываться на ска[...]
не нарываться не поворачиваться спиной и
сам он постарается не поворачиваться спиной, а
ма. Эмиль будет ждать подходящего момента, а
вернуть. Следовательно, у Вадима еще есть вре-
придется переступить, к каким-то истинам при-
они в жизни никого не убивали, через что-то

ется, как [...]
приказал дол[...]

И уличить их нев[...]
докажет, что Вадима ухлоп[...]
можно списать на концлагерь. На коменд[...]
Все. «Мы кинулись за проволоку, а потом разбежались в разные стороны, куда он делся, представления не имеем...» Даже если каким-то чудом отыщется труп — то, что останется от трупа,— козлом отпущения опять-таки будет Мерзенбург. Горюют безутешная вдова и безутешный
друг-компаньон, и никто не узнает, как все было
на самом деле, а если что-то и заподозрят, доказать невозможно...

Нет, это не шизофрения и не пустые страхи.
В глазах Эмиля он обострившимся звериным чутьем только что видел собственную смерть. Па-
никовать нельзя, следует собрать в кулак ум и
волю, иначе пропадешь, и косточки догрызет
здешнее зверье.

Г д е ? И к о г д а ? Очень похоже, Эмиль уже
принял решение, но вряд ли пока что разработал
надежный план. Да и любой на его месте сначала предпочел бы поговорить по душам с Никой,
получить моральное одобрение — как-никак оба

...скандал. В горячке ссоры убить гораздо легче... Смотреть в оба, держать ушки на макушке, жизнь, оказывается, по-прежнему на кону. И в таком случае...

Может, в свою очередь, принять адекватные меры? Все, о чем он только что думал, с тем же успехом может относиться к нему самому. Уличить его будет невозможно. Все равно прежней идиллии, даже намека на нормальные отношения меж ними троими больше не будет. Рано или поздно, после возвращения к уютной цивилизации, что-то начнет выпирать наружу. В любом случае доверять Эмилю отныне нельзя. А чего стоит коммерческий директор, которому перестаешь доверять? Чего стоит очаровательная супруга, которой больше не веришь?

«Мы кинулись за проволоку, а потом разбежались в разные стороны, куда они делись, представления на имею...» Горюет безутешный муж, потерявший к тому же старого друга, верного компаньона. Сколько ни горюй, а на белом свете хватает и кандидатов в коммерческие директора, и претенденток на роль холеной супружницы. Черт, да ведь Эмиль, явившись в Шантарск без Вадима, вполне может забрать и те триста тысяч баксов! Ему отдадут, такой вариант предусматривался!

Решено. Не телок на бойне, а зверь, готовый нанести удар. Ж а ж д у щ и й нанести удар, что немаловажно. С их у х о д о м он ничего не теряет, а вот приобретает многое — полное душевное спокойствие, хотя бы избавится от лишних сложностей и досадных препятствий. Решено...

Боясь, что они прочитают что-то в его глазах, Вадим отвернулся, старательно принялся сдирать обертку с большого куска ветчины, пользуясь лишь зубами и ногтями. Украдкой коснулся кармана полосатого бушлата — наган, конечно же, был на месте, приятно тяжелый, надежный в обращении, как колун или грабли. Сколько раз стрелял Синий? Три? Четыре? В любом случае, уж три-то патрона там есть точно. В упор, в затылок — хватит на двоих и еще останется...

Он даже воспрянул душой. В два счета смолотил солоноватую ветчину, прилег под деревом и закурил, предварительно отерев жирные пальцы о полосатку. С принятием решения жизнь отныне казалась не столь безнадежной. Отнюдь не безнадежной. У него появился серьезный шанс, следовало всего лишь о п е р е д и т ь, кто предупрежден — тот вооружен...

— Пошли! — прикрикнул Эмиль.— Разлегся тут...

Вадим пропустил их вперед. Эмиль обернулся:

— Ты что это?

Не было сил лицедействовать. Вадим бросил, с трудом скрывая враждебность:

— Неспокойно мне что-то, когда ты за спиной...

Несколько секунд Эмиль смотрел ему в глаза. Вадима пронял нерассуждающий страх — вдруг догадается обо в с е м? Обыщет карманы? Тогда уж точно — никаких шансов...

В конце концов Эмиль с безразличным лицом пожал плечами, хмыкнул:

— Твое дело. Только смотри не отставать, иначе в зубы дам.

Тронулись в путь. Зигзагами спустились с сопки, держа на юго-восток (согласно уверениям Эмиля), пересекли неширокую равнинку, обогнули еще одну сопку. Дальше потянулись сменявшие друг друга сосняки и березняки, места опять пошли равнинные. Тайга, правда, была густая, переполненная мелким зверьем,— на деревья то и дело кто-то взлетал с недовольным цоканьем, высоко в ветвях мелькали любопытные мордашки. Ника сперва им умилялась, потом свыклась и перестала обращать внимание. Единственным признаком, свидетельствовавшим о наличии на Земле человечества, стал загадочный колодец без воды, однажды попавшийся в березняке. Впрочем, Эмиль тут же объяснил Нике (игнорируя Вадима не то чтобы демонстративно — просто уже привычно), что это не колодец, а шурф, пробитый геологами.

Вадим выбрал себе линию поведения, каковой свято и следовал — тащился в арьергарде, не отставая особенно и не стремясь в авангард. Ноги, конечно, ныли, но пережить можно — Эмиль не гнал особенно, равняясь по Нике (у которой рыцарски забрал ее бушлат со всеми припасами и пер на себе). Понемногу стало не просто тепло — жарковато, солнце палило вовсю в последних летних судорогах. Наган чувствительно колотил по бедру, Вадим боялся, что его заметят, но ничего не поделаешь, пришлось скинуть бушлат и нести на плече, иначе изойдешь потом.

Первое время Эмиль частенько оглядывался на него, зыркал с нехорошим прищуром — в точности как тот немец в финале незабвенных «Тихих зорь». Потом поглядывал через плечо уже автоматически. Когда однажды Вадим споткнулся и полетел наземь, чувствительно стукнувшись, в глазах Эмиля определенно вспыхнул охотничий огонек. Ну конечно, прикончить сломавшего ногу в данной ситуации гораздо проще, это уже выглядит и не убийством вовсе — скорее актом милосердия, как с Доцентом. И Вадим таращился под ноги с удвоенным вниманием, чтобы ненароком самому не подставиться.

Поначалу он чувствовал себя, словно на минном поле, однако время шло, а Эмиль и не думал нападать. И понемногу Вадим расслабился, однако бдительности не терял. В одном он уже был уверен: бывший друг, человек обстоятельный и прагматичный, всадит в него ножик не раньше, чем просчитает все на десять ходов вперед. Как ни смешно, но Вадима еще более приободрил этот самый колодец-шурф, поскольку на лице Эмиля удалось засечь несомненную, усиленную работу мысли, вроде бы совершенно ненужную при лицезрении столь примитивного следа цивилизации. Но ежели постоянно помнить о подтексте, разгадка проста: менжуется друже Эмиль, взвешивает и прикидывает. Похоже, его таежный опыт против него же и обернулся. Убить прямо здесь не столь уж трудно — а если за ближайшей сопкой деревня? Куда оставшиеся в живых вскоре и выйдут? И труп очень быстро найдут, мало того — сопоставят со странными пришельцами? Или — лагерь тех самых геологов где-то поблизости? Никогда не был телепатом, но сейчас легко читал по лицу

Эмиля — нет, дружище, эти тягостные раздумья имеют определенную подоплеку...

Людей бы встретить, людей, пусть и не особенных сапиенсов, лишь бы увидели т р о и х. Тогда все Эмилевы планы поневоле пойдут прахом...

Но люди-то как раз и не попадались — как и следы присутствия человека. Шурф, оставшийся далеко позади, остался единственным напоминанием о человечестве.

А в общем, было даже интересно — разнообразная таежная живность, ручейки с прохладной вкуснейшей водой, заросли малины. Если бы не ежеминутный страх за свою жизнь, если бы не жуткое напряжение...

...На избушку наткнулись ближе к вечеру, когда солнце уже касалось верхушек деревьев, но было еще довольно тепло. Она стояла в удобном месте, у широкого ручья, образовавшего совсем рядом с крылечком крохотную заводь. Неказистая, с единственным застекленным окном, но крепко сбитая. Через ручей перекинуто широкое бревно, к нему с одной стороны даже приколочены грубо сработанные перильца.

— Все,— сказала Ника, присев на крылечко и блаженно вытянув ноги.— Я сегодня уже никуда не иду. Ночь скоро, а тут такие хоромы...

Эмиль после некоторого раздумья хмуро кивнул, прошел в избушку. Недолго повозился там, стукнул чем-то тяжелым, вышел, присел рядом с Никой и достал сигареты:

— Обеднел народ. Раньше в таких избушечках и крупа лежала, и прочие макароны. Можно было супчик изобрести — печка там есть,— да вот заправить нечем...

— Всухомятку проживем,— легкомысленно сказала Ника.— Как ты думаешь, долго нам еще брести?

— До самой смерти, Марковна, до самой смерти...— ухмыльнулся Эмиль.

— Ну, ин еще побредем...

И оба вполне весело рассмеялись. На Вадима, как и прежде, никакого внимания. Ни взгляда в его сторону, ни словечка. Ну и прекрасно, мысленно порадовался он. Делайте все, что можете, дорогие мои, чтобы и вы для меня, когда придет в р е м я, стали некими абстрактными мишенями...

Ника вдруг вскочила, подошла к маленькой заводи — довольно глубокой яме с чистейшей водой — осторожно попробовала ее пальцем:

— Слушай, а вода-то теплая!

— Ничего странного, за день прогрелась.

— Давай купаться?

— Все равно одежда грязная...

— Зато мы будем чистыми. Нет, давай купаться?

И, не дожидаясь ответа, сбросила одежду, соскользнула в воду. Отчаянно взвизгнула, притихла, стала плескаться. Невольно Вадим уставился на нее со вполне определенными мыслями — она была сейчас чертовски красива, развеселившаяся, в прозрачнейшей воде, сибирская русалочка, гурия — и наткнулся на хмурый, враждебный взгляд Эмиля, смотревшего так, словно он и был законным собственником, а Вадим — наглым сторонним посягателем, вожделевшим без всякой взаимности. Если и были все же сомнения насчет планов Эмиля на его счет, сейчас, после т а к о г о взгляда исподлобья, сомнения растаяли. Он стал для них лишним. И Эмиль твердо решил его прикончить...

— Иди сюда! — позвала Ника.

Покосившись на Вадима, Эмиль принялся раздеваться. Однако оба ножа забрал с собой, воткнул их в бережок под водой. Встал на кромке, голый, аки Адам — эта сучка без малейшего смущения пялилась на него снизу — бросил Вадиму:

— Ты бы погулял в окрестностях? А то двигай в Шантарск своим ходом?

— Куда ему...— звонко рассмеялась Ника.— Вадик, погулял бы ты, в самом деле... Пялишься, даже неудобно...

Никак она не могла оказаться в курсе Эмилевых планов, не было у них времени такое обсуждать, но вслед за Эмилем стала относиться к «третьему лишнему», как к дерьму последнему. Это уже и не злило — но заставило трезво, холодно подумать: еще пара дней, и д о з р е е т, стерва, спокойно будет смотреть, как Эмиль его режет...

Он встал, побрел в избушку, где не оказалось ничего интересного — неказистые прочные нары, где могут вольготно разместиться человек с полдюжины, такой же стол, нехитрая утварь, печка.

Сторожко косясь на дверь, прислушиваясь, извлек наган, проверил. Точно, Синий стрелял трижды. Три гильзы пахнут пороховой тухлятиной, капсюли пробиты. Четыре патрона в его распоряжении — хватит с лихвой, может, еще и останется... Нет, п о с л е ' наган нужно выкинуть, останутся патроны или нет...

Вышел на крылечко, глянул в ту сторону. Двое самозабвенно целовались, стоя по пояс в прозрачной воде, так вкусно, так отрешенно вцепились друг в друга, что скулы сводило от лютой ненависти.

Вылезли из воды, когда уже ощутимо потемнело. Ничуть не стесняясь свидетеля, стояли на бережку, как Адам и Ева до грехопадения, держась за руки, смахивая воду свободными ладонями.

— Пошел бы ополоснулся. Воняешь, как не знаю кто,— бросил Эмиль.

— Не вижу смысла,— лениво отозвался Вадим.— Все равно потом в грязные штаны влезать...

— А давай в грязное только завтра влезем? — повернулась Ника к Эмилю, накинула на голое тело новехонький пятнистый бушлат и, отставив локти, пробежала к избушке.

Эмиль пошел следом, мимоходом кинув Вадиму:

— Чтобы я тебя в избе не видел. В сенях сиди, козел. Уяснил?

— А если охотники придут? — с равнодушным видом поинтересовался Вадим.— Те, чья избушка?

— Тогда гавкай вместо собаки,— отмахнулся Эмиль и скрылся в избушке.

Вадим откровенно ухмыльнулся. Удалось мягко и ненавязчиво заронить в сознание Эмиля незатейливую истину... Иными словами — выторговать себе жизнь на сегодняшнюю ночь. Не решится убивать этой ночью, тварь. Будет помнить о фразочке насчет охотников — а вдруг и в самом деле придут хозяева избушки, наткнутся на свеженький труп? Кто может предугадать заранее, придут они или нет? Есть еще извилины в башке...

Он не стал входить в единственную здешнюю комнатушку, сел в углу, в крохотных сенях, стараясь не производить шума. Еще выставят под открытое небо, ночью там будет неуютно...

Зато супружница с бывшим другом нисколько не стеснялись. Эмиль, оказалось, во время кухонного грабежа успел запихать в карман плоскую бутылку «Реми Мартин», и сейчас они там старались расположить на столе свои нехитрые припасы так, чтобы получился красивый достархан. До Вадима долетало каждое слово, каждый смешок — расположились-то в трех шагах от него. Он замер в своем углу, временами курил, пряча сигарету в ладони — никогда еще не оказывался в столь глупом и унизительном положении, но на рожон не попрешь.

Вскоре, после нескольких изрядных глотков, приглушенных смешков и откровенной возни, скрипнули нары. Бесшумно встав, Вадим заглянул в комнатушку, залитую белым лунным сиянием. Тела переплелись на подстеленных бушлатах, в уши, в мозг прямо-таки ввинчивались удовлетворенные стоны, оханье, все сопутствующие звуки, он узнавал каждое движение Ники, каждый поцелуй, каждый стон и перемену позы. Все это было знакомо настолько, что появилось дурацкое ощущение, будто он вдруг раздвоился и теперь их двое, один лежит на распростертой Нике, впившись в ее губы, глубоко проникая резкими толчками, другой таращится, не узнавая двойника...

Он отпрянул, когда Ника простонала особенно громко, тягуче, расслабленно замерла. Достал наган, прижавшись к стене, положил указательный палец на спусковой крючок. «Оргазм, говоришь, сучка несчастная?» — ярко вспыхнуло во взбудораженном мозгу.

Все было в ажуре, он старательно установил барабан так, чтобы против ударника оказался нестреляный патрон. Только нажать на спуск...

Послышался жаркий, задыхающийся шепот Ники:

— Еще...

Вадим нечеловеческим усилием воли снял палец со спуска. И спрятал наган. Как ни кипел от ярости, следовало взять себя в руки. Охотники и в самом деле м о г у т появиться как нельзя более некстати. Еще не вечер, капитан, еще не вечер...

Подстелил под голову армейский бушлат, улегся на левый бок — так, чтобы при необходимости вырвать наган из кармана одним движением. Мало ли что придет Эмилю в голову...

Там, в комнатушке, продолжался развеселый блуд — судя по звукам, снова отпробовали коньячок из горла, потом заскрипели нары, понеслись охи-вздохи, уже почти в полный голос, ничуть не стесняясь, несли обычную в таких случаях чушь — и насчет желаемой смены позиций, и насчет обуревавших их чувств.

Спать хотелось адски, но он боялся. Ткнут сонного под ребро — и конец... Временами впадал в забытье, перед глазами начинали мелькать странные сцены, тут же напрочь забывавшиеся при резком пробуждении, он вел с кем-то бесформенным длиннющие, безумные разговоры — то ли это был комендант, то ли живехонькая тетка Эльза. Словно плыл по быстрине — то погружался с головой, то выныривал, весь покрывшись липким потом, с колотящимся сердцем, обнаруживал вокруг темноту и тишину, вновь осознавал себя в реальности, в таежной ночи.

И незаметно уснул, мягко соскользнул в глубокий сон, словно в охотно расступившееся бездонное болото.

ГЛАВА ВТОРАЯ

Робинзонам тесновато на островке...

Пробуждение оказалось насильственным и скверным настолько, что дальше и некуда.

Назад в реальность он вернулся толчком — в результате хорошего пинка по ребрам. Успел за невероятно короткий миг пережить потрясающую гамму ощущений: ужас оттого, что все же уснул, оказавшись в полной власти спутников, недоумение, злость. А потом на смену всему этому многообразию пришел дикий, панический страх — совсем близко от его физиономии чернел автоматный ствол с толстым дульным набалдашником. Человек с автоматом был одет во все армейское, с ног до головы, и вовсе не собирался позволять долго себя разглядывать. Снова от всей души пнул Вадима в бок и заорал:

— Встать, сука! Пошел!

Дуло придвинулось к лицу совсем уж близко. Взмыв быстрее лани, Вадим влетел в крохотную комнатку, получив ускорение в виде доброго пинка. Там, на нарах, прижались к бревенчатой стене разбуженные любовнички — Ника пыталась прикрыть бушлатом максимум обнаженных прелестей, Эмиль такими церемониями пренебрег, зло сверкал глазами, но не решался, конечно, переть с голыми руками против автомата.

Вадим пролетел комнату из угла в угол наискосок, налетел на неподъемную скамью, даже не пошатнувшуюся. Страх не улегся, наоборот, в голове вертелась одна-единственная мысль, четкая и страшная: д о с т а л и! Догнали...

— К стене, с-сука!

Он поспешно отодвинулся, вжимаясь лопатками в горизонтальный рядок толстых бревен. Автоматчик повел себя немного странно — держа автомат одной рукой, второй сцапал со стола полкуска ветчины и вгрызся так, что урчание слышалось, наверное, снаружи. Жрал так, что за ушами трещало, энергично двигая челюстями, чавкая. У Вадима понемногу отлегло от сердца — н а с т о я щ а я погоня так себя не вела бы, лопает, как с голодного края...

Правда, успокаиваться рано. Еще неизвестно, вдруг это и называется: из огня да в полымя...

Теперь, слегка успокоившись, осознав, что самого страшного пока не произошло, он рассмотрел агрессора повнимательнее — на первый взгляд, совсем пацан, зарос этаким цыплячьим пушком вместо щетины, затравленный зверек. Вот только автомат у зверька самый настоящий и на поясе новенькие ножны со штык-ножом. В уголках воротника — защитного цвета эмблемки, которых Вадим с ходу так и не опознал (сейчас их, новых, в армии развелось превеликое множество), на шапчонке натовского образца — такая же защитная кокарда, нашивка на рукаве. Бравый солдат Швейк, одним словом,— только испуганный, злой и посему, легко догадаться, опасный...

Странный гость дожрал ветчину, сгреб со стола кусок колбасы и разделался с ней поразительно быстро. Схватил недопитую бутылку коньяка, с большой сноровкой осушил из горлышка, сунул в рот сигарету. Похоже, настроение у него слегка улучшилось — но ненамного.

Он сбросил с плеча тощий рюкзачишко, оглядел троицу уже с некоторой заинтересованностью:

— Деньги есть?

Голый Эмиль пожал плечами в смысле «нет».

— Есть или нету?

— Нету...

— Где это место? Куда я вышел?

— Ты, браток, не поверишь, но мы и сами не представляем,— сказал Эмиль осторожно.— Сами заблудились.

Солдатик таращился на него недоверчиво и подозрительно:

— Чё ты гонишь?

— Говорю, заблудились,— сказал Эмиль с той же осторожностью.— Вышли к этой хатке, заночевали...

— Вы вообще кто такие? — Он огляделся, поддел носком тяжелого ботинка полосатую одежду на полу.— Зэки, что ли?

— Долго объяснять. Ты сам-то кто?

— Хрен в пальто! — огрызнулся солдатик.— Кто такие, спрашиваю?

— Туристы.

— Что ты мне звездишь? Вон, натуральные зэковские полосатки, что я, тупой?

— У зэков нынче полосы по горизонтали,— сказал Эмиль.— А тут, сам видишь, по вертикали, совсем другой дизайн...

— Что ты мне вкручиваешь? Какой дизайн? — солдат прицелился в него, перехватив автомат обеими руками.— Говори, кто такие!

— Нет, а ты сам-то кто? Домой сорвался?

— Куда надо, туда и сорвался,— угрюмо сообщил солдатик.— Где это место, спрашиваю?

Эмиль досадливо поморщился:

— А ты откуда сбежал-то, горе мамочкино?

— Откуда надо.

— Слушай, я тебе правду говорю — сами заблудились. Даже примерно не представляем, где сейчас сидим. Не хочешь выдавать военную тайну — хотя бы намекни, какие деревушки поблизости. Или горо̀д. Тут где-то поблизости должен быть Манск...

— Ни хрена себе — поблизости,— машинально ухмыльнулся беглец.— Манск — где-то во-он там, а здесь — то ли Каразинский район, то ли уже Мотылинский...— Он совершенно по-детски шмыгнул носом и признался: — Заплутал, не разберу... По-моему, Мотылинский. Озеро я видел, мимо прошел, если это Бирикчульское — тогда точно Мотылинский.

— А если нет? Озер тут хватает...

— Да мать твою! — взревел солдат.— Не трави ты душу, третий день блукаю и не пойму, где! У вас еще выпить есть?

— Нету.

— Звездишь.

— Не веришь — обыщи. Дело нехитрое...

Юный дезертир огляделся — и очень быстро, судя по лицу, пришел к выводу, что в столь спартански меблированном помещении и в самом деле никаких бутылок не спрячешь. Доброго расположения духа это ему не прибавило, отнюдь.

Эмиль это тоже заметил, начал, взвешивая каждое слово:

— Слушай, давай сядем спокойно и обговорим все. У тебя свои проблемы, у нас свои, но есть у меня впечатление, что их можно порешать сообща, потому что...

— На херу я видел твои проблемы! — взвился солдатик.— А ты в мои не лезь. За мной, бля, как за волком, комендатура шпарит...

— А ты как ушел-то? По-хорошему или с выкрутасами?

— Не твое собачье дело.

Он сцапал очередную сигарету, жадно затягивался, держа их под дулом автомата. Сморчок был — соплей перешибить, но автомат есть автомат, успеет изрешетить всех троих, прежде чем его достанешь в прыжке, грязный палец на спусковом крючке так и дрыгается...

— Может, разойдемся? — нарочито безразличным тоном предложил Эмиль.— Мы тебя ловить не собираемся, у самих забот выше крыши.

— Ага, а потом вы им меня заложите? — осклабился солдатик.— С потрохами?

— Кому ты нужен, закладывать тебя...

— Нет уж! — заявил беглец с чрезвычайно хитрым видом.— Один вот позавчера тоже расстилался мелким бесом — мол, и пожрать дам, и на мотоцикле довезу, а потом как начал автомат вырывать... Ну и пришлось...— Он спохватился, ерзнул на лавке.— Кончай мне лапшу на уши вешать!

«Скверно»,— подумал Вадим. Очень похоже, что уходил не просто так, а с хар-рошими выкрутасами вроде расстрелянного караула. Даже отсюда чувствуется, что автомат шибает пороховой гарью так, словно потрудился на совесть...

Ситуация создалась нелепейшая — и выходов из нее что-то не видно. Незваный гость напряжен и агрессивен до предела, и терять ему, такое впечатление, нечего...

Дезертир заерзал на жесткой лавке. Вадим видел его вполоборота и сразу определил по масленности взгляда, что мысли беглеца приняли несколько иное направление.

Он с толком, с расстановкой оглядел Нику, старательно прикрывавшуюся бушлатом, распорядился:

— Иди сюда! Кому говорю? Сюда иди, коза!

Она отчаянно замотала головой.

— Иди сюда, хуже будет...— Беглец всецело поглощен был новой идеей и отступать не собирался.— Я тебя не съем, Красная Шапочка, только потрахаю малость... Отсосешь — и свободна. Да ты не бери в голову, я мужик захолустный, у нас СПИДа пока что нету...

Ника отползала в угол. Дезертир, рассердившись, рявкнул:

— Сюда иди, тварь!

И навел на нее автомат в целях дальнейшего устрашения.

Кое-что из армейской жизни Вадим помнил хорошо, поневоле въелось. Чтобы автомат выстрелил, надо снять с предохранителя, чего дезертир делать не собирался.

Они с Эмилем, так получилось, бросились одновременно. Солдатик еще успел пискнуть, дернуть стволом, до железного хруста нажимая спусковой крючок, но автомат не выстрелил.

Трое рухнули на пол, беспорядочно молотя друг друга. То есть, это Эмиль лупил, а Вадим озаботился в первую очередь автоматом, вырвал-таки из грязных рук, выкрутил. Отскочил к стене.

В два удара приведя дезертира в бесчувственное состояние, Эмиль упруго выпрямился. Перехватив его взгляд, Вадим вновь убедился, что был прав и у бывшего друга намерения на его счет насквозь нехорошие: Эмиль смотрел так, словно заранее ждал подвоха от в р а г а. Одними воспоминаниями о несостоявшемся повешении такого взгляда не объяснишь...

Подмывало нажать на курок самому, длинной очередью угостить всех троих. Благо неожиданно объявился субъект, на которого можно все и свалить: напал дезертир, завязалась беспорядочная схватка, после которой в живых остался один из четырех, прикончивший беглеца после того, как тот успел-таки, сволочь, застрелить двух мирных странников...

Его остановило, если честно, чувство страха и малодушия.

И Вадим по мгновенному наитию поступил иначе: перехватил автомат за ствол, размахнулся хорошенько и грохнул им об стол так, что приклад мгновенно отлетел, с лязгом вылетела крышка затворной коробки, за ней — ударник с пружиной...

— Ты что, идиот? — рявкнул Эмиль.— Что наделал?

— Да не сообразил как-то...— виновато ответил Вадим, всем видом выражая раскаяние.

Только автомата в руках Эмиля не хватало. Особенно когда на полу валяется бесчувственный беглец, на которого многое можно списать...

Эмиль замахнулся, но не ударил, отвернулся и занялся тощим рюкзачком. Отстегнул клапан, взял за углы и вывалил содержимое на пол. Невольно отпрянул — как и Вадим. По полу, глухо стуча, раскатились три гранаты со вставленными запалами. Опомнившись, Эмиль быстро собрал их, сноровисто выкрутил запалы и бросил в угол. Солдат постанывал, не открывая глаз.

Кроме гранат, ничего особенно интересного в рюкзаке не оказалось — новехонький комплект полевой формы, пара пачек манской «Примы», неведомо зачем прихваченная беглецом офицерская фуражка и два автоматных рожка. Судя по содержимому, дезертир то ли не планировал бегство заранее, то ли, пока блуждал по лесу, прикончил скудные запасы съестного.

— Держи,— Эмиль бросил форму Нике.— Одевайся в темпе. И уходим. Этот придурок подкинул дельную мысль — нас и в самом деле могут принять за зэков, нужно искать нормальную одежонку...

Дезертир застонал, пошевелился. Эмиль нагнулся, точным ударом вновь отключил его, выпрямился:

— Живее!

Отошел к Нике, уже переодевшейся, старательно подвернул штанины — брюки ей, конечно, оказались длинноваты, как и рукава рубашки, пытливо оглядел лежащего, словно снимая взглядом мерку, с сожалением пожал плечами:

— На меня не налезет...— Оглянулся на Вадима: — Да и на этого козла тоже... Собирай, что осталось, и пошли.

— Интересно, мне идет? — Ника повертелась, оглядывая себя.

— Идет-идет,— нетерпеливо бросил Эмиль, мимоходом поцеловал ее в щеку, нагнулся и сгреб в горсть запалы.— Поживее!

Запалы он выкинул в ручей.

Они перебежали на тот берег по влажному бревну и углубились в лес. Вадим уже привычно занял место замыкающего, поглядывая на торчавшие из кармана Эмиля ножны,— кухонные ножи тот оставил в избушке, прихватив взамен штык. Ну конечно, им не в пример удобнее и легче списать бывшего босса... Учтем.

— То ли Каразинский район, то ли Мотылинский...— задумчиво сказал Эмиль, обращаясь, естественно, к Нике.— Мог и напутать, конечно, но все равно привязочка...

— Ты эти места знаешь?

— Немного. Поточнее бы привязаться...

И не выдержал, скот,— снова оглянулся на Вадима с нехорошим прищуром, поторопился побыстрее отвести глаза. Вадим же притворился, что ничего не заметил. Наган увесисто и обнадеживающе постукивал его по бедру. В конце концов, против нагана никакой штык-нож не пляшет...

— Слушай,— сказала Ника.— Его же ищут...

— И наверняка старательно. Тут в старые времена была раскидана куча точек...

— Кого?

— Точка — это такая военная микробаза,— терпеливо пояснил ей Эмиль.— Ракетная установка, где-нибудь на высотке, локатор, склад горючки... Потом их здорово подсократили, но все равно осталось немало. Ну, и зольдатики временами бегут... А искать его, наверняка, будут старательно. Но нам-то какой толк?

— Самый прямой,— сказала Ника.— Если они на нас наткнутся, все моментально образуется. Солдаты там или милиция, какая нам разница? Главное, будем в Шантарске...

— Умница ты у меня,— Эмиль наклонился, чмокнул ее в щеку.

И, Вадим мог поклясться, в самый последний момент подавил в себе желание оглянуться. Ну конечно, в его наполеоновские планы ничуть не входит столь быстрая встреча с милицией или поднятыми на поимку дизика солдатами. Сначала надо избавиться от босса, да и Нику подготовить.

Отсюда следует незатейливый вывод: едва покажутся те, кто ищет беглеца, нужно к ним бежать что было мочи. Не осмелится, гад, при таких свидетелях... А уж в Шантарске придумаем, как с б ы в ш и м коммерческим директором разобраться...

...Очень скоро этот незамысловатый, однако суливший спасение план полетел к чертовой матери.

Охотничков они увидели первыми, выйдя на опушку густого сосняка: перед ними раскинулась широкая прогалина, в дальнем ее конце стояли два армейских «ГАЗ-66» с брезентовыми тентами, возле кучками стояли вооруженные солдаты, виднелись офицерские фуражки, колышущиеся антенны заплечных раций. До машин было метров сто, все видно, как на ладони,— похоже, отцы-командиры дают детальные инструкции, все напряжены и злы...

Вадим приготовился сорваться с места.

И остался стоять: от крайней справа кучки, не так уж и далеко от него, вдруг отделились двое солдат, резко развернулись к лесу и начали лупить длинными очередями по какой-то им одной видимой цели, чуть ли не в том направлении, где стояли беглецы из концлагеря.

— Назад! — Эмиль подтолкнул Нику и первым кинулся в лес, свернул влево, по широкой дуге обходя прогалину с грузовиками.

Ника кинулась следом, не рассуждая. Пришлось и Вадиму рысью припустить следом. Когда отбежали метров на триста, Ника на бегу удивленно спросила:

— А почему бежим?

— Ты же видела,— пропыхтел Эмиль, подхватывая ее, чтобы не запнулась о корневище.— Лупят на малейшее шевеление. А мы все в армейском. Может, и успеют рассмотреть, что взяли на мушку вовсе не того салажонка, но что-то меня не тянет экспериментировать. Продырявят сгоряча без всякой пользы для бизнеса и всего прогрессивного человечества, потом с того света уже ничего не объяснишь. Ну, может, и объяснишь через спиритическое блюдечко, только какой толк?

— Нет, серьезно?

— Малыш, тут не красивый город Шантарск. И ты не в импортном платьице плывешь по проспекту. Жизнь вокруг незамысловатая и суровая... Очень похоже, этот сопляк успел натворить дел. И есть уже командочка — хоть живым, хоть мертвым... А живым его брать никому не интересно, благо закон за охотников.

— Подожди-подожди... Это, значит, и нас могут принять черт знает за кого... Не только эти, но и другие...

— Умница,— вяло усмехнулся Эмиль.— «Принца и нищего» помнишь? Вот и мы примерно в таком положении — то ли бичи, то ли вообще непонятно кто. На положении, пардон, быдла. Ты это учитывай и не спеши первому встречному бросаться на шею с радостным визгом. И уж тем более великосветские ухватки оставь на потом. Нам еще долго доказывать, что мы — это мы...

— Ужас какой,— искренне сказала Ника.

ГЛАВА ТРЕТЬЯ
Цивилизация

Шагавший впереди Эмиль вдруг остановился, внимательно, сторожко огляделся. Шумно, с облегчением выдохнул, вытащил из нагрудного кармана сигареты и обернулся к Нике, улыбаясь во весь рот:

— Поздравляю, малыш. Цивилизация замаячила.

На взгляд Вадима, признаков цивилизации вокруг было самую малость поменьше, чем на поверхности Луны — там как-никак попадаются всевозможные посадочные ступени, отслужившие свое луноходы и всякие спутники, да вдобавок отпечатки американских космических ботинок. Здесь же в пределах видимости не имелось и ржавой гаечки — сплошная первозданная природа, успевшая уже осточертеть...

Точно так же и Ника удивленно завертела головой:

— Какая цивилизация?

Хмыкнув с видом нескрываемого превосходства, Эмиль сделал пару шагов, вошел в невысокие заросли какой-то светло-желтой травы, пошевелил ладонью верхушки:

— А вот, малыш. Сие называется — пшеница.

Ника с сомнением оглядела заросли травы. Вадим полностью разделял ее недоумение: по его смутным впечатлениям, основанным на случайно увиденной кинохронике, полотнам Левитана и Шишкина, а также кадрам из кинофильмов о тружениках села, настоящая пшеница должна была золотиться, расти густо, колосок к колоску, и колоски повинны быть большущие, однотипные, толстые. Здесь же не было ничего даже отдаленно похожего: чахлые стебельки росли вразнобой, ничего похожего на пресловутую золотую ниву, вовсе они не золотистые, бледные какие-то, смахивающие цветом на выцветшую под дождем пачку «Кэмела», враскосяк стоят, одни гнутся к земле, другие вовсе полегли, колосья при вдумчивом рассмотрении удается узреть, но они какие-то хилые, меленькие...

— Самая настоящая пшеница,— сказал Нике Эмиль, сорвал один колосок, потер в ладонях.— Такая она в наших широтах и бывает. Настоящая. Не штат Айдахо, вообще-то. И не Кубань... Вот из этого и делают булочки, малыш.

— Надо же...— Ника, глядя по сторонам с неподдельным интересом, пригнула несколько колосьев.— Интересно как... Я и не знала.

— Корова — это животное с четырьмя ногами по углам,— хмыкнул Эмиль.— Из коровы делают котлеты, а картошка растет отдельно...

— Нет, ну картошку-то я знаю, ее из земли копают... Значит, деревня где-то близко?

— Вот именно,— сказал Эмиль, но что-то в его голосе Вадим не услышал надлежащей веселости.— Только погоди визжать от счастья, малыш. Про дезертира не забыла? Наверняка тут о нем уже наслышаны — а то и наследил...

— Но по нам же сразу видно, что никакие мы не солдаты...

— Классику надо читать, милая. Крестьянин, знаешь ли, во все времена одинаков и меняется с течением веков не так уж сильно. Подденут сгоряча на вилы — и будьте здоровы. Говорю тебе авторитетно, как бывший крестьянин,— тут следует с оглядочкой... Крайне дипломатично. Власть а таких местах — понятие абстрактное, она где-то далеконько, и никто ее толком не видел.

— Ты серьезно?

— Я серьезно,— кивнул Эмиль.— В общем, к деревеньке будем подбираться осторожненько, как диверсанты к немецкому гарнизону. Повторять подвиг Зои Космодемьянской и поджигать колхозную конюшню не рекомендую...— он ласково взъерошил Нике волосы.— Я тебя обязан доставить к цивилизации в целости и сохранности...

И снова, скоты, слились в нежном поцелуе, ничуть не смущаясь присутствием Вадима. И не подозревали, их счастье, что он решает в уме простой вопрос: а не достать ли наган, не положить ли обоих, таких красивых, в эту хилую пшеницу?

То ли осторожность пересилила, то ли не смог... Стоял на краю пшеничного поля, гадая, чем же можно разжечь в себе столько ненависти и злобы, чтобы решиться наконец?

...Вскоре признаки пасторальной цивилизации стали попадаться чаще, не в пример более наглядные: сначала они увидели какой-то странный агрегат, два огромных железных колеса, а между ними вал с длиннющими кривыми зубьями, нечто вроде великанских грабель, снабженных колесами. Эмиль объяснил

Нике мимоходом, что марсианский агрегат именуется бороной, но она не выразила особенного желания узнать подробнее, для чего эта штука предназначена. Потом обнаружилась узкая, разбитая колея с довольно высоким земляным валом посередине.

— Совсем хорошо и понятно,— прокомментировал Эмиль для Ники.— По-здешнему это именуется «автострада».

— Тут же ни одна машина не пройдет, на пузо сядет...

— Зато трактор пройдет. Как раз для «Беларуся». Близится цивилизация, вон пустые бутылки валяются, это уж самый что ни на есть классический признак...

Местность вновь стала повышаться, колея вела вверх. Они так и шагали по широкому земляному валу посреди колеи — было довольно удобно. Понемногу колея становилась все более неглубокой, а там и вовсе пропала. Эмиль чертыхнулся:

— Забрели... Какая-то старая дорога...

— И что делать?

— Вперед идти, малыш,— бодро ответил Эмиль.— Хоть дорожка и подвела, ясно теперь, что деревня близко. Будем искать... Откровенно говоря, это не иголка в стоге сена, деревня, как ни крути, штука заметная....

Вообще-то, деревня оказалась не такой уж и заметной — зато искать ее не пришлось, прямо на нее и вышли, перевалив гребень очередной сопки. Впереди тянулся отлогий склон, поросший густыми кучками сосен, он спускался прямо к деревушке.

Больше всего она напоминала очертаниями горизонтальную половинку свастики — десятка три домов, соприкасавшихся огородами, и еще несколько помещались наособицу. Огороды были огромные, выделяясь на фоне окружающей зелени темными прямоугольниками взрыхленной земли. Вокруг — лес, и сосны, и еще какие-то неизвестные Вадиму деревья с сероватыми стволами, не березы и не хвойные — вот и все, что он мог о них сказать. Там и сям — горушки с полосами голого камня по бокам, словно злой сказочный великан ободрал с них шкуру. Из деревни выходила светло-желтая укатанная дорога, почти сразу же разделялась на три, выгнувшиеся в разные стороны, скрывавшиеся где-то меж сопками, за горизонтом.

Они сидели на самом гребне и смотрели вниз. В деревне стояла совершеннейшая тишина, только порой для порядка побрехивала какая-нибудь особо бдительная собака. Из труб не шел дым, на единственной кривой улочке не было ни души.

— Может, тут и нет никого? — зачем-то шепотом спросила Ника.

— Глупости,— сказал Эмиль.— Вон, картошку только что выкопали, ботва кучами валяется. Собаки гавкают. Во-он курица прошла. Просто все при деле, тут не город, фланеров не бывает...

— А вон тот дом совсем на жилой не похож.

— Молодец, Зоркий Глаз,— вгляделся Эмиль.— Сельсовет или какая контора... А может, почта, в чем я лично сильно сомневаюсь,— при нынешних порядках из таких вот деревушек и почты убрали, и больнички, и все, что было...

— Интересно, а телефон там может оказаться?

— Вряд ли, малыш. Вообще-то, раньше и телефоны в таких аулах водились, но теперь сомневаюсь... Да и денег у нас нет ни копейки, забыла?

— Подожди! — Ника торопливо вытащила из нагрудного кармана мятую зеленую бумажку.— У меня же сто баксов остались. Те, которые... Когда переодевалась, вспомнила и переложила.

— Хозяйственная ты у меня... Увы! Боюсь, если попробуешь расплатиться этой денежкой, получишь за доллар, как в известном присловье, в морду. Не видели тут баксов...

— Как же можно так жить? Ни телефона, ни баксов...

— Вот так и живут, милая. Мир, знаешь ли, Шантарском и столицей не исчерпывается.

— Я бы здесь повесилась,— искренне призналась Ника.— Тут ночь переночевать — и то ужас берет...

— Обходятся как-то, не вешаются, разве что по пьянке...— Он повернулся к Вадиму.— Эй, парашник! Видишь во-он там, левее загона, белье на веревке?

— Ну.

— Хрен гну. Если мне зрение не изменяет, там среди простынь и прочего барахла сушатся вполне приличные портки. И рубашки есть.

— Вижу...

— А если видишь, отправляйся туда. Огородами-огородами — и к Котовскому...

— Зачем?

— Тупеешь на глазах. Потому что пора менять полосатку на что-нибудь более элегантное. И в самом деле, примет какая-нибудь дубовая голова за зэков — не отмоешься потом.

Это в старые времена для беглых каторжан выставляли на приступочку молоко с хлебушком, а нынче и хлебушек едят недосыта, и нравы стали далеки от прежней идиллии.— Эмиль мечтательно прищурился.— Самый лучший вариант — забраться в какой-нибудь домишко, там отыщется и одежда, и пара скудных рубликов. Вот только поди угадай, где точно не осталось ни старого, ни малого. А то поднимут хай, мы вдобавок местности совершенно не знаем, влетим, как кур в ощип... Что стоишь? Пошел!

— А он, часом, не сбежит? — серьезно спросила Ника.

— Куда ему бежать,— пожал плечами Эмиль,— коли уж я и сам не знаю, как эта деревушка называется и где расположена. Кишка тонка в одиночку и без копейки Робинзона изображать... Ну, шагай!

Вадим, не пререкаясь, направился вниз по склону. Он и в самом деле не собирался бежать, справедливо предвидя при этом обороте лишь новые сложности. Вряд ли пейзане, столь милые и услужливые в другое время и при других обстоятельствах, снабдят деньгами на дорогу до Шантарска. Властей здесь, надо полагать, нет никаких — какие там государственные чиновники, милиция, госбезопасность. Как марсианин на планете Земля, честное слово. Вот уж поистине — принц в роли нищего...

Миновав последние деревья, он двигался так, чтобы меж ним и крайними домами деревушки оставался большой сарай из потемневших бревен. Добравшись до этого сарая, постоял, чутко вслушиваясь.

Лениво побрехивали собаки — но в отдалении. Еще дальше, на самом краю деревни, послышался человеческий голос и тут же умолк. Кажется, кого-то звали обедать. А в том дворе, где висело белье, собаки, очень похоже, не имелось...

Он осторожно выглянул из-за угла сарая. Что-то шумно и незнакомо выдохнуло, завозилось. С колотящимся сердцем Вадим отпрянул. Вновь выглянул — и облегченно вздохнул, выругался шепотом. В загородке из толстых жердей стоял маленький черно-белый бычок размером с крупного дога. Тьфу, это ведь теленок, видел их пару раз в жизни, но последний раз был чертовски давно...

В доме не слышно ни шагов, ни разговоров. Оглянулся. Высоко, у самого гребня, различил два пятнышка — если бы не знал заранее, что они там остались, ни за что бы не догадался, что это люди. Пятнышки вдруг исчезли за гребнем — есть такое подозрение, не ради вульгарного секса уединились...

Решился. В четыре прыжка достиг веревки, принялся сбрасывать деревянные прищепки, содрал с веревки широкие штаны из темного материала, обе рубашки, скатал в ком — и припустил назад за сарай мимо удивленно взмыкнувшего теленка.

Постоял там. Никто за ним не гнался, никто не кричал — похоже, обошлось. Направляясь назад к лесу, он гордился этой мизерной, но удачной кражей так, как в свое время не гордился контрактом с «Бастер инджиниринг», где впервые его подпись стояла под документом, сулившим фирме прибыль в миллион баксов. Оказывается, и голыми руками, в непривычной среде кое на что способны. Еще бы ухитриться выжить...

Он все продумал заранее — еще спускаясь красть белье. Круто взял вправо, чтобы выйти в стороне от того места, где оставил клятых спутничков. Достигнув гребня, разулся, положил грубые ботинки рядом с бельем, хорошенько заметил место и бесшумно, прямо-таки на цыпочках стал красться меж стволов.

Другого столь удобного случая, чтобы без помех и свидетеля посоветоваться об э т о м, у Эмиля с Никой долго не будет. Если его подозрения верны, начался совет в Филях.

Он все-таки взял левее, не приучен был ориентироваться в тайге. Хорошо еще, издали заметил нечто шевельнувшееся зелено-пятнистое — один из камуфляжных бушлатов. И услышал тихие голоса. Остановился, пригнулся, стал подкрадываться, ставя босые подошвы в мох с превеликим тщанием. Похоже, банальная фраза, встречавшаяся во множестве романов, сейчас как нельзя более удачно отражала положение дел — оттого, останется ли он незамеченным, и впрямь зависела его жизнь...

— ...не по себе.

— Милая, а мне — по себе? Ты лучше вспомни, с каким кайфом он нас вешал. Он ведь не знал, что комендант всего-навсего решил повеселиться...

В голосе Ники сразу зазвучало искреннее отвращение:

— Бог ты мой, какая скотина...

— Ведь все пойдет прахом, если доберется до Шантарска. Оба мы огребем по первое число. В с е м у конец. Или сомневаешься?

— Господи, ничуть не сомневаюсь,— вздохнула Ника.— Ох, Эмиль... Я его знаю даже лучше, чем ты думаешь. Подленькая, злобная скотина... Но ведь нужно все обставить так, чтобы комар носа не подточил? Я, конечно, чисто теоретически рассуждаю.

— Пора рассуждать не теоретически, а...

Дальше Вадим не собирался слушать. Хватило и услышанного. Никакой мании преследования, никакой шизофрении, пустых страхов. Страхи оказались вовсе не беспочвенными. Отточенный интеллект опытного бизнесмена просчитал все безошибочно. Ну ладно, мы еще посмотрим, кто выйдет в Шантарск, а кто останется, у них все равно не хватит времени придумать точный план...

Он отыскал приметную сосну, где оставил добычу, обулся, подхватил одежду и быстро, ощущая странную смесь страха и злой отваги, пошел к тому месту, где сидели заговорщики.

Они увидели его первым, замолчали. Эмиль оглядел штаны, держа перед собой на вытянутых руках, одобрительно хмыкнул:

— Благодарю за службу... Великоваты, но сойдут. И рубашка тоже.— Не теряя времени, он сбросил полосатку, стал переодеваться.

— А я? — искренне возмутился Вадим.

Оставшаяся рубаха — чего он второпях не заметил — годилась разве что на десятилетнего ребенка.

— А ты, получается, перебьешься,— безмятежно фыркнул Эмиль.— Сам подумай: если отдать тебе рубашку или штаны — оба мы сохраним в гардеробе элементы полосатости, что выглядеть будет нелепо. При моем же варианте полосатым остается только один, что где-то и гармонично...

— Я вот подумал: а что, если и вправду идти дальше одному? — сказал Вадим, добросовестно изображая святое неведение.— И я вам в тягость, и вы мне глаза не будете мозолить. Уж как-нибудь доберусь, не в Антарктиде и не на Таймыре даже... Пока я там крал бельишко, мелькнула гениальная идея: пойду к крестьянам и признаюсь, что сбежал из шантарской тюряги. Бить, может, и не будут, зато непременно найдут в округе какую-нибудь власть. Или милицию. Повезут в Шантарск, скорее всего. Конечно, чревато определенными неудобствами, но не такими уж...

Ага! Можно поаплодировать себе мысленно. У Эмиля мгновенно проявились на физиономии и разочарование, и даже растерянность. Уж такого оборота он, безусловно, не ожидал...

— Не дури,— наконец сказал Эмиль, овладев собой.— Идти, так вместе. Добудем мы тебе одежду, в самом-то деле...

— Ладно...— пробурчал Вадим, делая вид, что одержим раздумьями.— А что там с «козлом» и «парашником»?

— Ну, погорячился, погорячился! — блеснул зубами Эмиль.— А ты на моем месте марципанами угощал бы? После известных событий? Пошли, не дури!

— Уговорили,— Вадим притворился, что покончил с колебаниями.— Только кончайте эти штучки, я имею в виду и хамство, и все прочее. Можете хотя бы на глазах не обжиматься? Насчет развода в Шантарске поговорим... Черт с вами.

— Конечно, поговорим,— облегченно вздохнул Эмиль.— Обо всем поговорим, как цивилизованные люди, в Шантарске... Стоп! Вон, видите?

ГЛАВА ЧЕТВЕРТАЯ

Триллер а-ля пейзан рюсс

Он резко развернулся в сторону чащобы, выхватил нож. Теперь Вадим тоже услышал резкое железное бряканье.

— Тьфу ты, черт...— Эмиль вымученно улыбнулся, спрятал нож и смахнул явственно видневшиеся на лбу капли пота.— Совсем одичали, я и забыл...

Там, неподалеку, из леса вышла очень спокойная корова с болтавшимся на шее ржавым колокольчиком размером с кулак — он и гремел. Мимоходом покосилась на них и потащилась дальше по своим немудреным делам.

— Сто лет уже ботала не слышал...— Эмиль протянул Вадиму сигарету, демонстрируя полнейшее дружелюбие и отсутствие отныне всякой конфронтации.

Покурили, сидя под деревом. Взглянуть со стороны — царило полное согласие и единение, прежние конфликты списаны на истрепанные нервы и забыты. Вот только Вадим временами украдкой перехватывал смятенный взгляд Ники: без особого протеста согласилась, стервочка, со светлой идеей насчет отправки мужа на тот свет, но долгое промедление с реализацией идеи ее нервировало страшно... Гуманистка сраная.

— А поглядите-ка...— сказал вдруг Эмиль.

Они поднялись на ноги. Внизу, откуда-то справа, появился темно-синий «зилок» с обшарпанным кузовом, почтенный годами ветеран, каких давно уже не выпускают. Он медленно ехал по единственной неширокой улочке, выписывая зигзаги,— из-под колес едва успела выскочить с отчаянным визгом маленькая лохматая собачонка. Грузовик, наконец, остановился почти напротив того дома, где Вадим крал одежду, встал косо, едва не вломившись углом кузова в ворота.

Распахнулась дверца, наружу вывалился шофер — даже на таком расстоянии видно было, как его шатает, болезного. Со двора тут же выскочила женщина. Слова сюда не долетали, но хватало энергичной недвусмысленной жестикуляции, чтобы понять очень быстро: имеет место втык. Мужичонка лениво отмахивался, дражайшая половина, на голову его повыше и гораздо шире, уже перешла к рукоприкладству. В конце концов сгребла за шиворот и молодецким толчком — есть женщины в русских селеньях! — прямо-таки закинула в калитку, откуда он больше не появился. Видно было сверху, как, далеко не сразу встав с карачек, поплелся в дом. Супруга погрозила вслед и направилась куда-то в дальний конец деревни.

— Пошли,— распорядился Эмиль.— Сомневаюсь я, что здесь ключи с собой забирают. А ГАИ обычно и близко нет...

Они прошли той же дорогой, что давеча Вадим, миновали мычащего теленка — Ника на скорую руку умилилась и посюсюкала,— прислушались. Тишина и безлюдье.

Эмиль первым распахнул калитку, вышел на улицу и, словно бросаясь в холодную воду, одним прыжком оказался у грузовика. Распахнул дверцу, заглянул, махнул рукой. Вадим с Никой бросились туда, обежали машину со стороны кабины.

Надсадно проскрежетал стартер, мотор заработал. В окне мелькнула физиономия шофера — кажется, он так до конца и не сообразил, что происходит на его глазах. Вадим пропустил Нику вперед — чтобы был барьер меж ним и Эмилем,— на всякий случай, запрыгнул последним, захлопнул разболтанную дверцу.

Грузовик сорвался с места, свернул направо, деревня осталась позади. Навстречу протарахтел обшарпанный синий «Беларусь», тащивший большой металлический прицеп, но тракторист не обратил на встречных ни малейшего внимания. Оказавшись на росстани, Эмиль, не колеблясь, помчался по средней дороге — видимо, оттого, что она была самой широкой из трех. По здешним меркам — магистраль.

Вадим высунул локоть в окно и закурил, довольный краткой передышкой, когда не нужно ежесекундно ожидать удара ножа под ребро.

— Хреново,— сквозь зубы процедил Эмиль.

— Что такое? — встревожилась Ника.

— Бензин почти на нуле, вот что...

— А заправка?

— Какие тут заправки. Где-нибудь на центральной усадьбе, но поди найди ее. В кузове канистры нет, я смотрел...

Через пару километров на пути попалась столь же крохотная деревушка, Эмиль сбросил скорость, проехал ее медленно, крутя головой. Пояснил вскользь:

— Хоть название бы спросить, вдруг и сможем привязаться...

Но ни единого аборигена они так и не увидели. И ничего, хотя бы отдаленно напоминавшего заправку, не встретилось. Впрочем, неизвестно еще, как бы на заправке отнеслись к их единственной кредитке, сотне баксов...

Эмиль все чаще косился на приборную доску — Вадим по привычке подумал, что бензина еще достаточно, коли не вспыхивает лампочка, но потом сообразил, что никакой лампочки в этой «Антилопе-Гну» оказаться не может, это вам не иномарка с кучей удобных мелочей...

— Ну-ка, назад посмотри,— бросил Эмиль.

Вадим высунулся в окно. Зеленое пятно нагоняло с нехорошей быстротой.

— Есть там что?

— Ага,— сказал он удрученно.— Мотоцикл. Чешет, как бешеный...

— Неужели так быстро спохватились? Что-то не похоже не нашу глубинку... Сколько там народу?

Вадим снова высунулся:

— Вроде... Точно, один.

— Ну, это не столь уж печально...— оскалился Эмиль.— Я-то думал — полдюжины с дрекольем.

И прибавил газу. Мотор пару раз чихнул, но пока что тянул исправно. Тяжелый грузовик мотало на поворотах, временами колеса вылетали с раскатанной колеи. Мотоцикл не отставал. Его стрекот слышался все ближе.

— Эмиль! — вскрикнул Вадим, втягивая голову в кабину.— Он в форме, точно!

— Военный?

— Милиционер, похоже.

— Тьфу ты,— фыркнул Эмиль, но скорости не сбавил, наоборот, притоптал газ.— Оказался поблизости на нашу голову...

Мотоцикл сблизился с ними настолько, что теперь не было нужды высовываться — в зеркальце заднего вида с отколотым верхним краем прекрасно видно, что на старомодном зеленом мотоцикле восседает милиционер с непокрытой головой, отчаянно машет рукой и что-то кричит. Гонка продолжалась. Мент не отставал.

— Эмиль...— сказал Вадим потерянно.— У него кобура на поясе, еще стрелять начнет...

— Замучается стрелять в такой позиции...— Эмиль пытался наддать, но машина, похоже, выдавала все, на что оказалась способна. Тогда он начал петлять, загораживая мотоциклу дорогу. И на какое-то время в этом преуспел — зеленый мотоцикл возникал то справа, то слева, шарахался, седок что-то остервенело орал, но потом настал момент, когда двигатель принялся чихать уже беспрерывно, машину сотрясло пару раз, словно на глубоких рытвинах. Мотор безнадежно заглох.

Хорошо еще, милиционер не стрелял — трудновато было бы, правую руку с газа не снимешь, а левой вряд ли попадешь по колесам... Эмиль вывернул катившую по инерции машину на обочину, затормозил. Вполголоса распорядился:

— Не дергайтесь, не лезьте с речами. Посмотрим, чем обернется, авось...

Первым выпрыгнул на дорогу. Мотоцикл пронесся мимо, метрах в трех затормозил. Милиционер шустро соскочил, извлек из коляски фуражку и нахлобучил, тщательно поправив, чтобы сидела лихо, как у царских казаков. Одернул китель, загоняя складки под ремень, похлопал по кобуре и бодренько прикрикнул:

— Па-апрашу документики!

Вадим тоже вылез, уставился на служивого. Тот был постарше их с Эмилем, лет сорока,— самая простецкая белобрысая физиономия, расплывшаяся в довольной улыбке загнавшего дичь охотника. Стандартный, классический мент.

Только помятая форма старого образца, советского, да и фуражка без орла, с отмененным гербом СССР. Впрочем, и в Шантарске в последнее время милиционеры помоложе, рядовые и сержанты, взяли моду цеплять на фуражки бог весть где раздобытые кокарды старого образца, полагая их более красивыми и внушительными, нежели новые, триколорные...

Зато кобура многозначительно распухла — был там пистолет, никаких сомнений... Форма хоть и помята, но пуговицы со старым гербом сияют, словно очередная теледурочка, открывшая для себя «Олвейз-классик».

— Ай-яй-яй...— протянул старшина (лычки тоже сияли, как ясно солнышко), оглядел их так, что стало ясно: беседа надолго затянется и ничего хорошего не сулит.— Вы зачем это Васькин грузовик угнали? Это уже статья, господа хорошие, уголовная статеечка...

С совершенно неуместным в данную минуту злорадством Вадим отметил, что Эмиль пребывает в полной растерянности, не в силах соврать что-нибудь подходящее. И, неизвестно чем побуждаемый, решил вступить в игру:

— Да разве это Васькин грузовик?

— Васькин, Васькин...— с ласковой укоризной заверил мент, похлопывая по кобуре.— Натурально, Васькин. Ну что, мне в воздух стрелять или сами пойдете до камеры?

— Подождите,— опомнился Эмиль.— Давайте я вам все объясню подробно...

— Да я сам все вижу подробно. Попались, граждане хорошие, от рабоче-крестьянской милиции не уйдешь...

Ника вдруг шагнула к нему и протянула зеленую бумажку:

— Давайте как-нибудь договоримся? — предложила она, изобразив обаятельную улыбку.

У самой, как-никак, был изрядный опыт общения с шантарскими гаишниками. Но зеленый Франклин, моментально превративший бы в умилительного агнца самого злобного дорожного волка, здесь, похоже, всегдашнего магического действия не оказал. Городская была магия, незнакомая местным слугам правопорядка...

— Вы мне, гражданочка, всяку дрянь не суйте,— неподкупно отмахнулся старшина.— А то еще одну статеечку к вам пришпилю.— Он опять похлопал по кобуре.— Тут ваши штучки не проходят...— И внезапно расплылся в вовсе уж масленой улыбке.— А я ведь знаю, хорошие мои, откеда вы сбежали. Зна-аю доподлинно! Думали, мы тут лаптем щи хлебаем? И не удалось вам смыться, граждане хорошие, как ни крутились!

Сердце у Вадима не то что упало, согласно известному выражению,— шумно провалилось куда-то вниз, затихло, совершенно не чувствовалось. Ника непроизвольно ойкнула. Старшина же, оглядев их с неприкрытым злорадством, протянул:

— Что, голуби, загрустили? Назад вас определим, в два счета и в лучшем виде, уж я вам обещаю. А поднимайте-ка ручки...

Х-хэк! Эмиль крутнулся, ударил, ушел в сторону с невероятной быстротой, ударил вновь... Старшина отлетел, как сбитая кегля, звучно ударился затылком о коляску, сполз по ней на землю и упал лицом вниз, разбросав руки. Все произошло в считанные секунды. Ника так и стояла с баксами в руке, не успев руку опустить...

Зато Эмиль не терял времени даром. Моментально присел на корточки, полез в кобуру. Выпрямился, затейливо выругавшись, швырнул в сторону черный пистолет, отлетевший неожиданно далеко, упавший как-то очень уж медленно. Ощерился:

— Игрушка. Анискин долбаный, на понт взять пытался... В такой глуши, поди, им и табельного не полагается... Или потерял по пьянке, как в том кино...

— Но откуда он знал? — спросила Ника дрожащим голосом.— Он же так прямо и сказал...

— От верблюда,— огрызнулся Эмиль.— Некогда голову ломать. Сматываться надо — статейка получается и впрямь серьезная... Нападение при исполнении. С таким и в Шантарске не сразу справишься, а уж здесь, где мы на положении последних бичей, беспаспортных и бесправных...

— Нет, откуда он узнал? — повторила Ника.— Значит, у н и х есть люди в округе?

— У него спроси...— Эмиль присел на корточки, порылся в карманах бесчувственного милиционера.— Ни денег, ни корочек, ничего полезного. С-сука... Вадим, возьми какую-нибудь ветошку, протри все в кабине, чтобы не осталось пальчиков. Живо!

На сей раз Вадим бегом бросился выполнять приказ — не тот случай, чтобы обижаться на тон и дискутировать.

— Тщательней! — прикрикнул Эмиль.— Руль, рычаги, дверцу — все!

И принялся осматривать мотоцикл. Вадим вытащил из-под сиденья большую тряпку, вонявшую бензином и черную от масла, старательно взялся за работу, оставляя темные разводы на дверцах.

Когда он закончил, Ника присела на корточки над старшиной, все еще лежавшим в прежнем положении, осторожно потрогала, выпрямилась с помертвевшим лицом:

— Эмиль... По-моему он — того...

— Сейчас заплачу,— бросил Эмиль, не оглядываясь на нее.— И салют устрою... Черт, и у этого бензина — хрен да маленько... Как они так ездят, козлы? Ладно, сколько сможем, столько и проедем. Садитесь, живо! — Он ударил ногой по рычагу, мотоцикл мгновенно завелся.

Вновь наступил критический момент... Вадим держал ушки на макушке, но Эмиль, не глядя на него, прыгнул за руль, Ника уже сидела в коляске. Тогда и он забрался на второе сиденье, обеими руками уцепился за большую черную петлю, мысленно ругая себя за очередной приступ малодушия: тут бы голубков и о с т а в и т ь, с мотоциклом худо-бедно управился бы...

ГЛАВА ПЯТАЯ

«Язык»

Бензина хватило, как скупо пояснил потом Эмиль, километров на двадцать. За это время они разминулись со встречным грузовичком — стареньким «газиком»,— обогнали, не останавливаясь, куда-то шагавших по своим примитивным делам двух мужичков, видели слева еще одну деревню, побольше, куда, конечно же, не стали заворачивать, миновали небольшое озеро — вокруг него виднелось с полдюжины ярких легковушек, сидели рыбаки с удочками, посередине озера кто-то плавал в черной резиновой лодке.

Мотоцикл заглох, когда озеро осталось далеко позади, на узенькой лесной дороге. Сняв крышку и заглянув в бак, Эмиль печально покривил губы и ничего не сказал, все было ясно и так. Все места, где могли остаться отпечатки пальцев, протерли полами бушлатов, зашагали прочь.

Довольно скоро Ника робко спросила:

— А что теперь?

Эмиль едва не взорвался, но опомнился в последний момент, с наигранной бодростью пожал плечами:

— Дальше бредем, Марковна... Места пошли населенные, ну, относительно населенные, однако это внушает... Между прочим, помнит кто-нибудь, какой сегодня день? Нет? Я тоже не помню. Очень может быть, что и выходной — то-то рыбаки к озеру стянулись.

— А какая нам выгода от выходного? — угрюмо бросил Вадим.

— Некоторая... В выходной всегда легче убегать от властей — чем мы в данный момент и занимаемся. Ничего, найдут этого козла, может, и скоро, но с нами его связать будет трудновато. В этом захолустье на выходные казенная жизнь замирает вовсе, вряд ли станут поднимать хай вселенский...— Он широко улыбнулся.— А то и спишут моментально на того сопляка, отчего лично я плакать не буду, не тянет что-то.... Но самое печальное — я до сих пор не могу определиться на местности. Что Каразинский район, что Мотылинский — если только дизик не напутал — отнюдь не Монако, хоть и Франции не равняется...

«Не так уж он спокоен,— отметил Вадим.— Разболтался, значит, нервничает. Хорошо бы свернуть за поворот, а там — город... Есть же тут какие-то города, хоть и маленькие. В городе вряд ли посмеет».

— Стоп! — Эмиль остановился, поднял руку.— А ну-ка, в лес!

Они торопливо свернули с дороги, укрылись за толстой сосной. Звуки, приближавшиеся с той стороны, куда они направлялись, в конце концов смог опознать даже Вадим — стук копыт и грохот телеги, доводилось их видеть раньше, не такой уж он урбанист, чтобы не распознать телегу...

Она показалась на дороге — серо-белая невидная лошадка трусила не спеша, не обращая внимания на громкие матерные понукания. Бразды правления находились в руках столь же невидного мужичонки, словно сошедшего с экрана: сапоги, ватник, простецкая хмельная физиономия. Свесив ноги на левую сторону, он покрикивал скорее по обязанности, а за спиной у него в телеге помещались два ящика с темными бутылками, звеневшими и погромыхивавшими. Одна, початая, пребывала у мужика в левой руке, он как раз к ней приложился. На телеге он был один...

Эмиль мотнул головой Вадиму — и первым вышел на дорогу, махнул рукой, крикнул:

— Эй, притормози!

В общем, ничего пугающего в его облике не было — штык-нож он заранее спрятал в обширный боковой карман и застегнул его на пуговицу. Мужичонка, кажется, ничуть не удивившись, натянул вожжи:

— Стый, холера!

Лошаденка флегматично остановилась, повесила голову.

— Здорово,— сказал Эмиль.

— Коли не шутишь...— охотно отозвался мужичонка.— Стой-стой, где-то я тебя видел... Семенов свояк?

— Да нет,— сказал Эмиль терпеливо.— Раньше вроде бы не встречались... Мы геологи, заблудились немного.

— А чего тут блудить? — на конопатой физиономии мужика изобразилось крайнее удивление.— Не джунгли. Вон там — Парнуха, там — Чебаки... Вы где стоите?

— В Чебаках,— сказал Эмиль.

— Так вам что, туда надо?

— Не совсем. Нам бы до города добраться.

— До какого?

— Ну...— Эмиль неопределенным жестом показал в пространство.— Как он называется-то... Совсем забыл, мы тут третий день...

Вадим впервые в жизни осознал, каково приходилось шпионам и диверсантам, про которых любил иногда почитывать в отроческие годы. Вот так, наверное, и выглядело, когда по ошибке сбрасывали с парашютом черт-те где, в незнакомом месте...

— Который день, говоришь?

— Третий.

В хмельных глазах, смотревших вразброс, вдруг мелькнуло совершенно трезвое подозрение:

— Чё-то ты мне буровишь...— протянул он.— Откуда в Чебаках геологи? Их там второй месяц нету...

— Ну, может, и не Чебаки...— отчаянно импровизируя на ходу, усмехнулся Эмиль.— Говорю тебе, мы тут люди новые, все названия в голове перемешались. Вмазали вчера крепко, знаешь ли... Мозги до сих пор кувыркаются. Есть же город поблизости, как там его...

— И врешь ты все! — громогласно объявил мужичонка, тыча в Эмиля худым грязноватым пальцем.— Как проститутка Троцкий. Что я, геологов не видел? Насмотрелся. Сам месяц провод таскал у Пашки Соколова. Вот где не попьешь... Вы откуда сбежали? А? Для зэков что-то больно обросшие, да и зон поблизости нету... Это что за полосатик? — он ткнул пальцем в Вадима.— Ох, не простые вы ребятки-девочки...

Судя по всему, он был в том дурманно-упертом состоянии, когда голова мало-мальски работает и способна даже подметить в окружающем логические несообразности, но вот всякое чувство опасности отшиблено напрочь. Иначе держался бы совершенно по-другому...

Он продолжал столь же триумфально, целясь пальцем во всех трех поочередно:

— Непростые вы ребятки, сразу видно, и не надо мне вкручивать мозги... Никакие вы не геологи, а непонятно кто, и вот что я вам скажу: надо вас, таких подозрительных, отправить парадным шагом, куда следует быть...

— Бдительный ты, я смотрю, мужик,— усмехнулся Эмиль одними губами.— Прямо-таки Карацупа и собака Ингус, хоть границ на тысячу верст в округе и не имеется... Шпионы мы, шпионы, и послали нас выведывать рецепты самогона... Слушай, кончай дуру гнать. Мне в самом деле нужно в город...

— К участковому тебе нужно! — огрызнулся мужичонка, явно не собиравшийся шутить..— А то недавно такие же болтались по деревням, потом у Михалыча телка пропала, сволокли в тайгу, дали по рогам, грудину вырубили и уволокли, а остальное бросили... А может, это и вы, голуби? С ними вроде девка была...— Как порой с поддавшими случается, он вмиг перепрыгнул к крайнему озверению.— Шагай, блядь, в деревню, там разберемся!

Возможно, пронеслось во взбудораженном сознании Вадима, тут были скрыты своего рода комплексы — допустим, неполноценности. И мужичонка, вряд ли почитавшийся в родной деревне справным хозяином, впервые получил шанс себя таковым ощутить, пригнав к односельчанам на судный спрос непонятных бродяг. В любом случае — миром не разойдемся...

К тому же выводу секундой раньше пришел Эмиль. Когда мужичонка, отбросив бутылку, для пущей убедительности потянулся к лежавшему в задке телеги топору, прыгнул на него, вмиг сдернул с телеги и свалил наземь, заломив руку. Бросил Вадиму:

— Лошадь держи!

Вадим с опаской приблизился — Аллах ведает, как ее следовало держать. От кого-то он слышал, что лошади кусаются почище любого бультерьера. Однако лошаденка стояла столь же отрешенно, повесив длинную голову, пофыркивая.

— Эй, а как ее...

— Вожжи к дереву привяжи! — крикнул Эмиль.— Вожжи!

Сторонясь, стараясь держаться подальше от задних ног животины, Вадим подобрал с телеги вожжи и накрепко привязал их к ближайшей сосенке. Эмиль уже волок мужика подальше в лес. Ника с Вадимом заторопились следом.

Отойдя от дороги метров на пятьдесят, Эмиль толкнул «языка» в мох, встал над ним со штык-ножом наголо:

— Сиди, пейзан, и молчи в тряпочку...

— Сам ты пейзан, бля,— плаксиво отозвался мужичонка. От прежнего боевого задора не осталось и следа.— Мужики, вы чего? Убить, что ли, хотите? Я сватье портвешок везу, свадьба завтра, надо на стол и магазинного поставить для культуры, как у людей... Вы че, мужики? Не надо!

— Что, жить хочешь? — жестко ухмыльнулся Эмиль.

— А кто не хочет? — Он жалобно сморщился: — Мужики, не убивайте, заберите, чего хотите...

— Раздевайся! — рявкнул Эмиль.— А то приткну, как Марата!

— Да Марат живой, вчера приезжал...— машинально возразил мужичонка, так и не поняв, что его сравнивают с исторической персоной.

Увидев клинок у горла, замолчал, трясущимися руками стянул сапоги, фуфайку, пропотевшую голубую рубаху и дешевенькие серые штаны. Эмиль бросил Вадиму рубаху со штанами:

— Вот и разжился, а ты плакался... Эй, ты куда?

— Как в анекдоте,— вымученно улыбнулся Вадим.— И покакаю заодно..

— Ладно, побыстрее. И полосатку назад принеси... Не сидеть же мужику голышом.

Вадим побыстрее направился в лес, благословляя собственную сообразительность,— ведь едва не стал переодеваться при них, в последний миг вспомнил о нагане...

Вернулся он быстро. Эмиль кинул мужичку полосатые, крепко припахивавшие дерьмом тряпки:

— Обряжайся. Вот, красивый получился... И не трясись, не убью — не стал бы я тебе давать такой красивый костюмчик, если б собрался резать...

— Да я, конечно...— приговаривал пленник, торопливо натягивая вонючие лохмотья.— Да я понимаю...

Эмиль присел на корточки, приказал Вадиму:

— Возьми-ка во-он тот сук. Встань сзади. Если попробует дурить, шарахни по кумполу.

Вадим повиновался. Новая одежда пришлась ему почти что впору, но вот припрятанный наган теперь доставлял гораздо больше хлопот — в кармане портков был бы заметен, пришлось, туго затянув узенький ремешок из паршивого кожзаменителя и тщательно запихав в штаны рубаху, сунуть револьвер сзади за ворот, так, чтобы провалился к поясу. Лучшего тут ничего не придумаешь. Под бушлатом незаметно, только нужно следить в оба, чтобы не выпал в самый неподходящий момент...

Он встал на страже, старательно сжимая здоровенный сук. Тем временем Эмиль очистил ножом от травы изрядный клочок земли, огляделся, сунул в руку мужичонке толстый сучок:

— Это какой район, Каразинский или Мотылинский?

— И вовсе даже Шкарытовский,— отозвался пленник, то и дело опасливо косясь через плечо на Вадима.— Мотылинский во-он в той стороне, вы его давно прошли и к нам в Шкарытовский вышли...

Эмиль улыбнулся с неподдельной радостью. У Вадима тоже отлегло от сердца — в Шкарытово он не бывал, но примерно представлял, где это, в какой стороне Шантарск. Километров двести до родного города... или двести пятьдесят?

В Шкарытово, кажется, есть вокзал, железная дорога тянется до Шантарска...

— Рисуй,— распорядился Эмиль.— Карту рисуй, говорю! Шкарытово, эти ваши улусы...

— Я тебе что, Церетели — карты рисовать?

— А ты у нас в искусстве подкованный... Рисуй, как умеешь. Можно приблизительно. Но чтобы было наглядно, чтоб у тебя Шкарытово не залезло к Полярному кругу...

— Мне бы...

— Вероника! — обернулся Эмиль.— Бутылку принеси!

Как следует отхлебнув из горлышка, пленник стал самую чуточку веселее, принялся корябать сучком по черной, пахнущей сыростью земле, приговаривая:

— Вот тут получается Парнуха, тут Усть-Лихино, тут... тут у нас Чебаки...

— Эй, эй! — прикрикнул Эмиль.— Ты мне тут не вырисовывай каждый пень! Говорю тебе — мы не шпионы, нам такая точность ни к чему. Изобрази подробнее, где Шкарытово, как туда проще добраться.

Откровенно говоря, из корявого рисунка на влажной земле, больше всего напоминавшего первобытные писаницы на скалах близ Шантарска, Вадим ничего толком не разобрал. Да и Эмиль, по лицу видно, должен был всерьез поломать голову над каракулями. И все же после долгого допроса кое-какая картина начала вырисовываться... Даже Вадим кое-что уяснил.

— Ну, вроде бы соображаю...— протянул Эмиль.

Выпрямился, глядя сверху вниз на съежившегося «языка». В глазах у него было нехорошее раздумье. Какой-то миг Вадиму казалось, что широкий, поблескивающий штык-нож сейчас воткнется мужичонке под ребро. Что-то такое почуял и «язык» — таращился снизу вверх испуганно, льстиво, умоляюще, не в силах вымолвить хоть слово.

Махнув рукой, Эмиль отошел, на ходу пряча нож в карман. Судьба пленника, похоже, решилась — другими словами, ему еще предстояло пожить на нашей грешной земле. «Не исключено,— ехидно подумал Вадим,— у нашего супермена рука не поднялась на собрата-пейзанина, вспомнил детство золотое в такой же глуши, расчувствовался... Мою судьбу, скот, решил без всяких там сантиментов».

Эмиль вернулся с двумя откупоренными бутылками сквернейшего портвейна. Весело спросил:

— Тебя как зовут?

— Степаном,— настороженно ответил пленник.— Макарычем.

— Вот и держи сосуд. Как писал который-то там столичный пиит по другому, правда, поводу: «Все печки-лавочки, Макарыч...» Пей, родной. Пей от души. А если не станешь пить или будешь сие амонтильядо назад выбрасывать, я определенно нож выну, верно тебе говорю. Вероника, пошуруй на телеге, там где-то виднелся хлебушек и еще что-то немудреное. Степан Макарыч гулять изволят.

— А она не цапнет? — опасливо поежилась Ника.— Лошадь?

— Не цапнет,— усмехнулся Эмиль.— С чего бы ей человека цапать...

— Да она тихая, дети под брюхо лазят,— вмешался пленник. Судя по всему, включился могучий рефлекс исконно русского человека, и осознание предстоящей обильной выпивки отсекло все посторонние чувства, включая страх перед загадочными незнакомцами, так неожиданно сграбаставшими в полон.— Ты там в тряпке посмотри, я туда лук клал и сиг вяленый должен валяться, если его Прошка не вытащил... Белая такая тряпка, в задке...

Ника принесла и сверток, и сыскавшийся в телеге грязный граненый стакан. Пленника начали накачивать отравой — в глотку не лили, но и долгих пауз меж стаканами не допускали, Эмиль в случае малейшей заминки поигрывал ножом.

Макарыч и в самом деле не собирался выбрасывать назад жуткое пойло, хмелел быстро, в какой-то момент полностью перестал понимать, где он и с кем, называл Эмиля с Вадимом Михалычем и Серегой, лез целоваться и жаловался на бабу, на детей, на сватью, на сельсовет, на весь окружающий мир. По дороге пару раз проезжали машины, но не останавливались. С дороги сидящих не было видно, а если бы и увидели, наверняка не заподозрили бы ничего плохого и подошли только в том случае, если бы сами рассчитывали на выпивку.

Потом у Макарыча сработал еще один старинный русский рефлекс — он начал длинно, путано и цветисто врать, что на самом деле никакой он не механизатор, а секретный майор, вышедший в отставку месяц назад и поселившийся в здешнем тихом захолустье исключительно потому, что его преследовали американские шпионы, не дававшие покоя носителю глобальных секретов и на почетной пенсии. Врал, конечно, как сивый мерин — оба некогда служили в армии и быстро сообразили по некоторым деталям, что их пленник в самом лучшем случае отбывал действительную в рядах серой пехтуры, а в худшем — украшал своей персоной какое-нибудь подсобное хозяйство части, если не стройбат. Какие уж там именные пистолеты от Жукова, с которым Макарыч просто физически не мог состыковаться на армейских стежках,— сам проговорился, что от роду ему сорок три годочка. Когда он достиг призывного возраста, Жуков давно уже был выпнут Лысым в позорную отставку...

Пришлось сидеть и терпеливо слушать. Настал, наконец, момент, когда Макарыч оборвал на полуслове уже совершенно невнятное болботанье, рухнул лицом в мать сыру землю и отказался просыпаться, как ни трясли и даже пинали.

— Готов,— сказал Эмиль.— Пошли.

Он снял с телеги ящик с остатками портвейна, отнес к тому месту, где бесчувственным кулем покоился Макарыч. Подумал и отнес второй. Пояснил:

— Будет ему хорошая опохмелочка. К вечеру продерет глаза, хлебнет еще и опять пойдет в аут. Про нас местные узнают только завтра — если вообще вспомнит, куда лошадь подевал и откуда взялась полосатка...

Подстелил Макарычеву фуфайку, кивнул Нике:

— Прошу. Экипаж подан.

— Мы что, на ней поедем?

— Ну, не столько на ней, сколько на телеге... Все быстрее, чем пешком.— Он ловко отвязал вожжи.— И главное, кое-какой информацией разжились, больше не будем тыкаться слепыми котятами. В случае чего — мы друзья Степана свет Макарыча из Чебаков, одолжили у него лошаденку и пустились на ней в Шкарытово по делам. Легенда не самая убогая... А до Шкарытова — километров тридцать, между прочим. Всего-то. Правда, на дороге еще река будет, а где мост и как к нему добраться, я, честно скажу, плохо понял — этот алкаш вспомнил про реку, когда уже начинал отрубаться, сами слышали. Но-о!

Лошаденка вздохнула и затрусила как раз в ту сторону, откуда Макарыч приехал. Вадим устроился в задке телеги согласно все той же нехитрой диспозиции.

Ничего романтичного в езде на настоящей деревенской телеге не оказалось. Трясло немилосердно из-за отсутствия какого бы то ни было аналога амортизаторов, зубы щелкали сплошной пулеметной очередью, как ни укладывайся. Пришлось сесть, свесив ноги — так было чуточку полегче, больше доставалось заднице, однако зубы лязгать перестали. Нике на свернутой фуфайке было не в пример уютнее.

— А потом? — спросила она.

— Потом...— протянул Эмиль.— Потом будет полегче.

— Там вроде железная дорога есть,— вмешался Вадим.

— Нет, это ты перепутал. Железка кончается в Бужуре, а до него от Шкарытово километров сорок. Но все равно, в Шкарытове от многих хлопот избавимся... (Ника непроизвольно взглянула на него, и Вадим этот взгляд великолепно понял, но не показал виду.) Убогий, но городишко. Найдем способ поменять доллары, доберемся до Бужура, возьмем самые дешевые места, сядем на поезд... Да, в общем, куча возможностей. На худой конец машину можно угнать. И добраться до Манска — там-то уже сыщутся знакомые, и влиятельные, взять хотя бы Фирсанова...

— В ванну...— мечтательно протянула Ника.— И шампанского...

«Очень мило,— подумал Вадим.— Дураку ясно, что это за хлопоты такие, от которых вы избавитесь в Шкарытово в первую очередь. Безымянный труп на окраине, а? Нет уж, постараемся побрыкаться, на тот свет как-то неохота, лучше уж отправить вас показывать дорогу».

ГЛАВА ШЕСТАЯ
Изаура и остальные

Если не считать полного отсутствия комфорта, экзотическое путешествие на телеге протекало около часа безопасно и мирно. К дороге то подступали перелески, то она, расширившись, тянулась в чистом поле, иногда нетронутом цивилизацией, иногда представлявшим собой желтые пространства, сплошь покрытые странной, совсем невысокой травой, подстриженной прямо-таки под гребенку, словно английские газоны. Эмиль кратко объяснил удивившейся Нике, повидавшей английские газоны, что это называется «стерня» и является бывшим пшеничным полем, с которого все сжали-смолотили (Вадим припомнил классическое «только не сжата полоска одна...», приходилось что-то такое заучивать в младших классах).

Однажды навстречу попались голубые «Жигули» с резиновой лодкой на крыше. Однажды обогнал мотоцикл, а потом — грузовик, нагруженный какими-то бочками. Никто не обращал на них внимания, словно телега оказалась под шапкой-невидимкой.

А потом шапка, должно быть, куда-то пропала...

Обогнавшая было «Газель» с серым металлическим коробом вместо кузова вдруг притормозила метрах в тридцати впереди, и из кабины полезли люди.

Перегородили дорогу. Что самое скверное, один из троих был вооружен помповушкой, держал ее на манер киношных шерифов — дуло на сгибе локтя. Он и стоял посередине, а у его спутников оружия вроде бы не было. Однако троица недвусмысленно загораживала проезжую часть...

— Спокойней...— тихо распорядился Эмиль.— Авось выпутаемся согласно легенде. Тпр-ру!

Лошаденку не пришлось долго упрашивать — охотно остановилась после первого же окрика, понурив голову. Трое молча, с непонятным выражением лиц разглядывали телегу и пассажиров (или как там именуются те, кто на телеге ездит — седоки, что ли?). С первого взгляда было видно, что на пропойцу Макарыча эти трое похожи мало: физиономии не особенно обременены интеллектом, но чисто выбритые, сытые, не носившие ни малейших следов пристрастия к зеленому змию. Да и одеты чуть иначе — в хороших, пусть и выцветших джинсах, аккуратных хромовых сапогах, недешевых куртках. В Шантарске они все равно смотрелись бы заезжей деревней, но для здешних мест, надо полагать, прикинуты были более чем богато.

Один вдруг с тем же безразличным выражением лица отошел к кабине, вытянул за приклад двустволку-вертикалку и вернулся к спутникам.

Ружье, правда, держал не столь картинно — попросту опустил стволом вниз.

Немая сцена зловеще затягивалась.

— Куда едем? — спросил, наконец, человек в помповушкой. Лет на пять постарше Вадима с Эмилем, густые вислые усы, во всей позе, в голосе — спокойное превосходство.

Вадим понял, что наган ни за что не успеет выхватить — вмиг изрешетят. Нехорошее что-то в воздухе витает...

— В Шкарытово,— сказал Эмиль почти безмятежно.— По делам.

— У тебя еще и дела есть?

— Как не быть.

— Лошадь чья?

— Степан Макарыча,— сказал Эмиль.— Из Чебаков. Одолжил вот... А мы ему водочки привезем. Знаете такого — Макарыча?

— Встречались...— он сделал пару шагов влево, оглядел Вадима.— Интересно, когда ж это ты успел у него лошадь одолжить, если я часа два назад его обгонял, когда он ехал в совершенно противоположную сторону — как раз к Чебакам? — усмехнулся почти весело.— Никак не успел бы до Чебаков обернуться и отдать вам телегу... А одежонку, что на нем была, тоже одолжил? И часики? — он мотнул головой, указывая на запястье Эмиля, где красовались снятые с Макарыча часы, поцарапанные, чуть ли не первого послевоенного выпуска.

«Влипли»,— пронеслось у Вадима в голове.

Тут же с неуловимой быстротой мелькнул ружейный приклад — это второй, незаметно подкравшийся слева, двинул им Эмилю под ребра, заставив вмиг согнуться пополам. Схватил за волосы и сдернул наземь.

— Смирно сидеть, твари...— прошипел он, взяв Нику с Вадимом на прицел.

Усатый — чрезвычайно походило на то, что он у них главарь — вразвалочку подошел к Эмилю и ткнул его в щеку дулом:

— Лежи, сука... Что с Макарычем сделали? Я тебя, рвань бичевская, живым в землю закопаю, если будешь вилять...

— Убери пушку! — прямо-таки завизжал Эмиль, защищая ладонями лицо.— Ничего мы ему не делали! Ружье убери, говорю...

Вряд ли он мог быть напуган и растерян до такой степени, бесстрастно оценил Вадим. Просто разыгрывает трусливого и забитого бича, которого с первого взгляда можно считать совершенно неопасным...

— А телега? Одежда?

— Ты что, мент? — с истерическим блатным надрывом вскрикнул Эмиль.

Усатый пнул его носком начищенного сапога:

— Я для тебя похуже мента. Мент посадит в кэпэзуху и будет гуманно кормить баландой, а я тебе прикладом яйца в лепешку разуделаю, если будешь врать...— Пнул еще раз, с расстановкой, тщательно прицелившись.— Где Макарыч? Замочили?

— Да кому он нужен, мочить его? — завопил Эмиль с теми же панически-блатными интонациями.— Вышку на себя вешать из-за этого жука навозного?! Мы его на дороге встретили, попросили пузырь, как у человека, у него ж там два ящика... А он с нами сам квасить сел! И вырубился...

— Ага...— протянул усатый.— И вы бедолагу, стало быть, обшмонали по самое дальше некуда? Лирическое у вас отношение к частной собственности, я смотрю... Не звездишь?

— Говорю тебе, на кой нам черт вышку зарабатывать?! В лесу твой Макарыч спит, в жопу пьяный! Могу место показать, поехали проверим!

— Ну, смотри...— сказал усатый.— Проверить, сам понимаешь, можно быстренько. Недалеко вы отъехали...

— Вот и проверь! — огрызнулся Эмиль.— Вези нас в милицию. Есть тут у вас где-нибудь милиция? В Шкарытово хотя бы? Пусть проверяют на сто кругов, мы его не мочили, бояться нечего...

— Вова, а ведь не врет, похоже? — спросил тот, что с вертикалкой.

— Да, похоже,— задумчиво ответил усатый.— Нет в нем никакого покаянного страха перед возмездием, что-то не просматривается. Нас он ссыт малость, а вот милицейской проверочки не особенно и опасается, не та у него рожа... Кто такие? Бичева?

— Мы из Шантарска,— быстро ответил Эмиль.— Ездили тут к кенту в Мотылино, назад добираться не на что, двинулись на перекладных до Шкарытово. Там решили подкалымить, на дорогу...

— Документы есть?

— Нету,— упавшим голосом признался Эмиль.— Да вы везите нас в шкарытовскую милицию, они разберутся...

— Нет, не боится он милиции, Вова,— сказал мужик с вертикалкой.— Бля буду, не боится. Да и не слышно было, чтобы этакая вот троица безобразила в округе. Про дезертира предупреждали, того, что положил караул на точке. А о таких речи не было...

— Нет за нами никаких хвостов! — заявил Эмиль.

— То есть как это — нету? — картинно удивился усатый Вова.— А грабеж лошади с телегой, одежды и часов у честного крестьянина? Хоть тот крестьянин, откровенно говоря, создание жалкое и ничтожное, пьянь подзаборная, а факт остается фактом... Прикинь-ка, сколько за этакие художества полагается. Многовато. Бушлаты, кстати, где сперли? Новехонькие, хоть вы и успели их засрать да пошоркать...

— В Мотылино променяли,— сообщил Эмиль.— У меня часы были хорошие, настоящие японские, а у жены — колечко...

— Ты смотри,— резюмировал третий.— Приличный человек, жену с собой возит, у нее даже колечко водилось... Культурный бич пошел...

— Как ни крути, а за грабеж и культурному много чего полагается,— сказал мужик с вертикалкой.

— Вот и везите в милицию,— сказал Эмиль.

— Уговорил,— ухмыльнулся усатый.— Придется. Лезьте в кузов, вшивая команда...— Повернулся к тому, что был без ружья.— Васек, бери телегу и возвращайся той дорогой. Погляди, где там Макарыч. Что-то я им до конца не верю... Прошу, гости дорогие! До самоходу!

Вадим быстро и где-то даже весело первым направился к дверце, предупредительно распахнутой для него усатым. Как раз его такой расклад устраивал вполне, в его положении лучше КПЗ в шкарытовской милиции ничего и представить невозможно. Это Эмиль насупился, вряд ли только из-за пары пинков и неожиданного пленения — трещит по швам кровожадный планчик, случая убить не представится, похоже, а в

Шантарске Вадим сможет что-нибудь придумать...

Дверь захлопнулась за ними, стукнул засов. В железном ящике стояла полутьма, но немного света все же проникало сквозь подобия окон в боковых стенках. Конечно, это были не настоящие окошечки: с полдюжины горизонтальных прорезей на каждой стороне, для вентиляции, видимо...

В углу сидел еще один пленник — и он-то как две капли воды походил на опустившегося бродягу, какими, увы, полон и стольный град Шантарск: одежонка имеет такой вид, словно ее носили, не снимая, со времен крепостного права, соответствующее густое амбре.

Эмиль сразу прилип к прорезям — смотрел на дорогу.

— О! — без особого интереса констатировал незнакомый оборванец.— А вы на чем погорели?

— А ты? — спросил Вадим.

— Да ни на чем таком особенном. Занесло в Парнуху, пока картошку копали, было где подкалымить, а потом лафа отошла. Приехал участковый сегодня утром, сцапал и отдал этим...

— То есть как это отдал? — удивился Вадим.— Мы что, не в милицию едем?

— Непохоже что-то,— сказал оборванец.— Никакого разговора про милицию не было. Участковому они литру поставили...

Вадим понял, что радоваться рано: похоже, начинались какие-то непонятные неприятности...

...Ехали не так уж и долго (Эмиль на всем протяжении пути торчал у прорезей). Двигатель замолк, послышались шаги, звонко откинули засов:

— Выходи, бичевня!

Они спрыгнули на землю, оглядываясь не без любопытства. Машина стояла на просторном дворе, недалеко от большого дома, сложенного из толстых бревен. Вокруг — разнообразные хозяйственные постройки, названия и предназначения которых Вадим попросту не знал. Телеантенна на высоченном, метров десять, столбе, удерживаемом стальными тросами-распорками. В дальнем углу — снятая с бензовоза и установленная на огромные деревянные козлы цистерна с надписью «Огнеопасно». Сразу три собачьих будки — отверстия закрыты толстыми досками-заслонками, слышно, как внутри возятся и зло ворчат псы, судя по размерам будок, здоровенные. Во дворе — прямо-таки идеальная чистота и порядок, напомнившие Вадиму немецкие деревеньки: никакого хлама, ни клочка бумаги или мятой сигаретной пачки, ни кусочка ржавой проволоки. Чистая, ухоженная усадьба, прямо-таки перенесенная в сибирскую глубинку из какой-нибудь Баварии — конечно, с учетом местных реалий...

Послышался громкий многоголосый выкрик:

— С приездом, господин хозяин!

Вадим обернулся в ту сторону — и вот тут-то по-настоящему стало жутко...

Там, у аккуратного забора, стояли человек шесть — судя по облику, такие же несчастные маргиналы, как их вонючий попутчик. Держа обеими руками жестяные миски, они отвешивали усатому самые натуральные поясные поклоны.

И у каждого на ногах были натуральнейшие кандалы — похоже, смастеренные здешними умельцами из толстых собачьих цепей, но надежные даже на вид. В таких широко не шагнешь, будешь семенить, как китаянки в те времена, когда им бинтовали ноги...

В сторонке, с ружьем на плече, сидел отрок лет восемнадцати, тоже сытенький и крепкий, с пушком на верхней губе и наглой уверенностью в себе во взоре.

— Как оно? — мимоходом спросил усатый.

— Нормалек, батя. Жрут за обе щеки.

— Жрать-то они умеют, быдло... Ворота закрой,— и усатый повернулся к пленной четверке.— Ну-с, господа нищеброды, в темпе пройдем политграмоту... Если что будет непонятно, переспрашивайте сразу, повторять потом не буду. Вот... Существа вы все, по большому счету, пакостные и никчемные,— говорил он без всякой злобы, скорее равнодушно,— а поскольку, во-первых, труд сделал из обезьяны человека, а во-вторых, в такую пору каждая пара рук на счету, придется вам потрудиться на совесть, от рассвета и до заката, от забора и до позднего ужина... Пока не зарядили дожди, будем копать картошку. Да и помимо картошки будет еще масса дел по ударной подготовке к зиме. У меня не заскучаете.

— А картошки-то сколько? — поинтересовался вонючий сосед Вадима.

— Мало,— обнадежил усатый Вова.— Всего-то гектара полтора. За недельку управитесь, если будете трудиться по-стахановски. Ее еще сушить-перебирать придется, потом — или параллельно — нужно будет управиться с дровишками, заготовить леса на сарай, провернуть еще кучу всяких крестьянских дел... В общем, за месяц, я так думаю, осилите.

Кормить буду без дураков, вон, посмотрите, в мисках мясцо, ложка торчком стоит. Спиртного, не взыщите, не держим — несовместимо с крестьянским трудом... Заодно и от алкоголизма вылечитесь. А через месячишко или там через два пойдете себе восвояси и даже по бутылке получите. Другого вознаграждения, честно скажу, не обещаю — я вам, если подумать, устраиваю самый настоящий санаторий на вольном воздухе со здоровым крестьянским трудом и нормальным питанием. Только душевно вас прошу: не дурите. Убежать в таких браслетиках все равно далеко не убежите, а если начнете отлынивать от работы — нагаечки попробуете. Эй, организм, продемонстрируй!

Тот, к кому он обращался, торопливо поставил миску на землю и, суетясь, повернулся спиной, задрал рубаху. Вадим охнул про себя — спина была разрисована уже начавшими подживать широкими вздувшимися полосами...

— Хватило одного урока,— небрежно ткнул пальцем Вова.— Сначала ерепенился, а после вразумления стал полезным членом общества. Другие на него равняются... Все уяснили, отбросы?

— Да это же рабство какое-то! — вырвалось у Ники.

— Во-первых, не какое-то, а доподлинное, правда, временное,— спокойно сказал усатый.— А во-вторых, некого винить, кроме самих себя. Вы на себя только посмотрите... Кто вы есть? Совершенно бесполезное быдло, порхаете перелетными птичками, чтобы только набить брюхо да нажраться одеколона... Читал я одну полезную книжку — в Англии, лет четыреста назад, таким, как вы, уши рубили, железом клеймили... И правильно. Человек должен быть приспособлен к делу, а если он бездельничает, то крепкий хозяин его имеет полное право запрячь в соху и пахать на нем поле. Потому что на поле-то хлебушек растет, который вы, небось, в три глотки жрете... Я из вас людей сделаю, рвань поганая...

Отрок, давно слышавший папаню с заметным уважением, во все глаза пялился на Нику. Не выдержал, протянул:

— Бать...

— Не мешай воспитывать,— сказал усатый.— Короче говоря, быдло вы этакое, трудиться будете, как следует. Иначе могу нагайкой не ограничиться, вздерну любого из вас на суку — еще сто лет никто не обеспокоится и претензий не предъявит, кому вы нужны, вшивые?

Он цедил слова лениво, со спокойным сознанием превосходства, как человек, считающий себя стопроцентно правым. Ни капельки злобы — холодное, властное превосходство...

Вадиму вдруг показалось, что он глядится в некое волшебное зеркало, где видит самого себя. Разница только в лексиконе и окружающих декорациях — усатый Вова, благополучный куркуль, всего лишь излагал чуть коряво и примитивно то, что считали своей жизненной философией сам Вадим и его братья по классу. Правда, выражалось это в более цивилизованных формулировках, но суть от этого ничуть не менялась. Были справные хозяева, благодаря уму и энергии имевшие полное право управлять, и были зачуханные совки, навечно обреченные на подчиненную роль.

Дикая несправедливость заключалась в одном-единственном: как смела эта кулацкая морда применять те же самые правила к хозяину жизни, ворочавшему делами, по сравнению с которыми этот хутор был кучей дерьма?!

Но ведь не поверит, ничему не поверит!

— Бать...— протянул отрок.

— Не гони лошадей,— проворчал усатый Вова.— Всему свое время, я же тоже не педераст какой, природа требует...— Он расплылся в хозяйской улыбке, широкой мозолистой ладонью приподнял подбородок Ники, повернул ее голову вправо-влево.— Не переживай, подруга, я тебя, может, и не стану на сельхозработы посылать. Я, понимаешь, вдовствую, а Мишук, соответственно, сиротствует,— кивнул он на мордастенького отрока.— Чует мое сердце — если тебя малость подмазать и приодеть, смотреться будешь неплохо. И будешь ты у нас форменная рабыня Изаура, которую на жатву вовсе и не гоняли, другие у нее функции... Мишук, ты не топчись. Все равно завтра приедет доктор, будет смотреть новеньких на предмет какой-нибудь инфекции, заодно и эту белоручку,— он мимоходом оглядел холеные ладони Ники,— проверит, нет ли у нее какой-нибудь спирохеты. Если все чисто, найдем применение. Не спеши, Мишук, она у нас долго гостить будет... Неси-ка лучше кандальчики, нужно сразу гостей принарядить.

— Три штуки, бать?

Вадим присмотрелся — «браслеты» кандалов представляли собой снятые с цепочек наручники, добротно приваренные к цепям. То-то у отрока висит на поясе два маленьких ключа...

— Четыре, Мишук, четыре,— с ласковой отеческой укоризной поправил усатый.— Вдруг эта бичевка очень быстро бегает... Во всем нужен порядок. Куда б мы ее потом ни приспособили, без цепочки пускать не стоит...

— Ясно, бать!

«Это конец,— панически подумал Вадим.— В таких кандалах не побегаешь, придется горбатиться неизвестно сколько, если...»

Х-хэп!

Вадим попросту не успел заметить броска — не смотрел по сторонам. Усатый вдруг оказался стоящим на коленях — ружье валялось рядом, а выкрутивший ему руку Эмиль прижимал к горлу широкое лезвие штык-ножа. Потом негромко крикнул:

— Ружье брось, щенок!

Отрок обернулся, челюсть отвисла до пупа, лицо приняло совсем детское, страдальческие выражение, тут же сменившееся растерянностью и страхом. Он машинально перехватил ружье, но Эмиль прикрикнул злее:

— Положи ружье, сучонок! А то сделаю из твоего папаши голову профессора Доуэля...

— Ложи, Мишук...— прохрипел усатый.

Парнишка, не отрывая взгляда от плененного батьки, положил ружье дулом вперед.

— Кто еще в доме? — резко бросил Эмиль, прикрываясь усатым.— Кроме этого гандона, что с батей приехал?

— Ник-кого...— пролепетал отрок Мишук.

— Зови его, быстро!

— Дядя Сема! — отчаянно заорал отрок.

Дядя Сема показался на крыльце, что-то преспокойно и смачно дожевывая, мгновенно изменился в лице, дернулся было назад, но Эмиль прикрикнул:

— Двигай сюда, козел! А то он у меня без головы останется! Ключи от «Газели» где? Ага, брось их на сиденье, а сам подними ручки и встань на коленочки, живенько... Так, теперь ложись мордой вниз и руки на голову... Ты, кулачонок, тебя тоже это касается! В машину! Эй, а ты куда? — заорал он на их четвертого нежданного собрата по несчастью.— Пошел вон!

После удара ребром ладони усатый закатил глаза и медленно завалился лицом вперед. Подхватив с земли его помповушку, Эмиль подошел к лежащим, сорвал у отрока с пояса ключи и кинул скованным, сбившимся в тесную испуганную кучку:

— Я вам не Стенька Разин, орлы, так что на подвиги не поведу. Сами разбирайтесь...

Держа ружье одной рукой наизготовку, приблизился к кабине, заглянул внутрь:

— Вадик, включи зажигание... Ага, вот тут-то горючки прилично.

Вадим с Никой уже сидели в кабине. По спине ползали нетерпеливые мурашки, побуждавшие бежать сломя голову...

В конурах заливались собаки, почуявшие что-то неладное. Попутчик растерянно топтался поодаль, а скованные, сталкиваясь головами, рвали друг у друга ключи.

— Эмиль!!! — истерически вскрикнула Ника.

Эмиль резко развернулся, приседая. Оглушительно грохнули выстрелы, ружье у него в руках плюнуло дымком. Дядя Сема, не вскрикнув, медленно заваливался навзничь, рубашка у него на груди была изодрана картечью, сплошь покрыта липким, красным. Из ладони вывернулся, упал рядом черный «ТТ» — ага, достал украдкой из широких штанин, когда на него перестали смотреть, решил разыграть из себя Рэмбо, идиот...

Эмиль с дико исказившимся лицом выстрелил еще два раза — скованный ужасом Вадим видел, как одежда рухнувшего Семы словно бы взметывалась крохотными взрывами, как летело вокруг красное, кружили лоскуты...

— Дяденька, не убивай!!! — дико завопил Мишук, пытаясь отползти на коленях, отталкиваясь от земли ладонями.

Какой-то миг Вадиму казалось, что и парнишку сейчас сметет сноп картечи. Нет, Эмиль опустил ружье — хотя и видно, что отогнал ярость и жажду убийства сильнейшим усилием воли,— в два прыжка оказался рядом, подхватил «ТТ», ружье Мишука, сбросил в широкий колодец. Мимоходом пнул со всего размаху по голове усатого, как по мячу — тот даже не шелохнулся,— обернулся к машине:

— Ворота! Ворота, мать вашу!

Вадим выпрыгнул, помчался к воротам, распахнул их в три секунды — и, лишь вернувшись бегом в кабину, сообразил, что поневоле подставился вопреки продуманной диспозиции, что Эмиль мог его срезать десять раз.

Видимо, Эмиль и сам в горячке запамятовал, как решил поступить с мешавшим ему боссом, потому и обошлось...

Машина вылетела в ворота, свернула направо, ее занесло, но Эмиль выровнял грузовичок быстрым движением руля. И притоптал газ так, словно за ними гнались черти всего света.

Ветер свистел и выл, тугой струей врываясь в полуоткрытое окно. Вадим пребывал в каком-то отрешенном оцепенении и даже не сообразил, что можно повернуть ручку. Только немного придя в себя, опамятовавшись и принявшись лечить недавний стресс испытанным мужским способом, то есть хорошей затяжкой, поднял стекло почти доверху. Правда, Ника тут же выхватила у него зажженную сигарету — толком и не соображая, что делает, взгляд у нее был совершенно сумасшедший, сигарета прыгала в пальцах, послышался ее истерический смех.

— Быстренько, оплеуху! — распорядился Эмиль.

Вадим это выполнил с превеликой охотой — подействовало. Ника моментально пришла в себя не столько от пары легких пощечин, сколько, такое впечатление, оттого, что по личику ей легонько съездил именно он...

— И мне зажги!

Вадим передал Эмилю новую сигарету, закурил сам, повертел головой. Погони вроде бы не наблюдалось, как и попутных, а также встречных средств передвижения, каких бы то ни было.

— Вот это вляпались...— протянула Ника, в глазах у нее все еще стоял страх.

— Неужели почище лагеря? — мимолетно ухмыльнулся Эмиль.

— Ты знаешь, почище. Лагерь — это одно, а тут — совсем даже другое. Бог ты мой, они же с нами обращались как со скотиной, в прямом смысле слова...

— Рабочих рук не хватает...

— Иди ты! Тебя-то в Изауры не собирались зачислять...

— Вообще-то, такое и при советской власти водилось,— бросил Эмиль.— В ее последние годочки, по крайней мере, точно бывало. Наловит милиция бичей в том же Мотылино — и отправляет на лето какому-нибудь председателю колхоза. Честно говоря, я их вполне понимаю —

и милицию, и председателя. У него вся деревня — пять домишек да три старика...

— Может, ты и **э т и х** понимаешь? — хмыкнул Вадим. Увидев, как Эмиль растерянно поджал губы, замолчал, не удержался и громко съехидничал:

— Между прочим, мон шер, ты сам из такой вот деревушки в Шантарск подался в свое время. Может, сейчас как раз о себе и заявила ненароком пресловутая вселенская справедливость?

И тут же пожалел о сказанном — глаза Эмиля сверкнули вовсе уж по-волчьи. Пытаясь сгладить ситуацию, пробормотал:

— Вообще-то, конечно, твари еще те...

Мысленно выругал себя: необходима была максимальная осторожность. На Эмиле уже два трупа — незадачливый старшина и этот куркуль, дядя Сема. Достаточно, чтобы переступить через что-то в себе, надо полагать... Так что не стоит его злить.

— Что теперь будет? — громко спросила Ника, растерянно глядя перед собой.

— Не знаю,— честно признался Эмиль. На миг сняв правую руку с баранки, ободряюще похлопал Нику по коленке.— Ты только не паникуй. У них там сейчас начнется жуткая неразбериха — если у «скованных одной цепью» найдется злой и решительный вожачок. Видел я мельком парочку физиономий — скорее смахивают на битых зэков, чем пуганых бичей. А хозяин все еще в отключке, щенок — в полной прострации... нет, там будут дела! Как по учебнику, бунт крепостных против тирана-помещика...— Он снова немного нервничал, по многословию чуялось.— С большой долей вероятности можно предположить, что освобожденные рабы на себя максимум внимания оттянут. Им-то придется разбегаться на своих двоих — если только нет еще какой-то машины — в окрестностях легкая паника подымется...

— Смотри!

Эмиль резко затормозил. Справа, на обочине, красовалась на двух железных штырях полуоблупившаяся синяя табличка с белыми буквами, перечеркнутыми красной полосой: «Юксаево». Вадим воззрился на нее, как на невиданную диковину, не сразу и сообразив, что видит обыкновеннейший дорожный знак под казенным названием «Конец населенного пункта». Успел отвыкнуть даже от столь мизерных примет п р е ж н е й жизни.

— Юксаево...— пробормотал Эмиль, выжимая сцепление.— Прикинем хрен к носу... Если Макарыч ничего не напутал, а я все понял правильно, нам вроде бы туда... Там и будет мост... А на другом берегу и Шкарытово близехонько...

ГЛАВА СЕДЬМАЯ

Абордаж по-шантарски

Получилось, как в одесском присловье. «Или одно из двух...» То ли алкаш Макарыч напутал, то ли Эмиль чего-то недопонял — правда, Вадим из осторожности воздержался от каких бы то ни было комментариев вслух...

Все и без комментариев стало ясно, когда за очередным поворотом лесной дороги вдруг открылась река — конечно, до Шантары ей было далеко, но и не ручеек, который можно перейти вброд. Настоящая река, метров двести шириной.

Разбитая колея кончалась на песчаном берегу — там виднелись многочисленные следы шин, повсюду валялись бревна, одни лежали на суше, другие наполовину в воде, и справа, и слева на серой глади красовались огромные плоты, перевязанные стальными тросами, и ими же прикрепленные к кольям на берегу.

Заглушив мотор, Эмиль вылез. Встал, широко расставив ноги, глядя на реку. «Наполеон на Воробьевых горах,— мысленно фыркнул Вадим.— Ключей от города не дождаться».

— Ну, и куда мы забрели? — без всякой подначки, скорее уныло, поинтересовалась Ника.

— Ботал Макарыч про леспромхоз...— скорее самому себе, чем ей, сообщил Эмиль.— Понятия не имею, выше он по реке или ниже, но с одним разобрались: Шкарытово на том берегу, за лесом, километрах в пяти-шести или чуть подале, но это уже неважно...

— Так мы что, дошли? — вырвалось у Ники.

— Почти, малыш, почти...— усмехнулся Эмиль.— Переправиться на тот берег, пройти лесом... Уж Шкарытово-то не иголка в стоге сена, отыщем...

— Есть идеи? — машинально спросил Вадим.

— А вот они, идеи, у берега, на приколе...— рассеянно отозвался Эмиль.— Были мы сухопутными, теперь станем водоплавающими. Ника, ты ведь у нас по Мане сплавлялась? Ну вот, пищать не будешь... Дело знакомое.

— Тут поглубже, чем на Мане, будет,— сказала она со знанием дела.— Шестами до дна не достанешь...

— А что делать? — Эмиль достал топор из-под сиденья.— В конце-то концов, не Шантара, да и порогов нет, как-нибудь переплывем...

Оглядевшись, он подошел к тонкой высокой сосенке и взялся за работу. Ника отправилась осматривать плоты. Одному Вадиму не нашлось полезного занятия — бесполезного, впрочем, тоже. А потому хватило времени прокачать ситуацию.

Не будут они тянуть до бесконечности. Либо прямо здесь, либо в Шкарытово э т о и произойдет. У них потом будет время, чтобы продумать убедительные показания. Так что — ушки на макушке...

Закончив работу, Эмиль подошел к самой воде, размахнулся как следует и швырнул помповушку подальше. Ружье плюхнулось в воду, подняв сноп брызг. Эмиль еще долго ходил потом у берега, забредая в воду по колени, тыкая в нее шестом. Обернулся:

— Заводи машину и подъезжай во-он туда...

Вадим на первой передаче подвел «Газель» к воде, побыстрее выскочил, держась так, чтобы Эмиль не смог ненароком зайти за спину — и к тому же не заметил умышленности этого маневра.

— Раз-два, взяли!

Все трое навалились на железный кузов, упираясь обеими руками, скользя на влажном песке, принялись толкать несчастную машину в реку. Дело помаленьку продвигалось. Справа вдруг раздался предостерегающий вскрик Эмиля, он отпрыгнул, отшвырнув за ворот Нику. Вадим едва успел отскочить — кузов вздыбился, едва не вмазав ему по челюсти нижним краем, еще секунда, еще сантиметр, и поминай, как звали...

Машина ухнула в реку, подняв широкие веера прохладных брызг, забулькали огромные пузыри, вырываясь из кабины, и «Газель» в несколько секунд исчезла с глаз, оставив широкий, разбегавшийся все дальше полукруг. Вадим ощутил слабую дрожь в коленках — еще секунда, и выломало бы челюсть к чертовой матери. Эмилю не было нужды подстраивать несчастный случай — как тут его подстроишь? — он, надо полагать, положился на ход событий. И едва не выиграл. Мимолетное разочарование на роже имело место...

От перенапряжения показалось даже, что поблизости звучит веселая музыка. Вадим тряхнул головой, отгоняя наваждение, пошел следом за ними к плоту, возле которого на берегу лежали три высоких шеста — молодые сосенки с неровно обрубленными сучьями. Эмиль принес еще парочку вовсе уж молодых, в рост человека, сосенок с густыми кронами. Пояснил:

— Весла из них хреновые, но лучше, чем ничего. Если...

Музыка не исчезла, наоборот, становилась громче, отчетливее, раскатистее. Боясь за собственный рассудок, Вадим едва не зажал уши руками — и тут увидел, что его спутники растерянно вертят головами, глядя на реку. Понял, что музыка вовсе не примерещилась — она е с т ь!

Она существует в реальности, она приближается слева, против течения!

— На плот! — прямо-таки заорал Эмиль, глядя в ту сторону.

И одним ударом топора перерубил пополам толстый кол. Плот из трех звеньев, на котором вольготно разместилось бы человек с полсотни, показалось, стартовал, как ракета. Полоса воды меж ним и покинутым берегом ширилась с удивительной быстротой.

Эмиль, вогнав шест в воду почти на всю длину, рычал что-то неразборчивое, но Вадим и так старался, как мог, неуклюже тыкая своим шестом в дно, рядом, азартно сгибаясь и распрямляясь, трудилась Ника. В результате их усилий плот помаленьку несло к середине... К теплоходу.

Он выплыл из-за прикрытого сопками изгиба реки, шел словно бы прямо на них ошеломляющим белоснежным видением, и был уже достаточно близко, чтобы прочесть название: «Федор Достоевский». Прекрасно знакомый белый пароход, на борту которого они раз десять оттягивались на всю катушку, еще один атрибут сладкой жизни богатеньких шантарских буратин, хозяев жизни, белых людей, новых русских... Вадиму даже показалось, что он встал на пороге собственной квартиры — настолько знаком и близок был красавец «Достоевский».

На палубах стояло множество ярко одетых людей, динамики безмятежно орали:

А я — бамбук, пустой бамбук!
Я — московский пустой бамбук!

Даже этот идиотский шлягер казался сейчас верхом совершенства. Горячая любовь к миру, человечеству, всему окружающему захлестывала горячей волной, имевшей некое родство с оргазмом. Они вдруг оказались д о м а! Там, на палубе, стояли такие же, свои, классово близкие...

На теплоходе послышались резкие металлические удары колокола, он ощутимо замедлял ход. Плот звонко стукнулся крайними бревнами о белоснежный борт «Достоевского». Опасно перевешиваясь через ажурные белые перила, троицу странников разглядывали ярко и богато одетые люди, на них нацелилось несколько видеокамер, и Вадим, расплывшись в блаженной улыбке, сначала удивился, почему не понимает ни слова из обрывков оживленных разговоров, но тут же догадался: да это же сплошь иностранцы, конечно, «Федьку» в который раз подрядили возить по экзотическим местам млевший от сибирских красот импортный люд.

— Трап! — крикнул Эмиль, яростно жестикулируя.— Трап спустите, что вы стоите?

Эта реплика вызвала новый взрыв оживленных пересудов на непонятных языках, обстрел видеокамерами — но ничего похожего на трап так и не появилось.

— Хелп, плиз! — в приливе изобретательности вспомнила кое-что Ника.— Гив ми э трап, плиз!

(Так уж получилось, что знанием хотя бы одного иностранного языка никто из троицы не был отягощен — знали-помнили с десяток ходовых фраз, и только. В капиталистических заграницах давно уже лучшим толмачом служил толстый бумажник с баксами или престижная кредитная карточка, а это-то у них под рукой в заграничных вояжах всегда имелось...)

На палубе что-то изменилось — ага, в толпе, деликатно отстраняя за локотки валютных туристов, появились плечистые мальчики в знакомой униформе здешней секьюрити: светло-синие костюмы, полосатые галстуки, нагрудные карманы пиджаков украшены гербом Шантарска на фоне золотого якоря и соответствующим английским словечком. Один перегнулся к плоту — вроде бы уже виденная однажды толстощекая физиономия, аккуратная прическа и невероятно злые глаза:

— Вы что, бичева, охренели? Греби отсюда!

У Вадима медленно сползла с лица блаженная улыбка. Он вспомнил, сопоставил, поставил себя на их место — и ужаснулся. Представил, как все трое выглядят со стороны. Справедливость в отношении обряженного в лохмотья незадачливого твеновского принца была восстановлена лишь в последней главе, а до того пришлось пережить массу неприятностей, когда сама жизнь висела на волоске...

— Греби отсюда, говорю! Куда вас, к черту, несет?

— Позови капитана! — крикнул Эмиль.— Кому говорю?

Вадим лихорадочно пытался вспомнить имя-отчество капитана «Достоевского», кого-то из помощников — уж тогда-то могли и призадуматься сытые широкоплечие мальчики! — но, как ни старался, в голову ничего не приходило. Кто помнит, как зовут очередную о б с л у г у? На борту еще держишь в памяти, но вот сойдя на берег...

— Сейчас! — расплылся в улыбке охранник.— И капитана тебе, и фельдмаршала... Разуй глаза, деревня! Не продаем мы водки, а ту, что есть, тебе в жизнь не купить, откуда у тебя такие бабки... Отвали от борта, морды бичевские! Спецсредства применю! У нас тут иностранцы...

— Я генеральный директор...— крикнул Вадим.

Его оборвал хохот в четыре сытых глотки:

— А я — Ельцин! Вон и Чубайс топчется! Сейчас и Клинтона приведем!

— Говорю вам, мы — шантарские бизнесмены... Позовите капитана!

Вороватообернувшись на расступившихся иностранцев, все еще весело лопотавших нечто совершенно непонятное, верзила громко прошипел:

— Ты что ж это, по-человечески не понимаешь, деревня обдристанная? Ну, смотри...

Он выхватил из-под полы безукоризненного пиджака огромный «Айсберг» и взвел курок, предупредил с гнусной ухмылочкой:

— У меня тут резинки... Уши отстрелю, дярёвня! Греби от борта!

Его сосед тоже вынул пистолет и прицелился. Иностранцы щебетали, ничего абсолютно не соображая в происходящем, оба мордоворота оскалились так, что было ясно: вот-вот выстрелят, и ничего они не желают слушать, заранее вынеся вердикт... У Вадима от невероятной обиды едва слезы не брызнули из глаз, он растерянно смотрел на палубу, но там так и не появилось никого из команды.

Эмиль уже отталкивался шестом от белоснежного борта, а охранник озлобленно комментировал:

— Легче, легче, бичара, краску не поцарапай, а то шарахну напоследок промеж глаз...

Рядом с ним появились два матроса, без всяких вопросов стали отпихивать плот длиннющими баграми. Его помаленьку сносило по течению, к корме. Там забурлила вода, теплоход осторожненько набирал скорость.

— Греби! — заорал Эмиль.— Под винт попадем, перемелет, к черту!

Вадим схватил сосенку, принялся остервенело загребать, уже не глядя на корабль. Мимо проплыла белоснежная корма, плот стало швырять на поднявшейся волне, все трое повалились ничком, стараясь уцепиться за туго натянутые витки стального троса. Вода плеснула на плот, он колыхался на взбаламученной воде, как щепка. Вадима вдруг пронзил страх: тут-то и шарахнет по башке шестом, столкнет в реку! Он по-крабьи, боком, на четвереньках отбежал в сторону. И едва не сорвался в воду по собственной неосторожности.

Удержался на краю. Тем временем плот перестал колыхаться. Веселая музыка уже едва доносилась, «Достоевский», как прекрасный мираж, растаял вдали.

Ника плакала, скорчившись посередине плота, слезы лились в три ручья, меж всхлипами прорывалось:

— Господи боже мой, это неправильно, нельзя же так... Это ведь «Достоевский»...

Эмиль хмуро полуобнял ее, молча гладил по голове. Плот, неуправляемый, мирно плыл по течению в сторону, противоположную той, где исчез «Достоевский», его несло почти посередине реки.

— Судьба играет человеком, а человек играет на трубе,— вымученно усмехнулся Вадим.— Есть тут одна светлая сторона: нас снимали камер десять, так что надежно запечатлелись для истории, все втроем...

Это опять-таки было сказано для Эмиля, неизвестно, правда, сумел ли друг-враг сделать надлежащие выводы. Он вдруг вскочил, рявкнул:

— Хватит, расселись! Опять на тот берег сносит!

Схватил топор, каким-то чудом не смытый в реку во время всех толчков и колыханий, принялся обрубать трос, крепивший крайнее звено. Заорал:

— Шесты держите, упустим! Весла!

Вадим схватил импровизированное «весло», что есть сил стал ворочать им в воде, отлично сознавая бесплодность своих усилий. Правда, чуть погодя, когда Эмиль, окончательно затупив топор, сократил плот втрое, оставив от него одно-единственное звено, дела пошли получше: связка всего из полутора десятков бревен стала гораздо более легкой и маневренной, даже с их скудными подручными средствами ее удалось повернуть и направить к противоположному берегу. Он понемногу приближался. Вадим сидел на «корме», старательно заправляя в брюки рубаху — наган едва не вывалился.

Потом шесты уперлись в дно, и управлять плотом стало совсем легко.

ГЛАВА ВОСЬМАЯ

Чем крепче нервы, тем ближе цель...

Вадиму как-то попадалась статейка местного, малость подвинутого краеведа Чумопалова — он их принес в офис целую стопу, слезно вымаливая денежки на издание книги о шантарской старине. Денег он, как и в полусотне других фирм, не добился и навсегда исчез с горизонта, а папка с вырезками некоторое время валялась на подоконнике, и ее порой от нечего делать просматривали. Так вот, по Чумопалову, в основании городка Шкарытово был повинен некогда флотский мичман Сутоцкий со стоявшего в Кронштадте корвета «Проворный». Господин мичман, неделю кушая водку — от скуки и в целях предохранения от скорбута, в конце концов пришел в изумленное состояние и стал носиться по палубе с морской офицерской саблей образца 1811-го года — длиной, между прочим, девяносто семь сантиметров. Кого-то слегка оцарапал, задев главным образом филейные части разбегавшихся от него сослуживцев, кого-то загнал на мачты. Мичмана довольно быстро удалось заманить в тесный уголок под предлогом распития очередного полуведра и связать. Дело для императорского военного флота было, в общем, житейское — но на беду мичмана, все его художества произошли аккурат 14 декабря 1825 года. Капитан первого ранга Штернкрузен, не без оснований подозревавший мичмана в амурах со своей юной супружницей, без промедления накатал донос и пришил политику. Сгоряча Сутоцкого, не особенно и разбираясь, закатали на берега далекой Шантары. По версии Чумопалова, именно мичман основал здесь первое поселение и, терзаемый ностальгией по соленым просторам, дал ему сугубо морское название Шкаторина. В дальнейшем сухопутный сибирский народ, слабо разбиравшийся во флотской терминологии, путем многих промежуточных перестановок букв перекрестил Шкаторино в Шкарытово.

Черт его знает, как там обстояло при некогда осуждаемом, а ныне в приказном порядке реабилитированном царизме, но дыра была жуткая. Причудливая смесь из потемневших от старости бревенчатых изб, парочки бетонно-стеклянных магазинов советской постройки, двухэтажных бараков стиля «позднеежовский вампир» и нескольких хрущевок, серыми коробками вздымавшихся над дощатыми крышами в самых неожиданных местах.

И все же они были на седьмом небе, когда после двухчасового марш-броска сквозь тайгу увидели впереди, на обширной равнине, чересчур уж не похожее на обычную деревеньку поселение и поняли, что это — Шкарытово, земля обетованная.

Сначала, не зная дороги, угодили в частный сектор, долго петляли по узеньким улочкам, где случайно оказавшиеся во дворах и на лавочках аборигены смотрели на них с неприкрытой враждебностью, а один даже выпустил на улицу здоровенного лохматого кабыздоха и, невинно уставившись в другую сторону, стал ждать развития событий. Пес, к счастью, оказался поумнее хозяина — посмотрел на трех путников бичевского вида, подумал и отправился куда-то по своим делам, попользоваться неожиданной свободой.

— Вон туда,— показал Эмиль.

— А почему? — без особого интереса спросила Ника.

— Трубу видишь? Определенно котельная, а где котельная, там и бомжи, закон природы...

Он оказался прав — особенного скопления бомжей возле крайне уродливой кирпичной котельной не наблюдалось, но один оборванец все же наличествовал, сидел у глухой стены на ломаном ящике, держа меж ног полупустую бутылку бормотухи и явно терзаясь сложнейшей философской проблемой: что делать, когда она опустеет? Завидев троицу, он на всякий случай спрятал бутылку во внутренний карман засаленного пиджака и принялся настороженно зыркать подбитыми глазами.

Эмиль придвинул ногой один из валявшихся в изобилии ящиков, сел и протянул бичу сигарету фильтром вперед. Тот взял не без опаски, закурил и поплотнее прижал локтем драгоценный сосуд.

— Да ты не бойся, не отнимем,— сказал Эмиль дружелюбно.— Ты как следует посмотри, сам увидишь, что с похмелья не страдаем...

— Хер вас знает,— опасливо сказал бомж.— Оно с одной стороны — конечно, а с другой сомнительно. Вдруг вы мафия, органы вырезать начнете... Ходят слухи...

— Какая мафия...— вполне искренне поморщился Эмиль.— Органы твои если кому и пересаживать, так только Егорке Гайдару, чтобы загнулся побыстрее на радость честному бизнесу... Ты что, дядя, живешь тут?

— Живу, пока тепло,— сказал бич.— Похолодает, в Шантарск придется подаваться, а то тут вымрешь, как мамонт.

— Вот и у нас похожая беда. Поиздержались и обеднели, а до Шантарска добраться необходимо. Мы люди новые, а ты явный старожил... Да ты пей, не отымем...

Засаленный решил рискнуть, вынул бутылку и влил в себя половину. Поинтересовался с надеждой:

— А на пузырь у вас нету?

— Веришь, нет, даже на коробку спичек нету,— сказал Эмиль.— Я же говорю, обнищали до предела. Посоветуй, как до Бужура добраться. Автобус ходит?

— Раз в день, в восемь утра, от автовокзала. По выходным не ходит, а сегодня как раз воскресенье... Сорок рублей билетик.

— Ого... Тут же всего-то сорок кэмэ.

— Вот по рублю за кэмэ и выходит. Рынок...

— Подработать где-нибудь можно? Чтобы заплатили денежками, а не одеколоном?

— Вот это сомнительно,— сказал засаленный.— Народец тут живых денег почти что и не видит, кроме пары буржуев. Которые в киосках засели. Можно вон в котельной уголек покидать, можно этого уголька нагрести в мешок — с оглядкой, чтоб кочегары не видели, а то откоммуниздят — и продать частникам. Только все равно бражкой расплатятся. Я вот как раз сижу и приглядываюсь, как бы нагрести...

— Это что, весь фронт работ?

— Ага. У магазина грузалём не подкалымишь, там своя мафия в кучу сбилась. Да и платят там опять-таки бормотухой... Звали меня, дурака, к геологам, у этих за месяц можно приличный рублик сколотить, а я лежал после стеклореза, когда встал, они уж и уехали... Короче, полный тузотказ.

— Интересные дела,— сказал Эмиль.— Выходит, мы здесь застряли, как на необитаемом острове?

— Чего уж сразу и «застряли»... Дорога на Бужур как раз идет мимо автовокзала, топайте утречком туда, на выезд.— Он равнодушно оглядел Нику.— Мочалка у вас в товарном виде, тормозните попутку да переболтайте с шоферюгой. Может, и получится — она ему даст со всем усердием, а он вас до Бужура докинет. Только договоритесь, что давать будет перед самым Бужуром, а то еще обманет водила...

Ника дернулась, возмущенно уставилась на Эмиля, явно рассчитывая, что он незамедлительно покарает хама. Но Эмиль ее повелительный взгляд проигнорировал, она фыркнула и зло отвернулась.

— А милиция как, зверствует?

— Да на хрена ей зверствовать, рассуди по уму? Пятнадцатисуточники им тут не нужны, свои без работы сидят. Тут, правда, иногда шастают окрестные куркули, ловят нашего брата к себе на фазенды, но в самом городе давно уже не были — вышла неприятность с месяц назад. Сплошная хохма. Зам. начальника ментовки картошку копал, вернулся бич-бичом, в драном ватнике, они его сдуру начали в машину тянуть, тут поблизости ментовоз оказался, сержант в воздух палить начал, короче, куркулей из города вышибли на пинках, и они сюда больше не суются, одной бедой меньше... Менты на них теперь зуб держат, сам понимаешь.

Удачно, оценил Вадим. При таком отношении местных пинкертонов к плантаторам не следует ожидать вдумчивого рассмотрения сегодняшнего Мамаева побоища на Вовиной фазенде...

— А как менты вообще?

— Говорю же тебе, нашего брата особенно не тягают, если только под ноги не попадаться, не воровать в наглую и ментовозу на колеса не ссать. Один тут деятель... Когда белая горячка завертела, пошел в ментовку и стал им вкручивать, что он не бич, а вовсе даже полковник, в Шантарске спутники делает. Они его в Пинскую, в психушку, отправили, а там не санаторий...

«Вот черт!» — мысленно выругался Вадим. Нехороший прецедент. Если ухитришься как-то оторваться от клятых спутничков, побежишь в милицию и станешь доказывать, что ты — видный шантарский бизнесмен, волею рока оказавшийся в облике бомжа, первым делом в Пинскую и отправят, доказывай потом...

Он встал, прихватил из валявшейся тут же кучи бумаги обрывок газеты побольше и направился к разместившемуся неподалеку побеленному сортиру на четыре двери. Остальные даже не отвлеклись от разговора — мельком глянули, ничего не заподозрили.

А зря, хорошие мои, зря... Старательно закрывшись на огромный ржавый крючок, он конспирации ради спустил штаны, устроился на грязной доске над очком и вытащил наган. Высыпал на ладонь длинные патроны, стал осматривать. Самое время. Если Эмиль решится — а судя по его пустым глазам с легким отблеском безумия, после двух убийств не особенно много осталось моральных препонов,— финальный акт развернется либо здесь, либо в Бужуре. «Он от нас отбился, пошел куда-то, понятия не имеем, куда и подевался. Убили, говорите? Бог ты мой, какое горе...»

Не зря беспокоился — наган, весь день пролежавший под рубашкой, в непосредственной близости от обильно потевшего немытого тела, был скользким, липким. Как и патроны. Зубами и ногтями оторвав изрядный кусок подкладки бушлата, Вадим тщательнейшим образом протер оружие, особенное внимание уделив патронам. Это был его единственный шанс. Если решающий момент все же наступит, и отсыревшие капсюли не сработают... Даже думать не хочется.

Подумав, спрятал наган в боковой карман бушлата и тщательно застегнул его на пуговицу. Ничего, если до сих пор не поняли, сейчас тем более не заподозрят...

Услышав снаружи крики, он заторопился. Выскочил, застегивая на ходу мелкие пуговички портков. Из двери котельной выглядывал перемазанный угольной пылью субъект, грозно помахивал лопатой и орал:

— Пошли на хер, бичева! Примостились тут!

Однако наружу не выходил — видимо, он был там один и справедливо опасался, что в случае открытия им военных действий превосходящий числом противник может накласть по сусалам.

— Эй, часы не купишь? — миролюбиво спросил Эмиль.— А бушлат?

— Я те по мозгам сейчас куплю! Вали отсюда!

Троица уныло побрела по улице, без всякого сожаления расставшись со здешним Вергилием.

— Воскресенье,— сказал Эмиль задумчиво.— Значит, сберкасса закрыта, да и не сунешься туда с баксами без всяких документов... Если только у них тут вообще можно в сберкассе баксы поменять...

— Дважды сорок — восемьдесят рублей...— тоскливо сказала Ника.

Эмиль ожег ее взглядом, она смутилась, пробормотала:

— Сто двадцать, нас же трое...

Шагавший сзади Вадим холодно констатировал, что любимая женушка невольно допустила грубейший ляп — подсознательно уже считает, что уедут отсюда только д в о е. С-сучка...

— За этакие часики нам и рубля не дадут,— сказал Эмиль.— За бушлаты сунут бутылку самогонки, не более того...

Ника ощетинилась:

— Прикажешь и в самом деле с шофером натурой рассчитываться?!

— Рассчитываться, конечно, не следует,— сказал Эмиль.— А вот пообещать — большого греха не будет. Перед Бужуром аккуратно дам водителю по башке, заберем машину, на нас уже столько висит, что церемониться даже и нелепо...

— А потом? — поморщилась Ника.— В Бужуре? На поезд без денег тоже не пускают. Что, прикинемся бедными студентами? А если не сработает? Будем и по Бужуру бродить печальными тенями?

— Резонно, малыш...— печально усмехнулся Эмиль.— Проблем впереди масса. Зато есть шанс — завтра в восемь утра пойдет автобус на Бужур. Необходимо...— он сделал-таки коротенькую паузу,— сто двадцать рублей. Астрономическая сумма, я вам скажу. Продавать нечего. Выпускать тебя, милая, на порочную тропку проституции у меня не хватит совести... Ну? Ломайте головы, друзья, старательно ломайте, до хруста...

Вечерело, солнце уже скрылось за домами, и стало гораздо прохладнее. По грязной улочке тоскливо брели трое, владевшие четырьмя неплохими иномарками, приличными зарубежными счетами, роскошными квартирами, акциями и прочими благами. Пожалуй, все их достояние, вместе взятое, стоило в несколько раз больше, чем вся движимость и недвижимость в этом захолустном, пыльном городишке.

Вот только практической пользы оставшиеся в недосягаемой дали богатства принести не могли...

— А что, если машину угнать? — пришло в голову Вадиму. Они как раз проходили мимо бежевой «шестерки», судя по толстому слою пыли, стоявшей тут не один день.

— Очень уж рискованно,— протянул Эмиль.— Во-первых, нет у меня навыков запускать мотор без ключа... у тебя, думаю, тоже? Во-вторых, легко запороться.

— А может, и следует демонстративно запороться? — сказал Вадим.— Нас хватают. Ладно. Называем настоящие фамилии, все данные. Из Шантарска придет подтверждение — тут-то и закрутится карусель. Когда выяснится, что мы — это мы, встанет вопрос — отчего это столь богатые и уважаемые люди оказались в роли мелких воришек? И, что главное, моментально становится известно, где мы. Выходим на связь с фирмой, нас отмажут в два счета. Самое большее, что нам грозит — несколько дней на здешних нарах.

— Черт его знает...— вполне серьезно ответил Эмиль.— Опасаюсь я что-то откалывать такие номера в этом медвежьем углу. Боязно. Могут возникнуть непредвиденные сложности... Погоди!

Он быстрыми шагами направился к стеклянно-бетонному магазину, с минуту поговорил о чем-то с водителем подержанной «Ауди», как раз собравшемуся было отъехать. Назад вернулся гораздо медленнее, пожал плечами:

— Предлагал ему баксы за сто пятьдесят рубчиков. Спросил, козел, нет ли у меня настоящих бриллиантов по рублю. Цивилизовалась провинция, научилась с опаской относиться к таким вот...

— Может, в магазине попробуем сдать? — спросила Ника.

— Сходи, попробуй,— сказал Эмиль.— Авось к тебе будет больше доверия у этих бабищ... Подожди, дай я тебя хоть пальцами расчешу, а то торчат патлы...

ГЛАВА ДЕВЯТАЯ

Были мы домушники...

Они долго торчали возле магазина, беспрестанно дымя — благо хоть сигарет было навалом, не меньше блока распихано по карманам у каждого. Прохожие, торопившиеся успеть в магазин перед скорым его закрытием, не обращали особенного внимания на столь привычную деталь пейзажа — двух бичей. Проехал милицейский «уазик», недвусмысленно притормозил неподалеку. И вскоре двинулся дальше, должно быть, сидевшие там стражи порядка наметанным глазом определили отсутствие внешних признаков алкогольного опьянения.

Наконец появилась печальная Ника, пожала плечами:

— Полный провал. Одна толстенная выдра, вся в золоте, совсем было заинтересовалась, да напарница ее отговорила, проблядь худая, хер ей в жопу...

Матерки уже слетали у нее с розового язычка удивительно легко, без малейшего затруднения. Оказавшись в сточной канаве, принцессы, надо полагать, дичают еще быстрее принцев, поскольку твеновский принц как-никак получил воспитание при королевском дворе — а шантарские принцессы все поголовно произошли из гущи народной, если по большому счету...

— Говорит, фальшивые,— пожаловалась Ника.— Эксперт, тоже мне, вобла засраная...

— Послушайте,— сказал Вадим.— А может, у коменданта и впрямь баксы были фальшивые?

— Ерунда,— отмахнулся Эмиль.— Мало мы с тобой баксов в руках держали? Если и подделка, из той категории, которую на глаз не просечешь и дешевым детектором не выявишь.

— Откуда у них там детектор? — фыркнула Ника.— Эта вобла долго таращилась на президента, потом посмотрела на свет, подумала и заявила: мол, сердце ей вещует, что денежки фальшивые. Вот и вся экспертиза.— Она с ненавистью оглянулась на огромное стеклянное окно, за которым виднелись сытые продавщицы.— Эмиль, а что, если проследить эту толстую стерву до подъезда, дать по голове и снять золотишко? Там на ней столько навешано... Уж полторы сотни нам кто-нибудь даст.

— Поздравляю, малыш. Криминализируешься на глазах.

— Нет, серьезно? Нужно же что-то делать. Скоро стемнеет, будем болтаться по улицам, как тень отца Гамлета...

— Погоди,— сказал Эмиль после некоторого раздумья.— Последняя попытка. Пойдем поищем киоски, про которые говорил бичик. Обиталище местных буржуев. Буржуины, конечно, с соломой в волосах, как выразился бы О. Генри, но в баксах должны понимать хоть чуточку...

Пока они болтались по близлежащим улочкам, почти совсем стемнело. Уличных фонарей здесь почти что и не было, парочка в самом центре, и все, а потому коммерческий киоск они отыскали как раз по иллюминации, на шантарский стандарт выглядевшей вовсе уж убого, но здесь, скорее всего, считавшейся последним достижением рынка: гирлянда цветных лампочек по периметру и подсвеченная стосвечовкой вывеска с надписью «Принцесса». Надпись была окружена изображениями героев диснеевских мультфильмов, вырезанными, скорее всего, из детских книжек. Вообще-то, и на окраинах Шантарска попадались схожие по убогости дизайнерские изыски. А представленный на витрине ассортимент и вовсе ничем особенным не отличался от классического набора, свойственного губернской столице: китайское печенье, неизвестно чья жвачка, малайзийские презервативы, «Баунти», «Марс», чипсы, шеренга дешевого спиртного, несомненно, разливавшегося из одной бочки, несмотря на пестроту этикеток.

Эмиль пригладил волосы, насколько удалось, чуть подумав, застегнул бушлат доверху. Верхняя половина выглядела, в общем, удовлетворительно — армейский камуфляж нынче таскают все, кому не лень, а многодневная щетина давно превратилась в зачаточную бородку.

Он нагнулся к крохотному окошечку, единственному в киоске месту, свободному от решеток. Деликатно постучал согнутым пальцем. Окошечко распахнулось изнутри, появилась молодая, настороженная физиономия, не отмеченная особой сытостью,— то ли наемный продавец, то ли начинающий бизнесмен, еще не успевший отожрать ряшку.

— Понимаешь, браток, тут такое дело...— начал Эмиль вежливо.— Немного поиздержались, деньги нужны. Сто долларов возьмешь за полцены? Двести рублей — и по рукам?

— Сам рисовал?

— Обижаешь. Настоящая сотня.

— Покажь.

Эмиль поднес бумажку к окошечку. Оттуда показалась рука:

— Давай сюда.

После короткого колебания Эмиль все же расстался с помятым Беней Франклином. Окошечко тут же захлопнулось. Они стояли, как на иголках. Наконец окошечко приоткрылось — именно чуточку приоткрылось, а не распахнулось — в щель донышком вперед пролезла литровая бутылка какой-то светло-желтой гадости:

— Держи, бичара. Свободен.

— Эй, принцесса, что за шутки? — тихо, недобро поинтересовался Эмиль, ладонью затолкнул бутылку назад.— Мне твоя бормотуха не нужна, давай деньги.

— Какие тебе деньги?! — завопил изнутри нагло-испуганный голос.— За что тебе деньги? Нарисовал черт знает что — и суешь?! Ладно, еще пузырь добавлю и уматывай, пока менты не нагрянули. А то загребут тебя с этой липой, не отмоешься!

— Прекрасно,— сказал Эмиль, сдерживаясь из последних сил.— Если баксы фальшивые, отдавай обратно.

— Какие баксы? Какие баксы? Ты мне разве давал что-нибудь? Вали отсюда по-хорошему!

Оскалясь, Эмиль налег было ладонью на узкое окошечко, попытался распахнуть, но изнутри, похоже, задвинули какой-то шпингалет. Раздался вопль:

— У меня тут кнопка, будешь ломиться, в три минуты приедет патруль! Ох, наплачешься...

— Деньги отдай, сука! — гаркнул Эмиль.

— Какие?

— Сто баксов!

— Откуда у тебя, бичева, баксы?! Вали отсюда по-хорошему, кому говорю! Бля буду, нажму кнопочку! Почки отобьют качественно!

Вадим ожидал взрыва, но Эмиль, яростно пнув металлическую боковину киоска, отошел, не глядя на них, бросил:

— Пошли отсюда.

И зашагал прочь размашистыми шагами, ни на кого не глядя — болезненно переживал поражение, супермен... Отойдя к соседнему дому, плюхнулся на лавочку, зло закурил. Не поворачивая головы, сказал подсевшим Вадиму с Никой:

— Бесполезно. Из киоска его не выковыряешь голыми руками, а кнопка там и в самом деле могла оказаться. Отметелят сгоряча демократизаторами, и слушать не станут...

— Что же теперь делать? — убито спросила Ника без всякой надежды на ответ, по тону чувствовалось.

— Надо же, как примитивно кинул, подонок...— поморщился Эмиль.— Простенько и беспроигрышно... Ладно, слезами горю не поможешь. Я, признаться, окончательно озверел от полной нашей безысходности. Как ни крути, и в самом деле нет другого выхода. Выбрать квартирку, быстренько взять штурмом, хозяина повязать и пошарить по ящикам. Вот только как угадать, где тут проживает одиночка...

Он вытащил из бокового кармана штык-нож и прицепил его на ремень, так, чтобы незаметно было под полой бушлата.

— Господи...— тихо ужаснулась Ника.— Ну не будем же мы...

— Не хотелось бы, конечно,— кивнул Эмиль.— Лучше без мокрого. Вот только альтернативы попадаются какие-то ублюдочные — тебе, я так понимаю, отнюдь не хочется натурой с шофером расплачиваться?

— Да уж,— с чувством сказала Ника.

— Ну вот. Будем надеяться, обойдется. Давайте-ка осмотримся...

Он перешел улицу, встал в темноте, на пустыре, глядя на две панельных пятиэтажки. Вадим с Никой присоединились к нему. В домах горело больше половины окон, но большинство тщательно задернуты занавесками и дешевенькими шторами. На втором этаже, справа, занавеска отдернута и кухня открыта для нескромных глаз — но там, превосходно видно, расположилось для позднего ужина немаленькое семейство, папаша с мамашею, дите раннего школьного возраста, да и девчонка-подросток временами появляется в поле зрения... Еще одна незакрытая занавеска — мужик стоит спиной к окну и с кем-то энергично разговаривает, значит, он там не один.

— Смотри,— показала Ника.— Вон там только на кухне свет горит. И вон там.

— Это еще не значит, что квартирки однокомнатные. Может и оказаться вторая комната, с окнами на ту сторону... Ну да ничего не поделаешь. Придется эти два варианта отработать...

Они вошли в подъезд, поднялись на третий этаж. Эмиль что-то шептал Нике на ухо, она досадливо кивнула:

— Справлюсь как-нибудь...

Позвонила в дверь. И тут же Эмиль отдернул ее за локоть, показал на лестницу, все трое тихонько побежали вниз — из квартиры моментально раздался столь мощный собачий лай, что сразу стало ясно: нечего и пытаться, зверюга там серьезная...

Наверху щелкнул замок, дверь, судя по звуку, приоткрыли — но они уже вышли из подъезда, успев услышать:

— Опять хулиганите, шпана? Я вам...

— Пошли по второму адресочку,— распорядился Эмиль.— Надо же, и в такой глуши — баскервильские собаки...

Дверь второй облюбованной квартиры оказалась с глазком. Эмиль велел им жестом встать на лестнице, пригладил волосы и позвонил, чуть отодвинувшись на середину площадки.

Дверь распахнулась почти сразу же. Вадим, естественно, не мог видеть хозяина, но тут же понял: снова что-то не сладилось. Эмиль не двинулся с места, вежливо спросил:

— Простите, Звягин Степан Николаевич здесь живет?

— Нет такого,— пробасил невидимый Вадиму хозяин.— И не было сроду, дом-то какой нужен?

Судя по голосу, лишенному очень уж явных враждебности и хамства, Эмиль все же производил впечатление относительно приличного для этих мест субъекта.

— Пятьдесят пятый.

— А, так это пятьдесят третий. Пятьдесят пятый — следующий.

— Извините...

— Ничего, бывает...

Дверь захлопнулась. Эмиль зашагал вниз, и они заторопились следом. На улице он тихо объяснил:

— Облом. Здоровенный лоб в панталонах с милицейским кантиком, на вешалке сразу три форменных куртки, и голоса слышны. У них там мальчишник, надо полагать...

— И что теперь? — без подначки спросил Вадим.

Эмиль раздумывал. Решительно тряхнул головой:

— Откровенно говоря, очень уж ненадежная лотерея — этак вот рыскать по квартирам. Несерьезно и чревато. У меня в запасе осталась одна-единственная светлая идея: садимся на лавочку и открываем охоту на алкашей. Согласно теории вероятности, шансы есть. Две пятиэтажки по шесть подъездов, воскресенье... Где-то да гулеванят, рано или поздно непременно кто-нибудь побежит к киоску догоняться. Закон природы. Не зря киоск здесь окопался.

— А если в квартире — человек несколько?

— Ну, несколько обычных алкашей — трудность преодолимая. Опять-таки, по теории вероятности, не может в одном доме оказаться сразу две компании веселящихся ментов... Сядем на хвост и атакуем. Вероника, звезда моя, сможешь качественно изобразить дешевую блядь, готовую отдаться за пару стаканов?

— Постараюсь,— серьезно пообещала Ника.— Косметики бы и расческу...

— Ничего,— Эмиль хозяйским жестом потрепал ее по голове.— Ты и так выглядишь получше любой потасканной бичевки... Ага!

Но тревога оказалась ложной — поддавший мужичок, свернувший к киоску, взять бутылку взял, но тут же удалился с нею куда-то в темноту. Явно не абориген. Минут через десять остановился разбитый грузовичок, сидевший рядом с шофером вылез, затарился парой бутылок, и грузовик укатил в темень.

Прошла компания хлипких тинейджеров, числом четверо. Один брякал на невероятно расстроенной гитаре, и все они старательно орали, изображая предельную крутизну:

— Жулье Ванюшу знало, с почетом принимало, где только наш Ванюша не бывал...

Оглядели сидящую на лавочке троицу, особое внимание уделив Нике, но, сразу видно, нашли соотношение сил для себя невыгодным и убрались.

Поблизости громыхнула дверь подъезда, но компания, целеустремленно державшая курс на ларек, состояла из двух мужчин и двух женщин. Многовато. Они минут пять торчали у слабо освещенной витринки, громко дискутируя, считая деньги, матерясь. Набрав охапку бутылок, вновь скрылись в подъезде.

— Вадик, проследи, куда пойдут,— быстро распорядился Эмиль.— Оставим, как запасной вариант — через пару часиков перепьются, поредеют ряды...

Вадим припустил в подъезд, отставая на один пролет, поднялся на цыпочках следом за шумной четверкой. Запомнил дверь. Когда он вернулся, то, руководимый тем же звериным чутьем, страхом за свою шкуру, сделал вывод: очень похоже, меж спутниками только что произошел обмен репликами. Очень уж деланно изображают безразличие, очень уж многозначительно умолкли при его приближении. А что они могли обсуждать, к р о м е к а к?

— Ника! — шепотом бросил Эмиль.

Очередной жаждущий, показавшийся из подъезда, был один-одинешенек — нетвердая походка, тренировочные штаны и тапочки на босу ногу, грязная тельняшка под распахнутой курткой, лет сорока... Света из окон было достаточно, чтобы рассмотреть: как писали в старинных романах, физиономия отражает следы бурной неправедной жизни и предосудительных страстей, коим данный господин никогда не имел сил должным образом сопротивляться.

Никак не похож на запившего милиционера, вообще человека, в трезвые периоды хоть что-то из себя представляющего,— плебей, совок, пробы негде ставить...

Ника встала со скамейки, пригладила волосы, вздохнула и направилась к «Принцессе». Мужичонка уже совал в окошко ворох мелких купюр. Ему тут же подали две бутылки.

До ларька было метров двадцать, и слышно прекрасно.

— Счастливые люди,— громко сказала Ника.— Винцо себе попивают...

Мужичонка остановился, уставился на нее. Очень похоже, мыслительный процесс пошел, хоть и через пень-колоду...

— Что, подруга, выпить охота? — в конце концов сделал мужичок довольно логичное умозаключение.

— Ага,— сказала Ника.— С сожителем, понимаешь, поссорилась, морду ему расцарапала, теперь и домой идти не хочется. Пошел он нахер, пьянь такая,— в морду лезет, что ни день, зато ночью толку ни на грош...

— А тебе что, нравится, чтоб ночью было весело? — уже с явной заинтересованностью спросил поддавший.

— Мне ж не сто лет,— сказала Ника.

Она стояла спиной, но тут же стало ясно, что эта реплика сопровождалась обольстительной улыбкой: мужичонка тут же выпятил грудь, как павлин:

— Эт-точно. Я б даже сказал, все при тебе... А ежели ко мне в гости? Я человек спокойный, не Чикатило какой-то...

— Ой, заманчиво...— протянула Ника тем самым блядским голосочком, от которого у нормального мужика начинает потрескивать «молния» на брюках.— А твоя как посмотрит?

— Я со свой два года как в разводе,— уже исполненный нешуточной надежды, сообщил мужичонка.— Дома никого нет и не будет, хата пустая, как районный бюджет. Решил вот расслабиться в одиночку, пока кран на ремонте, все равно к послезавтрему только починят. Без всяких собутыльничков, ну их нахер — на пол наблюют, без копейки потом останешься... Пойдем?

— Пойдем,— кивнула Ника.

— Но чтоб точно — покуролесить? Без балды?

— Не сомневайся,— ободрила Ника.— Природа требует, хоть волком вой, а ты вон какой видный, ну настоящий полковник...

ГЛАВА ДЕСЯТАЯ

Апогей

Дав им отойти достаточно далеко, Эмиль сорвался с лавочки. Понесся следом длинными, почти бесшумными шагами. Вадим едва поспевал за ним, охваченный мучительным возбуждением.

Вбежали в подъезд, тихонько притворив дверь, прислушались. Мужичонка, быстро поднимаясь по лестнице, бубнил:

— Ты не сомневайся, я человек приличный, да и ты, я смотрю, на вокзальную рвань не похожа...

— Я баба честная, хоть временами и находит...— кокетливо согласилась Ника.

— Стой, пришли...

Эмиль двинулся наверх, уже не скрываясь. Вадим кинулся следом. Ника стояла у двери слева, держа обе бутылки, а мужичонка прицеливался ключом в замочную скважину. Он еще успел повернуть голову, равнодушно покоситься на них...

Эмиль ударил молниеносно и жестоко. Мужичонка без крика посунулся вперед, вмазавшись физиономией в собственную дверь, стал сползать по ней. На лету выхватив у него ключи, Эмиль бросил через плечо:

— Поддержи!

Вадим подхватил бесчувственного человека под мышки. Дверь распахнулась, внутри было темно и тихо. В два счета нашарив выключатель, Эмиль бросился в квартиру, шепотом приказав:

— Заноси! Дверь запри!

Двигаясь спиной вперед, Вадим затащил хозяина в прихожую, положил на грязный пол, старательно повернул ключ в замке. Ника прислонилась с закрытыми глазами к стене, обитой драными обоями, помотала головой.

Повсюду вспыхнул свет.

— Не соврал, никого,— сказал Эмиль, стоя посреди комнаты и оглядываясь.— И в той комнате тоже... Волоки его в дальнюю, осмотримся.

Ника вошла первой, устало опустилась в рассохшееся кресло, произведенное на свет еще при Хрущеве. С третьей попытки сорвала пластмассовый колпачок и отхлебнула из горлышка, даже не поморщившись. Привычки светской дамы, судя по всему, оказались оттесненными в сторону новым житейским опытом. Вадим, пыхтя от натуги, проволок мимо нее мужика в дальнюю комнату. Оставшись там один, отстегнул клапан кармана и примерился, как в случае чего будет выхватывать наган.

Вернулся в большую комнату. Эмиль перетряхивал содержимое старенького, облупившегося шкафа. Квартирка, в общем, была обставлена предельно убого — должно быть, бывшая женушка постаралась вывезти все мало-мальски ценное, но и не походила на притон, где регулярно веселится низкопробная пьянь. Этакая опрятная бедность нищего пролетария.

Включив мимоходом черно-белый старенький «Рекорд», Эмиль стал рыться в серванте. Вадим уставился на экран, как на восьмое чудо света — отвык в последнее время от подобных достижений цивилизации. Изображение двоилось и троилось, Но все же можно было разобрать, что это суетится великий сыщик Коломбо, с видом полнейшего идиота и шута старательно загоняя кого-то в тщательно подготовленную ловушку.

Эмиль ненадолго вышел в дальнюю комнату, вскоре вернулся. Присел у накрытого клеенкой стола, где красовался нехитрый натюрморт из пары пустых бутылок и скудной закуски.С усталым и отрешенным видом выпил из горлышка скверного портвейна, выбрал нетронутый кусочек селедки, съел.

Странный у него был взгляд — незнакомый, ушедший в себя, определенно пугающий. Вадиму стало не по себе, он прямо-таки физически ощущал в воздухе напряжение, как перед грозой,— неуловимая, душная тяжесть воздуха, неописуемый словами гнет...

Он ощутил себя словно бы отгороженным от окружающего мира. Он был отдельно, весь мир — отдельно. Реакция организма на все пережитое или пресловутое предчувствие смерти?

Телевизор орал — зачем Эмиль сделал так громко? Почему у Ники откровенно испуганные глаза?

Не вынеся напряжения, Вадим вышел в другую комнату. Что-то тут было не так, что-то изменилось... Бог ты мой!

Голова лежащего была уже вывернута и н а ч е, совершенно не так, как это выглядело бы, окажись он просто бесчувственным, потерявшим сознание от мастерского удара. Когда Вадим его здесь оставил пару минут назад, все выглядело не так...

Без тени брезгливости он присел на корточки, потрогал голову лежащего.

Она послушно повернулась под подрагивавшими пальцами, так, словно принадлежала кукле, словно никакого позвоночника и не было, а вместо него оказался тряпичный жгут.

Несчастный алкаш был мертв. Ему сломали шейные позвонки, и сделать это мог один-единственный человек...

Вадим вскочил, слыша, как за спиной распахивается дверь.

Эмиль невероятно тщательно притворил ее за собой, глядя на Вадима предельно странно — застывший взгляд сомнамбулы, на губах прямо-таки жалкая, виноватая улыбочка. Медленно-медленно, как бывает во сне, Вадим опустил правую руку вдоль тела, запястье ощутило сквозь толстую ткань тяжелую выпуклость старенького револьвера.

Эмиль сделал шаг вперед, кривя губы в той же странной улыбочке, одновременно и виноватой, и страшной:

— Ты что, Вадик? Что-то ты как-то...

И двинулся вперед — бесшумно, жутко, целеустремленно. Вадим едва не заорал от ужаса — никаких недомолвок больше не осталось,— попятился, прошептал:

— Не подходи...

— Вадик, ты что, Вадик...— столь же тихо откликнулся Эмиль, надвигаясь с застывшей улыбкой.— Не дури, все нормально, что ты такой...

Его левая рука медленно отодвигала полу бушлата, вот уже показались ножны, правая кошачьим движением взмыла, слегка согнувшись в локте, словно жила независимо от тела, ладонь сложилась в жесткую дощечку.

Вадим попал рукой мимо кармана, со второй попытки, покрывшись от ужаса гусиной кожей — в комнатушке вдруг стало невероятно холодно,— выхватил наган:

— Не подходи!

На лице Эмиля мелькнуло неприкрытое изумление, но он вмиг справился с собой, смотрел ненавидяще, надвигался и надвигался плавными крохотными шажками, словно бы плыл над полом:

— Опусти, пидер... Кишки выну...

И метнулся вперед, выхватывая нож.

Вадим что есть сил надавил на спусковой крючок. Какое-то невероятно долгое, растянувшееся в нелюдскую бесконечность мгновение он внутренне корчился в неизведанном прежде ужасе — мысли бешено прыгали, тело заледенело, казалось, поднявшийся крючковатый курок так и останется в этой позиции навсегда, и грудь сейчас ощутит льдистый холод штыка...

Выстрел треснул негромко, словно переломили об колено бильярдный кий.

Эмиль дернулся вперед, пошатнулся, его лицо на глазах менялось так, что слов для этого не находилось — и Вадим в смертном ужасе нажал спуск вновь. Спиной вперед отпрыгнул к окну, ударился ногами, задницей о ребристую батарею и не почувствовал боли, вжимаясь в подоконник.

Эмиль уже падал, нелепо подламываясь в коленках, оскалив зубы. Лицом вперед рухнул прямо на ноги мертвого хозяина квартиры, придавив их животом. И застыл — только ноги резко, не в лад, подергивались, как бывает во сне с собаками. Левая рука дернулась, согнулась в локте, распрямилась, еще пару раз конвульсивно содрогнулись ноги — и бывший друг, бывший сподвижник по бизнесу, неплохой коммерческий директор, кобель, наставивший другу рога, замысливший убийство, замер, подогнув ноги, выкинув вбок левую руку, из которой давно выпал штык-нож.

Быстро и ловко — откуда что взялось? — Вадим отбросил нож ногой, опасаясь подвоха. По стеночке обошел лежащего, направив ему в голову дуло нагана, двинулся к двери...

Дверь распахнулась, едва не стукнув его по физиономии. Влетела Ника, растерянно уставилась на происходящее — и, вмиг осознав все, отпрянула, некрасиво разинув рот, зажав щеки ладонями, молча отступала, пока не уперлась спиной в стену. Она так и не издала ни звука, совершенно онемев от страха.

Косясь на неподвижные тела — вдруг все же ловушка и этот гад сейчас вскочит? — Вадим надвигался на нее. Она внезапно подломилась в коленках, опустилась на пол, все так же таращась на мужа круглыми глазами, сжимая ладонями щеки. Даже не застонала — тихонечко заскулила, как слепой щенок.

Вадим медленно поднял руку, двигаясь, словно безмозглый робот. Заколебался, не зная, куда лучше всего выпустить пулю — в висок? В грудь? Как сделать так, чтобы она умерла б ы с т р о? Без хлопот и лишних впечатлений?

Причудливые зигзаги выписывает порой мысль... У него ни с того, ни с сего пронеслось в голове: теперь только стала предельно понятна и чем-то близка строчка из «Трех мушкетеров», то место, где лицо миледи исказилось в ожидании выстрела... Или это оно у Атоса исказилось? Черт, какая чепуха в голову лезет...

Ника рывком бросилась вперед, прежде чем он успел отшатнуться. Обхватила его ноги и принялась тыкаться лицом в грязные и мятые брючины. Он инстинктивно дернулся, пытаясь освободиться, и только потом дошло: да она ж целует ему ноги в слепом ужасе! Тычется, как побитая собачонка...

Это и разрядило обстановку. Стоя с наганом в руках, пошатываясь от ее рывков, он все отчетливее понимал, что не сможет нажать на спуск и пустить пулю в это жалкое, едва слышно скулящее создание. Не выйдет, и все тут...

Он поджал ногу, потом другую, выдираясь. Ника висела на ногах, обхватив коленки, скуля и хныкая.

— Хватит! — сказал он злым шепотом.— Не буду...

Она не слушала. Зло сплюнув, Вадим сунул револьвер в карман, не без усилий разомкнул ее руки, размахнулся, отвесил пару оглушительных пощечин, отпихнул в угол. Повторил громче:

— Хватит тебе, не буду...

И направился в дальнюю комнату. Там все осталось по-прежнему — позы лежащих ничуть не изменились. Он нагнулся, попробовал перевернуть Эмиля, крепко взяв за плечо. И отступился, чуя неестественную, м е р т в у ю тяжесть тела. Охваченный приливом ярости, вновь подступил к трупу, уперся ногой в плечо, на сей раз перевалил на спину.

Крови почти что и не было — только два опаленных пятна на грязной рубашке, белой в синюю полосочку, обведенные темной, скорее буроватой, чем красной, каемочкой. Лицо почти спокойное. И э т о — смерть?

Не было смерти. Был хорошо знакомый человек, лежавший в нелепой позе, не дышавший, не шевелившийся. И все. Кукла, пустая оболочка. Вадиму прежде казалось, что убийца непременно должен испытывать некий взрыв эмоций, раздирающую мозги коловерть мыслей, сожалений, страхов. Но, как ни копался в себе, чувствовал лишь облегчение и усталость. Опасаться больше было нечего, проблема решилась. Даже удивительно, до чего спокойно на душе...

Выскочил в комнату, услышав подозрительную возню. Ника, с совершенно белым лицом, возилась у двери, пытаясь повернуть ключ.

— Куда?! — шепотом рявкнул он, отдирая ее слабые пальцы от ручки.— Иди в комнату, я же сказал — живи, стерва...

Взял ее за шиворот, затолкнул в комнату, старательно запер дверь еще на один оборот, спрятал ключи в карман. Подумав, взял содрогавшуюся в спазмах Нику за руку, затолкнул ее в тесный совмещенный туалет, пихнул к унитазу:

— Хочешь, проблюйся...

Прошел к столу, где лежали найденные Эмилем деньги. Долго, сбиваясь, считал бумажки — старого и нового образца, чуть ли не половину составляли тысячные, пятисотки и даже двухсотки с сотками. Шестьдесят девять тысяч двести. По-новому — шестьдесят девять двадцать. Не хватает совсем немного, это уже гораздо проще — когда «немного не хватает», совсем другое дело...

Судя по звукам, Нику все же вытошнило. Не обращая на нее внимания, Вадим принялся по второму кругу обыскивать квартиру, благо мебелишки здесь было мало и с первого взгляда ясно, где нужно искать.

Он нашел две мятых двухсотрублевых бумажки и новенькую рублевую монету. Негусто. Зато в уголке ящика, в серванте, отыскалось обручальное кольцо, мужское, судя по размеру. Уж его-то можно было свободно толкнуть за десятку... Старательно упрятал добычу в карман, пошел посмотреть, как там супруга.

Проблевалась, ухитрившись почти не испачкаться. Вадим поднял ее с пола, привел в комнату, усадил на стул и сунул в вялую руку стакан с портвейном:

— Ну-ка, выпей.

Она послушно осушила, как необходимое лекарство, даже не передернувшись.

— Ну, оклемалась? — безжалостно спросил он.

Ника закивала, глядя на него с прежним страхом.

— Ладно, не скули,— сказал он с великолепным ощущением превосходства.— Он ведь сам собирался меня прикончить... Правда? Вот видишь. Так что драчка была честная. Кому повезло, тому и повезло...

— Откуда у тебя...

— От верблюда,— отмахнулся он.— Слушай внимательно. Когда мы пришли в город, разделились. Пошли искать калым. Договорились встретиться на автовокзале, но он не пришел. Некогда нам было его ждать, сдали в киоск по дешевке наши баксы и поехали в Бужур. Уяснила? Хорошо уяснила, спрашиваю? Ну-ка, повтори!

Она повторила все тусклым, безжизненным голосом, пожала плечами:

— Но мы же еще здесь...

— Все равно,— сказал он твердо.— Утром уйдем. Лучше запоминай все заранее. И смотри у меня в Шантарске... Если подумать, все для тебя обошлось как нельзя лучше, остаешься на прежнем месте в прежнем положении, другой бы тебя пристукнул, не поведя...

Замолчал, инстинктивно пригнувшись. В дверь громко постучали. И еще раз, и еще. Трясущимися пальцами он достал наган и, погасив по дороге свет, на цыпочках подкрался к двери. Стучали уже беспрерывно. Судя по звукам, на площадке топтались как минимум двое.

— Коля! Коль, открывай! Это мы с Борей! Открывай, водяра в гости едет!

Вадим замер. На площадке топтались, как слоны, шумно обмениваясь мнениями:

— Говорю тебе, свет горел!

— Да брось, он уже ужрался, скоко ему надо... Пошли к Лидке! Хоть потрахаемся...

— Н-нет, я с Колей хочу вмазать... Колян, так твою!

Дверь сотрясалась от ударов. Это продолжалось невероятно долго — стук, призывы, маты. В конце концов хлопнула дверь напротив, послышался раздраженный, стервозный женский голос:

— Ну чего барабаните, алканавты? Не открывает, значит, нету дома никого!

— Да дома он, свет горит...

— Полдвенадцатого ночи, а вы расстучались тут!

— Ты не ори, мы с ним вмазать хотели... Во!

— На улицу иди и вмажь, пьянь нелюдская! Сейчас в тридцать первую к участковому сбегаю!

— Да он сам квасит по причине воскресенья, мы шли, они литру брали...

— Вот и ты иди квась, а не барабань тут! Мне на работу к шести, да тут свой такой же до сих пор где-то шастает... Пошли отсюда, кому говорю! Раз не открывает, нечего и долбиться!

Незваные визитеры лениво отругивались, но довольно скоро отступили под напором разъяренной соседки и потащились вниз, шумно матерясь. Вадим закрыл глаза, прижался затылком к стене и долго стоял так, мокрый от пота. Спрятал наган, вернулся в темную комнату, свет включать не стал. Когда привыкли глаза, рассмотрел, что Ника хнычет, уронив голову на руки.

Взял ее за плечо и как следует встряхнул:

— Хватит ныть! Еще налить?

Она помотала головой. Вадим крепко стиснул ее локоть, подвел к застеленной постели и толкнул туда:

— Ложись и дрыхни. Утром разбужу рано. Нам еще автовокзал искать...

— Ты меня правда не убьешь?

— Сказал же...— досадливо поморщился он.— Вообще-то, руки так и чешутся, честно говоря, да уж ладно, черт с тобой... Только имей в виду: если начнешь в Шантарске распускать язык — уж непременно что-нибудь придумаю. Анзора попрошу, он придумает.— Протянул руку и небрежно похлопал ее по щеке.— Ладно, Вероника, не бери в голову. Все равно, как выражались деды, это был человек не нашего круга, и было от него сплошное беспокойство. А зачем тебе беспокойство, киса моя холеная? Тебе нужны брюлики, бермудские пляжи, горничные, презентации и прочие удовольствия. И любое правдоискательство выглядит смешно, поскольку ничегошеньки не меняет. Это убедительно? А?

Она едва слышно прошептала:

— Убедительно...

— Вот и прекрасно,— сказал он почти весело и почти дружелюбно.— Ложись и спи, завтра будет нелегкий денек.

Сел к столу, налил себе полный стакан, усмехнулся в темноте: за помин души...

И только теперь окончательно поверил, что выиграл смертельный поединок. Даже предстоящая дальняя дорога, окутанная полнейшей неизвестностью, пока что не заботила.

Часть третья

РУССКИЙ КЛОНДАЙК

ГЛАВА ПЕРВАЯ

Странствия продолжаются

Жизнь лишний раз доказала, что незатейливое и прагматичное сибирское бытие конца двадцатого века (и, соответственно, второго тысячелетия) имеет мало общего с готическим романом, равно как и с бессмертным творением Ф.М. Достоевского, теплохода и классика. Вадим, поставив старое, но удобное кресло так, чтобы Ника не смогла шмыгнуть в прихожую, уснул в нем почти сразу же и спал без потрясений в виде кошмаров, не просыпаясь. Должно быть, организм включил какие-то предохранители в виде крепкого и здорового сна. В соседней комнате до самого утра не произошло ничего жуткого — не слышалось тяжелых шаркающих шагов, покойники не появились на пороге, гонимые жаждой расплаты. Они и утром, впрочем, никак не дали о себе знать — иными словами, утопленник не стучался под окном и у ворот.

Проснулся он около половины седьмого. Сначала, как часто бывает, подумал, что все привиделось, но тут же осознал — именно так реальность и обстоит...

Растолкал Нику, спросонья было улыбнувшуюся ему вполне разнеженно и мирно, но тут же с криком шарахнувшуюся — может, решила, дура, что ее все-таки будут убивать...

— Вставай, собирайся,— хмуро бросил Вадим.— Уходить пора.

И принялся старательно протирать тряпкой все места, где мог оставить свои пальчики. Особо тщательно протер наган: ужасно не хотелось расставаться с оружием, но чересчур уж рискованным показалось таскать его с собой после всего. В качестве подозреваемого у него были шансы выпутаться даже в этой глубинке, но оказаться сцапанным с орудием убийства в кармане — чересчур уж чревато...

Голова работала ясно и четко, он по мере сил постарался сбить следствие, буде таковое возникнет, со следа — добавил на стол еще стаканов и вилок, чтобы казалось, будто тут гулеванили не менее полудюжины пьянчуг. Без особого душевного трепета навестил дальнюю комнату, пододвинул штык-нож поближе к ладони Эмиля, а в ухо хозяину квартиры засунул свернутую трубочкой двухсотку — для пущей загадочности. Вспомнил про двух дружков, барабанивших вчера в двери, ухмыльнулся: похоже, любой мало-мальски толковый мент ухватится как раз за эту парочку, о которой узнает почти сразу же, из беглого опроса соседей...

Еще раз старательно все прокачав и убедившись, что ничего не забыл и пальчики стер везде, вышел в прихожую. Ника стояла, прижавшись к стене, закрыв глаза, подергивая сжатыми кулачками.

— Что такое? — спросил он неласково.

Она затряслась, не открывая глаз:

— Уведи меня отсюда, скорее, уведи...

— Подбери сопли! — прикрикнул он.— Вот так... Пошли. И смотри у меня, без истерик. Думай лучше о веселом: скоро будем дома, все станет по-прежнему... и ничего не было. Шагай.

Прислушавшись — на площадке тишина,— распахнул дверь и вышел первым. Тщательно притворил ее, не запирая на ключ, а сами ключи, протерев, бросил заранее на пол. Пусть потом обнаружат, что дверь не взломана, даже не заперта, пусть копают среди тех, кто был здесь своим человеком...

Разломил найденную на серванте большую пластмассовую расческу пополам, одну половинку протянул Нике:

— Причешись.

— Кофе бы...— вздохнула она.

— С круассанами... Пошли.

Причесанная, она выглядела вполне на уровне, несмотря даже на отсутствие косметики. Они побыстрее вышли со двора, где не наблюдалось ни единой живой души, и направились по знакомой уже дороге. Городишко помаленьку оживал, проезжали машины, шли люди, хотя, конечно, ничего похожего на утреннее шантарское столпотворение.

Увидев очередной киоск — этот был украшен вывеской с надписью «Василек»,— Вадим решил рискнуть. Постучал в окошечко, оттуда выглянула тетка среднего возраста, вида скорее пролетарского, чем коммерческого.

— Колечко не купите? — памятуя печальный опыт с баксами, он продемонстрировал товар издали, держа его двумя пальцами.

— Самоварное, поди?

— Те-етенька! Там проба есть.

— На нем-то есть, да на вас негде ставить...— проворчала она, зевая.— Снял с кого, поди?

— Обижаете! — бесшабашно ухмыльнулся он.— Позавчера развелся, а раз такое дело... Не было золота, и это не золото.

— Покажи-ка...

Он решился разжать пальцы.

Тетка достала из-под прилавка крохотный пузырек и капнула на кольцо, обозрев результат, немного подобрела лицом:

— Вроде золото... Сколько ж тебе бутылок-то надо?

— Никаких бутылок, мать,— ответил он решительно.— Мне денежка нужна, раз такое дело, поеду к мамане в Мотылино, и гори оно синим пламенем.

— Вот то-то,— заворчала тетка.— Чуть свободу почуяли — понесло... Поскакал, задрав хвост, семью разбить, что кошку ногой пнуть...

— Эх, мать, знала б ты мою стерву, глаза бы не колола...— сказал Вадим.— Две сотни дашь?

— Сотню дам.

— Ну, мать...

— Полторы. Я ж не знаю, может, ты вечером прибежишь назад требовать и дверь ломать...

— Ладно,— махнул он рукой.

Не отходя от окошечка, пересчитал мятые десятки. Пока что все складывалось отлично.

— Эй! — окликнула тетка.— До завтрашнего утра подержу, если что, придешь выкупишь. Насмотрелась на вас, свой такой же... Так подержать?

— Не стоит,— отмахнулся он. Взял Нику под локоток и повел прочь.— Ну вот, бизнесмен везде бизнесмен...

Она молчала, убыстряя шаг.

Автовокзал нашли довольно быстро, пару раз переспросив дорогу. Оказалось, это довольно уродливое шлакоблочное зданьице, построенное явно в те времена, когда срока огромные брели в этапы длинные. Вывеска здесь почиталась излишней роскошью — огромные буквы АВТОВОКЗАЛ были выведены синей краской прямо по стене над козырьком единственной двери. Вот только дверь была заперта на громадный замок, вокруг не наблюдалось никаких признаков жизни, разве что хмурый пожилой субъект в ватнике и кепке лениво шоркал метлой по грязному разбитому асфальту, да примостившийся тут же кавказский человек помаленьку растапливал мангал. Совсем рядом проходила широкая дорога, выезд из городка, так что клиент, надо полагать, пер косяком. Вадим, правда, с неудовольствием обнаружил, что метрах в ста дальше, уже в чистом поле, торчала серая бетонная будочка поста ГАИ, и там уже торчали два вышедших на утреннюю охоту сокола. Лицезреть милицию отчего-то не было никакого желания, и он лишний раз напомнил себе, что уличить его ни в чем невозможно, лишь бы Ника не напорола глупостей...

Время шло. Стрелки показывали без пятнадцати восемь, но никто и не собирался отпирать автовокзал. Оставив Нику сидеть на широкой приступочке у крыльца, Вадим подошел к трудолюбивому кавказскому муравью и поинтересовался:

— Сколько время?

— Сэмь сорок семь, да.

— А почему ж вокзал закрыт?

— Дарагой, ты смотри фыласофски,— сказал шашлычник.— Нэ отопрут в восемь — отопрут в дэвять. Или в дэсять.

— Но автобусы на Бужур, вообще-то, ходят?

— Ва-абще-то — ходят. По настроению. Когда автобус есть, когда пассажир есть, когда бензин есть. А если чего-то нету, тогда не ходят. Сиди, как повэзет. Слушай, купи девушке шашлык, ты посмотри, какая у тебя девушка, она с шашлыком в руке будет смотреться, как Клава Шифэр! Шашлычок с утра хорошо, ва! Я тебе честно скажу: это не баран, свинин, но уж никак не собак! Вчера еще хрюкал, такой упытанный, как Дося... Досю видел? Вот он такой же был!

— Со стиральным порошком?

— Абыжаешь! С соусом!

Подумав, Вадим купил четыре шпажки шашлыка — и в самом деле стоило подзаправиться перед дальней дорогой. Думал, придется Нику уговаривать, но она довольно активно принялась жевать с отрешенным лицом. Время шло, замок висел...

Вадим понемногу начал нервничать. Умом он понимал, что трупы могут не обнаружить и до морковкина заговенья, а обнаружив, вряд ли станут устраивать облаву со взятием городишки в железное кольцо и уж никак не свяжут жуткую находку с двумя относительно приличными и, главное, трезвыми бродяжками. Но эмоции все же пересиливали, хотелось побыстрее отсюда убраться. Впервые он убил. К тому же не зря говорят: хуже нет — ждать и догонять...

Он с надеждой поднял голову, услышав шум мотора, не похожий на движок легковушки. Это в самом деле оказалась не легковушка, но и не автобус — почти у самого мангала лихо притормозил «УАЗ», старый фургон армейского колера с выцветшей белой надписью по борту «Геологическая». Из кабины выпрыгнул здоровенный длинноволосый парняга, патлами и грубыми чертами лица крайне напоминавший Жерара Депардье, в резиновых сапогах и видавшем виды брезентовом костюме с геологическим ромбиком на рукаве.

Тут же распахнулась боковая дверь, оттуда полезли мужики в таких же сапогах, брезентовых штанах, энцефалитках с капюшонами. Один держал на поводке охотно выпрыгнувшую светло-кофейную худую лайку. Он и возгласил:

— Не все же пить, пора и пожрать... Петь, расщедришься на шашлычки?

— Черт с вами,— проворчал волосатый.

Мужики весело галдели, разминая ноги,— Вадим рассмотрел в оставшуюся распахнутой дверцу, что фургончик до половины завален тугими свертками спальных мешков, какими-то огромными катушками, рюкзаками и деревянными ящичками, путешествовать на груде всего этого вряд ли было особенно удобно. Сначала показалось, что их чуть ли не взвод, потом обнаружилось — всего трое, не считая водителя и волосатого, определенно их начальника.

Здоровенный, очень толстый мужик с испитой физиономией тут же плюхнулся рядом с Вадимом, достал из-за пазухи две бутылки и непринужденно, как у старого знакомого, осведомился:

— Борода, ножика нету?

Вадим покачал головой.

— Худой! — набычился волосатый Паша.

— А что Худой, что Худой, начальник? Они там в Каранголе, точно тебе говорю, с утра расслабляются. Ты что, Бакурина не знаешь? Хотя и молодой специалист с поплавком, из него собственные работяги веревки вьют. Забыл, как они неделю под Чибижеком квасили? Не будет никакой работы, а потому и нам бы еще сегодняшний денек прихватить... Иисус, ты как?

— Я в консенсусе,— заявил парень, чем-то чрезвычайно похожий на итальянца — кудрявая шевелюра, байроновский профиль. Рожа, правда, насквозь пропитая.— Мухомор тоже... А, Мухомор?

— Блажен муж, иже иде на совет нечестивых,— поддержал самый пожилой, державший лайку.

— Ну, смотрите,— покачал головой Паша.— Только завтра, если что, пинками на профиль погоню.

— Обижаешь, Паша... Как штык. Но без Максимыча... Тут уж мы ни при чем.

Паша расплатился за шашлыки, и вся компания устроилась тут же, справа от Вадима. Сначала шашлык дали попробовать лайке, и, когда она охотно проглотила кусок, стали есть сами. Худой проворчал:

— И от собачины не померли бы. Сколько я ее съел...

— Ты, Худой, помалкивай. К вечеру поддам, я тебе всех сожранных тобою братьев наших меньших припомню... С топором по-над плетнями погоняю,— заявил Иисус.

— А я у шефа пистоль свистну, сам на тебя охоту открою.

Сказано это было беззлобно, больше походило на привычные дружеские подначки. Вадиму на миг стало грустно — очень уж весело они болтали, сразу выглядели спевшейся компанией, не отягощенной в этой жизни никакими проблемами и сложностями. И трупы на них не висели, и трагической оторванности от дома что-то не ощущалось.

Трое пили из горлышек. Паша не пил, очевидно, свято соблюдая начальственную дистанцию, но шашлык уписывал за обе щеки. Лишь шофер, этакий красавчик с аккуратно подстриженной бородкой, лениво прохаживался вокруг машины, лениво попинывал колеса и сливаться с коллективом не торопился.

— Что? — Вадим только теперь сообразил, задумавшись, что Паша через голову Мухомора обращается к нему.

— Я спрашиваю, откуда такие камуфлированные?

— Долго объяснять,— ответил Вадим нейтральным тоном.

— Долю ищете?

— Да вроде того.

— А едете куда? — простецки ухмыльнулся Паша.

— В Бужур.

— Тамошние?

— Нет, шантарские. Занесло вот...

— Это бывает,— Паша окинул его цепким взглядом.— И без багажа? И безо всего?

— Занесло...

— Вмажешь? — Мухомор непринужденно подсунул ему раскупоренную бутылку, не скверный портвейн, а «Монастырскую избу».

Подумав, Вадим отпил немного из горлышка.

— А дама будет?

— Мухомор! — укоризненно протянул Паша.— Ну когда это дамы пили из горла? Ты еще колбасный огрызок из кармана достань, у тебя, по-моему, с Парнухи завалялся... А если серьезно, девушка, в машине есть чистый стакан. Мы от всего сердца и без задних мыслей, шантарская геофизика, чтобы вы знали,— заповедник джентльменов... Хотите?

— Хочу,— сказала Ника, улыбаясь ему вполне кокетливо.

Вадиму это не понравилось, но он мысленно махнул рукой — как бы там ни было, впервые за время своих печальных странствий он не чувствовал исходящей от новых знакомых угрозы. Очень уж естественными и дружелюбными они выглядели. Люди без подтекста, весь текст написан на лице...

— Женя! — окликнул Паша.— Аршин изобрети!

Бородатый красавец нехотя полез в кабину и принес чистый стакан, остался стоять, задумчиво покачиваясь с пятки на носок.

— О! — сказал Паша радостно.— Заработала программка! Он у нас первый Дон-Жуан и при виде очаровательной женщины впадает в любовный ступор... Женечка, хорошо, если это брат, а если это ейный муж? — и вопросительно глянул на Вадима.

— Муж.

— Вот так-то, Женечка. Иди, колеса попинай...

Красавчик пожал плечами и отошел. Вадиму показалось, что особенной любовью сослуживцев он не пользуется.

— Значит, по свету странствуете? — непринужденно продолжал Паша, наливая Нике полстакана.

— Странствуем,— улыбнулась она так, словно и не было никаких ночных трагедий.

— И делать нечего?

— Выходит, нечего...

— Счастливая вы парочка, я вам скажу...— покачал головой Паша.— Порхаете, как птички, а тут изволь трудиться... Все, орлы, я вижу, допили. Поехали! Да, так вы, значит, бужурского автобуса дожидаетесь? Его может и не быть...

— Говорили нам уже,— сказал Вадим.

— Печально... Ну что ж, приятно было познакомиться...

Они ушли к машине, все четверо, уводя лайку. Вадиму стало грустновато — моментально погасло веселье, им вновь предстояло в одиночестве ждать у моря погоды...

— Эй, искатели приключений!

Он поднял голову. Паша, стоявший у распахнутой дверцы, манил их рукой. Они не торопясь подошли.

— Уговорили,— сказал Паша.— Довезем до Бужура. Автобус может и до завтра не появиться...

— Ой, спасибо, мы заплатим...— оживилась Ника.

— Мадам! — развел руками Паша.— Гусарские офицеры, как известно, с женщин денег не берут. Прошу никакой пошлости и намеков в таковом замечании не усматривать. Как все люди суровой и романтической профессии, охамели в тайге-с — и только. Садитесь в кабину, там удобнее. А если этот Казанова вздумает бросать масленые взгляды, пожалуйтесь, я его электродом отоварю...

— Едем? — радостно и оживленно повернулась к Вадиму Ника.

После короткого раздумья он махнул рукой:

— Едем...

И полез в фургон, где на груде вещей возлежали трое мужиков и лайка, которую заботливо при-

держивал за ошейник Иисус. Лег на свободное ме́-
стечко, поперек четырех спальников.В спину ему
упиралась загадочная железная катушка с черным
проводом, но ничего не поделаешь, более удобного местечка не отыщешь. Меж кабиной и грузовым
отсеком — или как он тут называется — не было
никакой перегородки, так что Вадим прекрасно
видел: Нику и брезентового Казанову разделяет
широкий кожух двигателя, да и не пытается бородатый приставать с ухаживаниями. Положительно, нормальные мужики, от сердца отлегло...

Гаишники не обратили на них ни малейшего
внимания, и «уазик», вырвавшись на вольную
дорогу, набрал скорость. Лежащих слегка потря-
хивало, но они сноровисто принялись за работу — подтянули поближе рюкзак и принялись
извлекать из него охапку той же «Избы».

— То-то Мухомор где-то подзадержался...—
покрутил головой Паша.— Затаривался, стервец...

— Паша, святое дело — обмыть новый участок. Сам знаешь, пахать потом будем, как пчелки.

— Да знаю,— сказал начальник.— За это и
терплю вас, хитрованов. Только вот без Максимыча...

— Чего-нибудь изобретем. Интересно, баку-
ринские нам нары сколотили или с колес пошли
квасить?

— Могли и с колес...— задумчиво сказал
Паша.— Жень, ты ружье далеко засунул? Озерцо
ж по дороге будет, с утями.

— Помню. Во-он там, за вьючником лежит.

— Уток — немеряное количество,— сообщил Паша, вежливо полуобернувшейся к нему
Нике.— С пары дуплетов столько насшибать
можно... Вы готовить умеете?

— Умею,— кивнула она.

Ника и в самом деле умела неплохо готовить — родитель, хотя и принадлежал некогда к третьеразрядной советской элите, вел народ к коммунизму в те времена, когда персональные кухарки полагались разве что первому секретарю обкома. И его супруга, Вадимова теща, происходившая отнюдь не из столбовых дворян, от безделья изощрялась в кулинарном искусстве, многому научив Нику, тем более что пожрать тестюшка любил...

— А диких уток, только что подшибленных, готовить приходилось?

— Неа.

— Знали б вы, какая это вкуснятина...

Вадиму сунули в руку откупоренную бутылку, он улучил момент, когда машину не так подбрасывало, сделал приличный глоток. Настроение понемногу повышалось — больше нечего было бояться, они целеустремленно мчались к цели. Конечно, в Бужуре еще предстояло провести какое-то время, но вряд ли эти мужики будут брать с них деньги за проезд, значит, на дешевые билеты хватит... Интересно, сколько могут стоить самые дешевые билеты? Сто лет не ездил на поезде...

— А в Бужуре что будете делать? — спросил Паша.

— На поезд — и в Шантарск.

— Паспорта в порядке?

— Ну, вообще-то...— Вадим чуточку растерялся.— А зачем?

— Как зачем? — искренне удивился Паша.— Давненько уж билеты на поезд продают только по паспорту...

Очень похоже, он не врал.

— Нет, серьезно? — спросил Вадим.

— Совершенно серьезно. Вадик, откуда ж ты взялся, если таких вещей не знаешь? Года два, как по паспорту...

— Шпионы,— расхохотался рассолодевший Мухомор.— Девушка очаровывает, а Вадик секретные документы фотографирует.

— Иди ты,— сказал Паша.— Во-первых, шпионы обязательно знали бы про такой порядок, а во-вторых, паспорта при себе имели бы. А у вас, такое впечатление, документов нема... Верно?

— Верно,— осторожно сказал Вадим.— Так уж получилось... Да и на поездах мне давненько не приходилось ездить... С паспортами приключилась такая петрушка...

И умолк, притворяясь, что поперхнулся, решительно не представляя, что тут можно соврать, убедительное и максимально похожее на правду.

— Да ладно тебе,— великодушно сказал Паша.— На беглых зэков не похожи, и — проехали. Будем считать, что ты у нас герцог в изгнании. По Гекльберри Финну. Вадим и... и Вероника. И все дела, без чинов... Но если подумать — как же вы в Бужуре на поезд сядете? Без аусвайсов?

— С проводницей попытаюсь договориться.

— Тоже вариант...

— Ох, парни, как мы до Бужура в мае ехали...— вмешался Иисус.— Вас не было, вы на «газоне» добирались, а нам четверым Босс сунул билеты на поезд. Заходим — а вагон, оказывается, купейный. Ну, пошли мы квасить... Проводника споили, потом заглянул бужурский мент, молодой такой сержантик, в поезда их нынче ставят за порядком следить. К полуночи он у нас прижился — любо-дорого, свой мужик, мы ему обещали, что за порядком все вместе будем следить. Всю ночь лопали...

— Стоп! — распорядился Паша.

Вытащил из-за огромного, обитого по углам железом сундука ружье, достал из мешочка горсть патронов, распахнул дверцу и целеустремленно затопотал к камышовым зарослям, широкой полосой окаймлявшим вдали узкое длинное озеро.

— Ну, это надолго...— заключил Худой.— Пока все патроны не исстреляет, не вылезет. А ведь подшибет парочку... Жень, подай девушке стакан, стоять нам долго...

Они попивали винцо, вольготно развалившись, удерживая то и дело рвавшуюся наружу лайку по имени Бой. Время от времени в камышах раздавались выстрелы.

— Вот так и живем,— сообщил Вадиму Иисус.— На природе, на вольном воздухе, ни начальства, ни ментов. Экологически чистая жизнь, я бы сказал... Как тебе?

— Что-то в этом есть,— из вежливости сказал Вадим.

— Что-то? — возмутилась чуточку захмелевшая Ника.— Благодать!

В самом деле, было во всем этом нечто от безмятежного пикника — явственный привкус экзотики, не самое скверное вино, люди, от которых не ждешь подвоха... Лайка, рюкзаки, романтика...

Наконец вернулся Паша, гордо тащивший за лапки четырех уток, не особенно и больших.

— Ой, жалко,— сморщилась Ника.

— Зато вкусны, окаянные,— Паша старательно запихал добычу в яркий пластиковый пакет.— Погоняй, Женя, нам бы к обеду добраться...

ГЛАВА ВТОРАЯ

Рабство на пороге
третьего тысячелетия

Вадим, уже успевший несколько захмелеть, заметил впереди дома, почти сразу же Паша, сидевший вполоборота и перешучивавшийся с Никой, объявил:

— Прибыли. Ага, вон бичи стадо гонят. Поздновато они сегодня что-то...

«Уазик» свернул в сторону и остановился. Десятка три небольших, сереньких овечек протопали посередине дороги, подгоняемые мужиком и женщиной в брезентовых плащах, в самом деле, предельно бичевского вида.

— Паш, давай Боя пустим? — предложил Мухомор. Громко пояснил Вадиму: — Бой у нас овец душит, как серый волк. С маху. Ну, потом свалим все на случайность, с хозяином полаемся, денежки заплатим — и с мясом... Паша...

— Ладно, ладно,— фыркнул начальник.— Только отъедем, чуть погодя, чтобы и в самом деле выглядело, будто по случайности отвязался...

— Варварство какое,— возмутилась Ника.— Они же такие кудрявенькие.

Машина проехала метров триста, Паша распорядился:

— Пускайте. Кудрявенькие, конечно, но и вкусненькие... Вы, Вероника, в Шкарытово шашлык ведь кушали...

Мухомор дотянулся, распахнул дверцу. Бой мгновенно прыгнул наружу, завертелся на месте, опустил нос к земле, шумно втянул воздух — и, азартно гавкая, припустил вслед за стадом.

Проехали еще немного, остановились окончательно. Худой похлопал Вадима по плечу:

— С прибытием, герцог!

И первым выскочил. Вадим выбрался следом, ошеломленно оглядываясь. На райцентр, каковым являлся Бужур, это не походило ничуточки. Ни следа рельсов, вокзала, многолюдства...

Слева, за одиноким домом с вывеской «Магазин», сверкало обширное озеро, на дальнем его берегу вздымались голые сопки. Справа тянулось шеренгой десятка полтора домов, видно было с этого места, что вдали за последним нет уже никаких признаков жилья — лесок и заросли какого-то кустарника. За домами местность полого поднималась, заканчиваясь густым лесом. Места, что скрывать, были красивые, даже живописные, одно озеро чего стоило... но где же Бужур?

— Послушайте...— начал было Вадим.

Грянул хохот в три глотки — Иисус и Мухомор с Худым прямо-таки шатались от смеха, смахивая натуральные слезы. Худой хлопнул Вадима по плечу:

— Привыкай, герцог. В старые времена это называлось «зашанхаить». Джека Лондона читал?

Он читал Джека Лондона и прекрасно помнил, что означало это словечко — когда в портовом кабачке незадачливого моряка поили в доску и бесчувственного уволакивали на незнакомый корабль, и в себя он приходил уже в открытом море...

Он невольно сжал кулаки. И остался стоять — они вовсе не злорадствовали и не выражали враждебности, наоборот, такое впечатление, относились к происшедшему как к веселой шутке и предлагали ему самому посмеяться вдоволь... Судя по лицам, никто не считал, что совершил какую-то подлость или хотя бы пакость.

— Ну извини, Вадик,— покаянным тоном сказал Паша.— Это не Бужур, это Карангаль. Есть такая деревушка у черта на куличках. Ты пойми, чтобы нормально работать, в бригаде обязательно должны быть четыре человека — а тут, сам видишь, трое, дошло до того, что я один буду таскать и батарею, и аппарат, хотя обычно для этого нужны двое... Максимыч у нас загремел в больницу в Шкарытово, положение аховое. В деревне лишних рук нет, никого нанять нельзя, пробовали в Шкарытово, не нашли подходящих. А ты, как я понял, пташка небесная. Какая тебе разница, если поторчишь здесь пару недель? К тому же и с кухаркой загвоздка, а Вероника готовить умеет...

— Недельки две потаскаешь провод, дурило, а потом поедешь в Шантарск, как барин, на этой самой машине,— поддержал Мухомор.— И никаких тебе хлопот. Управимся за две недели, зуб даю, а там и сезон кончится... Ты за это время сотни четыре заколотишь, плюс Вероника... Кормежка казенная, энцефалитку найдем. Жизнь — во! Я тебе авторитетно говорю, двенадцатый сезон добиваю, то бишь — двенадцатый год...

— Не с кайлой вкалывать,— поддержал Иисус.

— Вот это влипли! — хмельно расхохоталась Вероника, закидывая голову.— А казались такими джентльменами...

— Мы и есть джентльмены,— ухмыльнулся Паша.— Честью клянусь, недельки за две управимся...

Она, к великому неудовольствию Вадима, смеялась без всякой злобы:

— Вот это угодили... Работорговля в стиле рюсс... А в кандалы вы нас заковывать будете?

— Вероника! — возмущенно прижал Паша к груди здоровенные кулаки.— Помилуйте, за кого ж вы нас, таких белых и пушистых, принимаете? В конце-то концов, и не принуждаем ничуть...

— А если мы откажемся? — угрюмо спросил Вадим.

— Пожалуйста,— развел руками Паша.— Нешто я вас держу? Вот только до Бужура придется добираться на своих двоих, а это, между прочим, километров девяносто. В деревне ни у кого ни лошади, ни мотоцикла. Если сейчас двинетесь в путь-дорогу, к завтрашнему утру, может, и дойдете... если не заплутаете. А тут, кроме Каранголя, жилья в радиусе девяноста кэмэ нет... Зато волки, кстати, попадаются. Ну, решайся, пилот. Говорю тебе честно: две недели полюс-минус пара дней — это уж как вы сами справитесь. И поедешь в Шантарск, как король, на тех же спальниках, а там получишь нехилые денежки...

— Но мы...

— Слушай, а что это ты за обоих решаешь? — перебила Ника с видом веселой бесшабашности.— Мне, например, надоело болтаться по этой романтической глуши. Хочу жить здесь. Вы меня работой не перетрудите?

— Никоим образом, Вероника! — оживился Паша.— Утречком сварить ведро борща, ведро каши — и к вечеру то же самое. На обед в деревню не возвращаемся, берем сухой паек... И всего-то делов. Поселим вас у бабки, там у нее в избе хоть пляши, а для него,— он кивнул на Вадима,— местечко на нарах найдется, тут половина домов пустует.

— А баня у вас найдется?

— В два счета! Бабка затопит. Ну, согласны? Есть у рабства свои прелести?

Она погрозила ему пальцем:

— Только чтобы непременно — галантное обхождение...

— Есть! — длинноволосый верзила отдал честь.— Мужики, в темпе запомнили и передали всем остальным: кто нашей очаровательной поварихе нагрубит хоть словом, не говоря уж о жестах — вышибу по двум горбатым, и поплетется он пешком в Шантарск... Ясно? Ну, мы тогда поехали, а вы тут с Вадиком окончательно помиритесь. Спальники Женька сбросит, вам, наверное, во-он ту хату оборудовали. Прошу!

Он подал руку Нике, помог ей забраться в кабину, запрыгнул сам, и «уазик» помчался по единственной улочке вымирающей деревни. Вадим стоял, набычась.

— Держи,— сунул ему бутылку миролюбиво ухмылявшийся Мухомор.— Давай без обид? Ну, так уж вышло... Ты вон посмотри на Иисуса. Мы его с свое время точно так же зашанхаили. Открывали сезон, сели как следует вмазать в Шантарске перед выездом, он к нам и упал на хвост. Поили его два дня, потом по дикой пьянке сдал все документы в контору — и на крыло.

— Вот был номер! — подхватил Худой, прыснув.— Продирает наш Иисус глазенки на третий день, видит — вокруг примерно такая же картина. Мы тогда стояли... В Береше, кто помнит?

— В Линево,— уточнил сам Иисус.

— Вот... Начинает Иисус орать: «Где я, что со мною?» Мы ему, как только что Пабло тебе, объясняем: мол, завербовался ты, голубь, в геофизику, сдал трудовую, спальник и костюм с сапогами получил, расписался за них и поехал за туманом... Иисус едва не подвинулся крышей, вопит: не хочу я среди здесь, я домой хочу! Мы ему объясняем: чудак, кто ж тебя держит? Он сгоряча хватает сапоги и орет: я пошел домой, в Шантарск. Мы ему объясняем: до Шантарска, мил человек, триста километров, как ты их пройдешь пешком, без копейки, документов и даже сухой корочки? Ну, немного рассказали про работу и про житье-бытье... Что мы в итоге имеем? Иисус четвертый сезон мотает... Четвертый год. И не надо ему другой жизни. Верно, Иисус?

— Верно! — возопил поддавший Иисус, обнял за шею Мухомора.— Мужики, да мне теперь подумать страшно, что могло тогда повернуться по-другому! Я бы непременно в Шантарске от белки помер или по пьянке под автобус влетел! Мухомор, друг, не надо мне другой жизни!

— Вадик, бля буду, это чистая правда,— заверил Худой.— Видишь, нашел человек свое счастье. Может, и вы с Вероникой прикипите, жизнь, я тебе клянусь, у нас неплохая... Ты честно скажи, кончал что-нибудь такое? У тебя вид образованный.

— Было дело,— хмуро сказал Вадим.

— Ага, а потом жизнь пошла писать кренделя? Ничего, не ты первый, не ты последний. Посмотришь мужиков, убедишься. У Лехи два диплома, политех и шкипер дальнего плаванья. Водяра сгубила. Майор-танкист есть. Только что из бывшей несокрушимой выперли — взял моду командира полка с пистолетом по танкодрому гонять. Славка ничего еще по молодости не кончал, зато стихи пишет, писателем хочет быть. Глядишь, и станет, он упрямый... У Михи четыре курса универа. Народ не сермяжный, точно тебе говорю... Ну, без обид?

Вадим исподлобья оглядел их, протянул:

— Без обид... Значит, две недели?

— За две недели мы эти профиля всяко разно пройдем,— заверил Мухомор.— Лишь бы дожди не нагрянули, тогда, конечно, затянется. Ну, за знакомство?

Вадим допил бутылку. Он и в самом деле не собирался поднимать бунт. Во-первых, Нике вожжа попала под хвост. Во-вторых, вряд ли они врали насчет девяноста километров и полного безлюдья. В-третьих...

Ему не хотелось бы признаваться в этом вслух (благо никто и не требовал), но сил больше не было. Чересчур много хлебнул горького. Выть хотелось при мысли, что снова придется тащиться куда-то парочкой никому не нужных изгоев. В конце концов, это не те куркули — шантарские мужики, земляки... Две недели постарается вытерпеть. К тому же в этом захолустье можно пересидеть любые неприятности. Должно быть, те же примерно мысли пришли в голову и Нике, оттого и перенесла новость так легко, не сопротивляясь...

— Слушайте,— сказал он.— Но потом-то точно в Шантарск?

— Ну что тебе, землю есть, как Том Сойер? — фыркнул Мухомор.— Кровью подписываться? Пошли. У нас бухалово кончается, пора резервы искать, а мы еще в хате не обустроились...

— С Пашей мне больше не о чем говорить?

— А зачем? Все сказали,— пожал плечами Худой.— Ты к нему, кстати, уважительнее, есть некоторая субординация, этакие неуловимые оттенки. В хату начальника просто так лезть не стоит и особо не панибратствуй. Когда «Паша» да трали-вали, а когда — он бугор, мы — работяги... Пошли?

Они направились в деревню, троица на ходу рылась по карманам, подсчитывая скудные средства. Скрепя сердце Вадим расстался с сотней из своего запаса, что встретило самое горячее одобрение.

— Магазин закрыт,— констатировал Иисус.— Обычно тут за прилавком торчит та-акая блудливая давалочка... А в этой дыре ей толком и не с кем... О! Славка на тропу войны вышел, издали вижу. Вон и майор торчит — значит, точно, послали они Бакурина на все буквы и сели квасить в ожидании нас... Может, и рыбки наловили. Карасей в озере до черта. Бакурин тряпка, вообще-то, садится квасить со своими работягами, а этого ни один умный начальник делать не будет. Ничего, Паша ему хвост живо накрутит — Пашка молодец, молодой, да толковый, у него-то все спорится... И от него, кстати, за дело можно и по уху получить. Если напросишь на свою шею, так что учти. Славка, чего воюешь?

Тот, к кому он обращался, парень лет двадцати с лишним, в интеллигентных очках, занят был отнюдь не интеллигентским делом — пошатываясь, огромным колуном рубил ветхий заборчик палисадника, иногда промахиваясь и сгибаясь пополам вслед за воткнувшимся в землю топором. В доме то за одним, то за другим окном мелькала чья-то тоскливая физиономия. Добрая половина забора уже превратилась в кучу обрубков. Вторая пока что держалась, но и ее дни были сочтены.

Распахнулась форточка, изнутри донеслось жалобное:

— Что ж ты творишь, ирод, а еще в очках...

— Бр-рысь! — рявкнул Славик, замахиваясь топором.— Усадьбу спалю, куркуль, если будешь гавкать!

Форточка проворно захлопнулась. Тот, кого назвали майором, лысоватый коротыш лет сорока пяти, уже был неспособен на какие-либо осмысленные действия — он сидел в сторонке, привалившись спиной к огромному тракторному колесу, валявшемуся у забора, одобрительно наблюдал за тем, как штакетник превращается в щепу, порой покрикивая:

— Гвардия, впер-ред! Рычаги на себя!

— Во! — сказал Мухомор Вадиму так, словно хвастался местными достопримечательностями.— Сидит — майор, а забор сносит — поэт. Слав, ты его за что?

— Знал бы за что, совсем бы убил,— серьезно ответил Славик, пошатнувшись.— Браги не дает, рожа.

— Вы ж у него, поди, все выжрали?

— Тем более,— сказал Славик.— Вы-то привезли что-нибудь? Мы тут третий день гужбаним, с Бакуриным просто — вылезет утром на воздух, поглядит на небо в пустую бутылку заместо подзорной трубы и мигом с нами согласится, что погода для работы самая неподходящая. Карасей наловили до черта, ухи целое ведро стоит, а вот с водярой плохо, и продавать больше нечего...

— Сейчас что-нибудь придумаем,— почесал в затылке Худой.— Денег мал-мал есть. А вот магазин закрыт... Томка что, с вами бухает?

— Ага. Там ее уже по второму кругу пускают... Сторонись!

Они кинулись с дороги в разные стороны, как воробьи из-под колес. «ГАЗ-53» с самодельной деревянной будкой, прикрывавшей только половину кузова, проехал мимо, вихляя, свернул вправо и ухнул передними колесами в единственную глубокую ямку, которая здесь имелась. Мотор моментально заглох, из кабины вывалился детина в такой же брезентовой униформе, кое-как утвердился на ногах и, похоже, принялся мучительно соображать, где это он очутился.

— О, Вася прибыл,— констатировал Мухомор.— Как успехи? Эй, Василь?

— Нормалек! — отрапортовал Вася, не без труда сфокусировав на нем глаза.— И бакуринский транзистор загнал, и твои хромовые сапоги... на хер тебе тут, Мухомор, хромачи? На танцы, что ли, ходить?

— Ну ты и курва...— беззлобно покачал головой Мухомор.

— Зато имеем флягу браги. Вон, в кабине, еле запихнул...

— Капает! — взревел Мухомор нечеловеческим голосом.— Ты же крышку на защелку не заложил! Вон, капает! Спасай брагу!

Все кинулись к кабине, опережая друг друга, вопя от избытка чувств. Мешая друг другу, не без труда выволокли из тесной кабины огромный алюминиевый бидон, литров на полсотни — Вадим видел как-то по телевизору именно такие, в них образцово-показательные доярки сливали молоко. Здесь, разумеется, молоком и не пахло, во фляге плескалась жидкость, цветом и запахом крайне напоминавшая какао.

— Какаовая,— блаженно принюхался Иисус.— Это вам не с куриным пометом, как в Парнухе... Взяли, мужики!

Они с Худым подхватили флягу за ручки и поволокли к избе, откуда как раз отъезжал «уазик». Вася орал вслед:

— Грузовик-то вытащим?

— До завтра постоит,— отмахнулся Мухомор.— Вадик, чего встал? Пошли «какаву» пить, как аристократы!

— Эй! — истошным голосом завопили сзади.— Эй, погодите, идолы тувинские!

Их гигантскими прыжками нагонял тот самый доморощенный чабан — полы брезентового плаща развевались, в руке мужичонка держал совершенно бесполезный теперь кнут, забыв о нем.

— Ага,— осклабился Мухомор.— Сработало...

Подбежав, пастух сгоряча продолжал в том же духе:

— Вы, идолы тувинские...

Славик моментально выдвинулся вперед, занес колун:

— Я тебе! Господ геофизиков сравнивать с языческими идолами? Пополам перелобаню, труженик пастушьего фронта!

— Ты, в самом деле, поосторожнее,— невозмутимо бросил Иисус.— Не с бичевней общаешься, можно и по рогам схлопотать... Мало ты у Максимыча через плетень летал?

— Мужики! — плачущим голосом воззвал мужичонка.— Ну ладно вам, что вы, как эти! Там ваша собачка овцу задавила, налетела, как дикий зверь, завалила и придушила моментом... Мне ж хозяева бошку отвинтят! Что ж теперь делать-то?

— Так бы сразу и сказал,— поморщился Мухомор.— Во-он, «уазик» стоит. Сходи к начальнику отряда, поплачь. Если хорошенько попросишь, заплатит. Только овечку, чур, забираем, коли деньги плочены...

Славик матерно подкрепил его вердикт, многозначительно покачивая топором с видом опытного палача. Чабан, затравленно шарахнувшись, обежал их по широкой дуге и помчался к указанной избушке.

— Ага! — захохотал Славик.— Вы что, Боя пускали?

— Да отвязался,— ханжески воздел глаза к небу Мухомор.— И глазом моргнуть не успели, как смылся...

— Значит, будем с шашлычком,— безмятежно заключил Славик, отбросил колун.— Ладно, я ему завтра ограду дорублю, куда он, на хрен, денется... Пошли «какаву» пить...

...Аристократическая «какава» по своему убойному действию напоминала молодое вино, которое Вадиму довелось не раз пробовать в Молдавии. От какао она ничем не отличалась и вкусом, сама лилась в глотку, но вскоре при относительно ясном сознании руки-ноги отказывались повиноваться, а там наступал черед мозгов. Правда, этот момент настал довольно поздно — и Вадим общался с новыми знакомыми довольно долго. Его очередным пристанищем оказалась небольшая избушка, где половину единственной комнаты занимали огромные нары с аккуратным рядом спальников, а кроме нар имелись лишь бесполезная печь и самодельный столик. На нарах и расположились, сдвинув в угол уснувшую в спальном мешке полуголую белобрысую девицу, здешнюю знаменитость Томку, и положив к ней под бочок столь же бесчувственного субъекта, худого, как жердь и бритого наголо, в энцефалитке, но без штанов.

— Картина ясная,— сделал вывод Мухомор.— Михалыч Томку отпежил, из спальника он еще вылез, а вот штаны надеть уже не сподобился, укатали сивку крутые горки... Разбудить, что ли?

— Сам разбудится, как брагу учует,— фыркнул Славик.— Все равно сейчас кататься начнет.

— Это точно,— кивнул Мухомор, пояснил Вадиму.— Манера у человека такая — когда вырубится, начинает по нарам кататься. Может, снится, что он трактор, кто его знает... В Парнухе вот так же взялся кататься, когда никого в хате не было, а Васька на нарах пилу забыл. Михалыч по ней лысиной и прошелся. Мы потом заходим — мамочки! Все спальники в кровище, смотреть жутко, а он дрыхнет себе. Паша вбил в голову, что это мы Михалыча били, так до сих пор и не верит, что он сам...

— Поговори,— довольно внятно отозвался Михалыч, не открывая глаз.

— А кто в Береше теленка трахал? Наливайте... Где моя большая кружка?

— Насчет теленка — брешет,— сообщил Мухомор, подсовывая Вадиму эмалированную кружку, до краев полную «какавой».— Дело там было совсем не так. Избушку бабка нам сдала, а теленок остался в загородке. Стоит себе и стоит, придет она, покормит и уйдет. Вот кто-то, то ли Славка, то ли Иисус, начал ему пальцы в рот совать. Остальные тоже подтянулись, все развлечение, потому что работы не было пять дней, дождь шел, пить и то надоело... Телок маленький, сосет пальцы, пасть у него жесткая, но кожу не сдирает. Стояли мы так, и тут спьяну пришло кому-то в голову — а ежели ему вместо пальца в рот чего другое засунуть? Ну, пошла дискуссия. Сошлись на том, что по дурости сосать будет. Ладно, идем дальше: возникает закономерный вопрос, кто ему свой сунет? Никто не хочет, все опасаются. Кто его знает, возьмет да отжует. Решили жребий бросать. Пока судили-рядили, пока обговаривали, орали на всю деревушку. Пошел какой-то абориген к бабке и орет: «Семеновна, беги скорей, твоего телка эти идолы трахать хотят!» Бабка бежит, аж кости стучат... Вот и вся история. Увела она телка от греха подальше. А этот тут клевету разводит. Михалыч, хоть штаны надень...

— На кой? — изумился Михалыч.— Пидарасов тут нету, как и дам. А Томке не в диковинку, если проснется. Наливай лучше...

И понеслось — с обычными бессмысленными разговорами, не вполне понятными свежему человеку шутками-воспоминаниями, без всяких романтических песен под гитару. Довольно быстро всплыл вопрос, кто такой Вадим и как здесь оказался. Мухомор быстренько изложил суть дела, над этим немного посмеялись и потеряли интерес. О происхождении и прошлой жизни Вадима уже не расспрашивали — стали приходить в кондицию. Веселье шло беззлобное, не скандальное, только Мухомор, всерьез разобидевшийся на Михалыча за грязные намеки насчет того теленка, орал Вадиму в ухо:

— Пусть лучше расскажет, как он в Линюхе сырого голубя жрал... Подстрелили они там пару голубей, поставили варить, а печка мигом потухла. Они тем временем уже спать упали. Просыпается Славик, подкинул пару поленьев, упал — печка опять потухла. За ним просыпается Иисус, кинул полешко, упал, печка потухла. Так они голубей до вечера варили. Вечером продирает глаза Михалыч — тут как раз и мы зашли — вытаскивает голубя из котелка... Этак гурмански его оглядел, пробормотал: «Хорошо утушился!» — и давай жрать за обе щеки, а голубь-то сырой...

Михалыч разобиделся, и они отправились драться во двор. Все отнеслись к этому философски — и в самом деле, дуэлянты появились в избе очень быстро, перемазанные землей по уши, но вновь ставшие лучшими друзьями.

Потом наступил провал в сознании. Продрав глаза, Вадим обнаружил себя лежащим на нарах кверху брюхом, а справа и слева — бесчувственных собутыльников. За окном смеркалось, посреди избы стояла фляга, дверь была закрыта изнутри на огромный крючок, а по ножке стола взбиралась вверх большая крыса, вертя хвостом для равновесия. Вадим попытался сообразить, снится это ему или нет, но мысли туманились, и он вновь прикрыл глаза.

Разлепил веки, заслышав, как громко стукнул сброшенный крючок, по полу застучали уверенные шаги, и внятный мужской голос принялся браниться. Непонятный гость расхаживал по комнате, погремел крышкой фляги, консервными банками на столе, возмущался учиненным беспорядком, пинал валявшиеся на полу кружки.

Вадим рывком сел — с нар спрыгнул Славик с финкой в руке, пошатываясь, направился к печке, за ним бросились Мухомор и Худой (больше никого в избе не оказалось, только Томка дрыхла на прежнем месте). Побуждаемый каким-то стадным инстинктом, Вадим тоже бросился к обступившим печку.

Не было никого ни за печкой, ни вообще в избе — кроме них четверых. А крючок оказался на прежнем месте, дверь по-прежнему была заперта изнутри...

— Ничего себе дела...— протянул Славик.— Я ж ясно слышал — крючок упал, по избе шляется мужик, матерится, посуду пинает...

— А я почему подхватился? — пожал плечами Худой.— Тоже в точности то же самое послышалось.

— И мне,— признался Мухомор.

— И мне,— упавшим голосом сказал Вадим.— Что за чертовщина? Не могло же сразу всем четырем привидеться, не бывает такой белой горячки...

— Да ладно вам,— подала голос Томка, выпростала из спальника пухлые руки и сладко потянулась.— Домовой бродил, всего и делов... А это кто? Я его не знаю, симпатичный такой...

— Ну, если домовой, тогда понятно...— почти равнодушно сказал Мухомор.— Говорил же, плесните ему бражки, в угол поставьте... Обиделся, точно.

— Сейчас изобретем,— откликнулся Славик.— С полкружки тут на донышке наберется, а больше не выдоишь...

— Мы что, все выжрали? — охнул Мухомор.

— А то. Домовому только и осталось...— Славик легко опрокинул флягу кверху донышком, налил полкружки и понес поставить в дальний угол.

— Вы что, серьезно про домового? — изумился Вадим.

— А ты что, сам не слышал, как он по избе шастал? — похлопал его по плечу Мухомор.— Молодо-зелено, отпашешь пару сезонов, такого по деревушкам насмотришься... Мужики, надо чего-то изобретать, колотун бьет... Томка, ключи от магазина у тебя?

— Ага. Только хрен я вам без денег притащу, скоро ревизия нагрянет...

Принялись вытряхивать карманы — на сей раз Вадиму пришлось расстаться со всей наличностью, о чем он в похмельных судорогах ничуть не сожалел. Томку вытащили из спальника, кое-как одели, застегнули и в сопровождении Мухомора погнали отпирать магазин.

Потом пили настойку «Стрелецкая», которая на геофизическом жаргоне именовалась «третий помощник младшего топографа». Но тут уж Вадим после пары стаканов почувствовал себя скверно и кое-как выбрался во двор.

И тут же понял, откуда взялась кличка Иисус — ее обладатель храпел посреди двора, лежа прямо-таки в классической позе распятого Иисуса: вытянутые ноги плотно сжаты, руки раскинуты под безукоризненными углами — девяносто градусов к телу...

Вадим долго оглядывался, ища сортир — и лишь потом понял, что эту функцию как раз и выполняет сложенная из плоского камня стеночка в виде буквы «П». Ни ямы, ни бумаги. Ничего, переживем, сказал он себе, спуская штаны и присаживаясь на корточки — будем сливаться с природой, коли уж пошел этакий руссоизм, здесь не так уж и плохо, и люди не самые скверные...

Облегчившись, почувствовал себя лучше. Постоял во дворе, пошатываясь — и, гонимый неисповедимой пьяной логикой, вывалился со двора, твердо решив отыскать Нику, сам плохо представляя, зачем. Вообще-то, он был не так уж и пьян, просто ноги заплетались и плевать было на все окружающее...

Над деревушкой сияла россыпь огромных звезд, сверкающим поясом протянулся Млечный Путь. Справа посверкивало озеро, на котором чернела парочка лодок. Вдали в два голоса орали незнакомую песню, голоса показались знакомыми — определенно кто-то из новых друзей.

Он побрел в ту сторону, откуда сегодня утром приехал. Кто-то мельком упоминал, что именно там, напротив магазина, и расположился Паша. Грузовик торчал на прежнем месте, наполовину загородив улочку, прочно прописавшись передними колесами в широкой колдобине.

Ага, все правильно. Во дворе стоял «уазик», в доме горел яркий свет. Вадим помнил, что в нынешнем своем положении не следует досаждать начальнику отряда, который здесь царь, бог и воинский начальник. Растерянно затоптался в тени, возле «уазика».

На крыльце послышались шаги. Судя по звукам, пробирался кто-то зело хмельной, цепляясь руками за стену, нашаривая ступеньки.

— Нет, ну я тоже хочу...— громко заныл Женя.

— Перебьешься,— послышался голос Паши, тоже не свободный от алкогольного влияния, но не в пример более уверенный.— Топай к Бакурину, Дон-Жуан, там и дрыхни...

— Пашка, что тебе, жалко? Нашел чего жалеть...

— Иди, говорю, не отсвечивай!

Они стояли по другую сторону «уазика», совсем рядом с Вадимом, торопливо подавшимся в тень, и он отчетливо слышал каждое слово, ломал голову, как бы понезаметнее отсюда убраться.

— Пашка!

— Иди, говорю!

— Надо же, какие мы культурные... Паш, я могу и обидеться.

— Обижайся.

— Я же, Паша, не дурак. Кое-что понимаю. А из лоскутков складывается картинка... Это Бакурин мозги пропил почище наших бичей, а я пью малость поменьше, да и родители всю жизнь в геологии, нахватался...

— Ну-ну,— голос Паши стал вовсе уж нехорошим.— И что ты там такое понимаешь, умник?

— Насчет нынешнего участка. И вэз-вэ-пэ, и магнитка... И кресты зачем-то растягивают... Паша, у тебя что, в кармане карта с крестиками, как у Билли Бонса?

Что-то шумно ударилось о стенку «уазика» — судя по всему, Паша, сграбастав собеседника за грудки, треснул им о борт фургона. Прошипел:

— Ты что мне тут вкручиваешь?

— Паша, ты только не держи меня за дурака,— почти трезво откликнулся Женя.— Тоже мне, Джон Сильвер выискался... Стал бы ты изощряться, не имей личного интереса... Первый раз вижу у тебя такое старание. Сколько помню похожие случаи — в два счета подчистили бы записи промеров и подались в Шантарск. А ты по второму кругу пошел со всем старанием... По совершенно бесперспективному участку... И Томка мне тут ляпнула кое-что...

— Что?

— А ты думал... Помнят. Я и сопоставил. Она сама значения не придала, да я-то начал сопоставлять... Может, возьмешь в долю?

— Какая тебе доля, пьяная морда? Из чего доля?

— Паша, не лепи горбатого...

— Ну вот что,— тихо, зловеще протянул Паша.— Если ты еще ко мне полезешь со всякой шизофренией — получишь по мозгам. А если начнешь звенеть языком — получишь вовсе уж качественно.

— Значит, в долю не берешь?

— Заткнись, говорю! И язык придержи.

— Паша, господь велел делиться... К чему тебе лишние разговоры в Шантарске?

— Пош-шел отсюда, выродок! И смотри у меня...

— Я-то пойду,— бубнил Женя, зигзагом направляясь к воротам.— Я-то пойду, да как бы и тебе не пойти...

Его в два прыжка догнал Паша, тряхнул за шиворот:

— Ключи от машины отдай! Кому говорю?

После короткой борьбы, судя по тихому металлическому звяканью, ключи перешли к Паше, а их бывший обладатель потащился куда-то в ночь, громко бормоча что-то угрожающе-жалкое. Паша вернулся в дом, там послышался женский голос.

Кажется, все было ясно... Тихонько подкравшись, Вадим встал в полосу тени и осторожно заглянул в окно. Зло прикусил губу — сладкая жизнь била ключом, вступая в предпоследнюю фазу... Ника в одной клетчатой рубашке, весьма вольно расстегнутой сверху, сидела на старомодном диване, закинув ногу на ногу — свеженькая, с пышными волосами, определенно после бани, в одной руке сигаретка, в другой стакан с «какавой». Паша присел рядом, отобрал у нее стакан, поставил на стол и бесцеремонно сгреб Нику в охапку, действуя руками предельно недвусмысленно, что никакого сопротивления не встречало. Попискивала, правда, для порядка, и только, но, как только верзила уложил ее на диван и расстегнул последние пуговицы, перестала дергаться и обхватила его за шею.

Вадим отпрянул от окна, зло сплюнул и выбрался со двора. В голове шумело, злость на молодую женушку, столь легко пошедшую по рукам, была уже какой-то устоявшейся, привычной: нашла свое место в этой жизни, стервочка...

Он брел в густой тени возле самых заборов. Споткнулся обо что-то непонятное и полетел на землю, вытянув руки. Рухнул на что-то огромное, теплое, живое, послышался шумный выдох. Чуть не заорал от страха, отталкиваясь ладонями от теплого, покрытого жестковатой шерстью бока. И успокоился, сообразив, что упал прямиком на устроившуюся отдыхать корову. Она восприняла происшедшее с философским спокойствием, даже не пошевелилась. Посмеявшись над собственным глупым страхом, Вадим побрел дальше.

В избушке продолжалось веселье. Томка вновь забралась в спальник, к ней пытался присоседиться Худой, но получал по рукам и обиженно пыхтел. Славик с Мухомором, устроившись на краешке нар, взахлеб делились какими-то неизвестными Вадиму, а потому лично для него ничуть не смешными воспоминаниями.

Мухомор тут же сунул ему кружку:

— Вмажь «Стервецкой». Ты где пропадал?

— Да так...— удрученно вздохнул Вадим, держа кружку с рыжей жидкостью так, чтобы ненароком не нюхнуть. Собрался внутренне и осушил до донышка, передернулся, борясь с тошнотой, торопливо сцапал протянутый Славиком плавленый сырок, прожевал.

— Что смурной? Пашка, поди, твою ляльку фантазирует?

— Иди ты...

— Пабло у нас таковский. А бабы — суки известные, им позарез необходимо к самому обстоятельному приклеиться... Плюнь. Иди вон к Томке, она тут на тебя глаз положила...

— Ва-адик! — позвала Томка.— Освободи ты меня от этого аспида, спасу нет!

Теперь Вадим рассмотрел ее как следует — девица, конечно, вульгарная до предела, но, в общем, симпатичненькая и на потасканную не особенно похожа. Худой без особых протестов отодвинулся, давая ему место.

— Валяй,— фыркнул он.— Только ты у нас эту пашенку не пахал... Остальные давненько побратались, еще с прошлого сезона, даже Пабло отметился...

— Давай-давай,— поддержал Мухомор.— Тут, в глуши, никаких спидов не водится, про них и не слыхивали... Вмажь еще для бодрости, а мы отвернемся...

Вадим глотнул из кружки, отставил ее не глядя, и она звонко кувыркнулась с нар. Покопавшись в себе, не нашел никаких особенных моральных преград: если уж сливаться с новой жизнью, то без ненужного чистоплюйства. Да и воспоминания о том, что сейчас происходит в Пашиной штаб-квартире на старомодном диване, придавали решимости и злости. Думала, стерва, я стану печально изливать тоску под звездами, воя на луну? А вот те шиш, как пишет классик!

Он неуклюже — раньше этого делать не приходилось — залез в спальный мешок, тесный сам по себе, а из-за присутствия Томки и вовсе напоминавший автобус в час пик. Они оказались лицом к лицу. Вадим подумал, что девочка не столь уж и плоха. Оказавшиеся под ладонями тугие округлости на пуританский лад как-то и не настраивали.

— Ну, чего лежишь? — фыркнула она ему в ухо, проворно действуя опытными ручками пониже талии.

За спиной позвякивали кружки — на них, в общем, уже и не обращали внимания. Вадим неуклюже стянул с себя штаны в тесноте спальника — а на Томке, кроме легкой блузочки, ничего и не оказалось, так что особо возиться и не пришлось. Они слились в одно так ловко и незатейливо, что Вадим ощутил нешуточный прилив сил — и понеслось под хмельные разговоры, звучавшие в метре от них. Первое время зрители еще цинично подбадривали и ржали, но вскоре отправились куда-то в ночную тьму.

Т а к а я жизнь и в самом деле начинала нравиться.

ГЛАВА ТРЕТЬЯ

Будни

Он бежал трусцой, обеими руками держа перед собой электрод — примерно полуметровый медный прут толщиной в мизинец, с удобной треугольной ручкой. Обмотанный вокруг электрода черный провод на взгляд постороннего неизвестно где и кончался, уходя за пределы видимости, но Вадим-то прекрасно знал, что провод шустро сматывается с катушки, оставшейся метрах в шестистах отсюда, за лесочком.

Тащить провод было не столь уж и тяжело, но последняя стометровка, как всегда, казалась бесконечной. Ну, наконец... Провод взлетел с земли, натянулся с тихим звоном — далеко отсюда Иисус притормозил катушку. Вадим торопливо вбил острие электрода в мягкую землю, убрал руку — промешкаешь, может и током стукнуть, легонько, но все равно неприятно.

Не прошло и минуты, как на том конце провода Паша сделал все замеры. Провод вновь натянулся, задергался, вырывая электрод из земли. Вадим торопливо выдернул контакт и той же трусцой побрел за концом провода, к которому для пущего удобства был привязан бантик из белой пластиковой ленты — чтобы не потерять из виду черный провод на черной пашне. Теперь основная работа ложилась на Иисуса, которому придется намотать на катушку несколько сот метров провода...

Шел двенадцатый день с тех пор, как закончилась веселая гулянка и началась настоящая работа.

...Наутро в избе появился Паша, сам явно похмельный, но исполненный трудовой непреклонности. Безжалостно согнал всех с нар, громогласно напоминая, что уговор был железный — с завтрашнего дня отходят праздники и начинаются будни. Бригада из четырех человек поохала, но послушно поплелась в летнюю кухоньку через два дома отсюда.

Паша тем временем извлек откуда-то инженера Бакурина, тридцатилетнего похмельного субъекта с кротким взглядом спаниеля, и долго, отведя подальше от работяг, воспитывал с применением непарламентской лексики. Вадим, неплохо разбиравшийся в деловых качествах людей, быстро опознал в Бакурине примитивную тряпку.

Позавтракав, отправились на извлеченном из колдобины «газике» занимать боевые позиции — похмельный Вася, как оказалось, уже ни свет ни заря успел обернуться в Шкарытово, куда увез Женю: красавчик, бродивший ночью по деревне, спьяну где-то приложился затылком так, что в сознание не пришел, по словам Васи, и в Шкарытово. Новость приняли с некоторым удивлением — как объяснил Вадиму Мухомор, пьяных геофизиков хранит некая Фортуна, и лично он просто не помнит за последние десять лет второго такого случая, чтобы кто-то из-за бухалова покалечился настолько серьезно, но, в общем, особой печали не было. Вадим лишний раз убедился, что Женя особой любовью сослуживцев не пользовался.

Вадим — слава богу, не дурак — в первый же день освоил все нехитрые детали будущей работы, а попутно из разговоров узнал достаточно, чтобы построить картину.

Электроразведка, которой им предстояло заниматься, была не столь уж сложным предприятием. Предварительно некий район словно бы оказывается покрытым правильной прямоугольной сетью — топографы («топики») забивают на местности несколько десятков «пикетов» — самых обычных плоских колышков, через каждые сто метров. Два километра, он же «профиль» — двадцать пикетов. Бывает и подлиннее. Этих профилей, тянущихся параллельно друг другу — штук двадцать.

И начинается работа. У пикета устанавливают две катушки с проводом, двое работяг подсоединяют электроды и начинают отматывать провод на заранее установленную дистанцию — сначала пять, десять, двадцать пять метров, потом интервалы растут, и так — до семисот пятидесяти. В каждой точке электрод быстренько втыкается в землю, Паша пропускает разряд, делает замер и гонит работяг дальше. Потом переход на сто метров до соседнего пикета с размотанными катушками — и все начинается по новой. Время от времени меняются ролями — один садится на катушку, другой бежит с проводом. Вот и все хитрости.

Главная веселуха тут в другом — это занятие под скучным названием ВЭЗ (вертикальное электрическое зондирование) требует строжайшего соблюдения прямой линии и разрывов в линии профилей не допускает. Посему пикет может оказаться в самом неожиданном месте — посреди болотца, на крутом склоне, в лесной чащобе. И человек с проводом вынужденно шпарит, куда забросила судьба, карабкаясь на склоны, проламываясь сквозь чащобу, и утешает его один-единственный отрадный факт: он-то бежит налегке, а вот напарник тащит по тем же кручам-болотам свою катушку, весящую не столь уж мало. Мухомор рассказывал; случалось прокладывать профиля прямо через деревню — и тогда по идеальной прямой долго носились люди в брезенте, топоча прямо по грядкам и пересекая подворья в самых неожиданных местах.

Такая вот работа. Начальство никаких привилегий не имеет — само гнется под тяжестью батареи и прибора. Электроразведка испокон веков считается не в пример более аристократическим занятием, нежели геология — геолог сплошь и рядом бродит по вовсе уж диким краям, волоча все свое добро на себе, зато геофизика, требующая изрядного количества аппаратуры, украшает своим присутствием не столь глухие места, куда можно добраться на машине или в крайнем случае на вертолете. Вадиму уже успели поведать проникнутый здоровым шовинизмом профессиональный анекдот: «"Собака — друг человека",— сказал геолог. И, преданно виляя хвостом, посмотрел на геофизика».

В общем, ничего особо страшного для человека, у которого целы руки-ноги, а возраст далек от пенсионного. В иные дни приходилось трудненько, но они выпадали не так уж часто — в основном проходили по равнинным местам. Вовсе уж легким занятием оказалась процедура под названием ВП — четыре человека без всяких катушек тянут по профилю стометровый провод, останавливаясь на каждом пикете. В сто раз легче, а оплачивается точно так же. Довелось изведать и некое сочетание под названием ВЭЗ-ВП — выполняется, как обычные ВЭЗы, но провод отматывается на гораздо меньшее расстояние, в земле выкапываются ямки и туда, налив сначала воды, суют другие электроды, очень похожие на игрушечные пластмассовые грибы, и батареи в этом случае применяются другие — не Пашин рюкзак, а те самые деревянные ящички, занимающие чуть ли не половину «уазика».

Так что никак нельзя сказать, чтобы Вадим изнемогал под гнетом непосильного труда,— отнюдь. Разве что пахать приходилось от рассвета до заката. Смешно, но он пару раз ловил себя на шокирующей мысли, что о т д ы х а е т. Работа была нетяжелая и несложная, кормежка — неплохая, весь день на свежем таежном воздухе, в местах, не знающих промышленных выбросов. Именно здесь он впервые попробовал н а с т о я щ е е молоко, из коровы,— еще теплое, вызывавшее неописуемые ощущения, ничуть не похожее на городское молоко. Первый раз его едва не стошнило, но потом привык, а уж когда попробовал настоящую сметану, не имевшую ничего общего ни с городской, ни с той, что подавали в пятизвездочных отелях Западной Европы... В ней, без преувеличений, стояла ложка. Вадим даже стал замечать за собой, что самую малость раздобрел и уж определенно окреп — стрессов в окружающей действительности попросту не имелось. Сам он ни за что не согласился бы променять свою жизнь на этакое вот бытие, но теперь прекрасно понимал сослуживцев и уже не удивлялся, что «зашанхаенный» некогда Иисус четвертый год добровольно тянет лямку. Для людей определенного склада здесь был рай земной — кормит начальство, думает за тебя начальство, нет ни бюрократов в галстучках, ни милиции, ни признаков какой бы то ни было власти, ни светофоров, ни многолюдства. Другая планета, право слово...

С Никой, само собой разумеется, все пошло наперекосяк. Вернее, не шло никак. Словно они были совершенно чужими, незнакомыми людьми. Вадим ее видел только за завтраком и за ужином, в крохотной летней кухоньке — держалась блудная супруга крайне естественно и непринужденно, нисколечко не выделяя среди других мужа-рогоносца, будто никогда прежде не знала и впервые встретилась с ним в этой деревушке. Ни капельки виноватости или раскаяния во взоре, хоть бы бровью повела... Паша успел ее немного приодеть, раздобыл где-то новенькие джинсы, косметику — правда, на людях никаких нежностей сладкая парочка себе не позволяла, но весь отряд, естественно, знал, как обстоят дела. Вот единственное, что здесь портило Вадиму жизнь, хотя никто и не пробовал как бы то ни было его подначивать. Больше всего его бесила не очередная измена, совершенная с поразительной по сравнению с прошлыми временами легкостью, а именно эта непринужденность происходящего. Какие уж тут постельные права — человек посторонний, впервые угодивший в отряд, мог так и остаться в неведении относительно истинного положения дел. Что до Паши Соколова, он за эти дни так и не предпринял ни единой попытки как-то объясниться с Вадимом — тоже держался с бесившей естественностью. Се ля ви, и все тут...

Конечно, он считал дни. И, уже разобравшись в деталях, видел, как растет число пройденных профилей, знал, что вскоре окажется на свободе, в Шантарске. Понемногу начинал ломать голову: что о нем там думают, считают ли мертвым, если история каким-то образом всплыла? Вот будет номер, если той белобрысой дуре удалось спастись. Фирма, конечно, не развалится за считанные дни и даже не особенно заботит, но, чего доброго, запишут сгоряча в покойники...

Зато с д р у г о й стороны неприятностей не ожидалось. Первые дня три он боялся, что, вернувшись вечером в деревню, увидит там милицейскую машину и местных пинкертонов — но время шло, а пинкертоны так и не появились. Чрезвычайно похоже, никто его с Никой не искал ни в связи с первым убийством, ни со вторым. Проскользнули незамеченными для ока карающих органов. Вадим успокоился и отмяк душой настолько, что временами начинал всерьез прикидывать, какую бы неприятность, и покрупнее, устроить в Шантарске Паше после возвращения. С его нехилыми возможностями можно позволить себе многое, волосатый амбал, возникни такое желание, долго будет ползать на коленях, проклиная тот день и час... Быть может, и не устраивать ничего из того, что шеф службы безопасности деликатно именует «твердыми акциями»? Попросту пригласить волосатика в гости, к себе в офис, привезти его туда на «Мерседесе», усадить у себя в кабинете в кресло за две тысячи баксов, налить коньячку из той бутылки, что стоит две Пашиных месячных зарплаты (Вадим уже знал, какие слезки получает инженер-геофизик, раза в четыре меньше собственных работяг, сидящих на сдельщине), непринужденно угостить дорогущей сигаретой, а потом, когда окончательно дойдет, пустить дым в потолок, отработанным, снисходительным тоном небрежно бросить:

— Ты понимаешь, даме просто захотелось развлечься, слышал, наверное, о такой вещи, как пресыщение благами? Это быстро проходит, Пашенька, так что упаси тебя боже брать что-то в волосатую голову...

Пожалуй, так даже лучше, чем примитивно посылать ребят, чтобы в темном переулке оттоптали пальцы и отбили почки. Решительно, так лучше — не трогая и кончиком мизинца, наглядно изобразить всю бездонность пропасти, разделяющей преуспевающего бизнесмена и нищего инженеришку. Неизмеримо эффектнее... и эффективнее, черт побери! Вот при э т о м варианте зарвавшийся плебей получит на полную катушку, не стоит опускаться до уровня деревенских дебилов, месящих друг друга кулаками из-за девки возле полурассыпавшегося сельского клуба...

Он даже повеселел — и припустил быстрее, провод ускользал теперь гораздо проворнее, Иисусу осталось намотать метров сто. Интересно, а Ника понимает, что ее романтическому приключению очень скоро придет конец? Никак нельзя подозревать, что одурела настолько, чтобы связать свою судьбу с этим... Вот уж кто в жизни не станет устраивать рай в шалаше...

Смешно, но он до сих пор так и не мог понять, чего хочет от будущего — разводиться с Никой или не стоит? Вообще-то, другая может оказаться стервой еще почище, а Нику после всех приключений будет гораздо легче взять в ежовые рукавицы, почаще напоминать обо всех ее выбрыках и мягко намекать, что не просто разведется, а еще и постарается, чтобы причина развода стала известна в определенных кругах всем и каждому. Тогда искать вторую столь же блестящую партию в Шантарске ей будет трудненько. Предположим, в том, что с ней творилось в концлагере, не виновата ничуть — эти скоты брали силком, только и всего. Но вот Эмиль с Пашей... В конце-то концов, Пашка ее ничуть не принуждал, ручаться можно. Сама быстренько возжелала оказаться в роли фаворитки при здешнем корольке...

Вадим взглянул на небо — погода определенно портилась, из-за леса наползали темно-серые тучи. Время обеденное, но, не исключено, придется возвращаться в деревню — электроразведка в дождь работу бросает, для подобных измерений нет врага хуже дождя. Смешно, но возможному отдыху ничуть не рад — ведь еще на несколько дней отодвинется столь желанное возвращение в Шантарск...

Он перевалил через гребень пологого склона. Внизу, у пикета, уже стоял неожиданно рано появившийся «уазик», и людей было что-то больно много — ага, Вася привез бакуринскую бригаду... И на приборе сидит как раз Бакурин, а Паша маячит метрах в ста правее, возле высокой треноги с каким-то маленьким, вовсе несоразмерным с треногой приборчиком...

Там уже разложили еду, Славик с Мухомором сноровисто вспарывали своими финками консервные банки. В темпе сделав последние замеры — даже Вадиму уже ясно, спустя рукава — Бакурин облегченно вздохнул, выключил прибор и присоседился к импровизированному столу. Вадим последовал за ним. Наступило самое блаженное время — валяешься себе, жуешь ломоть хлеба с тушенкой, вокруг тишина, безлюдье, романтические пейзажи... Мухомор сложил небольшой костерчик и принялся обжаривать пару ломтей хлеба, насадив их на электрод. Кто-то вслух пожалел, что недостает «Стервецкой» — очень уж хорошо сидят...

— Вона-вона, вона! — заорал Иисус, тыча пальцем.

Все уставились туда. На опушке далекого леска мелькнули два белых пятнышка — какие-то неизвестные Вадиму животные пронеслись ошалелым галопом и пропали в глубине березняка.

— Козы. Дикие,— пояснил Худой.— Поохотиться бы... (он привез с собой в поле старенькую одностволку, но ее использовали главным образом для пальбы по деревенским печным трубам и воротам в минуты лихого алкогольного расслабления).— Помните, как под Кошурниково на марала вышли?

— Еще бы,— мечтательно сказал Славик, повернулся к Вадиму.— Высоченный такой березняк, топали мы по нему с ВП, смотрим — здоровенный марал, метрах прямо-таки в двадцати. Стоит, тварь, травку пощипывает, нас не видит. Ну, потаращились мы на него, но делать нечего, не с ножиком же скрадывать... Рявкнули матом, он в секунду стартовал — и нету...

— Любишь ты скрадывать,— хмыкнул Мухомор.— Лучше расскажи, как рысь с колуном гонял.

— А, чего по пьянке не бывает,— отмахнулся Славик.— Вспомни, как ты по профилю ходил в строительной каске, боялся, что эта рысятина на тебя сверху прыгнет...

— Все ж тогда труса праздновали, когда приехали, в первые дни..

— Ну, а потом она к кухне шастала, повариха в нее пустыми бутылками пуляла...

— Все бы ничего, а я вспоминаю, как у Максимыча на Кизире вышло с медведем,— потянулся Мухомор.— Идет Максимыч по профилю, ставит вешки, а потом видит — следом идет медведь и каждую вешку аккуратно лапой сбрасывает...

— И что? — с любопытством спросил Вадим.

— А что делать с одним топором? Побежишь — догонит, полезешь на дерево — снимет. Плюнул Максимыч и пошел дальше — двум смертям не бывать, одной не миновать. Медведь за ним тащился еще с полкилометра, потом отстал. Нормальный медведь, сытый, чего ему на человека кидаться... Это Славка поперевости трусил...

— Ладно тебе,— Славик шутливо прицелился в него электродом, повернулся к Бакурину.— Костя, как на твой взгляд — начальник, часом, не метит в герои труда? Мы этот участок прочесываем так, будто бриллиант тут потеряли...

Все моментально оживились — тема, похоже, всерьез интересовала каждого.

— Точно! — с чувством сказал Мухомор.— Первый раз вижу, чтобы так носились с самым обыкновенным участком, чтобы после ВЭЗов по нему и вэпэшку гнали, и ВЭЗ-ВП...

— И кресты разматывали по всему профилю.

— И с магнитометром лазили,— добавил Бакурин, кивнув на «уазик», заслонявший от обозрения бродившего по полю начальника.— Участок совершенно бесперспективный, с ходу ясно. Нет здесь никакой воды. Да и магнитка при разведке на воду совершенно ни к чему.

— Вот то-то,— почесал в затылке Худой.— Помните Кошурниково? Оставалось пройти еще километров пять, уголок участка. Только ясно было, что это получится мартышкин труд...

— К тому времени ясно было,— кивнул Бакурин.

— Ну вот, тогда ведь Пашка самым спокойным образом записал промеры из головы, от фонаря, собрались и рванули в Шантарск. И в управлении, зуб даю, все понимали, но глаза закрыли в лучшем виде — участок без всякой перспективы, а так хоть инженерам пару лишних нарядов закрыли...

— Да я сам не пойму, что на Пашку нашло,— признался Бакурин.

Вадим помалкивал, не ввязываясь в дискуссию — достаточно и того, что он прекрасно понимал: происходит нечто нетипичное, и все это подметили, от опытных работяг до Бакурина, хоть и запойного, но дипломированного. В конце концов, не его дело, хотя и бродят в подсознании некие смутные, не оформившиеся толком подозрения, чутье бизнесмена, обостренное вдобавок нешуточной борьбой за жизнь и свободу, напоминает о себе...

— Что митингуем? — спросил Паша, неожиданно появившись из-за машины.

— Обсуждаем твой внезапный прилив трудового энтузиазма,— ответил за всех Бакурин.— Осталось на этом участке сейсмику провести — и будет по полной программе... Паша, родина все равно медаль не навесит, по-моему, нынче и нет медалей за трудовое отличие...

— Когда поставят начальником, Костик, будешь делать, как тебе угодно,— хмуро отозвался Паша.— Давайте в машину, кончаем. Чует мое сердце, сейчас дождик хлобыстнет...

ГЛАВА ЧЕТВЕРТАЯ

Сюрпризы и загадки

Он оказался плохим метеорологом — когда минут через двадцать приехали в деревню, стало ясно, что никакого дождя не будет, грозно выглядевшие тучи довольно быстро уползли за горизонт, небо очистилось. Никто, правда, не проявил желания возвращаться на профиль — и совершенно неожиданно образовался свободный день: всего третий час пополудни, а заняться нечем.

Подворачивалось самое простое, но идеальное решение — идти на разведку в рассуждении, чего бы выпить. Правда, идея эта с самого начала была обречена на провал: деньги кончились, продавать с себя было больше нечего, и после короткой вялой дискуссии стали разбредаться кто куда. Худой отправился к вытекавшему из озера ручейку проверять поставленную накануне на карасей вершу, Иисус завалился спать, Вася остался в избе и пытался, сам не веря в успех предприятия, уговорить Вадима с Мухомором отправиться за удачей. Они лениво отнекивались, упирая на полную обреченность задуманного: Томка без денег спиртного не даст в страхе перед ревизией, а больше расстараться и негде. В конце концов Мухомор безнадежно махнул рукой и ушел из избы — в дверях чуть не налетев на Пашу.

— Ага! — обрадованно рявкнул тот.— Я всю деревню обыскал, кот Базилио, а ты вон где окопался...

— Чего такое? — насторожился Вася.

— Поднимайся на крыло. Повезешь Бакурина с бригадой в Бужур. На вечерний поезд как раз успеют.

— А завтра никак?

— Шевелись давай! Не на Луну лететь, еще засветло обернешься. Мужики уже собрались.

— Новые дела...— проворчал Вася.— Ты что, участок закрываешь?

— Посмотрим. В любом случае двум бригадам тут делать больше нечего. Пошевеливайся, да смотри у меня, если вздумаешь в Бужуре заночевать у той прошмандовки, я тебе выпишу по первое число. Чтобы вернулся к вечеру, как штык! — закончил он безапелляционным тоном, повернулся и быстро вышел, хлопнув дверью.

— Оборзел Пабло...— ворчал Вася, неторопливо докуривая.— Пока в Бужур, пока обратно — часов восемь вечера будет. Бужурский поезд на Шантарск раз в сутки, значит, вашу бригаду сегодня туда уж точно не повезу — хотел бы Пашка и вас отправить, сразу бы посадил с бакуринцами. Не собирается ж он на ночь глядя гнать машину прямо в Шантарск? А, Вадик?

— Начальство есть начальство,— равнодушно пожал плечами Вадим, сам ничего не понимавший.

— То-то. А шофер есть шофер, машина есть машина...— он с хитрейшим видом ухмыльнулся.— Ежели «уазик», которому сто лет в обед, в Бужуре сломается, хотел бы я знать, как Пабло мне докажет, что я не чинился честно до утра, а груши околачивал? Вадик, ты меня не закладывай, а я тебе пузырь привезу...

— Да зачем мне тебя закладывать?

— Ну, лады. Я поехал, и чует душенька, что в Бужуре крякнет мой самоход...

— Слушай! — торопливо удержал его Вадим.— Не надо мне пузыря... Телеграмму отправить можешь из Бужура?

— Да запросто. У Лизки денег возьму...

Вадим огляделся, взял со стола карандаш, нацарапал адрес на клочке серой оберточной бумаги — больше ничего подходящего не нашлось. Подумал над текстом, чтобы было и коротко, и предельно информативно, дописал: «Жив-здоров, скоро ждите. Баскаков».

На душе моментально стало веселее.

— Отправлю,— заверил Вася, тщательно свернув бумажку.— Святое дело... Ну, пока.

Не успел он выйти, как ворвался Мухомор, бодрый и энергичный, словно обрыдший всем телевизионный заяц с батарейкой «Дюрасел» в заднице:

— Иисус дрыхнет? И хер с ним... Пошли!

— Что стряслось? — опомнился Вадим только на улице.

— С бабкой договорился. Ей как раз дрова привезли, распилим пару сушин, потом поколем все — а бабка ставит ведрышко «какавы»! Остальных на хвост сажать не будем — самим мало...

— Ну, пошли,— сказал Вадим без особой охоты. Пить не особенно и хотелось, но неудобно было отказывать неплохому мужику Мухомору, да и делать совершенно нечего. Представив уже знакомое похмелье от «какавы», он содрогнулся, но зашагал следом.

— Топор бабка дает, а пилы у нее нету,— в приятном предвкушении общения с ведром «какавы» тараторил Мухомор.— Я договорился с Томкиной бабкой, у нее пила есть, сейчас заберем... А допивать можно и к Томке пойти, чтобы как бы и со своим, она потом обязательно еще поставит, ежели ты ее в благодарность трахнешь...

— А ты? — ухмыльнулся Вадим.

— Я не стебарь-перехватчик, я алкаш-заливальщик. Сам трись, пока молодой, я уж свое оттер...

— Эй, комбайнеры!

Они повернулись в ту сторону. У палисадника стояла потасканная белая «Хонда» года рождения этак девяностого, а ее хозяин небрежно манил их пальцем:

— Эй, комбайнеры! Где здесь геологи живут?

Стоявший рядом с машиной субъект был определенно из тех, кто в Шантарске вызывал у Вадима явный комплекс превосходства: мелкая шелупонь, обычный «вентилятор» — и одет вроде бы в фирму, но фирма на опытный взгляд третьесортная, и машина вроде бы импортная, но преклонных годов. Типичный «вентилятор» — крутится по мелочам, пышно именуя себя перед дешевыми девочками «тоже бизнесменом», но больше пары штук баксов в руках не держал... Не надо и этикетку приклеивать, сразу видно.

— Да тут везде геологи живут,— набычился Мухомор.

— Где Пашку Соколова найти?

— Во-он... Крышу видишь? — показал Вадим. Не удержался от шпильки.— Тачка у тебя знатная... Это, поди, и есть мерс шестисотый?

— Восьмисотый,— буркнул незнакомец, определенно что-то такое прочитав в глазах Вадима, громко стукнул разболтанной дверцей и покатил в указанном направлении.

— «Комбайнеры»...— ворчал задетый за живое Мухомор.— Ни хрена в людях не разбирается, а туда же...

Они быстренько забрали у Томкиной бабки двуручную пилу, пообещали вернуть в целости-сохранности и направились на другой конец деревеньки.

Давешняя «Хонда» стояла у дома, где Паша квартировал вместе с Никой. Багажник открыт, Паша с «вентилятором» как раз доставали какой-то мешок. Они ускорили шаг, пытаясь незамеченными миновать грозное начальство, но Паша выпрямился не вовремя, узрел:

— Куда двигаем, орлы?

— Да бабке тут дрова попилить...— насторо-женно откликнулся Мухомор.

— Ага, Тимур и его команда... Ладно, пили-те.— И без особой необходимости поторопился добавить: — Я тут занят, прислали нового шо-фера на «газон» вместо Женьки...

Ничуть не выразив интереса к столь эпохаль-ному событию, Вадим с Мухомором быстренько прошмыгнули мимо.

— Пронесло...— облегченно вздохнул Мухо-мор.— В другой раз обязательно прицепился бы, ведь прекрасно понимает, что мы тимуровцами подрядились исключительно «какавы» ради. Может, и в самом деле участок закрывать со-брался? Хорошо бы домой. За семь месяцев де-нег подкопилось, месяц пить можно... Шофер, тоже мне... Что это за шофер на собственном драндулете? И с первого взгляда форменные фраки господ геофизиков опознать не может, комбайнерами обозвал? А в багажнике, между прочим, я наметанным глазом засек коробку с водярой... Вдруг да на прощальный банкет?

Они вернулись в бабкин двор и принялись за дело — правда, сначала Мухомор в качестве сти-мулирующего аванса выпросил у бабки по стакану «какавы». Сухие сушины легко поддавались пиле — Вадим уже научился здесь и пилить дрова, и колоть, что оказалось довольно нехитрым делом.

Серый бушлат мелькнул в поле зрения, когда им оставалось с полдюжины чурбаков, не больше. Вадима моментально прошиб холодный пот, он едва не стукнул чурбаком, насаженным на топор, мимо колоды. Над ухом явственно щелкнули челюсти мощного капкана...

Однако милиционер — немолодой старлей — направился мимо них в избу, лишь мимоходом кивнув, а выскочившая во двор бабка тут же внесла ясность:

— Вот и зять приехал, я думала, и его попрошу, а вы уж сами почти справились... Складете поленницу, идите «какаву» кушать, честно заработали...

— Ты чего встал? — недоуменно воззрился Мухомор.

— А...— неопределенно промычал Вадим и с удвоенным энтузиазмом накинулся на очередной чурбак.

Вскоре с чувством исполненного долга направились в избу, заранее покрикивая:

— Хозяйка, принимай работу!

Быстренько проинспектировав поленницу, бабка усадила их за стол в летней кухоньке, где уже вольготно расположился зять-милиционер. Сняв бушлат и китель, распоясавшись, он попивал «какаву» и нисколько не собирался чваниться перед гостями. Быстренько познакомились, выпили по первой, бабка плюхнула на стол огромную сковороду жареных карасей — по здешним меркам закуска незамысловатейшая, как в Шантарске пакетик чипсов. В озере карасей было видимо-невидимо, Вадим успел их отпробовать и жареными, и в ухе столько, что хватит на три года вперед.

После второго стакана зять на короткое время вспомнил о своей социальной функции, нахмурился с грозным видом:

— Ну что, все спокойно? Никаких правонарушений?

— Сам видишь, тишь да гладь,— откликнулась престарелая теща, тоже наливая себе до краев «какавки».— Наши в поле работают, ребята воду ищут... У нас, слава богу, таких ужасов, как ты привез, не водится... Страх божий, как подумаешь... Денис, ты покажи ребятам газету, пусть посмотрят...

Милиционер охотно полез из-за стола, приговаривая:

— Щас, щас... Пусть почитают, что в мире творится... Хорошо еще, не в нашем районе...

Вот в чем дело — не столько его заботил правопорядок, сколько захотелось похвастать перед свежими людьми сенсационными новостями и своим в них участием... Развернув перед ними свежий номер шантарского «Скандалиста», старлей ткнул пальцем куда-то в самый низ полосы:

— Вон. «Для дополнительной проверки были подняты на ноги наличные милицейские силы прилегающих районов... Старший лейтенант Пименов заявил нашему корреспонденту, что шокирован происшедшим и заверяет: в его районе подобное было бы невозможно». Как говорится, мелочь, а приятно. Двадцать два года в органах, а в областную газету ни разу не попадал, только пару раз районка писала. И не говорил я им «шокирован», я и слова-то такого не знаю. Сказал, что у нас такие штучки не прошли бы — это да, говорил...

Вадим прямо-таки выхватил у него газету, вчитался, перепрыгивая ошеломленным взглядом со строчки на строчку. Мухомор заглядывал ему через плечо, выражая свои впечатления громко и матерно — он-то узнал обо всем этом впервые в жизни...

Статья занимала всю немаленькую полосу и, как издавна велось в «Скандалисте», была украшена огромным хлестким заголовком: «Преисподняя в кедровом раю».

Это писали о них — о концлагере...

Оказалось, вся история довольно быстро выплыла-таки на свет божий и с ходу получила самую шумную огласку. Оказалось, та пухлая искусственная блондинка — и в самом деле трудившаяся на ниве частного бизнеса, Вадим смутно помнил упоминавшуюся в статье ее фирмочку «Хризантема» — то ли регулярно молилась своему ангелу-хранителю, то ли просто подтверждала своим примером старую житейскую истину: русская баба выносливостью и везучестью частенько превосходит любого мужика...

Ей удалось-таки в ту ночь благополучно укрыться в тайге — надо понимать, подстрелили как раз незадачливого Братка, поскольку о нем не упоминалось вовсе. Не особенно и потерявши присутствие духа, она проплутала по чащобе около суток, а потом вышла прямехонько на одну из трелевок местного леспромхоза и очень быстро оказалась в Шантарске, в чрезвычайно расстроенных чувствах, но отнюдь не рехнувшаяся от переживаний.

И, чуть-чуть придя в себя, подняла шум до небес, до глубины души уязвленная тем, что ей за кровно нажитые, немаленькие денежки вместо полноценного отдыха обеспечили стойкое нервное расстройство и немалое число седых волос. Сначала, как легко догадаться, ей не особенно-то и поверили замотанные шантарские сыскари, но вскоре задумались всерьез. Прямо об этом не говорилось, о Бормане не писали вовсе, но Вадим быстро сообразил, что именно упоминание о нем скрывалось за обтекаемой фразой: «Описав некоторых своих товарищей по несчастью, хорошо известных в Шантарске, в том числе и следственным органам, г-жа Пыжова наконец заставила сыщиков призадуматься...»

Короче говоря, в концлагерь вылетел вертолет с хорошо вооруженными сыскарями. И обнаружилось, что от лагеря остались одни головешки, а посреди пожарища торчит обгоревшая цистерна со слитой наземь кислотой...

Еще раньше, чем во взятых на анализ пробах пропитанной кислотой земли обнаружили органические остатки, в офис «Экзотик-тура» с кучей автоматчиков ворвалась знаменитая Даша Шевчук — и понеслось, скандал, моментально просочившийся в прессу, стал раскручиваться, грохоча и пыля до небес...

Из первых допросов, правда, почерпнуть удалось немногое — очумевшие от страха руководители «Экзотик-тура» клялись и божились, что понятия ни о чем не имеют, что с их стороны было бы безумием затевать подобное предприятие, и во всем виноват бесследно исчезнувший г-н Оловянников, в свое время нанятый для исполнения роли коменданта концлагеря фон Мерзенбурга. Скорее всего, это была чистейшая правда, но мытарили несчастных бизнесменов, надо полагать, по полной программе, что у Вадима не вызвало ни капли сочувствия. Дело раскручивалось, допросы продолжались, сыщики скупо цедили сквозь зубы, что надеются все же изловить вскоре объявленного во всероссийский розыск гада Оловянникова, бульварная пресса содрогалась в оргазме, красная печатала проникнутые злорадством письма читателей, видевших в постигшем клятых буржуев несчастье знамение грядущего коммунистического реванша и кару небесную на головы зажравшихся толстосумов, телеоператоры всех городских студий торчали на пожарище, из столицы нагрянула следственная бригада и толпа репортеров, Шантарск в очередной раз печально прославился на всю Россию в качестве не только географического, но и криминального центра таковой...

И завершал все список погибших, составленный по конфискованным документам «Экзотиктура». Естественно, Вадим обнаружил там и себя, и Эмиля, и Нику. А заключалась статья выступлением российского министра юстиции с костоломной фамилией — как и с дюжину раз до того, он заверял, что берет дело на личный контроль, бросит свои лучшие силы и в самом скором времени изловит злодеев, всыпав им так, что мало не покажется. Вспоминая его прежние заявления, верилось в это плохо...

Вадим осушил кружку «какавы», не почувствовав вкуса. Чувства были неописуемыми: ему еще никогда не приходилось ходить в официально признанных покойниках, всякое случалось, но такого не бывало. Мозг моментально принялся с трезвой ясностью просчитывать все возможные варианты будущего. Если рассудить логически, он ничего не терял, не мог понести ни малейшего ущерба: фирма, естественно, не прекратит существования в считанные дни. Пока будут ломать голову, кому принадлежит теперь его и Эмилева доли, пока будет крутиться бюрократическая карусель, будет достаточно времени, чтобы явиться в Шантарск живехоньким и восстановить статус-кво в сжатые сроки и ко всеобщему потрясению... И все равно нужно поспешать в Шантарск. Впрочем, Вася ведь даст телеграмму, совсем забыл про нее с этими дровами... Даже если Шунков и посчитает ее каким-то идиотским розыгрышем, все равно пошлет кого-нибудь в эти края, чтобы посмотреть, кто это вздумал шутить, кто в этой глуши знает адрес фирмы и фамилию Вадима... Что же, ждать людей Шункова? А что ему еще остается?

— Ничего себе дела? — спросил старлей с некоторой даже гордостью, словно это он все выволок на свет божий.— Слышь, теща? Если так и дальше пойдет, меня скоро по центральному телевидению покажут, успеть бы рядом с камерой оказаться... Представляешь? Участковый Пименов комментирует...

— Лучше бы тебе вместо телевидения звездочку прицепили,— с извечным крестьянским прагматизмом заключила теща.— А то который год обещают...

— Ох, теща... Я тебе про имидж, а ты мне про звездочки...

— Миджем сыт не будешь,— отмахнулась теща, тоже успевшая как следует пригубить «какавы».— А за звездочку доплата полагается, сам говорил. У Стюры пальто совсем вытерлось...

«Интересно, а если торжественно объявиться? — пришло вдруг Вадиму в голову.— Назвать себя, уговорить, чтобы немедленно отвез в Шантарск или в крайнем случае созвонился с областным УВД? Пообещать златые горы? А если не поверит? Только опозоришься без всякой пользы...»

Во-первых, может и не поверить. Во-вторых, не следует лишний раз светиться в этих местах перед властями — кто его знает, как там идет следствие в Шкарытово, иногда в таких случаях всплывают самые неожиданные свидетели. В-третьих... В-третьих, неким наработанным чутьем улавливаешь некоторые странности Пашиного поведения, которые подметили, но не придали им большого значения сослуживцы. И проснулось неприкрытое любопытство...

— Да, теща, а Ваньку Усанина помнишь?

— Кто ж его не помнит, несчастненького...

— Доигрался. Влетел-таки в аварию.— Он допил свою «какаву», объяснил Вадиму с Мухомором: — Живет у нас в Поклонной один дурачок — то ли лошадь в детстве лягнула, то ли родители пили сверх меры, только мозги у него и в сорок лет пятилетние. Все любил себя за милиционера выдавать, даже форму старого образца у кого-то раздобыл. Сядет на мотоцикл, гоняется по дорогам за грузовиками, останавливает и несет чушь — вы, дескать, беглые преступники, я вас насквозь вижу... Ну, все его давно знают, ответишь ему: «Сдаюсь, товарищ начальник!», сигаретку дашь — он и отстанет. Правда, заезжие пару раз пугались, даже жалоба была в райцентр... А что я с ним сделаю? Один раз форму конфисковал — он новую раздобыл. В дурдом везти — сто порогов обобьешь, да он и безобидный, вреда от него ровным счетом никакого. Доразвлекался...

— И что? — живо заинтересовалась теща.

Вадим навострил уши, едва не расхохотавшись на всю кухоньку от избытка чувств.

— Доигрался, говорю. Мужики его нашли на обочине. Сотрясение мозга. Отвезли в больницу, объяснить ничего не может, память отшибло напрочь, да и сколько там у него было этой памяти... Скорее всего, выходит такая версия: опять погнался за кем-то, не справился с управлением и приложился башкой оземь — он же без шлема ездил, кто у нас шлемы надевает... Да вдобавок кто-то его мотоцикл отогнал километров за десять — явно пацаны шкодили, так ведь не признаются...

— Несчастье какое...— вздохнула теща.

— Врачи говорят, оклемается. Отлежится. Другой бы от такого сотрясения дураком стал — а Ванька и так дурак, с этой стороны беспокоиться нечего.

— Тоню жалко, мать как-никак...

— Пила бы меньше,— сурово отрезал зять.— Глядишь, и Ванька бы нормальным родился. Ведь жрут с Михой по-черному, а ЛТП нынче отменили... Наливай, теща! За успешную рубку дров! Вон и у геологов пусто...

Вадим залпом осушил свою кружку и встал. Перехватив удивленные взгляды сотрапезников, сбивчиво пояснил:

— Я тут... это...

И побыстрее выскочил со двора. Примитивные собутыльники, убогая кухонька, «какава» — все вдруг показалось невероятно далеким, словно смотрел в перевернутый бинокль. Хмель сделал свое, но голова все же была довольно ясная. Зигзаги мышления неисповедимы — он ни с того ни с сего пожалел, что подбил Васю отправить телеграмму: мало что из прочитанного в детстве врезалось в память столь прочно, как финал «Тома Сойера» — не сам финал, если точно, не торжественно плюхнутое на стол золото, а то место, где считавшиеся погибшими сорванцы, мнимые утопленники, вдруг появляются в церкви на панихиде по самим себе. Бахрушин, их с Эмилем третий компаньон, человек всерьез верующий, вполне способен заказать панихиду по ним троим — знать бы точно срок, могло бы кончиться эффектнейшим финалом...

Должно быть, в столь игривое расположение мыслей его привело нежданное известие о том, что «суровый мент» оказался на самом деле классическим деревенским дурачком — надо же, а они и не заподозрили ничего такого, решили, что здесь, в глуши, милиция попросту донашивает старую форму... Конечно, д е л о Эмиля висит на нем по-прежнему, но, во-первых, бесповоротно отпало «преднамеренное убийство милиционера», а во-вторых, укрепилась уверенность, что убивца ищут среди постоянных обитателей Шкарытово — зять-старлей явно не получал ориентировок на розыск бородатого шатена в камуфляжном бушлате и его светловолосой спутницы.

Стоп-стоп, тут ничего еще не ясно. Может, и получил — но не приходит в голову разыскивать таковых среди геологов. Или все страхи напрасны? И случай с концлагерем заслонил всю мелкую рутину? В Шантарск пора убираться, вот что. Но не мешало бы сначала выяснить, отчего Пабло ведет себя так странно, чутье вещует, тут что-то нечисто...

В летней кухоньке, где столовались бригады, никого не было, а судя по чистым мискам на столе, никто на ужин и не приходил. Ника, гремевшая посудой у плиты, обернулась к нему с явным облегчением:

— Ну вот, хоть один явился... Иисус с Худым помчались на ручей, крикнули мимоходом, что карась пошел, как крести козыри, Мухомор где-то запропастился...

Она выпалила все это с прежней непринужденностью — словно они были абсолютно чужими людьми, только что сведенными судьбой в геологическом отряде. На миг ему показалось, что так оно и обстоит. Вадим едва отогнал эту шизофреническую мысль, но за ней нагрянула следующая, из того же ящика: а что, если ему вся прошлая жизнь только приснилась, пригрезились — и фирма, и таиландские отели, и все остальное, а на самом деле он как раз и есть шантарский бич Вадик, пригревшийся в геофизике? Черт, какая ерунда спьяну в голову лезет...

— Так тебе суп наливать? — как ни в чем не бывало спросила Ника.— Только на меня сивушными маслами не дыши, с ног сбивает...

— Да какой там суп...— сказал он, усаживаясь на угол лавки.— Слушай, это же сюрреализм чистейшей воды...

— Что именно? — с невиннейшим выражением лица поинтересовалась Ника, совершенно по-крестьянски скрестив руки под грудью.

— Все происходящее,— ответил он сердито.— Ты себя ведешь, как...

— Как кто? — спросила она, не моргнув глазом.

— Как дешевая блядь,— сказал он.

— О-о... И чем же я столь галантное обхождение заслужила?

— Тебе объяснять?

— Объясни, а то я в толк не возьму,— невинно округлила она глаза.

— Ну что, очаровала плебейчика? Чует мое сердце, что для этого особых трудов прилагать не пришлось, примитивен объект-то...

— Ах-ах-ах...— протянула она, картинно закатив глаза к потолку.— Какие словеса...

— Хватит! — зло прикрикнул Вадим.— Уж здесь-то тебя никто насильно раком не ставил...

— Меня здесь вообще раком не ставили,— перебила она с ослепительной улыбкой.— Если тебя интересуют такие тонкости... Тебе как, полный перечень позиций, имевших место за последние дни? Только давай баш на баш — ты мне взамен расскажешь, в какие позы ставил эту белобрысую шлюху, которую вы всем коллективом пользовали... Она хоть о минете имеет представление, это дитё непуганой природы?

Он смутился, пробормотал:

— Ну, это совсем другое дело...

— Да-а?

— Ты же первая начала...

— Вот и не будем,— спокойно сказала Ника.— Давай считать, что все это происходит в совершенно другой реальности. Виртуальной. Шантарск — одно, а виртуальная реальность...

— Ага, а пока ты будешь...

— Как и ты, милый, как и ты...— протянула Ника с невинной улыбкой.— Тебе не кажется, что как-то глупо в данной ситуации сводить счеты? Надеюсь, ты ей хотя бы не обещал жениться и увезти в Шантарск? А то мне тут предлагали нечто аналогичное...

— А ты? — вырвалось у него.— Что, горишь желанием стать хозяйкой где-нибудь в хрущевке?

— Не особенно,— призналась она.— Хотя Пашка мне и рисовал крайне завлекательные перспективы, обещал золотом осыпать. Но что-то мне плохо верится, успела уже кое в чем разобраться — если они и ищут золото, то бывает его в породах примерно шесть грамм на тонну. Что-то не прельщает меня такое золото...

— А возможность кое-что снять с души прельщает? — спросил он.— Могу обрадовать: тот мент, в деревне, оказался вовсе не ментом, а деревенским дурачком. И живехонек, всего лишь сотрясение мозга...

— Знать бы раньше...

— Повод для радости номер два,— продолжал он.— Та крашеная блондинка добралась-таки до людей. В Шантарске шум до небес из-за концлагеря, мы все в списках погибших числимся...

Она по-детски приоткрыла рот от удивления. Он торопливо, в нескольких фразах, пересказал новости. Вид у Ники был такой, словно через секунду собиралась объявить, что изобрела очередной вечный двигатель. Не радость и удивление, а что-то другое...

— Дай сигаретку,— сказала она.— Интересно дела заворачиваются.

— А кто тебе сказал про...

— Про Томку? Это же деревня, милый, на одном конце пернешь, а на другом носы зажимают...

— Поздравляю,— скривился он.— Неплохо вписалась в ландшафт.

— Мимикрия, милый... Волею обстоятельств. Знаешь, что мне пришло в голову? Все равно не сегодня-завтра возвращаться в Шантарск, Пашка так и говорил час назад... Говоришь, мы все в глазах света мертвые? Вот и отлично. Будем считать, что в с е э т о произошло с нами в загробной жизни. Чем она хуже «виртуальности»? В Шантарске загробная жизнь кончится, а пока, как говаривали деды,— война все спишет...

— Что, так хорошо трахается? — спросил он с кривой улыбочкой.

— Не хуже некоторых.

— Ох, другой на моем месте разрисовал бы тебе мордашку в хорошем стиле импрессионистов...

Ника нехорошо прищурилась:

— Тут, хозяйка говорит, участковый появился, чей-то там родственник... Другая на моем месте пошла бы к этому участковому и рассказала в деталях о том, что не так давно произошло в населенном пункте под названием Шкарытово...— Ника звонко и весело расхохоталась.— А ты испугался, Вадик, у тебя глазыньки забегали и рученьки задергались... Хочешь, посажу? Вдруг да и не отмотаешься? И в любом случае запачкаешься так, что... Уж тут-то, в деревне, ты меня ни за что не убьешь — в доме хозяйка, да и револьвера у тебя больше нет... Не рискнешь.

— Шантажировать собралась? — угрюмо спросил он.

— Как знать, дорогой, как знать...— пропела Ника.— Там видно будет. В любом случае, мне бы не хотелось и в дальнейшем выслушивать в свой адрес хамские эпитеты. Учел? В особенности от субъекта, который вовсю утешается со здешней Мессалиной, а допрежь того всерьез вешал жену с любовником.... А потом еще и...

Как он ни кипел внутренне, приходилось терпеть — мало ли что придет в голову стерве, следует сбавить обороты...

— Ладно,— сказал он примирительно.— Что мы, в самом-то деле, цапаемся, как дураки...

— Я не начинала...

— Ладно,— повторил он, встав и подойдя совсем близко.— А ты, я смотрю, совсем оправилась, похорошела...

Он вовсе не кривил душой — она и в самом деле выглядела прекрасно, нагулявшая здоровый румянец на свежем воздухе и деревенской сметанке, подмазанная и причесанная, в новеньких джинсах и рубашке навыпуск. Шевельнулись прежние желания. Вадим оттеснил ее в уголок и прижал, бормоча что-то глупое, но, едва стал расстегивать на ней рубашку, Ника принялась всерьез отбиваться.

— Не дури...— пропыхтел он, справившись-таки с парой пуговиц.— Законный муж как-никак...

Ника отпихнула его так, что он отлетел к столу, едва не сшиб его спиной, миски звонко посыпались на пол, раскатились.

— Ты чего тут творишь? — раздался за спиной склочный голос хозяйки.— Верка, он что, к тебе пристает? Двинь ты ему меж глаз поварешкой, с ними, кобелями, так и надо...

— Успеется,— фыркнула Ника, торопливо застегивая рубашку.— Все равно больше не полезет.

— Ах, так ты уже и Верка? — покривил губы Вадим.— Даже имечко другое? Поздравляю...

— Ты или есть садись, или уматывай! — напустилась на него хозяйка, загораживая массивной фигурой не столь уж узкий дверной проем.— Что к девчонке пристал? Девочка красивая, работящая, порядочная, нужны ей такие, как ты вот, бичева перелетная!

Начальнику пожалуюсь, если еще возле Верки увижу!

Вадиму вдруг стало невероятно смешно, и он, присев на угол лавки, расхохотался — ситуация была нелепейшая, особенно умиляло обещание этой святой простоты пожаловаться хахалю на законного мужа.

— Да он же в зюзю пьяный...— понимающе заключила хозяйка.— От, ироды! Эти, что уехали, Славка с тем бритым, соседке продали ящик тушенки, а когда открыли, оказалось, никакая это и не тушенка — каша перловая... Где их теперь ловить? Она Паше пожаловалась, да что толку? Ищи ветра в Шантарске... Вер, гони ты его, чтоб не приставал, алкаш мозгоблудский...

— Непременно, теть Лида,— фыркнула Ника, схватила упомянутую поварешку и замахнулась: — Вали отсюда, алкаш мозгоблудский! Не видать тебе легкой добычи! Не отпробуешь ты моего девичьего тела, охальник!

Она откровенно забавлялась, но простодушная хозяйка все это принимала за неподдельный праведный гнев и наставительно подзуживала:

— От так его! Двинь поварешкой по наглой морде, в самом-то деле! Будет тут охальничать!

Вадим, решив не связываться, сделал им обеим ручкой и пошел со двора.

Возвращаться допивать честно заработанную «какаву» что-то не тянуло, коли уж можно было продолжить вечер более приятным образом, и он направился на другой конец деревушки — к Томкиному дому. «Хонда» стояла на том же месте, возле Пашиной резиденции, и это натолкнуло Вадима на мысль об очередном кусочке здешней головоломки, который столь неожиданно, сама о том не ведая, подсунула Ника...

Томка его встретила со всем радушием, выставила пару бутылок «Стервецкой», и вскоре после парочки обязательных ради соблюдения минимума приличий фраз они оказались на старомодном диване, поверх кусачего шерстяного одеяла. Свои наблюдения Вадим, понятное дело, держал при себе, но он уже давненько подметил, что белокурая продавщица в тесном общении с мужчиной вовсю демонстрирует отнюдь не примитивный деревенский стиль, а, в общем, хороший класс, далекий от незатейливых крестьянских изысков. Учитывая, что видаков здесь не имелось, кое-каких штучек и позиций она могла нахвататься только на городском асфальте — разумеется, не в буквальном смысле слова. Чувствовалась раскованная городская школа, оконченная с отличием.

Встреча проходила в теплой, дружественной обстановке — так что диван скрежетал и скрипел, словно корабль в бурю. Стемнело, но корабль еще долго носился по штормовому морю, треща всеми шпангоутами.

Бабка заявилась, когда они уже наплавались вволю и лениво тискали друг друга, пребывая в том неопределенном состоянии, когда и вставать вроде бы пора, и обрывать жалко. Стукнула дверь. Вадим притих, как мышка, но Томка самым спокойным тоном громко предупредила:

— Бабка, сюда не лезь, у меня кавалер смущается...

Бабка зажгла тусклую лампочку в другой комнате и принялась там возиться, побрякивая посудой без особенной злости, потом проворчала:

— Идите жрать, что ли, кувыркаетесь, поди, три часа...

Томка проворно влезла в халатик и отправилась туда. В темпе одевшись, Вадим последовал следом, испытывая некоторое смущение от конфузности момента. Бабка, однако, возилась с ужином и особо на него не таращилась, принимая действительность с отрешенной философичностью буддийского даоса. Собственно говоря, Томке она приходилась не бабкой, а родной теткой, но вступила уже в тот возраст, когда деревенских женщин бесповоротно зачисляют в бабки. Она что-то ворчала, конечно, выставляя на стол большую банку с неизменной «какавой»,— про бесстыжих девок, про городских ветрогонов, у которых одно на уме, про всеобщее и окончательное повреждение нравов, но душу в это не вкладывала, так, создавала шумовой фон.

— Шурши, бабка, шурши...— отозвалась Томка без всякого почтения.— Рассказывал мне дед Степа, как ты в хрущевские времена на пару с бригадиром все стога в округе разворошила...

— Так грех-то сладок, а человек падок,— отозвалась бабка.

— Вот то-то и оно. Одна радость — перед зимой с мужиками пообщаться. Потом снег ляжет, будет у нас скука и отсутствие всяких развлечений...

— Родителям в Бужур напишу,— равнодушно пообещала бабка.

— Пиши.

Бабка кивнула на Вадима:

— Он хошь не никонианин?

— Что? — не понял он.

— В какую церковь ходишь?

— Да ни в какую, откровенно говоря,— признался он.

— Все же легче. Ладно, хоть не щепотник. Безбожник еще может душу спасти, в у никонианского щепотника и души нет, как у собаки. Собака хоть дом сторожит, а от никонианина и этого нету.

— Бабка у нас староверка упертая,— пояснила Томка.— Здесь раньше все староверами были, деревня в царские времена, говорят, была здоровущая...

— То-то и оно, что безбожник,— ворчала бабка, наливая себе «какавы».— Были бы с крестом на шее, не полезли бы в Калауровскую падь*. Федор сегодня мимо ехал, видел, как вы там со своими проводами бегали. Вот этот твой сухарник**,— она ткнула пальцем в Вадима,— даже поссать в чистом поле остановился.

Вадим припомнил, что и в самом деле проезжала невдалеке телега. Пожал плечами:

— А что, нельзя?

— Дурак,— сказала бабка.— Там вся падь в покойниках — и хакасы калауровские, и мотылинская казачня, и красные. Говорят, еще и комиссары, которых Калауров вверх ногами в землю закапывал — вроде бы их гайдаровские не всех потом выкопали, кого-то и не нашли... Давно разговоры идут, что ночами, бывает, х о д я т...

— То-то, что одни разговоры,— фыркнула Томка.— Чуть ли не все пацаны в свое время специально ночью бегали — и никаких тебе ходячих покойников.

Она прижалась теплым бедром к ноге Вадима, недвусмысленно намекая на готовность

---

* Падь — употребляется главным образом в значении «таежная долина».— *Прим. авт.*

** Сухарник — ухажер, любовник.— *Прим. авт.*

вновь пуститься в плавание на старом, рассохшемся корабле, но он не обратил внимания, охваченный тем азартом, что сродни золотоискательскому. Как знать, вдруг и не в переносном смысле вовсе... Замаячил некий узелок, куда все ниточки и сходятся... Он спросил с непритворным интересом:

— А кто такой Калауров? И что там такого особенного в той пади происходило?

Бабка-тетка сама всего этого видеть не могла, поскольку родилась лет через пятнадцать после событий, но от матери и прочей родни наслушалась достаточно...

Иван Калауров когда-то считался этаким некоронованным королем здешнего края — ухарь-купец, гонявший верблюжьи караваны в Китай, золотопромышленник, приятель знаменитого Иваницкого. С отступлением Колчака и приходом красных, как легко догадаться, время для Калаурова наступило невеселое, но в Маньчжурию или Монголию, как сделали многие другие, он почему-то не ушел, а сколотил отряд (наполовину состоявший из бывших красных партизан, очень быстро разошедшихся с новой властью) и вместе с легендарным Соловьевым принялся чувствительно щипать комиссаров, налетая даже на небольшие города типа Манска. Какое-то время дела шли неплохо, но потом сюда перебросили отборных чоновских карателей с Аркадием Гайдаром во главе. Восемнадцатилетний будущий писатель уже тогда, судя по воспоминаниям старожилов, был полным и законченным шизофреником — и лютовал с пугавшей сибирские окраины изобретательностью, самолично расстреливая ни в чем не повинных заложников и штемпелюя донесения в губернию печатью, которую прикладывал к глубоким порезам на собственной руке. Война началась вовсе уж людоедская — Калауров сдирал шкуру с выловленных гайдаровских сексотов чуть ли не самолично, Гайдар, согнав деревенских на открытое место, резал кинжалом глотки тем, в ком подозревал калауровских сторонников. Схватка была неравная — за Аркашкой стояла набиравшая силу власть, от партизан понемногу отступалось запуганное чоновскими зверствами население. Уже погиб Соловьев, уже поймал пулю на скаку его начальник разведки Астанаев. Кольцо сжималось.

Финал, как заверяла бабка, развернулся как раз в той пади. Калауров, отчего-то упорно крутившийся вблизи Каранголя, решил в конце концов прорываться в Монголию с остатком верных людей. Вероятнее всего, кто-то донес. Калауров с телохранителями-хакасами и горсткой мотылинских казаков угодил под перекрестный огонь чоновских ручных пулеметов — быть может, на том самом месте, где бригада сегодня обедала. Живым не ушел никто, тело Калаурова привезли в деревню для опознания, а остальных закопали там же, в пади, о чем Гайдар триумфально сообщил по начальству (увы, подвиги юного большевика оказались неоцененными по достоинству — шел двадцать второй год, Аркашкины садистские выходки даже для того времени показались чрезмерными, и вместо того, чтобы вручить обещанный орден, вышестоящее начальство передало юнца в руки психиатров, а те написали такое заключение, что Гайдар покинул ряды Красной Армии со скоростью пушечного снаряда...)

— Говорили, Ванька Калауров в землю зарыл три котла с золотом,— сообщила бабка.— Дом у него стоял на той стороне озера, только там за семьдесят лет перекопали все на десять метров в землю, а найти ничего не нашли.

— У Федора рубль где-то до сих пор валяется,— возразила Томка.— Если блесну не сделал — все собирался... Там Николай Второй и еще какой-то старинный царь, чистое серебро...

— Вот то-то,— хмыкнула бабка.— Нашли пару серебряных рублишек да полкопейки медью. То, что, скорей всего, под половицы когда-то закатилось. А денег у Калаурова было малость побольше, чем две серебрушки. Мать рассказывала, году в пятнадцатом, когда у него сын родился, он по Каранголю на бричке ехал и такие же серебряные рубли из ведра горстью разбрасывал. Наверняка не последнее швырял. Каралинский прииск был ихний с Иваницким, половина на половину, вот и прикинь...

ГЛАВА ПЯТАЯ

Шантарский Том Сойер

— С-сука! — с чувством сказал Паша.— Стебарь хренов, я ж ему наказывал, чтобы непременно вернулся. Конечно, заночевал у той прошмандовки, утром скажет, что ломался, и поди выведи его на чистую воду...

— Может, все-таки на моей? — предложил тот, незнакомый.

— Твоя там не пройдет, Витек, есть парочка поганых мест.

— И что, никакого объезда?

После короткого молчания Паша чуть смущенно признался:

— Понимаешь, сам я за баранкой по профилям не мотался... Может, и есть дорога получше, но я ее не знаю...

— Ладно. Пойду лопаты принесу.

Этот примечательный разговор происходил во дворе, возле ветерана-грузовика, развернутого теперь носом к дороге. А всего в трех метрах от беседующих, о чем они и не подозревали, за углом сараюшки, боясь дышать громко, примостился непрошеный свидетель, шантарский бизнесмен, а ныне геофизический бич господин Баскаков...

Душа у Вадима ликовала и пела. Приятно было сознавать, что интеллект удачливого предпринимателя, отточенный в битвах с законами, постановлениями, чиновниками, налоговиками и прочими монстрами эпохи первоначального накопления, безошибочно ухватился за разрозненные кусочки мозаики — в ту пору, когда из них просто невозможно было сложить маломальски толковой картинки. Нюхом почуял запах золота — и нюх не подвел...

Теперь никаких сомнений не оставалось. Разговор с бабкой окончательно расставил все на свои места. Все получало объяснение — странное служебное рвение Паши, уделившего необычное внимание заурядхейшему участку, моментально вышвырнутый в Шантарск Бакурин, некстати развязавший язык, исчезнувшие на семьдесят пять лет, так никогда и не всплывшие на свет божий купеческие сокровища... и очень уж кстати происшедший несчастный случай с Женей, тоже распустившим язык. Трудно говорить с уверенностью, но нельзя исключать, что треснуться затылком о неизвестный твердый предмет ему помог сам Паша. Женя недвусмысленно лез в долю, чересчур уж гладко для случайного совпадения...

Дня три назад Мухомор выпросил у Паши полистать старую книжку с примечательным названием «Геофизика в археологии» — от скуки. Никто в ней ничего не понял, очень уж специальным языком была написана, полна графиков и схем, но вывод был сформулирован в предисловии так, что его понял бы и кретин — как раз та самая электроразведка помогает без особого труда обнаружить в земле закопанный клад, остатки старых укреплений, даже пригоршню монет...

Теперь и книжка заняла свое законное место среди кусочков мозаики. Неизвестно, кто навел Пашу на какое-то конкретное место в Калауровской пади, но об этом, собственно, не стоит и гадать. Гораздо важнее результат: под видом стандартнейших полевых работ Паша старательно искал калауровский клад... и, практически нет сомнений, нашел место. Только что состоявшийся разговор убедил в этом окончательно: попросту не найти д р у г о г о объяснения странному желанию этих двух отправиться заполночь на профиль, к тому же вооружившись лопатами...

А потом? Если клад существует? Скорее всего, завтра же утречком Паша объявит, что участок закрыт и вся орава едет в Шантарск. Ценности окажутся под замком в его вьючнике — том самом обитом железом сундуке, играющем роль полевого сейфа, к которому работягам и подходить-то не следует. Ни одна живая душа ничего и не заподозрит. Сотоварищи по бригаде радостно примутся лопать водочку — не зря в багажнике «Хонды» полная коробка «Абсолюта» — никому и в голову не придет задавать вопросы, выискивать странности, а все бросившиеся в глаза несообразности благополучно забудутся в самом скором времени. А Паша с этим неприятным Витьком преспокойно поделят все, что запрятал ухарь Калауров,— должно быть, оттого и крутился так долго возле Каранголя, что искал удобного момента, чтобы вырыть клад, а когда, наконец, решился, было уже поздно, чоновцы с ночи залегли на опушке с пулеметами...

И возникает закономерный вопрос: достойны ли эти плебейские рожи нежданно свалившегося к ним в руки богатства?

Ответ отрицательный. Вадима вел могучий рефлекс, тот самый, что загонял людей в джунгли, в африканские пустыни, на Клондайк и в Колорадо, что заставлял горсточку людей очертя голову бросаться на огромные индейские армии, голодать в песках и плавать под черным флагом.

Рефлекс срабатывал при одном-единственном слове, едва ли не самом волнующем из всех придуманных человечеством. ЗОЛОТО.

А потому отступать он не собирался. Он представления не имел, как заставить их поделиться, но твердо решил это сделать. И что бы там ни было завтра, но сейчас Вадим просто не мог упустить их из виду. Магическое слово стучало в виски горячей кровью. Он был пьян ровно настолько, чтобы преисполниться бесшабашности...

Ага! Вновь послышались шаги, один забрался на колесо, другой подал ему лопаты — не хотят лишнего шума, берегутся... Хлопнули обе дверцы, чахоточно застучал старенький мотор, грузовик тронулся с места.

Вадим в два прыжка догнал еще не успевшую вывернуть со двора машину. Сзади к раме была приварена удобная лесенка в две ступеньки — чтобы легче было забираться в кузов. Она сейчас и помогла. Без труда нашарил подошвой ступеньку, ухватился руками за борт, перебросил тело в кузов.

Грузовик, натужно взревывая мотором, переваливался на колдобинах. Вадима, конечно же, не заметили — с чего бы тем, кто сидит в кабине, бдительно таращиться в зеркала заднего вида? Это при полном-то отсутствии здесь уличного движения?

Последние дома деревни остались позади. Вадим сидел на лавочке у заднего борта, крепко держась за него руками, когда машину в очередной раз подбрасывало, привставал на полусогнутых ногах, плавно опускался на скамейку, не производя ни малейшего шума. Грузовик двигался медленнее, чем позволяла дорога,— кто бы ни сидел там за рулем, Паша или Витек, у него, безусловно, не было опыта ночной езды по проселочным стежкам на таком вот драндулете.

Это была феерическая поездка. Вадиму, так и не протрезвевшему, временами хотелось петь, орать. На небе сияли неисчислимые россыпи огромных звезд, вокруг то простирались залитые серебристым лунным светом равнины, то подступали к самому кузову загадочные, темные стены тайги и косматые ветви хлестали по деревянной будке, в кабине сидели два идиота, не подозревавшие, что их замыслы успешно раскрыл недюжинного ума человек... Он обнаглел настолько, что даже закурил, правда, пряча сигарету в кулак, а кулак держа ниже кромки борта, чтобы не выдали случайные искры.

Ох ты! Вадим пропустил момент, когда грузовик резко свернул с проселочной дороги на равнину, и приложился головой о будку так, что едва не взвыл. Стиснул зубы, превозмогая боль. Ночь была прохладная, хмель понемногу выветривался, и Вадим уже начинал думать, что проявил излишнюю прыть. Эти двое мало походили на нестрашного киношного злодея Индейца Джо — вряд ли, обнаружив свидетеля, они с радостными воплями кинутся предлагать долю. Дадут по голове, закопают, а потом в такой глуши тело не найдет и дивизия, никто ведь не знает, куда он поехал... Надо было, пожалуй, предупредить Томку и пообещать долю... Хорошая мысля приходит опосля... Ладно, поздно теперь сокрушаться. Из кузова еще можно выпрыгнуть незамеченным, но вот что делать потом? Пешком тащиться до деревни? Это километров пятнадцать. Нет, будем и дальше полагаться на Фортуну, уж если до сих пор благоприятствовала исключительно во всем — или почти во всем,— не подведет и теперь, дамочка свойская...

Грузовик остановился, мотор умолк. Вадим, едва хлопнули обе дверцы, на цыпочках кинулся в будку и затаился там, прижавшись к задней стенке. На полу валялись два электрода. Вадим заранее прикинул, который из них схватит в случае чего, чтобы дать как следует по башке первому, кто его обнаружит. Неизвестно, есть ли оружие у Витька, но Паше, как начальнику отряда, полагается пистолет, и он вполне мог прихватить его с собой. Все равно, шансы есть — дать одному по голове и броситься на второго, на его стороне — внезапность...

Обошлось. Они не полезли в кузов — достали лопаты, встав на колесо, отошли от машины, тихо переговариваясь. В передней стенке будки, как раз напротив заднего окошечка кабины, было вырезано немаленькое отверстие. Вадим, согнувшись, осторожненько посмотрел туда.

Метрах в двадцати от машины два луча шарили по земле. В ночи голоса доносились четко:

— Вэ-пять... Этот пикет. Двадцать метров в ту сторону... Витек, иди к соседнему пикету, освети его, чтобы я с направления не сбился. Иди-иди, нам же самим будет меньше работы...

— Паша, ты не вздумай устроить какой-нибудь сюрпризик, а то у меня кое-что в кармане завалялось...— послышался явственный металлический щелчок.

— Менжуешься?

— Сколько я кин смотрел, Паша, всегда в такой вот момент у кого-то появляется соблазн захапать себе все...

— Мы ж еще ничего и не нашли...

— Все равно. Береженого бог бережет.

— Ну, у меня такая штучка тоже есть...— сказал Паша спокойно.— Я ее даже доставать не собираюсь, не то что некоторые. А поскольку кино я тоже смотрю, стоит уточнить: там, в деревне, один из моих работяг полностью в курсе — куда я поехал, с кем и зачем...

«Наверняка блефует,— констатировал Вадим.— Но до чего спокойно держится — словно каждый день выкапывает клады».

— Этот Вадик, что ли? То-то он на меня так зыркал?

— Какая разница, Витек? Свети давай...

— Так?

— Прямо на пикет, чтобы я его видел...

— Так?

— Вот-вот! Так и стой!

Паша размотал кусок веревки — очевидно, заранее отмеренной длины,— один конец привязал к пикету, вбив его каблуком поглубже в землю, второй взял в руку и направился в сторону яркого луча, осторожно разматывая веревку.

По ассоциации Вадим вспомнил иные магазины в Западной Европе — целые залы, уставленные десятками портативных кладоискательских приборов, на любой вкус и кошелек. Западная Европа давно уже свихнулась на кладах, производители приборов делают недурной бизнес — они там, в заграницах, и понятия не имеют, что тех же результатов можно добиться на раздолбанной советской технике, если применить ее с умом. Конечно, предприятие не в пример более громоздкое, зато о сохранении тайны как раз можно не беспокоиться — одиночка с красивым импортным приборчиком, шастающий по окрестностям Каранголя, давно привлек бы всеобщее внимание и через пару дней стал бы самой модной темой для разговоров на сотню километров окрест. Зато привычных, как дождь или похмелье, геофизиков никто в и н о м, потаенном интересе и не заподозрит. Интересно, кто это все придумал? Сам Паша? А какова тут роль второго? Может, кто-то из них откопал нечто интересное в архивах?

— Витек, иди сюда!

— И что, прямо под нами?

— Ну, не совсем, я так прикидываю — яма должна быть метра... Метра два на два... Для надежности.

— Мать твою, возни будет...

— А как ты хотел? Придется попотеть. Само в руки не прыгнет. Скажи хоть спасибо, что б ты без меня делал...

— А ты без моих документиков, Паша? Кто надоумил и рассказал? Ты бы и дальше лямку тянул...

— Ладно, чего считаться, работать надо. Неизвестно еще, сколько мы тут провозимся...

— Фонари надо поближе положить...

— Лучше их совсем погасить, мало ли что... Огонек ночью видно далеко, а ночь вон какая лунная. Все равно не иголка, как там написано — два сундука?

— Ага.

— Вот и взялись...

Оба фонарика погасли. Вскоре послышался стук лопат — два черных силуэта трудились без устали, не отвлекаясь на перекуры. В лунном сиянии Вадим их прекрасно видел — вокруг большой ямы постепенно рос вал свеже-взрыхленной земли, кладоискатели уже виднелись на его фоне только по пояс, а там зарылись еще глубже. Вадим поразился такому трудолюбию, но тут же подумал, что на их месте тоже вкалывал бы почище любого бульдозера...

Приглушенный вскрик — там определенно что-то произошло...

Земля больше не вылетала из раскопа. Послышался испуганный голос:

— Ма-ать твою...

— Да уж,— с чувством, смачно отплюнувшись, поддержал Паша.— Сюрпризики — матка выпадет... Пойду фонарь принесу.

Неосмотрительно высунувшийся Вадим поспешил спрятаться. В яме, судя по пробивавшимся наружу отблескам, включили оба фонаря, доносились громкие, возбужденные голоса:

— Вон вторая черепушка, в углу...

— Дырища... Кайлом его, что ли?

— Может, шашкой?

— Не было бы такой дыры... Из винтовки в упор, наверное... Что ж делать?

— Что делать! — зло рявкнул Паша.— В угол отгреби и копай себе дальше...

— Паш...— кажется, напарник сам боялся того, что собрался сказать.— А может, твой аппарат этих жмуриков и засек?

— Не учи отца стебаться. Картина была классическая — четкое скопление металла, массой килограммов в сорок. Копаем дальше, говорю!

И вновь заработали лопаты. Продолжалось это столь же долго — и совершенно неожиданно послышался резкий скрежет металла о металл, кто-то из копателей охнул так, что слышно было метров за сто:

— Есть!!!

— Ну-ка...

Лихорадочно застучала лопата, колотя по чему-то, не уступавшем ей в твердости.

— Второй!

— Ага!

Земля полетела из ямы прямо-таки фонтаном, разлетаясь далеко в стороны. Над валом мелькнул луч фонарика.

— По-моему, все... Два. Только это не сундуки, я и не знаю, как назвать...

— По-моему, эта штуковина — патронная цинка.

— А, как бы ни звалась... Паш, она не открывается.

— А если так?

— Хренов...

— Не суетись, она ж запаяна. Приржавела маленько, хоть и цинка... Опа!

Раздались громкие удары — похоже, кто-то из них, маясь от нетерпения, начал примитивно прорубать лопатой припаянную крышку.

Короткая, напряженная тишина. И два голоса затараторили, перебивая друг друга:

— Погоди, отогну, руку ведь распорешь...

— Тяжелая, сука...

— Да убери ты руку!

— Левей, левей!

Вновь тишина. И ликующий вопль уже не владеющего собой человека:

— Есть!!!

— Тихо ты!

— Смотри!

— Твою мать! Ага! Вау!

— Ну-ка, ну-ка... Золото?

— Нет, дурило, люминий!

Слышно было, как они топчутся на дне ямы, то ли пляшут, то ли подпрыгивают, задевая боками стенки,— и рыхлая земля ручьем стекает вниз. Кто-то из них глухо взвыл в восхищении.

— Паш! Я, кажется, смекнул — Купеза специально положил поверх этих жмуриков, чтобы, если наткнутся, решили, что ничего там больше и нету...

— А похоже...

— Паш...— голос упал почти до шепота, но Вадим прекрасно разбирал слова.— А если он заговоренный какой-нибудь? Вон, щерятся...

— Не нагоняй волну. Самому не по себе.

— Дальше копать будем?

— Да на хер... Это и есть — «два сундука», кошке ясно. Давай отсюда подрывать побыстрее, мало ли...

— Нужно же прикопать...

— А кто нам что предъявит? Увидят кости, решат, пацанва баловалась...

— Нет уж, давай забросаем...

— Поднимай. Тяжеленько...

— Зато наше!

Подняв из ямы два высоких ящика размером с коробку для ксерокса, они принялись забрасывать раскоп — наспех, кое-как, сталкивая землю сапогами.

— Ну и черт с ней, сойдет. Берись.

— Из кузова не просыплется?

— Там брезент, завернем.

Вадим бесшумно укрылся в будке, прижался к задней стене, боясь выдать себя бешеным стуком сердца. Кладоискатели откинули задний борт, кто-то один запрыгнул в кузов, недолго повозился, звонко лязгнули крепления борта, оба чуть ли не бегом кинулись к кабине. Машина, воя мотором, развернулась по целине, одна цинка, запечатанная, с грохотом рухнула на бок, секундой позже упала вторая, завернутая в пропахший машинным маслом брезент.

Когда грузовик вывернул на ровную колею, Вадим решился — на цыпочках, ныряя всем телом в такт рывкам машины, добрался до заднего борта, в два счета размотал брезент. Взрезанная крышка торчала в сторону, словно высунутый язык. Он осторожненько засунул внутрь руку, гнутое разлохмаченное железо черкнуло по запястью, но рукав подбитой ватой геологической фуфайки защитил.

Под пальцами скользнуло, оставив весьма неприятные ощущения, что-то невероятно холодное и мягкое — то ли кожа, то ли плотная материя. Кончики пальцев уперлись в россыпь холодных, явно металлических кусочков, издавших тихий хруст. Вадим загреб в кулак, сколько удалось, вытащил руку и ссыпал добычу в карман, пошарил на ощупь, поглубже — там, судя по ощущениями, было два мешка, плотно вбитых в металлическую коробку. Еще пригоршня монет перекочевала в карман, и он с трудом подавил желание продолжать, покуда в карманах есть свободное место. Не стоит терять голову, уже забрезжило нечто вроде плана...

Если нагрести слишком много, обязательно заметят, и тогда события завтра утром будут развиваться непредсказуемо. Как это говорил Гейнц? Лучше взять триста тысяч без риска, чем миллион — с проблемами? В конце концов, не стоит уподобляться мелкому воришке, перед ним — два плебея, на которых нежданно-негаданно свалился куш, а вот он — другое дело, чуть ли не вся его сознательная жизнь как раз и была посвящена у м н о м у и серьезному добыванию денег. Неужели не обыграет на своем, знакомом поле?

Когда впереди показалась деревня — нигде не горел ни один огонек — Вадим, не торопясь, перелез через борт и выпрыгнул. Не удержался на ногах, упал на четвереньки, в карманах тяжело звякнули монеты — но его, конечно, не заметили, уж сейчас-то, ручаться можно, они и вовсе не смотрят по сторонам, оглушенные удачей...

Прячась в тени, огородами обошел Пашин дом — а впрочем, и заметят, вряд ли сопоставят и забеспокоятся,— добрался до своей избы. Трое сотоварищей безмятежно дрыхли, Мухомор, как всегда, заливисто храпел. Вадим забрал со стола догоревшую до половины свечку и прокрался в старую сараюшку. Зажег свечу, поставил на пол в дальнем углу, подальше от крохотного окошка, положил рядом, стволом к двери, заряженное ружьишко Мухомора и выгреб из обоих карманов добычу.

Дореволюционные золотые червончики с профилем незадачливого государя императора. Непонятная золотая монета со всадником на вздыбленном коне, нацелившимся мечом на дракона... Ага, это и есть знаменитый английский соверен, восемьсот девяносто четвертый год, «Виктория регина»... Снова червонцы... Непонятно чей золотой, надпись вроде бы испанская, а этот — с иероглифами... Даже если сдавать золотишко на вес, то, прикинув общее количество... Если в обеих цинках монеты...

Черт... Очень похоже, во втором мешке было только серебро — слегка потемневшие, гораздо большие по размеру монеты, конечно же, серебряные: кто прятал бы никель? Если тогда вообще делали монеты из никеля... Ведь подначивал же Кирсанов начать по его примеру вкладывать лишние деньги в старые монеты, уверял, отличное помещение капитала. Так и не занялся, сейчас, болван, не таращился бы так тупо, как баран на новые ворота...

Впрочем, примерно он цену представлял. Если та монета — кайзеровские пять марок столетней давности, из которой Ника по западной моде заказала себе перстень,— обошлась в двадцать долларов, при том, что раритетом отнюдь не была... Если по весу или через Кирсанова столкнуть антикварам... В общем, не надо разочаровываться — и с серебра предвидится неплохой навар.

Николашкины рубли... Александр Третий... Мать честная, тысяча восемьсот двадцать девятый... Доллар — восемьсот девяносто первый год, надо же... Большие монеты с иероглифами и каким-то лысым японцем с непонятными погонами и жирным затылком... Еще иероглифы, а тут написано «доллар», но не указана страна, зато тоже есть иероглифы и арабская вязь — что за чудо? Вдруг это небывалая редкость, которая сама по себе стоит бешеных баксов? Кирсанов хвалился, что ему чертовски повезло, по дешевке, всего за четыре штуки баксов купил какой-то «семейный» рубль Николая Первого. Вдруг и среди этих невидных кругляшков отыщется некая редкость?

Он долго возился с монетами, раскладывая, перекладывая, разглядывая. Лишь сделав над собой усилие, оторвался от этого занятия. И задумался: не подкрасться ли к Пашиному дому и не продырявить ли «Хонде» покрышки? Вдруг этот Витек нынче же ночью сорвется в Шантарск с кладом?

Нет, сомнительно. Паша ни за что, как любой бы на его месте, не отпустил бы сообщника одного со всеми ценностями. Не настолько ему Паша доверяет, они там, в поле, явно друг друга опасались... И вряд ли они прямо сейчас, при Нике, в четыре часа утра засядут вскрывать вторую цинку и делить клад то ли поровну, то ли по справедливости. Собственно, куда им спешить и кого бояться? Ни одна живая душа — это им так кажется — их там не видела, никто и не свяжет яму со скелетами с увезенным кладом. Все шансы за то, что они выберут самый простой и надежный способ: завтра Паша объявит о закрытии участка, все уедут в Шантарск, где работяги с превеликой радостью устроят месячный запой, вытряхнув из головы все воспоминания о странностях. А эти двое в Шантарске преспокойно поделят хабар. На месте Паши или Витька Вадим для пущей надежности разделил бы клад пополам — одну цинку в машину Паши, другую — Витьку. Скажем, кинул бы жребий, кому которую цинку везти. Быть может, и они придумают что-то в этом духе. Как бы там ни было, следует их опередить. План практически готов, осечки быть не должно, ибо там всего два варианта — если не пройдет первый, простотаки автоматически вступает в действие второй, третьего варианта попросту нет...

И все же он не выдержал, охваченный классической, многажды описанной золотой лихорадкой. Отыскал подходящую тонкую палку, тряпье, прокрался к Пашиному дому. Свет там уже не горел — ну так и есть, завалились спать, набраться сил перед завтрашней дорогой...

Вадим, сидя на корточках и вздрагивая при каждом ночном звуке, старательно напихал тряпок в глушитель грузовика, утрамбовал их там насколько мог качественно. Потом проделал ту же процедуру с выхлопушкой «Хонды». Э т о т ответ в случае чего придет Паше с Витьком в голову в самую последнюю очередь, долго будут возиться с чем угодно, кроме глушителя...

ГЛАВА ШЕСТАЯ

Становится шумно...

Он подхватился ни свет ни заря, сквозь сон услышав какую-то возню. Оказалось, это Иисус проснулся еще раньше и одевался, собираясь проверять верши. Когда за ним захлопнулась дверь, Вадим босиком прошлепал к висевшей у входа фуфайке, торопливо запустил руку в карман, всерьез опасаясь спросонья, что пережил вчера лишь алкогольный сон.

Все оказалось на месте — и золотые кругляшки с последним императором, и соверен, и лысый японец, и прочие загадочные монеты, неисповедимыми дорожками гулявшие по миру, чтобы осесть в купеческой захоронке, которой Калаурову так и не удалось попользоваться. Гайдару, впрочем, тоже — к слову, где это, любопытно, наш Аркадий Петрович организовал себе тот великолепный старинный перстень, о котором столько вспоминали опосля собратья-писатели? С чьего трупа снял?

Он вышел во двор. Погода стояла великолепнейшая — из-за озера вставало солнце, все вокруг было свежим и словно бы новехоньким: небо, близкая тайга, даже прогнавшие невеликий овечий табунок бичи в такое утро выглядели просто-таки картинно.

Вадим прошелся по улице — слава богу, «Хонда» и грузовик стояли на прежнем места, к ним прибавился Васин «уазик», изрядно заляпанный грязью,— в Бужуре, надо полагать, дождит.

— Вадик!

Он обернулся. Оказалось, Томка, зевая и поплотнее запахивая куртку, бредет к магазину, хотя время предельно раннее, и этакий трудовой энтузиазм ей вроде бы не был свойственен.

— Ты куда это в такую рань?

— Похмелиться,— безмятежно сообщила она.— У бабки «какава» вся вышла, а мы с квартирантом вмазали вчера добре...

— С каким еще квартирантом? — без интереса осведомился он для чистого поддержания разговора.

— А вчера заявился. Бабка, оказывается, с ним договаривалась, пока мы кувыркались. Приятель вон того,— она показала на белую «Хонду».— Ничего, нормальный мужик, веселый, оттянулись мы вчера по полной программе... Сейчас дрыхнет. Ну, я пошла, а то башка пополам раскалывается...

Вадим задумчиво посмотрел ей вслед. Что-то не нравились столь неожиданно возникшие в деревне новые люди. Приятель Витька, который отчего-то предпочел замаскироваться... нет, в крохотном Каранголе, конечно, не замаскируешься, просто странно, почему это он недвусмысленно притаился за кулисами... Что, подстраховка? Очень похоже. Учтем. Мухоморово ружьишко со вчера заряжено...

Голова была чертовски ясной, мысли не растекались по древу — выстраивали четкие логические цепочки. Как всегда случалось в предвкушении изрядного куша, он словно бы становился другим человеком, предельно холодным, собранным, целеустремленным, напоминавшим скорее робота. Совсем рядом, в полусотне метров, пребывали немаленькие сокровища, и следовало урвать приличную долю...

Оглянулся. Из трубы летней кухоньки уже поднимался черноватый полупрозрачный дымок — Ника приступила к работе. А ведь проголодался после вчерашних приключений...

— Чего стоишь? Пошли жрать...

Это появился Паша, выглядевший столь же свежо, начальничка словно бы распирала клокотавшая внутри неведомая энергия, и уж Вадим-то прекрасно понимал, где ее источник. Добавилась одна крайне многозначительная деталь: под расстегнутой фуфайкой на поясе у Паши висела черная кобура с пистолетом — старого образца, на длинных ремешках, какую носили военные морячки в Отечественную. Впервые Вадим видел, чтобы шеф нацепил полагавшееся ему по должности оружие,— должно быть, тоже просчитывает неожиданности, стремится остаться и живым, и богатым...

Вадим открыл было рот для задуманного разговора — но тут откуда ни возьмись появился Вася, издали разводя руками:

— Паша, гадом буду, распределитель полетел...— затараторил он, жмурясь в предвкушении печальном неизбежного разноса.— Я по Бужуру носился, как дурак, пока паяльник нашел...

Гроза не грянула. Паша рассеянно почесал в затылке:

— И черт с ним, с паяльником... Шагайте быстренько жрать, и будем собираться. Участок можно закрывать, смысла нет дальше ковыряться...

На стене кухоньки висела связка крупных карасей, их там было с дюжину — ага, Иисус вернулся, тем лучше, все будут в сборе на предмет провала плана номер один... Вся троица наворачивала суп, Ника же держалась как-то странно, то и дело бросая на Вадима определенно растерянные взгляды. Неужели Пабло с утра начал

хвастаться кладом? То-то у нее глазенки ошара-
шенные...

— Паш,— сказал он тихо.— Пошли, поговорим.

— О чем это?

— О тайнах земли,— добавил Вадим вовсе
уж тихо, чтобы не слышали посторонние.—
О наследстве отдельно взятых купцов...

Паша прямо-таки прожег его взглядом, но без
единого слова пошел следом. Они вышли со двора, пересекли улочку, остановились возле непонятной кучи ржавого железа.

— Ну?

— Паша, я тебя умоляю, будь мужиком и дер-
жись спокойно,— сказал Вадим.— Чтобы не устраивать кино со скрежетом зубовным и дерга-
ньями. А за пистолетик хвататься и вовсе глупо,
мы же не в Техасе...

— Я и не хватаюсь.

— Мало ли что в голову взбредет...

— Короче!

— Если совсем коротко,— сказал Вадим
тихо,— ты нашел, а я знаю.

— Что нашел? Что знаешь?

— Паша...— поморщился Вадим.— Ты же не
дурак, а? — он наугад достал из кармана первую
попавшуюся монету, повертел меж пальцами.—
Комментарии нужны?

Верзила был здоров, как бык, но на миг показалось, что его сейчас стукнет инфаркт. На несколько секунд он потерял дар речи и всякое соображение. Наблюдавший за ним с легкой улыбочкой Вадим сказал самым доброжелательным
тоном:

— Я понимаю, тут остолбенеешь. Вы оба
думали, что самые хитрые, а в жизни частень-

ко бывает наоборот... Нет-нет,— он поднял ладонь.— Паша, это ведь совершенно неважно — как я узнал, откуда узнал... Главное, я знаю. И в лоб ты мне пулю засаживать прямо здесь не станешь — во-первых, не такой дурак, во-вторых, могу спорить, соответствующего опыта маловато...

Видно было, что Паша, наконец-то, оклемался и взял себя в руки. Вадим терпеливо ждал, благожелательно улыбаясь: первый закон бизнеса — будь ровен и вежлив с возможным партнером...

— Ты когда успел? — Паша кивнул на монету, которую Вадим все еще вертел в руках.

— Какая разница?

— Ника никак не успела бы проболтаться, времени не было у вас поговорить...

— Паша! — откровенно поморщился Вадим.— К черту частности, давай о деле...

— Что тебе надо?

— Смешной вопрос,— сказал Вадим.— Грубо говоря и мягко выражаясь, хочу войти в долю. Не спеши, лучше послушай... Паша, человек далеко не всегда бывает тем, кем кажется. Особенно в наше непонятное время...— На него вдруг нахлынуло неодолимое желание и пошутить, и привести собеседника в полный душевный раздрай.— Вообще, как ты можешь быть уверен, что я не опер из шантарской уголовки? Сейчас достану красные корочки и табельное оружие, произнесу сакраментальные фразы, и вся эпопея с кладом для тебя закончится довольно уныло...

— Мы законов не нарушали! — быстро сказал Паша.

Вадим внимательнее посмотрел на него и наконец-то получил полное моральное удовлетворение: столь открыто и цинично наставивший ему рога верзила откровенно трусил. Как любой, чья игра внезапно оказалась до предела осложненной посторонним вмешательством, совершенно непонятной угрозой. Глаза так и бегали — он и готов был поверить, что столкнулся с хитрым «тихарем», и отчаянно надеялся, что до этого все же не дошло. Оставил себе этой репликой запасной выход — в самом деле, верст на девяносто вокруг попросту не существует представителей власти или органов правопорядка, поди докажи, что клад хотели утаить...

— Хорошо, Паша, я пошутил,— успокоил Вадим, вдоволь насладившись страхом и растерянностью верзилы, совсем недавно по-хозяйски валявшего Нику.— Я, конечно, не оперативник. Но и не простой бичик. Думаю, не стоит тебя посвящать во все детали и подробности. Скажу попросту: бывают ситуации, когда и новый русский вдруг оказывается черт-те где, в самом неприглядном облике. Такова се ля ви. Ты ведь видел в Шантарске магазины с вывеской «Тимко»? Мои магазинчики, Паша. Как и многое другое.

— То ли у тебя «белка»...— задумчиво протянул Паша.— То ли черт знает что... Но заговорил ты совершенно по-другому, словно это и не ты вовсе... Чего ж тебе надо?

— Того же, чего и всем — презренного металла.— Вадим давно уже не чувствовал себя таким уверенным и сильным. Странствующий бич умер окончательно, вновь вернулся х о з я- и н.— Я деловой человек, Паша. И просто физически не могу пройти мимо ситуации, способной принести прибыль. Согласен, это чрезвычайно напоминает шантаж и рэкет. Упоминания о кладе где-то отыскали вы, всю работу проделали вы, а я, стервец этакий, свалился на готовенькое... Можно и так охарактеризовать. Однако есть один нюанс... Паша, я таких, как этот твой Витек, повидал сотни. Тебе он, быть может, и представляется достойным партнером, но поверь авторитетному мнению не самого последнего в Шантарске бизнесмена: это мелкая шелупонь, живущая от авантюры до авантюры. Во-первых, ему совершенно нельзя доверять... ты, кстати, знаешь, что с ним, похоже, приехал еще один и сейчас притаился в отдалении? По лицу вижу, не знаешь... Во-вторых, такие сявки поразительно быстро сыплются на следствии. Ты ведь, насколько я понимаю, не собираешься все эти цацки наклеивать на стены вместо обоев? Продать рассчитываешь с максимальной выгодой? Вот тут я тебе и могу оказаться крайне полезен. Уж я-то смогу продать все без малейшей огласки и с неплохой прибылью. Есть каналы... Проценты можно обговорить спокойно. А Витька — безболезненно убрать из дела. Я тебе ручаюсь — мои мальчики из службы безопасности и не с такими справлялись... Ну? Соображай быстрее, у нас мало времени...

Паша покрутил головой:

— В мозгах не укладывается...

— Попытай Нику,— сказал Вадим бесстрастно.— Я сейчас тебе скажу, как называется моя фирма, где расположена, чем занимается... Иди и спроси у нее, мы же не успели бы сговориться за сегодня, сам понимаешь... Не бичи мы, Паша, ох, не бичи... Вовсе даже наоборот.

— Выходит, и Вероника...

— Нам сейчас совершенно ни к чему обсуждать что бы то ни было, касающееся Вероники,—

терпеливо произнес Вадим.— Поскольку это абсолютно несущественно. Вернемся на исходные позиции. У тебя есть клад. У меня — все возможности его быстро и надежно реализовать. Говорить и спорить имеет смысл только об одном — о процентах...

Он сделал хорошо рассчитанную паузу и молча ждал. Верзила придвинулся к нему вплотную, ухватил за воротник фуфайки:

— Слушай-ка ты, хитрый... Я с тобой связываться не хочу. Понятно? Кто бы ты там ни был... Иди собирай вещички и в мои дела больше не лезь. Сам уж как-нибудь разберусь. Не пацан.

— Паша, если ты побежишь советоваться с этим... Только хуже сделаешь.

— Замолкни, говорю! — сверкнул глазами Паша, машинально опустив руку на застегнутую кобуру.— И если кому-то пискнешь — не доедешь до Шантарска... Все! — Он отвернулся и зашагал прочь.

— Паша! — попытался перехватить его Вася.— Машину я заправил по самую пробку, можно...

— Паш-шел ты! — взревел Паша, саженными шагами направляясь к своему дому.

— Что это с ним? — Вася недоумевающе таращился вслед.

— Плохое настроение у человека,— сказал Вадим.— Пойдем-ка, есть разговор, тебя тоже касается...

Он торопливо вошел в кухоньку, волоча Васю за собой. Тройка сослуживцев безмятежно потягивала компот, жевала, выплевывая фруктовые косточки в кулак.

Вадим опустил руку в карман, собрал в пригоршню все монеты, сколько их там было, высыпал перед ними на стол. Ника ойкнула, замерла у плиты. Царский золотой покатился к краю стола, Худой брякнул стакан на стол, торопливо прихлопнул монету ладонью. С ошарашенной физиономией воскликнул:

— Ё-моё! Империальчики!

— Внимание, мужики,— сказал Вадим, ощущая пьянящий холодок азарта.— Слушайте сюда...

...Они вошли в большую, почти пустую комнату гуськом, тихо и неторопливо рассредоточились по обе стороны двери. Худой присел на краешек старенького дивана, поставив ружье меж колен. Постель была разобрана, недвусмысленно бугрились две подушки. Вадим поскорее отвернулся от нее, чтобы эмоции не мешали в столь серьезном деле.

— Нехорошо, Паша,— сказал Мухомор, тщательно выбрав из мятой пачки поплотнее набитую папиросу.— Ой, нехорошо... На зоне это называлось «крысятничать»... Мы же все до единого пахали, как папа Карла и папа Марла, без нас ты бы ни черта не добился... А теперь, выходит, все рыжевье тебе? И этому? — он небрежно кивнул на замершего в уголке Витька.— Неаккуратно, Паша, за такие штучки на моих глазах этаких хитрецов пидарасили...

Он говорил спокойно, даже с ухмылочкой, но ухмылочка была волчья. За что конкретно сидел Мухомор до того, как прибиться к геологии, Вадим не знал, но теперь становилось ясно — не за кражу белья с веревки.

— Ты что себе...— по инерции взвился Паша и замолчал, быстро сообразив, что сейчас все ссылки на авторитет начальника и подчиненное положение работяг будут выглядеть предельно глупо.

— Паша, не лепи бугра,— поморщился Мухомор.— Не та оперетта. Давай по-умному. Все пахали, а значит, всем нужна доля.

Вадим внутренне наслаждался. Коли уж не удалось получить м н о г о — ничего страшного, если придется удовольствоваться гораздо меньшим. Главное, единоличными владельцами клада этим двум ни за что не быть.

— Я, бля, с Людкой, с двумя короедами, с тещей в двух комнатах! — весьма эмоционально взвился Вася.— А тут на новую хату хватит...

— Эк как тебя растащило! — Витек шагнул из своего угла, кривя губы в брезгливой усмешке.— Вы что это о себе вообразили, бичева этакая...

Он сразу взял неверный тон. Иисус, вроде бы стоявший поодаль совершенно расслабленно, индифферентно, ловким выпадом ноги зацепил его под колено, рванул на себя и как следует добавил кулаком. Витек приземлился на четыре точки, обрушился на пол. Когда он, постанывая, стал приподниматься, у самой его щеки блеснуло слегка сточенное лезвие Иисусовой финки:

— Слова выбирай, культуртрегер. Бичева сидит по теплотрассам, какает в штаны и лопает зубную пасту. А здесь, чтобы ты помнил, господа геологи...

— Обыщи его,— распорядился Вадим.— Что-то он в карман лазил этак многозначительно...

Не отводя нож, Иисус другой рукой проворно охлопал застывшего в нелепой позе Витька, пожал плечами:

— Ничего интересного... Гуляй в угол, да смотри у меня! Паша, и в самом деле получается неаккуратно. Все пахали, как пчелки, Мухомор прав. А ты хотел один заграбастать... Я не говорю, что делить надо абсолютно поровну. Так и быть, сделаем, как старинные пираты. Скажем, нам всем по доле, а тебе еще вторую — за то, что начальник, третью — за то, что знал место... Я, Мухомор, Вадик, Худой, Вася, ты, еще две доли тебе — делим на восемь доль...

— А я?! — прямо-таки взвизгнул из угла Витек.

— А кто такой Козлевич? — картинно пожал плечами Иисус.— Знать не знаю никакого Козлевича...

— За козла ответишь, сука!

— Не козел, а Козлевич,— безмятежно объяснил Иисус.— Это цитата. Классику читать надо. За что тебе доля, что ты такого сделал?

Витек выпрямился, являя собою презанятную смесь оскорбленной гордости, злости и своеобразной жажды справедливости:

— То есть как это? Я и раздобыл все документы! Хрена бы вы без меня нашли!

— Паш, не врет?

— Не врет,— мрачно подтвердил Паша.— У него мамаша в районной администрации, они там списывали какие-то архивы, кажется, губернского исполкома, еще тринадцатых годов, а попутно искали, что бы из них можно продать. Вот она и притащила домой, как курьез... Он про меня и вспомнил, мы же с ним десятый кончали...

— Вот именно,— торопливо сказал Витек.— В совершенно посторонние бумаги замешался протокол допроса какого-то калауровского хмыря, то ли приказчика, то ли кого-то вроде... Маман специалист по архивам, она объяснила, что ничего удивительного в этом нет — у нас не

Германия, где порядок. Бумаги попадали в самые неожиданные места, почему-то гэпэушный протокол замешался в исполкомовские папки — и пылился с тех пор в подвале...

— Ну ладно,— великодушно сказал Иисус.— Не убивать же его, в самом деле? Девять долей...

— Интересные дела! — серьезно, с неподдельным возмущением возопила Ника, про которую как-то успели и забыть.— А кто вам разносолы готовил, пока вы по тайге гуляли?! Кто...— она машинально оглянулась на предательски расхристанную постель, вспомнила про Вадима и прикусила язычок.

— Уговорила,— фыркнул Иисус.— Десять долей, из них три — Пашины.— Он торопливо оглянулся, словно опасался, что неведомо откуда вынырнет очередной претендент с нешуточными заслугами.— Все по справедливости, разве нет? Сейчас посчитаем, при всех, чтобы не было потом недовольных, поделим старательно и поедем в Шантарск проматывать злато... Впрочем, кто как хочет — его дело, проматывать или копить.

— Зубы вставлю,— мечтательно признался Худой.

— Кто за, кто против? — осведомился Иисус, постукивая лезвием по ладони.

Судя по лицу Витька, он был категорически против такой дележки но протестовать не осмеливался ввиду явного численного перевеса противника. Паша, наоборот, выглядел вполне спокойным, словно бы даже сбросившим некую тяжесть с души. Он встал, широко разбросав руки, потянулся:

— Что вы вцепились, как энцефалитные клещи? Мужики, надо было сначала подумать, а потом налетать. Я даже не успел еще вторую цинку распечатать, не знаю толком, что там...— Его голос звучал предельно естественно, а глаза лучились дружелюбием.— Честное слово, я бы я вами обязательно поделился. Собрали бы вещички, сели и потолковали...— Он небрежно указал на Вадима.— Я прекрасно понимаю, почему этот ишак вас взбаламутил. Он сначала подкатился ко мне и предложил поделить все пополам, а когда я его послал подальше, кинулся к вам, козел. Одного только не взял в расчет — он здесь человек чужой, а с вами мы пуд соли съели. Не вышло у него рэкетнуть — представился перед вами радетелем за справедливость... Мать вашу, ребята, неужели из-за какого-то пришлого мудака друг другу вцепимся в глотки? Как чужие?

Вадим с неудовольствием ответил, что эта не столь уж складная речь решительно переломила настроение. Работяги явственно расслабились и потеряли всю жесткость. Он и в самом деле был для них чужим, а Паша — свой, старый знакомый, авторитетный бугор, которого они уважали и на свой манер любили...

— Брехня,— сказал он, сам прекрасно чувствуя, что его праведный гнев звучит довольно фальшиво.— Я ему сразу предложил делить по совести...

— Врет,— проникновенно сказал Паша.— Настаивал, чтобы пополам поделили, а о вас и речи не было...

— Ты лучше про Женю вспомни! — в некотором отчаянии вскрикнул Вадим.— Как-то очень уж кстати он головушкой приложился... Не ты ли помог?

— Видите? — грустно сказал Паша.— Все в кучу собрал...

Вадим понял по их лицам, что его акции если и не обесценились до предела, то все же упали довольно низко.

— Вадик, ты, в самом деле, не туда куда-то загибаешь,— слегка поморщился Худой.— Мы Пашку давно знаем...

— Вот только раньше он кладов не выкапывал,— сказал Вадим.

— Помолчал бы ты,— уже прежним, командным голосом распорядился Паша.— Не знаешь, что и выдумать на скорую руку... По-моему, этого живчика следует вообще исключить из дележки.

Надолго повисло молчание.

— Нет, это ты уж чересчур,— задумчиво произнес Мухомор.— Он как-никак наравне со всеми пахал, получится несправедливо. Долю и ему выделим, хер с ним...

— Уговорили,— сказал Паша.— Ну, замяли? Между прочим, я в кухню еще с утра отнес «Абсолют». Хотел устроить банкет по-человечески, чтобы посидеть, выпить и за конец сезона, и за дележ, а вы налетели, как не знаю кто... Вероника вон старалась, картошку с курятиной тушила для банкета... Давайте собирайтесь, а я пока вскрою вторую цинку, посидим, вмажем, полюбуемся и поделим. Кастрюлю несите в кухню, курица еще горячая...

— Пошли, мужики? — Мухомор решительно поднялся и забросил ружье на плечо, как будто ничего и не было.— Паш, ты только отдай пока ключики от «газона» и японки. Не то чтобы мы тебе не доверяли — лично я вот этому как-то не особенно доверяю, как человеку вовсе уж постороннему...— Он бесцеремонно ткнул пальцем в сторону Витька.— Мало ли что ему в голову взбредет, такому прыткому...

Вопреки ожиданиям Вадима, Витек сговорчиво протянул ключи, пожал плечами:

— Да пожалуйста... Куда ж я один денусь, если Паша прекрасно знает, где меня в Шантарске отыскать? Вы бы лучше вот этого типчика за ногу к забору привязали,— он показал на Вадима.— Вот от кого сюрпризы могут быть...

— Мы уж сами разберемся,— отмахнулся Мухомор.— Пошли?

Все четверо направились к выходу. В последней попытке переломить ситуацию Вадим отчаянно вскрикнул:

— Мужики! Да погодите вы! Тут где-то еще один...

Но они уже не слушали, грохоча сапогами в сенях. Мухомор нес под мышкой огромную кастрюлю, распространявшую приятнейший аромат тушеной курицы, послышались радостные реплики насчет скорого и тесного общения с «Абсолютом». Бесполезно. Давно сложившуюся систему отношений меж ними и Пашей Вадиму ни за что не удалось бы переломить, он был пришлым и не мог ничего дельного противопоставить их общим воспоминаниям. Они попросту не верили, что Паша способен обмануть. За годы патриархального житья на природе успели забыть кое-какие волчьи законы городской цивилизации. А вот Витек, судя по его гнусной ухмылочке, законы эти прекрасно помнил...

Уставившись зло, хмуро, громко предложил:

— Паш, давай его попинаем как следует? Баламута такого?

— Да ну, руки пачкать,— отмахнулся Паша.— Что стоишь? Катись. Твое счастье, что мужиков на полную справедливость потянуло, иначе огреб бы ты у меня...

— Ага,— усмехнулся Вадим, не ощущая ни капли страха.— Ты еще скажи, что и в самом деле рассчитывал с ними честно поделиться. Свежо предание...

— Пошел на хéр! — взвизгнул Витек.

— Ребятки, мое предложение все еще остается в силе,— сказал Вадим, привалившись к косяку.— Паша, ты ему успел пожаловаться на мою несусветную наглость? Успел, то-то он деталями вовсе не интересуется... Ну? Садимся в «уазик» — и ходу. Ключи от «ГАЗа» и «Хонды» они забрали, а вот про «уазик» Вася как-то не подумал, подсознательно решил, что если он сам на нем ездит, то и опасаться вроде бы нечего... Ключи он так и не вынул...

— Нет, ты точно по мозгам хочешь...— протянул Витек.

— Ничуточки,— отмахнулся Вадим.— Если ты, оказывается, сынок мамочки из районной администрации, то кое в чем должен, я думаю, разбираться? Слышал что-нибудь про Шункова? А про Анзора Тараблиева? Про Красильникова? Если тебе придет в голову такая фантазия — добраться до моей физиономии — как раз с этими господами и будешь иметь дело...

Вот тут в глазах Витька появилась должная настороженность, соображалка заработала... Но, увы, должных выводов он все же не сделал, пожал плечами:

— Языком каждый может болтать...

— Да, а что это он нес про какого-то «еще одного»? — вспомнил Паша.

— А, так ты не знаешь...— протянул Вадим.— Вот оно что... Тут у Томкиной бабки его дружок обитает. Смотри, Паша, чтобы они не начали собственную партию...

— Ерунда,— пожал плечами Витек.— Свалишь ты отсюда, в конце концов? — он достал из-под стола бутылочку «пепси», ловко сорвал пробку об угол.— Иди, жри водку с корешами, дожидайся, пока позовем...

— Вот именно,— поддержал Паша.— Когда позовем, тогда и будешь зыркать, чтобы мы лишнюю монетку в сапог не смахнули...

— Мое дело было — тебя предупредить,— сказал Вадим и вышел.

Оказавшись рядом с «уазиком», по-воровски оглянулся — машина стояла так, что из окон ее не видно — бесшумно приоткрыл дверцу и выдернул ключи. Он еще не знал, что собирается теперь предпринять, но следовало на всякий случай оставить Пашу вовсе без колес...

ГЛАВА СЕДЬМАЯ

Большие разборки в крохотной деревне

В избе, где они квартировали, никого не было, там наведен идеальный порядок — спальники засунуты в чехлы, скудные пожитки уложены в рюкзаки, все сложено на нарах, так, что осталось лишь забросать вещички в машину. Со стола торопливо плюхнулась здешняя крыса, исчезла за печкой.

Вадим почти побежал в кухоньку. Там уже разложили курицу по тарелкам, Мухомор, взявший на себя обязанности тамады, как раз скру-

чивал пробку с бутылки «Абсолюта», восторга-
ясь вслух:

— Что ни говори, а Пабло — мужик правиль-
ный. Всегда к концу сезона банкет устраивает.
Это вам не «какава» — слеза...

— Если только не паленая,— заметил Иисус,
держа наготове стакан.

— Даже если и паленая, нипочем. Не такое
жрали... А, Вадик, ты где болтался? Сейчас вмажем...

— Говорю вам, Томка сказала, что есть еще
один...

— Томке соврать — что два пальца...— беззаботно отмахнулся Мухомор.— Сам видел, все
обошлось в лучшем виде... Вадик, а скажи честно — ты, в самом деле, никаких несправедли-
вых разделов не предлагал?

— Чепуха! Брешет ваш Пабло...

— Чего ты вскинулся? Я ж шутя... Садись,
подставляй аршин. Вмажем сейчас за все хоро-
шее...

— Мужики! — возбужденно ерзал Вася.—
Как думаете, на квартиру наберется?

— Кто ж знает? — резонно ответил Худой.— Вообще интересно, что там, во второй
цинке? Давайте особо не нажираться, врежем по
кружечке и пойдет к Пабло. Держи, Вадик.

Вадим медлил. Его не покидало ощущение,
что где-то таится прокол. Чего-то он недоучел.
Слишком легко сдались те двое, чересчур покла-
дисто держались. Будь там один Паша, ничего
удивительного — как-никак и он несет на себе
груз общего прошлого, не сможет моментально
перестроиться и видеть в своих старых работя-
гах опасных конкурентов, но подозрительно, что
Витек очень уж мирно согласился на общую де-

лежку, самую малость повыступал и сник, непохоже на дешевого городского шакаленка. В чем тогда прокол? Даже если Томка не наврала и там есть второй, что в нем такого, вселяющего в Витька уверенность? Не станут же они устраивать бойню, иначе Пашу непременно спросят в самом скором времени, куда девалась целая бригада, почему она не вернулась в Шантарск...

А КТО СКАЗАЛ, ЧТО САМ ПАША НЕПРЕМЕННО ВЕРНЕТСЯ В ШАНТАРСК?

Вадим не успел отклониться — Худой рухнул на него всем своим немаленьким весом, едва не свалив на пол. Звонко покатилась по полу кружка. Оторопев, Вадим подхватил его под мышки, уложил на пол, выпрямился и открыл рот...

Слова застряли в глотке.

Мухомор медленно-медленно уполз под стол, вот уже скрылась голова, а там и руки... Иисус в неудобной позе полулежал меж печкой и стеной, широко открыв рот, то ли всхлипывая, то ли постанывая, на подбородок поползла слюна...

Вадим бросился к нему, в полной растерянности встряхнул. Бесполезно. Глаза уже закатились, дыхание стало прерывистым, неглубоким. Вот он, прокол, неожиданный ход, основанный на неплохом знании психологии определенного народа: вряд ли даже атомная война, не говоря уж о скором дележе купеческого клада, смогла бы заставить этих троих удержаться от выпивки, когда красивая бутылка уже стоит на столе, когда начальство не препятствует, наоборот, поощряет. Хоть по кружке, но махнули наскоро... Блядь, пульс почти и не прощупывается! Клофелин? Что-то еще? В деревне нет телефона, а ближайшая «Скорая помощь» дислоцируется за девяносто верст...

Вадим выскочил из кухоньки, побежал в избу. Замотанное в кусок брезента ружье оказалось без патронов и некогда искать, в котором они рюкзаке. Перед глазами стояла недавняя картина, вспомнившаяся с нереальной четкостью: Паша машинально берет из протянутой Витьком руки распечатанную бутылочку пепси-колы... которую Витек мог привезти только с собой, в здешнем магазине, чрезвычайно скудном на ассортимент, есть только баночки с прошлогодним спрайтом...

Шарахнулся за печку, услышав чьи-то шаги в сенях. Дверь на миг приоткрыли, потом тут же захлопнули, заглядывавший в избу удалился. Вадим видел в окно, как он прошагал в сторону кухни: незнакомый малый, ничуть не похожий на Витька лицом, но тем не менее всем обликом, одеждой, повадками, выражением морды напоминавший брата-близнеца. Тот самый, второй. Пошел проверить. Получается, времени совсем нет...

И страха нет. Впереди была с т а в к а — две под крышку набитые купецкими сбережениями цинки — и большая половина претендентов выбыла из игры, оставшаяся меньшая половина, правда, была не в пример опаснее, но какое это имело значение, если впереди сверкало золотое сияние, а соперников поубавилось?

Некогда искать патроны, да и глупо было бы лезть с паршивой одностволкой, заряженной всего лишь крупной дробью, против пистолетов. У Витька уж точно есть пушка, вчера ночью, в поле, он ею баловался, у Паши — «ТТ»... а может, уже и не у Паши...

Однако делать нечего, нужно вступать в игру, пока на его стороне кое-какой элемент внезапности. Как только тот обнаружит, что отравленными оказались лишь четверо из пятерых, начнется кадриль... И никакой больше внезапности.

Оглядевшись, Вадим выхватил из-под клапана застегнутого рюкзака один из электродов — полуметровой длины медный прут, толщиной с мужской мизинец, один конец выгнут так, что образовал удобную треугольную ручку, второй заострен, при хорошем ударе вылезет из спины, Мухомор говорил, ими, случалось, дрались, но используя исключительно на манер дубинки, иначе вышло бы форменное смертоубийство...

Сапоги бухали, казалось, так, что слышно было на километр окрест. Вадим побежал на цыпочках, остановился перед сараем, выглянул из-за угла, хорошо рассчитав перебежку, очутился у приотворенного окна. Пригибаясь, прокрался под ним, слыша злой голос Витька:

— Я же с тобой не шучу, сука такая... Кишки на забор намотаю! Кто он такой, твой стебарь? Откуда знает таких людей?

Лишь бы ступеньки не скрипнули... Вадим бесшумно поднялся в сени, заглянул в приотворенную дверь. Последний акт...

Паша нелепо вытянулся во весь свой немаленький рост посреди комнаты, наискосок; поблизости валялась пустая бутылка из-под «пепси», верзила оказался крепок на отраву: он еще пытался то ли ползти, то ли приподняться, но, судя по спокойствию Витька, ничего из этого не вышло бы — так, последние конвульсии, пока окончательно не отключился одурманенный неизвестной дрянью мозг...

— Кто он такой, тварь?

Судя по занятой Витьком позиции, он нимало не опасался внешнего вторжения — удобно устроился на стуле спиной к двери, левой рукой держа за волосы стоявшую перед ним на коленях Нику, прижимая дуло «Макарова» к ее виску. Не похоже было по голосу, чтобы спешил — эта парочка, похоже, уже чувствовала себя полными и окончательными хозяевами ситуации, в чем-то они и были правы, все деревенские в поле, кроме двух бабок да Томки в магазине, мирное население не всполошится, заслышав вопли, выстрелы, шум,— успели привыкнуть, что господа геофизики развлекаются крайне бурно, носясь на машинах по единственной улочке, паля из ружья по воротам, оглашая округу тарзаньими криками...

Медлить не годится. Вадим был налит веселой яростью до краев, словно воздушный шарик — гелием. Он хорошенько примерился, поудобнее перехватил электрод обеими руками, прыгнул через порог и обрушил толстенный медный прут на макушку Витька — словно со всего маху опускал колун на сучковатый чурбак, стремясь расколоть его с одного удара...

Звук был, словно врезали по туго надутому футбольному мячу, набитому вдобавок чем-то мелким и хрустким, типа колотого льда. Витька прямо-таки снесло со стула, он без малейшего крика грохнулся на пол, выронил пистолет и остался валяться, нелепо вывернув левую руку.

Вадим проворно наклонился, подобрал пистолет, выщелкнул обойму, передернул затвор. Поймал на лету выскочивший патрон и вновь зарядил «Макаров», дослал патрон в ствол. Лишь теперь он сообразил, что Витек мог бы, падая, давануть на курок — чисто рефлекторное сокращение мускулов — и женушка непременно получила бы пулю в башку. Однако в момент удара это почему-то и в голову не пришло...

Ника растерянно воззрилась на него, оглянулась на бесчувственного Пашу, понемногу принялась закатывать глаза — только истерики тут не хватало...

— Тихо! — рявкнул он шепотом.— Ползи в угол!

— Т-там еще од-дин...

— В угол ползи!

Она на четвереньках отбежала в дальний угол. Вадим, держа пистолет стволом вверх, уже отчетливо слыша, как бухают торопливые шаги, как бегущий с маху налетел на приоткрытую дверцу «уазика» и сдавленно матернулся в сердцах, на цыпочках вышел в сени. Та же веселая ярость, боевая злость, заставившая превратиться в нерассуждающую машину перед уничтожением последнего препятствия на пути к с т а в к е, налили тело нелюдской ловкостью и хватким проворством, он превосходно ощущал, что не совершает ни единого лишнего движения, что время для него словно замедлилось...

Приоткрыв дверь кладовушки, спиной вперед, медленно-медленно вошел туда, в темноту, держа пистолет обеими руками, навел его на входную дверь, за которой виднелась залитая солнечным светом стена сарая, а еще дальше — серая крыша соседней избы.

Темная фигура четко обрисовалась на фоне стены и крыши. Вадим дал незнакомцу сделать лишь один шаг — и дважды нажал на курок, целясь в левую сторону груди. Пистолетные выстрелы вовсе не показались громкими — только уши словно бы залепило на несколько секунд чем-то вязким, в нос шибанула тухлая гарь.

Вошедший рухнул лицом вперед, и тут же Вадим, переступив невысокий порожек, послал ему в голову третью пулю — с тем же поразительным проворством. Стоя в пропитанной пороховой гарью тишине, он услышал, как в комнате охнула Ника, очевидно, до сих пор пребывавшая в сомнении относительно исхода схватки.

Он выждал несколько секунд, ухмыляясь под нос,— пусть чуточку помучается неизвестностью, стервочка, не все блудливой кошке масленица... Схватив убитого под мышки, затащил его в кладовушку, потом вернулся в комнату и сообщил негромко:

— Можете выползать, мадамочка. Кончилась канонада и более не предвидится.

Ника выпрямилась. Лицо у нее оказалось не столь уж искажено ужасом, как ему представлялось. Зябко передернулась, спросила:

— Как по-твоему, у них не было... еще кого-то?

— Третьего? Сильно сомневаюсь. Где цинки?

— Вон там...— она показала на вьючник.— Ключи на столе...— Ника испуганно оглянулась на Пашу, присела рядом с ним на корточки, осторожно потрогала.— Слушай, он, по-моему, дышать перестает...

— Возьми сотовик со стола, вызови реанимацию,— фыркнул он, поставил пистолет на предохранитель и сунул в карман.— Что, ни того, ни другого поблизости нет? Какая жалость...

Он не чувствовал ни страха, ни особого возбуждения, ни малейшего неудобства не испытывал. На полу лежали два человека, один вроде бы еще дышал, другой, очень похоже, перестал — какое отношение все это, по большому счету, могло иметь к его обычным заботам? В конце-то концов, обычная самозащита, только и всего. Но убираться отсюда надо побыстрее...

За окном возник, усилился, приблизился и смолк самый обычный звук — стрекот мотоцикла.

— Геологи! Есть кто?

Вадим неторопливо подошел к окну. Рядом с «газиком» восседал на старомодном зеленом мотоцикле участковый, бабкин зять. Таращился на окна, заглушив мотор и уезжать определенно не собирался. Ника тихонько ойкнула. Вадим, не испытывая никаких особенных чувств, погрозил ей кулаком и вышел на улицу. Бабкин зять никак не походил на охваченного служебным рвением сыскаря — он прямо-таки расцвел:

— Ага, а то я смотрю — все машины на месте, а людей нет... Вадик, бензинчиком не богат? Я тут спохватился, что до Шкарытово не дотяну, думал, плесну у Семена, а он уехал... Автолу-то у меня есть крошка, а вот бак сухой...

— Сейчас посмотрю,— Вадим заглянул в «уазик», достал канистру, встряхнул — глухо булькнуло, наполовину полная.— Я вот только не знаю, какой тут бензин...

— А, этот драндулет любой сожрет... Погоди, я автольчику плесну.

Он достал из коляски металлическую фляжку, стаканчик, наполнил его над горловиной бака и вылил внутрь. Вадим принялся лить туда бензин, удерживая канистру, чтобы не плеснула на одежду.

При этом, естественно, смотрел вниз — и сердце все же ушло в пятки. На левой штанине у него красовался широкий бурый мазок, еще не успевший просохнуть,— ясно, запачкался о жмурика, пока волок его в кладовушку. Нехорошее пятно, многозначительное для наметанного глаза, на самом виду... Заметил или нет?

Мать твою, и на правой руке...

Участковый поинтересовался:

— Ваши ребятки, часом, не стреляли? Вроде бы выстрелы только что слышались...

— Да нет, с чего бы? — ответил Вадим самым естественным тоном.— Вася машину заводил, скорее всего, выхлопы... Драндулет еще тот.

— Да и я подумал... У вас настоящая гулянка обычно к вечеру, а? Ты скажи Паше, чтобы малость приструнил, а то мне бабка уже жаловалась, как ваш лохматый ей по воротам стрелял. Нехорошо, надо бы, по-хорошему, на сигналы населения реагировать... По уму, с огнестрельным оружием до беды недалеко...

— А все,— сказал Вадим.— Ружьецо давно запаковали. Мы к вечеру в Шантарск, насовсем...

— Закончили?

— Ага, отпахались...

Участковый торчал у мотоцикла, не торопясь на него садиться. Убедившись, что бак полный и к месту назначения доберется без труда, страж закона стал благодушен и словоохотлив — принялся расспрашивать, сколько они вообще получают, стоит ли овчинка выделки... Вадим отвечал кратко, одновременно в мозгу пронеслось: ведь заметит в конце концов, а на прощанье непременно начнет жать руку, испачкается в крови, пойдут вопросы... Неужели придется и этого? А ведь внутренне готов...

— Ва-адик!

Окно распахнулось, выглянула Ника, сладко потягиваясь — клетчатая рубашка нараспашку, обнаженные груди на обозрение. Притворившись, будто впервые увидела постороннего свидетеля, громко ойкнула, подалась в комнату, торопливо запахиваясь.

Участковый понимающе покрутил головой:

— Вона как...— и невольно проводил взглядом.

— Ага,— Вадим изобразил некоторое смущение, быстренько отступил, держась так, чтобы закрыть собственным туловищем окровавленную руку.— Ну, я пошел, а то тут...

— Спасибо! — крикнул вслед милиционер.— Всего!

Мотоцикл взревел. Уже зайдя в комнату, Вадим торопливо принялся вытирать руку подкладкой фуфайки.

— Я вижу, у тебя рука в крови,— торопливо пояснила Ника.— И глаза стали стеклянные, вот-вот заорешь или...

— Вздор,— сказал он в сердцах.— Я бы его положил в два счета, уже приготовился.

— Конечно, милый, ты же у меня великолепен и непобедим...— Ника наткнулась на его хмурый взгляд, поспешно замолчала.— Извини, что-то я... Вадик, у меня уже нет сил, поехали...

— Куда это? — с наигранным удивлением осведомился он.

— Как это — куда? В Шантарск, из этой проклятой виртуальности, на всех парусах...

Вадим, покачиваясь с пятки на носок, утопив руки в карманах — под правую ладонь то и дело подворачивалась, прямо-таки сама в п л ы в а л а рубчатая рукоятка пистолета,— долго разглядывал женушку, в конце концов пожал плечами:

— Кто-то поедет, а кто-то, может, и не поедет... Список экипажа, знаешь ли, еще не утвержден...

Открыл замок вьючника, обеими руками ухватил нераспечатанную цинку, понатужился и рывком опустил ее на пол. Принес из сеней топор, с приобретенной здесь сноровкой в несколько ударов вырубил прямоугольник — цинка только именовалась таковой, а на деле это было обыкновенное железо, не проржавевшее насквозь, но обветшавшее.

Поддел крышку уголком топора, отбросил. Словно тесто из квашни, выперла толстенная пачка купюр — огромных, наверное, впятеро превосходивших размером нынешние. Кошачьи усы пучеглазого Петра, улыбка Екатерины... Деньги даже на вид казались жухлыми, отсыревшими. Когда Вадим без всякого почтения вышвыривал их на пол с помощью того же топора, вся стопка вдруг разлезлась надвое, а упав на пол, рассыпалась еще на несколько кусков. Вполне вероятно, Калауров набивал ящики в спешке, потому и не завернул кредитки в кожу или хотя бы бумагу — или рассчитывал вернуться очень быстро.

Зато кожаные мешочки были завязаны со всем старанием. Хотя замше и досталось от времени, пришлось вспарывать узлы ножом. Вадим осторожно запустил туда пальцы, достал щепотку тяжелой крупки, серо-черной, шероховатой на ощупь. Самородное золото он видывал — ничего похожего. Платина?

Не исключено. Ежели по весу... Половину цинки, все свободное от кредиток пространство занимали такие мешочки. И лежала еще яркая железная коробка, покрытая узорами вроде хохломских, с крупной надписью: «Товарищество бр.Эйнемъ».

Прикипевшую крышку пришлось отдирать лезвием Иисусовой финки. В коробке спутанным комком покоились маслянисто поблескивающие золотые вещички — цепочки, браслетики, среди них виднелась пара массивных портсигаров, а вон и часы, еще какие-то непонятные безделушки: золотая свинка, цилиндр размером с тюбик зубной пасты...

Взяв за углы Пашин рюкзак, он вывалил пожитки на пол и переправил туда содержимое обеих цинок — разумеется, оставив на полу ворох полуистлевших кредиток. Приподнял, оторвав от пола одной рукой — килограммов сорок, прилично...

Медленно разогнулся, услышав какой-то непонятный тихий металлический лязг.

Ника целилась в него из черного «ТТ», держа его обеими руками перед собой — Вадим краем глаза заметил, что кобура у Паши на поясе расстегнута и пуста,— с исказившимся, испуганным, злым лицом давила что есть мочи на широкий спусковой крючок, потом встряхнула пистолет, словно бутылочку с лекарством взбалтывала, снова стала жать на спуск, личико все больше искажалось паническим ужасом...

Вадим, в первый момент машинально струхнувший, стоял на прежнем месте, с иронической улыбкой наблюдая за ее потугами. Пистолет оказался на предохранителе — не исключено, вдобавок и патрона в стволе не было, а обращаться с оружием Ника ничуточки не умела, простодушно полагала, должно быть, что достаточно прицелиться и нажать...

— Ах ты, стерва...— произнес он почти ласково.— Это законного-то мужа? Креста на тебе нет...

Осознав, наконец, всю бесплодность своих усилий, она опустила руки, разжала пальцы, пистолет громко упал на пол. Еще какое-то время Вадим стоял неподвижно, наслаждаясь ее ужасом. Сделал шаг вперед. Она отшатнулась, закрываясь руками.

Собственно, никакой злости на нее отчего-то не было — одно злое веселье, вызванное неуловимым ароматом сокровищ. Пожалуй, можно сказать, он был благодушен и добр — конкистадор над грудой добычи, перед прекрасной пленницей.

Он изобразил обоими указательными пальцами некую несложную фигуру и, видя, что она не поняла, безмятежно пояснил:

— Раздевайся, сучка...

Она принялась торопливо сбрасывать одежду, не сводя с него покруглевших от страха глаз. Уразумев очередной жест, быстро опрокинулась навзничь на постель, замерла. Вадим, не озаботившись снять сапоги и что бы то ни было еще, приспустил штаны, неторопливо навалился, медленно вошел и принялся охаживать ее, в общем, вовсе не уподобляясь питекантропу, размеренными толчками, испытывая ни с чем не сравнимое наслаждение п о б е д и т е л я, степного варвара, ландскнехта, кортесовского идальго, после долгих, нечеловеческих трудов заполучившего и злато, и оцепеневшую от ужаса красавицу. Весь подходивший к концу двадцатый век куда-то провалился, торжествовало нечто первобытное, буйно-хмельное...

— Ну что ты, как колода...— сквозь зубы процедил он, сжав в кулаках ее тонкие пальчики.— Шевелись!

Ах, как она отдавалась! Как безмолвно вымаливала прощение и окончательное забвение всех грехов, как терлась нежная кожа о грубую геологическую брезентуху... Если беспристрастно, раньше такое редко случалось, несмотря на всю сексуальную гармонию. Страх творит с людьми чудеса...

Встав и рывком натянув брезентовые штаны — они были без гульфика, держались на резинке и для таких вот случаев подходили идеально, распорядился:

— Одевайся и иди в машину. Живо!

Задумчиво оглядел комнату, пуская дым в потолок. Паша вроде бы еще дышал — кто сказал, что Витек непременно собирался травить их насмерть? Быть может, хотел лишь на несколько часов вырубить и уложить бесчувственными бревнами, пока уберется достаточно далеко? Некогда с вами возиться, мужики, уж извините. Сами любили гордо заверять, что вам нипочем никакая отрава, от самогона с карбидом до технического спирта, будем надеяться, что и на сей раз ваши тренированные организмы переборют дурман, а у меня есть более важные дела...

Он отнес обе опустошенных цинки в сортир, выкинул в очко. Страшно подумать, сколько отпечатков пальцев он тут оставил, но ничего не поделаешь: можно еще пару часов повозиться с тряпкой и здесь, и в той избе, где они квартировали, и в летней кухне, но остаются дома Томкиной бабки и милицейской тещи, магазин, куча геофизической аппаратуры. Нельзя же спалить деревню целиком, из конца в конец, чересчур сложное предприятие... Придется оставить все как есть. Пусть в Шантарске голова болит у Шункова, за то и получает огромные деньги...

Вася не соврал — «уазик» оказался заправленным под завязку. И парочка канистр в кузове. Хватит, чтобы съездить до Шантарска и вернуться назад. Последнего он, понятно, делать не собирается. За расхлябанным солнцезащитным козырьком отыскался паршивенький бумажник из кожзаменителя с документами на машину и Васиными правами, закатанными в пластик. Права оказались старого образца, выданные девять лет назад, что максимально облегчало задачу. Некоторая несхожесть легко спишется на возрастные изменения, к тому же ни один провинциальный гаишник не заставит срочно сбривать бороду ради окончательного внесения ясности. Насколько знал Вадим, геологические машины особенным приставаниям ментов не подвергаются — если только не таранить спьяну ихние «луноходы».

Чтобы создать полную видимость деловой поездки, он свалил в машину пару катушек, несколько деревянных ящичков с батареями, два спальника. Привязанный к полурассыпавшейся конуре Бой прыгал на поводке и лаял, видя оживленные сборы и прекрасно разбираясь в происходящем. Успевший с ним подружиться Вадим похлопал пса по спине, развел руками:

— Извини, старик, куда я тебя дену? Уж за тебя-то я спокоен, в случае чего овцами проживешь, там их еще до черта...

Подумав, завернул рюкзак с сокровищами в самый непривлекательный кусок брезента, какой только удалось обнаружить в хозяйстве,— весь пропитанный машинным маслом, грязнющий.

Напоследок постарался внести в декорации некоторую запутанность — тщательно вытертый «Макаров» сунул Паше в руку, обтер электрод, которым ублаготворил Витька, бросил его в кучку к другим, где распознать орудие убийства не смог бы и майор Пронин.

Все было готово к незаметному, триумфальному отъезду, но он стоял, глядя на озеро, за которым, вдали, зеленели пологие голые склоны, чувствуя легкую досаду и грусть, причины которых не вполне мог определить. Здешняя жизнь — до некоторого момента, понятно,— была до того беззаботной, привольной, не похожей на крысиные гонки городских хлопот, что в какой-то миг Вадим, к своему удивлению, ощутил явственный укол сожаления.

Мысленно посмеявшись над собой, запрыгнул в кабину и со скрежетом врубил задний ход, выехал со двора, развернулся. Он сто лет уже не имел дела с механической коробкой, поначалу чересчур резко отпустил сцепление и мотор заглох, но вскоре дела пошли на лад. Он проехал до выезда из деревни, не встретив ни единой живой души, прибавил газу, испытывая странные ощущения: покинутая деревня, казалось, тут же растаяла в воздухе, перестала существовать вместе с людьми, навсегда исчезая из его жизни. Все хорошо, что хорошо кончается.

Ника повернулась к нему, и Вадим сообразил, что произнес это вслух.

— Не говори «гоп»...— осторожным тоном произнесла она.

— Глупости,— беззаботно отмахнулся Вадим, закуривая новую сигарету.— Не в том мы сейчас обличии, чтобы шарахаться от каждого куста и ждать неприятностей...

По-прежнему стояла прекрасная погода. Он гнал машину, насколько позволяла разбитая проселочная колея и лысые покрышки, по привычке потянулся включить магнитолу, но, естественно, не обнаружил ничего подобного. Пожал плечами и замурлыкал, вертя здоровенную баранку:

Ах, Айседора, Айседора Дункан...
Ах, Айседора, не торопите шофера...

Покосился на Нику и хмыкнул, распираемый веселым, бодрящим цинизмом:

— Что вы кукситесь, звезда моя? Скоро все будет по-старому, даже лучше — там в куче есть весьма приличные дамские висюльки, купчина Калауров не стал бы ховать «самоварное» золото, так что и твоя Анжела, и твоя Ирина Дмитриевна от зависти описаются, с их любовью к антикварным цацкам. А вообще, я тебе завидую. Это на мою долю выпало немало горького, то ты-то развлекалась по полной программе. Тут и эсэсманы — сколько их, кстати, было, не подскажешь? Тут и старина Эмиль, и Паша... ах да, я же забыл о нордической красавице Марго, которая тебя тоже ублажала на свой манер. Надо полагать, интересно было и познавательно?

Ника вместо ответа рассмеялась — какой-то странный был смех, определенно истерический. С равнодушным видом пуская дым перед собой, протянула:

— Вот будет смеху, если забеременела. Столько кандидатов на роль папаши — глаза разбегаются. Ничего, кормить все равно тебе придется...

Вадим резко ударил по тормозам. Обошел машину, распахнул тяжелую дверцу и выволок Нику на руку. В последний момент изменил намерения — не из гуманизма, вспомнил, что ехать им еще пару сотен километров, возможны нежелательные расспросы — и вместо того, чтобы от всей русской души дать под глаз, врезал под вздох. Когда она задохнулась, сгибаясь пополам, удержал за шкирку и раз несколько отвесил по ребрам — слева, справа, слева... Даже кулак заболел.

Невероятным усилием поборол себя — когда испуганно осознал, что останавливаться попросту не хочется, тянет молотить и молотить, пока не добьет окончательно. Постоял, шумно выдыхая воздух сквозь стиснутые зубы, борясь с застилающим мозг кровавым туманом. Увидев, что она, цепляясь за дверцу, худо-бедно утвердилась на ногах, жестко сказал:

— Считай, что это тебе последний привет из виртуальности. На границе виртуальности и реального мира. Лезь в машину, вытри сопли и смотри у меня: если остановят, не учуди какой-нибудь глупости. Геологи возвращаются в Шантарск, трудолюбиво отпахав во славу Родины, и зовут меня Василий Андреевич Климов, а тебя... да так, как и зовут. Все твои документы в Шантарске, в управлении.

Простер галантность до того, что помог ей подняться в кабину, с лязгом врубил передачу и вновь громко замурлыкал, подражая модному в свое время звенящему надрыву Ободзинского:

Зо-олото манит нас...
Зо-олото вновь и вновь манит нас...

ГЛАВА ПРЕДПОСЛЕДНЯЯ

Путь конкистадоров

Смешно, но из кабины старенького «уазика», чуть ли не Вадимова ровесника, в особенности когда сам сидел за рулем скрипящего рыдвана, мир представлялся словно бы чуточку другим. Непохожим. Хотя он сто раз бывал в Дивном — в основном возя туда деловых партнеров из-за Урала любоваться пейзажами, а также дорогих девочек для дел, не имевших к пейзажам никакого касательства,— однако, когда впереди замаячили светло-коричневые девятиэтажки, Вадим не сразу и сообразил, что наконец-то достиг желанной цели. Начиналась очерченная невидимыми рубежами территория, где он имел примерно столько же прав и привилегий, сколько захолустный боярин времен царя Алексея Михайловича. По всему телу сразу же разлилась блаженная легкость — хотя он и пребывал по-прежнему в облике примитивного водилы геологической развалюхи, любые возникшие здесь проблемы были бы решены после парочки звонков...

Моментально захотелось выкинуть что-нибудь — скажем, поддать тупорылым капотом этой толстой дуре, кинувшейся переходить улицу, когда зеленый огонек сменился желтым. Он сдержался — не столько из осторожности, сколько из мимолетного умиления: батюшки-светы, самый настоящий светофор! Мигает как ни в чем не бывало: красный-желтый-зеленый! Больше месяца не видел этакого чуда техники...

...Выехав из Каранголя, он всерьез опасался, что заблудится. В кабине у Васи лежала полурассыпавшаяся книжечка карты автодорог всех районов, входивших в состав Шантарской губернии, но толку от нее было меньше, чем ожидалось: обозначены, в общем, даже самые крохотные деревни, даже расстояние в километрах показано, но поди-ка угадай, завидев впереди, в чистом поле, перекресток — где его место на карте и какому участку он соответствует? Тут вам не Германия и даже не окрестности Шантарска...

И все же он почти не блуждал. Помогло то, что Карангаль с Шкарытово соединяла одна-единственная дорога, все же явственно отличавшаяся от узеньких стежек, которыми изобиловали окрестности. В одном месте попался трактор, в другом — рыбаки на «Ниве». Оба раза спокойно останавливался и спрашивал дорогу. Так что до Шкарытово он добрался почти не петляя, а там уже было гораздо легче, вывернул на Бужурский тракт, вскоре появился и асфальт, и кое-какие указатели. А за Бужуром стало совсем легко, Вадим оказался на республиканской магистрали М-53, влился в поток, можно было прибавить газку...

За все это время его останавливали только раз — когда до Дивного оставалось километров с полсотни. Гаишник равнодушно посмотрел права, машинально буркнув, что следовало бы поторопиться и поменять на новые, не дожидаясь окончательной отмены старых, задал пару вопросов, без всякой въедливости проглотил нехитрую геологическую легенду и отпустил восвояси, посоветовав особо не гнать на таких шинах.

В общем, к половине пятого вечера он уже катил по Дивному, с легоньким внутренним удивлением привыкая заново к равномерно мигающим светофорам, к скоплению народа на улицах (обычная городская толчея, какое там скопление...), женщинам в платьях, в юбках (больше месяца не видел юбок, разве что на шкарытовских пузатых продавщицах да карангольских бабках), ко всей городской цивилизации. Ощущения, честное слово, были как у космонавта, после долгой отлучки вернувшегося на твердую землю. Правда, в отличие от космонавтов, его непременная звезда героя была несколько нетрадиционного вида — покоилась в рюкзаке под грязным брезентом. Космонавтам такие, с позволения сказать, геройские звезды и не снились, ежели попытаться прикинуть в денежном выражении, получается очень даже неплохо...

Дивный он пересек без происшествий — по объездной дороге. Места вокруг были насквозь знакомые: серая гладь Шантарского моря, широко известный среди понимающих людей рыбный рыночек неподалеку от плотины, еще более известный пост ГАИ, который просто физически невозможно проскочить незамеченным,— похожие скорее на узкий туннель в скале бетонные ворота, машины идут лишь в два ряда, при малейшем желании дорога наглухо перекрывается железными барьерами. «Уазик», однако, миновал пост, не вызвав никакого интереса.

Дорога расширилась. Барственно мяукнув сигналом, машину, как стоячую, обошел вишневый «СААБ». Вадим возмущенно дернулся, хотел показать нахалу, кто круче, но тут же вспомнил, что любимый «пятисотый» тоскует в гараже, а на этом рыдване не очень-то и самоутвердишься.

Знаменитый «тещин язык» — серпантин посреди покрытых лесом сопок, напоминающий содрогающуюся в похмельных корчах анаконду.

Здесь пришлось держать ухо востро — на лысых покрышках могло выбросить на обочину при малейшей оплошности.

Все! В С Е! Уродливая бетонная стела справа у обочины, украшенная огромными красными буквами: ШАНТАРСК. Конкистадор доказал себе и другим, что рано было ставить на нем крест и плевать в лицо,— не просто вернулся, приволок с собой богатую добычу...

Бесконечная, как песня акына, Куйбышевская улица. Богатые кирпичные дачи на лесных склонах справа, широкая Шантара — слева. Ветхие дощатые двухэтажки, крохотная, аккуратная, как игрушечка, новенькая церковь Вознесения. Казалось, правый берег никогда не кончится. Вот, наконец, и мост...

Сворачивая направо с длиннющего коммунального моста, он по мгновенно проснувшейся привычке повернул руль в точности так, как на своем ухоженном «мерсюке» — откровенно залезая на крайнюю правую полосу, подрезав голубую «девятку», которой бы следовало вовремя притормозить, дав дорогу хозяину жизни. Сейчас, конечно, он ехал не на «пятисотом», но это уже не имело значения...

«Девятка», вовсе не ждавшая такой наглости от грязного фургончика, и не подумала тормозить. Ветеран геофизики с нехилым грохотом во мгновение ока сделал из ее левого крыла нечто абстрактное. По сравнению с любым «жигулем» подобный «уазик» — чистейшей воды танк...

Вадим притоптал газ, глядя в зеркальце и ухмыляясь — «девятка», отчаянно сигналя, висела на хвосте, надеясь покарать рыдван, выглядевший по сравнению с ней невероятно плебейски. Но и это уже не имело значения — Вадим дождался зеленого сигнала, рванул на второй скорости, пропустил пару встречных машин и повернул налево, меж двумя «хрущевками».

Там, меж двумя шумными и длинными проспектами, в знакомых не всякому лабиринтах складов, асфальтовых дорожек и старинных зданий помещалась родная фирма — отличный трехэтажный домик дореволюционной постройки, без всякой огласки приватизированный с помощью получивших свое чиновничков в те незабвенные времена, когда славные российские демократы третий день не просыхали от своей, изволите ли видеть, победы над злыми гэкачепистами.

По привычке Вадим направил «уазик» на то место, где обычно отдыхал его «пятисотый», для пущей наглядности обозначенное двумя полосами несмываемой белой краски и выведенными прямо на асфальте буквами « VIP».

За время его отсутствия дисциплинка, надо полагать, несколько расшаталась — неизвестно чья «Тойота-Камри» нахально стояла, обоими левыми колесами утвердившись за чертой, прямо на последней букве в кратком словечке «VIP». Недрогнувшей рукой Вадим повернул руль так, что «уазик» с грохотом врезался в борт «Тойоты» — опять-таки без малейших повреждений для себя и с ущербом для японки.

Из распахнувшейся входной двери с похвальной быстротой вылетел охранник — в респектабельном костюмчике, при галстуке, не дав себе труда присмотреться, налетел вихрем, вопя:

— Ты куда прешь, деревня? Ты что наделал?

Вадим с несказанным удовольствием врезал ему по скуле — в запале парнишечка не ожидал встретить активное сопротивление «деревни» и не успел поставить блок. Сзади, скрипя тормозами и скрежеща изуродованным крылом, остановилась настырная «девятка».

Из дверей уже вылетела группа немедленного реагирования — Миша с напарником,— на ходу вытаскивая из-под пиджаков электрические дубинки. Приосанившись, Вадим рявкнул:

— Озверели, мать вашу? Кормильца и поильца не узнавать?!

Он видел однажды, как склочная такса с невероятным лаем и скулежом кинулась в атаку на соседскую собаку, от которой ей был виден только торчащий из-за куста хвост. Собака оказалась кавказской овчаркой, она не тронула нахала, всего лишь повернула голову и посмотрела, но бедный такс с истерическим воем затормозил всеми четырьмя так, что рухнул на спину и покатился кубарем.

Нечто подобное имело место в данный исторический миг — все трое замерли в нелепейших позах, но первым разинул рот ушибленный Вадимом секьюрити:

— Босс?!

— Нет, привидение с того света,— сказал он громко, наслаждаясь ситуацией.— Ребятки, притормозите-ка того крестьянина и снимите вопрос, я его ненароком стукнул...— он ткнул большим пальцем за спину.— Заплатите строго в пределах, и пусть катится...

— Босс, так...

— Живо! — рявкнул он, вытащил из машины тяжеленный рюкзак, ухнув, взвалил на плечо и направился в здание, небрежно бросив Нике через плечо: — Не отставай, супруга...

Прошел мимо четвертого охранника, застывшего соляным столпом за своей элегантной лакированной стойкой, стал подниматься на второй этаж. Навстречу попалась верная сподвижница, его главный бухгалтер, умнейшая Софья Ларионовна — и выронила папку, всплеснула руками.

— Какие проблемы? — пропыхтел он, сгибаясь под нешуточной тяжестью ноши.— Все в норме...

И преспокойно свернул в широкий коридор, облегченно вздохнув, свалил рюкзак с плеча, прямо на кремовую ковровую дорожку. Огляделся. Ксерокс, который привезли как раз в тот день, когда Вадим уезжал отдыхать, за время его отсутствия успели распаковать, но никто не озаботился перенести в соответствующий зал. Более того, прямо на белоснежном аппарате стоял поднос с несколькими стаканами и стеклянным кувшином, хотя Вадим такое неряшество раз и навсегда запретил.

Он взял поднос и преспокойно грохнул его об стену. Дребезгу было, звону было... Распахнулись сразу три двери, показались недоумевающие лица, насквозь знакомые, все до одного, лица его не особенно верных и преданных, быть может, зато уж безусловно работящих кадров. На всех физиономиях вспыхивала та же немудрящая гамма чувств: недоумение-удивление-ошеломление-ступор... Он попытался взглянуть на себя их глазами — растрепанный, бородатый, в видавшем виды геологическом брезенте и стоптанных кирзачах, грязнющий рюкзак у ног — и прямо-таки расплылся в довольной улыбке.

Отбросив носком сапога валявшуюся посередине коридора толстую ручку кувшина, рявкнул:

— Понаставили тут! Кому я внушал, чтобы не свинячили? Босс воскрес из мертвых, а они тут бардак развели!

Он орал без малейшего раздражения или злости — несказанно приятно было вновь ощутить себя полновластным хозяином всего и вся, царем и богом. Краешком глаза заметил, что у лестничной площадки стоит Софья Ларионовна, определенно не решаясь подойти ближе к столь неожиданно воскресшему из мертвых боссу. Сверху, с третьего этажа, кто-то спускался бегом — как в его чистом и респектабельном офисе сроду не бегали. Видимо, охранник у стойки даванул на тревожную кнопку, и в здании начинался легкий переполох, потому что кнопку последний раз нажимали года полтора назад, и все успели забыть, что в таких случаях полагается делать.

— Что вы на меня пялитесь? — заорал он все так же беззлобно.— Цирк приехал с дрессированными верблюдами и Новодворской в клетке?! Марш по местам, за работу!

И, топча грязными прохарями стеклянные осколки, направился прямиком в собственную приемную, не хотелось вновь взваливать на плечо тяжеленный рюкзак, и Вадим волок его за собой, комкая ковровую дорожку, пачкая, превращая в нечто жуткое.

Очаровательная секретарша Людочка («Вице-мисс Шантарск позапрошлого года») поднялась из-за полированного стола с полным набором лучших импортных причиндалов, и нижняя челюсть отвисла так, что ежесекундно могла провалиться за низкий вырез блузки, к округлостям, знакомым Вадиму во всех деталях благодаря частому и вдумчивому изучению. Он впервые видел свою «миску» в столь остолбенелом состоянии — и по инерции рявкнул:

— Подбери челюсть! И кабинет отопри!

Оцепеневшая Людочка все же нашла силы прошептать:

— Вы ж с собой забрали ключи...

— Запасной комплект в сейфе, дура!

В приемную заглядывали сразу несколько человек, не решаясь войти. Ника стояла с отрешенным лицом, за ее спиной возник Вова Шунков, начальник службы безопасности, детина с внешностью похмельного питекантропа и мозгами Штирлица. Похоже, он и не пытался как-то анализировать ситуацию, но действовал хватко, с безразличным лицом привыкшего ко всему на свете профессионала распахнул дверцу сейфа, укрытого за полированной панелью в углу, моментально, не глядя, снял с полочки запасные ключи, отпер кабинет и посторонился, пропуская туда Вадима, вопросительным взглядом поинтересовавшись: «Я нужен?»

— Заходите,— сказал Вадим (Шунков был здесь одним из немногих, кому Вадим говорил «вы»).— Вы-то мне и нужны...

Прошел в кабинет, волоча за собой рюкзак, оставил его посреди комнаты, опустился в свое кресло, закинул голову и прикрыл глаза, мысленно, миллионами ниточек привязывая себя к п р е ж н е й реальности, вновь ощущая частичкой мегаполиса, е г о города.

Почувствовав, что вернулись все п р е ж - н и е рефлексы, вся проверенная годами хватка, открыл глаза:

— Первым делом, Денисыч... Срочно уладьте с той «Тойотой». Чья, кстати?

— Виктор обзавелся. Без проблем...

— Далее,— сказал Вадим спокойно.— Срочно проведите разъяснительную беседу с личным составом. О том, что я появился и в каком виде появился, за пределами здания — не пискнуть ни словечком. До завтрашнего утра — тайна номер один. Третье. В темпе спрячьте куда-нибудь «уазик», его на улицах видеть не должны. Действуйте.

Когда Шунков вышел, Вадим налил себе коньячку, скинул растоптанные кирзачи, непринужденно закинул ноги на стол — чего раньше не делал — и оглянулся на Нику. Она сидела в уголке, на роскошном диване, откинувшись на спинку так, словно от усталости мгновенно уснула. Усмехнувшись, Вадим отпил пару глотков, закурил, блаженно расслабляясь телом и душой. И тут же подобрался — не время расслабляться...

— Отдал указания,— сказал бесшумно вошедший Шунков.— Все будет в темпе выполнено.

Вадим ухмыльнулся:

— Нас, кстати, похоронили? Я имею в виду, в буквальном смысле?

— Три дня назад,— кивнул Шунков, присаживаясь напротив.— Ваш тесть и супруга Эмиля Петровича решили, что это необходимо сделать. Положили в гробы по горсточке земли... оттуда. Уже установили памятники...

— Ладно, потом полюбуюсь,— сказал Вадим.— Давайте сразу к делу. В сжатые сроки вызвоните Анзора, возьмете вашего Кручинина, еще... Пожалуй, вызовите еще Фалина. И все впятером сядем до утра плотно поработать. Есть одна шероховатость, милейший мой Владимир Денисыч, которую следует немедленно снять.

Наша с супругой реальная одиссея и версия, которую завтра же следует преподнести публике, к сожалению, не совпадают. Весьма, я бы сказал, не совпадают. И пока мы все не разработаем н а ш у, железную версию, я лежу с последствиями нервного расстройства и жуткого стресса от всего пережитого... Это нужно залегендировать в первую очередь.

— Я позвоню Белевицкому, в психушку. Обеспечат.

— Белевицкий — это неплохо,— подумав, согласился Вадим.— Не станет болтать... Далее. Всю эту рвань,— он потеребил ворот энцефалитки,— следует немедленно уничтожить. Я прибыл в рванье, но в д р у г о м рванье... Распорядитесь. Принесите мне хорошую прочную сумку, этот рюкзачок тоже следует исключить из нашей реальности. В общем, в Шантарске я объявлюсь только завтра утром, а то и попозже. Вызванивайте команду.

Шунков кивнул и бесшумно улетучился из кабинета.

— Хочу в ванну,— сказала Ника, не открывая глаз.— Чтобы лежать, пока не надоест. И чтобы шампанское стояло рядом, ледяное...

— Будет тебе уанна, будет тебе коффэ и какава с чаем...— протянул он голосом Папанова.— Потом.

— Нужно же позвонить родителям...

— Я сказал — потом,— отрезал он.— Сначала мы сочиним и отработаем железную версию, и ты ее заучишь наизусть. Скажем, я все это время валялся в какой-нибудь лесной сторожке с вывихнутой ногой, Шунков обеспечит и сторожку, и лесника, а если понадобится, придумает что-нибудь получше. С соответствующими декорациями. И тебе, звезда моя, следует заучить все это, как «Отче наш» — впрочем, как раз «Отче наш», насколько я помню, ты и не знаешь. И уж потом будет ванна с шампанским...

Он встал, подошел к окну и задумчиво уставился на тихий дворик, прикидывая, кто может провести надежный анализ платины, кто оценит монеты.

— Ты великолепен,— сказала Ника каким-то новым, непонятным голосом.— Как все же невероятно прелестно быть супружницей супермена...

Вадим обернулся резко, неожиданно для нее. И, пока она не успела придать лицу безразличное выражение, перехватил столь ненавидящий, столь враждебный взгляд, что сердце поневоле кольнуло нехорошее предчувствие.

Он очень хотел бы ошибиться, больше всего на свете жаждал ошибиться, но походило на то, что с е р ь е з н ы е неприятности лишь начинаются, и в книге его невзгод, безусловно, недописана последняя глава...

Внезапно он повернулся ко мне и сказал
так просто, как говорят о погоде
и самых обыденных вещах:
— Вы, конечно, слышали о переселении
душ. А вот случалось ли вам слышать
о перенесении тел из одной эпохи в другую?

Марк ТВЕН
«Янки из Коннектикута
при дворе короля Артура».

МЕЖ ТРЕХ ВРЕМЕН

1.

Время нового русского

— Вы еще, пожалуйста, отрежьте,— сказал Кузьминкин с привычным уже смущением, от которого никак не мог отделаться, хотя втихомолку себя за это и презирал. Одно осталось: презирать себя втихомолку...

Дородная продавщица, щедро украшенная массивными золотыми побрякушками, окинула его взглядом так, будто прикидывала: не рациональнее ли будет попросту врезать клиенту меж глаз шматом лежавшей тут же буженины. Очевидно, все же смилостивившись, фыркнула:

— Там и так-то резать нечего...

— Да ты резани, мамка,— жизнерадостно заступился стоявший за ним.— Пусть интеллигент раз в год колбаску понюхает, а то уж забывать, поди, стал...

— Ходят тут...— проворчала продавщица, но все же сняла с весов невеликий кусочек и вмиг располосовала его широким ножом почти пополам. Небрежно кинула меньшую половинку на весы.— Восемь двадцать. Столько-то потянешь?

Он кивнул, попросил:

— Еще два сырка и пакетик шоколадного масла.

Положил на прилавок две последние десятки. Нетерпеливый сосед по очереди, только что заступившийся так, что это было хуже любого оскорбления, кинул рядом с ними свою сотню и заорал:

— Во-он тот кусман мне потом свешаешь...

Получив жалкую сдачу, Кузьминкин сложил жалкие покупочки в яркий пакет, отошел в сторонку и упрятал пакет в старый, еще советских времен, «дипломат». Печально покосился на витрину, возле которой стоял. Самый дешевый коньячок зашкаливал за три сотни, про самый дорогой не хотелось и думать, что кто-то его способен купить. И тут же выпить, что главное. Любопытно все же, с каким ощущением сей царский напиток пьется?

«Дипломат» следовало придерживать особенным образом — потому что разболтавшиеся замки были способны раскрыться в любую минуту. Перехватив ветхий «угол» привычным движением, Кузьминкин шагнул прочь.

И, словно на стену, наткнулся на широкого здоровяка в черном пальто до пят, загородившего узкий проход. Здоровяк стоял так прочно, что обогнуть его не было никакой возможности. Более того, впечатление такое, что умышленно загораживал дорогу.

— Простите...

— От ты мне и попался! — с той же жизнерадостностью, отличавшей х о з я е в, сообщил здоровяк, лобастенький, стриженный ежиком, совсем молодой.— От ты и отбегался!

— Простите...

— Бог простит,— сказал здоровяк.— Пошли в тачку.

Непонятная угроза всегда страшнее понятной. Сердце у Кузьминкина, откровенно говоря, проявляло стойкую тенденцию к движению в направлении пяток. Он беспомощно огляделся — как будто кому-то было дело до того, что интеллигент угодил в неприятности, как будто кто-то возьмется защищать...

— Не боись, доцент, я не киллер,— успокоил детина с улыбкой во все сорок два зуба.— От я тебя, наконец-то, и выцепил, а то в музее тебя уже нету, в библиотеке тебя еще нету, дома тебя уж конкретно нету... а баба у тебя симпатичная, только одеваешь ты ее, братан, уж не обижайся, как последнюю биксу. Ну ты чего? Такую бабу надо, как выражается босс, декорировать. Понял, какие босс слова знает? Не хуже вас, доцентов...

— Я не доцент...— решился Кузьминкин открыть рот.— Я заместитель директора музея по научной части...

— Вот я и говорю — тебя-то мне и надо... Полтора часа тебя ловим по Шантарску, как волка. Пошли, босс заждался...

— Какой босс?

— Конкретный,— сказал детина.— Да ты не боись, не на стрелку ж идем, никто тебе предъяву не делает...

— Извините, не понимаю... Вы о чем?

— Слышь, пошли,— раздраженно бросил детина.— Босс не любит, когда копаются. А то рассержусь...

— Мне в библиотеку...

— Ну, братан, ну ты меня не зли. Если надо, босс тебе эту библиотеку купит, ему что два пальца, так и попросишь...

Он сгреб Кузьминкина за плечо широченной лапищей и толкнул к выходу. Последнее желание спорить враз пропало — под пальто, прямо на сером свитере, у детины висела под мышкой шоколадного цвета кобура и оттуда торчала здоровенная черная рукоятка... Мысли прыгали: что это, рэкет, а если рэкет, то зачем? Квартиру вымогать?

— Что вы с женой сделали? — слабо трепыхнулся он.

— С женой? — удивился детина, целеустремленно толкая его к выходу.— А чего мне с ней делать? Сказала, где ты можешь быть, я и отвалил конкретно. Но точно тебе говорю, если ее у тебя приодеть и стекляшек повесить — отпад...

На улице по-прежнему дул пронизывающий ветерок. Кузьминкин одной рукой запахнул пуховичок на рыбьем меху, затоптался, детина подтолкнул его в спину:

— Давай-давай, в тачке отогреешься...

Там, куда его толкали, стояла низкая, широкая машина цвета сметаны. Кузьминкин знал с виду, что это и есть знаменитый шестисотый «Мерседес», но никогда не оказывался к нему ближе десяти метров.

Выскочил шофер, казавшийся братом-близнецом его провожатого,— такое же пальто, стрижка, габариты, распахнул заднюю дверцу, покрутил башкой:

— Ну, Дима, ты копаешься...

— Сам бы искал по всему магазину...— пробурчал Дима, толчком придал Кузьминкину некоторое ускорение и отошел к другой машине, стоявшей тут же, не столь роскошной, но все же потрясавшей воображение скромного научного сотрудника.

Обреченно вздохнув, Кузьминкин неуклюже полез в машину. Внутри было просторно, словно в спортзале, пахло незнакомо и приятно. Широкая дверца, чуть слышно цокнув, захлопнулась за ним, и он робко присел на мягкое сиденье.

— Располагайтесь, Аркадий Сергеевич, располагайтесь,— сказал сидевший там же человек.— Разговор у нас будет долгий... Курите? Не стесняйтесь, дымите...

Кузьминкин, пребывая в некоторой прострации, потащил из кармана мятую полупустую пачку «Шантары». Незнакомец откровенно поморщился:

— Вас не затруднит эту сушеную лебеду спрятать подальше? Вот, возьмите мои...

Кузьминкин осторожно, двумя пальцами, вытащил из раскрытой коробки незнакомую сигарету — длинную, с бумагой черного цвета и матово-серебристым фильтром. Растерянно оглянулся.

— Вот сюда,— незнакомец нажал пальцем на черную панельку, и открылась большая пепельница.— Огоньку... Давайте знакомиться — Мокин. Борис Михайлович.

— Простите, это который Мокин? — выдавил Кузьминкин, осторожнейше стряхивая пушистый пепел.— Не тот ли...

— Мокин — он один,— гордо сообщил собеседник.— Который я и есть. Владелец заводов, газет, пароходов... Вам документ показать? Бога ради...— Он порылся в карманах и протянул Кузьминкину маленькую, закатанную в пластик карточку с цветной фотографией и как раз теми именем, фамилией и отчеством, которыми только что представился.— Еще что-нибудь?

— Нет, не надо... А это, простите, что такое? Мокин поднял брови:

— Это? Права... Ах да, у вас же машины нету... Так вот, дорогой Аркадий Сергеевич, у меня к вам неотложное и срочное дело. Так сказать, научная консультация. Вы ведь написали в свое время кандидатскую диссертацию под названием...— Он на миг напряженно прищурился, без запинки выговорил: — «К вопросу о финансовых реформах 1855—1881 годов и роли в них Княжевича и Абазы». Правильно?

Кузьминкин кивнул.

— Читал, читал,— сказал Мокин.— И, вы знаете, понравилось. А главное, все понятно — финансы, банки, долгосрочные кредиты, торговые уставы... Вот было времечко... Вам можно задать нескромный вопрос? Что же вы, такой знаток финансов и экономики, сидите на двухстах рублях? Бога ради, не обижайтесь, я просто интересуюсь...

С вымученной улыбкой Кузьминкин признался:

— Понимаете ли, я в т о г д а ш н е й экономике разбираюсь, смею думать, неплохо, но вот на практике это применить не могу, как ни ломал голову...

— Понятно,— охотно поддакнул Мокин.— Бывает... Ренат, а ну-ка, кыш к охране!

Водитель проворно вылез, аккуратно прикрыл за собой дверцу. Впереди, на пассажирском сиденье, кто-то зашевелился, меж высокими спинками показалось очаровательнейшее девичье личико — юная блондинка с затейливой прической и бриллиантовыми капельками в розовых ушках разглядывала Кузьминкина с неприкрытым интересом. Таких девушек он видел только по телевизору, а в реальности — лишь издали, за притемненными стеклами таких вот машин.

— Это Юля,— небрежно сказал Мокин.— Юля — свой мужик, при ней можно... Значит, как я понимаю, вы специализируетесь как раз на государе императоре Александре Втором? Какую вашу публикацию ни возьми, все — «К вопросу»...

— В общем, да,— промямлил Кузьминкин.— Специализируюсь...

— А объясните вы мне вот что... Почему каждый раз — «К вопросу»? За столько лет вопрос не сняли?

— Видите ли, так полагается,— сказал Кузьминкин.— «К вопросу». Подразумевается, что ни один из нас не Эйнштейн, революции в науке не совершит, может только рассматривать частности...

— Понятно. В узде вас держат, шаг влево, шаг вправо... А вот такой вопрос: финансы финансами, а с а м о это время вы хорошо знаете? В общем и целом? Как бы сформулировать...

— Не надо. Я понимаю, кажется...

— Вот и ладушки,— Мокин вытащил толстенный бумажник и отсчитал пять зеленых бумажек, после чего пачка в его руке отнюдь не похудела.— Вот тут пятьсот баксов, держите. Вы мне дадите научную консультацию, идет? Бабки в любом случае ваши, так что особо не напрягайтесь...

Кузьминкин осторожно потер пальцами зелено-серые бумажки с портретом щекастого длинноволосого субъекта. Т а к и е денежки он держал впервые, попытался помножить в уме... вроде бы на шесть тысяч... или по-новому — шесть рублей... Он путался, ошибался, не веря, что вычислил правильную сумму. Не могла она быть правильной — поскольку примерно равнялась его годовой зарплате, а зарплаты не видел уже полгода... И ведь пачка на вид нисколько не убавилась...

— Аркадий Сергеевич! — с мягкой укоризной воскликнул Мокин.— Вы что же это, думаете, я вам фальшивку впарю?

— Нет, что вы...— заторопился Кузьминкин.— Я их просто в руках не держал, не знаю даже, что с ними делать... их же в магазине не примут? Был какой-то указ... Их где-то менять надо...

— Тьфу ты, я и не подумал,— осклабился Мокин.— Пустяки. Будем ехать мимо обменки, кто-нибудь из дуболомов сбегает... И я вам сразу скажу: это аванс. Если у нас с вами все заладится, еще больше получите.

В голове у сбитого с толку Кузьминкина мельтешили вовсе уж феерические картины: наступило долгожданное научное признание, диссертация заинтересовала Оксфорд или Принстон, там хотят ее перевести, может быть, пригласить с лекциями... только причем тут известный шантарский бизнесмен? Он меценат, конечно, про него частенько говорят по телевизору в этой именно связи, но как он может сочетаться с Оксфордом или хотя бы с Краковским университетом, где однажды одну статеечку все же перевели? Как вообще сочетается Мокин с эпохой Александра Второго, что тут общего?

— Ну что, едем на консультацию? — спросил Мокин.— Вы деньги-то в кошелек приберите пока, рассыплете...

— Пожалуйста, я согласен... а куда?

— Да к вам в музей и поедем,— сказал Мокин.— Ручаться можно — уж там-то никому не придет в голову «клопов» понаставить. У вас там есть какая-то клетушка, там и разместимся...

— Вас же не пустят...

— Меня? — искренне удивился Мокин.— В музей? В Кремль пускают.

— Простите, я не подумал как-то...

— Ничего, бывает,— добродушно кивнул Мокин.— Вы мне только покажете, кто решает, пускать или не пускать, вмиг уладим. Юля, солнышко, покличь Рената...

Юля посигналила, и парой секунд позже в машину торопливо плюхнулся Ренат, включил почти бесшумно замурлыкавший мотор.

— Давай в музей,— распорядился Мокин.— По дороге подрулишь к обменнику, разобьешь баксы.

— Это где у нас музей? — растерянно спросил водитель.

— Я покажу,— заторопился Кузьминкин.— Сначала по Каландаришвили, потом на Журавлевскую...

Машина плавно отвалила от тротуара. За спиной у Кузьминкина что-то негромко стукнуло, он дернулся, испуганно оглянулся — оказалось, откинулся широкий подголовник.

— Там такая кнопочка есть,— пояснил Мокин, кажется, забавляясь.— Нажмешь — и откинутся... Вот бы еще такую кнопочку выдумать, чтобы, как только ее нажмешь, вся налоговая инспекция дружненько откинулась...

Машина не ехала — плыла, рытвин и не ощущалось вовсе, хотя их, Кузьминкин помнил, на этой улице было предостаточно. Откуда-то струился теплый воздух, так что Кузьминкин мгновенно согрелся и даже пару раз посмотрел в окно, движимый совершенно детским желанием: хотелось, чтобы стоявшие на остановке люди видели его в т а к о й машине, принимая за постоянного ее пассажира.

Он украдкой разглядывал соседа — Мокин был постарше лет на десять, годочков сорока пяти, но выглядел практически ровесником: конечно, с его жратвой, деньгами, косметологами... Он чрезвычайно напоминал нового русского из рекламы «Твикса» — той, что с промерзшим автомехаником: то же простецкое широкое лицо, короткий чубчик, не обремененный особенным интеллектом взгляд. Раз, наверное, в сотый Кузьминкин подумал: «Ну какой же секрет они, э т и, знают, что ездят на таких машинах, возят таких девушек и держат в бумажниках такие пачки? Как можно всего этого добиться? Понятно, не стоит вслед за красными газетами скопом зачислять их в расхитители и воры, но должен же быть какой-то секрет, с помощью которого становятся новыми русскими... Выведать бы...»

На Журавлевской Ренат остановил машину, сбегал в обменный пункт и очень быстро вернулся, протянул Кузьминкину несколько согнутых пополам бумажек:

— Ничего, что пятихатками?

— Да что вы...— пробормотал Кузьминкин, впервые державший в руках денежки с цифрой «500».

Жестом, который показался ему небрежным, запихал их во внутренний карман. Представил лицо Ольги, когда нынче вечером продемонстрирует ей веер из этих бумажек. — и расплылся в триумфальной улыбке.

— Жить — хорошо, а хорошо жить — еще лучше,— сказал Мокин, словно прочитав его мысли.— Интересно, как денежка сразу придает уверенности в себе, а? Юль, прихватишь там пакет из багажника, надо же чаек организовать...

— И все же, что это за консультация такая? — спросил Кузьминкин.— Простите, я решительно теряюсь. Такие деньги...

— За толковые консультации как раз такие деньги и платят,— отрезал Мокин.— Был бы спрос, а деньги нарисуются...

— А это правда, что вы только десять классов кончили? — не утерпев, полюбопытствовал Кузьминкин.

— Ага,— охотно кивнул Мокин.— А зачем больше, если голова на плечах? Эндрю Карнеги и того не кончал, а посмотрите, в какие люди вышел...

Машины остановились перед музеем. Они двинулись к крыльцу — Кузьминкин, Мокин и Юля с большим пакетом. Их проворно обогнал плечистый Дима, первым ввалился в дверь.

Вахту стояла Анна Степановна, которую Кузьминкин с превеликим удовольствием бы удушил, будь он стопроцентно уверен, что его не поймают. От этой казни египетской стоном стонал весь музей — начиная от директора и кончая девочками-методистками, которым доставалось то за чересчур короткие юбки, то за чересчур длинные серьги. Тылы у ведьмы были железобетонные — прекрасно понимала, что на ее место никто другой добровольно не пойдет, а сама она, такое впечатление, трудилась здесь исключительно затем, чтобы упиваться крошечкой власти, благо пенсию, шептались, получала приличную и в приработке не особенно-то и нуждалась.

Кузьминкин приготовился к затяжной склоке. Однако все самым волшебным образом уладилось в один миг: Дима, непреклонно отведя за локоток старую грымзу в сторонку, что-то ей внушительно и тихо растолковал, качая перед самым носом толстым указательным пальцем. потом полез в карман, в воздухе мелькнула желтая сотня, моментально исчезнувшая в кармане черного жакетика.

Ведьма вмиг переродилась в голубиную душу — проворно кинулась к ним, прямо-таки воркуя:

— Аркадий Сергеевич! Что ж вы сразу не предупредили, что гостей ждете? Я бы чайничек поставила... Проходите, проходите, может, директорский кабинет отпереть?

Мокин, проходя мимо нее так, словно старой ведьмы и не было на свете, бросил в пространство:

— Кабинет не отпирать, чайник не нужен, просьба не мешать.

— Понятно, понятно! — заверила перестроившаяся грымза.— Никто вас не побеспокоит, сотрудники разошлись, до закрытия полчаса...

— Подождете,— бросил Мокин, не оборачиваясь.

— Конечно, какой разговор...

— Аркадий Сергеевич, показывайте дорогу,— чуть менее барственным тоном распорядился Мокин.— Я здесь бывал, но решительно не представляю, где вы квартируете...

— Да, вот сюда...— Кузьминкин поймал себя на том, что тоже начал суетиться.

И попытался взять себя в руки. Как и подобало солидному научному работнику, у которого вдруг попросили научную консультацию, оценивавшуюся ни много ни мало — в пятьсот долларов.

Провел их через зал, где в одном углу стоял манскен дореволюционного каторжанина в негнущемся сером бушлате и кандалах, а в другом разместились застекленные стеллажи с партизанским оружием времен колчаковщины. Мокин прошел мимо них быстро, не удостоив и взглядом, зато Дима прилип к застекленному ящику с шестиствольными пистолетами:

— Ни черта себе пушки... С такими только на разборочку и ездить.

— Уволю я тебя когда-нибудь,— лениво бросил Мокин.— Оставь ты этот убогий имидж дворовой шпаны, не грачевский фруктовый киоск охраняешь...

— Будет изжито, босс!

— То-то...

Кузьминкин уверенно направил их к двери с табличкой «Посторонним вход воспрещен», провел в крохотный коридорчик и отпер дверь своего кабинетика. Диме босс жестом приказал оставаться перед дверью на страже. Остальные трое кое-как разместились в тесной комнатушке.

— Великолепно,— промолвил Мокин, оглядываясь.— Я себе так примерно представлял цитадель ученых занятий — бумаги кучей, окурки в банке, научные древности там и сям...

Непонятно было, всерьез он или тонко издевается. Быстренько наведя на столе минимум порядка, Кузьминкин поспешил пояснить:

— Собственно, не такие уж это древности, обыкновенные чугунки года девятьсот шестнадцатого, в экспозиции такие уже есть, не приложу ума, куда их девать...

— Я вам покупателя найду,— хмыкнул Мокин.— Решил собирать антиквариат, это нынче в моде, вбухивает бешеные деньги в любую дребедень, потому что ни в чем подобном не разбирается. Скажете, что они с кухни Меншикова — купит за милую душу... Потом посмеемся.

— Неудобно как-то...

— Неудобно только штаны через голову надевать,— преспокойно парировал Мокин.— Юль, озаботься...

Юля непринужденно принялась хозяйничать, извлекая всевозможные закуски, большей частью известные Кузьминкину исключительно по зрительным впечатлениям. Из красивой картонной коробки появилась бутылка того самого коньяка, который Кузьминкин и не рассчитывал когда-нибудь попробовать.

— Давайте сначала по ма-аленькой рюмашке,— распорядился Мокин.— Не имел прежде с вами дела, не знаю, как переносите спиртное, а потому не будем углубляться...

Осушив свой стаканчик, Кузьминкин собрался привычно передернуться, но делать этого не пришлось — коньяк пролился в горло, как вода, без малейшего сивушного привкуса.

— Рубайте, рубайте, не жеманьтесь,— приговаривал Мокин, лениво откусив от ломтика ветчины.— Не назад же с собой заворачивать...

Прожевав свой ломтик, Кузьминкин все же постеснялся тут же тянуться за вторым. Сидел, затягиваясь невиданной сигаретой, вдыхая приятнейший аромат духов примостившейся рядом

Юли,— она из-за тесноты прижималась к нему бедром, абсолютно сей факт игнорируя, и Кузьминкин сидел, как на иголках: вдруг у н и х так не полагается и Мокин рассердится?

Пока что сердиться шантарский купчина не собирался. Он полез в карман и извлек тривиальнейший предмет — пластмассовый футлярчик, в каких таятся сюрпризы из шоколадных «Киндеров». Разнял его надвое, развернул кусочек красного бархата, выложил перед Кузьминкиным крохотные монетки:

— Александром Вторым мы непременно займемся вплотную, а пока посмотрите: может, и в этом разбираетесь?

Постаравшись напустить на себя максимально деловой вид, чтобы полностью соответствовать серьезности ситуации, Кузьминкин подцепил ногтями кусочки серебра, больше напоминавшие чешуйки или арбузные семечки. Внимательно осмотрел, взял пинцетом тоненькую, как обложка журнала, монетку:

— Ну, это просто... Это копейки Дмитрия Иоанновича... то есть Лжедмитрия. Либо шестьсот пятый, либо шестьсот шестой — в другие годы они уже не чеканились, он и просидел-то на троне полгода... А это — двойной денарий Сигизмунда Третьего. Речь Посполитая, так называемая литовская чеканка. Год...

— Да тут написано,— сказал Мокин.— Шестьсот седьмой. Могла эта монета после эмиссии в сжатые сроки оказаться в России?

— Запросто,— кивнул Кузьминкин.— Уж простите за ненаучный термин... Началось Смутное время, на Русь хлынула масса поляков, у них, естественно, завалялись в карманах деньги своей страны, вполне возможно, и купец завез...

— По мне, вы вроде бы что-то недоговариваете...— Мокин впился в него отнюдь не простецким взглядом.

— Сдается мне, это новоделы,— сказал Кузьминкин.— Никак им не может оказаться триста девяносто лет...

— А если лежали в земле в виде клада? Надежно упакованные, герметично заделанные?

— Все равно,— решительно сказал Кузьминкин.— Очень может быть, это и серебро...

— А вы проверьте. Можете?

— Моментально,— браво ответил Кузьминкин.

Достал из стола аптечный пузырек с прозрачной жидкостью, взглядом спросил разрешения и, увидев кивок, капнул на одну из копеек и сигизмундовский грош, присмотрелся к результатам, привычно протер монеты тряпочкой. Юля таращилась на него завороженно, как на волшебника. Стараясь произвести впечатление скорее на нее, Кузьминкин сказал:

— Копейки, несомненно, серебряные, как им и полагается... Двуденар похуже, это биллон — иными словами, к серебру примешано изрядное количество совершенно неблагородных металлов, в общем, именно такими были оригиналы, и все равно... Новоделы.

— Как вы это определяете? — спросил Мокин.

— Признаться честно, не могу объяснить. Я просто в и ж у, что это серебро и биллон, но тем не менее монеты — явные новоделы. Вижу — и все. Если...

— Да что вы, меня такой ответ полностью устраивает,— поднял ладонь Мокин с чрезвычайно довольным видом. Похлопал себя по нагрудному карману.— У меня тут есть московская экспертиза, ничуть не расходящаяся с вашим заключением. Разница только в том, что они делали спектральный анализ, или как там он называется...

— Радиоуглеродный, наверное?

— Да, как раз это слово... От роду тем двум монетам было года полтора. Поскольку от этих они ничуть не отличались по внешним признакам, словно выскочили из-под одного штемпеля, делаем логический вывод: э т и м тоже года полтора. Новоделы, как вы их обзываете на ученом жаргоне.

Странно, но он не казался раздосадованным. Кузьминкин осторожно спросил:

— Вам их что, за настоящие продали?

— Не совсем,— загадочно ответил Мокин.

— Только предлагают?

— Да нет... Знаете, по-моему, можно еще по рюмочке, не похоже, чтобы вы теряли ориентацию или соображение...— На сей раз Мокин наполнил чарочки до краев.— Поехали! Про эти монеты мы пока что забудем, вернемся к Александру Второму Освободителю... Как по-вашему, можно сказать, что эти времена, начиная с шестидесятых годов прошлого века, практически самые спокойные и привлекательные для обитания в истории дореволюционной России?

— Определенно,— кивнул Кузьминкин.— Все, правда, зависит от точки зрения. Боюсь, крестьянам в Центральной России, вообще народу бедному не так уж и весело жилось...

— Ну, а всем остальным?

— Гораздо лучше... Во-первых, развивался капитализм. Во-вторых, не было прежнего произвола и тиранства. Чтобы попасть в крупные неприятности с властью, следовало очень постараться. Если вы не народник и пропагандой не занимаетесь, опасаться, в общем, нечего. В противном случае... Тут и положение не могло уберечь. Был такой курьез: молодая супруга брата известного миллионщика Рябушинского начала раздавать крестьянам листовки. В толк не возьму, что нашло на урожденную дворянку. Неприятности были серьезные, едва отстояла родня... А что касается финансов и промышленности...

— Это-то я знаю,— перебил Мокин.— И вас читал, и много чего еще. Вы мне лучше подробно растолкуйте некоторые другие аспекты... Чисто бытового плана. Или... Лучше я вам дам конкретное задание. Предположим, мы с вами вдруг попали год в восемьсот семидесятый. Трудно нам будет легализоваться, не привлекая особого внимания?

— Вы серьезно?

— Абсолютно,— сказал Мокин.— Паспорта там были, насколько я знаю, но несерьезные какие-то по нынешним меркам... Давайте прокачаем такой вариант. Я — американец или там аргентинец. Потомок эмигрантов из России. Помотался по свету, накопил деньжат, научился болтать по-русски — и решил переехать в Российскую империю. Приехал туда с чистыми аргентинскими бумагами, с золотишком... виза нужна?

— В нашем сегодняшнем понимании — нет. Приезжаете, регистрируетесь и живете, пока не надоест. Заводите фабрики, поместья покупаете, коли охота...

— Секретные службы проверять меня будут?

— Вряд ли начнут без конкретного компромата, без запросов от полиции соответствующеи страны. Пока не оказались замешаны в чем-то противозаконном, живите хоть сто лет.

— А если я где-то в Южной Африке раздобыл бриллиантов и начал продавать?

— Да ради бога. Если они в розыске не числятся.— Кузьминкин торопливо добавил: — Конечно, возможны всякие случайности, но не они делают погоду...

— И чтобы поехать в США не нужно никакой визы?

— Ничего, никаких бумажек. Тогда еще не ввели иммиграционное законодательство, наоборот, были заинтересованы, чтобы к ним съезжался народ со всего света, а уж если вы с деньгами — кум королю...

— Господи, вот были времена...— с чувством сказал Мокин.

— Да уж. Конечно, если у вас есть деньги...

— Короче говоря, приезжаешь с надежными бумагами и мешком алмазов — и все дороги перед тобой открыты, а угроза разоблачения ничтожная?

— Ну, если не забавляться посреди Невского проспекта с японским магнитофоном или видеокамерой...

— Давайте выпьем,— Мокин, впервые показав некую суетливость, наполнил чарки.— Все сходится. Бог ты мой, даже голова кружится.

Кузьминкин, уже ощущая легкое кружение головы от хорошего коньяка, рассмеялся:

— Конечно, если у вас есть машина времени, нацеленная на времена государя-освободителя...

— А если — есть? — наклонился к нему Мокин.

— Шутите?

— Ни капли.

Он не походил сейчас на прежнего простоватого весельчака — глаза сверлили, как два буравчика, лицо словно бы стянуло в жесткой гримасе. После напряженного молчания Мокин произнес так, что у историка в буквальном смысле мороз прошел по коже:

— Милейший мой Аркадий Сергеевич, то мы все смеялись, а теперь давайте похмуримся... Так уж во всем мире повелось: если платят приличные деньги, то и отработать требуют на совесть. Если хоть словечко из наших ученых разговоров уплывет на сторону — вы у меня сам поплывете по Шантаре к Северному Ледовитому без спасательного круга... Уяснили?

— Я, честное слово...

— Ну-ну, не берите в голову,— Мокин похлопал его по плечу.— Я хочу, чтобы вы предельно прониклись: мы здесь не в игрушки играем, наоборот. Человек я до предела недоверчивый, но вдруг замаячила Жар-птица, которую любой нормальный коммерсант вмиг обязан ухватить за хвост, иначе жалеть будет всю оставшуюся жизнь...

— Что, машина времени?

— Она.— Мокин понизил голос, оглянулся на дверь.— Детали вам знать не нужно, объясню кратко: изобрели. В России, то бишь по ту сторону хребта. И были уже первые... экскурсии.

— Быть не может,— сказал Кузьминкин растерянно.

— А почему это? Я окольными путями заказывал в столице научную экспертизу. Примерно так, как сейчас с вами. Выводы укладываются в классическую формулу «Бабушка надвое сказала»: одни решительно отрицают, правда, не в состоянии грамотно объяснить, почему, другие в осторожных выражениях допускают. Тоже без теоретического обоснования. Словом, никакой научной ясности нет. И никому нельзя верить, помня конкретные примеры: как академики отрицали метеориты, как за пару лет до первого атомного взрыва самые толковые светила уверяли, что сие невозможно... А по большому счету — меня совершенно не интересует теория. Я практик. В конце концов, я до сих пор не возьму в толк, что такое электрический ток, но это мне не мешает держать пакет акций ГЭС...

— Но зачем вам Александр Второй?

— Ой, господин кандидат наук... Да вы понимаете перспективы? Возможности? Входишь в долю с Эндрю Карнеги — и через пяток лет подгребаешь под себя Соединенные Штаты. Налаживаешь отношения с Княжевичем, с Абазой, с парочкой великих князей — и забираешь в кулак пол-России. Никакого переноса в прошлое наших технических новинок — просто-напросто включаешься в тамошний процесс с н а ш е н-с к и м деловым опытом. Господи, там же — рай земной. Хотя бы оттого, что налоговые кодексы и законы не меняются по три раза в месяц! А взятки хапают в сто раз культурнее, чем наша чиновная братия. А о заказных убийствах на коммерческой почве и слыхом не слыхивали. Я же не рассчитываю прожить сто лет — но лет двадцать т а м уж протяну, а то и поболее. Высадишься году в восемьсот восьмидесятом — и за ближайшую четверть века можешь быть покоен, потому что знаешь все наперед...

— Подождите,— в совершеннейшем смятении пробормотал Кузьминкин.— Но ведь, насколько я помню, можно так изменить историю, что весь мир провалится в тартарары...

— Вы про хроноклазмы? — понимающе подхватил Мокин.— Безусловно, дело новое, и осторожность необходима. Но никто не собирается бросаться в прошлое очертя голову. Можно придумать какие-то надежные методы для проверки... И потом, если полагаться на теоретические разработки, есть два варианта: либо все от первого же вмешательства полетит в тартарары, как вы изящно выразились, либо ничего не произойдет. Совсем ничего. Я же не собираюсь перетаскивать туда пулеметы и компьютеры — я хочу в р а с т и. Будет вместо Рябушинского Мокин — только и всего.

— Подождите,— сказал Кузьминкин.— Выходит, правду про вас сплетничают — что у вас грандиозная библиотека фантастики? На все четыре стены?

— Есть такой грех,— чуть смущенно признался Мокин.— Пристрастился в старые времена, еще с армии. За современными изданиями не уследишь, они нынче хлынули потоком, но что касается прежних времен, могу потихоньку похвастать: у меня в коллекции чуть ли не все, что выходило в СССР с двадцать второго года. Так что получил кое-какую теоретическую подготовочку. Научной базы все равно нет, так что на безрыбье... Кстати, т е меня заверяют, что кое-какие эксперименты проводили. И никаких катаклизмов не случилось.

— Хотите сказать, вы уже бывали...

— Только собираюсь,— мотнул головой Мокин.— Другие бывали. Этим монеткам как раз оттого полтора года, что их о т т у д а приволокли.

— Бред. Вздор. Розыгрыш.

— Розыгрыш? — прищурился Мокин.— Конечно, никому нельзя верить в наши извращенные времена. И все же... Во-первых, тому, кто п о б ы в а л, я, в принципе, верю. Во-вторых, были и другие доказательства, кроме монет...— Он полез двумя пальцами в нагрудный карман, вытащил какой-то маленький предмет и со стуком выложил его на стол.— Гляньте.

Кузьминкин повертел грубо отлитый свинцовый шарик величиной с крупную вишню, увесистый, покрытый раковинками и царапинами:

— Это же пуля...

— Ага. Пищальная. Сунулись два идиота в шестьсот седьмой год. То ли романов начитались, то ли фильмов насмотрелись — сабли в самоцветах, кафтаны, аргамаки и прочие гардемарины...— Он задумчиво покрутил головой.— Правда, зная одного из этих индивидуумов близко, мне приходит в голову, что дело вовсе не в романтике. Охотно допускаю, бродила у мужичка светлая идея: под шумок нагрести полный мешок золотишка, самоцветов и всякого антиквариата, благо времена способствовали, поди проследи, кто именно украл и что именно...

— И что? — не без азарта спросил Кузьминкин.

— А нарвались на какую-то непонятную банду. Может, это была и не банда вовсе, а самые что ни на есть правительственные войска... В общем, едва успели добраться до машины. Один получил саблей, хорошо, что вскользь, другому засадили в ногу вот эту самую свинчатку...— Мокин передернулся.— Нет уж, в те времена меня на аркане не затянешь, предпочитаю что-то более цивилизованное и не вижу других альтернатив, кроме восемьсот восьмидесятого...

— А почему не пораньше?

— Пораньше было меньше комфорта,— серьезно объяснил Мокин.— К восьмидесятому стало уже появляться и электричество, и телефоны. Машин, правда, не будет, ну да бог с ними, не принципиально. Надоело мне здесь, Аркадий Сергеич, не вижу никакой перспективы, а за бугор сваливать тем более глупо, там все поделено и шлагбаумами разгорожено...

— У меня в голове не укладывается,— признался Кузьминкин.

— Думаете, у меня укладывалось? — фыркнул он.— Юлька, ущипни-ка нашего консультанта, а то у него такая физиономия лица, словно собрался срочно проснуться...

Его очаровательная пассия, улыбаясь Кузьминкину, протянула узкую ладошку с холеными ногтями и так ущипнула с вывертом, что он едва не взвыл.

— Не действует,— ухмыльнулся Мокин.— Никто почему-то не просыпается. Значит, ничего и не снится.

Помотав головой — и ничуть не сомневаясь, что бодрствует,— Кузьминкин протянул:

— А вы меня, часом, не разыгрываете?

— Ночами не спал, думал, как бы мне вас разыграть,— обиженно покривился Мокин.— Нет у меня других забав...

— Ну, какое-нибудь идиотское пари. Про вас всякое говорят...

— Про меня?

— Нет, я вообще, про новых русских...

— А что — новые русские? — пожал плечами Мокин.— Люди как люди. У меня дома книг больше, чем вы в жизни видели, между прочим. Все первоиздания — и Казанцев, и Ванюшин, и «Зарубежная фантастика», вся серия...

— Хорошо,— сказал Кузьминкин в полнейшем смятении мыслей и чувств.— Что же выходит — вы мне такие деньги заплатили только за то, чтобы задать пару вопросов да рассказать про машину времени?

— «"Отнюдь",— сказала графиня»... — усмехнулся Мокин.— Планы у меня идут гораздо дальше... Я же сказал — это аванс. Пойдете со мной т у д а,— он не спрашивал — утверждал.

— Я?!

— Без консультанта мне там не обойтись. А вы здорово волокете в тамошних делах.

— Я не могу, у меня работа...

—Уладим,— сказал Мокин уверенно.— Никто в вашем ученом заведении и не пискнет. И потом, я вам вовсе не предлагаю с маху туда переселяться. Сам пока не собираюсь. Нужно съездить, осмотреться, приноровиться... Скоро и поедем на пару дней. Я с Юлькой. А заодно и вас прихватим. Только не надо делать дебильную физиономию и орать: «Вы серьезно?» Сказал уже — я серьезно.

— Это здесь, в Шантарске?

— Ну что вы... Я же говорю — в России. Как мне объяснили, путешествовать можно только в т о с а м о е место. Отсюда мы попадем только в р а н е ш н и й Шантарск, когда еще не было Транссиба, две недели до России добираться придется... Из данного места можно попасть в какое угодно время, но обязательно в то же самое место. Логично, в общем, такой вариант фантасты тоже просчитывали... Уж я-то помню, я ведь все свои книжки прочитал, не для красоты покупаю.

— Не знаю даже...

— Три тысячи баксов,— сказал Мокин небрежно.— За участие в ознакомительной поездке. Вы посчитайте-ка, сколько лет придется за такие деньги корячиться... У тебя шанс, Сергеич. Извини за прямоту, хрен тебе когда такое выпадет... У тебя два киндера, жена, как рыбка об лед, бьется, чтобы на твои гроши выжить, а она у тебя, Дима авторитетно свидетельствовал, женщина весьма даже симпатичная, ей по-человечески пожить охота... Ну?

— Это же опасно...

— Как же опасно, если розыгрыш? — иезуитски усмехнулся Мокин.— Сам говорил, разыграли меня...

— Да нет, я начинаю верить... Потому и опасно.— Кузьминкин с тоской покосился на бутылку, и Юля, подчиняясь властному жесту Мокина, щедро плеснула ему коньячку.— Закоротит что-нибудь — и разлетимся на атомы. Если вы столь заядлый читатель фантастики, должны понимать.

— До сих пор пока не закорачивало. Бог не выдаст, свинья не съест.

— А если т а м застрянем? Насовсем?

— Вот это уже пошел деловой разговор...— сказал Мокин без всякого неудовольствия.— Риск есть, конечно. Как и в самолете, кстати, и даже в лифте. Только вот что мне приходит в голову... Если мы вдрызг разлетимся на атомы, это будет мгновенно. На случай, если застрянем, я заранее возьму в карман пригоршню брюликов. По миру не пойдем, с моей башкой и с вашими знаниями, притом, что знаем многое наперед, выйдем в люди так или иначе. Мы ж можем задешево прикупить у англичан алмазоносные районы в Южной Африке — тогда там алмазов еще не открыли — и зашибать деньгу. Можем податься в Штаты, можем... да вы представьте, что мы только сможем! Мы же наперед все знаем, а они — нет!

— А если зашвырнет к Иоанну Грозному? Или вообще к динозаврам? Ваши любимые книжки кучу подобных неприятных вариантов предусматривают — я сам фантастикой когда-то увлекался...

— Вот это и будет г л а в н ы й риск,— серьезно признал Мокин.— Сам думал о таком повороте. И все равно... Стоит овчинка выделки. Тут все зависит оттого, какой вы человек. Если хотите и дальше копейки считать, неволить не буду. Прозябайте дальше. И будет жена помаленьку звереть, а детишки слаще паршивого «Чупа-чупса» ничего и не увидят...

— Ниже пояса бьете,— тихо сказал Кузьминкин.

— Я? Бью? — изумился Мокин.— Да помилуйте! Я вам предлагаю либо ослепительные перспективы, либо, в крайнем случае, три тонны баксов. В конце-то концов, не тяну я вас со мной переселяться насовсем. Дело хозяйское. Ну, а если надумаете — прикиньте. Особняк купите, лакеи на стол подавать будут, детишек отдадите в Пажеский корпус...

— А потом будет семнадцатый год? Когда детишки вырастут?

— Так мы же знаем все наперед! Забыли? Когда стукнет Октябрь, не будет в России ни наших детишек, ни внуков.— Он хитро прищурился.— А может — и того проще. Пошлем в Казань надежного человека, того же Диму, чтобы подстерег Володьку Ульянова да приласкал кирпичом по темечку. Тогда и посмотрим, кто из писателей прав насчет хроноклазмов... Чуете перспективы? Ну, решайтесь быстренько. Мужиком будете или — дальше голодать в бюджетниках?

— Согласен,— сказал вдруг Кузьминкин неожиданно для себя самого; Ладно, вы рехнулись, я рехнулся... Наплевать. Надоела мне такая жизнь, дети уже и не просят ничего, но ведь с м о т р я т... Согласен.

— Только чур, не переигрывать потом.

— А я и не пьян,— сказал Кузьминкин.— Так, чуточку... Только деньги вперед. Чтобы жене остались, если что...

— О чем разговор? Перед поездкой.

— Где нужно кровью расписываться?

— Да ладно вам,— поморщился Мокин.— Неужели мы с Юлькой на чертей похожи? Глупости какие... Вот что.— Он моментально перестроился, заговорил резко, по-деловому: — У вас борода с усами — это хорошо. Мне еще пару недель отращивать придется, пока дойдет до нужной кондиции, видите, уже давно начал. Э т и мне говорили, что в те времена приличные люди бритыми не ходили...

— Святая правда,— кивнул Кузьминкин.— Только актеры. Даже был оборот речи: «Бритый, как актер». Человек приличный должен был обладать растительностью...

— Вот видите... Итак. С вашим музеем я все улажу — это пустяки. А завтра утречком к вам подъедет Дима или кто-то другой из мальчиков, проедетесь с ним по хорошим магазинам. Купят вам приличный костюм, всякие цацки вроде «Ронсона» и дорогих часиков, обмундирую по высшему классу. И ваша первая задача будет в том, чтобы за две оставшихся недели привыкнуть ко всем этим шмоткам-часикам и носить их так, чтобы в жизни вас не приняли за бедного бюджетника. Чтобы считали вас стандартным новым русским.

— И подкормить надо,— вмешалась Юля.— У него аж щеки западают.

— Резонно,— согласился Мокин.— И подкормить.

— Зачем все это? — спросил Кузьминкин.— Мне, конечно, такая идея нравится, но в том времени, куда вы меня тащите, и среди благополучных людей хватало худых...

Мокин наклонился к нему, глаза азартно блестели:

— Сергеич, ты в покер играешь? Нет? Зря, батенька, зря...

2.
Время государя императора

— Совершенно не представляю, зачем вам нужно все это осматривать,— поджав губы, бросила Татьяна Ивановна, возясь с ключами.— Вы в этом не разбираетесь, да и мало кто может разобраться...

— Мне такая позиция нравится,— весело сказал Мокин.— Люблю, когда человек трезво оценивает свои силы — не прибедняется, если уж он что-то гениальное выдумал...

— Имею основания, простите,— сухо ответила она.— Как-никак моего труда здесь — девяносто девять процентов...

Справилась с замком и первой прошла в обширный зал, с видом чуточку презрительного равнодушия сделала широкий жест:

— Прошу. Инспектируйте.

Засунув руки в карманы, Мокин прошелся вдоль стены, почти целиком занятой загадочными для гуманитария Кузьминкина агрегатами — там было превеликое множество рубильников, окошечек с тонюсенькими стрелками, лампочек, кнопок, переключателей и тому подобных игрушек. Похлопал по белой панели:

— У меня такое впечатление, что большую часть всей этой научной премудрости не вы сами придумали, а? Очень уж тут все... основательно.

— Вы совершенно правы,— не скрывая иронии, кивнула Татьяна Ивановна.— Процентов восемьдесят составляет обычнейшая аппаратура. Мой вклад скорее интеллектуального характера, если вам понятно это слово. Проще говоря, в любом магазине можно купить мешок радиодеталей — но далеко не всякий способен собрать из них приемник, который будет ловить Мадрид или Рио-де-Жанейро...

— Да что вы, прекрасно суть улавливаю,— безмятежно отозвался Мокин.

И прошелся вдоль агрегатов, бесцеремонно трогая пальцем окошечки приборов, похлопывая по гладким панелям. Следовавший за ним Кузьминкин по мере сил старался копировать эту барственную непринужденность — и, что характерно, получалось неплохо. К хорошему привыкают быстро, за последние шестнадцать дней он со многим успел свыкнуться: с костюмом, купленным за поражающую его воображение сумму, к часам за пятьсот долларов, с прозрачным циферблатом, за которым, открытые для обозрения, пульсировали крохотные колесики и пружинки. И, что важнее, к неожиданно свалившейся на него роли хваткого добытчика, справного мужика, первобытного охотника, заваливщего пещеру мамонтятиной. Домашний авторитет мгновенно взлетел с нулевой отметки куда-то в заоблачные выси: Оля без особых раздумий скушала ошеломительное известие о том, что супруга, наконец-то, признали не просто за границей — в благополучных, зажиточных заграницах, где хотят издавать его труды и даже платят огромные авансы. Дети давно уже избавились от поноса, настигшего в первые пару дней из-за неумеренного потребления почти забытых вкусностей. Ночью в постели Оля вела себя, словно в беззаботные доперестроечные времена (что ему не помешало однажды из неудержимого любопытства поддаться на уговоры Мокина и навестить сауну с девочками). Одним словом, дома воцарились достаток и почтительное уважение к главе семейства, которого вкусно кормили, со всем прилежанием ублажали в постели и становились тише воды, ниже травы, едва батяня-добытчик садился работать. Это была сказка! И Кузьминкин порой замирал от ужаса, вспоминая, что все это может однажды кончиться. Сейчас он уже не в пример серьезнее относился к идее Мокина переселиться в с т а р у ю Россию...

— Вы удовлетворены? — осведомилась Татьяна Ивановна.

Она и не пыталась скрывать явную неприязнь — словно былая курсистка-бестужевка, случайно оказавшаяся в компании бравых жандармских офицеров или Валерия Новодворская, преследуемая по пятам фотографами «Плейбоя». В откровенно замотанной тяжелой жизнью профессорше Кузьминкин в два счета угадал родственную душу, доведенную реформами последнего десятилетия до тихого остервенения. Его сослуживицы по музею походили на Татьяну Ивановну, как горошины из одного стручка: те же истерические складочки в углах рта; старомодная одежда, невероятными усилиями поддерживаемая в парадно-выходном состоянии, тоскливая тихая ненависть к новоявленным хозяевам жизни... Он ей даже сочувствовал — но про себя, конечно. Никак нельзя было выходить из образа туповатого нувориша, навязанного Мокиным...

— А что, удовлетворен,— кивнул Мокин.— Эк вы тут понастроили... Прямо Менделеевы...

— Менделеев был химиком,— сухо проинформировала профессорша.

— Ну? — изумился Мокин.— А я думал, он электричество придумал, кто-то мне говорил... Ну, не само электричество, а лампочки...

— Вы, вероятно, имеете в виду Лодыгина? — поджала губы Татьяна Ивановна.

— Да черт их всех упомнит... Я, пардон, институтов не кончал.

— Это видно,— отрезала физичка.— Быть может, вы все остальное обговорите с Виктором Викторовичем? Не вижу, чем еще могу быть вам полезна...

— Да с удовольствием,— кивнул Мокин.

— В таком случае, я вас оставляю...— Она облегченно вздохнула и широким мужским шагом направилась к выходу.

Когда за ней захлопнулась дверь, Мокин покрутил головой:

— Сурьезная дамочка...

— Вы на нее не сердитесь,— развел руками означенный Виктор Викторович Багловский.— Старая школа. Ей все это представлялось совершенно иначе: научные конгрессы, аплодисменты светил, изучение прошлого солидными дипломированными учеными...

— Как вы ее только уговорили? — фыркнул Мокин.

— Суровая реальность, господа. Как только стала понимать, что не получит финансирования даже под машину времени, в реальности которой нужно еще убедить ученый мир...

Вот Багловский, ровесник Кузьминкина, был человеком совершенно иного полета — общительный, любивший частенько вворачивать «господа», всеми силами пытавшийся доказать, что он р о в н я, равноправный партнер... К нему удивительно подходило забытое словечко «разбитной», пожалуй, именно так и выглядели толковые приказчики серьезных купцов, к пожилым годам сами выходившие в первую гильдию...

— Много электричества жрет? — поинтересовалась Юля.

— Не то слово, сударыня,— с легоньким поклоном отозвался Багловский, невысокий, пухлощекий, с роскошными усами и бакенбардами в классическом стиле Александра II.— Сущая прорва, я бы сказал, Данаидова бочка. Честное слово, мы потому и ломим такие цены, что три четверти денег уходит на оплату электричества. Еще и поэтому первую ознакомительную поездку мы вам намерены устроить, я бы сказал, в облегченном варианте — с помощью второго, вспомогательного генератора. Пробьем коридор только на сутки, построим, фигурально выражаясь, не солидный бетонный мостище, а временные деревянные сходни. Мы четверо при полном отсутствии багажа.

— А с деловой точки зрения?

— Как нельзя лучше,— торопливо заверил Багловский.— Мне думается, вам не столь уж и необходимо гулять по нашему городку, каким он был сто двадцать лет назад? Конечно, впечатления будут незабываемые, однако вас ведь не это интересует?

— Да уж,— сказал Мокин.— Вы мне лучше вместо завлекательных экскурсий дайте делового человечка...

— К нему в именьице и поедем. Я вам здесь собрал нечто вроде досье на него, потом внимательно изучите. Статский советник в отставке, служил по министерству финансов, попал под кампанию борьбы с мздоимством — тогда тоже случались такие кампании, и на нынешние они походили, как две капли воды. Пришлось из Питера перебраться в именьице, на лоно природы. Но предаваться целиком пасторальным утехам не собирается, сейчас... то есть в восемьсот семьдесят восьмом... занимается железнодорожными концессиями. Связи богатейшие — в департаменте экономики, даже в Государственном совете, а вот капиталы для таких дел маловаты. По-моему, вам такой человек и нужен? Вот видите. А обнаружил я его самым что ни на есть примитивным образом: закопался в архивы под видом, что собираюсь писать книгу о тогдашних предпринимателях. В папке у меня кое-какие результаты обобщены... В т о й реальности он помог-таки получить концессии двум денежным мешкам из Новороссии. При н а ш е м варианте истории, очень возможно, вы место этих тузов и займете... Как договоритесь.

— Это уже наша забота,— пообещал Мокин с охотничьим огоньком в глазах.— Мы с Аркадий Сергеичем и не таких обламывали...

— Меня одно беспокоит... Вряд ли я смог за день дать вам достаточный инструктаж о том времени и нравах...

— Да ерунда,— махнул рукой Мокин.— Мы ж аргентинцы, не забыли? Если выйдет какой-нибудь ляп, ответ на все один — у нас в далекой Аргентине все совершенно по-другому. В Бразилии, где много диких обезьян...

— Вообще-то, позиция непробиваемая... Только, я вас умоляю, не употребляйте терминов вроде «крыши» и не намекайте, что при недобросовестности партнера вы к нему пошлете мальчиков с пушками. Тогда такие методы были совершенно не в ходу.

— Жаль.— Как показалось Кузьминкину, сожаление Мокина было абсолютно искренним.— Как же они тогда дела делали? Если «кидалу» и заказать нельзя? Первобытные какие-то...

— Ну, я надеюсь, вы справитесь,— ухмыльнулся Багловский.— Школа у вас, надо полагать, хорошая?

— Да уж,— скромно признался Мокин.

— В конце концов, вы там пробудете всего сутки, присмотритесь, пообщаетесь... Если не понравится, будем искать другого. Хотя, судя по тому, что о нем сохранилось в архивах,— прохвост, конечно, такой, что пробы ставить негде, но всегда целился на то, чтобы не вульгарно смыться с мелким кушем, а накрепко присосаться к надежному толстосуму и состоять при нем как можно дольше. Я уверен, обсчитывать в свою пользу будет...

— Ничего,— с многозначительной улыбкой заверил Мокин.— Если что, я всю его бухгалтерию в три секунды на компьютере просчитаю, тут у него против нас кишка будет тонка,—

и оскалился довольно жестко.— Я вам верю, что у н и х не принято пугать «крышами» и «заказами», однакож это еще не значит, что недобросовестного партнера нельзя отправить туда, где ни печали, ни воздыхания... У нас и в этом аспекте перед ними преимущество громадное... Давайте досье.

...Разлепив глаза, Кузьминкин ощутил явственное головокружение. Это ничуть не напоминало похмелье, просто какое-то время все вокруг явственно плыло, во рту был непонятный привкус, а во всем теле — неизведанные прежде ощущения, нечто вроде полнейшей пустоты, словно превратился в полую стеклянную фигуру. Упираясь ладонями в дощатый пол, он привстал, выпрямился. Хотел отряхнуть одежду, но пол был чистым, и никакого мусора не пристало. Юля уже стояла у стены, с несколько ошарашенным видом трогала себя кончиками пальцев. Зашевелились Мокин и Багловский.

Комната в точности походила на «камеру отправления» — некрашеный пол из чистых струганых досок, бревенчатые стены. На первый взгляд, они вовсе и не покидали своего времени, небольшого бетонного здания институтского загородного филиала, где под тремя замками скрывалась камера, она же — стартовый бункер. И кодовый замок был совершенно таким же.

Судя по скептическому взгляду Мокина, ему в голову пришли те же мысли. Смахнув невидимые пылинки, он спросил:

— Получилось?

— Сейчас проверим,— сказал Багловский.— Признаюсь честно, иногда перехода не получается, остаемся на прежнем месте, то есть в нашем времени. Ну, как если бы завели машину, а мотор и заглох...

— А это всегда так бывает — башка будто с бадуна?

— Всегда,— кивнул Багловский.— Независимо от того, удался переход или нет. Явление совершенно неизученное — мы еще многого не изучили толком. Подозреваю, сознание простонапросто на время отключается, попадая в некие непривычные условия...

Он подошел к двери, набрал шестизначный код — электронный замок при каждом нажатии кнопки отзывался знакомым писком, помедлил секунду, взялся за ручку и решительным рывком распахнул дверь.

Юля невольно ойкнула.

Не нужно было никаких разъяснений. П о - л у ч и л о с ь. Вместо безликого коридора конца двадцатого века с матовыми плафонами на потолке и обшарпанным линолеумом на полу за дверью была довольно большая комната с такими же бревенчатыми стенами, широкой лавкой в углу, незастекленным окном, за которым зеленели деревья...

А у окна стоял высокий бородатый мужик в черных шароварах, черной жилетке и синей рубахе навыпуск, перехваченной крученым пояском с кистями. Кузьминкин даже подался назад...

— Поздравляю, господа,— невозмутимо прокомментировал Багловский. Удалось. Восемьсот семьдесят девятый год... Двадцатый век еще не наступил...

Мокин схватил его за рукав, гримасничая.

— Да не берите в голову,— расхохотался Багловский.— Это не абориген, это Эдик. Здешний, так сказать, смотритель и агент в данном времени. В старые времена речушка еще не высохла и мельница еще стояла, вот Эдик и мельничает. Местечко неплохое, раньше мельников подозревали в связях с нечистой силой и особо им своим обществом не надоедали...

— Какой я мельник? Я ворон здешних мест...— пробасил Эдик.

Теперь Кузьминкин рассмотрел, что лет ему было не больше тридцати — просто окладистая борода старила.

Багловский кошачьим шагом прошелся по горнице, заглядывая во все углы, нагнулся, поднял короткую синюю ленточку.

— Ну Виктор Викторыч...— чуть смущенно развел руками ворон здешних мест.— Я ж не виноват, что девки сами бегают. И будущего жениха им в лохани покажи, и сопернице след проткни... Стараюсь, как могу. А если что, я ж их не насилую, сами согласны. Говорят, в старые времена мораль была высокая... Лажа полная. Трахаются, как в двадцатом, кошки гладкие. И никакого тебе СПИДа...— но только сейчас заметил Юлю.— Пардон, мадемуазель, увлекся... Разрешите представиться: мельник Филимон, справный мужик и здешний колдун...

— Очень приятно,— в тон ему сказала Юля, подобрала подол платья, перешагнула порог.— Мадемуазель Белевицкая... вы любезный, не подскажете, где тут можно пописать? Сама знаю, что реплика отнюдь не красит юную даму из общества, но мне от такого путешествия страшно писать захотелось, словно часа три прошло с тех пор, как выехали...

— Любые кусты к вашим услугам, барышня,— усмехнулся в бороду «резидент».— Места тут глухие...

— Экипаж здесь? — деловито осведомился Багловский.

— Конечно. Сейчас и поедем?

— А зачем тянуть? Подождем барышню и айда.

Они вышли на крылечко. Настоящую водяную мельницу Кузьминкин видел впервые в жизни, и его прямо-таки будоражили окружающие реалии, в общем, самые обыкновенные: огромное колесо, зеленая тина на спокойной воде, заросли нетронутой малины... Стояла уютная тишина, нарушаемая лишь щебетаньем птиц. Он пытался убедить себя, что находится на сто двадцать лет п р е ж д е,— и не мог. Не было вокруг ничего ч у д е с н о г о...

— А солнце, господа, стоит словно бы значительно ниже,— сказал Мокин.— Странно...

— Ничего странного,— мимоходом ответил Багловский.— Три раза из четырех, «перепрыгивая», часа два-три в п е р е д прихватываем. Два-три, не больше. Почему так, мы опять-таки не знаем пока...

Они оглядели друг друга, словно видели впервые,— все трое в светло-серых визитках, разве что брюки у Багловского были черные, а у них полосатые, серо-черные, да у Кузьминкина вместо цилиндра, как у спутников, красовался на голове котелок.

— Как инкубаторские...— поморщился Мокин.

Багловский пожал плечами:

— Вот тут уж ничего не поделаешь. Мода здесь предельно консервативная, выбор небогатый. Женщинам не в пример легче,— да и у военных разнообразие парадных мундиров прямо-таки невероятное...

— Вот бы в джинсе,— сказал Мокин.

— Увы, приняли бы за кого-нибудь вроде циркача или, в лучшем случае, за немца-чудика... Пойдемте?

Они довольно-таки неуклюже разместились в запряженном парой сытых лошадей экипаже — черной коляске с ярко-желтыми, лакированными крыльями, уселись на мягких сиденьях попарно, лицами друг к другу. Эдик-Филимон с большой сноровкой взмахнул вожжами, и отдохнувшие лошадки затрусили по узкой дорожке.

Кузьминкин вертел головой, по-прежнему пытаясь отыскать нечто и н о е, хотя и понимал, насколько это глупо. Деревья те же, те же цветы, кусты, трава. И, разумеется, небо, птицы и не могут щебетать по-другому... Вот только воздух удивительно чистый, будто густой...

Багловский, в отличие от них, держался равнодушно, курил длинную папиросу с неприкрытой скукой. Юля заботливо поправила боссу черный галстук бантиком — такой же, как у двух других мужчин.

— Не впечатляет, господа хорошие? — пробасил Эдик-Филимон, не оборачиваясь.— Погодите, освоитесь, в город съездим, вот где экзотика... Эге, а мужички-то налима заполевали... Барин, может, купим? Чтобы с гостинцем заявиться?

— Попридержи лошадей,— кивнул Багловский.

Кузьминкин во все глаза таращился на встречных — два мужика с ленивым видом шагали им навстречу, бородатые, в длинных поддевках, в шапках, напоминавших формой

гречневики*. Еще издали они сдернули шап-
чонки и низко, чуть ли не в пояс, поклони-
лись.

— О! — тихо сказал Мокин.— Вот это мне
нравится, знает свое место здешний гегемон...
И не знает, что он гегемон...

Тот, что пониже, держал здоровенную рыбу
на продетом сквозь жабры гибком пруте.

— Продашь налима? — рявкнул с козел Филимон.— Барин четвертак даст.

— С полным нашим уважением,— ответил
мужичонка, кланяясь.— Налим знатный, печен-
ка, эвона, выпирает...

Достав кожаное портмоне, Багловский поко-
пался в звенящей кучке мелочи, выудил серебряный четвертак и небрежно бросил хозяину ры-
бины. Тот поймал монетку на лету, уложил налима на козлы, под ноги кучеру, поклонился, не
надевая шапки:

— Премного благодарны...

— Благодать какая,— прямо-таки растроганно сказал Мокин, когда коляска отъехала подальше.— «Барин», «премного благодарны...» Хочу
тут жить!

Багловский усмехнулся:

— Вообще-то, через четверть века этакие
пейзане начнут усадьбы поджигать, но уж вам-
то оказаться врасплох застигнутыми не грозит...
Смотрите, господа! Узнаете?

Кузьминкин моментально узнал стоявшую на
пригорке церквушку, мимо которой они проезжали в с в о е м времени — только тогда она
была полуразвалившейся, жалкой кирпичной

_____

* Конусообразный коржик из гречневой муки.—
Прим. авт.

——— 563 ———

коробкой с выбитыми окнами, лишенной маков-ки, а сейчас выглядела новенькой, белая с тем-но-зелеными линиями и темно-красной крышей, а маковка с крестом сияла золотом.

— Впечатляет? — поинтересовался Багловс-кий так гордо, словно это он построил малень-кое чудо.

— Впечатляет...— сознался Мокин.

Коляска долго ехала среди редколесья и зе-леных равнин — и они понемногу начинали привыкать к д р у г о м у времени, перестали вертеть головами, не видя ничего интересно-го. До тех пор, пока впереди не показались мирно беседующие люди — один держал в поводу лошадь, белый китель издали бросался в глаза.

— Ага,— быстрым шепотом сказал Багловс-кий.— Вон тот — студент, племянник хозяина. Лоботряс потрясающий, дуб дубом, приготовь-тесь, Юленька, к тому, что ухаживать начнет,— ну, разумеется, со всем тактом, как-никак мы в приличном обществе... Офицера я не знаю, ка-жется, родственник соседей, тут верстах в пяти еще одно имение, побогаче...

Беседующие не без любопытства уставились на приближавшуюся коляску, офицер отвел ло-шадь в сторону от дороги.

— Все,— еще тише сказал Багловский.— Со-беритесь, вступаем в долгий и непосредствен-ный контакт...

Офицер выглядел невероятно подтянуто и браво — в белейшем безукоризненном кителе, столь же белоснежной фуражке с алым околы-шем и сияющей кокардой. Сверкали сапоги, сверкала надраенная рукоять шашки в черных ножнах, сверкали золотые погоны.

Студент рядом с ним выглядел, конечно же, не в пример менее импозантно: светло-серая тужурка с черными контрпогончиками, украшенными начищенным вензелем «Н I», хотя и сияла золотыми пуговицами, в сравнении проигрывала. Золотой перстень на пальце студента особой авантажности не прибавлял.

— Господин Багловский? — воскликнул кудрявый молодой человек, отнюдь не похожий на дебила, но, несомненно, отмеченный неизгладимой печатью лени и разгильдяйства.— То-то дядюшка вас ждал... Из города коньяк привезли, стерлядь... Я, признаться, истомился в предвкушении...

— Вы, Петенька, неисправимы,— непринужденно сказал Багловский.— На вашем месте я бы помог дяде составить расчеты...

— Виктор Викторович, но там же математика! — с неподдельным ужасом воскликнул студент.— Меня она погружает в неизбывную тоску самим фактом своего существования...

— Позвольте представить,— сказал Багловский.— Петруша Андрианов, названный так, имею подозрения, в честь незабвенного Петруши Гринева... Племянник Сергея Венедиктовича. Наши долгожданные аргентинские гости — господин Кузьминкин, господин Мокин, его племянница, мадмуазель Юлия Белевицкая...

— Поручик Ипполитов,— щелкнул каблуками бравый офицер.— Нижегородского драгунского полка. Гощу в имении тетушки, куда, пользуясь случаем, имею честь пригласить на обед в ближайшее, удобное для вас время.— Как и студент, он смотрел главным образом на Юлю, выглядевшую в платье по здешней моде прямо-таки Цирцеей.

Мокин незаметно подтолкнул Кузьминкина локтем в бок, и тот гладко ответил:

— Благодарю вас, постараемся непременно воспользоваться приглашением...

— Вы великолепно говорите по-русски,— вежливо сказал поручик.— Приятно видеть, что родители и на другом конце света не забывали об исторических корнях... Петруша, вы не подскажете ли темному бурбону, с какими державами граничит Аргентина?

Видимо, это был намек на некий прошлый конфуз, так как студент тут же нахохлился:

— Вы снова начинаете, поручик? Честное слово, я попросту запамятовал, что Венесуэла не граничит с канадскими владениями британской короны... При чем же здесь Аргентина? Аргентина граничит с Мексикой, уж такой пустяк я помню...

— Вы себя полностью реабилитировали в моих глазах, Петруша,— с преувеличенной серьезностью сказал поручик, незаметно для студента послав Багловскому иронически-понимающую улыбку.— Господа, честь имею откланяться. Тетушка ждет к ужину, а поскольку я ее единственный, но не бесспорный наследник, приходится подчиняться установленному регламенту...

Он вновь четко поклонился, ловко вскочил в седло и отъехал.

— Восемь тысяч десятин в Орловской губернии,— сказал Петруша, усаживаясь на козлы рядом с Филимоном.— Выигрышные билеты, изрядный капитал в Русско-Азиатском банке. Будь это моя тетушка, я бы тоже мчался к ужину, как кентавр...

— Вы циник, Петруша,— сказал Багловский.

— Помилуйте, всего лишь привык докапываться до истины...

— Ого! Уж не с нигилистами ли связались за то время, что мы с вами не виделись?

— Виктор Викторович! Уж такое совершенно не в моем характере! Любовь к истине ничего общего с нигилистическими умствованиями не имеет. Вот, например, мой дражайший дядюшка намеревается стать Наполеоном железнодорожного строительства и с вашей помощью, господа, быть может, и станет. Это бесспорная истина. Но столь же бесспорной истиной является и то, что я ради всех грядущих прибылей не стал бы корпеть над бесконечными бумагами, испещренными скучной цифирью... Мадемуазель Юлия, не сочтите мой вопрос за нескромность... Надеюсь, вы не знаете математики?

— Представления о ней не имею,— безмятежно ответила Юля.— Она меня ужасает.

— Вы меня окрыляете! Меж тем в нашем Московском университете это страшное слово — математика — слышишь ежедневно. Декарт, Лобачевский, Бернулли... Вам не доводилось бывать в Париже? Мне представляется, ваше платье сшито по последней парижской моде...

— Бывала,— сказала Юля, послав ему ослепительную улыбку, от которой сидящий вполоборота на козлах студент пришел в вовсе уж восторженное состояние.— А вы?

— Увы, не доводилось. Дядюшка прижимист, антре нуа...*

— Красивый город, сплошные памятники искусства,— сказала Юля.— Нотр-Дам, Эйфелева башня...

---

* Между нами (*франц.*).— *Прим. авт.*

— Эйфелева? — удивился Петруша.— А что это за памятник искусства?

«Мать твою,— чертыхнулся про себя Кузьминкин.— Вот и первый прокол. Эйфелевой башни в Париже пока что нет и в помине, ее начнут строить только через десять лет...»

— Собственно, Эйфелева башня не в самом Париже, а скорее в Руасси,— сказал он быстро.— Руасси — великолепное дачное местечко неподалеку от Парижа. Монастырь был разрушен во времена революции, но башня сохранилась. Там великолепный ресторан...

На лице студента не было и тени подозрительности. Он кивнул с понимающим видом:

— Как я вам завидую, господа... Париж, Париж, ты стоишь мессы... Вы не встречали там господина Тургенева?

— Не довелось,— столь же спокойно ответил Кузьминкин.— Мы вращались главным образом в деловых сферах, едва урывая время на скудные развлечения вроде поездки в Руасси.

— Вы, бога ради, не обижайтесь,— сказал Петруша,— но если бы меня заставили стать финансистом или заводчиком, я бы поспешил незамедлительно повеситься... Я несовместим с подобной стезей, простите великодушно, господа. Это любезный дядюшка среди цифр и скучнейших расчетов чувствует себя, как рыба в воде...

Дорога до имения прошла в столь же пустой болтовне. Оно появилось неожиданно — коляска повернула, и посреди расступившегося леса возникла сказка. Белый двухэтажный домик с колоннами, не особенно и большой, но красивый, как свежевыпеченный торт. Сеть обсаженных аккуратно подстриженными кустами дорожек, ажурная белая беседка над прудом, белоснежные лодки с алой и желтой каймой, огромные кувшинки на прозрачной воде...

— Версаль! — Мокин, не сдержавшись, громко причмокнул.

—Да полноте,— беззаботно улыбнулся Петруша.—Видели бы вы имение госпожи Ипполитовой...

«Вот так п р е ж д е и выглядело,— со щемящей тоской подумал Кузьминкин.— Умом понимаешь, что где-то вдали — убогие крестьянские хаты, а вот сердце прямо-таки жаждет именно такого уютного уголка. До чего жаль, что не получится, обидно-то как...»

Их прибытие произвело легкий переполох. Шляпы принимала, то и дело неумело приседая в книксене, очаровательная особа в синем платье, которую Петруша именовал Дуняшей и пытался демонстративно ущипнуть, а она со столь же наигранным испугом ловко отстранялась, потупив глазки и бормоча:

— Барин, вы меня конфузите...

Ей ассистировали два лакея, сытые, мордатые молодцы в ливреях и чуточку криво надетых париках с буклями. Судя по их неуклюжей суете, гости тут были редки — особенно аргентинские.

Все пятеро следом за бойкой Дуняшей направилась на второй этаж. Один из лакеев, запыхавшись, обогнал, распахнул дверь и, притопнув ногой от усердия, протараторил имена гостей столь пулеметной скороговоркой, что понять что-либо было решительно невозможно.

Из-за стола поднялся и проворно направился им навстречу лысоватый пожилой человек с роскошными бакенбардами, в черном сюртуке с орденом Станислава в петлице, серо-черных полосатых брюках и коричневых штиблетах. Все верно. Именно такое сочетание — добродушнейшее круглое лицо и пронзительные быстрые глазки — было бы характерным для оборотистого чиновника, начавшего служить, несомненно, еще при Николае Павловиче и выпутавшегося из неприятного дельца о взятке без малейших последствий...

— Милости прошу, господа,— приговаривал он радушно.— Виктор Викторович рассказывал, вы превосходно говорите по-нашему?

— Мудрено было бы иначе,— сказал Кузьминкин.— Родители озаботились воспитать в любви к далекой родине...

— Крайне похвально! Знаете, у меня недавно гостил Петрушин однокашник по Московскому университету, юноша из знатнейшей фамилии, скажу между нами — князь, но говорил сей молодой человек на столь варварской смеси французского с нижегородским, что господин Грибоедов украсил бы им свою галерею типусов... Позвольте ручку, мадемуазель! Коньяк, господа?

Это был не шалопай Петруша... Дело завертелось столь быстро и хватко, словно и не было меж хозяином и гостями ста двадцати лет. Юлю в два счета, предельно тактично, выпроводили погулять с Петрушей над прудом, и Андрианов-пер* вывалил на стол устрашающую кипу бумаг.

Кузьминкин оказался почти что и не у дел. Мокин с ходу взял все в свои руки. Время от времени он поворачивался к спутнику с конкретными вопросами, но главную партию вел сам. Очень быстро Кузьминкин понял, какая пропасть лежит меж его книжными знаниями по

---

* «П е р» — по-французски «отец», но здесь употребляется в смысле «старший».— *Прим. авт.*

экономике и финансам времен Александра Второго, и серьезными деловыми переговорами. Это был потрясающий спектакль для свежего зрителя, книжного червя конца двадцатого века — светский по духу, но ожесточенный по сути торг насчет процентов, уставных долей и маржи, облаченный в изящные иносказания диалог о будущих взятках и точном списке тех, кто эти взятки будет принимать, неизбежные разъяснения, которые «аргентинцу» были необходимы,— и реплики Мокина, без промаха бившего в слабые места, в узлы нестыковок, в непроясненности... Понемногу Кузьминкин начинал понимать, к а к становятся новыми русскими. И подсмеивался сам над собой за прежние мысли о некоем потаенном секрете.

Не было секрета, магической формулы. Были великолепные мозги.

— Однако...— вздохнул отставной статский советник, когда в разговоре наметился определенный перерыв. Откинулся на спинку кресла.— Слышал я, господин Мокин, о заокеанских привычках ведения дел, но сам с ними сталкиваюсь впервые. Уж примите комплиментик от поседевшего на финансовой службе выжиги — в вас, искренне скажу, вулкан клокочет...

— Америка,— сказал польщенный Мокин.— Клокочет, знаете ли... Если все наши планы, дай-то бог, начнут претворяться в жизнь, мы с вами и Америку на уши поставим...

Кузьминкин охнул про себя, но Андрианов, полное впечатление, не увидел в последних словах собеседника ничего шокирующего — должно быть, сочтя вполне уместным, неизвестным ему американским жаргоном. В который раз наполнил рюмки, пригласил:

— Прошу, господа. Аркадий Сергеевич, вы, простите, сохраняете, в некоторой степени, загадочность Каменного гостя... Не слышал от вас ни одобрения, ни порицания.

Мокин моментально пришел на выручку:

— Аркадий Сергеевич, по чести признаться, выполняет скорее функции не распорядителя, а пайщика. Капитал ему от родителей достался не менее значительный, чем тот, которым я располагаю, но в конкретных делах он мне предоставляет свободу рук...

— Весьма верная позиция, свидетельствующая о недюжинном уме,— кивнул Андрианов.— Было бы не в пример хуже, если бы человек, не располагающий должной деловой хваткой, тем не менее опрометчиво вмешивался бы в подробности негоций... А все же, каково ваше впечатление?

— Я думаю, дело сладится,— сказал Кузьминкин.

— Рад слышать, рад... Разрешите взглянуть? — он взял у Мокина бриллиант, осторожно держа подушечками пальцев, посмотрел на свет, поцокал языком.— Боюсь, в драгоценных камнях я не так уж и хорошо разбираюсь, но в Петербурге без труда сыщем знатоков. Есть один голландец, хитрейшая бестия, но безукоризненно честен. Господин Мокин, неужели вы весь необходимый капитал намерены привезти в Россию в виде брильянтов?

— Намерен,— кивнул Мокин.— Вы ожидаете трудностей?

— Помилуйте, никаких! Южная Африка... Кто бы мог подумать, что там таится вторая Голконда. Под ногами у негров, испокон веков справлявших свои дикарские пляски...

— Можно вас спросить? — вмешался Кузьминкин, усмотрев подходящую для себя паузу в разговоре.

— Конечно...

— Вы православный, Сергей Венедиктович?

— Разумеется, батенька,— колючие глазки на секунду прошили Кузьминкина невидимым лазерным лучом.— Как деды, прадеды и пращуры, в исконной нашей вере воспитан... А почему вас это интересует?

— Видите ли...— начал Кузьминкин, отчаянно ломая голову над подходящим ответом.— Родитель мой был суров насчет некоторых предметов...

— Тс-с, ни слова более! — поднял палец Андрианов.— Я все себе уяснил, дражайший Аркадий Сергеевич. Откровенно говоря, я и сам крайне отрицательно отношусь к нашествию всевозможных иноверцев и инородцев на наши тучные пажити, поэтому ваш порыв мне понятен. Надеюсь, поверите на слово, церковные книги не заставите предъявлять в доказательство, хе-хе? Православен, аки все пращуры... Вот только за долгие труды свои недостаточно отмечен...— Он мимолетно погладил большим пальцем красный эмалевый крестик с ажурными золотыми орлами и таким же орлом в центре.— Ну да господь учил умерять суетные желания... Не пора ли позвонить, чтобы накрывали?

Ужин оставил у Кузьминкина наиприятнейшее впечатление — стерляжья уха, о которой он лишь читал и слышал, расстегаи с налимьей печенкой, невиданные соусы, лакей, с незнакомой предупредительностью маячивший за спиной и моментально наполнявший бокал...

Ночью, когда он уже задул свечу и вытянулся на спине под чистейшими простынями, дверь тихонько приоткрылась и вошло, как в первый миг показалось, белое привидение. Оказалось, шустрая Дуняша, с распущенными волосами, в белом капоте. Бесшумно, целеустремленно проплыла к постели, попав в полосу лунного света, скользнула под простыни.

Кузьминкин сначала в некотором испуге отодвинулся, но почти сразу же отдался на волю событий и провел, честно признавшись потом самому себе, восхитительную ночь. Ближе к утру, когда девчонка собралась уходить, пока не проснулись домашние, он, пытаясь припомнить все, что читал о таких вот ситуациях, и, так ничего подходившего бы в качестве руководства не припомнив, достал все же из портмоне несколько тяжелых серебряных рублей. Она взяла деньги, не чинясь, чмокнула в щечку, прошептала: «Благодарствую, барин...» и бесшумным видением исчезла.

Оставшись в одиночестве, Кузьминкин прошлепал босыми ногами к окну и долго курил, глядя на залитый лунным светом лес, ругаясь про себя последними словами,— невероятно жаль было расставаться с прекрасной сказкой, с волшебным царством, которому вскоре предстояло растаять, как мираж, вернув к серым будням...

3.

Время интеллигента

Кузьминкину удалось немного поспать, но проснулся он не сам — разбудило весьма неделикатное потряхивание за плечо. Открыв глаза, он увидел бодрого и веселого Мокина. Юля была здесь же, сидела в кресле, вопреки нравам здешнего времени закинув ногу на ногу, и дымила длинной папиросой.

— Ну? — шепотом рявкнул Мокин.

Все еще отмаргиваясь, протирая глаза, Кузьминкин выбрался из постели и, конфузливо косясь на девушку, принялся натягивать брюки.

— Кончай одеваться! — шепотом распорядился Мокин.— Успеешь! Ну?

Глядя ему в глаза, Кузьминкин медленно, размашисто покачал головой. На пухлощеком лице шантарского Креза изобразилась прямотаки детская обида, разочарование, неподдельная грусть. Прекрасно его понимая, Кузьминкин уныло пожал плечами.

— И никакой ошибки? — с надеждой поинтересовался наниматель.

— Увы...— сказал Кузьминкин кратко.

Молчание длилось всего несколько секунд.

— Что ж ты тогда сидишь? — тихо прикрикнул Мокин.— Натягивай в темпе портки, и пошли устраивать панихиду с танцами... Юль!

Юля преспокойно достала из ридикюля небольшой черный пистолет и клацнула затвором. Безмятежно усмехнулась:

— Слава богу, нарвались на джентльменов. Не стали лазить девушке под платье, а хитрая девушка под платье плавки натянула и вместо прокладок засунула нечто другое... Шеф, ножик не забыли?

— Специально со стола стащил, как просила...— Мокин подал ей серебряный столовый нож.

Девушка, примерившись, не без труда распорола подол платья, нижние юбки, передала нож Мокину:

— Мне самой сзади резать неудобно...

Мокин завозился, шепотом ругаясь под нос, полосуя туповатым ножом плотную ткань. Когда Кузьминкин застегнул последние пуговицы на штиблетах, Юля уже отбрасывала обрывки в угол, являя собою предосудительную картину: косо откромсанный подол едва прикрывал бедра, открывая стройные ноги в высоких женских ботинках так, что любого н а с т о я щ е г о современника государя-освободителя неминуемо хватил бы удар при виде этакого шокинга.

— Это зачем? — непонимающе уставился Кузьминкин.

— Затем,— исчерпывающе объяснил Мокин.— Да брось ты бабочку, без нее обойдешься... Пошли!

Он первым выскочил в коридор. Сторожко прислушался, махнул остальным рукой.

Лакей вывернулся из-за угла неожиданно — увидел Юлю в новом обличье и застыл, держа перед собой овальное блюдо с аппетитным жареным гусем. Девушка метнулась мимо Кузьминкина, как молния, крутанувшись в каком-то невероятном выпаде, выбросила ногу. Блюдо с гусем полетело в одну сторону, детинушка, потеряв на лету парик,— в другую. Еще в полете Юля с тем же проворством добавила ему носком ботинка под нижнюю челюсть.

Прежде чем ушибленный успел опомниться, Мокин сгреб его за шкирку и поволок в только что покинутые ими апартаменты. Юля моментально подхватила парик, гуся и блюдо — ага, чтобы не осталось никаких следов...

В коридоре было тихо — похоже, молниеносная операция захвата проведена без сучка без задоринки...

Пленник застонал, зашевелился. Юля тут же уселась ему на грудь, продемонстрировала пистолет и медленно прижала дуло к виску. Тихонько посоветовала:

— Молчать, козел, мозги вышибу!

— Видал? — гордо сказал Мокин, подтолкнув Кузьминкина локтем.— Все думают, что это молодая женушка или телка, хрен кто просечет, что это секьюрити...— Он присел на корточки: — Ты, выползок! Сколько народу в доме?

— Ну, это...— пробормотал пленный, косясь в сторону упершегося в висок дула.— Барин со студентом, Витька, напарник мой, Дуня... Филимон при конюшне... В дом ему не положено...

— Никого больше?

— Бля буду...

— Оружие есть?

Пленник попытался мотнуть головой, но наткнулся виском на дуло, замер, и, боясь лишний раз шевельнуться, прошептал:

— Да никакого...

— Ну смотри у меня...— сказал Мокин.— Если что, вернусь и кишки через рот вытяну...

Лакея тщательно связали разодранными на полосы простынями, одну скомканную полосу надежно вбили в рот и уложили хорошо упакованного пленника на кровать. Мокин поднес ему к носу кулачище:

— Лежи смирнехонько, как невеста перед брачной ночью, сучий ты потрох... Пошли!

Он забрал у Юли пистолет, сунул Кузьминкину ворох длинных лент — бренные остатки накрахмаленных простыней — и первым ринулся в коридор. Лоб в лоб столкнулся с Дуняшей — она успела по инерции пролепетать:

— Барин просят к завтраку пожаловать...

И буквально через минуту очутилась рядом с лакеем, столь же тщательно спутанная, с кляпом во рту. Мокин похлопал лакея по лбу:

— Цени мою доброту, валет,— тут тебе и постелька, тут тебе и девочка, отдыхай, как фон-барон...

...На цыпочках подойдя к двери столовой, Мокин заглянул в щелочку, удовлетворенно хмыкнул, подал знак спутникам следовать за собой — и ворвался внутрь с бесцеремонностью бульдозера, держа под прицелом сидящих за столом, дружелюбно рявкнул:

— Здорово, аферисты! Сидеть и не дергаться!

Господин статский советник в отставке замер, не донеся до рта серебряную вилку с куском чего-то вкусного. У «беспутного студента» отвисла челюсть. Багловский выглядел еще ошеломленнее.

После секундной паузы второй лакей, выронив высокую бутылку без этикетки, зачем-то пригибаясь, кинулся к боковой двери — и был молниеносно перехвачен Юлей на полдороге, подшиблен ударом пятки под щиколотку, добит ребром ладони по виску.

— Скрути-ка ему, Сергеич, резвы ноженьки, блудливы рученьки,— громко распорядился Мокин, танцующим шагом приблизился к столу и, поведя стволом для убедительности, прикрикнул: — Руки за голову, поганцы! Юль, обыщи...

— В фалдах посмотрите,— громко посоветовал Кузьминкин, сидя на корточках над обеспамятевшим лакеем, старательно вывязывая узлы.— В фалдах должны быть карманы...

— Что вы себе позволяете, любезный...— пролепетал хозяин имения. Судя по тону, он еще отчаянно надеялся, что инцидент волшебным образом удастся замять и все вернется на круги своя. Мягким кошачьим движением оказавшись рядом, Мокин лизнул средний палец левой руки и смачно закатил Андрианову в лоб классический шелабан — даже звон пошел... Сидевший рядом Петруша, старательно сцепив пальцы на затылке, вжал голову в плечи.

— Вяжи, Сергеич,— распорядился Мокин.— Так и сидеть, ладошки сложить, ручки для удобства вытянуть!

— Слушайте!..— протестующе вскрикнул Багловский, но тут же заткнулся, получив от Юли ребром ладони по уху.

Очень быстро воцарилось благолепие — трое сидели за столом, поневоле пригибаясь из-за связанных под затылками кистей рук, бросая испуганные взгляды. Юля надзирала за дверью. Мокин с торжествующим видом уселся за стол, налил себе коньяка, выпил и прокурорским жестом указал на Багловского коротким сильным пальцем:

— Твоя работа, интеллигент?

— Это ужасная ошибка...— промямлил тот.

— Сергеич,— сказал Мокин властно.— Изложи им все по порядку, мне самому интересно будет послушать, как ты раскрутил...

Раньше Кузьминкину представлялось, что неожиданная встреча с Мокиным как раз и была звездным часом. Лишь теперь он понял — вот его н а с т о я щ и й звездный час, ослепительный триумф нищего историка, оказавшегося вдруг грозным судьей...

— Начнем с визиток,— сказал он громко.— Вы, Виктор Викторович, напялили на нас светло-серые визитки, да и сами такую же надели...

Любезный мой, визитки такого цвета как раз вполне уместны на заезжих иностранцах, но в Российской империи их носили крайне редко, а носили главным образом черные. И н и к о г- д а — никогда в жизни! — человек из общества не повязал бы при визитке б а н т и к! Бантики при визитке носили исключительно дворецкие и ресторанные метрдотели, к вашему сведению... Это при фраке господа носили бантик... В конце концов, вы и не выдавали себя за обитателя про- шлого времени, могли по слабому знанию реа- лий и напутать, так что выводы было делать рано. Вы физик... кстати, вы правда физик?

Багловский хмуро кивнул.

— Могли и ошибиться,— сказал Кузьмин- кин.— Так что не стоило с первых же минут поднимать панику. Но вот потом... Эти ваши офицер со студентом... Как выражается сы- нишка, я тащуся... От офицера и от студента. Любезные мои, т а к о г о офицера просто не могло оказаться в восемьсот семьдесят девя- том году. Тогда военные носили кепи на французский манер, кепи, а не фуражки! Кепи отменили только в восемьдесят первом. И шашку, что висела у вашего офицерика на боку, ввели в восемьдесят первом, раньше были другие, отличавшиеся по виду. С шаш- кой вы и переусердствовали, и промахнулись. Переусердствовали, поскольку не знали, что тогдашние господа офицеры, будучи вне служ- бы — а уж тем более в отпуске, в гостях у те- тушки,— не носили ни холодного оружия, ни кобуры. Не полагалось по уставу... Мало того, шашка не только неправильная, принадлежа- щая более позднему времени,— она вдобавок не офицерская, а солдатская! У нее простой гладкий эфес, офицерские шашки были по эфесу украшены чеканным узором...

— Видали, какие у меня кадры? — гордо осведомился Мокин.— Сергеич, хлопни коньячку, заслужил...

У Кузьминкина и в самом деле пересохло в глотке. Он залпом осушил рюмку. Троица мошенников, приведенная логикой научных фактов в подавленное состояние, молча зыркала исподлобья.

— Перейдем к студенту,— продолжал Кузьминкин, незаметно для себя принявший привычную позу лектора.— В Московском университете изволите грызть гранит науки, милейший? Какого ж тогда рожна у вас на плечах контрпогоны? Контрпогоны носили исключительно студенты технических институтов, и никак иначе. В гуманитарных вузах ничего подобного не было... зато на вашей тужурке нет и следа петлиц, которые студенту университета как раз положены...

— Говорил я тебе? — мрачно огрызнулся Багловский, повернувшись к Петруше.— Чтобы проверил тщательнее? Поленился, оболтус...

— Пойдем дальше,— сказал Кузьминкин.— Займемся персоною нашего хлебосольного хозяина...

Он приблизился к Андрианову — тот в первый миг испуганно отшатнулся, без труда сорвал с лацкана орден Станислава и, вертя его меж пальцев, весело продолжал:

— Во-первых, с черным сюртуком носили черные же брюки. Визиточные брюки, полосатые, главным образом серо-черные, стали носить с сюртуками только в начале двадцатого века. Во-вторых, с сюртуком носили исключи-

тельно черную обувь, а вы в коричневых штиб-
летиках... Это петербургский-то статский советник, человек, безусловно, светский? Или будете
меня уверять, что отстали от столичной моды в
глуши? Далее,— он покачал орденом, выставив
его на всеобщее обозрение.— Я не зря поинтересовался у вас насчет вероисповедания. Уверя-
ете, что православный с рождения, а орденок у
вас того образца, что давали исключительно лицам нехристианских вероисповеданий. Потому
в центре креста и орел, а не монограмма «Святой Станислав»... Вот так, господа. Все эти ог-
рехи, вместе взятые, вас и выдали, ненаучно выражаясь, с потрохами...

Повернулся к Мокину и развел руками, давая
понять, что кончил.

— А самое главное! — рявкнул вдруг Мокин, выбросив руку.— Я в жизни выхлебал цистерну коньяка! И родимый «Хеннесси» опознаю
моментально, хоть вы и пытались мне его впа-
рить за шустовский! В жизни не пробовал шус-
товского, но сильно сомневаюсь, чтобы он как
две капли воды походил на «Хеннесси»! С чего
бы вдруг? — Он, поигрывая пистолетиком, обозрел всю морально уничтоженную троицу.— Ну,
хрюкните что-нибудь, морды... Куш хотели со-
рвать? Когда я приеду покупать железные дороги с поллитровой банкой брюликов? Думали,
новый русский — дуб дубом? А как я вас!

— Да уж...— протянул Багловский с некоторым даже заискиванием.

— Так,— сказал Мокин властно.— Прокачаем кое-какие непонятные детали... В этой вашей
«переходной камере» вы нас попросту обдали
какой-то дурью? Вырубающим газком? А?

— Каюсь...— криво усмехнулся Багловский.

— Ага, потому-то и начались эти странности с временем — взялись откуда-то лишние два-три часа, словно мы летели в самолете с запада на восток? Вот зачем, до сих пор не пойму...

— Из-за церкви,— признался Багловский.— Нужно было вас перевезти километров на двадцать... Церквушек — две. Строены одним архитектором по единому плану. Одна так и осталась в жалком виде, а вторую недавно реставрировали...

— И вся эта аппаратура — обычные ученые игрушки?

— Самые обычные, да вдобавок устаревшие,— сказал Багловский. — Мы вас попросту провели по здешнему филиалу института физики. Татьяна — самый настоящий профессор, там никому зарплату не платят уже семь месяцев, люди разбежались, институт в простое...

— А денег-то хочется ? — подхватил Мокин.— Теперь быстренько решим неясности со Смутным временем. В Смутное время путешествовал Леня Косов с Наренковым. Я сильно сомневаюсь, что Наренков был сообщником, не стал бы он даже ради выгоды в ногу самую настоящую пулю засаживать. Могу спорить, он до сих пор считает, что его самые взаправдашние стрельцы подранили... А вот Косов... Неужели в вашей командочке? Ну, колись, мордатенький, попросту нет другого варианта.

— Косов — старый приятель мужа Татьяны Ивановны...— не глядя ему в глаза, сказал Бангловский.

— Ах, Леня, Леня...— печально покрутил головой Мокин.— Знал я, что он мне после того случая свинью подложит, но такого и от него не ожидал. Впрочем, не по его уму затея, верно? Вы его на готовенькое позвали, хитрованы... Ах вы суки, суки...— В его голосе звучала неподдельная грусть.— Вы же осквернили мою светлую мечту о машине времени, счастье мое, что никогда не страдал излишней доверчивостью и подстраховался сразу по двум направлениям, иначе лежать бы мне где-нибудь на дне безымянного омута...

— Ну, не преувеличивайте,— напряженным, но отнюдь не испуганным голосом отозвался Андрианов.— Никто не стал бы вас убивать, тут собрались интеллигентные люди... Хотел бы я посмотреть, как вы кинулись бы потом в милицию или к своим бандитам, пришлось бы подробно рассказать, при каких обстоятельствах расстались с бриллиантами. Да вы после этого стали бы посмешищем для всей Руси великой, в особенности если подключить бульварную прессу...

— Некоторый резон есть...— задумчиво протянул Мокин. Широко улыбнулся.— А знаешь что? Мне почему-то кажется, старперский ты советник, что ты тут и есть самый главный... Этот мордастый,— он кивнул на Багловского,— тянет в лучшем случае на шестерку, про студента я вообще молчу, а вот в тебе прослеживается волчище — серый хвостище...

— Ну и что? — хладнокровно спросил Андрианов.

— То есть как это? — изумился Мокин.— Я же с тебя первого и начну, пересчитаю косточки от первой до последней, а потом за этих клоунов возьмусь...

Студента Петрушу моментально прошибла испарина. Багловский тоже помертвел. Один «статский советник» поглядывал на Мокина не без дерзости.

— Великодушно простите, аргентинский господин, но вынужден вас огорчить...— сказал он чуть ли не нагло.— Вы все-таки, милейший, не в родной Сибири, не в ваших владениях. Между прочим, это все,— он повел по сторонам взглядом,— возведено не нами, и не для вашей скромной персоны. Сие заведение, объект под названием «Барская усадьба», служит для отдохновения з д е ш н и х удельных князьков, которые в своих владениях вам немногим уступят по обширным возможностям. Мы, быть может, и огребем впоследствии за то, что использовали усадьбу в личных целях, но готов душу прозакладывать, что раньше вы наживете немалые неприятности, если вздумаете увечить персонал усадьбы. Мы же тут не сами по себе, мы все наняты серьезными людьми, и господа работодатели непременно вступятся. Это еще большой вопрос, поверят ли они вам... Историйка, если подать ее в вашем изложении, будет шизофреническая...

Кузьминкин ожидал взрыва, но Мокин остался странно спокоен — вполне возможно, «статский советник» говорил дело...

— Пойдем дальше,— невозмутимо продолжал Андрианов.— Органы вы на нас натравить не сможете. За полнейшим отсутствием состава преступления. У вас хоть пуговицу украли? Хоть волосок с головы упал? — Он осклабился.— А если встанет вопрос насчет выплаченных вами денег... Легко удастся отыскать надлежащим образом оформленную квитанцию, по которой мы с вашей троицы легальнейшим образом получили деньги за сутки отдыха в «Барской усадьбе»... Одним словом, господа, самым лучшим для вас будет без особого шума покинуть заведение и удалиться в глубину сибирских руд. А мы, честное слово, никому и никогда не расскажем, как вы тут опростоволосились...

«Ну, сейчас-то он непременно получит в лоб»,— подумал Кузьминкин, заранее отодвигаясь, чтобы не оказаться на пути, когда мимо пронесется, засучивая рукава, разъяренный Мокин.

Тянулось время, а Мокин молчал. В глазах у него Кузьминкин вдруг увидел знакомую хитрую искорку. Небрежно швырнув на стол пистолет, шантарский воротила встал, сунув руки в карманы, попыхивая папиросой, прошелся по комнате. Остановился перед Андриановым, широко улыбнулся:

— Ну ты и жук, гадский папа... А теперь слушайте сюда.— Его тон мгновенно изменился, преисполнившись прежней деловой жесткости.— Слушайте и мотайте на ус, господа интеллигенты... Мне по-прежнему невероятно хочется размазать вас всех по стеночке, но бывают минуты, когда деловой человек не должен поддаваться эмоциям. В конце концов, ничего нового я в ситуации не нахожу — так частенько случается, толковый человек перекупает обанкротившуюся фирму и выводит ее на верную дорогу...

Кузьминкин, видевший его лицо, вдруг с нереальной ясностью понял, что сейчас произойдет. И, не удержавшись, охнул:

— Нет!!!

Не обратив на него ни малейшего внимания, Мокин продолжал:

— Веревочки сейчас снимем, хорошие мои. Юля, озаботься. Я вас приглашаю, господа, занять места за столом, объявляю открытым заседание только что учрежденного закрытого акционерного общества «Машина времени, инкорпорейтед». Честь имею представить генерального директора господина Мокина и его заместителя по полной научной достоверности господина Кузьминкина... Поставленное на строго д о с т о в е р н у ю основу дело способно...— и прервал сам себя: — Но предупреждаю сразу — семьдесят процентов акций — мои, и никаких тут дискуссий!

Андрианов смотрел на него преданно и восхищенно. А пребывавший в полном расстройстве чувств Кузьминкин только теперь понял, что его бурная деятельность на тернистой ниве бизнеса лишь начинается...

СОДЕРЖАНИЕ

ЧАСТЬ ПЕРВАЯ

ВЕСЬ МИР — ТЕАТР

ЧАСТЬ ВТОРАЯ

МАРСИАНИН НА ПЛАНЕТЕ ЗЕМЛЯ

ЧАСТЬ ТРЕТЬЯ

РУССКИЙ КЛОНДАЙК

МЕЖ ТРЕХ ВРЕМЕН

Александр Александрович Бушков

ВОЛЧЬЯ СТАЯ

Р о м а н

Макет
К. С. Бирюковой

Технический редактор
Л. А. Гурьянова

Корректор
С. В. Павловский

Верстка
Т. Н. Квитко

Подписано в печать 15.11.02.
Формат 84×108$^{1}/_{32}$.
Гарнитура «Таймс». Печать офсетная.
Усл. печ. л. 31,08. Доп. тираж 5000 экз.
Изд. № 98-53-РП. Заказ № 1537.

Издательство «ОЛМА-ПРЕСС»
129075, Москва, Звездный бульвар, 23

Издательский Дом «НЕВА»
199155, Санкт-Петербург, Одоевского, 29

Отпечатано с готовых диапозитивов
в полиграфической фирме «КРАСНЫЙ ПРОЛЕТАРИЙ»
127473, Москва, Краснопролетарская, 16

Хронология романов о Шантарске

«...НА ТО И ВОЛКИ»

«БЕШЕНАЯ»
(«ДЕВОЧКА СО СПИЧКАМИ»)

«ОХОТА НА ПИРАНЬЮ»

«СЛЕД ПИРАНЬИ»

«СТЕРВЯТНИК»

«КАПКАН ДЛЯ БЕШЕНОЙ»

«КРЮЧОК ДЛЯ ПИРАНЬИ»

«ВОЛЧЬЯ СТАЯ»

———————

АЛЕКСАНДР
БУШКОВ

Родился 5 апреля 1956 года в городе Минусинске, на юге Красноярского края. До начала писательской карьеры работал почтальоном по доставке телеграмм, грузчиком, страховым агентом и рабочим геофизической экспедиции и, наконец, — сотрудником в газете Хакасского обкома партии и завлитом в Хакасском драмтеатре. В 1981 году в журнале «Литературная учеба» была опубликована первая повесть Бушкова, а в 1986 году в красноярском областном издательстве — первая книга. Сегодня Александр Бушков с равным успехом работает в таких жанрах, как русский триллер, фантастика и историческая проза. Александр Бушков — самый культовый автор среди поклонников русского боевика, неоднократно признававшийся «самым популярным российским автором» (1996, 1997). Его книги изданы суммарным тиражом более 6 миллионов экземпляров. В настоящее время совмещает писательскую деятельность с работой в качестве советника по культуре при губернаторе Красноярского края Александре Лебеде.

Поистине, серия-бестселлер. Лучшие детективы и самые крутые российские боевики конца века заставят замолчать ваш телевизор!

Серия

Алексеев С.

Сокровища Валькирии-3

Есть на Земле Звездные Раны — следы космических катастроф. В одном из таких мест, отличающихся аномальными явлениями, на Таймыре, построен научный город Астролема. Туда в поисках Беловодья, легендарной страны счастья, устремляется журналист Опарин...

Тем временем в Горном Алтае, в Манорайской впадине, ведется глубинное бурение. Мамонт и Дара, как всегда, оказываются там, где Земле, хранящей Соль Знаний, грозит беда.

«РУССКИЙ ПРОЕКТ»

Латынина Ю.

Саранча

Юлия Латынина — известный экономический журналист. Автор бестселлера «Охота на Изюбря», романов «Разбор полетов», «Стальной король». Безжалостное описание финансовых уловок, неженская манера письма, достоверное знание материала — все это выделяет ее произведения из массы экономических детективов.

В ее новом романе Валерий Нестеренко, крупный московский авторитет, расследует убийство друга — главного технолога небольшого, но очень прибыльного предприятия, на которое претендовали и губернатор, и продажный глава облУВД, и зарубежная фармацевтическая компания.

Алексеев С.

Волчья хватка

Новый роман известного писателя «Волчья хватка», как и все предыдущие его книги, поднимает острые проблемы истории России и ее сегодняшнего дня. Захватывающие события разворачиваются на страницах романа: хозяин Урочища — охотничьей базы, — бывший спецназовец, «афганец», принадлежит к старинному сословию ратников-араксов, защитников Отечества, некогда составляющих Засадный Полк преподобного Сергия Радонежского. Каков он сейчас, как живется и служится араксу в наше время?

«АРМАГЕДДОН»

Маркеев О.

Черная луна

Новая книга молодого писателя является продолжением сюжета романа «Угроза вторжения». Главный герой Максим Максимов, член тайного военного Ордена, возвращается к жизни, чтобы вновь вступить а бой.

Канун президентских выборов. Для одних это время ставок и сделок, для других — выбора жизненного пути и переоценки прошлого, а для посвященных это время Дикой Охоты — бескомпромиссной и беспощадной битвы со Злом. В городе, под которым в любой миг может разверзнуться огненная бездна, закручивается дьявольская интрига, захватывающая в свой водоворот политиков, спецслужбы, сатанистов и посланцев тайных восточных Орденов.

Роман изобилует малоизвестными фактами деятельности спецслужб, тайными доктринами тайных лож, мистическими откровениями и магическими формулами. Все это делает его прекрасным образом романа в жанре «мистического реализма». Только прочитав «Черную Луну» до конца, вы поймете, что не все так просто в сегодняшней жизни и не все так безнадежно.

Тебя не спрашивали, согласен ли ты стать участником этой жестокой игры. Револьвер уже приставлен к виску, и через секунду твой палец должен нажать на спусковой крючок. Ты можешь отказаться, но тогда смерть настигнет тех, кто рядом с тобой, и нет выхода из этого безумного лабиринта. Но в твоих силах изменить правила, направив оружие в сторону тех, кто считает себя вершителями твоей судьбы...

Бакунина Е.

Открытое столкновение

В Москве убит глава столичного банка, в лесу подо Ржевом — пятеро боевиков и депутат Государственной думы. Эти два громких дела ведут разные следователи, которые приходят к общему выводу, что за этими событиями стоит один человек, которого называют между собой Он. Единственная ниточка, ведущая к Нему — два друга, занимающихся поисками останков солдат Великой Отечественной войны.

Погони, перестрелки, взрывы, монастырь в лесу, сто монахов, бывших уголовников, мертвые фрицы в болоте... и настоящие военные действия на линии обороны Москвы, как в далеком сорок первом.

Сафонов Д.

Ласковый убийца

Игра-детектив... Интересное и опасное занятие: неверный ход означает поражение.

Четверо мужчин играют в детектив. Они не знакомы друг с другом; у каждого из них — своя партия.

Они еще не знают, что их судьбы страшным образом переплетены, и виной тому — одна женщина.

Единственная...

Басманов А.

Тихий омут

Остросюжетные произведения, вошедшие в книгу, — «Первая охота «Совы» и «Тихий омут» рассказывают о расследованиях частного агентства «Сова». Распутывая порученные им дела, сотрудники агентства сталкиваются с преступной деятельностью вчерашних работников «невидимого фронта» и милиции.

Ковалев А.

Визит шаровой молнии

Она появилась внезапно, как внезапно влетает в дом шаровая молния, приводя всех в ужас и смятение. Красота Аиды привлекает и женщин и мужчин. Своим обаянием она расположит к себе любого. Некоторые ее способности кажутся сверхъестественными. Но никто не догадывается, сколько жизней и судеб оказалось в этих нежных, девичьих руках. И теперь она решает, кому жить, а кому умирать...

Любимое кресло, шотландский плед и хитро запутанный клубок тайн и загадок — каким заманчивым становится любой вечер с книгами этой серии! Можно не отрываться от интеллектуальной игры (спешить, слава Богу, некуда), ну, может быть, только на секундочку отвлечься и приготовить очередную чашку чая.

Серия

Григорьева А.

Ожерелье из мертвых пчел

Судьба устраивает новое испытание очаровательной Вике Архангельской — героине уже второго романа А. Григорьевой — «Ожерелье из мертвых пчел» (в романе «Назначаешься убийцей» героиня боролась против обвинения в несовершенном преступлении — и победила!). Бурные и небезобидные события разворачиваются вокруг элитного спортивного клуба Атлантида», где героиня ведет занятия в секции аэробики.

«УЮТНЫЙ ДЕТЕКТИВ»

Тонкие и нервные, как полет ласточки, романы — одна из жемчужин в короне «ОЛМА-ПРЕСС».

Рваная ткань повествования рождает бессчетное число тайн, многие из которых поставят вас в тупик. Вас не покинет ощущение, что здесь все чего-то не договаривают, не раскрывают до конца карт. Отточенный язык авторов и замысловатые хитросплетения судеб их героев (в этих книгах почти нет случайных персонажей) обязательно сделают вас горячими поклонниками этой серии.

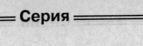

Никто не любил милиционеров, кроме самих милиционеров. До недавнего времени, по крайней мере, дела обстояли именно так.

Однако наша суперпопулярная серия «МЕНТЫ» и шедевр с одноименным названием, недавно обошедший телеканалы ТНТ и НТВ, сделали их настоящими героями нашего времени.

XX век сошел с ума: всюду войны, кровь и страдания. И наших солдат Родина с готовностью швыряет в это пекло. Вьетнам, Афганистан, Чечня, Югославия... Хуже всего, что войны становятся непонятными, открытые схватки все чаще сменяются закулисной игрой политиков. Но у солдат России есть свой кодекс чести: «Со щитом или на щите». Им от него не отступить...